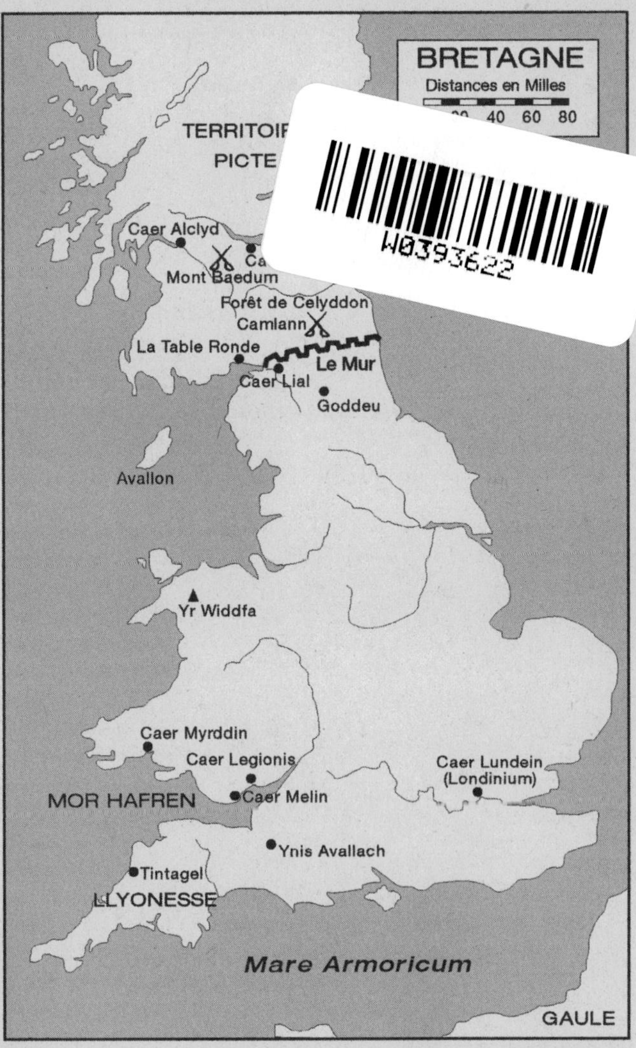

BRETAGNE
Distances en Milles
40 60 80
Caer Alclyd
Mont Baedum
Forêt de Celyddon
Camlann
La Table Ronde
Le Mur
Caer Lial
Goddeu
Avallon
Yr Widdfa
Caer Myrddin
Caer Legionis
Caer Lundein
(Londinium)
MOR HAFREN
Caer Melin
Ynis Avallach
Tintagel
LLYONESSE
Mare Armoricum
GAULE

Pour Alice,
dont la peine et l'amour
ne furent pas moindres que les miens

Dix sont les anneaux, et neuf torques d'or
ornent le cou des seigneurs d'antan;
Il existe huit vertus cardinales, et sept péchés
pour lesquels mettre son âme à l'encan;
Six est la somme de la terre et du ciel,
de tous objets futiles ou importants;
Cinq est le nombre des nefs qui fuirent
la froide Atlantide perdue dans l'océan;
Quatre rois se trouvèrent épargnés,
et trois royaumes demeurent en occident;
Ils furent deux, dans le fort de Llyonesse,
qui s'aimèrent désespérément;
Il est un monde, un Dieu, et un roi dont les étoiles
prédirent au Druide l'avènement.

SRL

PROLOGUE

Vortipor! Premier dans la corruption, suprême dans l'ignominie! Un porc qui fouaille du groin les entrailles de son rival n'est pas plus prompt que toi à se gorger d'iniquité. La vilenie ruisselle de ton palais enfumé pour submerger la terre d'un infect torrent d'injustice.

Tu te dis noble. Tu te dis roi. Tu te dis grand. Grand dans le péché, peut-être. Tu as ceint ton front d'une couronne de laurier, mais celle-là est usurpée... à moins que l'on ne décerne maintenant les lauriers à l'immoralité, dont tu t'es fait le champion parmi les hommes!

Urien Rheged! Ton nom est un opprobre. Fornicateur! Adultère! Prince des voleurs! Monument d'impureté! La plus infâme vermine de ta fosse à ordures n'est pas plus vile que toi.

Prince des ivrognes! Prince des gloutons! Tu souilles tout ce que tu touches. Tu possèdes la dépravation de dix, l'iniquité de cent, la perversion de mille! Ton corps rongé de chancres est boursouflé par la corruption. Tu es mort et tu ne le sais pas, mais la puanteur de ton cadavre s'élève jusqu'aux cieux!

Maelgwn! Grand Chien de Gwynedd! Quelle déchéance, après ton père! Maelgwn le Grand s'était acquis une réputation de droiture et de vertu, et tu en spolies sa mémoire. Est-il possible que tu aies oublié tout ce tu as autrefois su?

Tu t'es emparé du trône par le meurtre et la rapine. Pour cela, tu te fais appeler Chef Dragon de l'Île des Forts. Tu crois te draper dans la gloire d'un autre, mais ce n'est pour toi qu'un linceul d'infamie. Pendragon ! Puisse une honte éternelle te ronger pour ta présomption.

Il y eut pourtant jadis un roi digne de ce nom. Ce roi était Arthur.

C'est le suprême déshonneur de cette génération perverse qu'elle ne prononce plus le nom de ce grand roi que pour le tourner en dérision. Arthur ! Il était la plus fine fleur de sa race, le plus noble fils des Cymry, le Seigneur du Royaume de l'Été, le Pendragon de Bretagne. Il portait la faveur de Dieu comme une robe de pourpre.

Écoutez donc, s'il vous agrée, l'histoire d'un véritable roi.

LIVRE PREMIER

PELLÉAS

I

Arthur n'est pas digne d'être roi. Bâtard d'Uther, pion de Merlin, il est de basse naissance. Il est inconstant, mesquin, cruel et stupide. Goinfre et ivrogne, il ne connaît aucun des raffinements de la civilisation. Bref, c'est une brute ignorante et bornée.

Les gens disent tout ceci, et bien pire, au sujet d'Arthur. Laissez-les faire.

Quand tout est dit, quand tous les arguments sont épuisés, ce simple fait demeure : nous suivrions Arthur jusqu'aux portes de l'Enfer, et même au-delà, s'il le demandait. Et c'est là la seule vérité.

Montrez-moi un autre homme qui puisse se prévaloir d'une telle loyauté.

« *Cymbrogi* », nous appelle-t-il : compagnons de cœur, compatriotes.

Cymbrogi ! Nous sommes son bras armé, sa lance et son bouclier, son casque et son épée. Nous sommes le sang dans ses veines, le dur tendon de sa chair, l'os sous sa peau. Nous sommes le souffle dans ses poumons, la lumière dans ses yeux et la chanson qui monte à ses lèvres. Nous sommes la viande et la boisson de sa table.

Cymbrogi ! Nous sommes pour lui le ciel et la terre. Et Arthur est pour nous tout cela... et bien davantage.

Méditez cela. Réfléchissez-y longuement. Alors seulement, peut-être, commencerez-vous à comprendre l'histoire que je vais vous narrer.

Et pourquoi pas ? Qui, en dehors de l'Emrys en personne, en sait autant que moi ? Sans être barde, je suis digne de foi. Car je connais Arthur comme bien peu le connaissent... nous nous ressemblons beaucoup, après tout. Nous sommes tous deux de naissance incertaine, tous deux princes non reconnus par nos pères, tous deux obligés de vivre en dehors de tout clan et de toute parentèle.

Mon père était Belyn, Seigneur du Llyonesse. Ma mère était une servante de la maisonnée du roi. J'ai tôt compris que je ne recevrais rien de la main de mon père et que je devrais faire tout seul mon chemin dans le monde.

Je n'étais guère plus qu'un enfant quand Myrddin a accepté de me prendre à son service, mais je ne l'ai pas regretté un seul jour. Même au cours des longues années de sa folie, alors que je le cherchais seul sur les sentiers de la vaste Celyddon, je ne désirais rien de plus que redevenir ce que j'avais été : le serviteur et le compagnon de Myrddin Emrys, Chef Barde de l'Île des Forts.

Moi, Pelléas, prince de Llyonesse, je vais tout vous raconter comme je l'ai vu... Et j'ai vu bien des choses, en vérité.

« Tu en es sûr, Myrddin ? chuchote anxieusement Arthur. Tout le monde nous regarde. Et si cela ne marchait pas ?

— Cela "marchera", comme tu dis. Fais simplement ce que je t'ai demandé. »

Arthur hoche sombrement la tête et s'approche du grand bloc destiné à devenir clef de voûte dans lequel est plantée l'épée, sa lame dénudée emprisonnée au cœur de la pierre.

La cour est presque vide, à présent. Ceux qui se rendaient à la messe d'Urbanus sont entrés dans l'église. Il fait froid, le jour s'avance vers le crépuscule. Quelques flocons de neige tombent du ciel qui s'assombrit pour s'écraser à nos pieds sur le dallage de pierre. Notre haleine reste suspendue en panaches de vapeur au-dessus de nos têtes.

C'est la veille de la Nativité du Christ et les seigneurs de Bretagne sont venus à Londinium tenir conseil — comme ils le font presque chaque année — pour déterminer qui parmi eux pourrait devenir Grand Roi.

Quinze ans ont passé depuis que l'épée est fichée dans la pierre. La lame est maintenant rouillée, la pierre patinée et tachée. Mais, sur le pommeau, l'aigle d'améthyste brille toujours de son impérial éclat.

C'était l'épée de Macsen Wledig. L'Épée de Bretagne. L'empereur Maximus l'a jadis possédée — et après lui Constantin, Constance, Aurelius et Uther, chacun tour à tour Grand Roi de Bretagne.

Oui, quinze ans se sont écoulés depuis ce premier conseil. Quinze ans de ténèbres et de luttes incessantes, de discorde et de défaites. Quinze ans au cours desquels le pouvoir des Saecsens n'a fait que croître. Quinze ans pour qu'un garçon parvienne à l'âge adulte.

Jeune homme, à présent, il se tient, le visage sombre, devant l'épée profondément enfoncée dans la pierre... hésitant, indécis.

« Prends-la, Arthur, lui dit Merlin. C'est ton droit. »

Arthur avance lentement le bras vers la poignée de bronze. Sa main tremble. De froid ? De peur ? Un peu des deux, peut-être.

Il saisit la poignée et regarde Merlin, qui hoche lentement la tête. Il baisse les yeux et prend une profonde inspiration, rassemblant son courage.

Ses doigts se referment sur la tresse d'argent qui orne la poignée : voyez comme celle-ci se loge naturellement dans sa main ! Il tire.

L'Épée de Bretagne glisse hors de son fourreau de pierre. La facilité avec laquelle cela se passe se reflète dans les yeux étonnés du garçon. Il ne peut croire ce qu'il vient de faire. Pas plus qu'il n'en comprend la portée.

« Bien joué, Arthur. » Merlin le rejoint devant la pierre et Arthur, sans réfléchir, lui offre l'épée.

« Non, mon fils, lui dit doucement Merlin, c'est à toi qu'elle revient.

— Que dois-je faire ? » La voix d'Arthur est tendue. « Myrddin, tu dois me dire ce qu'il faut faire ! Sans cela, je suis perdu. »

Merlin pose une main rassurante sur son épaule. « Pourquoi as-tu peur, mon fils ? J'ai toujours été avec toi. Et si Dieu le veut, je le serai toujours. » Ils se retournent et entrent dans l'église.

Oui, nous avons toujours été avec lui, c'est vrai. Je ne puis me rappeler un jour où ce ne fut pas le cas. Même ainsi, il est difficile... difficile de croire que le jeune homme qui se tient sur le seuil de l'église ne vient pas de surgir à l'âge adulte d'une colline creuse, ou d'un étang enchanté de la forêt de Celyddon.

Le fait qu'Arthur n'ait pas toujours existé me paraît étrange. Comme le vent sur la lande et les étoiles dans le ciel d'hiver, il a certainement toujours vécu... et il vivra à jamais.

Arthur, avec ses yeux bleus au regard pénétrant et sa chevelure d'or satiné, son sourire facile et son visage avenant. Les épaules larges, les membres allongés, il domine les autres hommes et, s'il ne sait pas encore le pouvoir de sa taille, il se rend compte que les hommes plus petits sont mal à l'aise en sa présence. Il est parfaitement proportionné et agréable d'aspect.

La rudesse des collines septentrionales s'accroche encore à lui. Il est semblable à un poulain sauvage que l'on vient de capturer : curieux, sur ses gardes, anxieux de découvrir la source des délices étranges qui éveillent ses sens. Il est jeune et inexpérimenté, mais mûr de toutes les promesses de grandeur.

Quand il entre dans une salle, les yeux se tournent naturellement vers lui. Ceux qui vont chasser avec lui se surprennent à se quereller pour savoir qui chevauchera à sa droite. Déjà il attire les hommes à lui, c'est l'héritage de ses pères.

« Entre, Arthur, l'encourage Merlin comme il hésite sur le seuil. Le moment est venu. »

Je n'ai pas le don de prophétie : je ne puis voir ce

qui sera. Mais, aux paroles de mon maître, je revois tout ce qui est survenu avant cet instant... je vois maintenant Arthur comme je le voyais autrefois.

Enfant à demi nu, ne portant rien de plus qu'une courte chemise sale, ses longues boucles blondes entremêlées de feuilles et de brins de paille, il s'avançait d'un pas incertain sur ses solides petites jambes, ses yeux bleus luisant de malice enfantine. Dans chacun de ses petits poings dodus il tenait un jeune chat.

Presque un bébé, mais il agrippait par la peau du cou ces deux chatons gris qui se débattaient sauvagement. Crachant, sifflant, ils lui griffaient les bras... et Arthur riait. Nous restâmes bouche bée devant ce spectacle. Le bambin supportait leurs coups de griffe et riait de tout son petit cœur.

On dit que dans le moule de l'enfant, l'homme est coulé.

Assis sur nos chevaux, mon maître et moi regardions, et voici ce que nous voyions : un jeune sauvageon, plein de vie et de rire, indifférent à la douleur, déjà maître d'une force impressionnante... et d'une volonté encore plus impressionnante.

Merlin sourit et leva la main en un geste de déclamation, disant : « Vois, l'Ours de Bretagne ! »

Puis il secoua la tête et soupira. « Un petit chiot entêté, regarde-le. Pourtant, il va falloir le dresser, comme n'importe quel jeune animal. Il est temps de nous mettre au travail, Pelléas. »

Et ce travail devait nous occuper bien des années.

II

L'intérieur de l'église brillait de l'éclat de centaines de chandelles. Les rois et les seigneurs étaient agenouillés sur le sol de pierre devant le grand autel, la tête inclinée, tandis que l'évêque Urbanus lisait le texte sacré d'une voix forte et monotone. À genoux, ces seigneurs hautains renvoyaient l'image de l'humilité et de la dévotion. À vrai dire, le simple fait qu'ils fussent à genoux n'était déjà pas une mince affaire.

Nous entrâmes en silence, Arthur tenant l'épée dans sa main comme s'il s'agissait d'une créature vivante qui risquait de se retourner pour le mordre... comme si c'était une offrande, et lui le pénitent qui la portait respectueusement jusqu'à l'autel.

Les yeux étincelants dans la lumière miroitante, il se passa la langue sur les lèvres, puis il s'avança dans l'allée centrale, se retourna et, après un dernier coup d'œil à Merlin par-dessus son épaule, se dirigea vers l'autel.

À l'approche d'Arthur, Urbanus leva les yeux, vit le jeune homme qui s'avançait résolument vers lui et fronça les sourcils d'un air contrarié. Puis il reconnut l'épée et se pétrifia.

Les têtes se relevèrent quand l'évêque cessa de lire. Les seigneurs regardèrent le visage du prêtre, puis ils se retournèrent d'un seul mouvement pour voir ce qui l'avait interrompu.

Arthur était simplement là, au milieu d'eux, l'épée entre les mains.

Leurs visages ! Je pouvais pratiquement lire dans leurs pensées à la vue de leurs yeux exorbités : Comment ? L'épée ! Qui est ce parvenu ? D'où sort-il ? Regardez-le ! Un sauvage du nord ! Qui est-ce ?

Voyez-les maintenant : l'étonnement cède place à la colère. Les yeux s'emplissent de fureur.

Ils sont debout, la messe oubliée. Personne ne dit mot. Seul s'entend le frottement des souliers de cuir sur le dallage.

C'est le silence qui précède la tempête.

D'un seul coup, la violence se déchaîne : le tonnerre après les éclairs.

Les voix : inquisitrices, insistantes, coléreuses. Les mains : tendues, serrant le poing, se portant vers les dagues. Les corps : projetés vers l'avant, attroupés, menaçants.

Merveille des merveilles, Arthur ne sourcille pas! Déterminé, il ne recule pas devant les seigneurs de Bretagne qui s'assemblent autour de lui. Je vois sa tête et ses épaules qui les dominent. Il est plus étonné qu'inquiet ou effrayé.

Ils crient : « Usurpateur! » Ils demandent son nom et son lignage. Supercherie! hurlent-ils. Perfidie! Fourberie! Ils braillent comme des porcs ébouillantés. Le sanctuaire s'est transformé en un tourbillon de peur et de dépit. Arthur est debout, silencieux, en son centre, ferme et inébranlable. Il est semblable à une statue de pierre, et les nobles seigneurs sont des danseurs qui se contorsionnent.

Cette haine! La haine irradie telle la chaleur d'un four. C'est un jet de lance, l'impact d'un poing serré. C'est le venin d'une vipère.

Je me fraie un chemin vers Arthur. Je ne sais comment l'aider, mais je dois me tenir à son côté. La foule qui l'entoure est une muraille compacte. Je ne puis l'atteindre.

Arthur se tient debout, seul, au centre de la fureur suscitée par son apparition.

Les seigneurs brandissent leurs épées, leurs couteaux étincellent. Je suis sûr qu'ils vont tuer le garçon. Ils planteront sa tête au bout d'une pique avant de plier le genou devant lui. C'était une terrible erreur de le faire venir ici.

Urbanus, agitant les mains au-dessus de sa tête, s'approche. Le visage blanc comme la mort, il appelle au calme, à l'ordre. Personne ne l'écoute. Ils ne veulent pas l'entendre. Une main jaillit et le sang gicle du nez de l'évêque. Urbanus tombe en arrière avec un cri étouffé.

La foule se referme. « Tuons-le! Tuons l'usurpateur! » C'est un chant de mort.

Les yeux d'Arthur se sont faits gris et durs. Ses sourcils se froncent. Sa main se resserre sur la poignée de l'épée. Ce n'est plus une offrande, c'est redevenu une arme, et il va s'en servir.

Tuons-le!... Tuons-le!... Tuons-le!

Le tumulte est atroce. La foule se bouscule.

Je tiens prête mon épée. Où est Merlin ?

Dieu le Père ! C'était une funeste erreur. Nous sommes des hommes morts.

Puis, à l'instant où je lève mon épée pour me tailler un chemin jusqu'au côté d'Arthur, un bruit s'élève, semblable à un vent de tempête... le bruit d'une violente rafale sur la mer. Les hommes reculent, soudainement frappés de terreur. Ils se couvrent la tête de leurs bras et scrutent les ténèbres au-dessus d'eux. Qu'est-ce ? Le toit est-il en train de tomber ? Le ciel ?

Le bruit étrange s'éteint et ils échangent des regards craintifs et apeurés. Merlin est là. L'Emrys se tient calmement debout auprès d'Arthur. Il lève ses mains vides, le visage sévère dans le silence surnaturel qui vient de s'abattre...

Les choses n'en restèrent pas là. En vérité, rien n'avait encore commencé.

« Assez ! » déclara Merlin, tel un père qui s'adresse à des enfants désobéissants. « Personne ne versera le sang au cours de cette sainte nuit. »

Les nobles seigneurs murmurèrent craintivement en regardant Merlin avec mépris et suspicion. Il se sentaient petits et apeurés devant lui, et ils lui en voulaient.

« C'est *toi* le responsable ! » s'écria quelqu'un. Le roi Morcant de Belgarum se fraya un passage à coups d'épaules. « Je te connais. C'est encore un de tes tours, Enchanteur. »

Merlin se tourna vers le roi. Les années n'avaient rien fait pour adoucir l'âme de Morcant. La soif de pouvoir brûlait plus fort que jamais dans son ventre. C'était lui — avec ses amis Dunaut et Coledac — qui avait causé tant d'ennuis à Aurelius et à Uther. Dunaut gisait à présent dans la tombe, son royaume gouverné par Idris, un jeune cousin. Coledac régnait sur les riches terres des Iceni qu'Aurelius avait arrachées pour lui aux Saecsens. Il était donc disposé à considérer Arthur d'un œil plus favorable.

Mais Morcant, plus puissant que jamais, désirait

toujours ardemment la couronne de Grand Roi. Il n'avait aucune intention d'y renoncer sans se battre. Et son fils, Cerdic, avait appris de son père la convoitise. Taillé dans la même étoffe, le garçon, guère plus âgé qu'Arthur, se voyait déjà sur le trône.

« Je te reconnais, Morcant, répliqua Merlin, et je sais ce que tu es.

— Fripon ! dit Morcant, méprisant. Il faudra davantage que tes enchantements pour faire un roi de ce fils de chienne. »

Merlin sourit, mais son regard devint glacial. « Ce n'est pas moi qui le ferai roi, Morcant. Ce sont les seigneurs assemblés ici... et de leur propre volonté.

— Jamais ! » Morcant éclata d'un rire amer. « Sur ma vie, cela n'arrivera jamais. » Il se tourna vers ceux qui l'entouraient, en quête d'une approbation. Certains la lui apportèrent sans réserve, les autres avaient l'air plus indécis, mais dans l'ensemble ils étaient d'accord avec lui.

Enhardi par ce soutien, Morcant monta à l'attaque. « Nous ne connaissons pas ce garçon, il n'est pas roi. Regarde-le donc ! Il est douteux qu'il soit même de noble naissance. » Il montra l'épée d'un geste dédaigneux. « T'attends-tu à ce que nous croyions que la lame qu'il tient à la main est la véritable Épée de Bretagne ?

— C'est là une chose facile à vérifier, répondit calmement Merlin. Il suffit de sortir dans la cour pour voir la pierre d'où elle a été retirée. »

Morcant n'était pas d'humeur à se laisser convaincre. Mais il ne pouvait plus reculer. « Très bien, dit-il, allons voir s'il s'agit bien de la véritable épée. »

Se bousculant, s'invectivant, la foule sortit dans la cour obscure où, même à la pâle lueur d'une torche vacillante, tout le monde put voir distinctement que la grande pierre était effectivement vide.

Cela en convainquit quelques-uns, mais Morcant n'était pas du nombre. « Je veux te voir la retirer de mes propres yeux », déclara-t-il, intimement persuadé qu'il était tout à fait impossible pour Arthur de l'avoir extraite une première fois, et que celui-ci ne serait en aucune façon capable de reproduire ce miracle. « Qu'il la remette en place, défia Morcant, et qu'il la ressorte s'il le peut !

— Qu'il la remette en place ! » s'écria quelqu'un dans la foule, et d'autres voix lui firent écho : « Oui ! Qu'il remette l'épée dans la pierre ! »

Sur un signe de Merlin, Arthur s'avança vers la pierre et y remit l'épée, l'y laissa un moment, puis il la ressortit aussi facilement que la première fois.

« Ah ! s'exclama Morcant, ce n'est pas une preuve suffisante. Une fois que le sort a été brisé, n'importe qui peut extraire la lame !

— Très bien », dit tranquillement Merlin. Il se tourna vers Arthur. « Replace l'épée. » Arthur obéit et s'écarta.

Avec un sourire satisfait, Morcant empoigna l'épée à deux mains et tira. Le robuste roi s'arc-bouta en poussant des grognements. Son visage s'empourpra et ses muscles se tendirent sous l'effort. Mais l'épée était aussi solidement coincée que jamais. Il était impossible de l'ébranler. Il renonça, vaincu.

« Quel enchantement est-ce là ? grommela-t-il en se frottant les mains.

— Si c'est un enchantement, répondit Merlin, c'est le fait de Dieu et non le mien.

— Menteur ! » s'écria Morcant.

Les autres s'attroupèrent autour de la pierre et essayèrent de retirer l'épée. Mais, comme avant, l'Épée de Bretagne demeurait fermement fixée dans la clef de voûte. Personne, parmi les plus grands de l'Île des Forts, ne pouvait la déloger, à la seule exception d'Arthur.

Quand tous eurent essayé sans succès, le roi Morcant s'emporta : « Cela ne prouve rien ! Je ne me laisserai pas berner à la faveur de l'obscurité. Qu'il retire donc l'épée en plein jour ! Alors nous saurons que tout est comme il se doit. »

Morcant n'en croyait rien, bien sûr. Il désirait simplement repousser encore un peu l'épreuve, dans le vain espoir de trouver entre-temps un moyen de s'approprier l'épée.

Merlin était d'humeur à défier Morcant, mais Urbanus s'avança en brandissant la sainte croix et appela au nom du Christ tous ceux qui se trouvaient là à remettre l'épreuve au lendemain matin.

« C'est demain la Nativité du Christ, dit l'évêque. Rentrons dans l'église et prions le Saint Roi de tous les hommes qu'il nous accorde, dans sa grande miséricorde, un miracle par lequel nous saurons sans doute possible qui sera Grand Roi.

Pour certains, cela parut la sagesse même. Je voyais bien ce qu'en pensait Merlin. Je pouvais presque entendre sa réplique méprisante : *Aussi vrai que je me tiens devant Dieu, nous avons déjà eu notre miracle ! Combien d'autres vous en faudra-t-il avant de croire ?*

Mais, à ma grande surprise, Merlin acquiesça poliment. « Soit, répondit-il. Nous nous réunirons ici demain et nous verrons ce que fera Dieu. »

Sur ce, il tourna le dos et s'éloigna. Nous le suivîmes, Arthur et moi, laissant la foule nous regarder partir bouche bée.

« Pourquoi, Myrddin ? » demanda Arthur dès que nous fûmes sortis de la cour. L'étroite ruelle était sombre et humide de neige fondue. « Je pouvais le refaire... j'en suis certain. S'il te plaît, Myrddin, laisse-moi essayer. »

Merlin fit halte et se tourna vers Arthur. « Je sais parfaitement que tu le pouvais. En vérité, tu pourrais retirer cinquante fois, ou cinq cents fois, l'épée de la pierre... et pourtant cela ne leur suffirait toujours pas. Mais de cette façon nous leur donnons matière à réflexion. Qu'ils méditent cela toute la nuit et peut-être demain verront-ils les choses différemment.

— Mais, demain, le seigneur Morcant pourrait... commença Arthur.

— Morcant a eu quinze ans pour trouver un moyen de sortir l'épée de la pierre, expliqua Merlin. Une nuit de plus ne changera rien. »

Nous nous remîmes en marche. Notre logement n'était pas loin de l'église et nous y parvînmes bientôt. Arthur garda le silence jusqu'à ce que nous arrivions devant la porte. « Myrddin, pourquoi m'as-tu fait venir ici ?

— Je te l'ai dit, mon garçon. Il est temps de voir ce que tu vas devenir.

— Ce n'est pas une réponse. Tu savais ce qui allait se passer. Tu savais qu'ils nous créeraient des difficultés.

— Entre, Arthur. Il fait froid.

— Non, refusa tout net Arthur. Pas avant que tu m'aies expliqué. »

Merlin soupira. « Oh, très bien. Je vais t'expliquer. À présent, entrons. Gradlon a fait du feu. Nous allons boire de son vin et je te dirai tout ce que l'on peut dire. »

Nous entrâmes dans la maison où, comme l'avait dit Merlin, le marchand de vin Gradlon avait préparé un feu. Dans le style élégant du vieux Londinium, des fauteuils étaient disposés devant la cheminée, et sur une petite table était posé un plateau avec des coupes d'argent et une carafe de verre remplie de vin rubis.

Nous ne vîmes pas Gradlon, et aucun de ses serviteurs ne semblait là.

« Je vais voir s'il y a quelqu'un », dis-je. Les pièces du rez-de-chaussée étaient vides. L'étage comportait deux pièces... dont la chambre de Gradlon. L'autre lui servait de resserre et d'endroit où faire ses comptes. Gradlon n'était ni dans l'une ni dans l'autre. La maison était déserte.

J'allais retrouver Arthur et Merlin assis devant le feu. Trois coupes étaient posées sur la cheminée pour les chauffer.

« Il n'y a personne dans la maison, seigneur », déclarai-je.

Merlin hocha la tête. « Et pourtant il a tout préparé pour nous accueillir. Il a sans doute été appelé au-dehors et il va bientôt revenir. »

Arthur était affalé dans son fauteuil, les mains croisées sur la poitrine. « J'ai cru qu'ils voulaient ma tête, murmurait-il. Et ils l'auraient eue, si tu ne les en avais empêchés. Mais pourquoi, Myrddin ? Pourquoi étaient-ils si furieux ? Et où est Meurig ? Et Ectorius et Cai... où sont-ils ? Et Custennin et Bedwyr ? Ils devaient tous être là pour m'apporter leur appui.

— Ils le devaient, acquiesça Merlin. Mais ils ont été retardés. Ils arriveront peut-être demain. Ou peut-être pas.

— Comment ? Ne te soucies-tu pas de ce qui va se passer ? » La voix d'Arthur devenait stridente.

Patiemment, Merlin répondit : « Doutes-tu de moi ? Je dis simplement ce qui est : soit ils arriveront demain, soit ils n'arriveront pas. Mais qu'ils viennent ou non, je n'y peux pas grand-chose. »

Arthur le regarda sans dire un mot, l'air sombre. Je m'approchai de la cheminée pour verser du vin dans les coupes et j'en tendis une à Merlin, puis une à Arthur.

« Ne t'inquiète pas, Arthur, lui dis-je. Tout est comme il se doit... comme Dieu l'a décrété. Meurig et Custennin connaissent bien le conseil de la Nativité du Christ. Ils savent et ils viendront. »

Il accepta le vin en haussant les épaules et avala une gorgée. « Tu as dit que tu me dirais tout. Tu étais d'accord. Alors ? Je suis prêt à l'entendre. »

Merlin l'étudia avec attention pendant un moment. « L'es-tu ? Es-tu prêt à tout entendre ? Je me le demande. »

Le crépitement du feu dans la cheminée emplissait la pièce. Je sentais mon maître qui pesait soigneusement les mots dans son cœur et son esprit, les examinant tour à tour comme un homme peut examiner un sac de grain avant de lui confier le produit de sa récolte.

« Arthur, dit enfin Merlin, si je t'ai caché quelque chose, pardonne-moi. Il semblerait que le temps de la dissimulation soit passé. À présent, la connaissance doit te conduire là où je ne puis aller. Mais je te demande de bien te souvenir que, ce que j'ai fait, je l'ai fait dans un seul et unique but : te servir de mon mieux. »

Le jeune homme accepta cela de bonne grâce. « Parce que tu savais qu'un jour je serais roi ?

— Précisément. Parce que je savais qu'un jour tu serais roi.

— Grâce à l'épée ? Mais je croyais...

— Et je te l'ai laissé croire, Arthur. Crois-moi, ce n'est pas par manque de confiance en toi, mais par défiance envers les autres. » Merlin s'interrompit, réfléchit, but une gorgée, et dit : « Ce soir, c'était une épreuve, oui... mais pas celle que tu pensais. Il ne s'agissait pas simplement de montrer que tu étais digne d'être roi...

— Non ?

— Mais de montrer que tu étais *déjà* un roi, Arthur. Le Grand Roi. »

Arthur fronça les sourcils, réfléchissant fébrilement. Je voyais l'effort qu'il faisait pour tout assimiler. Pourtant Arthur ne doutait pas un instant que ce fût vrai, son cœur le lui disait.

Il demeura étourdi, mais seulement un moment. Puis il se leva d'un bond. « C'est pour cela qu'ils étaient si furieux ! Myrddin ! Ils m'en voulaient d'avoir réussi là où ils avaient échoué. La récompense était bien plus grande que je ne pensais. »

Le jeune homme sourit largement, comme si c'était la solution à tous ses problèmes. En vérité, il avait déjà pardonné leur traîtrise aux petits rois. Il était de nouveau heureux.

Tandis qu'il marchait de long en large devant la cheminée, son visage rayonnait littéralement de joie. « Le Grand Roi... oh, Myrddin, c'est vrai. Je le sais. Je suis le Grand Roi. »

Sa joie fut néanmoins de courte durée. Car, alors même que l'idée prenait forme dans son esprit, la signification de sa noblesse nouvellement découverte lui apparut. « Mais cela veut dire... »

Son visage s'assombrit, ses épaules s'affaissèrent. Redescendu des cimes du bonheur, il paraissait maintenant abattu et désespéré.

« Oh, assieds-toi, Arthur.

— Qui suis-je ? Myrddin, dis-le-moi ! Qui suis-je, que je doive être Grand Roi ? Car la raison me dit que je ne suis pas apparenté à Ectorius... ni à Meurig ou à Custennin. »

Myrddin secoua doucement la tête. « Non, tu n'es pas de la lignée de Custennin, pas plus que de celle de Meurig, ni même de celle d'Ectorius. » Il se leva et vint se placer devant Arthur, lui posant les deux mains sur les épaules. « Cela fait longtemps, Arthur. L'île des Forts est privée de Grand Roi depuis bien trop longtemps.

— Qui suis-je, Myrddin ? murmura Arthur. Dis-le-moi ! Suis-je le fils du Pendragon ?

— Non, pas celui d'Uther. Ton père était Aurelius, lui dit simplement Merlin.

— Aurelius ?

— Oui, et Ygerna était ta mère.

— L'épouse d'Uther ! » Ses yeux s'arrondirent.

« Cela ne s'est pas passé ainsi, expliqua calmement Merlin. Ygerna était la reine d'Aurelius avant d'être celle d'Uther. Tu es le fils légitime d'Aurelius, Arthur. Tu n'as pas de honte à avoir. »

C'en était trop pour le garçon. « S'il n'y a pas de honte à avoir, pourquoi tout cela a-t-il été tenu secret ? Et ne dis pas que c'était pour mieux me *servir* !

— Pour te protéger, Arthur.

— De Morcant ?

— De Morcant, oui, et d'autres de son espèce. Tu as vu ce qui s'est passé ce soir. J'aurais voulu te le dire quand ta mère est morte, mais tu étais trop jeune. C'est déjà assez difficile aujourd'hui, tu aurais encore moins compris à ce moment-là. »

Arthur se hérissa. « Je n'aime pas cela, Myrddin. Je te le dis franchement, je n'aime pas du tout cela ! Si Ygerna était ma mère, pourquoi... » Il le devina avant même d'avoir fini de poser la question. « Uther. »

Merlin soupira. « Je t'ai demandé de te souvenir que j'ai agi dans le seul but de te servir, Arthur. Il n'y avait pas d'autre moyen... Non, je ne dirai pas cela, il y en avait peut-être un autre. Mais, s'il y en avait un, il ne m'a pas été révélé. J'ai agi selon les lumières qui m'ont été accordées, Arthur. Nul n'aurait pu faire mieux. » Il tendit une main vers le garçon. « Je ne te demande pas de m'approuver, mon garçon... uniquement de comprendre. »

Le jeune Arthur hocha la tête, mais il ne répondit rien.

Merlin ramassa la coupe d'Arthur et la lui tendit. Le garçon la prit et la tint entre ses mains, le regard perdu dans ses profondeurs. « Bois ton vin, lui dit mon maître. Puis va au lit. Nous en avons assez dit ce soir. »

Arthur vida sa coupe d'une gorgée, puis il partit se coucher. J'allais pour l'aider, mais il leva la main et me fit signe de rester. Il voulait être seul.

Quand il fut sorti, je dis : « Il a raison d'être en colère. »

Merlin acquiesça. « Nous vivons depuis des années en songeant à ce moment... l'espérant, priant pour qu'il arrive. Mais Arthur n'en savait rien jusqu'ici. Il ne faut pas s'étonner si cela l'a pris au dépourvu. Mais donnons-lui le temps et il s'y habituera. Tu verras, Pelléas. »

Je remplis nos coupes et Merlin vida la sienne, refusant que je le resserve. « Non, cela suffit. Va au lit, Pelléas. J'ai envie de rester ici encore un moment, dit-il en tournant sa chaise vers le feu, qui avait baissé. Gradlon va peut-être rentrer. Je voudrais lui parler. »

Je le laissai à sa contemplation des braises rougeoyantes, cherchant, parmi les myriades de sentiers de l'Autre Monde, celui qui lui rendrait sagesse et courage.

Il aurait besoin de l'une et de l'autre dans les jours à venir.

III

Une aube grise et froide se leva. La neige tombait lugubrement d'un ciel plombé. Nous nous réveillâmes et déjeunâmes à la lueur des chandelles dans la maison de Gradlon. Notre hôte s'affairait autour de nous, donnant des ordres à ses serviteurs, veillant au moindre détail, tout excité par les grands événements que vivait la Bretagne.

« Mangez ! » nous pressa-t-il en versant du porridge dans nos bols et du vin chaud épicé dans nos coupes. « Une longue journée vous attend. Vous aurez besoin de toutes vos forces... et de toute votre tête. On ne peut pas réfléchir le ventre creux. Mangez ! »

Au cours de sa longue vie, l'avisé marchand avait souvent été mêlé à des affaires importantes. En fait, Gradlon avait été la main invisible derrière bien des tractations et des négociations.

Les gouverneurs, les rois, les seigneurs pouvaient venir et repartir, mais toujours pour le bénéfice de Gradlon. Même s'il ne croyait en rien ni en personne en dehors de lui-même et de sa bourse, son habileté à sentir qui sortirait vainqueur d'une bataille avant même que celle-ci soit engagée en faisait un précieux allié.

Gradlon comprenait les voies capricieuses du pouvoir — même si, à la différence de la plupart des hommes, il n'y aspirait pas pour lui-même. Il préférait sa vie de négoce et de troc, de jeu, de risque et de spéculation. Avec Arthur sous son toit, Gradlon était au faîte de la gloire.

« Tu peux être sûr que Morcant mange ce matin de bon appétit, dit-il en faisant signe à ses serviteurs de s'activer. Cet homme n'a jamais manqué une bouchée de sa vie !

— Assieds-toi, ordonna Merlin. J'aimerais savoir de quoi tu as discuté avec le gouverneur Melatus. Tu es rentré tard, hier soir. »

Gradlon roula des yeux et gonfla les joues. « Melatus est impossible — le dos raide comme une baguette de saule et la tête comme une passoire. »

Cela fit glousser Arthur, qui, seul parmi nous, avait de l'appétit. Le garçon suivait le conseil de Gradlon et mangeait avec application. Si ce devait être là son dernier repas, me dis-je, du moins serait-il bon.

« Le problème, bien sûr, poursuivit Gradlon en rompant un morceau de pain qu'il trempa dans son porridge, c'est que le gouverneur n'a pas d'opinion bien nette en la matière. Il n'a pas d'opinion parce qu'il vit dans le passé. Pfft ! Melatus et ses amis croient que l'empereur arrivera au printemps avec quatre cohortes. » Le marchand retira le croûton de pain de sa bouche. « Quatre cohortes ! Pourquoi pas cent ? Mille ! »

Merlin secoua la tête. Gradlon rit. « *Quel* empereur ? lui ai-je demandé. Oh, c'est un imbécile, je vous le dis. La Gaule est finie. L'empire est un souvenir. Mangez ! Vous n'avez pas touché à votre nourriture.

— Il ne prendra pas notre parti ? demanda Merlin.

— Pas plus qu'il ne prendrait le parti des Saecsens. Grand Dieu, il *vous* prend pour des Saecsens ! Melatus s'imagine que quiconque n'est pas né derrière les murs branlants de Londinium est un barbare, sinon pire.

— Du moins, dans ce cas, ne prendra-t-il pas le parti des autres, avançai-je.

— N'en sois pas si sûr, l'ami, répondit Gradlon. Melatus est un imbécile, et il raisonne comme une marmite. Il pourrait se ranger aux côtés des autres simplement pour vous confondre. De plus, Morcant se donne des airs d'empereur et cela impressionne fort Melatus.

— Alors il semblerait que nous ne puissions pas l'ignorer, répondit Merlin. Cela va être plus difficile que je ne le pensais.

— Laisse-moi m'occuper de Melatus ! s'exclama Gradlon. Je me charge de lui. »

Arthur termina son porridge et repoussa son bol. Il prit sa coupe fumante et but son vin épicé. Le regard de Gradlon s'attarda un moment sur lui, puis il dit : « Le fils d'Aurelius... qui l'eût cru, hein ? Ave, Artorius ! Je te salue. » Gradlon leva la paume en un salut désinvolte mais sincère.

Arthur sourit. « Je ne suis pas encore roi.

— Pas encore, acquiesça Merlin. Mais il se pourrait qu'à la fin de la journée nous pensions autrement. »

Pourtant, malgré les paroles pleines d'espoir de Merlin, il ne devait pas en être ainsi.

Arthur avait peu de goût pour le compromis, ou pour les machinations d'hommes comme Morcant. S'il lui avait été laissé le choix, je pense qu'il aurait préféré régler la question au fil de son épée. Mieux valait la brève et vive chaleur du combat que le froid poison de l'intrigue.

Merlin le comprenait, mais il savait qu'il n'y avait pas d'autre moyen. « Tu es né pour la lutte, mon garçon, dit-il. Que signifie pour toi un peu de résistance ? Ne le prends pas à cœur, cela passera.

— Peu m'importe qu'ils me haïssent », répondit Arthur. Et je crois qu'il le pensait sincèrement. « Mais cela me fait enrager qu'ils me dénient mon droit de naissance.

— Je vais te dire une chose, tu veux ? Ils n'ont pas mieux traité Aurelius, lui confia Merlin, et lui, ils l'aimaient. Réfléchis à cela. »

Arthur tourna les yeux vers la foule rassemblée dans le jardin de l'église. « Et *eux*, me haïssent-ils aussi ?

— Ils n'ont pas encore pris leur décision.

— Où sont Cai et Ectorius ? Je ne les vois pas. »

Ectorius et son fils, Cai, étaient arrivés à Londinium et nous avaient croisés alors que nous nous dirigions vers l'église.

« Je leur ai dit de trouver Morcant et de rester avec lui.

— Avec *lui* ?

— Peut-être ne criera-t-il pas aussi fort si sa voix est la seule qu'il entend. »

Arthur sourit d'un air sombre. « Je n'ai pas peur de Morcant.

— Ce n'est pas une question de peur, Arthur, mais de pouvoir, dit gravement Merlin. Et Morcant détient précisément ce dont tu as besoin.

— Je n'ai pas besoin de son approbation.

— Son assentiment.

— C'est la même chose, rétorqua Arthur.

— Peut-être, accorda Merlin. Peut-être.

— J'aurais aimé parler à Cai.

— Plus tard.

— Pourquoi attendons-nous ? Allons-y.

— Nous allons attendre encore un peu... pour laisser Morcant et ses amis mijoter dans leur jus.

— C'est moi qui mijote, Myrddin ! Allons-y, qu'on en finisse.

— Chut, patience. »

Malgré le froid, les gens continuaient d'affluer dans le jardin. Arthur, Merlin et moi nous tenions hors de vue sous le porche de l'église, attendant que les rois et les seigneurs soient rassemblés pour assister de nouveau au miracle qu'ils n'accepteraient ni ne reconnaîtraient. Mais ils venaient néanmoins. Qu'auraient-ils pu faire d'autre ?

Je scrutais moi aussi la foule, souhaitant de tout mon cœur que Meurig et Custennin fussent arrivés, et me demandant pourquoi Lot n'était pas là. Qu'est-ce qui avait pu le retarder ? Je ne pouvais m'empêcher de penser que leur présence changerait quelque chose — même si je savais que cet espoir était futile.

Quoi qu'il en soit, Merlin avait déjà décidé de la façon dont se passeraient les choses.

Urbanus, chauve et empâté, arriva d'un air affairé, ses sandales claquant sur la pierre humide. « Tout est prêt, dit-il, légèrement essoufflé. Tout a été préparé comme tu l'as demandé. »

Arthur se tourna pour regarder l'évêque. « Qu'est-ce qui est prêt ? » La question s'adressait à Merlin.

« J'ai demandé à Urbanus de nous préparer un

endroit où nous puissions nous asseoir pour bavarder en hommes civilisés. Il n'est pas bon que nous nous apostrophions comme des maquignons sur la place du marché. C'est trop important, Arthur. Quand ils sont assis côte à côte, les gens ont tendance à se montrer plus raisonnables.

— Oui, répondit Urbanus. Alors, quand serez-vous prêts... ?

— Je te ferai signe, répondit Merlin.

— Très bien. Je vais prendre ma place. » Urbanus joignit les mains et s'éloigna en hâte, soufflant de petits panaches de vapeur dans l'air glacé.

Arthur piétinait sur place. La foule s'impatientait dans le froid. Certains des seigneurs rassemblés près de la clef de voûte parlaient fort et regardaient autour d'eux d'un air sarcastique. D'ici quelques moments, des cris s'élèveraient pour réclamer Arthur. S'il ne se présentait pas, il y aurait une émeute.

Arthur percevait la tension de la foule qui venait battre contre lui telle une houle. Il se tourna vers Merlin et l'implora : « S'il te plaît, pouvons-nous en finir ? »

Au même instant, la foule se mit à crier.

« Tu vois ? Ils sont las d'attendre, et moi aussi. »

Je pense que c'était là ce que Merlin avait attendu. Il voulait que les émotions de la foule, et aussi celles d'Arthur, soient exacerbées. Il les voulait bien éveillés et mal à l'aise.

« Oui, déclara Merlin. Je crois que nous les avons assez fait attendre. Allons-y. Souviens-toi de ce que je t'ai dit. Et, quoi qu'il arrive, veille à ne céder cette épée à personne. »

Arthur hocha sèchement la tête. Il avait compris sans qu'on ait besoin de le lui dire.

Merlin se fraya un passage jusqu'à la clef de voûte et fut aussitôt reconnu. « L'Emrys ! Faites place à l'Emrys ! Place ! » Et un chemin s'ouvrit devant lui.

Nous arrivâmes devant la pierre. Comme pour nous barrer la route et nous défier, Morcant et ses amis se tenaient juste en face, les sourcils froncés et un sourire hautain aux lèvres. L'hostilité qui bouillonnait en eux s'échappait en jets de vapeur par leur bouche et leurs narines. Le jour semblait s'être assombri.

La pierre, avec sa mince couche de neige, paraissait immense, blanche et froide... si froide. Et la grande épée de Macsen Wledig, l'Épée de Bretagne, y était plongée jusqu'à la garde, aussi solide que la pierre qui la retenait. Toutes deux étaient à jamais unies, impossibles à séparer.

Avais-je simplement rêvé qu'Arthur l'en avait retirée ?

Dans la lueur blême de ce jour blafard, tout ce qui s'était passé jusque-là semblait aussi lointain et confus qu'un rêve à demi oublié. La pierre avait vaincu tout ceux qui avaient posé la main sur l'épée. Par cette lugubre journée, elle allait aussi vaincre Arthur. Et la Bretagne finirait par sombrer dans les ténèbres.

Merlin leva les mains dans une attitude de déclamation, bien que la foule fût déjà silencieuse. Il attendit et, quand tous les yeux furent sur lui, il dit : « L'épée a déjà été extraite de la pierre, ainsi que beaucoup peuvent en témoigner. Pourtant elle doit l'être de nouveau à la lumière du jour, en pleine vue de tous, de façon que nul ne puisse crier à la tromperie ou à la sorcellerie. »

Il se tut pour laisser le temps à ses paroles de faire leur effet. Le vent s'était levé et la neige s'était mise à tomber pour de bon — de gros flocons poudreux, tels des morceaux de laine chassés par les tourbillons.

« L'un de vous veut-il se mesurer à la pierre ? Qu'il essaie maintenant. » L'acier dans la voix de Merlin lançait un défi aussi froid et dur que la pierre elle-même.

Bien sûr, il y en aurait quelques-uns pour essayer, sachant ce qu'ils savaient déjà au fond de leur cœur — qu'ils seraient vaincus comme ils l'avaient déjà été. Mais, dans leur ignorance et leur folie, ils ne voulaient pas que leur soit refusée l'occasion d'échouer une fois de plus.

Le premier seigneur à essayer fut la jeune vipère, Cerdic, l'insolent fils de Morcant. Les lèvres retroussées en un sourire de mépris, l'insensé se fraya un chemin jusqu'à la pierre, tendit le bras et saisit la poignée comme pour s'emparer de la fortune d'un autre. Il tira avec toute l'arrogance dont il était capable — et qui n'était pas mince. La foule l'encouragea de ses cris, mais il s'écarta un moment plus tard, le visage empourpré par l'effort et la défaite.

Maglos de Dumnonia, le fils de Morganwg, s'avança ensuite — plus par curiosité que dans l'espoir de réussir. Il posa en hésitant la main sur la poignée, comme si elle risquait de le brûler. Il fut vaincu avant d'avoir tiré et renonça avec bonne grâce.

Coledac sortit de la foule. Il jeta un coup d'œil à l'épée — comme s'il était indigne de lui d'y toucher —, enroula sa main autour de la poignée et tira, la relâchant presque aussitôt. Il tourna les talons et replongea dans la foule.

Owen Vinddu, le chef des Cerniw, vint se placer devant la pierre, l'air pénétré. Puis, posant les deux mains sur la poignée, il l'empoigna avec une telle force que ses jointures blanchirent quand il tira. Avec un grognement sonore, il battit en retraite, vaincu.

Il s'en présenta d'autres : Ceredigawn de Gwynedd et Ogryvan, son voisin... Morganwg, suivant l'exemple de son fils sans plus de succès... le vieil Antonius des Cantii, raidi par l'âge, mais résolu jusqu'à la fin... et encore d'autres — seigneurs, chefs, rois, tous sans exception.

Tous ceux qui avaient le désir de régner essayèrent ce jour-là, et tous connurent la défaite devant la pierre, jusqu'à ce qu'il ne reste plus qu'Arthur. Les cris se turent tandis que la foule se tournait vers lui.

Il se dressait, l'air sombre, les yeux de la couleur des cieux plombés, les épaules bien droites, les lèvres serrées. Sa dureté me surprit, et les autres la virent aussi. Oui, il serait de taille à se mesurer à la pierre — il paraissait fait de la même matière.

Il avança la main et saisit l'épée comme pour l'arracher aux entrailles d'un ennemi. On entendit alors le froid crissement de l'acier contre la pierre quand il tira, puis le hoquet de la foule quand il souleva la grande arme et la brandit afin que chacun puisse la voir.

Quelques-uns, à leur éternel crédit, plièrent aussitôt le genou, reconnaissant leur roi. La plupart n'en firent rien. Ils ne pouvaient accepter le témoignage de leurs sens. Les hommes avaient attendu de longues années ce spectacle, et maintenant ils refusaient d'y croire.

À quoi s'attendaient-ils ? Un ange vêtu de lumière ? Un dieu de l'Autre Monde ?

« Tricherie ! » La voix était celle d'un chef de Morcant, qui avait sans nul doute reçu l'ordre de déclencher le tapage. « Usurpateur ! » Disséminés dans l'assemblée, d'autres l'imitèrent pour essayer de déchaîner la foule contre Arthur. Mais Merlin était prêt.

Avant que l'on en vienne aux coups, il fit signe à Urbanus qui vint se placer auprès d'Arthur et écarta les bras en un geste de conciliation. « Silence ! s'écria-t-il. Pourquoi persistez-vous à douter de ce que vous avez vu de vos propres yeux ? En ce jour de la Nativité du Christ, qu'il n'y ait pas de discorde entre nous. Entrons plutôt dans l'église et prions Dieu qu'il nous guide, comme doivent le faire les chrétiens. Puis nous siégerons ensemble pour tenir conseil et déterminer la conduite à tenir. »

C'était inattendu. Les seigneurs récalcitrants n'avaient pensé que rébellion et effusion de sang, ils n'étaient pas préparés à réagir à la calme raison de la suggestion d'Urbanus. Ectorius fut prompt à se rallier au projet. « Bien parlé ! s'écria-t-il. Nous sommes gens raisonnables et mesurés. Quel mal y a-t-il à siéger ensemble ? Et quel meilleur endroit pour cela que cette sainte église ? »

Les dissidents étaient fort embarrassés pour répondre. S'ils refusaient, les gens les reconnaîtraient pour les traîtres qu'ils étaient et acclameraient Arthur. Mais accéder à la suggestion d'Urbanus revenait à reconnaître la légitimité des prétentions d'Arthur. Ils étaient proprement piégés.

Urbanus voyait leur hésitation et en connaissait la cause. « Venez, dit-il d'un ton raisonnable. Laissez de côté querelles et vaines disputes. Par cette très sainte journée, que la paix règne entre nous. Entrons dans l'église. »

Les gens murmurèrent leur approbation et les petits rois comprirent qu'ils avaient perdu cette bataille. « Très bien, dit Morcant en rassemblant les siens, tenons conseil pour décider de ce qu'il faut faire. Je demande la réunion du Conseil des Rois. » Il espérait ainsi faire admettre que la question était loin d'être réglée et qu'il avait autorité. Ce disant, il fit demi-tour et entra le premier dans l'église.

S'il avait nourri l'espoir d'en profiter pour s'attribuer la place d'honneur, cet espoir demeura mort-né dans sa poitrine. Merlin avait demandé à Urbanus de disposer les fauteuils des rois en un vaste cercle à l'intérieur du sanctuaire — ainsi que cela s'était fait du temps d'Aurelius et d'Uther, mais jamais plus depuis.

De cette façon, aucun roi ne se tenait au-dessus de ses frères, donc l'avis d'aucun seigneur ne comptait plus que celui d'un autre. Cela diminuait l'influence de Morcant sur les seigneurs de moindre rang.

La chose ne lui plaisait pas, mais il n'y pouvait rien. Il gagna son siège à grands pas et y prit place avec toute la morgue qu'il put mettre dans ce geste. Les autres s'installèrent où ils le voulurent, entourés de leurs conseillers, et les plus curieux des citoyens de Londinium s'entassèrent derrière. En quelques instants, la salle illuminée de centaines de chandelles et odorante du halo de l'encens bourdonnait comme une ruche. Urbanus n'aurait pu imaginer plus vaste rassemblement pour la Nativité du Christ.

Il ne pouvait donc laisser passer une telle occasion. Il ouvrit le conseil par une prière admonitoire — en latin et en breton, afin que chacun comprenne bien ce qu'il disait. Et il prit son temps.

« Très Sage Père, conclut-il, Grand Dispensateur et Guide, mène-nous dans la droiture et la sagesse vers le roi que tu as choisi, et accorde-nous la paix pendant la durée de cette élection. Bénis notre conseil de la lumière de ta présence et que chacun parmi nous t'honore en pensées, en paroles et en actes. »

Sa prière enfin terminée, Urbanus se retourna pour s'adresser à l'assemblée : « Cela fait bien des années que cette assemblée ne s'est pas réunie, bien des années qu'un Grand Roi n'a pas gouverné la Bretagne... à notre grand préjudice, je vous l'affirme. » Il s'interrompit et parcourut la foule du regard avant de poursuivre. « Je vous adjure donc de ne pas vous séparer sans avoir redressé ce tort en rétablissant le trône suprême. »

Cela plut à l'assistance qui manifesta bruyamment son approbation. Urbanus se tourna alors vers Merlin. « Je suis prêt à te servir de toute manière que tu jugeras utile.

— Merci, évêque Urbanus », répondit Merlin en lui donnant congé. Il s'adressa aussitôt à Morcant. « Puisque tu as réclamé ce conseil, Morcant, commença-t-il, peut-être nous diras-tu pourquoi tu refuses d'accepter le signe par lequel nous avons tous admis que serait reconnu le prochain Grand Roi de Bretagne. Car, à moins que tu n'aies découvert une raison convaincante pour laquelle nous devrions ne pas tenir compte de ce que nous avons vu de nos propres yeux, je vous dis à tous que le Grand Roi se tient aujourd'hui devant vous, l'Épée de Bretagne à la main. »

Morcant fronça les sourcils. « Il y a toutes les raisons de ne pas en tenir compte. Nous vivons, nous le savons tous, un âge de maléfices, il y a beaucoup de sorcellerie dans le pays. Comment pouvons-nous savoir si ce que nous avons vu de nos propres yeux, dit-il d'un ton moqueur, n'a pas été accompli par enchantement ?

— Comment cela, par enchantement, Morcant ? demanda Merlin. Formule clairement ton objection : accuses-tu Arthur de sorcellerie ? »

Morcant se rembrunit. Accuser de sorcellerie était plus facile que d'en apporter la preuve. « Suis-je un sorcier pour savoir ce genre de choses ? fulmina-t-il.

— C'est toi qui a évoqué devant nous ce péché. Je te le demande, Morcant, Arthur est-il un sorcier ? »

Le visage tordu de rage, Morcant se contint néanmoins et répondit d'un ton raisonnable : « Je n'ai pas d'autre preuve que l'épée qu'il tient à la main. S'il ne l'a pas obtenue par sorcellerie, j'exige de savoir quel pouvoir la lui a procurée.

— Le pouvoir de la vertu et de la vraie noblesse, déclara Merlin. Ce même pouvoir qui est accordé à tous ceux qui le choisissent. »

La foule éclata en acclamations et Morcant comprit qu'il perdait pied devant l'esprit et la logique de Merlin. Mais il ne put se retenir. Montrant l'assemblée, il demanda : « Contestes-tu la noblesse de ceux qui sont rassemblés ici ? Mets-tu en doute leur vertu ?

— C'est *toi* qui le dis, Morcant. J'affirme simplement la noblesse et la vertu de celui qui se tient devant nous. » Merlin leva une main vers Arthur, debout près de lui. « Si tu te sens diminué en sa présence, c'est sans nul doute la vérité à l'œuvre en ton cœur.

— Es-tu Dieu pour prétendre connaître la vérité ? ricana Morcant.

— Et toi, es-tu si étranger à la vérité pour ne pas la reconnaître ? Renonce à cette folie, Morcant. Si tu as des objections, exprime-les. » Il inclut les autres dans son défi. « Si quelqu'un voit une juste raison pour laquelle Arthur ne devrait pas recevoir la couronne qu'il a gagnée de son plein droit, qu'il parle maintenant ! »

Le silence dans la vaste salle était tel que j'aurais pu entendre les flocons de neige tomber dans la cour. Personne, pas même Morcant, ne pouvait avancer une seule raison légitime qui empêchât Arthur d'être Grand Roi — sinon sa propre ambition et son propre orgueil.

Les yeux dorés de Merlin parcoururent l'assemblée. Le moment était venu de régler la question. Il se leva lentement et s'avança au centre du cercle. « C'est bien ce que je pensais, dit-il doucement. Personne ne parle contre Arthur. Maintenant je vous demande : qui veut parler en sa faveur ? »

Le premier à répondre fut Ectorius, qui se leva d'un bond. « Je parle en sa faveur. Et je le reconnais pour roi !

— Je le reconnais aussi pour roi. » C'était Bedegran.

« Je le reconnais pour roi », dit Madoc, se levant en même temps que lui.

Ceux qui avaient déjà plié le genou proclamèrent à nouveau Arthur roi. La foule se mit à l'acclamer, mais les acclamations moururent dans les gorges. Car personne d'autre ne voulut reconnaître Arthur. Le Conseil des Rois demeurait divisé et ceux qui soutenaient Arthur n'étaient pas assez nombreux pour lui permettre de faire valoir ses droits au trône en dépit des opposants.

Morcant ne perdit pas un instant. « Nous n'accepterons pas qu'il règne sur nous, croassa-t-il. Il faut en choisir un autre.

— Il détient l'épée ! s'écria Merlin. Et rien n'a changé. Qui veut être roi doit d'abord prendre l'épée des mains d'Arthur. Car, en vérité, je vous le dis, personne d'entre vous ne sera roi s'il ne la détient ! »

Morcant serrait les poings de colère. Quoiqu'il fît pour essayer de s'écarter du problème, Merlin réussissait à l'y ramener.

« Arthur, viens ici », dit Merlin. Le jeune homme rejoignit l'Emrys au centre du cercle.

« Le voici, dit Merlin en s'écartant. Qui parmi vous veut être le premier à essayer ? »

Arthur se tenait au centre du cercle de rois. Dans la lumière vacillante des chandelles de la Nativité du Christ, tenant négligemment l'épée à la main, résolu, sans crainte, il semblait un ange vengeur, les yeux étincelants du feu ardent de la vertu.

Manifestement, quiconque désirait s'emparer de l'épée par la force aurait à livrer bataille. Ils étaient peut-être insensés, mais pas suffisamment pour risquer un combat singulier avec ce jeune guerrier inconnu. Le défi de Merlin tenait bon.

Même ainsi, Arthur ne pouvait faire complètement valoir ses droits au trône. Il n'avait pas de terres, pas de fortune, pas d'armée, et ses partisans étaient trop peu nombreux. La situation demeurait bloquée. Rien n'avait changé depuis la veille.

Mais Merlin n'avait pas l'intention de renoncer.

IV

Durant toute cette journée d'hiver et jusque tard dans la nuit, les rois bataillèrent farouchement, mais Merlin les tenait dans son étreinte de fer et ne les lâchait pas. Il restait ferme comme un roc, véritable montagne pour la défense d'Arthur. Arthur demeurait également inébranlable. Aucune force au monde n'aurait pu avoir raison d'eux...

... tout comme aucune force au monde ne peut obliger un homme à rendre hommage à un autre s'il s'y refuse.

En vérité, les petits rois ne désiraient pas rendre hommage à Arthur. Il lui faudrait se gagner leur loyauté. La grande préoccupation de Merlin était de l'y aider.

Il y parvint en ressuscitant le titre de *Dux Britanniarum,* Duc de Bretagne — l'ancien titre d'Uther à l'époque où il était chef de guerre d'Aurelius —, pour le décerner à Arthur.

Le conseil finit par y consentir, car cela le dispensait de proclamer directement Arthur roi. Mais une fois ce compromis arraché, Merlin passa à la deuxième partie de son projet : une armée à laquelle tous les rois contribueraient à égalité pour le bénéfice de tous. Une force libre de toute attache, consacrée à veiller à la sécurité des terres de Bretagne.

Soumise à nul roi, entretenue également par tous, cette armée errante pourrait frapper où et quand il en serait besoin — sans considération pour les alliances et les pactes restrictifs des petits rois.

Puisque la Bretagne était confrontée à un ennemi commun, elle alignerait une armée commune, menée par un chef de guerre ne devant d'allégeance à personne, mais servant également tout le monde quand la nécessité s'en manifesterait.

Bien sûr, cela fut beaucoup plus difficile à faire accepter, car cela signifiait que Morcant, Coledac et leurs semblables devraient renoncer à leurs habitudes guerrières — sinon ils se retrouveraient face à Arthur et à l'armée qu'ils contribuaient eux-mêmes à entretenir.

Nommer Arthur Duc de Bretagne imposait donc la paix. C'était la beauté du projet de Merlin, et aussi sa plus grande faiblesse. Car, en vérité, les rois qui n'avaient nulle intention de jurer fidélité à Arthur ne voulaient pas l'entretenir à leur propre détriment.

Certains élevèrent d'autres objections : une armée errante sur laquelle ils n'avaient aucune autorité était à peine moins dangereuse que les pillards saecsens que cette même armée était censée tenir à l'écart.

Mais, comme ils avaient déjà concédé son titre à Arthur, ils ne pouvaient revenir en arrière. Un chef de guerre impliquait une force à commander. Et personne ne pouvait en nier le besoin. Arthur serait Chef de Guerre, et son armée serait levée avec l'appui du conseil.

Il était vrai que ce n'était pas le trône de Grand Roi. Mais la manœuvre de Merlin donnait à Arthur ce dont il avait besoin : la liberté d'agir pour conquérir la couronne.

Quand Arthur quitta l'église cette nuit-là — une nuit froide et venteuse où la glace scintillait dans le clair de lune blafard — s'éloignant à longues enjambées, l'Épée de Bretagne à sa hanche, ce n'était plus le jeune homme qui y était entré le matin. La malveillance des petits rois, leurs mesquines rancunes, leur amère jalousie l'avaient endurci. Mais l'Esprit de Sagesse suit des voies mystérieuses : Arthur les connaissait désormais pour ce qu'ils étaient.

En cela, il était mieux loti qu'eux, car ils ne le connaissaient en rien.

Arthur a toujours appris vite. Quand, jeune garçon dans la demeure d'Ectorius, il étudiait le latin et les chiffres avec Melumpus, le tuteur gaulois venu de la proche abbaye d'Abercurny, il lui suffisait d'entendre une fois une chose pour la comprendre, deux fois pour la posséder à jamais.

Bien souvent, quand je venais l'après-midi chercher les garçons pour aller chevaucher ou nous entraîner aux armes, je trouvais Arthur en train d'expliquer calmement à Cai un mot ou un calcul, tandis que Melumpus somnolait au soleil, les mains croisées sur le ventre. Arthur était capable d'enseigner aussi bien qu'il apprenait, mais il avait toujours préféré l'action à la réflexion.

Si une chose était possible, Arthur n'avait de cesse qu'il l'eût faite. Si elle ne l'était pas, c'était encore mieux... c'était alors ce qu'il désirait le plus au monde.

À cet égard, nul souvenir n'est plus vivace dans mon esprit que certain voyage en Gwynedd pour rendre visite à Tewdrig, à Caer Myrddin. Ectorius et Cai chevauchaient avec nous, ainsi que Merlin, bien entendu, et une petite escorte.

Je crois que c'était l'été de la onzième année d'Arthur, et nous avions eu des échos de nouvelles incursions d'Irlandais le long de la côte. Merlin voulait s'entretenir de la situation avec Tewdrig et Meurig, et voir par lui-même comment se présentaient les choses. Il avait projeté de voyager seul, tranquillement. Mais Arthur, dès qu'il en avait entendu parler, s'était aussitôt imposé avec Cai et il n'y avait pas eu moyen de l'en dissuader. Comme nous ne pouvions en aucune manière prendre le risque de voyager avec Arthur sans protection, il avait été décidé que nous irions tous ensemble.

Tout se passa bien jusqu'à Yr Widdfa. En apercevant ces hauts et froids sommets, Arthur avait failli tomber de son cheval de stupéfaction. « Regardez cela ! Avez-vous jamais vu plus haute montagne ? Elle est encore recouverte de neige !

— C'est effectivement un spectacle, acquiesça Merlin.

— A-t-elle un nom ? Quel est-il ?

— Elle en a un. Tout ceci est Yr Widdfa, la Région des Neiges. » Merlin désigna le plus haut sommet. « Ce pic que tu regardes bouche bée s'appelle Eryri.

— Il est... » — il chercha ses mots — « ... immense ! Immense et magnifique. » Il le contempla, émerveillé, se repaissant de sa vue. « Quelqu'un l'a-t-il jamais gravi ? »

La question prit Merlin au dépourvu. « Je ne crois pas, répondit-il. Je ne pense pas que ce soit possible. »

Ce n'était certainement pas la chose à dire. « Bien ! Je serai donc le premier », déclara Arthur. Il était sérieux, et il avait l'intention de le faire sur-le-champ. Faisant claquer ses rênes, il s'élança vers la montagne.

Merlin s'apprêtait à le rappeler, mais Cai intervint. « S'il te plaît, seigneur Emrys, j'aimerais l'escalader, moi aussi.

— Toi, Cai ? » Merlin se retourna pour regarder son visage halé. Ses yeux bleu clair renfermaient tout l'espoir qu'un être humain puisse contenir. Il eût été impensable de le réfréner. Et Merlin vit que, si Arthur désirait ardemment gravir cette montagne, Cai le désirait encore davantage, mais pour une raison bien différente.

« Voyons, Caius, tu ne peux... » commença Ectorius.

Merlin le fit taire d'un geste. « Bien sûr, dit-il, je pense qu'il est temps que cette montagne soit conquise. Et, tous les deux, vous êtes exactement les hommes qu'il faut pour cela. Allez, fais vite si tu ne veux pas te laisser distancer. » Il fit signe à Cai d'y aller et le garçon s'élança à la suite d'Arthur.

« Penses-tu que ce soit sage ? » demanda Ectorius en regardant son fils avec une certaine appréhension. Longtemps il avait protégé la jambe boiteuse de son fils — conséquence d'un accident et d'une fracture mal réduite à l'époque où Cai commençait à monter à cheval.

« Non, répondit Merlin, c'est la folie même de les laisser faire.

— Dans ce cas, pourquoi... ? »

Merlin sourit en montrant la montagne de la main. « Parce que, si nous les retenions maintenant, ils ne risqueraient plus jamais l'impossible d'un cœur serein.

— Est-ce si important ?

— Pour des hommes ordinaires, non. » Merlin secoua la tête en regardant les garçons s'éloigner. « Mais, Ector, nous ne cherchons pas à en faire des hommes ordinaires.

— Ils pourraient se tuer !

— Alors, ce serait une glorieuse défaite », déclara Merlin. Ectorius ouvrit la bouche pour protester, mais mon maître l'arrêta, disant : « Ector, ils mourront de toute façon un jour et nous ne pouvons l'empêcher. Ne le vois-tu pas ?

— Non, je ne le vois pas. C'est un risque inutile. » Ectorius montra tout son mépris pour une telle idée.

« Les morts le sont pour longtemps, dit Merlin. Mieux vaut avoir vécu tant que l'on était en vie, non ? De plus, s'ils réussissent, ils auront conquis un géant, ils seront invincibles !

— Et s'ils échouent ?

— Alors, ils auront appris quelque chose sur les limites de l'homme.

— Une coûteuse leçon, me semble-t-il, marmonna Ectorius.

— Elle n'en aura que plus de valeur à leurs yeux. Allons, courage, mon ami. Si Dieu et ses anges se tiennent prêts à les aider, pouvons-nous faire moins ? »

Ectorius s'enferma dans un silence maussade et nous nous mîmes en route sur les traces des garçons que nous rattrapâmes un peu plus loin sur un plateau au pied des pentes abruptes où ils s'étaient arrêtés pour discuter de la meilleure façon d'entamer l'ascension.

« Eh bien ? Qu'y a-t-il ? demanda Merlin.

— Ce chemin semble le meilleur, répondit aussitôt Arthur. Les autres sont trop escarpés. De ce côté, nous pouvons arriver assez haut en marchant.

— Alors, allez-y, leur dit Merlin en jetant un coup d'œil au soleil. Il vous reste encore la meilleure partie de la journée. Nous allons dresser le camp et vous attendre ici.

— Il a raison, dit Arthur à Cai, la mâchoire déterminée. Allons-y. » Ne prenant chacun qu'une outre d'eau et deux pains d'orge, ils nous dirent adieu et commencèrent leur ascension du mont Eryri. De notre côté, nous nous installâmes pour les attendre. Ectorius et certains de ses hommes partirent chasser dans l'après-midi et revinrent au crépuscule avec une douzaine de lièvres et autant de faisans. Ils avaient laissé s'échapper le plus gros gibier, car nous ne pouvions ni le manger sur place ni l'emporter avec nous.

Pendant que les hommes nettoyaient leurs prises et préparaient le dîner, Ectorius nous décrivit l'abondant gibier qu'ils avaient aperçu — ne cessant de tourner les yeux vers les pentes de la montagne qui nous surplombait. Finalement, il demanda : « Vous pensez qu'ils vont rester là-haut toute la nuit ?

— Je le suppose, répondis-je. Ils sont arrivés trop loin pour redescendre et ils ne peuvent avoir déjà atteint le sommet.

— Je n'aime pas l'idée qu'ils escaladent cette montagne dans le noir.

— Ils ont suffisamment de bon sens, lui assurai-je. Ils s'arrêteront afin de se reposer pour la nuit.

— Ce n'est pas de leur repos que je me soucie. » Ectorius tourna brusquement le dos et partit s'occuper de ses affaires.

Je m'étonnai de l'attitude de Merlin, car il ne semblait en rien préoccupé par l'entreprise. Il faisait d'habitude preuve de la plus grande prudence en ce qui concernait la sécurité d'Arthur. Un peu plus tard, pendant que les lièvres et les faisans rôtissaient au-dessus du feu, je le retrouvai au bord du torrent où il remplissait les outres et abreuvait les chevaux. Je lui posai la question et il répondit simplement : « Tranquillise-toi, Pelléas. Je ne vois aucun mal en ce lieu.

— Qu'as-tu vu ? »

Il s'arrêta et se releva, tournant les yeux vers la montagne dont le sommet était embrasé des dernières lueurs du crépuscule. Il garda un moment le silence, les yeux illuminés par l'étrange feu qui brûlait sur les hauteurs. « J'ai vu une montagne qui porte le nom d'un homme, et ce nom est *Arthur.* »

Nous attendîmes toute la journée du lendemain et Ectorius garda son calme. Mais, quand vint la nuit et que le temps fraîchit, il se campa devant Merlin, les mains sur les hanches. « Ils ne sont pas revenus.

— Non, acquiesça Merlin.

— Il est arrivé quelque chose. » Il jeta un coup d'œil inquiet à la montagne qui s'obscurcissait, comme pour voir les garçons accrochés à son flanc. Sa bouche s'agita un moment en silence, puis il explosa. « La jambe de Cai ! C'est tout juste si ce garçon arrive à marcher avec... je n'aurais jamais dû les laisser partir.

— Du calme, Ector. Il n'y a pas lieu de s'inquiéter. Ils reviendront quand ils auront fait ce dont ils sont capables.

— Quand ils se seront rompu le cou, veux-tu dire.

— C'est peu probable.

— C'est toi qui le dis ! » grommela Ectorius. Mais il n'ajouta rien de plus ce soir-là.

Le lendemain matin, les garçons n'étaient toujours pas de retour et je commençais à partager les pressentiments d'Ectorius. Merlin pouvait-il s'être trompé ?

À midi, la patience d'Ectorius était à bout. Il marchait de long en large dans le camp en marmonnant entre ses dents. Il respectait suffisamment Merlin pour ne pas l'insulter ouvertement en insistant pour partir à la recherche des garçons. Mais il ne pensait qu'à cela — et malgré tout son respect, il n'attendrait pas une nuit de plus.

Merlin faisait semblant de ne pas remarquer l'inquiétude croissante d'Ectorius. Il passait son temps à ramasser dans la vallée des herbes que l'on ne pouvait trouver plus au nord.

Finalement, lorsque le soleil disparut derrière les sommets entourant le mont Eryri, Ectorius décida de prendre les choses en main. Il ordonna à quatre de ses hommes de seller leurs chevaux et de se préparer à commencer les recherches.

« Réfléchis à ce que tu fais, lui dit Merlin d'un ton égal.

— Je n'ai pensé à rien d'autre de toute la journée ! rétorqua Ectorius.

— Laisse-les, Ector. Si tu pars à leur recherche, tu les priveras de leur gloire. Ils sauront que tu n'as pas cru en leur succès.

— Et s'ils gisent au fond d'une crevasse, les os rompus et se vidant de leur sang ? Ils sont peut-être mourants.

— Alors laisse-les mourir comme les hommes que tu espérais les voir devenir un jour ! » répliqua Merlin. « Ector, ajouta-t-il d'un ton apaisant, fais-moi confiance quelques instants de plus.

— Je t'ai fait confiance bien trop longtemps ! » s'écria Ector. Son chagrin était aussi profond que son amour. Je crois qu'il se tenait pour responsable de l'infirmité de son fils : le cheval était le sien.

« Si tu ne peux me faire confiance, aie donc confiance en Dieu. Patience, mon frère. Tu as surmonté jusqu'ici ton inquiétude, supporte-la encore un peu.

— Ce que tu demandes n'est pas facile.

— S'ils ne nous ont pas rejoints à l'aube, tu n'auras pas besoin de mener les recherches, Ector, c'est moi qui m'en chargerai. »

Ectorius secoua la tête et poussa un juron, mais il accepta les propos rassurants de Merlin et partit à grands pas annuler les ordres qu'il avait donnés à ses hommes.

L'obscurité tomba rapidement. Je pense que la nuit arrive toujours plus vite sur les hauteurs. Des étoiles scintillaient déjà au firmament, bien que le ciel fût encore clair, quand nous prîmes place pour le souper. Les hommes racontaient des histoires de chasse pour essayer de distraire leur maître de ses sombres pensées.

Merlin fut le premier à entendre le cri. À vrai dire, je crois qu'il l'avait guetté presque toute la journée et qu'il commençait à se demander pourquoi il ne l'avait pas entendu.

Il se leva, étendant la main pour demander le silence, la tête penchée sur le côté. Personne, moi pas plus que quiconque, n'entendait autre chose que le chant perlé des alouettes qui regagnaient leur nid pour la nuit.

Même si j'avais appris à ne pas douter de lui, il paraissait s'être trompé. Les hommes s'agitaient.

« Ce n'était que... », commença Ectorius.

Merlin lui fit signe de se taire. Il se tint un long moment immobile, puis il se tourna vers la montagne. Un sourire se dessina lentement sur son visage. « Voyez ! dit-il. Le retour des conquérants ! »

Ectorius se dressa d'un bond. « Où ? Je ne les vois pas !

— Ils arrivent. »

Ector fit quelques pas en courant. « Je ne vois rien ! »

Puis j'entendis le cri : le haut et vibrant appel que l'on utilise dans les montagnes. Les autres étaient maintenant debout, eux aussi... tous tendant l'oreille et scrutant l'obscurité naissante.

« Ce sont eux ! s'écria Ectorius. Ils sont de retour ! »

Nous ne les vîmes pas avant qu'ils fussent tout près, car dans le noir leurs vêtements ne se détachaient pas sur le flanc sombre de la montagne. Quand ils crièrent de nouveau, je distinguai deux silhouettes qui s'approchaient rapidement.

« Cai ! Arthur ! » cria Ectorius.

L'instant d'après, ils apparurent et je n'oublierai

jamais l'expression de leurs visages. Car je n'avais jamais vu un tel air de triomphe et d'exultation chez un être humain... et je ne l'ai vu qu'une fois depuis. Ils étaient épuisés, échevelés, mais rayonnants de joie. Ils étaient des héros. Ils étaient des dieux.

Ils s'avancèrent en titubant jusqu'au feu de camp et s'effondrèrent sur le sol. Même à la lueur du feu, je pouvais voir leurs joues et leurs nez brûlés par le soleil. La peau claire d'Arthur pelait et Cai avait le front et le cou aussi rouges que ses cheveux ! Leurs vêtements étaient sales et déchirés aux coudes et aux genoux. Leurs mains étaient à vif, leurs bras et leurs jambes couverts d'écorchures et de contusions. Ils avaient l'air d'être passés à travers des buissons de ronces tout le long du chemin.

« Apportez-leur à boire ! » ordonna Ectorius et quelqu'un courut chercher de la bière. Le seigneur de Caer Edyn regardait son fils, la poitrine gonflée de fierté au point de ressembler à un coq de bruyère en train de se pavaner.

Je leur donnai ce qui restait de notre souper. Arthur s'enfourna la moitié d'un pain dans la bouche. Cai, trop fatigué pour manger, se contenta de tenir le sien à la main et de le regarder fixement.

« Tenez, dit Merlin en leur tendant une outre d'eau. Buvez cela. »

Cai but à grandes gorgées, puis il passa l'outre à Arthur qui avala bruyamment l'eau fraîche du torrent.

Ectorius ne put plus se contenir. « Alors, comment cela s'est-il passé, fils ? Avez-vous atteint le sommet ?

— Le sommet, répondit respectueusement Cai. Oui, nous avons atteint le sommet. » Il tourna la tête vers Arthur et son regard était celui d'un homme qui vient d'apprendre une vérité profonde et dont la vie en a été changée. « Je n'aurais jamais réussi sans Arthur. »

Arthur reposa l'outre. « Ne dis pas cela, mon frère. Nous l'avons escaladé ensemble — toi et moi *ensemble.* » Il se tourna vers le reste d'entre nous. « C'était magnifique ! Glorieux ! Tu aurais dû venir,

Merlin... Pelléas! — vous auriez dû venir avec nous. De là-haut, on peut voir d'un bout à l'autre du monde! C'était... c'était... merveilleux. » Il retomba dans le silence, à court de mots.

« Tu as dit que c'était impossible, rappela Cai à Merlin. Tu as dit que jamais personne ne l'avait fait. Eh bien, nous l'avons fait! Nous sommes montés jusqu'au sommet! » Il marqua un temps et ajouta doucement, se tournant de nouveau vers Arthur : « ... Il a pratiquement dû me porter. »

J'ai vu une montagne qui portait le nom d'un homme et ce nom était Arthur, avait dit Merlin.

Je ne devais découvrir la pleine signification de ces paroles que de nombreuses années plus tard, lorsque les bardes eurent appris les exploits du jeune Arthur et donné à la montagne le nom de Grand Tombeau — ce par quoi ils voulaient dire qu'Arthur avait vaincu le géant couronné de neige.

Le jour où il quitta le Conseil des Rois avec l'Épée de Bretagne sur la hanche, il avait une autre montagne à conquérir, et un autre géant à envoyer au tombeau. La montagne était la construction de l'unité de la Bretagne... l'insolente vanité des petits rois était le géant.

Par comparaison, cela faisait du mont Eryri et de ses hauteurs inhospitalières une simple taupinière dans le carré de navets d'une jouvencelle.

J'ai souvent songé à ce qui s'était passé ce jour-là — à ce que nous avions perdu, et à ce que nous avions gagné.

Nous avions perdu un Grand Roi, assurément. Nous avions gagné un *Dux Britanniarum,* un chef de guerre... ne fût-ce que de nom. Il n'avait pas de légions à commander, pas de supplétifs, il n'avait ni navires, ni *ala* de cavaliers. Arthur n'avait pas d'armée — il ne possédait même pas un cheval! Son glorieux titre romain ne voulait rien dire et tout le monde le savait.

Tout le monde sauf Arthur. « Je serai leur Duc, promit-il. Et je les mènerai si bien à la bataille qu'ils seront forcés de me proclamer Grand Roi! »

Mais il n'avait toujours pas de forces à commander. Il n'avait que Cai et Bedwyr, tous deux dévoués corps et âme à Arthur comme l'un envers l'autre depuis l'enfance. Néanmoins, à eux trois, ils constituaient une force qui n'était pas à négliger. N'importe quel roi aurait donné à l'un ou l'autre la place du champion, simplement pour avoir un tel guerrier à son service.

La première épreuve d'Arthur était de rassembler une armée. Ce qui voulait dire pourvoir à l'entretien et à l'approvisionnement des guerriers. C'était une chose de lever des hommes, c'en était une toute différente de subvenir à leurs besoins : armes, chevaux, nourriture, vêtements, logement — il y aurait fallu une richesse inépuisable.

La richesse vient de la terre. Les fourmis qui rampent dans la poussière en possédaient davantage qu'Arthur.

Ce problème fut malgré tout promptement réglé car, en regagnant ce soir-là la demeure de Gradlon, nous trouvâmes Meurig qui venait d'arriver de Caer Myrddin avec trois de ses chefs, tous épuisés et presque gelés sur leurs selles.

« Je suis désolé, seigneur Emrys. J'implore ton pardon », dit Meurig en s'installant devant l'âtre avec une coupe de vin chaud entre les mains. Puis, se tournant précipitamment vers Arthur, il ajouta : « ... et le tien, seigneur Arthur. Je suis profondément navré d'avoir raté le conseil. Mon père désirait tellement venir, mais le mauvais temps...

— Tu n'as rien raté, répondit Arthur. Cela n'a pas d'importance.

— Je comprends ton déplaisir, commença Meurig. Mais...

— Ce qu'il veut dire, l'interrompit Merlin, c'est que ta présence, quoique bienvenue, n'aurait servi à rien.

— Mais si j'avais été là...

— Non. » Merlin secoua doucement la tête. « En fait, tu as fait pour rien un long voyage dans le froid. Mais, puisque tu es là, je voudrais que tu salues le

Duc de Bretagne et que tu boives à sa santé. Je te présente Arthur, *Dux Britanniarum !*

— Que s'est-il passé ?

— En un mot : Morcant », murmura Ectorius.

À ce nom, Meurig eut un geste grossier. « Je n'aurais pas eu besoin de le demander. J'aurais dû savoir que ce traître se dresserait contre Arthur. Il n'était pas seul ? »

En vérité, Meurig s'était attendu à trouver Arthur proclamé roi — c'était chez son père, Tewdrig, roi de Dyfed, que Merlin avait installé le jeune Arthur pour assurer sa protection durant les premières années de sa vie. Par conséquent, Meurig avait depuis longtemps découvert l'identité d'Arthur. Pourtant Meurig, aussi proche fût-il, n'appréhendait pas pleinement l'étendue des droits d'Arthur au trône de Bretagne.

À vrai dire, bien peu l'appréhendaient à l'époque. C'était peut-être le fils d'Aurelius, mais il fallait plus que cela pour faire d'un homme un Grand Roi. Il lui fallait le soutien de tous les rois. Ou tout au moins d'un assez grand nombre pour faire taire les opposants — ce qui revenait pratiquement au même.

Personne ne croyait vraiment qu'un garçon de quinze ans, presque un enfant, puisse accéder au trône, et personne n'était disposé à lui prêter assistance.

« Morcant a eu toute l'aide qu'il pouvait souhaiter, répondit amèrement Merlin.

— J'écorcherais avec joie ces porcs, jura Cai, si cela pouvait servir à quelque chose.

— J'aurais dû être là, répéta Meurig. Mon père ne va pas bien, sinon il aurait fait le voyage avec nous. Nous avons été retardés par le mauvais temps. En fait, nous avons perdu deux chevaux. » Il se tourna vers Arthur. « Je suis navré, mon garçon.

— Ce n'est pas grave, seigneur Meurig », dit Arthur, démentant ses véritables sentiments, que tout le monde pouvait lire sur son visage. Le silence retomba, maussade.

« Duc de Bretagne, hein ? C'est toujours un

début. » Meurig, qui se sentait responsable, s'efforçait de détendre l'atmosphère. « Que vas-tu faire, à présent ? »

La réponse d'Arthur était prête : « Je vais lever une armée... c'est la première chose. Ce sera la plus vaste armée jamais vue dans l'Île des Forts. Seuls les plus grands guerriers pourront chevaucher avec moi.

— Alors il te faudra des terres... pour élever du bétail et des chevaux, faire pousser du blé », déclara Meurig. Arthur fronça les sourcils, songeant à sa pauvreté. « Par conséquent, mon père et moi sommes convenus que tu aurais les terres du sud du Dyfed.

— La Silurie ? Mais ces terres sont les tiennes ! protesta Arthur.

— Elles *étaient* miennes, le reprit Meurig. Mon père est vieux et ne régnera plus longtemps. C'est moi qui gouvernerai le Dyfed, désormais. Nous avons donc besoin d'une main ferme dans le sud et, puisque je n'ai pas d'héritier, je ne vois pas qui conviendrait mieux que toi pour me succéder. Non ? »

Le froncement de sourcils d'Arthur fit place à l'incrédulité.

« Il y a une vieille forteresse sur une colline, enchaîna Meurig, entre les rivières Taff et Ebbw, avec un port sur le Mor Hafren... elle se nomme Caer Melyn. Cela demandera beaucoup de travail, mais tu peux en faire une citadelle confortable. La terre est bonne : avec un peu de soin, elle pourvoira à tes besoins. » Meurig rayonnait de plaisir en faisant ce présent. « Alors ? Tu n'as rien à dire, jeune Arthur ?

— Je ne sais que répondre. »

Le jeune Duc avait l'air si déconcerté qu'Ectorius lui asséna une claque dans le dos en s'écriant : « Réjouis-toi, mon fils. Tu n'as qu'à accepter ta bonne fortune et mener ta vie de ton mieux.

— Des terres et une épée ! s'exclama Cai. Et ensuite ? Une épouse et des rejetons braillards, sans doute. »

La moquerie de Cai fit grimacer Arthur, qui se

tourna vers Meurig. « Je suis ton obligé, seigneur Meurig. Je ferai de mon mieux pour défendre tes terres et les gouverner comme tu le ferais.

— Je n'en doute pas. Tu seras pour nous un rempart d'acier derrière lequel les habitants du Dyfed deviendront gras et paresseux. » Meurig éclata de rire et les ombres qui s'étaient attachées à chacun de nos pas durant notre séjour à Londinium battirent en retraite.

Je servis de l'hydromel. Nous bûmes à la bonne fortune du Duc de Bretagne, puis nous parlâmes de la composition de l'armée d'Arthur. Il fut décidé qu'Ectorius et Cai retourneraient à Caer Edyn dès que le temps le permettrait pour lever une force qui rejoindrait Arthur dans le sud.

Naturellement, Arthur était impatient de voir ses terres. Il les avait visitées quand il était enfant, bien sûr, mais il n'était pas allé dans le Dyfed depuis très longtemps. L'hiver était bien installé sur le pays, mais Arthur ne s'en souciait pas. Il aurait voulu partir dès le lendemain matin pour aller inspecter Caer Melyn.

« Attendons au moins que la neige ait fondu, plaida Merlin. Meurig dit que l'hiver a été rude dans le sud, cette année.

— Qu'est-ce qu'un peu de neige ?

— Réfléchis, Arthur. Il fait froid !

— Alors nous porterons deux manteaux ! Je veux voir mes terres, Myrddin. Quelle sorte de seigneur serais-je si je négligeais mes possessions ?

— Ce n'est pas de la négligence d'attendre que les routes soient praticables.

— Tu parles comme un marchand », se moqua-t-il, et il se replongea dans ses projets.

Je crois qu'il avait tout mis au point avant même que nous quittions Londinium : comment il lèverait son armée, comment il l'entretiendrait, comment il bâtirait son royaume sur les solides fondations de Caer Melyn et des riches terres du sud qui lui avaient été données. Il le voyait si nettement que les sceptiques étaient obligés de se joindre à lui ou de se tenir à l'écart. En cela, comme en bien des choses avec Arthur, il n'y avait pas de moyen terme.

Nous quittâmes donc Londinium le lendemain matin pour l'ouest. En arrivant au bord de l'Ebbw — après plus de nuits glaciales au bord de la route qu'il me plaît de m'en souvenir — Arthur s'élança aussitôt vers la forteresse. Comme toutes celles de la région, elle était construite au sommet de la plus haute colline des environs et offrait une bonne vue dans toutes les directions. Caer Melyn était entouré d'un anneau de forteresses plus petites, une douzaine en tout, qui gardaient les entrées des vallées et les embouchures des rivières le long du littoral.

À l'est se dressait un autre anneau de citadelles autour de Caer Legionis. Le Fort des Légions était maintenant en ruine, déserté, inutile. Mais Meurig avait édifié une forteresse au sommet d'une haute colline un peu plus au nord, sur les ruines d'un fort romain, qui était, comme Caer Melyn, entouré de petites citadelles.

Toute la région était ainsi protégée par ces anneaux juxtaposés, garantissant la sécurité du Dyfed et de la Silurie. Meurig n'avait cependant jamais habité à Caer Melyn. En fait, il y avait bien des années que les Loups de mer irlandais n'osaient plus défier la vigilance des rois bretons du sud-ouest. Les forts avaient donc été laissés à l'abandon, envahis par les mauvaises herbes. Caer Melyn avait assurément besoin de réparations : il fallait remplacer les portes, dégager les fossés, relever des pans entiers de muraille, regarnir les magasins...

Comme l'avait dit Meurig, il faudrait beaucoup de travail pour rendre l'endroit habitable. Mais, pour Arthur, c'était déjà une forteresse invincible et un palais sans égal.

Caer Melyn, la Forteresse d'Or. Elle était appelée ainsi en raison de la couleur jaune des sources sulfureuses voisines, mais Arthur y voyait briller une autre sorte d'or. Il la voyait comme elle serait, se représentait comme le seigneur du royaume.

Nous n'en fûmes pas moins obligés de dormir

dans ce qu'elle était... au sommet d'une colline désolée, ouvert à tous les vents glacés de l'hiver. Arthur n'en avait cure. L'endroit était sien et il en était le maître. Il insista pour passer sa première nuit sur ses propres terres dans sa propre forteresse.

Nous entassâmes du bois sur le feu et dormîmes le plus près possible de celui-ci, emmitouflés dans nos fourrures et nos manteaux. Avant de dormir, Arthur obtint de Merlin qu'il chantât pour célébrer l'occasion. « Puisque ce sera le premier conte chanté dans ma grande salle, » — il n'y avait pas de salle — « il convient qu'il le soit par le Chef Barde de l'Île des Forts. »

Merlin choisit *le Songe de Macsen Wledig,* le modifiant légèrement pour y inclure Arthur. Cela plut énormément au jeune Duc. « J'établirai ici ma demeure, déclara-t-il. Et puisse désormais Caer Melyn être connu comme la plus grande cour de toute la Bretagne.

— De toutes les cours passées, présentes et à venir, répondit Merlin, celle-ci sera la plus belle. Elle restera à jamais dans les mémoires. »

Assurément, il faudrait du temps pour que l'on puisse appeler cette ruine un caer, à plus forte raison une cour. Par ce petit matin glacial, lorsque nous nous levâmes dans le givre et le vent, nous frappant les flancs pour nous réchauffer, Arthur n'avait pas même une pierre de foyer à son nom.

Tout ce qu'il avait, en fait, c'était la brillante promesse de Merlin.

Ce jour-là, nous visitâmes plusieurs des forteresses environnantes pour compléter l'inspection du royaume d'Arthur. Il semblait ne pas se soucier que les lieux convinssent plus à des loups ou des corbeaux qu'à des hommes. Il était clair que le présent de Meurig exigerait un prix, mais Arthur était prêt à le payer, une chanson aux lèvres.

Lorsque le soleil commença à décliner dans le ciel hivernal, nous nous mîmes en route vers Caer Myrddin pour y rejoindre Meurig. Quand nous atteignîmes la citadelle, les dernières lueurs du jour s'estompaient dans les collines. Nous gravîmes au petit trot de nos chevaux aux naseaux couverts de givre et au pelage fumant le sentier montant vers la palissade de bois.

Il ne demeurait rien de la vieille villa qui s'était dressée là à l'époque, maintenant lointaine, où le jeune Merlin avait régné en compagnie du seigneur Maelwys, le grand-père de Meurig. L'endroit s'appelait alors Maridunum. C'était à présent Caer Myrddin — en hommage à son plus célèbre roi, même s'il n'était plus roi et n'y avait pas vécu depuis de longues années.

Les torches brûlaient déjà sur leurs supports près des portes — flammes jaunes se reflétant sur le sol gelé parmi les ombres bleutées — mais les portes étaient encore ouvertes. Nous étions attendus.

Des chevaux étaient attachés, seuls, dans la cour. Je m'en étonnai et me tournai pour le faire remarquer à Merlin qui chevauchait près de moi. Mais Arthur les avait déjà vus et savait au fond de son cœur ce que cela signifiait.

Poussant un cri, il fit claquer les rênes de cuir sur l'encolure de son cheval et s'élança au galop vers la grande salle. On avait dû entendre son cri de l'intérieur car, lorsqu'il sauta de sa selle, la porte du palais de Meurig s'ouvrit et un groupe d'hommes en surgit.

« Arthur ! »

Un homme se détacha du groupe et courut à la rencontre d'Arthur pour le serrer contre sa poitrine. Tous deux se tenaient dans la pâle lueur dorée des torches de la grande salle, enlacés comme des lutteurs, puis ils s'écartèrent, se tenant par les épaules dans l'antique salut entre cousins.

« Bedwyr ! Tu es là.

— Où devrais-je être quand mon frère a besoin de moi ? » Bedwyr sourit de toutes ses dents en secouant la tête. « Voyez-moi cela... Duc de Bretagne, vraiment !

— Qu'y a-t-il de mal à cela ?

— Arthur, ta vue est pour moi le ciel et la terre,

répondit Bedwyr. Mais si j'avais été là, tu serais maintenant roi.

— Comment cela, mon frère? Es-tu empereur d'Occident, que tu puisses nommer des rois? »

Tous deux rirent de bon cœur et retombèrent dans les bras l'un de l'autre. Bedwyr nous vit alors. « Myrddin! Pelléas! » Il se précipita vers nous et nous serra tous deux sur sa poitrine. « Vous êtes aussi venus. Je ne pensais pas vous trouver ici. Quelle joie de vous voir. Les Esprits de Lumière me soient témoins, Dieu est bon et sage!

— Salut, Bedwyr! Tu as l'air d'un vrai prince de Rheged », lui dis-je. C'était vrai. Les boucles brunes de Bedwyr étaient nouées en une épaisse tresse, des bracelets d'or richement émaillés scintillaient à ses bras et à ses poignets, son manteau de laine était jaune vif et noir, tissé selon l'ingénieux entrelacs de carreaux du nord, ses bottes de cuir souple décorées de motifs serpentins montaient jusqu'à ses genoux. À tous les égards, il avait l'air d'un Celte d'antan.

« Pelléas, Dieu te garde, tu m'as manqué. Cela fait si longtemps. » Assurément : huit ans, en fait.

« Comment es-tu venu ici? demanda Arthur. Nous pensions que tu attendrais le dégel pour prendre la route.

— Nous avons bénéficié d'un hiver très doux, dans le nord, répondit Bedwyr. Nous avons donc été obligés de rester plus longtemps que nous l'aurions voulu : les Loups de mer nous ont harcelés jusque tard dans la saison, sinon nous aurions pu venir à l'automne. » Il eut un petit rire. « Mais je vois que nous avons même surpris Myrddin, et cela valait le coup d'attendre!

— C'est inattendu, peut-être, admit Merlin. Mais je ne considère pas comme une surprise de saluer quelqu'un dont nous avons si souvent regretté l'absence. C'est un vrai bonheur de te voir, Bedwyr. »

Meurig, qui avait assisté à la scène, s'approcha, une torche à la main, rayonnant de plaisir. « Entrez dans mon palais! Nous allons partager un festin entre amis pour célébrer cette heureuse soirée. »

Nous festoyâmes donc. Les tables croulaient sous la nourriture et la boisson coulait à flots des outres et des pichets. La grande salle était illuminée de torches et de chandelles et le feu crépitait joyeusement dans l'âtre, projetant à la ronde ses reflets cuivrés. Meurig s'était attaché un harpiste d'un certain talent, de sorte que nous ne manquâmes pas de musique. Nous joignîmes nos voix dans des chansons et dansâmes les anciens pas.

Les journées suivantes furent bien remplies : chasser, manger, boire, chanter, bavarder, rire. L'évêque Gwynthelyn vint de l'abbaye voisine de Landaff bénir les réjouissances et consacrer Arthur dans sa nouvelle charge de protecteur de la Bretagne. Il le fit avec une grande élégance. Je vois encore l'image d'Arthur agenouillé devant le bon évêque, portant à ses lèvres l'ourlet du manteau de Gwynthelyn pendant que celui-ci pose ses saintes mains sur sa tête.

Arthur était ainsi : à un moment il était le Duc de Bretagne, portant tout l'honneur et la responsabilité de ce titre, l'instant d'après il redevenait un prince cymry enjoué, le rire clair et léger. Le simple fait de le regarder, de se trouver près de lui, était un régal pour l'âme.

Doux Jesu, je ne puis me souvenir d'une période plus heureuse. Personne n'en jouissait plus qu'Arthur et Bedwyr, assis à table côte à côte, en train de rire et de bavarder toute la soirée. Et quand s'éteignaient les lumières, ils y étaient toujours, échangeant leurs espoirs et leurs rêves pour les années à venir.

Chacun avait tant à dire à l'autre, tant de temps perdu à rattraper. Arthur et Bedwyr se connaissaient depuis toujours, car nous avions amené, Merlin et moi, le jeune Arthur au palais de Tewdrig quand il était encore un nouveau-né. Arthur avait passé ses premières années à Caer Myrddin avec Bedwyr, le plus jeune fils du roi Bleddyn : un garçon mince et gracieux, aussi brun qu'Arthur était blond. Ombre intrépide du brillant soleil qu'était Arthur.

Ils étaient devenus des amis inséparables : l'hydromel doré et le vin sombre mêlés dans une même coupe. Ils avaient passé ensemble chaque jour de ces premières années — jusqu'à ce qu'ils soient séparés à l'âge de sept ans par la stricte nécessité de l'éducation dans d'autres maisons royales. Bedwyr était allé vivre chez le roi Ennion, son cousin du Rheged, et Arthur chez Ectorius à Caer Edyn. Et, en dehors de trop brèves occasions telles que les Rencontres, ou les peu fréquentes assemblées royales, ils s'étaient rarement revus. Leur amitié avait subi une longue séparation, mais elle avait survécu.

Il parut donc tout naturel qu'ils partent ensemble pendant trois jours inspecter les terres d'Arthur. À leur retour, Arthur annonça que la partie orientale de son domaine — où se trouvaient de profondes vallées — serait consacrée à l'élevage des chevaux, et qu'elle serait placée sous l'autorité de Bedwyr.

Ils voyaient déjà loin, très loin, pensant au jour où chaque cheval qu'ils pourraient fournir porterait un guerrier de plus pour la Bretagne.

Ainsi fut donc fixé, tôt ce printemps, le cap que suivrait, pour le meilleur ou pour le pire, l'Île des Forts à travers les tempêtes de la guerre. Juste après la Pentecôte, les travaux débutèrent à Caer Melyn. Sept jours après Beltane, Cai arriva avec les premiers guerriers de l'armée d'Arthur : vingt jeunes bien entraînés choisis par Ectorius parmi les meilleurs au nord du Mur.

Et six jours après Lugnasadh, le roi Morcant décida de mettre à l'épreuve le courage du jeune Duc.

V

La nouvelle nous parvint que Morcant rassemblait son armée afin de marcher contre Bedegran et Madoc dans un nouvel épisode de leur sanglante rivalité. Arthur n'avait que vingt hommes. Avec Cai, Bedwyr et lui, cela faisait vingt-trois. Un bien petit nombre face aux centaines de guerriers de Morcant.

Arthur décida néanmoins que, s'il se laissait intimider par la supériorité numérique de Morcant, il pouvait aussi bien céder l'Épée de Bretagne à ce vieux scélérat — et la couronne de Grand Roi par la même occasion.

J'étais prêt à chevaucher à son côté, mais Merlin m'en dissuada. « Reste, Pelléas. Il y aura d'autres batailles où notre présence sera plus nécessaire. Laissons-les remporter la première par leurs propres moyens. Une victoire leur donnera du courage et leur vaudra une grande renommée dans le pays. De plus, je voudrais que Morcant et ses semblables sachent qu'Arthur est son propre maître. »

Que cette épreuve fût venue si tôt n'était pas fortuit, mais Arthur n'en fut nullement ébranlé. En fait, il l'accueillit avec joie. « Ce vieux lion édenté a rugi une fois de trop, je vous le dis. Nous allons le tondre comme un mouton. »

Sans autre inquiétude, et guère plus de préparatifs, les guerriers se mirent en route pour le domaine de Morcant.

La tribu des Belgæ est un très vieux peuple établi autour de Venta Belgarum. Ayant très tôt fait la paix avec Rome, ils avaient assis leur autorité sur la région et Uintan Caestir était devenue une importante *civitas*. Au service des légions, les Belgæ et leur cité étaient devenus riches et puissants.

Quand les légions étaient reparties, la cité avait périclité — comme toutes les autres villes — et les Belgæ étaient retournés à leur ancien mode de vie. Mais certaines parties de la ville demeuraient intactes et c'était là que régnait Morcant.

Caer Uintan avait autrefois possédé un forum et une basilique. Ceux-ci avaient depuis longtemps été convertis par les seigneurs des Belgæ à leur usage personnel ; le forum était devenu un palais et la basilique une grande salle. Car, malgré son sang breton, le seigneur Morcant se donnait des airs de dignitaire romain.

Pénétrer dans son palais donnait le sentiment de revenir à une autre époque, depuis longtemps révolue. Une époque de plus en plus associée — par ceux qui ne l'avaient pas connue — à une gloire et une grandeur impossibles, un âge d'or où régnaient l'ordre, la prospérité, la paix et le savoir.

Assurément, Morcant se complaisait dans une telle illusion. Il vivait entouré d'objets du passé, servi par des armées de serviteurs qui entretenaient pour lui l'apparence de cette ère révolue. Il vivait comme un empereur... mais un empereur en exil loin de son empire bien-aimé.

Comme Londinium, Caer Uintan était ceint d'une muraille de pierre. Un profond fossé avait récemment été creusé au pied du rempart pour le rehausser. Malgré tout ce qu'il avait perdu de son ancienne gloire, Caer Uintan était toujours la citadelle d'un puissant roi.

Mais son roi n'y était pas.

Morcant était avec son armée, en train de harceler les villages frontaliers du royaume de Madoc. Le temps que ce seigneur rapace apprenne l'intervention d'Arthur et regagne son palais, le jeune Duc et ses quelques hommes avaient déjà pris position sur les remparts de la forteresse.

À cette occasion, Arthur avait montré la première lueur de ce génie militaire qu'il devait manifester à de nombreuses reprises dans les années à venir. La manœuvre prit Morcant totalement par surprise. Mais s'attendait-il donc vraiment à ce qu'Arthur l'affronte sur le champ de bataille ?

Ses forces étaient quinze fois plus nombreuses que celles d'Arthur. L'armée du jeune Duc n'aurait pu tenir tête à celle de Morcant au cours d'une bataille rangée. Quoique ardents et déterminés, et ne manquant en rien de courage, ses guerriers étaient jeunes et peu aguerris. Et Arthur n'avait pas assez d'expérience pour mener au combat des hommes non entraînés. En fait, le jeune Duc n'avait aucune expérience de chef d'armée.

Morcant avait espéré, je pense, l'humilier et salir son nom. Il savait qu'Arthur ne pouvait ignorer le défi, aussi le vieux lion aurait-il dû s'attendre à ce qu'il utilise toutes les armes à sa disposition. Mais il est vrai que Morcant était un insensé, et sa folie avait déjà coûté la vie à plus d'un brave guerrier. Il fallait y mettre bon ordre une fois pour toutes.

Voici ce qu'il advint :

Arthur se rendit à Caer Uintan qu'il trouva, comme il s'y était attendu, virtuellement sans protection... telle était l'arrogance de Morcant qu'il ne jugeait pas dangereux de laisser ainsi sa forteresse quand il partait en expédition.

« Oh, nous n'avons eu aucune difficulté à entrer, me raconta Cai en se délectant du moindre détail des événements qu'il décrivait. Nous nous sommes simplement présentés comme si nous étions attendus, puis : "Que nous dites-vous ? Morcant n'est pas là ? Est-ce une façon d'accueillir le Duc de Bretagne ? Eh bien, oui, allez chercher votre seigneur. Nous l'attendrons à l'intérieur."

» Une fois entrés, nous rassemblons tout le monde — c'est-à-dire principalement des femmes et des enfants — dans la grande salle. Bedwyr leur dit alors que c'est une offense au nom de Morcant de ne pas recevoir le Duc avec tous les honneurs. Cela les plonge tous dans une grande agitation, de sorte qu'ils se précipitent pour nous préparer un festin. La confusion est telle que personne ne remarque qu'Arthur a fait condamner les portes. »

Cai s'étrangla de rire, savourant son récit. « Quand Morcant apprend qu'Arthur est là, il regagne sa forteresse en toute hâte. Mais il est trop tard. Les portes sont closes et, sur les murailles, des guerriers s'alignent contre lui. Il tempête presque toute une journée, mais le Duc refuse de lui parler.

» Il se met à hurler. Oh, comme il peut hurler ! Et son fils, Cerdic, n'a pas oublié sa langue, lui non plus. Mais Arthur refuse de leur répondre. À la place, mon seigneur m'envoie traiter avec eux. Je leur crie du haut de leurs propres murs :

» “Salut, Morcant! Salut, Cerdic! Comment se fait-il que nous soyons venus te voir et que nous n’ayons trouvé personne pour nous recevoir? Nous avons même dû préparer nous-mêmes notre festin de bienvenue.”

» Et le vieux lion me répond : “Par quelle autorité avez-vous envahi mon palais et ma citadelle?

» — Par l’autorité du Duc de Bretagne, lui réponds-je, celui-là même qui est maintenant assis à table à ta place.” Oh, il n’aime pas cela, pas du tout. Il me traite de toutes sortes de noms pour bien le montrer, et il en a encore davantage pour Arthur. Mais j’affecte de l’ignorer.

» “Dis-moi, grand roi, lui dis-je, explique-moi si tu le peux, comment se fait-il que tu te retrouves bloqué à l’extérieur de tes propres portes à ton propre festin? C’est un prodige que j’entendrai raconter à travers tout Lloegres.” On dirait que cela ne fait que le rendre encore plus furieux. Il se redresse comme une vipère sur le point de frapper... mais il n’y a rien à mordre. Alors il se remet à hurler.

» Cerdic est hors de lui. “Sortez vous battre! s’écrie-t-il. Lâches! Voleurs! Réglons cela les armes à la main!” C’est tout ce qu’il connaît, vois-tu. Mais je ne lui réponds pas.

» Bref, cela continue jusqu’au soir. Je vais voir Arthur et je demande s’il tient à ce que cela dure ainsi toute la nuit. “Oui, me répond-il, nous avons eu une longue chevauchée et nous avons besoin de repos. Dis à Morcant de ne pas faire trop de bruit, parce que nous allons maintenant dormir.” » Cai gloussa devant une telle audace.

« Je retourne donc sur le rempart et je répète à Morcant ce qu’a dit le Duc. Cela lui fait-il plaisir, Pelléas? Non, pas du tout. Il braille comme un cochon qu’on égorge. Il est tout énervé et ses hommes commencent à rire... ce qui ne fait qu’empirer les choses, vois-tu.

» Mais à quoi pouvait-il bien s’attendre? Nous le laissons donc là pour la nuit et le lendemain matin je vais voir ce qu’il devient. Il est là, les yeux rouges et ivre de rage. Je crois qu'il a passé toute la nuit en selle à jurer! "Vous ne m'avez pas laissé le choix, hurle-t-il. J'ai établi le siège autour de ma propre citadelle." Et, effectivement, ses hommes sont disposés autour des murs comme pour nous empêcher de nous échapper.

» Il se croit malin, mais quand je lui dis ce qu'a fait Morcant, Arthur se contente de rire et demande qu'on lui apporte une torche. Nous sortons dans la cour, et là, le Duc met le feu à un des entrepôts. Me crois-tu? Pelléas, c'est la vérité de Dieu que je te raconte!

» Et quand les flammes ont pris, Arthur dit: "Maintenant, allons voir si Morcant va parler plus courtoisement à son serviteur, ou bien si sa langue acérée va lui coûter son beau palais." C'est donc ce que nous faisons.

» Sur le rempart, Arthur prend la parole : "Salutations, ô roi, j'apprends que tu m'as fait demander. Pardonne-moi, mais j'avais tellement de choses en tête, tu sais ce que c'est, une chose en entraîne une autre." Il dit cela du ton le plus aimable que l'on puisse rêver... l'innocence même.

» "Ne crois pas que tu échapperas au châtiment! braille Morcant. Bâtard d'Aurelius ou non, je planterai ta tête sur une pique à l'endroit même où tu te tiens."

» Le vieux fou écume de rage et je commence à me dire que nous avons commis une grave erreur. Certains des hommes agrippent leur épée et murmurent entre eux — on peut leur pardonner, car ils ne connaissent pas Arthur. Mais l'atmosphère est tendue, n'en doute pas.

» "Est-ce là l'hospitalité pour laquelle tu es si renommé?" demande Arthur. Ah! Ce l'était et il le savait bien! » s'esclaffa Cai. Puis, se frottant gaiement les mains, il poursuivit : « À ce moment-là, la fumée commence à s'élever en grosses volutes derrière nous dans la cour. Morcant la voit, et il voit la torche dans la main d'Arthur — Arthur ne l'a pas lâchée, vois-tu. "Qu'as-tu fait? demande le roi. Qu'est-ce qui est en train de brûler?

» — Il semblerait que quelqu'un ait été imprudent avec cette torche. C'est bien dommage, car maintenant je ne sais pas où je dormirai ce soir", lui répond Arthur — et c'est tout juste si le matin vient de se lever! Tu aurais dû voir la tête de Morcant... un spectacle de choix, je te le dis.

» "Mon palais!" s'écrie Morcant. Son visage est bleu de venin, à présent, il en est tout congestionné. "Tu es en train de brûler mon palais!" Les yeux jaillissent de ses orbites en regardant la fumée.

» "Oui, répond Arthur d'une voix aussi dure que l'acier, je suis en train de brûler ton palais. Il n'y a qu'un moyen de le sauver : mettre un terme à ta guerre avec Madoc et Bedegran et me verser tribut.

» — Le diable t'emporte! s'écrie Morcant. Personne ne me dicte ses conditions!"

» Arthur se tourne, tend la torche à Bedwyr et dit : "Va porter cela aux écuries et aux magasins. Voyons s'ils s'enflamment aussi promptement que le palais de Morcant." Alors Bedwyr s'exécute », dit Cai en riant. « Il n'est que trop impatient d'obliger Arthur.

» Morcant a entendu cela, bien sûr. Et il ne peut en croire ses oreilles. "Non! Non!" hurle-t-il, exactement comme cela, perdant tout contrôle.

» Mais Arthur ne fait pas attention à lui. » Cai secoua la tête d'admiration. « Il n'a vraiment peur de rien, Arthur.

— Et ensuite, que s'est-il passé? demandai-je, immensément réjoui par son récit.

— Eh bien... » — Cai but une longue gorgée de bière — « ... Morcant ordonne à ses hommes d'attaquer. Cerdic est à leur tête. Mais que peuvent-ils faire? Il frappent les portes du pommeau de leur épée. Certains ont coupé un petit arbre et essaient de les enfoncer. Mais le cœur n'y est pas.

» Arthur le sait bien, il nous demande donc de ne pas leur jeter de pierres. "Laissez-les faire, dit-il. Nos frères d'armes sont troublés. Ne leur faites pas de mal."

» La fumée s'élève maintenant en une épaisse colonne noire. Bedwyr n'a pas vraiment mis le feu aux magasins, mais il a entassé une grande quantité de grain dans la cour et il le fait brûler, vois-tu, de sorte que cela produit beaucoup de fumée. Il y a aussi fait déverser un chariot ou deux de foin, je crois, *et*... », — Cai éclata de rire — « ... il a fait amener auprès quelques chevaux. Ceux-ci sont effrayés par le feu, bien entendu, et ils font un vacarme épouvantable.

» Morcant entend cela — comment pourrait-il faire autrement ? "Arrête ! Arrête ! s'écrie-t-il. J'accepte tout ce que tu veux. Que réclames-tu comme tribut ?" rugit-il : c'est tout juste s'il arrive à cracher les mots tant il est en rage. Cerdic hurle comme un chien pris de folie.

» "Trente de tes guerriers, lui dit Arthur.

» — Jamais ! beugle le roi Morcant.

» — Cinquante, alors, rétorque le Duc.

» — Va au diable, fils de chienne ! dit Morcant pour toute réponse.

» — Cai, je pense que le seigneur Morcant ne croit pas que nous soyons sérieux. Prends une torche et va incendier ses chambres et son trésor", ordonne Arthur. Il baisse les yeux sur le serpent qui se tord à ses pieds et dit : "Par chance, nous ne manquons pas de bâtiments à brûler."

» Et je m'apprête à faire ce qu'il m'a demandé. Morcant a écouté tout cela la bouche ouverte. Il n'en croit pas ses oreilles. Néanmoins, il ne répond rien, et je commence à me dire qu'il est assez buté pour tout laisser partir en fumée, rien que pour contrarier Arthur.

» Mais, à l'instant où je quitte le rempart, je l'entends qui se remet à crier. "Arrête ! Arrête ! hurle-t-il. Je ferai ce que tu veux !"

» Je me garderais bien de faire confiance à Morcant. J'imagine qu'il va nous laisser croire que nous pouvons partir sans être inquiétés, puis qu'il va nous sauter dessus dès que nous lui aurons tourné le dos. Mais Arthur a déjà pensé à cela, vois-tu. Alors il dit à Morcant : "Très bien, tu ferais mieux de venir t'occuper de ce feu avant que ton palais ne soit plus qu'un tas de cendres." Et il ordonne d'ouvrir une porte.

— Comment a-t-il empêché Morcant de tous vous massacrer une fois qu'il a été à l'intérieur ? » demandai-je, me disant que c'était inévitablement son intention.

Cai rejeta la tête en arrière et rit. « Nous ne les avons laissés entrer qu'un par un et leur avons pris leurs armes au fur et à mesure, répondit Cai. Oh, il a été rusé, Arthur. Il a pris la lance et l'épée, et a donné la cruche et la jarre — pour combattre le feu, vois-tu. Quand Morcant est entré, ses hommes étaient occupés à lutter contre les flammes et leurs armes gisaient en tas dans la cour.

» Morcant était furieux au point de décapiter des serpents avec les dents, mais, même lui, il a bien vu la futilité d'attaquer Arthur tout seul. Il bouillait comme un chaudron laissé trop longtemps sur le feu, mais il n'a pas brandi l'épée contre nous. Je pense qu'il espérait que nous commettrions une erreur dont il pourrait profiter. » Cai adopta un ton proche de la révérence. « Mais Arthur était le maître de Morcant bien avant que les flammes ne s'élèvent à Caer Uintan.

— Comment en êtes-vous sortis vivants ? m'étonnai-je. C'est un jeu dangereux auquel a joué Arthur.

— Oh, c'est un prodige, assurément, acquiesça Cai. À la fin, nous sommes simplement repartis par où nous étions venus... mais nous étions cinquante de plus, vois-tu. Car le Duc a pris son tribut parmi les meilleurs guerriers de Morcant.

» "Cai, me dit-il, Bedwyr et toi, vous allez choisir les meilleurs d'entre eux. Mais faites bien attention, ne prenez que des jeunes gens qui n'ont pas de parents parmi ceux que nous laissons en arrière." Et c'est ce que nous avons fait. »

Je m'émerveillai à mon tour d'une telle pénétration, aussi incisive qu'audacieuse. Il avait fallu du courage à Arthur, oui, mais il lui avait aussi fallu une rare et vive intelligence. À peine quinze ans, et déjà en passe de devenir un tacticien de l'envergure du légendaire Macsen Wledig. Parti avec vingt-deux compagnons, Arthur était revenu avec soixante-douze guerriers. Il avait plus que triplé la taille de son armée... et cela sans verser une goutte de sang !

« Vois-tu, en ne prenant que les plus jeunes hommes... et sans aucun lien de parenté avec ceux de Morcant, expliqua Cai, le Duc s'est attaché des guerriers qu'il peut commander comme les siens propres. Ils ne chercheront pas à retourner vers Morcant et n'hésiteront pas à se battre contre lui en cas de besoin. » Il marqua un temps et ajouta : « Mais, pour dire la vérité, Arthur aurait pu tous les prendre. N'importe lequel d'entre eux l'aurait suivi sans un coup d'œil en arrière. Je te le dis, ses guerriers n'aiment pas Morcant. »

Tout cela, Cai me le raconta après leur retour triomphal. Et Merlin eut droit à son tour au même récit. « Bien joué, dit Merlin. Oh, oui, très bien joué, en vérité. Retiens bien mes paroles, Pelléas, Arthur a gagné plus que la renommée par cet exploit. Par lui, il a gagné à sa cause autant d'hommes qu'il y en aura pour entendre ce récit ! »

Peut-être. Mais pour l'heure, Arthur était confronté au problème de loger et nourrir ses guerriers. En dehors de toute autre considération, multiplier par trois son armée était une manœuvre coûteuse. En été, ils pouvaient chasser, bien sûr, mais durant les longs mois d'hiver — quand il n'y aurait rien d'autre à faire que réparer les armes et attendre le printemps — la nourriture viendrait à manquer. Il n'est donc guère surprenant qu'il ne perdît pas un instant pour faire demander aux rois qui nous avaient promis leur appui de verser leur tribut.

Tout l'été, nous connûmes une activité trépidante : il fallait ériger un palais, édifier des magasins et des greniers, construire des enclos pour le bétail et les chevaux, renforcer les fortifications, engranger des provisions. C'était une chance, en vérité, qu'Arthur eût tant d'hommes à sa disposition : il y avait tant à faire que chacun était occupé de la première lueur de l'aube au crépuscule, et il en restait toujours autant à faire.

Tandis que l'été cédait la place à l'automne, nous attendions les chariots qui devaient apporter le tribut. Car, à chaque jour qui passait, le besoin se faisait plus pressant et nous savions que nous ne pourrions pas passer l'hiver sans la nourriture qui nous avait été promise. Nous avions des enclos à bétail, oui, et nous avions des magasins — mais nous n'avions rien à y mettre. Nous avions un palais, mais pas assez de peaux sur lesquelles dormir, ni assez de manteaux pour nous tenir chaud.

Comme je l'ai dit, tous les rois avaient promis de verser un tribut pour l'entretien de l'armée de Bretagne. Mais quand les premiers chariots arrivèrent — à moitié vides pour la plupart, et le peu qu'ils transportaient en bien mauvais état — nous vîmes où se livrerait la prochaine bataille.

« Pourquoi agissent-ils ainsi ? » Arthur montra d'un geste désespéré la maigre cargaison qui rentrait dans les magasins.

« S'ils gardent le *Dux* dans le besoin, ils pourront le contrôler. S'ils peuvent le contrôler, ils pourront le dominer, répondit Merlin. Les gens ne suivent pas celui qu'ils dominent.

— Maudits soient-ils ! » Arthur était devenu livide. « Je pourrais prendre de force ce qui m'a été promis.

— Cela ne servirait à rien, le calma Merlin.

— Alors nous allons devoir mourir de faim à cause d'eux ?

— Personne ne mourra de faim. Custennin et Meurig pourvoiront à nos besoins pendant l'hiver, ne crains rien.

— Et après cela ? Il faudra longtemps avant que nous puissions semer et moissonner.

— S'il te plaît ! s'écria Merlin. Une chose à la fois, Arthur. Ne songe pas aujourd'hui aux soucis du lendemain.

— Nous devons penser à ces choses.

— D'accord, et c'est pourquoi j'ai déjà décidé de ce qu'il faut faire. »

Arthur frappa la terre de sa botte. « Alors pourquoi me laisses-tu me débattre ainsi ? Cela t'amuse-t-il de me voir transpirer ?

— Si tu veux bien cesser un moment de crier, je vais te dire ce qu'il faut faire. »

Et voilà comment je me retrouvai à bord d'un navire qui faisait voile vers l'Armorique, par-delà les flots de Muir Nicht.

VI

Je n'étais jamais monté à bord d'un navire et je trouvai le voyage par mer fort désagréable et effrayant. Bien que le temps fût clément, le mouvement incessant — monter, redescendre, rouler d'un côté et de l'autre — me donnait l'impression d'être ivre et de chevaucher un poulain sauvage. La traversée nous prit plus d'un jour et demi, et jamais homme ne fut plus heureux que moi d'apercevoir les collines brunes d'Armorique.

Luisant sombrement dans le crépuscule, de grands bancs de nuages roux s'accumulaient au-dessus de nos têtes et de pâles étoiles apparaissaient déjà dans le ciel. En voyant ces collines, j'eus l'impression d'avoir passé ma vie entière sur cet inconfortable navire et de ne connaître la terre que comme une vague rumeur issue de l'imagination des marins. Le miracle — Grande Lumière, quel soulagement ! — de ce débarquement m'amena les larmes aux yeux, je vous le dis.

Merlin supportait le voyage sans difficulté. Il bavardait avec le pilote du navire et avec l'équipage, glanant d'eux tout ce qu'il pouvait. Il apprit ainsi quelle était la situation en Armorique, afin que nous ne fussions pas surpris de la réception qui nous y serait faite.

Sitôt débarqué, Merlin envoya un messager annoncer notre arrivée au seigneur du royaume de Benowyc. Nous passâmes la nuit dans le petit port où nous avions accosté. Les habitants de ce village étaient amicaux et tout disposés à subvenir aux besoins de voyageurs. Ils nous servirent une fort bonne chère et le meilleur vin que j'eusse jamais goûté. Ils parlaient librement des événements de la Gaule, mais ne se considéraient pas comme faisant partie de celle-ci — mais bien plutôt de la Bretagne, ainsi que la similitude de nos langues le confirmait.

Je dormis bien cette nuit-là... malgré l'impression que des vagues fantômes ondulaient sous mon lit. Pendant que nous déjeunions, le lendemain matin, le messager revint avec un gage du seigneur et un message nous priant de venir aussitôt le trouver, qu'il puisse nous accueillir comme il convenait.

Le roi Ban de Benowyc était un parent de Hoël, le roi qui avait protégé Aurelius et Uther contre Vortigern quand ils étaient jeunes. C'était Hoël qui avait envoyé une armée à la rescousse d'Aurelius contre le chef de guerre saecsen, Hengist. Le nom de Merlin était donc bien connu de Ban, et de bien d'autres.

Nous enfourchâmes nos chevaux — je jurai de ne jamais plus me plaindre en selle — et nous mîmes en route pour Benowyc, où Ban nous attendait avec une grande impatience. La distance n'était pas grande et nous ne tardâmes pas à atteindre notre destination : Caer Kadarn, une grande citadelle bien entretenue, au sommet d'une colline qui surplombait la mer.

« Salut, Merlin Embries ! s'exclama-t-il en chevauchant à notre rencontre pour nous accueillir. Cela fait longtemps que je désire te rencontrer. » Il se pencha sur sa selle et étreignit mon maître par les épaules à la façon des membres d'un même clan. « Salutations et bienvenue à toi. Mon foyer est le tien pour aussi longtemps que tu voudras rester... et je prie pour que ton séjour soit long. »

Mon maître accepta cette salutation de bonne grâce. « Salut, seigneur Ban ! Nous avons entendu parler de l'hospitalité et de la courtoisie des rois d'Armorique. Tu dois certainement être le premier d'entre eux pour accueillir ainsi des étrangers. »

Cette réponse plut énormément à Ban. En fait, les Armoricains appréciaient les louanges et cherchaient sans cesse des moyens de s'attirer des propos flatteurs. « Mais tu n'es pas un étranger, seigneur Merlin, dit Ban. Le nom du grand Embries jouit parmi nous d'une grande renommée et d'un immense respect. Tu es simplement un ami que nous n'avions pas encore eu le plaisir de rencontrer. »

Comme je l'ai dit, les Armoricains étaient toujours attentifs à ce que l'on se fasse d'eux une bonne opinion. Ce qu'ils accomplissaient avec adresse et sans effort inutile, tant ils y étaient experts.

Nous fûmes conduits au palais de Ban où avait été préparé un petit repas de bienvenue : du pain aux graines aromatiques, du fromage et un vin doux et lourd. Nous mangeâmes en écoutant Ban décrire les événements de l'été et expliquer comment son frère — Bors, le chef de guerre de Benowyc — et lui avaient livré trois batailles en Gaule contre les Angles et les Jutes.

« J'aimerais rencontrer ton frère », dit Merlin.

Ce à quoi Ban répondit : « En vérité, tu es un homme fortuné, car le retour de Bors est attendu d'ici deux jours. Il désirera lui aussi te saluer. »

Nous passâmes la journée à bavarder et à chevaucher, car Ban était fort désireux de nous montrer son royaume, et d'entendre nos éloges. Ce ne fut pas pour nous une corvée, car le Benowyc était un beau pays, agréable à regarder, agrémenté de vastes champs, de hautes futaies et de giboyeux terrains de chasse à nul autre pareils. Ban était un roi fortuné.

Comme beaucoup d'hommes riches, il était excessivement fier de ses possessions et prenait un grand plaisir — peut-être trop — à les montrer, en parler, en faire l'éloge et les entendre louer.

Il avait néanmoins le respect de son peuple, qui le savait calme, mesuré et généreux. Quoi que l'on puisse dire de lui par ailleurs, il n'avait pas laissé son goût des richesses corrompre son jugement.

Pour sa part, Bors avait tout du guerrier : emporté, intempérant, prompt à tirer l'épée, aussi porté sur la vantardise que sur la boisson — et il n'avait pas son pareil pour vider une coupe, je vous assure ! C'était néanmoins un féroce combattant et un meneur d'hommes exceptionnellement talentueux, possédant la force et le tempérament d'un vieux sanglier solitaire.

Les deux frères partageaient un même amour de la vie et une même haine des barbares. On pouvait compter sur Ban et Bors pour venir en aide à quiconque luttait contre les ennemis de l'ordre et de la justice. Et, avec leur fortune, cette aide pouvait être considérable.

C'était pour cela que Merlin était venu les voir, bien entendu : pour leur parler d'Arthur et s'assurer de leur appui. De même que Hoël avait aidé Aurelius, il espérait que Ban aiderait Arthur.

Mais il y avait aussi une autre raison. C'était une chose que Merlin avait entrevu dans la noire décoction de chêne du Bol de divination — un antique accessoire des druides qu'il utilisait parfois pour explorer les sentiers enchevêtrés du temps. Il n'avait pas voulu dire ce dont il s'agissait, mais cela l'avait troublé et il voulait en découvrir la source.

Le deuxième jour de notre séjour chez Ban, l'armée de Bors revint. Un plantureux repas — organisé, je crois, autant à notre bénéfice qu'à celui de l'armée — avait été préparé dans la grande salle. Bors, que la joie du retour rendait expansif, se tourna vers Merlin, une cruche de bière à la main. « Que me dit-on sur toi, Merlin ? Il paraît que tu es barde. Est-ce vrai ? »

Bors n'avait pas l'intention de se montrer irrespectueux, aussi Merlin prit-il son ignorance avec bonne grâce. « Seigneur, répondit-il modestement, je suis connu pour toucher de temps en temps la harpe. Certains en trouvent le bruit agréable, à ce que je crois. »

Bors sourit de toutes ses dents et frappa la table du plat de la main. « Par Lud, voilà qui est parfait ! La harpe, dis-tu ? Eh bien, je suis ton homme, seigneur Embries.

— Ne t'engage à rien avant de m'avoir entendu

jouer, lui dit Merlin. Les oreilles armoricaines pourraient ne pas apprécier ce qu'elles vont entendre. »

Bors éclata d'un rire sonore. « Joue donc, je te prie, que je puisse juger de la valeur du bruit breton. »

À la demande de mon maître, j'allai chercher sa harpe, déjà accordée, et la lui apportai. Puis, suivant la coutume du pays, les femmes, qui avaient pris ailleurs leur repas, entrèrent dans la grande salle pour écouter les chansons. Elles vinrent prendre place à table avec les hommes ou bien près de la cheminée.

Il se trouve que Ban avait un harpiste à sa cour, un certain Rhydderch, que tout le monde appelait simplement Rhys : un jeune homme mince et longiligne, sans trait remarquable à l'exception de ses yeux couleur de fumée, qu'il avait grands et merveilleusement expressifs. Nous l'avions entendu jouer la veille au soir.

À la vue de la harpe de Merlin, Rhys se leva de sa place à une des tables les plus éloignées et s'approcha de celle du roi. Il se tint un peu à l'écart, regardant intensément Merlin prendre place devant l'assemblée.

« Que désires-tu entendre, seigneur ? » demanda mon maître.

Ban réfléchit un moment, puis il répondit : « Puisque nous sommes réunis entre amis, écoutons donc un récit d'honneur et d'amitié. »

Merlin hocha la tête et caressa les cordes de la harpe. Les premières notes jaillirent dans la salle silencieuse, scintillantes comme des pièces d'argent tombées d'une bourse de l'Autre Monde, tandis que les doigts de Merlin tissaient la mélodie destinée à accompagner ses paroles.

Le conte que Merlin proposa était *Pwyll, seigneur d'Annwfn*, la plus belle histoire d'honneur entre amis qui soit au monde. Elle était particulièrement bien venue ce soir-là dans la grande salle de Ban, car par elle Merlin requérait l'amitié au nom d'Arthur, tout comme dans le conte Arawn avait requis celle de Pwyll.

Quand il eut terminé, la salle demeura recueillie, ne voulant pas profaner le silence sacré qui suivit le chant inspiré de Merlin. Puis, alors que les dernières notes retournaient se fondre dans Oran Mor, la Grande Musique, comme les vagues retombent dans la mer généreuse, nous entendîmes un grand bruit. Bors était debout, son banc renversé.

Le chef de guerre monta sur la table, où il resta à regarder Merlin avec étonnement et respect. Bors leva les mains et déclara à tous ceux qui se trouvaient dans la salle : « Écoute-moi, ô mon peuple ! Puissé-je tomber raide mort si jamais homme a entendu une telle chanson sous ce toit. Je dis que ce noble service mérite récompense... » Il sourit de toutes ses dents et ajouta : « Oui, jusqu'à la moitié de mon royaume. »

Ce disant, Bors sauta à terre devant Merlin et serra mon maître dans une puissante étreinte. Puis il retira un de ses bracelets d'or et le passa au bras de Merlin sous l'œil approbateur et ravi de l'assemblée.

Les gens poussèrent des acclamations et Ban frappa de sa coupe sur la table pour réclamer un autre conte. Mais Merlin refusa, le priant de le pardonner et promettant de rechanter avant son départ. Il n'avait pas coutume de faire étalage de ses dons.

Quand il fut évident qu'il n'y aurait plus de chansons ce soir-là, les guerriers et leurs épouses commencèrent à se retirer pour dormir. Ban et Bors nous souhaitèrent bonne nuit et nous laissèrent à notre repos.

En entrant dans notre chambre, cependant, nous trouvâmes quelqu'un qui nous attendait... Rhys, le jeune harpiste. Dès ses premiers mots, il alla droit à ce qu'il avait sur le cœur : « Votre seigneur a-t-il beaucoup de bons harpistes ?

— Bonne nuit à toi, Rhys, répondit Merlin. Tu laisses la subtilité au vent et aux vagues, n'est-ce pas ? »

Rhys rougit de sa présomption, mais il ne renonça pas. « Pardonne mon impudence, seigneur. Je ne fais que m'adresser à toi comme un harpiste à un autre. Et j'aimerais avoir ta réponse. »

Quelle arrogance! Il se considérait comme l'égal de Merlin.

« Parle sans contrainte, mon garçon, lui dit Merlin. Une telle réticence n'a pas sa place entre amis. »

Rhys cligna stupidement des yeux et me regarda pour chercher de l'aide.

« Tu es rappelé aux bonnes manières », lui dis-je.

Le jeune homme s'empourpra encore davantage, mais il bredouilla néanmoins : « La fourberie m'est détestable, seigneur, sois-en assuré. Si c'est là ce que tu veux dire.

— Ta franchise est rafraîchissante, Rhys. Je suis remis à ma place, dit Merlin en riant. En quoi puis-je te servir?

— Mais je l'ai déjà dit. » Il écarta les mains, l'air désemparé.

« Alors écoute ma réponse, lui dit Merlin. Le seigneur que je sers ne possède que le manteau qu'il a sur le dos et l'épée qu'il porte au côté. Il rassemble actuellement sa cour et son armée, c'est exact, mais il ne s'y trouve pas de harpiste. C'est un luxe qu'il ne peut se permettre. »

Rhys hocha la tête comme pour prendre une décision. « Dans ce cas, ton seigneur Arthur aura besoin de quelqu'un pour chanter ses victoires devant la cheminée. » La harpe que Merlin tenait dans ses mains aurait aussi bien pu être un aviron, pour ce qu'il en tenait compte.

« J'espère que tu voudras bien laisser le seigneur Arthur se satisfaire de se trouver d'abord une cheminée.

— Raison de plus, déclara triomphalement Rhys. Sinon comment son renom se répandra-t-il suffisamment pour que les gens l'estiment et le suivent? De plus, je sais manier l'épée aussi bien que je joue de la harpe, et à cet égard je suis le meilleur de tout Benowyc. Demande à qui tu veux.

— Alors je t'invite à venir avec nous, si rien ne t'en empêche, dit mon maître au jeune harpiste. Je pense néanmoins que ton maître aura son mot à dire en la matière. Assurément, d'après ce que j'en ai vu, Bors est lui-même un seigneur digne de sa renommée. Ton art serait sans nul doute bien mieux récompensé ici.

— Le seigneur Bors est effectivement un chef valeureux, acquiesça bien volontiers Rhys. Mais il a *quatre* harpistes pour chanter ses louanges et... » — c'était là certainement la source de son insatisfaction — « ... je suis le dernier d'entre eux, par le rang, j'entends, et non par le talent. Ils sont jaloux et, pour cette raison, ils ne font aucun cas de moi.

— Je vois, répondit Merlin en se frottant le menton. Oui, c'est un problème. Et tu penses que ta situation serait meilleure auprès d'Arthur. C'est cela ?

— En vérité, oui, acquiesça Rhys d'un air grave. Du moins, je pense qu'elle ne pourrait pas être beaucoup plus mauvaise.

— Alors, si tu n'as pas peur de manier l'épée aussi bien que la harpe, je crois que tu peux t'attendre à être bien reçu. »

Nous en restâmes là pour cette nuit et n'y pensâmes plus avant le lendemain lorsque, alors que nous prenions notre repas de midi, Bors vint nous trouver. « Dieu soit bon pour vous, mes amis, cria-t-il en s'approchant. J'espère que vous trouvez notre simple chère à votre goût.

— Ton frère et toi êtes fort aimables et généreux. Oui, la nourriture est à notre goût.

— Bien ! s'exclama Bors comme s'il avait attendu toute la journée d'entendre cela. Très bien. » Il s'installa sur le banc près de Merlin et se servit de pain et de viande dans les bols disposés devant nous.

« À présent, dit-il en rompant le pain à la main, qu'est-ce que j'apprends, tu essayes de me voler un de mes bardes ?

— Rhydderch t'a parlé de ses projets, c'est cela ?

— Vas-tu l'emmener ? demanda aimablement Bors.

— Ce n'est pas à moi de le dire, expliqua Merlin. La décision en incombe à Arthur et à toi... comme je l'ai dit à ce garçon. Le laisserais-tu partir ? »

Bors mastiqua d'un air songeur pendant quelques instants avant de répondre. « Même si je répugne à perdre un bon harpiste, je suis tenu par l'honneur de t'accorder ta récompense...

— Je n'ai demandé aucune récompense, protesta vivement Merlin.

— ... ta récompense pour ta chanson d'hier soir, poursuivit Bors. Eh quoi, tu m'as entendu promettre la moitié de mon royaume de ma propre bouche !

— Je t'en prie, tu ne me dois rien. J'ai donné comme il m'a été donné.

— Voudrais-tu que le bruit se répande que la parole de Bors de Benowyc ne vaut pas plus que l'air qu'elle déplace ? » Bors secoua la tête d'un air grave, mais son regard était joyeux. « Ce ne serait pas convenable.

— C'est juste... acquiesça lentement Merlin.

— Tu vas donc emmener Rhys, seigneur Embries », dit Bors, puis il ajouta d'un air entendu : « Mais il ne serait guère prudent de le laisser partir seul.

— C'est juste aussi. Que proposes-tu ?

— Je me propose de venir avec lui. Pour m'assurer qu'il n'arrive pas de mal à ce garçon, tu comprends.

— Je vois, répondit mon maître. Continue, je t'en prie.

— Bien sûr, dit Bors en s'enfournant un morceau de viande dans la bouche avant de se lécher les doigts, je ne peux pas partir seul. Comme je suis un être sociable, j'aurais besoin d'avoir mes compagnons avec moi, de crainte de me sentir seul.

— Assurément, quand il séjourne loin de chez lui, un homme se sent bien souvent seul.

— Une centaine de mes meilleurs guerriers devrait suffire, je pense. Avec des armes et des chevaux pour tout le monde, je ne devrais plus me sentir seul. »

Merlin rit de bon cœur et vanta la prudence de Bors. Celui-ci apprécia la plaisanterie, mais il leva les mains, disant : « Tu me fais trop d'honneur. Je t'assure, je ne pensais qu'à mon propre confort. »

Ban et Bors avaient deviné pourquoi Merlin était venu et ils voulaient lui éviter de s'abaisser à mendier une aide qu'ils n'étaient que trop heureux de fournir. Donc, afin qu'il ne se sente pas gêné — ils connaissaient bien peu mon maître s'ils imaginaient qu'il n'aurait pas tout fait pour venir en aide à Arthur ! — les deux frères lui proposaient de cette façon hommes et chevaux. Merlin ne manqua d'ailleurs pas de reconnaître leur geste pour ce qu'il était. Il en saluait aussi la sagesse : chaque bataille remportée en Bretagne contre les Saecsens en serait une de moins à livrer sur leur propre sol.

« Je te le dis, Pelléas, me confia-t-il plus tard, ces hommes sont d'une hospitalité et d'un honneur rares. J'aimerais que les rois bretons soient aussi bien disposés envers Arthur. »

Un des buts de notre voyage avait été rempli, et bien plus vite que nous n'aurions pu l'espérer. De son autre but, Merlin n'avait toujours rien dit. Le lendemain, Ban emmena Merlin faire le tour de son royaume et visiter les lieux qu'il estimait les plus susceptibles d'impressionner un étranger. Je restai au palais pour chasser avec Bors, partageant l'agrément de longues chevauchées et de soirées dans la grande salle où nous étaient servis une excellente chère et un encore meilleur vin, accompagnés des plus belles chansons.

En ces occasions était observée la curieuse coutume voulant que les femmes mangent à part et ne rejoignent les hommes dans la grande salle que pour les divertissements. Ce ne fut donc pas avant le troisième soir que je la vis : une jeune fille sans égale, d'une rare et exquise beauté.

Elle entra avec les autres femmes et prit place près de l'âtre. Dès l'instant où je la vis assise là... légèrement penchée en avant pour écouter la chanson, les mains croisées sur ses genoux, les yeux luisants de plaisir et d'anticipation, les lèvres étirées en un sourire qui évoquait de pures délices et dénotait une âme amoureuse de la vie...

Bors vit mon regard qui s'attardait sur elle. Il rit et dit : « Oui, elle est belle, n'est-ce pas ? Elle s'appelle Elaine. »

Elaine ! Ce nom éveilla en moi un tel sentiment que j'en perdis tout pouvoir de parler.

Elaine...

Des profondeurs de mon esprit, le souvenir revint à la surface : sur les quatre vaisseaux d'Avallach à avoir fui le cataclysme qui avait englouti l'Atlantide, seuls trois avaient atteint la Bretagne. On n'avait jamais revu le dernier...

Avallach avait perdu son fils, Kian. Et Belyn, mon père, avait perdu son épouse : celle-ci s'appelait Elaine. Même si mon père ne parlait jamais d'elle, j'avais entendu maintes fois raconter à sa cour l'histoire du navire disparu.

Je n'avais pas besoin d'autre confirmation. Rien qu'à sa stature, sa grâce et son maintien, je savais au fond de mon cœur que la dame assise devant moi était de ma race. Je la regardais fixement, la tête me tournant de cette découverte : des Fées en Armorique !

Était-ce possible ?

Bors prit mon regard pour de la fascination, car il dit : « Tu ne serais pas le premier homme à succomber au charme d'une jeune Faery.

— Que fait cette femme à votre cour ? demandai-je d'une voix qui m'écorcha les oreilles.

— Ce n'est pas un mystère. Le père de mon père, le roi Banw, avait épousé une femme de leur race. Bien que très belle, cette dame était de santé délicate et elle est morte sans lui laisser d'héritier. Il a pris une autre épouse, bien entendu, mais il disait que son cœur appartenait à jamais à sa reine des Faery. Depuis l'époque de Banw, il y a toujours eu des Faery parmi nous. Elaine est des leurs. Ils sont distants et hautains, c'est vrai, mais leur peuple est pacifique malgré son étrangeté, et ils restent entre eux.

— Où demeurent-ils ?

— Dans la forêt de Brocéliande — plus loin vers

l'est. » Bors m'observa attentivement, comme s'il me voyait pour la première fois. Il se pencha vers moi, comme pour me faire une confidence. « J'ai entendu dire que le seigneur Embries serait du peuple des Faery. Est-ce vrai ?

— C'est ce que l'on dit. »

Bors hocha la tête comme si cela expliquait beaucoup de choses. « Et toi ?

— Oui.

— C'est ce que je pensais. J'en ai parlé à Ban, mais mon frère a dit que c'était absurde.

— Les gens se font beaucoup d'idées fausses, lui assurai-je. Le Peuple des Fées n'est pas si différent qu'on a coutume de le dire. »

Il accepta cela en riant de bon cœur. « Il n'y a pas de fin à ce que croient les gens. J'ai entendu dire que les tiens pouvaient changer de forme à volonté — se transformer en loups, en cerfs, en chouettes ou en je ne sais quoi. »

Nous passâmes à d'autres sujets de conversation, mais je ne cessais de me dire intérieurement : des Fées, *ici,* en Armorique ! Il faut en informer Merlin !

VII

Brocéliande se trouve à deux jours de cheval de la côte, dans les vastes collines d'Armorique. De ce côté de la mer, le climat n'est pas aussi humide ni aussi brumeux que celui d'Ynys Prydein. Et au cœur de l'été il peut y faire très chaud. La chaleur qui s'élève de la terre danse en ondes miroitantes le long des crêtes et les sabots des chevaux soulèvent des nuages de poussière.

C'est un beau pays. On y trouve en abondance rivières et torrents, sources et étangs. Les arbres poussent haut et les bois regorgent de gibier. Un seigneur pourrait se considérer comme fortuné de posséder un tel royaume. De fait, j'en connais beaucoup qui possèdent bien moins et se jugent riches.

C'est donc pour moi un mystère que cette région ne soit pas plus habitée. Nous rencontrâmes bien deux fermes neuves en chemin, mais elles avaient été édifiées par des Bretons qui, comme d'autres habitants de l'est et du sud de la Bretagne, avaient traversé la mer pour échapper aux incursions des Saecsens. Un bien maigre espoir. Les barbares avaient laissé l'Armorique tranquille principalement parce que la Bretagne se prêtait plus facilement au pillage. Si la Bretagne tombait, ou si elle se reprenait et décourageait toute incursion, les barbares ne tarderaient pas à se tourner vers l'Armorique, et où pourraient alors se réfugier les hommes civilisés?

La pensée que des compatriotes — nos propres cousins! — désertaient notre pays décourageait Merlin. Il n'aimait pas cela plus que moi. Mais je les comprenais et excusais leurs craintes, alors que Merlin se sentait trahi.

« Pensent-ils échapper aux Ténèbres en traversant un simple bras de mer? demanda-t-il en contemplant tristement les pauvres demeures des exilés. Je vais te dire, Pelléas : quand le soleil se couchera, la lumière disparaîtra pour tout le monde, et tous maudiront la nuit comme un seul homme. »

Il soupira et secoua lentement la tête. « Et nul ne pourra faire revenir la lumière une fois qu'elle aura disparu. »

Ce ne fut donc pas un voyage des plus gais. Mais en arrivant à l'orée de la forêt nous tombâmes sur un hameau — guère plus qu'une poignée de huttes de terre auprès d'un enclos de ronces pour le bétail. Les gens qui y vivaient étaient accueillants et assoiffés de nouvelles du monde extérieur. Quand nous leur parlâmes de la colonie du Peuple des Fées, ils s'empressèrent de nous expliquer où la trouver, et ils auraient même envoyé quelqu'un pour nous y conduire si nous l'avions voulu. Les Fées, dirent-ils, vivaient dans la solitude et n'accueillaient pas volontiers les étrangers. Ils détenaient néanmoins la connaissance de bien des secrets extraordinaires et aidaient au besoin le village.

Dans l'ensemble, nous trouvâmes que Brocéliande ressemblait beaucoup à Celyddon et que la colonie du Peuple des Fées était presque identique. La forêt, sombre et touffue, dissimulait le village aux yeux du monde aussi sûrement que n'importe quel enchantement.

Les bâtiments étaient construits en bois sur les rives escarpées d'un grand lac — comme à Goddeu en Celyddon, ils avaient choisi de s'établir au bord de l'eau. La forêt n'avait pas été entièrement défrichée : les habitations et les greniers étaient dispersés parmi les arbres. Cela renforçait le sentiment de discrétion, assurément, mais cela conférait aussi aux lieux une atmosphère de sombre et pesant silence.

« C'est un endroit bien triste », dit Merlin en le voyant. Nous avions suivi sur une bonne distance l'étroit sentier qui s'enfonçait dans la forêt avant de gravir une crête du haut de laquelle nous contemplions le village à nos pieds. Il ne semblait y avoir personne, ni aucun signe que quiconque eût remarqué notre arrivée. « Eh bien, allons-y et faisons-nous connaître d'eux. »

Nous nous remîmes lentement en route, observant le village en quête d'un signe de vie à notre approche.

Arrêtant nos chevaux devant le premier édifice — un grand palais de rondins au toit de chaume — nous attendîmes tandis qu'un étrange pressentiment s'emparait de nous. Merlin, fronçant les sourcils, scrutait les bâtiments comme pour découvrir ce qui était arrivé à ses habitants. Car nous n'apercevions ni l'un ni l'autre qui que ce fût de vivant.

« Ils ne sont pas là, finit par dire Merlin en mettant pied à terre. Entrons voir si nous pouvons découvrir ce qui leur est arrivé, ou bien où ils sont partis. »

Il planait une odeur de pourriture dans la grande salle. Sur le sol, les roseaux étaient tachés de moisi et des toiles d'araignées pendaient aux poutres et aux torchères. Des plateaux de nourriture — auxquels nul n'avait touché, sinon les souris — étaient posés sur la table. Dans l'âtre, les cendres étaient froides et humides.

Manifestement, personne n'avait mis les pieds en ces lieux depuis longtemps. Et les derniers à l'avoir fait étaient partis en toute hâte.

« Il en sera de même ailleurs, dit Merlin. Ils ont abandonné cet endroit... et dans une grande épouvante, me semble-t-il.

— Allons visiter les autres bâtiments. Nous trouverons peut-être un indice de ce qui s'est passé ici. »

Nous entreprîmes donc d'inspecter les autres habitations du village. Nous vîmes partout les signes d'un départ précipité : nourriture préparée mais intacte, feux laissés sans surveillance dans les cheminées, ustensiles et objets usuels rassemblés, puis abandonnés en tas. Dans une maison, une torche avait été allumée et posée sur une table où elle avait laissé une profonde marque noire avant de s'éteindre. Et dans une autre, un pot de terre mis à réchauffer dans la cheminée avait éclaté sous l'effet de la chaleur, répandant son contenu qui s'était carbonisé dans les flammes.

« C'est bizarre, dis-je. C'est comme s'ils s'étaient attendus à partir, mais sans savoir quand. Tu vois ? » Je désignai du geste la demeure presque vide. « Il ne reste ni armes, ni vêtements, ni objets de valeur. Et pourtant il n'y a aucune trace de destruction ou de pillage... je ne pense pas qu'ils aient été attaqués.

— Et pourtant ils l'ont été », répondit Merlin qui scrutait en plissant les paupières l'intérieur de ce qui avait certainement été une des chambres du seigneur. Un chandelier se dressait près du lit, au-dessus de flaques de cire durcie sur le sol poussiéreux. « Mais pas par les Saecsens ni par d'autres de leur espèce.

— Qui, alors ? »

Il se contenta de secouer la tête et de dire : « Partons d'ici. » Il tourna le dos et sortit le premier. En ressortant du bâtiment, j'entrevis un mouvement du coin de l'œil. Je regardai, mais il n'y avait rien. Un instant plus tard, nous entendîmes un bruit d'éclaboussures dans le lac — comme si quelqu'un y avait jeté une très grosse pierre.

Merlin s'immobilisa et jeta un coup d'œil vers la rive. Sans un mot, nous fîmes demi-tour, dépassâmes nos chevaux et suivîmes un sentier menant au lac. La surface était immobile, mais nous vîmes au bord de l'eau des marques sur la grève. Merlin s'agenouilla et posa la paume sur une de celles-ci. « Ce sont les traces de nombreux pieds », dit-il. Le chagrin lui voilait la voix.

Je suivis les traces jusqu'au bord de l'eau où elles disparaissaient.

« Pourquoi ? » demandai-je dans un souffle. Je scrutai la surface du lac, pensant, je suppose, y voir flotter des corps entremêlés.

« C'est *cela* que j'ai vu dans le Bol de divination, murmura Merlin. Et je suis arrivé trop tard. » Il me jeta un coup d'œil sarcastique. « Pourquoi ? Autant le demander au vent... il en sait plus que moi. » Je contemplai longuement la surface miroitante et calme dans la profonde solitude de la forêt.

« Mais je peux te dire une chose, poursuivit calmement Merlin, l'odeur de la mort plane en ces lieux... elle s'y accroche... comme la puanteur de la chair en décomposition dans le sol... comme une brume délétère sur un marécage. La mort est là... »

Soudain, il ferma les yeux et se prit la tête entre les mains. Sa bouche s'ouvrit sur un terrible cri d'angoisse. « AHHH ! » Sa voix se répercuta sur l'eau et fut avalée par la forêt touffue.

Je le pris par le bras pour le soutenir. Il ouvrit lentement les yeux. Leur éclat doré était assombri de douleur et de chagrin. « Morgian ! s'exclama-t-il d'une voix étranglée. C'était Morgian... »

Il se retourna brusquement et remonta le sentier vers l'endroit où attendaient nos chevaux. Je restai encore un instant à regarder dans l'eau claire. Le lac, froid, sombre et profond, ne révélait rien. Mais, comme je m'apprêtais à partir, un éclat métallique attira mon regard et je baissai les yeux. Une petite broche en argent gisait parmi les galets.

Je la ramassai et la tins dans ma main. Un simple disque en forme de coquillage avec un trou à travers lequel passer le tissu, et une longue épingle d'argent pour maintenir le vêtement. L'ornement était tordu... quelqu'un avait dû marcher dessus.

En la retournant, je vis un lambeau de tissu bleu vif toujours fermement retenu par l'épingle. Il me vint à l'esprit que la broche avait été arrachée de force à celui qui l'avait portée et jetée à terre pour la piétiner. Je regardai à nouveau la surface lisse du lac et les traces de pas sur le rivage. Une terreur glaciale s'insinua dans mon cœur.

Je glissai la broche dans ma ceinture et rejoignis Merlin en hâte. Je sautai en selle et engageai mon cheval sur le sentier, bien décidé à quitter ce lieu désolé.

Nous revînmes sur nos pas, cheminant en silence dans la pénombre oppressante, hantés à chaque pas par la sinistre horreur du village abandonné et nous demandant quelle atrocité y avait été commise.

J'ouvrais le chemin et Brocéliande était devenue encore plus inhospitalière que quand nous y étions entrés. Aucun de nous ne disait un mot. Merlin restait silencieux et, quand je regardai en arrière, je vis que, bien qu'il fît doux, il s'était drapé dans son manteau.

Nous fîmes halte et dressâmes le camp pour la nuit auprès d'un étang limpide au milieu d'une clairière dégagée que les arbres cernaient telle une grande et sombre muraille. Juste en lisière de la forêt poussait un petit bouquet de bouleaux et, autour de l'étang, quelques petits saules et des sureaux.

J'abreuvai nos montures, les dessellai et les attachai — en laissant la corde assez lâche pour qu'elles puissent brouter à leur guise entre les arbres. Puis je m'occupai de préparer le camp. Merlin était assis un peu à l'écart, le regard absent, perdu dans ses pensées.

Comme la lumière commençait à décliner, j'allai au bosquet de bouleaux chercher du bois mort pour le feu. J'en eus vite ramassé une bonne brassée et revins vers l'étang. À mi-chemin, je fis halte...

Qu'est-ce que c'est ? me demandai-je, l'oreille aux aguets.

Était-ce la brise dans les herbes et les branches dénudées qui produisait ce faible bruit chantant ? Je me remis en route. Mais le son se faisait plus fort à mesure que je me rapprochais de l'eau.

Je la vis à l'instant où elle m'aperçut. Une jeune fille aux cheveux dorés, habillée tout en vert — cape, jupe et châle —, un seau de cuir à la main. Sa peau était légèrement halée par le soleil. Elle était gracieuse et bien faite, ses yeux étaient grands et noirs comme du jais. Elle porta sa main libre à la bouche pour étouffer un cri en me voyant.

« Sois en paix, gente dame, lui dis-je. Tu n'as rien à craindre. »

Elle baissa sa main, mais elle tenait toujours son seau comme pour me le jeter à la tête. « Qui es-tu ? » Sa voix était basse et onctueuse comme de la crème.

« Je suis un voyageur, répondis-je, et le serviteur d'un noble seigneur qui m'attend près de l'étang. » Je montrai les saules de la main.

Elle jeta un coup d'œil à son seau et, comme si elle me le présentait pour preuve de ses dires, elle répondit d'un ton mal assuré : « Je suis venue chercher de l'eau.

— Et je ne t'en empêcherai pas », dis-je. Je me remis en marche vers l'étang. Elle hésita. « Viens, il ne t'arrivera pas de mal. »

À contrecœur, elle me suivit, deux pas derrière moi. Nous arrivâmes à l'endroit où Merlin se reposait, adossé à un saule. Il ouvrit les yeux à notre approche, vit la jeune fille et se leva.

« Elle vient chercher de l'eau, expliquai-je en laissant tomber mon chargement de bois à terre.

— Je te souhaite le bonjour, gente dame, dit Merlin en guise de salutation. Tu dois vivre près d'ici. Et pourtant nous n'avons pas vu de village dans les environs.

— Oh, il n'y en a pas, seigneur, répondit-elle. Mon

père et moi... nous vivons seuls... » — elle se retourna en faisant un geste vague de la main — « ... juste là.

— Peut-être devrions-nous aller présenter nos respects à ton père, dit Merlin. Car il semble que nous passions sur ses terres. »

La jeune fille se mordit la lèvre, le front plissé d'inquiétude. Il me déplaisait de la voir dans une telle épouvante. Je tendis une main vers elle et la posai doucement sur son bras. Sa peau était douce et tiède. « Tu n'as pas à avoir peur de nous, lui dis-je. Nous sommes des hommes d'honneur. »

Elle sourit et baissa les yeux. « Je n'avais pas l'intention de te manquer de respect, seigneur. C'est simplement que... mon père est parti à la chasse et je suis seule. » En disant cela, elle releva la tête et regarda Merlin droit dans les yeux.

« Quel est ton nom, demoiselle? demanda-t-il.

— Nimue, seigneur, répondit-elle doucement.

— Ton père est... ?

— Le seigneur Meleagant, répondit-elle d'un ton hésitant.

— Te laisse-t-il souvent seule, Nimue?

— Assez. Mais jamais longtemps, seigneur, ajouta-t-elle vivement. La chasse est difficile dans cette région et mon père doit aller loin pour trouver à manger. » Elle sourit, prenant un peu d'assurance. « Je suis donc souvent seule, mais cela ne me gêne pas. J'y suis habituée.

— N'as-tu jamais peur quand tu es seule, Nimue? » demanda Merlin, traduisant exactement ma pensée.

Elle secoua ses boucles dorées. « Pourquoi aurais-je peur? Personne ne vient par ici, et il n'y a pas de bêtes sauvages pour m'attaquer. Mon père ne reste pas longtemps parti, il s'occupe bien de moi. Ce lieu... » — elle montra du geste les alentours — « ... n'est pas comme les autres. Nous n'y sommes jamais dérangés.

— Pas plus que nous ne vous dérangerons, répondit Merlin en se retournant, sinon en nous reposant une nuit près de votre étang. »

Elle le retint, une soyeuse insinuation dans la voix. « Oh, mais tu n'as pas besoin de dormir près de cet étang, seigneur... pas tant que j'ai un toit pour t'abriter et un âtre pour te réchauffer. Tu es manifestement un homme de qualité, il est en dessous de ton rang de dormir sur le sol glacé.

— Ton offre est généreuse, dit Merlin. Mais puisque ton père est absent, il ne nous viendrait pas à l'idée de nous imposer. » Merlin fit mine de prendre congé, mais elle refusa de se laisser intimider.

« Que mon père soit présent ou absent, il m'appartient d'offrir l'hospitalité de notre demeure à qui je veux. Et puisque je vous crois des hommes de bien... » — elle jeta un coup d'œil dans ma direction et sourit joliment — « ... je tiendrais pour un honneur que vous acceptiez mon humble proposition... » — ses yeux étincelèrent de bonne humeur — « ... et pour un affront que vous refusiez. »

Bizarrement, la jeune fille parlait comme une dame de haute naissance : sans détours et avec courtoisie. Je me surpris à l'admirer et à me demander comment il se faisait qu'elle vécût dans ce lieu sauvage.

Merlin rit. « Qu'il ne soit jamais dit que nous avons causé un affront quand cela pouvait être évité. » Il se tourna vers moi. « Pelléas, nous allons accompagner cette jeune fille à sa demeure. »

Je rassemblai nos quelques possessions et me tournai vers nos chevaux. « Ce n'est pas loin, dit Nimue. Vos montures peuvent rester ici.

— Nous pouvons les laisser », me dit Merlin.

J'ouvris la bouche pour protester : « Mais...

— Tout ira bien, insista Merlin. Laisse-les. »

Il me déplaisait de les abandonner sans surveillance, mais puisque la maison était proche, et qu'il n'y avait pas de danger, je fis comme il m'était ordonné. Prenant nos armes sous le bras, j'emboîtai le pas à Nimue.

Effectivement, la maison n'était pas loin. Je ne vois pas comment nous avions pu la manquer, car si nous avions fait quelques pas de plus, nous l'aurions vue. Peut-être l'étang avait-il détourné notre attention, ou bien les saules l'avaient dissimulée...

C'était une demeure solide, construite en pierre. Un petit jardin soigneusement entretenu s'étendait devant. D'un côté se trouvait un enclos à moutons, mais je n'y vis aucun animal. À l'intérieur, le sol était dallé de pierre et les murs blanchis à la chaux. Tout était net et bien tenu. Manifestement, Nimue et son père vivaient confortablement et étaient fiers de leur demeure.

Un feu brûlait dans l'âtre et il y avait de la viande à la broche : trois oiseaux de belle taille. Une marmite de bouillie d'avoine mijotait près des flammes. Une grande table telle qu'il s'en rencontre souvent dans les palais des rois occupait la plus grande partie de l'unique pièce. Près de la cheminée, une immense peau de vache blanche dissimulait une alcôve qui faisait office de chambre. Une autre peau de même couleur tenait lieu de courtine au fond de la pièce.

Nimue disparut derrière celle-ci dès qu'elle fut entrée dans la maison, pour en ressortir un instant plus tard avec une outre de vin et des coupes d'argent sur un plateau de bois poli.

Elle versa le vin dans les coupes et, après en avoir renversé quelques gouttes en l'honneur du dieu de la maison, offrit la première à Merlin. « La coupe des invités, seigneur. Santé et longue vie à toi. »

Elle attendit qu'il l'eût vidée avant de me présenter la deuxième. Je portai la coupe à ma bouche, mais au moment où le liquide rubis toucha mes lèvres, je fus pris de l'envie d'éternuer. J'éternuai violemment à deux reprises.

Quand j'eus retrouvé mes moyens, je portai à nouveau la coupe à mes lèvres — uniquement pour me remettre à éternuer. Nimue me lança un coup d'œil furtif. Était-ce de la sollicitude ? Ou bien était-ce de la crainte que je voyais dans ses yeux ?

Cherchant à la rassurer, je m'excusai, disant : « Le vin a parfois des effets malheureux sur moi. N'y vois pas de mal, mais je vais m'abstenir. » Ce disant, je reposai ma coupe sur la table.

La soirée passa agréablement. Nous dînâmes de viande rôtie et de bouillie d'avoine, et nous parlâmes des affaires du royaume. Nimue se montra très intéressée par les nouvelles que nous lui apportions et posa beaucoup de questions — questions qui dénotaient une vive intelligence et une vaste connaissance du monde extérieur. Nous n'étions certainement pas les premiers voyageurs à avoir trouvé abri sous le toit de son père.

Après avoir mangé et bavardé, il me vint à l'idée de retourner auprès des chevaux. J'étais toujours un peu inquiet pour eux et je me disais que cela ne pouvait pas faire de mal d'aller voir. Je me levai pour prendre congé et Nimue vint à moi. Prenant mes mains, elle dit : « Ne sors pas, seigneur. Il fait noir et tu pourrais tomber dans l'étang.

— Je sais nager », répliquai-je en riant, et je sortis.

La nuit était claire et la lune brillait dans le ciel. Je n'avais pas de mal à voir mon chemin et je me mis en route. L'étang miroitait au clair de lune, scintillant comme une étoile tombée à terre. Les chevaux se tenaient flanc contre flanc, la tête baissée. Ils hennirent doucement à mon approche. Je leur flattai l'encolure et leur parlai. Puis j'examinai les cordes qui les attachaient, constatai qu'elles étaient bien nouées et fis demi-tour.

Je suppose que je dus me tromper de direction au clair de lune, car, après avoir marché un bon moment, je ne retrouvai pas la maison.

Il est possible de se perdre dans les lieux inconnus, surtout dans le noir. Pourtant je n'eus pas de difficulté à retourner près de l'étang. Puis, comme je cherchais à revenir sur mes pas vers la maison, j'entendis chanter — la même voix flûtée que j'avais entendue avant de rencontrer Nimue — bien que je ne visse personne.

Je poursuivis mon chemin et, inexplicablement, je me retrouvai à l'étang peu de temps après. Je m'engageai une fois de plus sur le sentier — certain que c'était le bon chemin. Je me perdis néanmoins au milieu d'un bouquet de sureaux. Et de nouveau j'entendis le chant mystérieux. J'appelai, mais il n'y eut pas de réponse. Le chant s'arrêta.

Repartant vers l'étang, je remarquai qu'il me fallut cette fois plus de temps pour y arriver. Le chemin était confus et subtilement altéré.

J'atteignis enfin l'étang, venant cette fois d'une autre direction. Cela me troubla, mais au lieu de me remettre aussitôt en route, je m'assis un moment pour réfléchir.

La maison n'était pas loin — quelques centaines de pas de l'étang, tout au plus. Il semblait impossible de la manquer : la lune était haute et claire, le sentier bien visible.

Et pourtant, je m'étais égaré à trois reprises. Prenant une profonde inspiration, je me remis une fois de plus en route, faisant bien attention de garder l'étang dans mon dos, ignorant le sentier et ne faisant confiance qu'à mon sens de l'orientation qui m'abandonnait rapidement.

Je marchai un petit moment — beaucoup plus loin que je ne m'en souvenais — et j'étais sur le point de faire demi-tour quand je la vis. Droit devant moi, miroitant au clair de lune, se dressait la maison. La lueur de son âtre brillait faiblement par la porte ouverte. De la fumée filtrait lentement à travers le chaume du toit, argentée dans les rayons de lune, s'élevant comme les vapeurs d'un marécage.

Je me dirigeai vers la lumière et, en arrivant à la porte, j'entendis un chant : doux et flûté. Et pourtant il me fit frissonner. Car, plus que tout, ce son possédait l'obsédante mélancolie d'une fraîche brise d'automne à travers les branches dénudées d'un saule.

Je fis halte sur le seuil pour écouter, mais les dernières notes se dissipèrent dans le silence, la chanson terminée.

« Les chevaux sont... » commençai-je, puis je me figeai, les yeux écarquillés.

Merlin gisait sur le sol près de l'âtre, la tête sur les genoux de Nimue. Elle tenait le couteau de Merlin à la main. À mon entrée, elle tourna la tête vers moi et... je n'en suis pas certain... mais, à la lueur tremblotante du feu, ses traits paraissaient tordus en une indicible expression de rage et de mépris. Et j'eus la sensation qu'une lance me perçait le ventre et me fouaillait les entrailles.

Nimue sourit d'un air charmeur. Posant un long doigt sur ses lèvres, elle murmura : « Ton maître s'est endormi. » Elle lui lissa les cheveux et se pencha pour l'embrasser.

Ma réaction fut immédiate. La colère m'embrasa comme un éclair. « Non ! Tu ne peux... » Je bondis en avant, mais elle leva la main et je fis halte.

« Chut ! Tu vas le réveiller ! » Puis, plus doucement : « J'étais en train de chanter et il est tombé endormi... il était si fatigué. »

Aussi brusquement qu'il avait surgi, le feu de ma colère s'éteignit et je restai à la regarder, me sentant stupide et contrit. « Je suis désolé, marmonnai-je. J'ai cru... »

Nimue sourit. « N'ajoute rien. Je comprends. » Elle se retourna et, comme si elle m'avait oublié, se remit à caresser la tête de Merlin, puis elle se pencha pour l'embrasser chastement sur le front et replaça le couteau dans sa ceinture. Elle lui chuchota quelque chose, puis elle posa délicatement sa tête sur le sol.

Elle se leva, vint à moi en souriant et posa les mains sur ma poitrine. « Pardonne-moi », murmura-t-elle en approchant son visage du mien. Son haleine exhalait un parfum de pommiers en fleur. « Il avait l'air si paisible, je n'ai pas pu résister... »

Elle entrouvrit les lèvres et ferma les yeux. Elle posa sa bouche sur la mienne et je goûtai la douce chaleur de ses lèvres. Je sentis ses doigts sur mon poignet qui guidaient ma main vers sa poitrine et, à cet instant, je la désirai comme jamais je n'ai désiré une autre femme.

Nimue se serra contre moi, pressant son ventre contre ma cuisse. Je sentais sa chair ferme et tiède sous mes mains et j'avais terriblement envie d'elle.

Puis elle se retrouva devant le feu et sa robe glissa à terre.

Elle était exquisément formée, sans le moindre défaut, ses courbes symétriques révélées par les ombres et la lumière du feu. Elle se retourna, prit ses seins dans ses mains en coupe et s'avança lentement vers moi, comme pour m'offrir la maturité de son corps.

Je tendis la main pour la toucher, pour la prendre.

Dans mon esprit se forma l'image de deux êtres accouplés dans l'acte d'amour, les membres entremêlés, le corps tendu. Et il me sembla qu'il arrivait quelque chose de hideux. L'image se modifia imperceptiblement et je vis que le corps de la femme était un cadavre en décomposition...

Tout désir s'évanouit instantanément, remplacé par une indicible répulsion. En proie à la nausée, je me détournai.

« Pelléas... » Son souffle était brûlant dans mon cou, sa voix un gémissement de désir. « Prends-moi, Pelléas, je veux te faire l'amour.

— Non ! » Le cri avait jailli tout seul de ma gorge. « Non ! »

Ses mains étaient sur moi, m'encerclaient la taille, me caressaient. « Fais-moi l'amour, Pelléas. J'ai envie de toi.

— Laisse-moi ! » m'écriai-je, et je me retournai brusquement vers elle, la main levée pour frapper.

Nimue se redressa, une expression de triomphe hautain sur son beau visage. « Vas-y, me défia-t-elle. Frappe-moi ! »

Par un effort de volonté, je baissai la main. L'envie de la frapper demeurait forte, mais j'y résistai. « Je n'en ferai rien. »

Malgré l'échec de sa tentative de séduction, elle ne pouvait s'empêcher de me regarder d'un œil concupiscent. « Je méprise la faiblesse, siffla-t-elle. Montre-moi que tu n'es pas faible. » Elle s'avança vers moi, se caressant les cuisses.

« N'approche pas de moi, catin ! dis-je, faisant un effort pour articuler chaque mot. Au nom de Jesu, arrière ! »

Elle fit halte, les lèvres tordues de révulsion. « Tu regretteras cela toute ta vie, Pelléas ap Belyn ! » cracha-t-elle comme si elle venait de prendre un coup dans le ventre. Puis elle pivota sur elle-même, attrapa ses vêtements par terre et s'enfuit hors de la maison.

Dès que Nimue eut disparu, une grande lassitude s'abattit sur moi. La pièce s'assombrit et trembla devant mes yeux comme un reflet dans l'eau d'un lac. Je me sentais ivre... et pourtant je n'avais pas touché au vin. Je titubai d'un pas incertain vers le lit. C'était tout ce que je pouvais faire pour éviter de m'effondrer. Je me laissai tomber tête la première sur la litière de paille...

Je fus réveillé à l'aube par un rayon de soleil dans l'œil et le bruit d'un cheval qui s'ébrouait doucement. Je me redressai et vis que j'étais étendu dans l'herbe près de l'étang. Mon cheval broutait à proximité au bout de sa longe. Je ne vis Merlin nulle part.

Soudain, le souvenir de ce qui s'était passé la nuit précédente me revint et je me levai d'un bond. J'avais des élancements dans la tête, mal aux yeux et les membres endoloris, mais je n'étais pas blessé. Je remontai en courant le sentier vers la maison.

Elle n'était pas là !

Je la cherchai partout, mais ne pus la trouver. Le solide bâtiment de pierre n'était nulle part en vue. La maison avait disparu... et Merlin avec elle.

Je compris ce qui s'était passé. Mais il était trop tard. Trop tard. Je maudis mon aveuglement, et la facilité avec laquelle j'avais succombé à l'enchantement.

Puis je me rappelai Nimue et la menace qu'elle avait proférée dans sa colère : Tu regretteras cela toute ta vie, *Pelléas ap Belyn...*

Elle m'avait appelé par mon nom ! Je fus pris de nausée. La bile me monta à la gorge et je vomis...

... Morgian !

VIII

Une peur insidieuse planait dans l'air. Et si Morgian revenait chercher sa proie ?

Doux Jesu, viens-moi en aide ! Où est Merlin ?

Je courus. Cherchant à l'aveuglette. Trébuchant, tombant, me relevant et me remettant à courir, je cherchai la maison... sans pouvoir la trouver, ni Merlin. Je l'appelai, mais il n'y eut pas de réponse... pas de réponse...

Finalement, je retournai à l'étang et me forçai à m'agenouiller pour boire. Quelque peu rafraîchi, je lavai mon visage en sueur, puis j'allai seller les chevaux.

J'étais déterminé au plus profond de mon âme à retrouver mon maître, quitte à en mourir. Même si Morgian revenait... même si toutes les puissances de l'enfer se liguaient contre moi... je décidai de le retrouver et de le délivrer de l'ensorcellement qui l'enchaînait.

Ce vœu dans mon cœur, je retombai à genoux pour prier la Main qui nous Guide de m'accorder la protection des anges et des archanges. Puis je me relevai et montai en selle pour commencer mes recherches.

Peut-être la prière est-elle si rarement entendue dans cette contrée solitaire qu'elle n'en est exaucée que plus rapidement. Ou peut-être que chaque fois que l'Adversaire étale ses pouvoirs, le Très-Haut accède promptement à la requête de tout cœur angoissé qui se tourne vers lui.

Quoi qu'il en soit, mes ferventes prières se muèrent bientôt en chant d'action de grâces, car je n'avais pas fait plus de la moitié du tour de l'étang que je vis mon maître. Il gisait face contre terre sous un buisson de sureau, les jambes et les pieds dans l'eau.

Je sautai de selle et courus à lui, le sortis de l'étang et le fis rouler sur le dos. Posant l'oreille contre sa poitrine, j'écoutai. Il était en vie. Son cœur battait lentement, mais régulièrement. Il dormait... d'un sommeil de plomb, proche de la mort : sans un mouvement, le souffle imperceptible.

Le prenant dans mes bras, je lui frictionnai les mains et le secouai par les épaules pour essayer de le réveiller. Mais sans y parvenir.

Je me relevai, réfléchissant à ce que j'allais faire. Manifestement, nous ne pouvions rester dans la forêt. Nous avions besoin d'aide. Il n'y avait rien d'autre à faire que de regagner Benowyc, mais je ne pouvais laisser Merlin.

« Pardonne-moi, maître, il n'y a pas d'autre solution. » Puis je le redressai et le pris sur mes épaules.

Lentement, avec d'énormes difficultés, je hissai mon maître sur son cheval. Puis, bien que cela me fît mal, je passai ses mains autour du cou de sa monture et les liai ensemble — tout en priant qu'il m'accorde son pardon pour la souffrance que j'étais contraint de lui infliger.

Finalement, assuré qu'il ne tomberait pas, je pris les rênes de son cheval et les attachai à l'arçon de ma selle. Sans un regard en arrière, je partis pour Benowyc.

« Nous ferons tout ce qu'il faudra, répéta Ban d'un ton pénétré. Tu n'as qu'à demander. »

Mon unique pensée était de ramener Merlin à Ynys Avallach au plus vite. Car j'en étais arrivé à la conclusion que si mon maître devait guérir quelque part sur cette terre, ce ne pouvait être qu'au Sanctuaire du Dieu Sauveur, près du palais du Roi Pêcheur. Et si quiconque en ce monde pouvait le soigner, ce serait Charis, la Dame du Lac.

« Encore merci à toi, seigneur Ban, dis-je. L'usage de ton navire le plus rapide nous serait d'un grand secours. C'est tout ce dont nous avons besoin pour le moment.

— Je viens avec toi.

— Ce n'est pas nécessaire.

— Laisse-moi t'envoyer un médecin, tout du moins. Je vais en faire chercher un à l'abbaye.

— Je n'ose pas attendre un jour de plus. Il y a à Ynys Avallach des médecins qui sauront comment délivrer mon maître de cet ensorcellement. »

Ban fronça les sourcils. « Très bien, tu vas partir sur-le-champ. Je vais t'accompagner au navire et donner moi-même les ordres au pilote et à l'équipage. Je vais aussi envoyer un homme pour t'aider. »

Nous quittâmes Caer Kadarn sitôt qu'une litière eut été préparée pour Merlin. La marée était haute quand nous arrivâmes au port et le navire était prêt à larguer les amarres. Nous embarquâmes dès que les chevaux furent à bord, puis Ban donna ses ordres à l'équipage. Quelques instants plus tard, je sentis le navire s'écarter du quai et je me retournai pour dire adieu au seigneur Ban.

« Quoi qu'il arrive, répondit-il, nous viendrons au printemps. Et nous vous enverrons les provisions que vous avez demandées dès que les moissons seront rentrées. Je n'oublierai pas ma promesse ! »

En vérité, Arthur et la raison de notre voyage en Armorique m'étaient complètement sortis de l'esprit.

Tout ce que je puis dire de la traversée, c'est qu'elle fut miséricordieusement courte. Des vents favorables nous poussèrent rapidement sur la mer jusqu'à Mor Hafren. Nous accostâmes tard dans la troisième journée au bord de la Briw après être remontés aussi loin que possible à l'intérieur des terres. De là, nous suivîmes à cheval la rivière droit jusqu'au lac entourant l'île du roi Avallach.

Nous parvînmes au Tor par une aube vermeille dans la lumière brumeuse de la nouvelle journée. Nous avions chevauché toute la nuit, ne nous arrêtant ni pour manger ni pour dormir. Les chevaux étaient au bord de l'épuisement, tout autant que moi.

« Nous sommes arrivés, Maître, dis-je au corps qui gisait, immobile comme un cadavre, sur la litière. Nous allons bientôt trouver de l'aide. »

Je me mis en route le long de la berge et atteignis la chaussée reliant le Tor au reste du monde, précédant le valet de Ban et Merlin. Nous franchîmes la chaussée et entreprîmes l'ascension du sentier en lacets menant au sommet — sans quitter des yeux le palais, de crainte qu'il ne disparaisse dans la brume, à l'instar de la demeure enchantée de Morgian.

Le palais du Roi Pêcheur est un lieu étrange et merveilleux. Il ressemble un peu au palais de mon père, dans le Llyonesse, mais auprès de celui-ci, le royaume d'Avallach est comme le soleil comparé à la nuit obscure. Entouré de lacs et de marais, le bas de ses pentes couvert de vergers, Ynys Avallach est une véritable île — une île au milieu des terres, peut-être, mais aussi totalement isolée que n'importe quel récif en pleine mer.

Poussés par la nécessité, les Fées avaient adapté les constructions aériennes et lumineuses de leur patrie perdue au climat plus rude d'Ynys Prydein. Mais ils n'en avaient pas moins recherché les lignes nobles et élancées, et l'illusion de lumière... fort nécessaire dans cette région si souvent mélancolique.

Le Peuple des Fées... les Faery : le nom d'adoption des derniers enfants de l'Atlantide engloutie qui s'étaient installés là. Car nous semblons, aux yeux des habitants de la région, d'une beauté féerique : nous sommes plus grands, plus forts et plus agiles que les Bretons, notre aspect est plus avenant, nous possédons de plus grands dons. Et nous vivons aussi plus longtemps.

Il n'est guère surprenant que nous soyons souvent considérés comme de véritables dieux par les habitants aisément mystifiés de ce pays. Les gens simples nous portent une estime disproportionnée, les moins évolués nous admirent sans raison, et les superstitieux nous vénèrent.

C'est pure déraison, bien sûr... mais cela ne fait apparemment que les ancrer dans leur conviction. Nous sommes d'une autre race, c'est tout. Et d'une race qui se meurt.

Je sais fort bien que je suis le dernier de ma lignée. Il n'y aura personne après moi. Si telle est la volonté de Dieu, ainsi soit-il. J'ai l'esprit en paix.

Merlin est différent, cependant. À quel point, il n'est pas aisé de le dire. Il est autant un mystère, à sa façon, que l'était son père.

Je n'ai pas connu Taliesin. Mais j'ai parlé à certains de ceux qui l'ont connu — Charis, en particulier, qui a partagé son existence, quoique brièvement. « À vrai dire, m'a-t-elle dit une fois, Taliesin demeure pour moi une énigme qui ne fait que se renforcer avec les années.

» Tu me demandes qui il était et je vais te répondre franchement : je l'ignore. » Elle secoua lentement la tête, le regard perdu dans ce vivant passé où Taliesin et elle se promenaient toujours ensemble. « Nous étions heureux, c'est tout ce que je sais. Il a ouvert mon cœur à l'amour, et donc à Dieu, et ma gratitude envers lui, comme mon amour, n'aura pas de fin. »

Voir le Tor dans les premières lueurs du jour ramena ces choses à mon esprit et, dans ma fatigue, je me laissai aller à ma rêverie tout en gravissant le sentier tortueux.

Il était encore tôt et les portes étaient fermées. Je réveillai donc le portier, qui m'étreignit comme un frère avant de courir au palais en criant à pleine voix : « Pelléas est de retour ! Pelléas est là ! »

Les os rompus de fatigue, je n'avais pas la force de le rappeler. C'était tout juste si j'arrivais à tenir debout dans la cour déserte.

« Bienvenue, Pelléas ! » Je reconnus la voix d'Avallach et levai les yeux pour voir le Roi Pêcheur qui s'avançait vers moi. Il vit Merlin étendu sur la litière et son sourire de bienvenue mourut sur ses lèvres. « Est-il... ? »

Je n'eus pas le temps de répondre. « Pelléas ! » Charis apparut, vêtue pour la nuit, et courut pieds nus dans la cour, une expression de terreur mêlée d'espoir sur le visage. Elle jeta un coup d'œil vers le valet de Ban qui attendait, tête baissée comme de chagrin. « Que s'est-il passé ? Oh, Pelléas, est-il vivant ?

— Il est en vie, lui assurai-je d'une voix croassante. Mais il dort du sommeil de la mort.

— Que veux-tu dire ? » Ses yeux verts scrutèrent mon visage en quête de réconfort, mais je n'en avais aucun à prodiguer.

« Je n'arrive pas à le réveiller, lui dis-je. Il a... » Comment pouvais-je dire cela ? « C'est de la sorcellerie. »

La longue expérience de Charis au service des malades et des mourants lui fut fort utile. Elle se tourna vers le portier qui attendait à proximité et dit : « Va à l'abbaye et demande à l'abbé de venir de suite. » Sa voix était calme, mais j'y sentis autant d'urgence que si elle avait crié.

Avallach se pencha sur le corps de Merlin. « Aide-moi, il faut le porter dans le palais. » Ensemble, le valet de Ban et Avallach soulevèrent Merlin de sa litière. Le Roi Pêcheur le prit dans ses bras et le porta à l'intérieur.

La tête tournant d'épuisement, je vacillais sur mes jambes. Charis me soutint dans ses bras. « Oh, Pelléas... je suis désolée, je ne...

— Ce n'est pas la peine, gente dame... commençai-je, mais elle ne voulut pas m'écouter.

— Tu es fatigué. Viens, je vais t'aider.

— Je peux marcher. » Je fis un pas et le sol parut basculer sous mes pieds. Sans Charis, je me serais effondré dans la cour. Nous réussîmes à atteindre le palais et nous dirigeâmes vers ma chambre.

— Repose-toi, maintenant, Pelléas, dit Charis en étalant sur moi une couverture. Tu as fait ta part. Maintenant, je vais prendre soin de mon fils. »

Il était tard quand je me réveillai. Le soleil descendait à l'ouest dans un ciel doré. Mourant de faim, je me levai, fis ma toilette et gagnai la grande salle. Charis m'y attendait, la tête baissée, en prière. Un plateau de viande, de pain et de fromage était posé près d'elle sur la table. À côté se trouvaient des coupes et une cruche de bière.

Quand elle me vit, elle se leva, vint vers moi en souriant et dit : « Tu ressembles davantage au Pelléas que je connaissais. As-tu faim ?

— Je suis affamé, reconnus-je. Mais je peux attendre un peu. Son état s'est-il amélioré ? »

Elle secoua lentement la tête. « Non. J'ai réfléchi à ce qu'il fallait faire... j'ai passé toute la journée plongée dans mes livres pour chercher un remède. Mais... » Elle laissa sa phrase en suspens. « Il faut déjeuner, maintenant, pour reprendre des forces, m'ordonna-t-elle en me conduisant vers la table et en me faisant asseoir.

— Nous le sauverons », dis-je d'un ton que j'espérais assuré.

Charis posa les mains sur mes épaules, se pencha et m'embrassa sur la joue. « Tu le sers bien, Pelléas. Plus qu'un serviteur, tu es son ami le plus fidèle. Il a de la chance, n'importe qui serait fortuné d'avoir un tel compagnon. Je suis heureuse qu'il t'ait choisi. » Elle s'assit près de moi et versa à boire dans les coupes.

« C'est moi qui l'ai choisi, gente dame, lui rappelai-je. Et je ne l'abandonnerai jamais. » Je jetai un coup d'œil par la fenêtre. La lumière déclinait au-dehors. Déclinait-elle aussi pour Merlin ?

Je dévorai presque tout ce qu'il y avait sur la table. Depuis combien de jours n'avais-je rien mangé ? Je fis plus que me rattraper, je pense. Enfin rassasié, je repoussai le plateau et pris la coupe.

« L'homme qui est arrivé avec toi, dit Charis lorsque j'eus terminé, il a dit à Avallach qu'il venait d'Armorique, d'un royaume nommé Benowyc. Est-ce là-bas que Merlin a été... frappé ?

— Oui », répondis-je, et je lui expliquai le but de notre voyage. « Les troubles que connaît le sud — la stupide guerre de Morcant, les conflits en une dizaine d'endroits différents — ce n'est que le début. Plus que jamais, nous avons besoin d'un Grand Roi, mais les droits d'Arthur ne sont pas reconnus. »

Je lui parlai du conseil et de la nomination d'Arthur comme chef de guerre, ainsi que de notre voyage auprès de Ban de Benowyc pour trouver de l'aide. Je lui appris notre découverte d'une Fée à la cour de Ban... puis je lui parlai de Brocéliande.

Charis devint grave. « Pelléas, pour aider Merlin, il faut que je sache... qu'est-il arrivé aux habitants de Brocéliande ?

— Je ne le sais pas avec certitude, mais je pense que c'est l'œuvre de Morgian.

— Morgian ! » Charis avait levé le bras comme pour parer un coup.

« C'est cela, noble dame.

— Quand tu as dit que c'était un sortilège, je n'ai pas imaginé... » Elle laissa sa phrase inachevée. Puis elle hocha la tête... comme pour se forcer à avaler une potion amère. « Dis-moi ce qui est arrivé à mon fils, demanda-t-elle. Je serai forte. »

Lentement, chacun de mes mots chargé de terreur et de chagrin, je racontai à Charis notre rencontre avec Nimue. La Dame du Lac écouta calmement, la tête bien droite. Mais ses yeux trahissaient le tourment de son âme. « C'était bien Morgian, murmura-t-elle lorsque j'eus terminé.

— Je le crains, dis-je. Je ne sais pas comment cela se fait, mais elle nous attendait. À vrai dire, je crois qu'elle nous a attirés là-bas pour nous détruire.

— Mais vous ne l'avez pas été.

— Non. Dieu est bon, nous avons été épargnés.

— J'aimerais croire que tu fais erreur, qu'il y a une autre explication. Mais mon esprit me dit que tu as raison, que c'est l'œuvre de Morgian. Je le sens.

— Quand j'ai retrouvé Merlin et que j'ai vu qu'il était toujours en vie, mon unique pensée a été de l'amener ici. S'il doit être sauvé, ce sera ici. » Je parlais avec beaucoup plus d'assurance que je n'en éprouvais.

« Ta foi est admirable, Pelléas. Mais je ne connais rien à la sorcellerie. J'ai été incapable de découvrir comment rompre le charme. » Charis soupira, et dans ce soupir j'entendis se briser son cœur.

La pièce était brillamment illuminée. Comme pour empêcher la ténébreuse entité de lui dérober son fils, Charis avait ordonné de remplir la chambre de chandelles. Ensemble, nous entrâmes dans la tiède senteur de cire d'abeille.

Merlin gisait sur le dos, les bras le long du corps. L'abbé Elfodd était assis près de lui sur le lit, l'oreille contre sa bouche pour écouter son souffle. Son visage était calme, mais ses yeux étaient graves.

« Rien de nouveau », dit doucement Elfodd lorsque Charis approcha du lit. Ils avaient si souvent veillé ensemble au chevet de malades que les salutations étaient superflues entre eux.

« C'est un sortilège de Morgian, dit Charis.

— Ah... » Le bon abbé se frotta les yeux. « Dieu nous vienne en aide. »

Nous regardâmes Merlin en silence, nous demandant ce que l'on pouvait faire pour son salut. Y avait-il quelque chose qui puisse le sauver ?

Elfodd fut le premier à sortir de son abattement. « Là ! s'exclama-t-il en montrant la pièce. Le sentez-vous ? Cette peur, cette angoisse fait partie de l'ensorcellement. Elle est destinée à nous décourager. À nous vaincre avant même que nous n'ayons commencé à le combattre.

— Tu as raison, acquiesça Charis.

— Très bien, déclara Elfodd, je connais une chose plus forte que la peur. » Et il se mit à réciter un psaume à voix haute : « Le Seigneur est mon rocher, ma forteresse et mon libérateur. Dieu est mon rocher où je trouve un abri. Il est mon bouclier et l'épée de mon salut, ma citadelle. J'invoque le Seigneur, vers qui vont toutes les louanges, et je suis délivré de mes ennemis ! »

Aussitôt l'atmosphère de la pièce parut moins oppressante, la sombre angoisse reflua.

Se tournant vers moi, l'abbé dit : « Et maintenant, Pelléas, je veux que tu me dises tout ce que tu sais sur cet enchantement — mais pas ici. Nous allons passer dans la grande salle. Daigne nous excuser, gente dame, dit-il à Charis, nous revenons tout de suite. »

Je lui racontai tout, comme je l'avais raconté à Charis. Le bon abbé écoutait, les sourcils froncés, hochant la tête de temps à autre en suivant mon triste récit. « Indubitablement, dit-il quand je fus arrivé à la fin, c'est ce que nous soupçonnions : un puissant enchantement. Il nous faudra des armes d'égale puissance pour le combattre.

— À quoi penses-tu, Elfodd ?

— Tu le verras bientôt. Maintenant, va me chercher un peu d'huile, Pelléas. Et la croix que Dafyd a offerte à Avallach... rapporte-la aussi. Je vais retourner auprès de Merlin. »

Cela dit, l'abbé sortit en hâte et je partis accomplir ma tâche. Je versai de l'huile dans un flacon et me mis à la recherche d'Avallach pour qu'il me confie la croix. J'avais vu celle-ci une fois, il y avait bien longtemps, mais je ne savais pas où il la gardait. Je trouvai Avallach seul dans sa chambre. Sa vieille affliction était revenue le tourmenter et il était étendu sur sa couche.

« Je ne voudrais pas te déranger, seigneur, dis-je quand il me fit signe d'entrer. Nous avons besoin de la croix que t'a donnée Dafyd. »

Le roi se redressa lentement sur un coude. « La croix de Dafyd ? » Ses yeux se posèrent sur le flacon que je tenais à la main. « Aucune amélioration ?

— Aucune, répondis-je. Elfodd est avec lui.

— La croix est là. » Il montra un coffret posé sur la table, près de son lit. « Prends-la. Je vais venir... » Il essaya de se lever, mais la douleur l'en empêcha. « Ah ! » Il retomba sur le lit, puis se redressa de nouveau, serrant les dents.

« Je t'en prie, dis-je vivement, reste et soutiens-nous de tes prières. Elles nous seront nécessaires.

— Très bien, acquiesça-t-il en retombant sur le dos. Je vais faire comme tu dis. Mais reviens me voir dès qu'il y aura du nouveau. »

Je le lui promis et retournai à la chambre de Merlin avec l'huile et la croix. La croix de Dafyd, comme l'appelait Avallach, était un petit crucifix de chêne grossièrement taillé, poli et repoli à force de manipulations.

Elfodd embrassa la croix quand je la lui donnai, puis, étendant la main au-dessus du flacon, il bénit le liquide ambré.

Il s'approcha du lit et s'assit en face de Charis, se versa un peu d'huile dans la main gauche et, trempant le bout des doigts de sa main droite dans le liquide consacré, il en oignit Merlin.

Quand il ôta sa main, le front de Merlin luisait doucement du signe de la croix à la lueur des chandelles.

Alors, prenant la croix, il la tint au-dessus de la tête de Merlin et dit : « Protecteur Tout-puissant, Défenseur de tous ceux qui invoquent ton nom, étends ta main sur ton serviteur. Il dort, Père, d'un sommeil surnaturel, car un ennemi l'a pris dans les rets d'un puissant enchantement.

» Son esprit a été empoisonné, Père, par un infâme et puissant sortilège. Nous te prions de réveiller et de guérir notre frère. Bien-aimé Roi des Cieux, va à lui, marche à son côté où qu'il se trouve et ramène-le vers nous.

» Dieu vivant, montre-toi puissant dans la défense des tiens. Grand Dispensateur, donne-nous l'occasion de chanter tes louanges du haut des collines. Nous te le demandons au nom de ton fils très saint et miséricordieux, Jesu, qui est le Christ. »

Sa prière terminée, Elfodd déposa doucement la croix sur la poitrine de Merlin.

Charis ébaucha un pâle sourire. « Merci, Elfodd. »

L'abbé croisa les mains et regarda Merlin. « Nous avons fait ce que nous pouvions, dit-il.

— Prions Dieu que ce soit suffisant, répondit Charis.

— Je vais le veiller cette nuit », proposa Elfodd. Il fit le tour du lit, prit Charis par la main et la fit lever. « Va, maintenant. Prends un peu de repos. Je t'enverrai chercher s'il en est besoin. »

Charis hésita. Elle ne pouvait détacher les yeux du visage de Merlin. « Non... je vais rester. Je ne parviendrais pas à trouver le repos loin de lui.

— Il faut t'en aller », insista Elfodd. Sa voix n'avait rien perdu de sa douceur, mais elle était maintenant très ferme.

« Si tu penses... » commença Charis en détournant pour la première fois les yeux de son fils.

« Aie confiance. Je te ferai appeler en cas de besoin. »

À contrecœur, Charis acquiesça, puis elle me dit :

« Reste avec l'abbé, Pelléas. Il aura peut-être besoin de toi.

— Comme tu voudras, gente dame. »

Elle sortit alors, refermant silencieusement la porte derrière elle.

« C'est dur pour elle, soupira Elfodd, mais, crois-moi, cela vaut mieux. Elle veut tellement l'aider, mais son anxiété — si naturelle chez une mère — ne peut qu'envenimer les choses. L'Ennemi s'en servirait, vois-tu. Le doute, la crainte, l'angoisse... tout cela nourrit la malédiction. »

L'abbé tira un fauteuil près du lit et y prit place. « Va, maintenant, Pelléas. Laisse-le à ma garde, je vais veiller sur lui.

— Je vais rester, répondis-je. Je l'ai promis.

— Je respecte ton intention, mais, pour le moment, tu aideras davantage ton maître en veillant sur ta propre santé. Va te reposer. Je te réveillerai si c'est nécessaire. »

Bien que le ciel fût encore clair à l'ouest, je gagnai ma chambre et m'étendis sur mon lit. Je pensais que je serais incapable de dormir, mais, dès que je fermai les yeux, je sentis le sommeil me submerger et je n'eus plus conscience de rien.

Sitôt endormi, j'entrai dans l'état où un être humain se trouve le plus proche de l'Autre Monde. Le voile qui sépare les deux univers s'amincit et je perçus les ténèbres turbulentes qui avaient enveloppé le Tor. Profonde, impénétrable, noire comme la mort, c'était l'ombre d'un immense prédateur — un être effroyable avec des ailes et des anneaux de serpent dans lesquels il enserrait le Tor et le palais.

Je ne pouvais voir cette créature impie, mais je sentais le souffle glacial de sa présence et j'entendais le hurlement de sa haine irraisonnée. Je défaillis en songeant à la puissance qui l'avait appelée à l'existence et l'avait lâchée sur le monde.

Mais si puissante que fût cette sombre créature de l'enfer, quelque chose la tenait en respect — quelque chose d'encore plus fort — bien que je ne pusse voir ce que c'était.

Je m'enfonçai davantage dans le sommeil, une brume voila ma vision intérieure, mais mes sens demeuraient aiguisés — plus qu'en état de veille. Je dormais, mais je ne dormais pas. En moi mon âme demeurait alerte, et vigilante au danger qui m'entourait.

Il y avait du danger. Un très grand danger.

Il me sembla alors qu'il m'était poussé des ailes et que je volais... car je sentais défiler plus bas la terre : rocs escarpés et monts éventrés, rendus flous par la vitesse de mon vol et par les ténèbres vaporeuses. Sans relâche, au-dessus de ce paysage menaçant, je volais, droit devant moi, mais sans arriver nulle part.

Pourtant, au moment où il me semblait que j'étais condamné à voyager ainsi à jamais, je sentis une éclaircie dans l'étrange obscurité qui m'enveloppait. Une lumière, faible et indistincte, teintait de gris le noir.

Je me tournai vers elle et les nuages de brume se séparèrent — en bas les ténèbres... en haut, faible mais perceptible, la lumière.

Au même instant, je me sentis plus pesant. Mes membres devinrent raides comme du bois. Je me mis à tomber, plongeant vers ce chaotique paysage rocheux, loin en dessous. Et, bien que me sachant en train de rêver, il me vint à l'esprit que si je me laissais tomber sur ces rocs cruels, je m'y écraserais et je mourrais.

Je luttai contre la force qui m'entraînait vers le bas, battant des bras et des jambes comme pour nager. Cela ne fit qu'accélérer ma chute. La pensée des terribles rocs se précipitant à ma rencontre me donna un coup de fouet. Je luttai de toutes mes forces.

Je tombais de plus en plus vite. Les membres endoloris, je savais que je ne pourrais pas lutter beaucoup plus longtemps, mais je serrai les dents, jurant de continuer à nager, et à nager, jusqu'à ce que je sente se nouer mes muscles et que je ne puisse plus faire un geste.

Inexorablement, je tombais, me débattant en vain.

Après ce qui me sembla une éternité, j'arrivai au bout de mes forces...

Mais au licu de tomber, je me sentis monter.

Je levai les yeux et vis que, pendant que je me débattais, la lumière s'était faite plus brillante. En fait, c'était comme si mes faibles efforts l'avaient accrue. Inexplicablement, j'étais attiré par la lumière que j'avais contribué à engendrer. Celle-ci était maintenant en train de me sauver.

J'arrivai bientôt en un lieu où régnait une vive lumière. Elle était d'un blanc éblouissant, comme l'éclat du soleil matinal sur la neige fraîchement tombée. Me protégeant les yeux de la main, je regardai dans la direction d'où j'étais venu et vis que je n'avais pas du tout volé, ni ne m'étais débattu moitié autant qu'il m'avait semblé. Car la lumière révéla derrière moi un chemin lisse et sans obstacles le long duquel j'avais été conduit... pas après pas.

Et il m'apparut que c'est ainsi que l'esprit voyage vers Dieu : il commence son voyage dans les ténèbres, se met en route dans le danger et la confusion, et lutte pour s'élever vers la lumière éternelle qui l'attire et le soutient toujours...

IX

Je m'éveillai dans un ruissellement de lumière. Je me levai aussitôt. Combien de temps avais-je dormi ? Il faisait déjà jour !

Mais, à l'instant où je me disais cela, la lumière s'estompa pour faire place à la lueur perlée de l'aube. Il était encore tôt.

Je courus à la chambre de Merlin où je trouvai Elfodd qui somnolait dans son fauteuil près du lit. Il sursauta quand j'entrai dans la pièce : il n'était pas endormi, tout compte fait, mais simplement en prière.

« Comment va-t-il ? demandai-je.

— Pareil, me dit l'abbé. Il n'y a pas eu de changement.

— Je suis là, dis-je. Je vais le veiller, maintenant. »

Il hésita, tendant le bras pour toucher la main de Merlin. « Je vais rester encore un peu.

— Tu as fait ta part, Elfodd, insistai-je avec douceur. Je suis prêt à faire la mienne. » Le bon abbé bâilla et se leva avec raideur de son fauteuil, se massant les reins. « Très bien, je vais dormir un peu afin de pouvoir mieux le servir », dit-il en se dirigeant vers la porte.

Charis apparut à peine quelques instants après le départ d'Elfodd. « Oh, dit-elle doucement, la lueur de l'espoir mourant dans ses yeux quand elle regarda son fils, j'avais espéré le trouver réveillé.

— Moi aussi, noble dame, répondis-je. J'avais espéré voir l'enchantement rompu. »

Sans ajouter un mot, nous commençâmes notre veille.

Trois jours durant, Merlin demeura sous l'emprise de l'affreux sortilège. Nous priions, nous lui lisions des psaumes, nous invoquions la protection du Très-Haut, nous le baignions, l'oignions, lui parlions, emplissant son cœur et le nôtre de paroles d'encouragement.

Il demeurait suspendu entre la vie et la mort dans cette étrange léthargie. Quelles que fussent nos peurs, nous leur refusions l'accès de la pièce où il se trouvait, les abandonnant avant d'entrer en sa présence. De cette façon, il était en permanence entouré d'espoir et de prières salutaires.

Le soir du troisième jour, Elfodd revint de l'abbaye où il s'était retiré au lever du jour, amenant avec lui douze de ses plus chers et plus saints frères. C'étaient des hommes à la foi inébranlable, et avertis des ruses de l'ennemi. Ils venaient de chapelles, d'abbayes ou de monastères plus ou moins lointains — car le bruit s'était répandu que Merlin avait été victime d'un enchantement et gisait aux portes de la mort.

Avallach, pâle et triste, les reçut solennellement dans la grande salle et leur fit servir du pain, de la viande et du vin afin de restaurer leurs forces pour le travail à venir.

Puis Elfodd les conduisit à la chambre de Merlin où attendait Charis. En voyant les saints hommes, elle pensa qu'ils venaient célébrer le rituel des mourants et enfouit son visage dans ses mains.

« Paix, ma sœur, dit Elfodd, n'envisage pas le pire. Reprends plutôt espoir. Car ces hommes sont venus nous aider. Nous ne combattons pas un être de chair et de sang. Puisque notre adversaire est puissant, il nous faut être puissants, nous aussi.

» Cela fait trois jours, Charis, et nous n'avons pas réussi à desserrer l'étau du maléfice. J'ai donc fait venir ces bons frères pour qu'ils nous viennent en aide dans notre lutte. »

Les larmes aux yeux, Charis acquiesça.

« Va, maintenant, dit Elfodd. Repose-toi un peu. Reviens quand tu auras repris des forces. » L'abbé me fit signe d'aller avec elle.

« Je vais t'accompagner, noble dame, proposai-je. Viens. »

La prenant par le bras, je la conduisis hors de la pièce sans qu'elle m'opposât de résistance. Je l'accompagnai à sa chambre, puis je me rendis aux cuisines pour demander qu'on lui porte à manger. Je retournai lui tenir compagnie pendant qu'elle se restaurait et veiller à ce qu'elle dorme.

Quand arriva la nourriture, elle jeta un coup d'œil au bol et le repoussa. Je le replaçai devant elle en disant : « Il faut manger quelque chose. » Cela me faisait mal de la voir souffrir ainsi. « Cela ne sert à rien de t'affaiblir... mange. »

À contrecœur, elle prit le bol de bois et se mit à tourner le ragoût avec sa cuiller, puis elle porta celle-ci à sa bouche, mâcha et avala. Je ne pense pas qu'elle sentit le goût d'une bouchée, mais cela n'avait aucune importance. Une cuillerée après l'autre, elle eut bientôt vidé le bol.

Charis se leva et sourit faiblement. « Je me sens un

peu mieux. Merci, Pelléas. Maintenant, je vais dormir. » Elle se tourna vers le lit.

« Je te laisse à ton repos, dis-je en me dirigeant vers la porte, et je viendrai voir un peu plus tard si tout va bien.

— Non, s'il te plaît, ne t'occupe pas de moi. Je voudrais que tu restes auprès de Merlin. »

Je retournai aussitôt à la chambre de Merlin, où les saints frères étaient agenouillés côte à côte tandis que l'abbé Elfodd passait de l'un à l'autre avec un calice de vin et du pain bénit, offrant à chacun le sacrement de la sainte communion. Quand le dernier eut été servi, il vint à moi. Je me mis à genoux et reçus de sa main le pain et le vin.

Ensuite, les douze moines s'approchèrent du lit de Merlin et le soulevèrent pour le porter au centre de la pièce. Chaque homme prit une des nombreuses chandelles que Charis faisait brûler en permanence dans la pièce, puis Elfodd passa parmi eux pour leur distribuer des encensoirs. Chandelle dans une main et encensoir dans l'autre, les frères formèrent un cercle autour du lit. Ils s'agenouillèrent et inclinèrent la tête, certains remuant les lèvres en silence. La douce fumée de l'encens emplissait maintenant la pièce, s'élevant en volutes dans l'air immobile. Je pris place près de la porte, prêt à aller chercher tout ce dont les bons frères pourraient avoir besoin.

Au bout de quelques instants, l'abbé Elfodd entonna une prière en latin et, l'un après l'autre, les saints hommes joignirent leurs voix à la sienne. Je ne connais pas très bien la langue des érudits, mais je glanai par-ci par-là que c'était une pressante requête au Tout-Puissant de montrer son pouvoir en sauvant son serviteur.

À mesure que j'écoutais, il devint clair que la prière était en fait un appel au sacrifice, chaque homme offrant de prendre la place de Merlin si cela pouvait l'arracher à son sommeil de mort.

Je m'émerveillai de leur foi. Chacun d'entre eux était prêt à donner sa vie pour Merlin. Ému par tant d'amour, je tombai à genoux près de la porte et, m'allongeant face contre terre, je répétai l'essence de leur prière dans mon cœur : *Grande Lumière, je m'offre à toi pour le salut de mon frère. Guéris-le, je t'en prie, et si une vie est réclamée pour une vie, que ce soit la mienne.*

Je répétai cette supplique jusqu'à ce qu'elle devînt une litanie coulant des profondeurs de mon âme pour se répandre tel un baume odorant devant le trône de Jesu.

Je ne sais combien de temps je restai étendu ainsi. Je n'avais pas conscience du passage du temps, ni de quoi que ce fût. C'était comme si le monde des hommes avait cessé d'exister : je sentis les innombrables liens qui emprisonnaient mon âme se desserrer et tomber à terre jusqu'à ce que je sois totalement libre. Il n'y avait plus que les voix des moines, la douceur de l'encens et la prière de mon cœur.

Peu à peu, je perçus une subtile altération de la lumière qui m'entourait. Je sentis une odeur de cire chaude et me dis que les chandelles devaient être près de s'éteindre. Je relevai la tête et, au même instant, j'entendis un son semblable à celui d'une harpe quand elle chante d'elle-même — et qu'arrive sur le vent une musique mystérieuse.

Il y eut un léger déplacement d'air, comme engendré par un ténu battement d'ailes. J'en sentis la fraîcheur sur mon visage, ainsi qu'un goût de miel sur ma langue. Je respirai un parfum surpassant en suavité tout ce que je connaissais.

Au même instant apparut une jeune fille vêtue d'une longue robe blanche. Grande et merveilleusement belle, avec une chevelure de la couleur des rayons de soleil et une peau d'un blanc de lait. Ses yeux étaient du plus beau jade et ses lèvres couleur de framboises mûres. Sur son haut et noble front, elle portait un diadème de disques d'or qui brillaient chacun comme un soleil. Autour de sa taille fine, elle portait une ceinture, elle aussi faite de scintillants disques d'or.

Je ne me souviens pas que la porte se fût ouverte pour la laisser entrer — elle devait l'avoir fait — et pourtant, il me semble qu'elle était simplement apparue au milieu de nous.

Dans ses mains, cette merveilleuse apparition portait un plateau d'argent sur lequel était posé un vase recouvert d'un voile de soie blanche, fin et léger comme un nuage. Et, sous ce voile de soie, le vase brillait d'un profond éclat.

Sans un mot ni un regard, la jeune fille s'approcha de l'endroit où gisait Merlin. Les bons frères et l'abbé Elfodd reculèrent, stupéfaits. Certains firent le signe de la croix, d'autres tombèrent à genoux et inclinèrent la tête.

Je gisais, comme étourdi par un coup violent, contemplant la jeune fille : en détacher mon regard eût été m'arracher les yeux de la tête. J'en avais le souffle coupé. Je pensais que mon cœur allait éclater. Doux Jesu, je n'avais jamais rien ressenti de si beau et de si terrible de toute mon existence !

Debout près du lit, elle baissa les yeux sur Merlin endormi, mourant, avec un air d'infinie compassion. Puis elle parla doucement — sa voix était semblable au bruit de flocons de neige qui se posent sur le sol.

Elle dit : « Merlin, ton sommeil est terminé. Réveille-toi à présent, doux ami, ton travail n'est pas achevé. »

À ces mots, la jeune fille leva la main et ôta le voile qui recouvrait le vase. Aussitôt celui-ci se mit à briller avec tout l'éclat du soleil de midi, projetant autour de lui une lumière éblouissante. Je ne pus en supporter l'intensité et me cachai les yeux des deux mains.

Lorsque j'osai regarder de nouveau, la lumière avait disparu et le vase était recouvert. La dame sourit et posa doucement une main sur le front de Merlin. « Lève-toi, lui dit-elle, tu es guéri. »

Au même instant s'éleva un grand tumulte à l'extérieur — le bruit du vent quand passe la tempête. Le palais en fut ébranlé, quelque part une porte claqua à en arracher ses gonds. Et, dans le vent, j'entendis un gémissement tel qu'en pousse un animal blessé lorsque la lance du chasseur pénètre dans sa poitrine, mais beaucoup plus strident et insubstantiel... ce n'était pas une créature terrestre.

Merlin, pâle et émacié dans son lit, ouvrit les yeux et se redressa.

Délivré du maléfice qui l'enchaînait, mon maître regarda avec stupéfaction ceux qui l'entouraient. Puis, la compréhension lui venant, il se cacha le visage dans les mains et pleura.

X

Avec un cri de joie, nous nous précipitâmes vers lui. *Merlin est guéri ! L'enchantement est rompu ! Gloire à notre Grand Rédempteur ! Merlin est vivant !* Notre prière vibrait sous les poutres et résonnait le long des couloirs du palais du Roi Pêcheur.

Et soudain Charis apparut dans l'encadrement de la porte, l'air inquiet. Mais l'effroi céda rapidement place au bonheur en voyant son fils se lever de son lit de mort.

Elle courut vers lui et le prit dans ses bras. Merlin pleurait toujours et elle pleura avec lui, le berçant tendrement comme s'il était redevenu un petit enfant. Je me tenais assez près pour l'entendre murmurer : « Je suis indigne... indigne... Grande Lumière, pourquoi suis-je né si aveugle ? »

Une chose étrange à dire. Merlin, né aveugle ? Mais il pleurait comme un homme brisé par le chagrin, comme si son cœur était déchiré dans sa poitrine, comme si rien ne pourrait jamais guérir la plaie béante de son âme. Je ne pense pas avoir jamais vu ni entendu homme si désespéré et inconsolable.

Sa détresse était sans fond.

Je les revois encore. Je vois tout : Charis tient son fils dans ses bras, tous deux se balancent doucement d'avant en arrière, les moines les entourent, hésitant entre le rire et les pleurs, les chandelles brillent, baignant la pièce d'un halo de lumière, les épaules de Merlin se soulèvent au rythme des sanglots surgis de son cœur blessé.

Et la jeune fille — la Porteuse de Lumière qui a délivré Merlin de son sommeil enchanté — où est-elle ?

Elle est partie. Elle a disparu aussi silencieusement, aussi mystérieusement qu'elle était arrivée. Elle est partie, et le merveilleux Graal avec elle.

Oui, et je sens encore le noir désespoir me gagner... le vide hurlant de la futilité... l'atterrante désolation de la défaite, conscient que la bataille n'a pas encore été livrée, et que la bataille sera perdue.

Merlin l'avait tout de suite compris. C'était un vrai prophète, il avait tout vu. Dans l'éblouissante lumière de sa délivrance, il avait vu les cendres froides et humides de son échec.

Pas étonnant qu'il ait pleuré.

Il ne put rien en dire pendant un certain temps. Plus tard, quand il parvint à trouver les mots, je commençai à comprendre pourquoi il avait pleuré.

« C'était de l'arrogance ! me dit-il. C'était de l'orgueil. Cela m'a rendu aveugle et stupide, Pelléas. N'essaie pas de me dire le contraire ! Vanité ! Tu aurais dû me laisser mourir. »

Je tentai d'atténuer sa honte, mais il n'y avait pas moyen de l'arrêter.

« Je suis entré dans Brocéliande à la recherche d'un signe. Il m'a été accordé une infinité de signes, mais je n'y ai prêté aucune attention ! Tu vois à quel point j'ai été ignorant ? Insensé ? La Reine de l'Air et de l'Ombre m'a fait tomber dans un piège enfantin ! Quelle splendide sottise ! Ne trouves-tu pas cela admirable, Pelléas ?

— Sûrement, maître...

— Je m'étonne que tu m'appelles encore maître. J'en suis indigne, Pelléas. Crois-moi, c'est la vérité. Personne n'a jamais été plus indigne.

— Mais tu ne *savais* pas.

— Je ne savais pas ? C'est mon devoir de savoir ! Je n'ai pas fait cas de son pouvoir. J'ai ignoré le danger. »

Il se mit à marcher de long en large dans la pièce. « Comment ai-je pu l'approcher de si près et ne pas m'en apercevoir ? Comment est-elle parvenue à se travestir aussi complètement ?

— Nimue ?

— Oh, c'était davantage qu'un nouveau nom, Pelléas. Elle était l'innocence incarnée. Comment est-il possible à un mal aussi absolu de se parer d'une telle beauté, d'une telle pureté ? »

C'était, ce ne *pouvait* être, conclut-il, qu'une mesure de son pouvoir. Qu'elle puisse ainsi travestir à la fois son aspect et sa nature était effectivement un terrible prodige.

« Oh, grand Merlin ! s'exclama-t-il ironiquement. Si sage et si puissant. Invincible Merlin ! Ne le vois-tu pas, Pelléas ? Morgian peut agir à découvert en toute arrogance, et nous sommes impuissants contre elle. Il n'y a plus rien pour l'arrêter. »

Je commençais à être terrifié. Je ne l'avais jamais vu dans un tel état. « Il y a le Graal », dis-je, me raccrochant à la première chose qui me vint à l'esprit.

Merlin cessa d'arpenter la pièce. Il se retourna et me regarda, une lueur étrange dans ses yeux dorés. « Oui, répondit-il lentement en posant un doigt sur ses lèvres. Il y a le Graal. Je ne dois pas l'oublier. » Puis il me lança un coup d'œil acéré. « Je l'ai vu, autrefois, tu sais. Je ne l'ai jamais dit à personne. Je crois qu'Avallach l'a vu, lui aussi. Et maintenant toi, et Elfodd, et les autres.

— Oui, mais de quoi s'agit-il exactement ? » demandai-je. Personne ne me l'avait encore expliqué.

« C'est, répondit lentement Merlin en choisissant ses mots, la coupe dont s'est servie Jesu à son dernier repas, apportée dans ce pays par le négociant en étain Joseph d'Arimathie — celui-là même qui a fondé la première chapelle sur la colline du Sanctuaire et a répandu l'enseignement du Christ dans l'Île des Forts.

» Cette même coupe que Jesu a bénie en disant : “Ceci est mon sang, versé pour vos péchés.” La coupe qui est passée de main en main parmi les Douze le soir où il a été trahi. Notre Seigneur y a bu.

» C'était Joseph qui avait prêté la salle pour le souper, ce soir-là. Après la mort et la résurrection du Christ, quand ses disciples se sont dispersés pour proclamer l'Évangile, Joseph est venu ici. Et il a apporté la coupe. »

Je n'avais jamais entendu cette histoire, et je le lui dis.

« Non ? répondit Merlin. C'est bien possible. C'est une vieille histoire, et ce n'est pas une chose dont les gens parlent facilement. Ceux qui ont vu la coupe ne l'évoquent qu'avec la plus grande réticence. Il y a là un mystère et une force à l'œuvre...

— C'est ce que j'ai pu constater !

— Quoi qu'il en soit, le Graal est empreint d'une grande sainteté et l'on ne parle pas à la légère de ce genre de choses. »

Et Merlin refusa d'en dire davantage.

Le lendemain, après avoir prié pour lui et l'avoir béni, les moines se séparèrent. Merlin les remercia de leur aide et de leur dévotion, puis il leur offrit des présents. Elfodd fut le dernier à partir. Après avoir dit adieu aux autres, il resta bavarder avec Merlin.

« Je ne te demanderai pas comment un tel sortilège a pu t'atteindre, dit l'abbé. Mais il est évident que de grandes et terribles forces sont à l'œuvre dans le monde. J'aurai l'âme plus en paix si je sais de quel côté tu te tiens dans cette affaire de sorcellerie. »

Merlin pencha la tête sur le côté. « Eh quoi, Elfodd, penses-tu que je me sois infligé cela à moi-même par quelque obscure manipulation ? »

Elfodd fronça les sourcils. « Je ne t'adresse aucun reproche, mon ami. Mais nous en avons beaucoup vu en manière d'esprits mauvais au Sanctuaire. C'est comme si nous y étions assiégés. » Il fronça encore davantage les sourcils. « Nous avons entendu bien des rumeurs au sujet des druides.

— Et puisque je suis barde, tu penses...

— Nies-tu avoir reçu l'enseignement des druides ?

— Je ne nie rien ! Et par égard pour notre amitié, abbé Elfodd, j'oublierai ce que tu viens de dire.

— C'est par amitié que je te parle ! »

Merlin marqua un temps et prit une profonde inspiration. « Tu as raison. Pardonne-moi. »

Elfodd écarta du geste ses excuses. « Je ne me formaliserai pas de tes paroles. Ne te formalise pas des miennes.

— J'oublie que la Fraternité des Initiés n'est plus ce qu'elle était, reconnut tristement Merlin.

— Non, elle ne l'est plus. » L'abbé joignit les mains. « Cela me chagrine de te voir ainsi troublé. Tu dois comprendre que tu ne peux combattre l'ennemi avec ses propres armes... même au nom du bien.

— Je comprends, Elfodd. » Merlin poussa un soupir. « N'en doute pas.

— La sorcellerie est une abomination...

— Et ne doute pas de ma loyauté », ajouta Merlin. Bien qu'il parlât doucement, j'entendais l'acier dans sa voix. « Je ferai ce que j'ai à faire. »

L'abbé dévisagea Merlin pendant un moment, hocha la tête, et tourna les talons. « Adieu, Merlin, lui lança-t-il. Passe au Sanctuaire recevoir ma bénédiction avant de repartir.

— Adieu, Elfodd. » Merlin regarda l'abbé traverser la cour et franchir les portes, puis il se tourna vers moi. « Il pense que je pratique la sorcellerie... ils le croient tous. Pour l'amour de Dieu, sont-ils fous ? Pourquoi doutent-ils de moi ?

— Ils doutent parce qu'ils ne te connaissent pas, dis-je, bien qu'il n'attendît pas de réponse.

— N'ai-je vécu si longtemps au service de la Vérité que pour être calomnié ? Ils me prennent pour un traître, Pelléas.

— Ils sont troublés. Ils ne savent pas.

— Alors, c'est qu'ils ne réfléchissent pas ! » grogna-t-il.

Il ne servait à rien de lui parler : je ne pouvais qu'envenimer les choses en essayant de le raisonner. Il ne voudrait rien entendre de ce que je dirais.

De toute façon, je ne savais pas moi-même quelle réponse donner. Mon cœur était d'accord avec Merlin : plus que quiconque, les hommes de foi auraient dû avoir confiance en lui. Chacune de ses pensées était pour la Vérité, pour la Bretagne et pour le bien de son peuple. Comme certains le disent : Merlin est l'Âme de la Bretagne.

Il possède un pouvoir, oui. Un très grand pouvoir. Mais, en vérité, Merlin n'a jamais usé de ce pouvoir pour son propre bénéfice. Le Ciel me soit témoin ! S'il l'avait voulu, il aurait pu être Grand Roi. Il aurait pu être empereur !

Abattu et découragé, Merlin cherchait une consolation à l'heure du besoin. Il se promenait au bord du lac et parmi les pommes dorées prêtes à être cueillies, laissant la quiétude de l'Île de Verre apaiser son âme. Laissé à lui-même, je crois qu'il serait volontiers resté pour toujours à Ynys Avallach.

Mais les jours se firent gris, le vent glacé vint nous rappeler que l'hiver approchait, et Merlin comprit l'avertissement. « Le temps passe et on a besoin de nous ailleurs, dit-il par une matinée pluvieuse. Arthur va se demander ce que nous devenons. »

À cela, je sus que l'Île de Verre avait accompli en lui son œuvre et qu'il était de nouveau prêt à affronter le monde des hommes. Charis et Avallach étaient tristes de nous voir repartir si tôt, mais ils acceptèrent de bonne grâce la décision de Merlin. Je passai la journée à rassembler les provisions nécessaires pour le voyage et Merlin se rendit au Sanctuaire pour y prier et prendre congé d'Elfodd comme il l'avait promis.

Je terminai mon travail tard dans l'après-midi, et Merlin n'était toujours pas revenu. J'attendis. Charis vint me trouver dans la grande salle et nous bavardâmes de choses et d'autres, mais je remarquai qu'elle ne cessait de tourner les yeux vers la porte donnant sur la cour. Elle s'inquiétait elle aussi de ne pas voir revenir Merlin.

Comme les dernières lueurs de l'après-midi s'estompaient dans le ciel, elle dit : « Il lui est arrivé quelque chose. Il faut aller là-bas. »

J'acquiesçai. Nous descendîmes du Tor par l'étroit sentier escarpé, franchîmes la chaussée, traversâmes les marécages et contournâmes le lac vers la petite abbaye construite au pied du Sanctuaire.

Nous y fûmes accueillis par plusieurs moines qui nous dirent que Merlin était effectivement monté au Sanctuaire et avait demandé à être laissé seul. Personne ne l'avait revu depuis. Nul n'avait osé le déranger.

Charis remercia les frères et nous poursuivîmes notre chemin, gravissant le sentier menant au Sanctuaire.

La colline du Sanctuaire est un petit tertre qui se dresse non loin du Tor. C'est un lieu antique et sacré, car c'est là que la parole du Bienheureux Christ a d'abord été entendue dans l'Île des Forts. Et là que le Vrai Dieu a pour la première fois été adoré dans ce pays.

Le Sanctuaire lui-même était une petite construction circulaire de torchis badigeonné à la chaux. Le sol de terre battue était balayé chaque jour et le toit de chaume perpétuellement renouvelé, de sorte que la petite chapelle semblait neuve en permanence.

Plus récemment, une abbaye avait été édifiée au pied de la colline pour les moines chargés de l'entretien du Sanctuaire. Cette abbaye était devenue un endroit où les gens venaient chercher un soulagement à leurs maux — grâce, principalement, aux soins qu'y prodiguait Charis. La Dame du Lac, ainsi que l'appelaient les petites gens, était réputée pour ses dons de guérisseuse et sa compassion.

Au sommet de la colline, nous mîmes pied à terre et dirigeâmes nos pas vers le Sanctuaire. Aucun bruit n'en provenait. L'air était immobile, rien ne bougeait, nul oiseau ne chantait son hymne à la fin du jour. Nous prêtâmes un moment l'oreille, puis nous franchîmes la porte basse. L'intérieur du bâtiment était plongé dans l'obscurité.

Tout d'abord, nous ne vîmes qu'une forme sombre devant l'autel — comme si un moine négligent avait oublié là un tas de vêtements. Nous approchâmes et Charis s'agenouilla.

« Merlin ? » Elle tendit le bras et le tas de vêtements bougea au contact de sa main. Il y eut un bruissement de tissu et Merlin roula sur le côté.

« Merlin ?

— Oh... Mère... » Son visage était blême dans la lumière déclinante. « Je... j'ai dû m'endormir.

— Viens, dit Charis en se penchant sur lui, nous allons te ramener à la maison.

— Mère », dit Merlin en se mettant à genoux et en déroulant la nappe d'autel dans laquelle il était enveloppé. Il avait l'air hagard, les traits creusés — comme s'il avait lutté contre des démons dans son sommeil. « Je suis désolé. J'avais l'intention de passer cette journée avec toi, et je...

— Tout va bien, répondit vivement Charis. Viens, nous rentrons. »

Merlin se leva lentement. Je ramassai la nappe d'autel, la secouai et allai la remettre en place. En me retournant pour suivre Merlin et Charis au-dehors, je remarquai une tache sombre sur le sol... De la sueur ? Des larmes ?

La terre était humide à l'endroit où Merlin avait posé la tête.

XI

Nous restâmes un jour de plus dans l'Île de Verre, en grande partie pour calmer les inquiétudes de Charis. Ce ne fut pas une joyeuse séparation. Nous étions tous trop conscients du mal qui rôdait à travers le pays et des ravages que pouvaient déchaîner les pouvoirs de Morgian. Nos pensées étaient lourdes de pressentiments.

Le monde, avec le changement de saison, était devenu un endroit plus froid, plus sauvage. L'été s'était enfui comme un cerf à travers les fourrés et un hiver précoce se tenait prêt à lui donner la chasse.

Le paysage était sinistre, menaçant... comme si la destruction guettait derrière chaque tronc d'arbre et la désolation derrière chaque colline.

Je ne me rappelle pas avoir jamais traversé une contrée où régnât une telle appréhension. La route était devenue étrangère, les chemins familiers paraissaient semés de périls. Nous avancions à pas lents et laborieux.

Merlin, drapé dans son manteau, voyageait tête baissée, les mains croisées sur le pommeau de sa selle. Un passant aurait pu prendre son attitude pour celle de la méditation. Il n'en était rien. C'était l'attitude d'un chef vaincu qui rentre chez lui dans l'humiliation et le déshonneur.

Par une triste après-midi, alors que nous traversions les terres de Morganwg, nous rencontrâmes une bande d'une cinquantaine d'Iceni — vieillards, femmes et enfants, principalement — menant quelques vaches et un petit troupeau de moutons. Quatre chariots les suivaient lentement en grinçant. En dehors des meuglements du bétail et des craquements des roues des chariots, ils ne faisaient pas un bruit en cheminant à travers les brumes qui s'épaississaient.

Merlin les salua et ils s'arrêtèrent pour lui annoncer la triste nouvelle : leur village et beaucoup d'autres avaient été détruits par les Saecsens trois jours plus tôt.

« C'est chose amère à entendre, répondit Merlin d'un ton plein de compassion.

— Il n'y a aucun plaisir à le dire », cracha le chef du groupe, qu'une hache avait blessé au flanc. « Les forts de la côte sont tombés tout de suite. Ils n'avaient aucune défense.

— Et Coledac ? s'enquit Merlin.

— Mort avec son armée. Ils ont été tués jusqu'au dernier. Personne n'en a réchappé, les Loups de Mer n'ont laissé personne en vie. Quand les forteresses sont tombées, les barbares se sont retournés contre les fermes. Nous avons fui quand nous avons vu la fumée s'élever à l'est.

— Notre village était petit... les autres ont été attaqués les premiers... et détruits, se lamenta la femme qui se tenait, hagarde, à son côté.

— C'est vrai, acquiesça sombrement l'homme. Je crains que les autres n'aient souffert encore davantage. D'après ce que nous avons entendu, c'était bien pire dans le sud, sur la Côte des Saecsens. »

Après les avoir recommandés à Dieu, nous nous remîmes en route.

Ce soir-là, Merlin regarda dans les flammes de notre pauvre feu de camp pour y trouver un signe. Il y avait peu d'espoir dans ce qu'il vit, peu de lumière à opposer aux ténèbres grandissantes. Sous tous les aspects, ce fut un lugubre voyage, et un bien pitoyable retour.

Nous arrivâmes à Caer Melyn sous une pluie battante. Trempés jusqu'aux os, grelottants de froid, nous nous postâmes devant la cheminée de la grande salle récemment achevée d'Arthur, sentant la vie revenir peu à peu dans nos membres engourdis. Arthur nous apporta du vin épicé et nous servit de sa main.

« Myrddin ! Pelléas ! Quelles joie de vous revoir ! Bienvenue, bienvenue ! » s'exclama-t-il. Son sourire était radieux. « Comment cela s'est-il passé dans le sud, mes amis ? »

Merlin n'avait pas la force d'enrober sa réponse. « Le désastre nous menace, mon garçon, dit-il, et les ténèbres nous submergeront bientôt. »

Arthur, son large visage réjoui toujours souriant, nous regarda alternativement tous les deux, comme s'il refusait de le croire. Effectivement, le feu répandait dans la salle une douce chaleur — les paroles de désespoir n'avaient guère de sens. « Comment cela ?

— Il y a dans ce pays une puissance qui ne connaîtra pas de paix tant qu'elle n'aura pas tout soumis.

— Eh bien, laissons ces soucis à demain. Ce soir, je suis avec mes amis et le vin est bon. » Il leva sa coupe. « Aux ennemis de nos ennemis ! Et à votre retour sains et saufs ! »

Je crois que ce fut l'accueil d'Arthur qui, à lui seul, redonna du cœur à Merlin.

Car, en contemplant le jeune Duc si plein d'ardeur juvénile, rayonnant d'un tel amour de la vie, mon maître décida de renoncer à l'abattement qui l'avait accablé tout le long de notre voyage. Je vis les épaules de Merlin se redresser, je vis se relever son menton. Et si le sourire par lequel il répondit à la bienvenue d'Arthur était forcé, il n'en était pas moins sincère.

Ainsi donc, peu après notre arrivée à Caer Melyn, le nuage qui assombrissait l'esprit de Merlin commença à se dissiper. C'était le fait d'Arthur, comme je l'ai dit. Car il commençait déjà à faire montre de la plus rare des qualités : une joie inspirée par l'épreuve, renforcée par l'adversité, exaltée par la tragédie.

Arthur avait le don de discerner le rayon doré de l'espoir au cœur de la défaite, l'unique miroitement de bleu dans un ciel ravagé par la tempête. C'était cela qui faisait de lui un chef si victorieux — le genre d'homme pour lequel les autres sacrifiaient avec joie leur vie. L'enthousiasme et l'assurance d'Arthur étaient le silex et l'acier qui boutaient le feu à l'amadou sec du cœur des hommes. Une fois qu'il eut appris à déclencher l'étincelle, il fut capable d'embraser tout ce qu'il voulait. Et c'était un spectacle digne d'être contemplé, je vous le dis.

Ce soir-là, debout entre nous deux, mon maître trouva une raison d'espérer contre toute évidence. Je crois qu'il commença à sentir la forme que prendrait notre salut : et celui-ci était plus grand, plus haut, plus pur et bien plus puissant qu'il ne l'avait jamais imaginé.

« Bien sûr, dirait-il plus tard, il devait en être ainsi. Il n'y avait pas d'autre moyen ! »

Cela viendrait en son temps, comme chaque chose. Pas pour très longtemps. Mais cela viendrait.

Cette nuit de notre retour, malgré tout, ce n'était que le jeune Arthur qui enflammait nos cœurs de sa joie sans borne à notre retour. Oh, comme il aimait Merlin !

« Parle-moi de votre voyage, demanda Arthur tandis que l'on apprêtait la table pour le souper. Ban vous a-t-il reçus ? Nous aidera-t-il ? Enverra-t-il de l'aide ? Quand va-t-il...

— Arthur, s'il te plaît ! s'écria Merlin en levant la main pour endiguer le flot de la curiosité d'Arthur. Une question à la fois.

— Réponds à celle que tu veux, mais dis-moi quelque chose !

— Je vais tout te dire, promit Merlin. Laisse-nous simplement nous asseoir pour en parler de manière civilisée. Nous avons eu une longue chevauchée, aujourd'hui, et je suis affamé. » Nous prîmes place à table pour attendre le ragoût.

« Voilà, dit Arthur quand nous eûmes nos coupes à la main. Chante, maintenant, barde. J'attends.

— Oui, Ban nous a reçus. Oui, il va envoyer de l'aide. L'approvisionnement arrivera dès que les moissons seront rentrées...

— Bien ! » Arthur frappa sur la table, faisant sauter nos coupes. « Bien joué, Merlin ! Je savais que tu réussirais.

— ... les hommes arriveront au printemps avec Bors. » Devant l'air surpris d'Arthur, il ajouta : « Oui, en plus de l'approvisionnement, Ban envoie son armée avec son frère Bors pour la commander. Ils se placeront sous tes ordres.

— De mieux en mieux ! s'écria Arthur en se levant d'un bond. Cai ! Bedwyr ! cria-t-il en direction de la porte par laquelle un groupe d'hommes venait juste d'entrer. Venez ici ! »

Secouant la pluie de leurs manteaux, tous deux s'approchèrent de la table, nous éclaboussant. « Salutations, Myrddin... Pelléas, dit Bedwyr. Quelles nouvelles apportez-vous ?

— Ban est-il avec nous ? » demanda Cai. Apparemment, tout le monde s'inquiétait de l'état d'esprit du roi de Benowyc.

« Des hommes et des provisions ! hurla pratiquement Arthur. Bors vient avec son armée.

— Des chevaux, aussi ? demanda Bedwyr.

— Cent guerriers, et des chevaux pour chacun. Avec des provisions en quantité suffisante pour eux et pour nous. Voilà ce qu'il a promis. »

Bedwyr et Cai sourirent largement. Bedwyr tapa dans le dos de Merlin, disant : « Vraiment, tu es un faiseur de miracles, Myrddin !

— Des coupes ! s'écria Cai. Apportez-nous à boire ! Il faut fêter notre bonne fortune.

— Ils ne viendront pas avant le printemps, lui dit Merlin.

— Nous la fêterons aussi à ce moment-là, fit en riant Bedwyr. Tu ne voudrais pas nous gâcher la première bonne nouvelle que nous ayons entendu depuis ton départ.

— Pourquoi ? Que s'est-il passé en notre absence ? »

Bedwyr jeta un coup d'œil à Arthur, qui dit : « Nous avons appris que Morcant avait fait alliance avec Coledac et Idris contre moi.

— Owen Vinddu leur a promis des hommes et des chevaux, marmonna Cai. Et cela après nous avoir dit ne pas pouvoir se priver d'un épi s'il ne voulait pas mourir de faim cet hiver. Maudits soient-ils !

— Ils espèrent avoir levé avant l'été une armée de mille guerriers contre nous, ajouta Bedwyr. Plus, s'ils arrivent à rallier d'autres seigneurs à leur cause. »

Le ton mortifié de leurs voix disait à quel point ils se sentaient trahis. Merlin hocha la tête avec compassion. « Eh bien, déclara-t-il, nous pourrions ne pas en arriver là. L'un d'entre eux, au moins, ne sera pas en mesure de vous faire la guerre au printemps.

— Pourquoi ? Que sais-tu ? demanda Arthur.

— Coledac est mort, répondit Merlin, et la plus grande partie de son armée avec lui.

— Ah ! s'exclama Cai avec un rire forcé. La félonie a reçu sa juste rétribution.

— Que s'est-il passé ? demanda Bedwyr.

— Les Loups de Mer ont envahi la Côte des Saecsens. » Merlin attendit qu'ils aient saisi la portée de ses paroles.

Arthur fut le premier à réagir. « Quelles pertes y a-t-il à déplorer ?

— Ils se sont emparés des forteresses et ont brûlé les villages... les fermes isolées aussi. Coledac a été tué dès la première attaque et son armée défaite. Personne n'en a réchappé. Après cela, ils n'ont plus rencontré de résistance. »

Arthur, les yeux mi-clos, évaluant le danger dans son esprit, serra sa coupe entre ses mains, tordant le métal. « Jusqu'où se sont-ils enfoncés dans les terres ?

— Je n'en suis pas sûr, répondit Merlin. D'après ce qu'on nous a dit, l'attaque principale semble avoir eu lieu plus au sud. »

Ce fut donc une bien triste compagnie qui célébra notre retour. Les jours suivants, la nouvelle nous fut confirmée à maintes reprises par des groupes de réfugiés en route vers l'ouest qui venaient chercher un abri au caer pour la nuit.

Peu à peu, à partir de leurs récits confus et contradictoires, la vérité se fit jour : les Saecsens menés par un chef de guerre du nom d'Aelle avaient pris plusieurs des vieilles forteresses du littoral sud-est entre le Wash et la Thamesis. Mais le plus gros de l'attaque s'était concentré un peu plus au sud entre la Thamesis et l'Afon, sur les anciennes terres des Cantii. Cet assaut avait été mené par un roi du nom de Colgrim, avec l'aide d'Octa, le fils d'Hengist maintenant adulte et venu venger la mort de son père.

Cette région s'appelle la Côte des Saecsens, ainsi nommée par les Romains en raison du système de phares et d'avant-postes édifiés le long du littoral pour le protéger contre les incursions des Loups de Mer.

C'était sur cette même côte que Vortigern avait autorisé Hengist et Horsa à s'établir avec leurs tribus dans le vain espoir de mettre un terme aux raids incessants qui saignaient à blanc la Bretagne. Et c'était depuis cette côte que les barbares s'étaient répandus pour submerger les régions environnantes avant qu'Aurelius ne les eût vaincus et bannis.

Ils étaient maintenant de retour pour reprendre les terres autrefois tenues par Hengist. La Côte des Saecsens... ce nom demeurerait, mais désormais pour une autre raison. Les envahisseurs n'avaient pas l'intention de lâcher prise.

Cela nous tourmenta tout le long de l'hiver. La pensée que des Saecsens s'emparaient de terres bretonnes rongeait le cœur d'Arthur comme un feu qui couve, mais il n'y avait rien à y faire sinon en supporter l'ignominie. En vérité, nous n'avions pas le choix. Nous devions attendre le printemps et l'arrivée de Bors avec ses hommes. Et ensuite, il nous faudrait mettre Morcant au pas avant même de songer à affronter les Saecsens.

À tous les égards, ce fut pour nous une bien morne saison. Malgré les provisions généreusement offertes par Ban, la nourriture commença à se faire rare vers le milieu de l'hiver. Nous avions assez de grain, grâce à Ban, mais plus de viande. Dès la veille de la Nativité du Christ, nous dûmes nous mettre en chasse, serrant nos lances dans nos mains gelées, dans l'espoir d'apercevoir un cerf, un lièvre ou un sanglier... n'importe quoi pour approvisionner notre table.

Merlin chantait souvent dans la grande salle, faisant ce qu'il pouvait pour chasser nos idées noires. Mais le printemps n'en trouva pas moins notre moral au plus bas, dans l'attente anxieuse de Bors et de ses hommes. Le ressentiment et la colère d'Arthur envers les petits rois s'accroissaient de jour en jour.

Le temps restait froid et le ciel gris. Jour après jour, une pluie glacée cinglait les collines du sud. Le vent hurlait tout au long des nuits glaciales et il semblait que la terre ne se réchaufferait jamais sous les rayons du soleil.

Puis, un jour, le beau temps arriva. Les nuages se dissipèrent et le soleil se mit à briller dans un ciel d'azur. La lumière revint sur la terre. Et avec elle arriva la nouvelle que nous avions redoutée tout l'hiver.

Le messager avait à peine mis pied à terre que le cri s'éleva : Morcant marche sur nous !

« Où ? » demanda Arthur.

L'homme essuya la sueur de son front. « Ils suivent la côte. Ils doivent avoir franchi l'Ebbw, à présent. »

Arthur hocha sèchement la tête. L'Ebbw constituait la frontière orientale du royaume d'Arthur. En chevauchant le long du littoral, une armée pouvait se déplacer beaucoup plus rapidement qu'à travers les vallées tortueuses. Morcant voulait frapper vite.

« Combien ?

— Trois cents.

— Quoi ! » s'exclama Cai. Il avait rejoint en courant Arthur à l'arrivée du messager. « Comment ce vieux lion a-t-il réussi à lever autant de guerriers ?

— Nous avons encore le temps avant de les affronter. » Avec la venue du printemps, Arthur avait ordonné de poster des guetteurs dans toutes les petites forteresses ceignant ses terres — en particulier le long de la côte, où il espérait voir arriver d'un jour à l'autre les navires de Ban. C'était le guetteur de Penygaer qui avait vu les forces de Morcant franchir l'estuaire de l'Ebbw.

« Artos, dit calmement Cai, comment te proposes-tu de les affronter ? Nous sommes soixante-dix contre trois cents.

— Je reconnais que le combat n'est pas égal... », — le sourire d'Arthur était insouciant — « ... mais Morcant va devoir faire de son mieux pour survivre. » Il se tourna vers moi. « Pelléas, va chercher Bedwyr et Myrddin. Retrouvez-moi dans ma chambre.

— Tout de suite, seigneur. »

Il retourna vers le palais avec Cai tandis que la corne de chasse sonnait l'alarme. Je trouvai Bedwyr et Merlin près d'un des greniers où ils examinaient nos réserves déclinantes d'orge.

« Salut, Pelléas », cria Bedwyr en me voyant accourir. Il vit mon expression et son sourire de bienvenue s'effaça. « Que se passe-t-il ? Quelque chose ne va pas ?

— Morcant marche contre nous. Il arrive avec trois cents guerriers.

— Nous ne pouvons leur livrer combat, fit remarquer Bedwyr. Ils sont trop nombreux. Même avec l'armée de Meurig, ils seraient toujours trois fois plus nombreux que nous.

— Où sont-ils ? » demanda Merlin. Son ton ne dénotait ni surprise, ni inquiétude.

— Ils ont traversé l'Ebbw près de la côte dans l'intention de nous attaquer par le sud.

— Oui, dit Merlin, songeur, c'est ce que j'aurais fait.

— Nous n'avons de toute façon pas le temps de rejoindre Caer Myrddin.

— Arthur nous attend dans sa chambre », leur dis-je.

Cai et Arthur étaient assis de part et d'autre de la longue table, dans la chambre d'Arthur. « Ce n'est pas possible, disait Cai au moment où nous entrâmes, et même si ce l'était, le risque est énorme. »

Arthur sourit et tendit le bras par-dessus la table pour ébouriffer la chevelure rousse de Cai. « On peut compter sur Cai pour faire cas du danger.

— Sur l'honneur de Dieu ! C'est la vérité. Je fais cas du danger. Il faut bien que *quelqu'un* le fasse. » Cai se croisa les bras sur la poitrine, le regard étincelant sous ses sourcils couleur de cuivre.

« Que suggère-t-il d'impossible, cette fois ? » Bedwyr rit en s'asseyant sur le banc. Je m'installai près de lui. Merlin resta debout.

Cai, l'air pincé, leva les mains. « Ne me demande pas de le répéter. Je m'y refuse. »

Arthur regarda placidement Cai et haussa les épaules. « Il a peut-être raison... ce n'est pas faisable. » Il se tourna vers Bedwyr et Merlin. « Alors, mes conseillers ? Conseillez-moi sagement, sinon c'est Morcant qui le fera. »

Nous nous regardâmes, calculant en silence nos chances de survivre à cette journée.

« Eh bien, dit Merlin au bout d'un moment, c'est

peut-être un jour propice aux exploits impossibles. Qui sait?

— Il semble que nous n'ayons pas le choix, marmonna Cai.

— Pouvons-nous savoir quel plan insensé a germé dans ton esprit? demanda Bedwyr. Parle.

— Je me disais simplement... commença lentement Arthur, vous savez comment ces collines renvoient les échos... »

Le soleil était au zénith et il n'y avait toujours aucun signe de l'armée de Morcant. Les éclaireurs étaient revenus nous confirmer qu'une force de trois cents guerriers ou plus approchait par la côte. Elle avait traversé l'Ebbw et se dirigeait vers Glyn Rominw — le val de Rominw.

Cette profonde vallée entourait Caer Melyn, s'incurvant vers l'est avant de repartir se jeter dans Mor Hafren, un peu plus au sud. C'était pour tout assaillant le chemin naturel vers le cœur du royaume d'Arthur.

Le jeune Duc en était conscient et il savait que ses ennemis ne pouvaient manquer d'y voir un point faible. Mais le génie d'Arthur reposait en partie sur sa remarquable capacité à se servir du terrain.

Il lui suffisait de voir une fois un endroit pour le connaître à fond. Il savait où il était possible de passer à gué, où la végétation offrait la couverture la plus dense, où se croisaient les sentiers cachés et où ils menaient. Il connaissait toutes les antiques routes où les hommes pouvaient chevaucher sans être vus, comment étaient disposés les champs des différents royaumes, quelles hauteurs offraient une protection, dans quelles plaines il était possible de se dissimuler, où l'on pouvait trouver des défenses naturelles, où le terrain était propice à l'attaque, la retraite ou l'embuscade...

Tout cela, Arthur pouvait le déchiffrer dans les replis et les crevasses de la terre. Le terrain lui parlait, révélant tous ses secrets à son œil acéré.

C'était ainsi que je me retrouvais accroupi au flanc

d'une colline qui surplombait un gué sur la Rominw, tenant devant moi une buisson de prunellier, entouré d'un groupe de guerriers pareillement dissimulés. De l'autre côté du vallon, Cai se cachait avec un autre groupe derrière un talus herbeux. Et au nord un autre groupe, au sud un autre, et ainsi tout le long de la vallée.

Le temps passait. Je regardais l'ombre des nuages courir sur le versant opposé, ou bien je contemplais au sud le ruban incurvé de la rivière, guettant l'approche de l'armée ennemie et me demandant ce qui la retardait... songeant qu'elle n'avait peut-être pas choisi Glyn Rominw, tout compte fait.

Le vent avait tourné au nord, ce qui rendait l'approche de Morcant plus difficile à entendre... s'il remontait bien la vallée. Qu'est-ce qui pouvait bien retenir le vieux lion ?

Il avait peut-être continué le long de la côte pour nous prendre à revers. Ou il avait franchi la Rominw et était reparti vers l'est pour s'enfoncer à l'intérieur des terres en suivant un des plus petits ruisseaux. Il s'était peut-être... je n'eus pas le temps d'aller jusqu'au bout de ma pensée, car à cet instant je l'entendis : le rapide tambourinement de sabots de chevaux sur la terre.

Je tendis le cou vers le sud et regardai à travers les branches de mon buisson. Quelques instants plus tard, je vis les guerriers de Morcant qui remontaient la vallée. Ils avançaient dans le plus grand désordre : il n'y avait pas de rangs réguliers, aucune forme d'organisation. Ils étaient dispersés au fond de la vallée en une troupe confuse. C'était plus une foule qu'une armée d'hommes disciplinés.

C'en était là bien l'essence ! Morcant était si arrogant, si suffisant et sûr de lui, si confiant dans sa supériorité numérique, qu'il ne faisait rien pour maintenir l'ordre dans ses rangs. Il comptait submerger l'armée d'Arthur — comme une vague sur le rivage, nous balayer et nous écraser sous son poids.

Je regardai cette foule désordonnée déferler dans la vallée et la colère monta en moi telle une flamme dévorante. Insensé ! Morcant n'avait aucune considération pour Arthur. Il lui manquait tellement de respect qu'il négligeait d'ordonner ses rangs. Oh, cette insolence était aveuglante, cet orgueil assourdissant.

Je vis tout cela et ne m'inquiétai pas que nous ne fussions que soixante-dix contre trois cents. Doux Jesu, si nous mourons aujourd'hui, que ce soit dans l'honneur, en véritables guerriers.

Les premiers ennemis avaient atteint le gué. Certains s'étaient avancés dans le courant, d'autres s'étaient arrêtés pour boire... les rustres ignorants. Stupides et insouciants dans leur arrogance. Ma colère brûla encore plus intensément en moi.

Dès que le gros de l'armée eut atteint la rive opposée, un puissant hurlement s'éleva, un cri à ébranler les racines du monde. « ALLÉLUIA ! »

Je levai les yeux et vis Merlin debout, seul, au sommet de la colline, les bras dressés au-dessus de sa tête, son manteau volant au vent. Au même instant, une réponse parvint de l'autre côté de la vallée. « A-l-l-é-l-u-i-a ! »

L'écho répéta : « Alléluia !... Alléluia ! »

Je me joignis au cri d'allégresse, et les guerriers qui m'entouraient crièrent aussi : « Alléluia ! »

Les cris s'élevaient maintenant tout le long de la vallée, leur écho se répondant comme un carillon de cloches. Alléluia ! Alléluia !

L'effet fut spectaculaire et immédiat. Au premier cri, les ennemis s'étaient arrêtés. Les alléluias les assaillaient de tous côtés. Ils scrutaient le flanc de la colline, mais ils ne voyaient personne. À présent les échos les encerclaient, pleuvant sur eux... Alléluia ! Alléluia ! Alléluia ! Alléluia !

L'armée de Morcant s'éparpilla. Le plus gros de ses troupes reflua vers l'autre berge de la rivière, entrant en collision avec ceux qui les suivaient. Voyant le gué irrémédiablement bloqué, d'autres se tournèrent vers les collines. Un groupe d'une vingtaine de guerriers se détacha des autres et s'élança au galop dans notre direction.

Nous les laissâmes approcher. Plus près... plus près...

Avec une puissante clameur, nous rejetâmes les branches de prunellier qui nous dissimulaient. « Alléluia ! »

Nous bondîmes, l'épée à la main, frappant, jetant les cavaliers stupéfaits à bas de leur selle. Nous les mîmes hors de combat et renvoyâmes leurs chevaux terrifiés vers l'armée plongée dans une totale confusion au pied de la colline. Je regardai de l'autre côté de la vallée. Il se passait la même chose sur le versant opposé où les hommes de Cai avaient jailli de derrière leur talus.

Le vallon résonnait du tumulte effroyable de nos cris. L'armée de Morcant, assaillie par cet ennemi invisible et apparemment invincible, battait en retraite dans le plus complet chaos.

Voyant cela, nous courûmes à nos chevaux, que nous avions attachés derrière la crête de la colline. Quelques battements de cœur plus tard, nous dévalions la pente pour fondre sur l'armée en déroute. Morcant et Cerdic se tenaient près du gué, leurs guerriers s'écoulant autour d'eux comme un torrent autour de rochers. Ils tempêtaient contre eux, leur hurlant de faire demi-tour et de se battre.

Puis Arthur surgit devant eux avec ses onze hommes. Ils étaient simplement apparus, semblait-il — comme si les rocs à leurs pieds venaient subitement de leur donner vie, avec armes et chevaux.

C'en était trop. Cerdic tourna bride et s'enfuit avec ses hommes. Morcant était trop fou de rage pour tenir compte du danger. Il brandit son épée et s'élança vers Arthur. Le heurt fut violent. Il y eut un bref éclair d'acier et Morcant tomba. Son corps roula dans le torrent et il demeura immobile.

La guerre n'était pas finie pour autant. Nous avions échappé à la mort ce jour-là, rien de plus.

Bien que nous fussions reconnaissants de fouler le sol des vivants, tandis que le soleil disparaissait à l'ouest derrière les collines et que nous retournions au caer, nous savions n'avoir gagné qu'une bataille. Nous n'avions pas subi de pertes, et seulement deux hommes avaient été blessés. Cerdic avait fui avec son armée presque intacte : il attendrait une saison pour panser la blessure infligée à son orgueil, puis il reviendrait venger son père. Ceux qui s'imagineraient avoir un bénéfice à en tirer se rallieraient à lui et la guerre se poursuivrait.

Pendant que nous, Bretons, nous battions entre nous, les navires barbares continueraient d'arriver et les villages de brûler. De plus en plus de terres basculeraient dans l'ombre. Et la race des Saecsens redeviendrait puissante en Bretagne.

XII

« C'est de la démence ! cracha Arthur. Cela me répugne, Myrddin. Cela me répugne davantage que tout ce qu'il m'a jamais été donné d'entendre.

— Ton père était comme toi, répondit calmement Merlin. Et malgré ce que l'on dit d'Uther, ton oncle n'aimait pas davantage cela. Mais ils s'y sont faits, et tu t'y feras.

— Comme si nous n'avions rien de mieux à faire que de nous étriper mutuellement dans ce carnage insensé. J'ai perdu seize Cymbrogi ce mois-ci. Seize ! Tu entends ?

— Le monde entier t'entend, Arthur.

— C'est à cause d'Urbanus. Si je tenais cet évêque, je... je... » Arthur bafouillait, cherchant les mots pour exprimer sa frustration.

« Tu te ferais apporter sa tête sur un plateau ? suggéra Cai, plein d'espoir.

— Ce serait encore trop bon pour lui », marmonna Bedwyr.

Nous étions à table sous la tente d'Arthur. Les rabats en étaient ouverts, mais il faisait chaud... c'était la fin d'une journée suffocante et décevante. Nous étions tous épuisés, et encore affamés, bien que le repas fût terminé depuis un moment.

L'humeur de notre groupe s'était aigrie bien avant que la discussion ne portât sur Urbanus.

Très vraisemblablement, Arthur avait raison. Les efforts d'apaisement d'Urbanus n'avaient réussi qu'à envenimer les choses. L'ambitieux prêtre n'avait aucun talent pour la diplomatie. Il ignorait tout des forces en présence.

Pour Urbanus, la situation était simple : il fallait choisir un Grand Roi acceptable par tous. Si Arthur ne l'était pas, le trône de Bretagne devait revenir à un autre.

Il ne voyait pas en quoi cela sapait l'autorité et la légitimité d'Arthur. Il ne voyait pas en quoi ses constants appels à la paix ne faisaient que prolonger les combats.

Car, si l'Église avait appuyé fermement Arthur, ses adversaires n'auraient pas trouvé de soutien. Qui plus est, ils auraient dû se battre contre l'Église afin de poursuivre leur désastreuse rébellion. En fait, les seigneurs insoumis se sentaient encouragés par l'attitude équivoque d'Urbanus. Et la guerre continuait.

Elle avait commencé au printemps suivant la mort de Morcant — quatre ans plus tôt. Quatre ans... cela aurait aussi bien pu être cent, et nous n'étions pas plus près d'en voir la fin.

Cerdic, qui cherchait à venger la mort de son père, et le maigre et vorace Idris, qui espérait agrandir les terres laissées par son cousin Dunaut, avaient formé la base de l'alliance de seigneurs qui s'était ouvertement révoltée contre Arthur

Une rébellion pure et simple, sous le couvert de protester contre ce qu'ils qualifiaient d'abus du trésor de guerre de la part d'Arthur : l'argent et les provisions qu'il collectait auprès des seigneurs pour entretenir l'armée de Bretagne. « Il en prend trop ! s'exclamaient-ils. Il n'a pas le droit ! Si nous ne payons pas, ses hommes nous châtient. Il est encore pire que les Saecsens ! »

Mensonges, purs mensonges. Mais cela leur donnait une excuse pour s'unir contre Arthur. Cela justifiait leur félonie. Et, par ce subterfuge, ils avaient même réussi à attirer dans leur vile conspiration des hommes comme Owen Vinddu, Ogryvan et Rhain. D'autres, tous petits seigneurs, avaient sauté sur l'occasion de se joindre à eux, dans l'espoir d'accroître leurs maigres possessions par le pillage.

Des amis d'Arthur, seuls Custennin, Meurig et Ban l'avaient aidé en envoyant hommes et provisions. Honteusement, même ses prétendus alliés — Madoc, Bedegran, Morganwg et quelques autres — se tenaient à l'écart en attendant de voir de quel côté tournerait le vent. Malgré tout, entre l'intrépidité d'Arthur et la générosité de ses alliés, nous gagnions peu à peu du terrain.

La première année avait été assez dure. Bors était arrivé avec ses hommes juste à temps pour éviter notre totale extermination. À l'automne de la deuxième année, nous étions, tous jusqu'au dernier, des guerriers endurcis au combat. La troisième année, nous avions réussi à porter les combats sur les terres de Cerdic.

À présent, à la fin de notre quatrième été, nous devions livrer une bataille presque tous les deux jours. En remportant la plupart, il est vrai, mais allant néanmoins au combat le ventre creux et sans beaucoup de repos... ce qui éprouvait cruellement les guerriers.

Sans Bors, je ne sais pas ce que nous aurions fait. Lui et ses hommes avaient subvenu à nos besoins et nous avaient apporté leur aide pendant que nous apprenions l'art de la guerre. Bors et Arthur avaient mené ensemble la Bretagne au combat et l'avaient sauvée d'une ruine assurée. Et ce à de nombreuses reprises.

Nous ne savions pas combien de temps nous pourrions tenir. Mais chaque jour nous tirions des forces de la victoire de la veille et réussissions à poursuivre la lutte.

« Nous les avons harcelés tout l'été, dit Arthur. Ils doivent se soumettre. » La colère du moment était passée. Il était revenu à son autre préoccupation :

essayer de deviner quand les rois allaient capituler. « Cela ne peut pas durer encore un an.

— Cela le pourrait bien, fit remarquer Bedwyr. Ce sont bientôt les moissons. Ils vont devoir retourner chez eux pour rentrer les récoltes. Et ils s'attendront à ce que tu fasses de même. Il y aura une trêve pour l'hiver, comme toujours.

— Eh bien, laissons-les regagner leurs terres pour les moissons. Je ne leur accorderai pas de trêve... » Il se tut, songeur. Nous vîmes un éclat s'allumer dans ses yeux bleu clair, tel le lever du soleil.

« Qu'y a-t-il ? demanda Bedwyr. Qu'ai-je dit ?

— Nous allons les harceler jusque chez eux, répondit Arthur.

— Je ne vois pas en quoi cela... » commença Cai, mais Bedwyr fut plus vif que lui.

Il avait deviné ce qu'Arthur avait en tête. « Nous pourrions arriver avant eux !

— Brûler leurs récoltes sur pied !

— Qu'ils souffrent de la faim cet hiver, eux aussi. Comme nous. »

Bors frappa la table des deux mains. « Cela me plaît ! »

Cai secoua la tête. « Je ne vois pas en quoi cela nous aidera. »

Arthur passa un bras autour des larges épaules de Cai. « La perte de leur précieux grain les fera réfléchir à deux fois avant de repartir en guerre l'année prochaine, expliqua-t-il. Il leur faudra soit se soumettre, soit acheter du grain en Gaule.

— Et ce sera coûteux, dit Bedwyr. Seul Cerdic peut se le permettre.

— Et même lui ne le pourra guère après cette année », ajouta Bors. Il rit et frappa sur la table, faisant sauter les coupes et les plats du souper. « Laissons Cerdic remâcher cela pendant tout l'hiver et il ne sera pas si chaud pour se battre au printemps prochain.

— Bien parlé ! » Arthur s'asséna une claque sur les genoux d'un air approbateur.

« Mais je ne vois toujours pas l'intérêt pour nous

de mourir de faim en même temps qu'eux, insista Cai d'un air buté. Cela ne sert à rien.

— Vraiment? As-tu un meilleur plan? » demanda négligemment Bedwyr.

Cai fronça les sourcils. « Ne brûlons pas les récoltes. Moissonnons-les plutôt nous-mêmes.

— Nous ne sommes pas des fermiers! protesta Bedwyr.

— Transformer nos épées en faucilles? railla Bors. Ha! »

Le front de Cai se plissa davantage. Ses yeux verts s'assombrirent, comme ils le faisaient toujours quand il soupçonnait les gens de se moquer de lui ou de ne pas le prendre au sérieux.

« Cai a raison. » L'intonation tranquille de Merlin les fit taire. « Nous sommes affamés. Brûler les récoltes serait un péché. En outre, cela ne ferait de mal à aucun d'entre vous d'être vu une faux à la main.

— Mais nous ne pouvons pas... » La protestation de Bedwyr se perdit dans le sauvage cri de joie d'Arthur.

« C'est parfait! » Arthur se leva d'un bond. « C'est superbe de simplicité! C'est le salut assuré! » Il donna des claques dans le dos de Cai dont le froncement de sourcils fit place à un sourire incertain.

« Nous moissonnerons le grain à leur place... commença Arthur.

— Et ils nous laisseront l'emporter comme cela? » Bedwyr secoua la tête. « Pas tant qu'il en restera un en mesure de tenir une lance et une épée.

— Nous moissonnerons leur grain, parce qu'ils seront trop occupés avec Bors et ses Armoricains qui les harcèleront. » Arthur se mit à marcher à longues enjambées autour de la table en faisant de grands gestes, son esprit nous distançant déjà tous. « Ensuite, l'hiver prochain, quand ils commenceront à regarder en salivant leurs chiens et leurs chevaux, nous leur proposerons de le leur vendre. » Après avoir marqué un temps, sa voix se fit dure comme le fer : « Le prix sera une totale allégeance. »

Merlin sourit d'un air sinistre. Il frappa trois fois le sol de son bâton. « Bien parlé, Arthur ! Bien parlé ! » Il tendit la main vers Cai. « Et bien parlé, Cai. Tu as gardé la tête froide et as choisi le parti le plus sage. » Ses propos étaient élogieux, mais son ton moqueur.

« Tu es d'accord, Myrddin ? C'est bien le parti le plus sage ? C'est un bon plan, non ?

— Oh, un très bon plan, Arthur. Mais même les meilleurs plans peuvent échouer.

— Tu penses qu'il va échouer ? demanda Bedwyr.

— Ce que je pense importe peu, répondit prudemment Merlin. Ce n'est pas moi qu'il faut convaincre. C'est à vos guerriers de décider.

— En ce qui les concerne, déclara Arthur, je n'en connais pas un qui n'accueillerait avec joie l'occasion de déposer l'épée pour un jour ou deux.

— Même s'il savait que ce n'est que pour prendre la faucille et le fléau ? » Bors grimaça de dégoût.

« Ne t'inquiète pas, seigneur Bors, le rassura Arthur, tu n'auras pas à toucher ces vils outils. Tu commanderas tes hommes pour des opérations de harcèlement, des diversions... tout ce que tu voudras, tant que tu tiens ces chiens occupés pendant que nous volons leur grain.

— Cela, je le ferai ! Par le Dieu qui m'a créé, je le ferai. »

Ils entreprirent aussitôt de dresser des plans pour tenir occupés les rois rebelles et transporter le grain une fois qu'ils s'en seraient emparés. Merlin, les laissant à leurs projets, traversa silencieusement la tente et sortit dans le crépuscule.

Je le suivis et me tins auprès de lui tandis qu'il contemplait les dernières lueurs embrasant le couchant. J'attendis un moment, puis je demandai : « Qu'y a-t-il ? »

Merlin ne répondit pas. Il continuait de regarder le ciel et une volée de corbeaux qui regagnaient leurs nids dans la forêt.

« C'est le vol des récoltes ? Échouera-t-il ?

— En vérité, je l'ignore...

— Qu'est-ce donc ? Qu'as-tu vu ? »

Il fut long à répondre, mais quand il parla enfin, ce fut pour dire : « Des navires, Pelléas, et de la fumée. J'ai vu des étraves effilées fendre les flots et de nombreux pieds fouler le rivage. J'ai vu de la fumée, noire et épaisse, se répandre sur le vent.

— Les Saecsens ? »

Merlin hocha la tête, mais il ne détourna pas les yeux du ciel. « Au nord... je pense qu'Eboracum est tombé. »

Eboracum aux mains des Saecsens ? Nous n'en avions rien entendu dire. Je ne doutais cependant pas que les paroles de mon maître se révéleraient exactes.

« Que faut-il faire ?

— Ce qu'il faut faire ? » Il se tourna vers moi, ses yeux dorés étincelant d'une brusque colère. « Mettre fin à cette rébellion insensée. Quel gâchis ! Nous nous entre-déchirons et les Saecsens s'emparent impudemment de nos terres. Cela doit finir. Il faut y mettre un terme. »

Il tourna le dos et s'éloigna vers le torrent, au pied de la colline. Au bout de quelques pas, il s'arrêta et regarda par-dessus son épaule. « Le vol des récoltes réussira-t-il ? » cria-t-il, puis il répondit : Prie, Pelléas ! Prie de tout ton cœur qu'il réussisse. Car l'heure est passée où nous pouvons supporter que la race des Saecsens prenne racine sur notre sol. »

Les villageois regardaient, muets de colère, les guerriers d'Arthur hisser le dernier sac de grain sur la charrette surchargée. Quand le bouvier arriva avec son aiguillon, un vieillard — un des fermiers qui avaient regardé disparaître leurs récoltes — vint se poster devant Cai.

« Ce n'est pas bien de tout emporter, accusa le fermier. Tu devrais nous laisser quelque chose.

— Si tu as un grief, va l'exposer à ton seigneur, lui répondit sèchement Cai. C'est la faute de Cerdic.

— Nous allons avoir faim, cet hiver. Si tu ne nous laisses rien, nous allons mourir.

— Mourez donc ! » s'exclama Cai en sautant en selle. Du haut de son cheval, il le défia : « Sans mentir, nous ne volerions pas vos récoltes si Cerdic n'avait pas failli à son serment envers Arthur. En fait, nous ne prenons que ce qui nous avait été promis. » Sur ce, il tourna bride et s'éloigna au trot derrière la charrette.

Comme dans les autres villages, personne ne leva un doigt pour nous arrêter. Non que cela eût rien changé. L'accusation silencieuse de leur regard était suffisante. Nous nous faisions tous l'effet de barbares, ou pire, pour notre rôle dans cette affaire.

« Supportez-le encore un peu, nous disait sans cesse Arthur. Ce sera bientôt terminé et la guerre cessera. »

Seule l'assurance inébranlable d'Arthur nous permettait de continuer. Visitant un village après l'autre, à trois ou quatre, nous rassemblions à la hâte les récoltes d'orge et de blé de l'année, ainsi que bon nombre de vaches et de moutons. Pendant ce temps, Bors détournait l'attention de l'armée des seigneurs rebelles par des raids audacieux destinés à la fois à les irriter et à les tenir éloignés.

Cela marchait, oui. Peut-être trop bien. Nous réussissions trop facilement. Cela aurait dû nous tenir lieu d'avertissement.

Mais, quand Cerdic et les seigneurs rebelles finirent par s'apercevoir de ce que nous faisions, le grain était en sécurité derrière les murs de Caer Melyn. En fait, nous n'avions pas pu tout y faire entrer... nos greniers n'y auraient pas suffi. Nous en avions envoyé une bonne partie à Meurig et nous avions entassé ce qu'il n'avait pu prendre sur le sol de la cour avant de le recouvrir de peaux de vache.

Le mauvais temps arriva tôt, cette année-là. En fait, les pluies d'automne débutèrent tandis que les dernières charrettes entamaient leur ascension vers le caer. Comme les guerriers éperonnaient leurs montures pour venir s'abriter de la pluie, Arthur se rendit à la porte pour les accueillir.

« Eh bien, voilà », dit-il un peu plus tard tandis

que la dernière charrette entrait dans la cour. Il resta à regarder les collines dans le lointain et ne fit pas un geste quand Bedwyr vint le rejoindre. « C'est terminé, dit Arthur.

— Je l'espère. » Bedwyr secoua lentement la tête.

Arthur lui lança un coup d'œil. « Alors pourquoi fronces-tu ainsi les sourcils ?

— Pour te dire la vérité, Artos, j'ai honte.

— Tu préférerais être mort ? rétorqua Arthur. Cerdic se ferait un plaisir de t'y aider.

— Non, non, le tranquillisa Bedwyr. Je reconnais que c'est nécessaire. Pour l'amour de Dieu, Artos, je le sais bien. Mais cela ne veut pas dire que je sois obligé d'aimer cela. Et je serai plus tranquille quand Bors sera de retour.

— Il a été retardé, c'est tout. » Arthur eut un geste pour le congédier et se dirigea vers l'endroit où l'on déchargeait les charrettes. Un des sacs de blé humides glissa et tomba devant Arthur où il se déchira, répandant une coulée d'or sur ses pieds.

Il contempla un moment le grain, le rouge lui montant aux joues. « Nettoyez cela ! » s'écria-t-il, en colère. Les hommes interrompirent leur travail pour le regarder. « Nettoyez cela sur-le-champ, vous entendez ? Car je ne permettrai pas de gaspiller un seul grain. » Il secoua le blé de ses bottes et s'éloigna à grands pas.

Oui, Bors était en retard. Il aurait dû être rentré depuis des jours, mais nous n'avions pas reçu la moindre nouvelle de lui et nous commencions à craindre qu'il ne lui fût arrivé quelque chose.

À mesure que passaient les jours, Arthur était de plus en plus nerveux et irritable, comme nous tous. Rhys, le harpiste de Bors, chantait tous les soirs dans la grande salle, faisant de son mieux pour nous remonter le moral. Malheureusement, devant un public maussade et distrait, il ne pouvait pas faire grand-chose.

« Je pars à sa recherche, déclara un soir Arthur. Jesu sait que nous ne pouvons pas attendre ainsi tout l'hiver. »

Le matin se leva, sombre et humide, chargé d'épaisses brumes. Arthur choisit vingt guerriers pour l'accompagner. Comme ils sellaient leurs montures, nous entendîmes un cri à la porte : « Ouvrez ! Laissez entrer Tegal ! »

Les portes s'ouvrirent aussitôt et le cavalier — un des guetteurs des frontières — entra dans la cour et se laissa glisser à terre. Un petit groupe eut tôt fait de s'attrouper autour de lui.

« Qu'y a-t-il ? demanda Arthur en se frayant un passage.

— Seigneur, une armée approche.

— Combien ?

— Cinq cents guerriers.

— Cerdic. » La voix d'Arthur était aussi sèche et tranchante que son épée. « Très bien, nous allons régler cette affaire une fois pour toutes. » Il se tourna vers ses guerriers. « Prenez vos armes ! Nous allons à leur rencontre. »

Le caer se retrouva instantanément plongé dans le chaos par les hommes qui couraient prendre leurs armes et seller leurs chevaux. Mais nous ne sortîmes pas ce jour-là. En fait, nous ne quittâmes même pas le caer.

Car, comme nous nous rassemblions dans la cour — en cela nous suivions l'exemple des généraux romains, nous disposant en rangs ordonnés avant de partir à la bataille — un messager de Cerdic se présenta, chevauchant sous le signe des parlementaires : une branche de saule brandie dans sa main droite.

« Laissez-le entrer, ordonna Arthur. Nous allons entendre ce qu'il vient nous dire. »

Les portes s'ouvrirent et le cavalier entra. Arthur se campa devant lui. « Ne prends pas la peine de descendre, dit-il au messager. Délivre ton message. Qu'a Cerdic à nous dire ? »

Le cavalier haussa légèrement les sourcils, surpris que nous fussions déjà au courant de sa mission. « Le seigneur Cerdic demande s'il peut s'approcher de ta citadelle.

— Dans quel but ?
— Il voudrait te parler. »
Arthur jeta un coup d'œil à Cai et à Bedwyr avant de répondre. Ni l'un ni l'autre n'élevant d'objection, il dit : « Va dire à Cerdic que je lui accorde la permission d'approcher. Il peut amener trois conseillers avec lui... mais pas plus. »
Le messager inclina la tête et, tournant bride, repartit par où il était venu.
Nous attendîmes Cerdic sur les remparts, la brume emperlant nos cheveux et nos manteaux. Quelque instants plus tard, nous vîmes l'armée de Cerdic et des seigneurs rebelles franchir au loin la crête d'une colline pour s'engager dans la longue vallée que dominait Caer Melyn.
« Il les a tous amenés, s'exclama Cai. Jusqu'au dernier de ces bâtards.
— Bien, dit Arthur. Nous allons mettre fin à tout cela. »
Merlin observait lui aussi du haut du rempart. Mais il ne dit rien.
Parvenue au pied de la colline, l'armée fit halte. Nous vîmes alors quatre cavaliers se séparer des autres et monter vers le caer. Quand ils furent plus près, nous reconnûmes Cerdic flanqué de deux de ses alliés — Idris et Maglos, qui chevauchaient un peu en retrait. Entre eux s'avançait un troisième homme.
Il nous fallut un moment pour discerner l'identité de ce dernier, mais alors tout devint clair.
« Bors ! s'écria Cai. Dieu Tout-puissant, ils ont capturé Bors. »
C'était hélas vrai, Bors chevauchait entre Idris et Maglos, les mains liés dans le dos. À cette vue, les guerriers murmurèrent sombrement, mais Arthur leur imposa silence d'un geste de la main.
Les quatre cavaliers se présentèrent devant la porte et s'immobilisèrent. « Salut, Arthur ! Je te présente mes respects, cria insolemment Cerdic. Eh quoi ? Est-ce ainsi que tu reçois tes maîtres... tremblant derrière des portes closes, l'épée à la main ?

— J'ai accepté de t'écouter, répliqua Arthur d'un ton glacial. Contente-toi de cela. Tu ne recevras pas la coupe des invités de ma main. »

Cerdic éclata d'un rire moqueur. « Penses-tu qu'il soit dans mes habitudes d'accepter l'hospitalité d'un fils de chienne doublé d'un voleur ?

— Je le tuerai pour cela », marmonna Cai entre ses dents.

Arthur ignora l'insulte. « Si tu as quelque chose à dire, Cerdic, parle. J'attends.

— Je suis venu conclure un marché avec toi... commença Cerdic.

— Arthur, non ! Ne l'écoute pas ! » hurla Bors. Maglos le réduisit brutalement au silence d'un revers de la main. Le sang gicla de sa lèvre éclatée.

« Lève de nouveau la main sur lui, prévint Arthur d'un air menaçant, et tu perdras cette main, Maglos.

— Épargne-nous tes menaces, Duc Arthur, ricana Cerdic, tu n'as pas autorité sur nous. Le marché que je propose est celui-ci : le grain que tu nous as volé contre la vie de ton complice, Bors. Je ne ferai cette proposition qu'une seule fois. Que réponds-tu ? Je te laisse t'entretenir avec tes conseillers. Mais je t'avertis, ne me fais pas attendre trop longtemps.

— Puisque tu es si impatient, je te donne tout de suite ma réponse. Écoute donc : tue Bors et son armée si c'est ce dont tu as l'intention. Car j'ai juré qu'aucun d'entre vous ne verra un seul grain de ces récoltes, sinon à une condition. »

Le sourire quitta le visage de Cerdic. Il se retourna et cracha quelques mots à ses alliés. « Quelle est cette condition ? demanda-t-il.

— Jurez-moi fidélité et renouvelez votre serment de m'apporter votre appui. Ensuite, quand vous aurez payé le tribut que vous devez au coffre de l'armée de Bretagne, je vous rendrai votre grain.

— Jamais ! s'exclama Cerdic. Je ne te jurerai jamais fidélité !

— Alors tu n'auras pas le grain.

— Je vais le tuer ! hurla Cerdic en montrant Bors du doigt.

— Fais ce que tu veux de lui. Je n'échangerai le grain contre rien d'autre que votre loyauté et le tribut qui m'a été promis.

— Tu fais plus de cas du grain que de sa vie? demanda Idris, incrédule.

— Je ne fais pas moins cas de la vie de mon ami que de la mienne. Mais je fais cas de la Bretagne pardessus tout. Il faut mettre fin à cette guerre qui nous dresse les uns contre les autres. » Arthur parlait hardiment et avec une suprême assurance. « Le grain restera ici tant que vous ne m'aurez pas prêté serment de loyauté.

— Puisse-t-il pourrir dans vos bouches! s'écria Cerdic. Je réduirai cette forteresse en cendres.

— Et ensuite, que direz-vous à vos peuples quand la faim leur tenaillera les entrailles, cet hiver? Que leur direz-vous quand leurs enfants mourront de faim? » répondit Arthur d'une voix aussi glaciale que la tombe.

Idris et Maglos firent la grimace. Cela ne leur souriait guère d'aider Cerdic au détriment de leur peuple. En fait, je crois qu'ils étaient las de lui prêter assistance et voulaient déposer les armes.

« Eh bien, Cerdic? J'attends. Que décides-tu? »

Cerdic se tortillait d'indécision.

« Tu as perdu, Cerdic, dit Bors entre ses lèvres ensanglantées. Capitule dans l'honneur.

— Non! Je peux encore me battre. Nous te combattrons et reprendrons ce qui nous appartient.

— Nous nous sommes battus tout l'été, Cerdic, comme nous l'avons fait tous les étés depuis quatre ans. Je te dis qu'il sera mis un terme à cette guerre qui nous oppose.

— Pas tant qu'il me restera un souffle pour te maudire, bâtard! »

Le temps s'était rafraîchi et la brume s'était changée en une pluie fine. Idris et Maglos se regardaient, mal à l'aise. Ils avaient froid et étaient fatigués. Ils étaient à bout de patience et ne voulaient plus qu'une chose, en finir.

« Seigneur, dit Idris, nous n'avons pas d'autre choix que de faire ce qu'il dit.

— Il a raison, ajouta Maglos. Mettons fin sur le champ à cette guerre.

— Vous m'abandonnez, vous aussi ? Alors, partez. Emmenez vos hommes. Je me battrai seul. » Les yeux de Cerdic étincelaient de haine — et de la soudaine lueur d'une inspiration désespérée. « Que dis-tu, Bâtard de Bretagne ? Te battras-tu contre moi ? Ou bien es-tu le lâche que l'on dit ?

— Je n'ai pas peur de me battre contre toi, Cerdic.

— Dans ce cas, cesse de te cacher derrière tes murs et viens te battre.

— Non, Artos, dit Cai. Laisse-moi me battre à ta place.

— Paix, mon frère, répondit Arthur. Tout se passera bien.

— Tu ne vas pas te battre contre lui, dit Bedwyr. Il est déjà vaincu. Idris et Maglos l'abandonnent. Il a perdu. »

Arthur secoua sèchement la tête. « Il l'ignore. Et je ne supporterai pas qu'il reparte d'ici pour continuer à me trahir. Ceux qui aident Cerdic doivent enfin savoir qu'ils ont échoué. J'aurai la loyauté de tous, ou la loyauté d'aucun. »

Ce disant, le Duc se retourna vers Cerdic. « Je me battrai contre toi, Cerdic. Si tu gagnes, tu pourras reprendre le grain. Mais si je gagne, tu me prêteras serment de fidélité. Es-tu d'accord ?

— Je suis d'accord, répondit précipitamment Cerdic. Allons-y. »

Sur l'ordre d'Arthur, les portes de Caer Melyn furent ouvertes et Cerdic, Idris, Maglos et Bors entrèrent. « Détachez-le », leur dit Arthur. Idris prit son couteau et coupa les liens de Bors.

Puis Arthur monta sur son cheval et, prenant son épée et son bouclier, cria à tous ceux qui étaient rassemblés autour de lui : « Cymbrogi, écoutez-moi ! Si je me fais tuer, que personne ne lève la main contre Cerdic. Il ne faudra pas chercher à me venger. Jurez-le-moi tous. »

Les guerriers répondirent d'une seule voix : « Qu'il en soit comme tu dis ! »

Sur ce, Arthur tourna bride pour affronter Cerdic, qui avait pris place à l'autre bout de la cour.

Bedwyr se tourna vers mon maître. « Myrddin, arrête cela. Il ne peut rien en sortir de bon.

— Oh, il peut en sortir un très grand bien. Car, si Arthur gagne, il aura conquis la Bretagne. Le risque en vaut la peine, me semble-t-il. »

Bedwyr en appela à moi, mais je savais qu'il était inutile d'essayer de persuader Merlin une fois qu'il avait donné son avis — autant convaincre une montagne d'arracher ses racines ou une rivière d'inverser son cours. « Laisse, Bedwyr, lui dis-je. Aie confiance.

— J'ai confiance en Arthur, répondit-il. Mais je n'en ai aucune en Cerdic. »

Les deux combattants se firent face. Nous formions un grand cercle autour d'eux. La pluie tombait et nous regardions en silence, attendant que commence la joute mortelle.

Puis :

Cerdic éperonne son cheval et s'élance au trot à l'intérieur du cercle, lentement d'abord, puis de plus en plus vite. Arthur en fait autant et ils tournent l'un autour de l'autre, tournent et tournent, chacun prenant la mesure de son adversaire.

Soudain Cerdic tourne bride vers le centre du cercle. Mais Arthur ne se laisse pas surprendre, car au même instant il tire sur ses rênes et s'élance droit sur Cerdic.

Le fracas de leur rencontre résonne bruyamment à nos oreilles. Le choc fait trembler la terre sous nos pieds. Cerdic est repoussé au fond de sa selle. Les chevaux se séparent aussitôt. Cerdic recommence à tourner. Ses traits sont tendus.

Comme avant, ils tournent l'un autour de l'autre, puis font volte-face et s'élancent l'un contre l'autre au grand galop.

L'air retentit du fracas de leur collision. Les épées étincellent. Arthur vacille sur sa selle. Le cheval de Cerdic trébuche et l'envoie rouler à terre.

Les Cymbrogi poussent de puissantes acclamations. Ils pensent qu'Arthur a gagné. Mais Cerdic s'est relevé, brandissant son épée, le bouclier à la main. Son visage est sombre. Arthur est plus fort qu'il ne croyait.

Il y a toujours de la haine dans ses yeux, mais il s'y lit aussi maintenant de la peur.

Arthur se laisse glisser à terre. Il s'avance sur Cerdic.

En le voyant approcher, Cerdic pousse un cri sauvage et se jette en avant, frappant de taille avec son épée. Il frappe encore et encore, pris d'une folie furieuse. Arthur dresse devant lui son bouclier et recule sous l'assaut.

Chaque coup de l'épée de Cerdic mord profondément dans le bouclier d'Arthur. Le bois vole en éclats, le métal se bosselle. L'ombon de son bouclier est entamé, et maintenant la bordure, qui se disloque.

Arthur !

Avec un puissant effort, Cerdic brandit son épée au-dessus de sa tête et l'abat violemment. Le bouclier d'Arthur se fend de haut en bas. Cerdic relève son épée. Elle reste en suspens dans les airs... et retombe.

Arthur jette au loin les restes de son bouclier. Il a le bras en sang. L'épée de Cerdic siffle dans l'air vers sa poitrine sans protection.

Attention !

Mais Arthur est plus vif que ne le pense Cerdic. L'Épée de Bretagne jaillit et bloque son coup. Le bruit est semblable à celui du marteau sur l'enclume.

Le bras de Cerdic tremble sous la force du choc, et la pointe de son épée vibre. Arthur bondit sur son adversaire, frappant à coups redoublés. Cerdic recule, brandissant son épée au-dessus de sa tête pour parer les coups meurtriers qui pleuvent sur lui.

« Rends-toi, Cerdic ! s'écrie Arthur en levant haut l'Épée de Macsen.

— Jamais ! » hurle Cerdic d'un air de défi. Et il frappe sournoisement de sa lame, blessant Arthur à la hanche.

Avec un terrible grognement, Arthur abat son

arme. Elle retombe tel l'éclair d'un ciel d'orage. Et, tel l'éclair, elle fend les airs. Cerdic lève son bouclier au-dessus de sa tête pour se protéger le crâne. La lame d'Arthur frappe l'ombon en plein centre et le bras de Cerdic cède sous le choc. Le bord d'acier du bouclier le frappe au front et il tombe raide mort.

Le combat est terminé.

Mais il n'y a pas d'acclamations. Pas de puissante ovation pour saluer la victoire d'Arthur. Le silence s'est abattu sur la foule. Car nous avons tous vu ce dont Arthur ne s'est pas encore aperçu.

Il se retourne et brandit son épée d'un air triomphant. Et alors il voit : l'Épée de Bretagne est brisée.

XIII

Arthur se désolait de la perte de l'épée de Macsen. Bien sûr, il avait conquis la Bretagne — après la défaite de Cerdic, les seigneurs insoumis avaient promptement renoncé à leur rébellion et fait la paix — mais il n'en tirait que peu de réconfort. La raison de sa détresse était assez simple : en perdant l'Épée de Bretagne, il avait l'impression d'avoir perdu sa légitimité. C'était absurde, et Merlin le lui disait. Mais Arthur refusait de l'écouter.

Ce fut donc un long hiver pour lui. Comme pour nous tous.

« Cela ne peut pas durer, dit un jour Merlin, exaspéré. Regarde-le ! Il reste assis à broyer du noir comme un chien banni de la maison de son maître. Si cela continue, son humeur chagrine va se propager à tout le royaume. »

Le solstice d'hiver approchait : ce serait bientôt la Nativité du Christ. Je le fis remarquer et dis : « Peut-être qu'un festin en l'honneur de cette sainte journée l'égaierait.

— Il a besoin d'une autre épée, pas d'un festin.

— Eh bien, il n'y a qu'à lui en trouver une. »

Merlin s'apprêtait à répondre, mais il se reprit. Il se tut, penchant la tête sur le côté, puis d'un seul coup s'exclama : « Oui ! c'est exactement ce que nous allons faire. Béni sois-tu, Pelléas. Dans les années à venir, la Bretagne entière chantera tes louanges ! »

Fort bien. Mais deux jours plus tard, je regrettai amèrement d'avoir ouvert la bouche.

Une brume glacée s'accrochait aux collines et restait suspendue au-dessus de nos têtes tandis que nous chevauchions dans les vallées tortueuses. Miséricordieusement, le vent qui soufflait du nord demeurait modéré, mais il ne nous en pénétrait pas moins jusqu'aux os. Les chevaux cheminaient péniblement dans la neige, crachant des nuages de vapeur par leurs naseaux. J'avais glissé mes mains sous le tapis de selle pour les tenir au chaud contre le pelage fumant de ma monture. Arthur et Merlin marchaient en tête, emmitouflés dans de longs et lourds manteaux d'hiver, transis de froid.

La seule occasion que nous eûmes de voir la lumière du soleil de toute cette misérable journée survint juste avant le crépuscule quand nous parvînmes au sommet d'une colline abrupte couverte de bruyère et que les nuages se déchirèrent à l'ouest, démasquant à nos yeux le rouge profond du couchant.

C'était notre quatrième jour de voyage et nous n'avions couvert qu'un peu plus de la moitié de la distance espérée. Notre moral était au plus bas. Mais avec la lumière vint l'espoir. Car dans les derniers rayons du soleil nous vîmes un village au fond de la vallée. Du moins ne serions-nous pas obligés de dormir à même le sol.

« Nous allons y chercher un abri pour la nuit, dit Merlin. Il y a longtemps que je n'ai pas dû chanter pour mon souper. Ce soir, entre tous, j'espère que nous ne souffrirons pas de la faim. »

Je n'étais pas inquiet. Je n'avais jamais vu une chanson de Merlin décevoir son auditoire. « Nous ne souffrirons pas de la faim, lui assurai-je sombrement. Si rien d'autre ne marche, c'est *moi* qui chanterai ! »

Arthur éclata de rire et ce fut le premier moment de détente de la journée.

Les nuages se refermèrent, plongeant la vallée dans l'ombre. Le vent se leva, âpre et mordant. Nous lançâmes nos chevaux au trot en direction du village.

Quand nous atteignîmes le groupe de maisons de pierre au bord d'un ruisseau limpide, nous fûmes accueillis par les aboiements d'un gros chien noir. Nous fîmes halte et attendîmes que les cris de l'animal attirent l'attention de quelqu'un et, quelques instants plus tard, une petite fille de six ou sept étés aux longues tresses brunes apparut.

Elle jeta les bras autour du cou du chien et le gronda : « Tyrannos ! Tais-toi ! »

La bête se calma et Merlin, se penchant sur sa selle, s'adressa à la fillette : « Je te donne le bonjour, mon enfant.

— Qui êtes-vous ? » demanda-t-elle franchement en jetant un coup d'œil à l'étui de cuir à la forme révélatrice accroché derrière la selle de Merlin. Curieusement, c'était toujours la première chose que voyaient les enfants.

« Nous sommes des voyageurs. Nous avons froid et faim. Y a-t-il de la place auprès de ta cheminée pour la nuit ? »

Sans répondre, elle pivota sur les talons et rentra en courant dans la maison. J'entendis son cri quand elle disparut derrière la peau de vache accrochée dans l'encadrement de la porte : « L'Emrys ! L'Emrys est là ! »

Merlin secoua la tête de stupéfaction. « En sommes-nous arrivés là ? s'étonna-t-il. Même les petits enfants me reconnaissent.

— Il n'y a pas tant de harpistes dans la région, suggéra Arthur en montrant la forme derrière la selle de Merlin. Et il n'y a qu'un Emrys, après tout.

— Quoi qu'il en soit, je préférerais que toute cette île ne soit pas au courant de tes moindres mouvements.

— Ne t'inquiète donc pas, répondit avec bonhomie Arthur. C'est bien inoffensif. » Il s'étira sur sa selle et regarda le ciel qui s'assombrissait rapidement. Le vent gémissait dans les collines... un son glacial et désolé. « J'aimerais que *quelqu'un* s'intéresse à nous. »

Son vœu fut exaucé. Un instant plus tard, la cour empierrée d'éclats de silex était pleine de monde. Nous fûmes accueillis par un certain Bervach, qui nous souhaita chaleureusement la bienvenue. « Ce n'est pas un jour pour voyager, mes seigneurs. Venez près du feu, nous allons chasser le froid de vos os. Il y a de la viande à la broche et à boire dans l'outre.

— Nous acceptons ton hospitalité, répondit Merlin en descendant de selle. Ton amabilité sera récompensée. »

L'homme sourit largement, exhibant une large brèche entre ses dents de devant. « Ne dis pas cela ! L'Emrys ne paie pas pour dormir sous le toit de Bervach ap Gevayr. » Malgré ses paroles, l'homme ne put s'en empêcher : ses yeux se tournèrent vers la harpe, derrière la selle de Merlin, et son sourire s'élargit encore.

« Tu auras néanmoins ta récompense », promit Merlin. Il me cligna de l'œil et je détachai l'instrument que je pris sous mon bras tandis que l'on emmenait nos chevaux pour les nourrir.

« Ce n'est pas un jour pour voyager, répéta Bervach tandis que nous courbions le dos pour entrer dans la maison basse. Le vent des collines vous glace jusqu'à la moelle. Entrez, mes amis, et soyez les bienvenus. »

Arthur se dirigea vers la profonde cheminée qui occupait la largeur de tout un mur. Il se tint devant l'âtre et tendit les mains, soupirant de plaisir en sentant la chaleur s'insinuer dans son corps.

Bervach observa Arthur pendant un moment, le regard luisant de curiosité. « J'ai l'impression que je devrais connaître ton compagnon », dit-il à Merlin pour essayer de lui extorquer un nom. Comme Merlin ne mordait pas à l'hameçon, il ajouta : « Et pourtant je n'ai jamais posé les yeux sur lui avant ce soir. »

Je vis le bref affrontement entre la prudence et la fierté se refléter dans les yeux de Merlin. Il désirait tenir secrète l'identité d'Arthur — nous n'étions pas sur nos terres et Arthur avait toujours des ennemis. Et pourtant Merlin voulait que les hommes connaissent et estiment Arthur, car leur dévotion et leur respect seraient un jour nécessaires.

La lutte fut brève. La fierté en sortit victorieuse.

« Puisque tu le demandes, répondit Merlin, je vais te dire qui se tient devant ton feu : Arthur ap Aurelius, Duc de Bretagne. »

Bervach haussa les sourcils à cette révélation. « J'ai su que c'était un seigneur dès l'instant où je l'ai vu. » Il hocha lentement la tête, puis il écarta d'un haussement d'épaules Arthur de ses préoccupations et dit : « J'ai entendu parler de ce Duc Arthur, mais je n'imaginais pas qu'il fût si jeune. Mais viens, je me tiens entre toi et le feu. Je vais chercher à boire pour te réchauffer. » Il n'y avait aucun doute sur qui comptait le plus aux yeux de Bervach.

Nous rejoignîmes Arthur devant la cheminée. Le feu crépitait sous une longue broche ployant sous le poids du cuissot qui y rôtissait. L'arôme de la venaison emplissait la vaste pièce où planait une épaisse fumée qui filtrait lentement au-dehors à travers le chaume du toit. Des galettes d'orge cuisaient, alignées en bon ordre dans un coin de l'âtre.

Dans l'ensemble, c'était une demeure confortable, où s'entassaient maintenant d'autres familles du village, tous parlant à voix basse d'un air excité. Tandis que Bervach sortait les cornes à boire, les habitants du hameau continuaient à entrer dans la petite maison qui semblait ne pas pouvoir accueillir une personne de plus. Et pourtant il en arrivait toujours : hommes, femmes, enfants... trente âmes en tout — le village au complet.

Les femmes s'activaient, portant des récipients de bois et de terre cuite, chuchotant, travaillant avec efficacité. Elles préparaient un festin impromptu en notre honneur. Manifestement, la visite de l'Emrys était un événement à ne pas manquer.

Bervach ap Gevayr était, du moins pour la soirée, l'égal de n'importe quel seigneur de l'Île des Forts, car cette nuit l'Emrys dormait sous son toit. Ce qui se passerait ce soir resterait dans les mémoires et serait longuement commenté, et tous les événements à venir seraient datés à partir de cette journée pendant de longues années. On raconterait aux générations futures que cette nuit l'Emrys était passé, et qu'il était descendu dans cette maison, qu'il y avait bu et mangé, et qu'il avait dormi devant cette cheminée.

Et il avait chanté ! Oh, oui, il avait chanté...

Merlin était bien conscient des attentes que faisait naître sa présence. Quoique fatigué, et ne désirant rien d'autre que manger et dormir, il était soucieux d'obliger ses hôtes.

De sorte que, après le repas — et celui-ci s'était révélé aussi bon et copieux que tous ceux qui nous avaient été offerts dans de bien plus riches demeures — Merlin me fit signe de chercher sa harpe. Je l'avais accordée, bien entendu, et je l'apportai au milieu des cris de joie et des soupirs de satisfaction.

« Si j'étais roi, déclara Merlin à haute et forte voix afin que tous puissent entendre, je n'aurais pu obtenir meilleur souper. Mais puisque je ne suis pas roi, je dois faire ce que je peux pour vous récompenser.

— Je t'en prie, vous êtes nos invités. Ne te sens pas redevable envers nous, dit Bervach avec gravité. Mais... » — il marqua un temps en exhibant soudain son sourire brèche-dents — « ... s'il te plaisait d'oublier ainsi les rigueurs du voyage, nous le supporterions par égard pour toi. »

Merlin rit de bon cœur. « Encore une fois, je suis ton obligé. Cela me ferait pourtant plaisir que vous supportiez une chanson... par égard pour moi.

— Très bien, puisque tu insistes. Mais alors une courte chanson... rien de trop long. Nous ne voudrions pas que tu te fatigues trop pour nous. »

Merlin chanta *Les Filles de Llyr,* un très long et très

compliqué récit d'une grande et envoûtante beauté. Je l'avais entendu deux fois jusque-là — une fois dans le camp d'Aurelius et une fois dans le palais de Ban — mais jamais je ne l'avais entendu chanter comme le fit Merlin.

La harpe tissait son étincelante mélodie argentine que suivait la voix de Merlin, y entrelaçant sa propre mélodie, recréant les paroles immémoriales. Ces paroles ! Chaque mot, chaque note et chaque souffle jaillissaient à la vie comme s'ils venaient de naître : clairs et frais comme à l'aube de la création, intacts et innocents.

Entendre chanter Merlin... Oh, l'entendre était contempler la naissance d'une créature vivante. La chanson était vivante !

Ceux qui s'entassaient ce soir-là sous le toit de Bervach entendirent l'œuvre d'un vrai barde, comme peu en ont jamais eu l'occasion. Et ils en furent bénis, comme peu l'ont jamais été en cette triste époque.

Quand la chanson fut terminée et que Merlin reposa finalement sa harpe encore vibrante, il était fort tard. Mais il semblait que la soirée avait passé en un clin d'œil, qu'elle n'avait duré que le bref espace de temps qui sépare un battement de cœur du suivant. Il semblait — et je crois que, d'une certaine façon, c'était bien ce qui arrivait — que pendant que chantait Merlin, nous qui l'écoutions étions transportés en un lieu hors d'atteinte du temps.

Pendant toute la chanson, nous avions respiré l'air d'un monde différent où la vie était plus riche et d'un ordre plus élevé.

Merlin possédait un don fort semblable, j'imagine, à celui de son père.

« Maintenant je sais ce qu'entendaient les gens quand Taliesin chantait », lui dis-je plus tard, quand nous nous retrouvâmes seuls.

Il secoua fermement la tête, les coins de sa bouche retombant tristement. « Le don de Taliesin était bien plus grand que le mien, aussi différent de lui que la vision d'un homme à l'œil acéré l'est de celle d'un pauvre aveugle de naissance. Ils ne peuvent être comparés. »

Tôt le lendemain matin, un peu avant l'aube, nous prîmes congé de Bervach et des villageois qui s'étaient rassemblés dans la cour pour assister à notre départ. Comme nous montions sur nos chevaux, quelques mères s'avancèrent et présentèrent à Merlin leurs jeunes enfants pour qu'ils reçoivent la bénédiction de l'Emrys. Il la leur donna de bonne grâce, mais cela le troubla.

Nous poursuivîmes notre chemin en silence dans la vallée, puis dans la plaine qui lui succédait. Ce ne fut pas avant midi, lorsque nous fîmes halte pour reposer et abreuver nos chevaux, et pour prendre nous-mêmes un léger repas, que Merlin s'ouvrit de ce qu'il avait sur le cœur.

« Cela n'a pas lieu d'être, murmura-t-il. Je ne suis pas un saint homme pour que les bébés doivent recevoir la bénédiction de ma main.

— Où est le mal? demandai-je. Les gens ont besoin de quelqu'un vers qui se tourner.

— Qu'ils se tournent vers le Grand Roi! » Les mots étaient sortis avant qu'il ne s'en rende compte. Arthur tressaillit comme s'il venait de recevoir un coup de couteau.

« Non, non, dit vivement Merlin, ce n'est pas ce que je voulais dire. Je suis désolé, Arthur. Cela n'a rien à voir avec toi.

— Je comprends, dit Arthur, mais la douleur s'attardait sur son expression blessée. Je ne suis pas roi, après tout. »

Merlin secoua tristement la tête. « Oh, l'Ennemi a tendu un piège fort subtil. Il y a là un danger et nous devons prendre garde à l'endroit où nous posons le pied. »

L'humeur chagrine de cette conversation plana sur le reste de notre voyage, tels les nuages sombres et humides dans le ciel, jusqu'à ce que nous atteignions Ynys Avallach.

Arriver en vue de l'Île de Verre nous remonta le moral. Dans le palais du Roi Pêcheur nous trouverions à boire et à manger, ainsi qu'une douce chaleur. Et, bien que le vent glacé cinglât nos chairs transies et nous piquât les yeux, nous fouettâmes nos montures et volâmes pratiquement vers le lac au pied de la colline. Arthur cria à pleins poumons, heureux d'être enfin arrivé.

Le lac et les marais étaient libres de glace et des canards de toutes espèces s'y étaient rassemblés pour hiverner. Ils prenaient leur essor par volées entières sur notre passage.

Même si les bosquets étaient déserts, les arbres nus et sans vie, le manteau de neige immaculée sur le sol donnait l'impression que l'île était effectivement faite de verre. Un rayon de soleil perçant à travers les nuages éclairait le Tor d'une lumière éclatante : un phare contre la tempête qui se rassemblait.

Mais en arrivant à la chaussée qui menait au Tor, Merlin fit halte et dit : « Nous allons trouver abri à l'abbaye pour la nuit. »

Je le regardai, incrédule. Pourquoi passer la nuit dans une cellule de moine quand tout le confort du palais du Roi Pêcheur nous attendait de l'autre côté du lac ? Nous pouvions y être en moins de temps qu'il n'en fallait pour le dire !

Avant que je n'aie pu exprimer mon étonnement, Merlin se tourna vers Arthur. « L'épée que je t'ai promise est proche. Tu vas passer la nuit dans le Sanctuaire du Dieu Sauveur pour y prier et te préparer à la recevoir. »

Arthur accepta sans protester et nous quittâmes le sentier pour faire le tour du lac vers l'abbaye construite au pied de la Colline du Sanctuaire. L'abbé Elfodd nous souhaita la bienvenue et nous emmena nous réchauffer devant la cheminée. Il donna sa bénédiction à Arthur, qu'il connaissait de réputation bien qu'ils ne se fussent jamais rencontrés.

« Vous êtes les bienvenus en ces lieux, bien sûr, dit l'abbé en nous mettant dans les mains des coupes de vin épicé, mais Charis et Avallach vont vous attendre.

— Ils ne sont pas au courant de notre voyage, répondit Merlin.

— Ah ?

— Nous irons bientôt les voir, mais nous avons d'abord quelque chose à faire.

— Je vois.

— Arthur est venu se consacrer au salut de la Bretagne. »

Elfodd haussa les sourcils. « Vraiment ? » Il regarda Arthur avec un regain d'intérêt.

« Oui, répondit tranquillement Arthur.

— Nous pensons veiller dans le Sanctuaire, expliqua Merlin.

— Comme tu voudras. Je n'y vois pas d'objection... sinon qu'il y fait froid, car on ne peut y faire du feu.

— Aucune importance. »

Merlin et l'abbé discutèrent brièvement des affaires du royaume, Arthur se joignant de temps en temps à eux, mais je remarquai qu'il jetait de fréquents regards en direction de la porte, comme impatient de s'en aller. Finalement, Merlin se leva. « Merci pour le vin et le feu, Elfodd. Nous resterions volontiers, mais nous avons à faire.

— Je t'en prie, agis comme tu le juges bon. Nous ne vous dérangerons pas. »

Sur ce, nous prîmes congé et sortîmes dans la cour. Il faisait presque nuit, le soleil couchant masqué par les nuages revenus s'amonceler dans le ciel. « Voici le Sanctuaire, dit Merlin en montrant la petite chapelle blanche au sommet de la colline. Va commencer ta veille.

— Tu ne viens pas avec moi ? »

Merlin secoua légèrement la tête. « Pas maintenant. Plus tard, peut-être. »

Arthur hocha solennellement la tête, tourna le dos et gravit la colline vers le Sanctuaire. Je compris que les propos de Merlin — au sujet d'une veillée de prière et de préparation, de consécration au salut de la Bretagne — étaient à l'œuvre dans l'âme d'Arthur pour chasser l'abattement qui s'était emparé de lui depuis qu'il avait perdu l'épée de Macsen.

« Voilà qui est bien, Pelléas, dit tranquillement Merlin en regardant s'éloigner Arthur. Tu vas rester ici avec lui cette nuit et je reviendrai demain à l'aube. »

Nos chevaux attendaient non loin de là. Il sauta en selle et se mit en route. Je courus derrière lui. « Où vas-tu ?

— Préparer la remise de son épée à Arthur », cria-t-il par-dessus son épaule en s'élançant au galop.

Nous passâmes ensemble une froide et longue nuit, Arthur et moi. Je m'installai pour dormir un peu, emmitouflé dans mon manteau. Arthur était agenouillé devant l'autel du petit édifice circulaire, la tête inclinée, les mains croisées sur la poitrine.

À un moment, je me réveillai, pensant que c'était le matin, et je vis un spectacle que je n'oublierai jamais. Dehors, le ciel s'était dégagé et la lune d'hiver s'était levée, brillant de tout son éclat par l'étroite fenêtre en forme de croix, au-dessus de l'autel.

Arthur était à genoux dans la flaque de lumière — toujours dans la même attitude — tête penchée, bras croisés. Je me dis qu'il devait être tombé endormi. Mais, alors que je le regardais, le Duc de Bretagne leva la tête et tourna lentement son visage vers la lumière tout en tendant les bras comme pour l'embrasser.

Il demeura ainsi très longtemps. La tête levée, les bras grands ouverts dans une attitude d'acceptation et de supplication — baigné d'une lumière argentée. Et j'entendis le léger murmure de sa prière.

Tandis que j'écoutais, la chapelle s'emplit d'une telle paix que je reconnus cela pour un très saint signe. Je ne doutais pas qu'Arthur fût en présence de Jesu qui déversait sur lui sa douce lumière pour lui apporter sa bénédiction. Mon cœur gonfla à en éclater devant ce prodige, car je me savais privilégié parmi les hommes d'en avoir été le témoin.

Mais un peu plus tard, j'entendis un sifflement grave au-dehors. Je me levai et sortis accueillir Merlin qui guidait nos chevaux. « C'est l'heure, dit-il. Va chercher Arthur. »

Je regardai vers l'est et vis le soleil qui se levait. La lune, si brillante à peine quelques instants plus tôt, s'estompait dans le ciel pâlissant. Vif et frais, l'air du petit matin acheva de me réveiller et je rentrai dans le Sanctuaire pour chercher Arthur. À l'appel de son nom, il se leva et me rejoignit.

Nous montâmes en selle et suivîmes en silence le sentier qui menait à la chaussée. Le monde semblait tout neuf, fragile et pourtant invincible dans sa beauté : la neige blanche à nos pieds et le bleu sombre de la nuit au-dessus de nos têtes... les eaux noires et lisses du lac bordé de roseaux... l'or rouge du soleil levant embrasant l'orient.

Je pensais que nous irions directement au Tor, mais Merlin dépassa la chaussée et continua le long de la berge jusqu'à un bouquet de saules. Nous y fîmes halte et mîmes pied à terre. Merlin se tourna vers le lac aux eaux placides et montra les roseaux de la rive, devant nous.

« Voici une barque, dit-il à Arthur. Monte à bord et traverse le lac pour te rendre dans l'île. Là, tu rencontreras une femme. Écoute-la bien. Elle te remettra l'épée. »

Arthur ne dit rien : il n'en était nul besoin. Son visage rayonnait de tout l'espoir et de toute la gloire du soleil levant. Il se dirigea calmement vers les roseaux et monta dans la barque... que je reconnus pour celle d'Avallach quand il allait pêcher. Prenant la perche, Arthur écarta l'esquif de la berge. Les roseaux crissèrent sur son passage, puis il s'éloigna, glissant sur les eaux sombres.

Merlin sentit les questions qui se bousculaient en moi. « Charis lui remettra l'épée, me dit-il. Elle l'attend dans le verger.

— Pourquoi ? » demandai-je, car je trouvais cela fort compliqué et déroutant. Pourquoi ne pas aller sur le Tor et donner simplement l'épée à Arthur ? « Ce n'est qu'une épée, non ?

— Pas pour Arthur, répondit Merlin en regardant celui-ci manier la perche. Elle sera désormais toute sa vie tant que l'Île des Forts ne sera pas débarrassée des Sacsens. »

Il se tourna vers moi. « De plus, c'est une bonne épée. Elle n'a pas sa pareille au monde.

— À qui est-elle ?

— À Arthur.

— Mais...

— C'est celle que Charis a fait faire pour Avallach. Je l'ai portée quelque temps, si tu t'en souviens. Mais elle n'a jamais été mienne. Je crois qu'elle a été faite pour Arthur. Lui seul la possédera vraiment. »

Je regardai de l'autre côté du lac et vis qu'Arthur avait atteint l'île. Il sauta de la barque et gravit la berge vers le verger. Les arbres se dressaient, dénudés, sombres sous une mince couche de neige.

Puis je vis Charis s'avancer entre les arbres. Arthur l'aperçut et s'arrêta. Elle leva la main droite pour le saluer et je vis qu'elle tenait la lame nue dans son autre main. Puis elle présenta l'épée sur ses paumes étendues pour la lui offrir.

Arthur s'approcha, le visage solennel, d'un pas lent et délibéré. Charis lui tendit l'épée, mais le Duc ne la prit pas. Il s'agenouilla devant elle et leva les mains. Elle dit quelques mots, puis lui donna l'arme.

Alors Arthur se releva, brandissant l'épée. Le soleil levant étincela sur sa lame effilée en un aveuglant éclair doré. Il fit un moulinet en l'air et une expression de respect transforma lentement ses traits.

« Viens, dit Merlin en se tournant vers les chevaux. Nous allons maintenant les rejoindre. »

Nous revînmes vers la chaussée que nous franchîmes avant d'obliquer vers le verger, menant derrière nous le cheval d'Arthur. Charis nous accueillit d'un baiser, son fils et moi.

« Myrddin, tu as vu ? » s'exclama Arthur, tenant l'épée avec révérence, le visage illuminé de la singulière beauté de l'arme. Car, en vérité, c'était un objet de toute beauté : long et fin, froid, mortel. Deux serpents crêtés aux corps d'or rouge entrelacés et aux yeux de joyaux étincelants en formaient la poignée. Forgée il y avait fort longtemps par un art surpassant tout ce que l'on connaît maintenant, c'était, comme le disait Merlin, une arme de rêve, faite pour la main d'un dieu.

« Oh, oui, répondit Merlin en touchant la lame du bout de doigts, je l'ai vue une ou deux fois. Comment vas-tu l'appeler ? » Il n'avait pas dit qu'il l'avait lui-même portée autrefois.

« L'appeler ?

— Une telle arme doit avoir un nom.

— A-t-elle un nom, noble dame ? s'enquit Arthur.

— À ma connaissance, aucun, répondit-elle.

— La Dame du Lac m'a dit que la lame était faite d'un acier bien plus résistant que tout ce que l'on peut trouver en Bretagne, dit Arthur.

— Appelle-la Caliburnus », suggéra Merlin.

Arthur fronça les sourcils. « Du latin... ce qui signifie ?

— Caledvwlch, diraient les Cymry.

— Taillefer ! dit Arthur en brandissant de nouveau l'arme. Très bien, puisque je suis un Celte romain, je l'appellerai Caledvwlch. »

Arthur était ravi de sa nouvelle épée. Il la tourna délicatement entre ses mains et suivit du doigt les étranges caractères sur la lame, près de la garde. « Cette inscription, dit-il en se tournant vers Charis, je ne parviens pas à la déchiffrer. Que veut-elle dire ?

— C'est de l'écriture atlante, expliqua-t-elle. Ici, il est écrit : *Brandis-moi...* » — elle retourna la lame — « ... et là : *Dépose-moi.* »

Arthur se rembrunit. « Je ne la déposerai jamais », jura-t-il, puis, levant les yeux vers elle, il dit : « Je suis ton obligé, noble dame. Quoi que tu me demandes, si c'est en mon pouvoir, je te l'accorderai. »

Charis sourit. « Cette épée est un présent... forgée pour un roi et offerte à un autre. Je ne demande rien en échange.

— Néanmoins, répondit Arthur en laissant une fois de plus son regard glisser le long de la lame sans défaut, je tiendrai pour un honneur de te remercier d'une façon ou d'une autre.

— Viens, dit Merlin en posant une main sur l'épaule d'Arthur. Allons au palais et déjeunons. As-tu oublié quel jour nous sommes ? C'est la Nativité du Christ. Il est temps de nous préparer à la célébrer. »

Sur ce, nous gravîmes l'étroit sentier vers le palais du Roi Pêcheur. Arthur regardait les collines et les vallons qui s'étendaient à nos pieds, caressés par les doigts radieux du soleil. Lorsqu'il franchit les grandes portes voûtées et entra dans la cour, il était sous l'emprise du charme naturel des lieux.

Sans attendre que l'on vienne nous accueillir, nous nous rendîmes dans la grande salle pour nous réchauffer. Avallach s'y trouvait et, en nous voyant, il s'avança pour nous saluer avec un sourire de bienvenue aux lèvres. Il se tenait cependant le flanc de la main, comme toujours quand sa blessure le tourmentait.

« Dieu soit bon pour vous ! s'écria-t-il d'une voix qui résonna comme un coup de tonnerre étouffé dans la salle. Merlin ! Pelléas ! Combien de fois n'ai-je pas pensé à vous ces derniers jours et désiré votre compagnie. Prenez donc place près du feu. D'où venez-vous ?

— Merlin est passé nous voir hier soir, mais tu étais dans ta chambre et nous n'avons pas voulu te déranger, expliqua Charis en prenant son fils par le bras.

— Grand-père, dit Merlin en montrant Arthur de la main, je te présente Arthur ap Aurelius, Duc de Bretagne. »

Le roi Avallach dévisagea longuement le jeune duc, l'enveloppant d'un regard acéré. Arthur supporta cet examen avec bonne grâce. Il ne sourcilla pas plus qu'il ne réagit en adoptant un air hautain, comme j'ai vu tant d'hommes le faire. Arthur se tenait la tête bien droite, immobile, le regard impavide, laissant son vis-à-vis faire de lui ce qu'il voulait.

Depuis que je le connaissais, je n'avais jamais vu Avallach agir ainsi avec quiconque — et certainement pas avec un invité sous son toit. Charis ouvrit la bouche pour protester, mais Merlin l'en dissuada en lui étreignant fermement la main.

Son examen terminé, le Roi Pêcheur leva la main à la hauteur de son épaule et dit : « Salut, Arthur, Duc des Bretons, je te souhaite la bienvenue. Longtemps nous avons attendu ta venue. » Puis il s'avança et prit Arthur dans ses bras. Un geste assez simple, mais c'était en un sens plus que cela.

Merlin regardait, les yeux mi-clos. La signification de ce geste ne lui échappait pas. Je savais qu'il voyait bien plus que Charis ou moi dans l'accolade de bienvenue d'Avallach.

« C'est l'union des forces, Pelléas, m'expliqua-t-il plus tard. Ne vois-tu pas ? Ne sais-tu pas ce que cela veut dire ? » Avant que je n'aie pu répondre que je ne comprenais pas, il poursuivit : « C'est vrai ! Tout ce que nous avons espéré pour Arthur, tout ce pour quoi nous avons œuvré — toutes ces années de travail, Pelléas ! — porte ses fruits ! Arthur est le Seigneur de l'Été ! Son règne instaurera le Royaume de l'Été.

— Parce que Avallach lui a souhaité la bienvenue ?

— Parce que Avallach l'a reconnu.

— Mais nous avons toujours su que le Royaume de l'Été commencerait avec Arthur. »

Merlin leva l'index. « Nous avons toujours *espéré* qu'Arthur serait le Seigneur de l'Été. Ce n'est pas la même chose. »

Je ne voyais toujours pas en quoi l'accueil d'Avallach changeait quoi que ce fût, ni pourquoi Merlin pensait une telle chose. Mais je crois qu'Avallach était devenu de plus en plus réceptif aux subtiles émanations et à la présence de l'Esprit. Au fil des ans, il avait crû en sagesse et en sainteté — grâce à sa discipline de prière et de méditation des saintes écritures avec l'abbé Elfodd — de sorte qu'il avait peut-être vu en Arthur quelque chose qui lui avait parlé.

Mais ce que je pensais n'avait aucune importance. Ce qu'avait vu Merlin dans l'accueil d'Avallach à Arthur avait éveillé en lui la certitude du Royaume de l'Été. Et c'était suffisant.

Après avoir déjeuné, nous nous rendîmes à l'abbaye pour assister à la messe de Nativité du Christ. Merlin présenta de nouveau Arthur à l'abbé Elfodd, qui pria pour lui et le félicita d'avoir enfin mis un terme à la rébellion. Il dit la messe, et les moines chantèrent des hymnes avant de passer parmi nous pour nous donner la paix du Christ.

En partant, Avallach convia Elfodd à nous rejoindre dans la soirée pour partager notre repas. Ce fut une belle et heureuse journée à tous les égards, même si je ne pouvais m'empêcher de me souvenir des joyeuses festivités auxquelles j'avais assisté à la cour de Maelwys et du vieux Pendaran. Pas plus que je ne pouvais me retenir d'évoquer les messes célébrées par le saint évêque Dafyd.

Oh, mais ces temps étaient depuis longtemps révolus, et je ne pensais jamais en revoir de semblables.

Ce soir-là, quand nous nous regroupâmes autour de la cheminée après le souper, Merlin sortit sa harpe et se mit à jouer. Nous l'écoutâmes pendant un moment, puis il s'arrêta.

« Quand j'étais enfant, dit-il, par de pareilles soirées, ma mère me parlait de la vision que mon père, Taliesin, lui avait confiée. Comme vous le savez, ma tâche est depuis toujours de servir cette vision afin qu'elle se réalise.

» Mais, Arthur, je ne t'ai jamais décrit cette vision comme elle me l'a été. Et, si tu la connais, tu ne l'as pas entendue comme je l'ai entendue. Ce soir tu vas l'entendre, mais pas de mes lèvres. Je voudrais que ce soit des lèvres de celle qui l'a toujours conservée dans son cœur. » Et, regardant sa mère, il dit : « Parle-nous du Royaume de l'Été. »

Charis observa son fils pendant un moment, puis elle se leva et se tint bien droite devant nous. Les mains croisées, elle ferma les yeux, et voici ce qu'elle dit :

« J'ai vu un pays rayonnant de bonté, où chaque homme protège la dignité de son frère avec autant d'empressement que la sienne, d'où la guerre et le besoin ont disparu et où toutes les races vivent sous la même loi d'amour et d'honneur.

» J'ai vu un pays irradiant de vérité, où la parole d'un homme est son gage, d'où le mensonge est banni, où les enfants dorment en sécurité dans les bras de leur mère et ne connaissent jamais la peur ni la souffrance.

» J'ai vu un pays où les rois étendent leurs mains pour rendre la justice plutôt que pour tirer leur épée, où la pitié, la douceur et la compassion ruissellent comme l'eau sur la terre, où les hommes révèrent la vertu, la vérité et la beauté plus que le confort, le plaisir ou le profit égoïste. Un pays où la paix règne dans le cœur des hommes, où la foi rayonne tel un phare du haut de chaque colline, et l'amour tel un feu dans chaque foyer, où le Vrai Dieu est vénéré et sa doctrine proclamée par tous. »

Charis ouvrit des yeux scintillants d'une brume de larmes. « Telles étaient les paroles de Taliesin. Écoutez et souvenez-vous », dit-elle, puis, regardant à ses pieds, elle y vit Arthur agenouillé, tenant l'épée qu'elle lui avait donnée sur ses paumes étendues. Personne ne l'avait vu quitter sa place.

Merlin était debout, le visage rayonnant à la lueur du feu. « Arthur ? »

Charis leva une main dans sa direction pour le faire taire. Elle effleura la joue d'Arthur et celui-ci releva la tête. Ses yeux aussi étaient brillants — pas de larmes, ni des reflets du feu, mais de la gloire de la vision éveillée par les paroles de Charis.

« Qu'y a-t-il, Arthur ? demanda-t-elle.

— Tu m'as offert cette épée, dit-il d'une voix chargée d'émotion. Et maintenant tu m'as donné la vision qu'elle doit servir. Maintenant je sais la raison de ma naissance : je serai le Seigneur de l'Été. Avec l'aide de Dieu et de ses anges, je le serai. J'instaurerai le Royaume de l'Été.

— Que désires-tu de moi ?

— Consacre-moi, gente dame, à cette tâche.

— Mais je... » commença Charis, jetant un coup d'œil à l'abbé Elfodd pour solliciter son aide. L'abbé vint se placer près d'elle et, plongeant une main dans sa manche, en sortit un petit flacon d'huile. Il remit celui-ci entre les mains de Charis, l'encourageant à faire ce qu'avait réclamé Arthur.

Elle prit le flacon et, posant les mains sur la tête d'Arthur, dit d'une voix basse et tendre : « En tant que Servante du Dieu Sauveur, je te confie cette noble tâche, Arthur ap Aurelius. Au nom de Jesu, qui est le Christ, je t'oins de cette huile, symbole de son autorité et de sa présence immuable. » Elle plongea le bout des doigts dans le flacon et traça sur son front le signe de la croix.

« Que sa force te soutienne, que sa sagesse t'investisse, que son amour t'accorde la force, que sa grâce te rende juste et miséricordieux. Lève-toi, Arthur, suis la vision que Notre Seigneur Jesu t'a accordée et qu'il t'a appelé à servir. »

Arthur prit la main de Charis et la porta à ses lèvres. Puis il se leva et je le vis d'un nouvel œil. Car ce n'était plus le même Arthur : il avait changé.

Ses mains étreignaient Caledvwlch avec une solennelle détermination, ses yeux bleu clair rayonnaient de paix et de joie. Oui, et la lumière qu'irradiait son visage brillait d'une sainte flamme.

Merlin vint se placer devant lui, les mains levées, à la façon d'un druide prêt à déclamer. D'une voix puissante et solennelle, il prit la parole. Et voici ce qu'il dit :

« Contemplez un roi à la réputation forgée de mailles d'acier, casqué de lumière et de majesté ! Contemplez un brillant guerrier, qui combat le païen avec la croix du Christ sur son épaule ! Contemplez un seigneur en qui les autres seigneurs puisent leur substance et leur valeur !

» Voyez sa cour ! La justice l'a édifiée, pierre à pierre. Voyez son palais ! L'honneur l'a coiffé de son toit. Voyez ses terres ! La pitié en abreuve branches et racines. Voyez ses sujets ! La vérité règne dans leurs cœurs désintéressés.

» Contemplez un royaume de paix ! Contemplez un royaume de justice ! Contemplez un roi qui gouverne avec sagesse et compassion, prêtant l'oreille à ses vaillants conseillers !

» Contemplez Arthur, de qui il est dit : Ses jours sont comme les feux de Beltane bondissant de colline en colline, la brise du sud chargée de fragrances, la douce pluie de printemps sur la bruyère des collines, les moissons d'automne qui apportent richesse et abondance à chaque cœur et chaque foyer, la riche bénédiction du ciel accordée par le Dieu Généreux à son peuple repentant !

» Contemplez le Royaume de l'Été ! »

LIVRE DEUXIÈME

BEDWYR

I

Moi, Bedwyr, prince de Rheged, j'écris ceci. Mon père était Bleddyn ap Cynfal, seigneur de Caer Tryfan, dans le Nord, cousin de Tewdrig ap Teithfallt et des seigneurs de Dyfed, dans le Sud.

Le diable m'emporterait-il, je me rappellerai toujours ma première rencontre avec Arthur. C'était à Caer Myrddin, dans le Dyfed. Myrddin y avait amené Arthur pour le cacher de ses ennemis et mon père m'avait conduit à la cour de Tewdrig où je devais faire mon éducation. Arthur n'était qu'un bébé braillard.

Non que je fusse moi-même beaucoup plus vieux — cinq étés, tout au plus, mais déjà assez âgé pour me prendre pour un guerrier de grande renommée. J'arpentais le rempart de la forteresse de Tewdrig, étreignant le fût d'une courte lance de bois que m'avait taillée mon père.

Pendant que les rois s'entretenaient des affaires du royaume, je faisais le tour du caer, m'en imaginant le seigneur et roi. Mon unique pensée était d'être un jour, comme mon père, un chef de guerre respecté, de tuer les Saecsens et de faire la fierté de mon peuple.

Être un guerrier ! C'était pour moi le soleil et les étoiles. Je ne pouvais dormir sans ma lance de bois à la main. La vie de guerrier exerçait alors sur moi un grand attrait, c'était tout ce que je connaissais. Oh, mais j'étais très jeune.

Caer Myrddin — l'ancien Maridunum — flamboyait littéralement sous un brûlant soleil d'été. Partout les hommes étaient au travail, le dur métal scintillait dans chaque coin et le bruit du marteau sur l'acier résonnait dans l'air miroitant telle une cloche d'église. Le caer était beaucoup plus vaste que le nôtre, à Penllyn. Il proclamait la puissance et la richesse de son roi, comme il se doit. Et Tewdrig avait un forgeron — ce dont nous manquions. Son palais était également plus grand, de rondins au toit de chaume, avec une grande porte de bois renforcée de fer. Les murailles étaient de bois, surmontant un abrupt talus de terre.

Debout au bord du fossé, je m'imaginais en train de défendre les portes à moi tout seul, unique garant de la victoire. Absorbé dans mes rêves de gloire à venir, je sentis que l'on touchait le fût de ma lance et tournai les yeux. Le jeune Arthur s'accrochait au manche de mon arme de ses mains potelées et m'adressait un large sourire.

Je tirai rageusement sur ma lance. Mais il s'y accrocha. Je tirai encore, et il ne lâcha toujours pas prise. Quelle poigne ! Bien sûr, j'allais devoir lui montrer qui était le plus fort, je fis donc un pas et le repoussai de la lance. Ses petites jambes se dérobèrent et il roula sur le dos dans la poussière. Je me moquai de lui et me réjouis de ma force supérieure.

Il ne se mit pas à pleurer comme je m'y attendais, pas plus que le sourire ne s'effaça de sa figure ronde. Il se contenta de me regarder joyeusement, sans même l'ombre d'un reproche dans ses grands yeux bleus.

La colère et la honte s'affrontèrent en moi. La honte remporta la victoire. Jetant d'un air coupable un coup d'œil à la ronde — de crainte que quelqu'un n'ait vu mon geste — je me penchai vivement pour prendre son petit bras dodu dans ma main et le remis debout.

Je crois que nous fûmes amis dès cet instant. Le petit Arthur devint mon ombre, et moi le soleil qui se levait pour lui dans le ciel. Rares étaient les journées que nous ne passions pas en compagnie l'un de l'autre. Nous rompions le même pain, buvions à la même coupe, respirions le même air. Et plus tard, quand il me rejoignit dans la maison des garçons, nous devînmes plus proches que des frères.

Lorsque les gens pensent à Arthur, de nos jours, ils voient l'empereur, ses terres et son palais. Ou bien ils se représentent le glorieux chef de guerre aux innombrables victoires. Ils voient l'invincible Pendragon qui tient toute la Bretagne d'une main ferme et assurée.

Dieu Tout-puissant, je crois qu'ils le considèrent comme un être de l'Autre Monde, surgi parmi eux de la poussière à leurs pieds, ou bien évoqué par Myrddin Emrys des brumes du puissant Yr Widdfa. Assurément, personne ne pense à lui comme à un homme — qui est venu au monde et a eu une enfance comme tout un chacun. Les bardes n'évoquent pas davantage cette période.

Les histoires abondent de nos jours dans le pays, elles prolifèrent comme la mousse sur une branche morte. Certaines contiennent une miette de vérité, mais pas toutes, loin de là. Il est naturel, peut-être, de désirer embellir les choses — un récit prend souvent d'autres proportions à être raconté.

Mais ce n'est pas nécessaire. L'or pur n'a pas besoin de dorure.

C'est d'Arthur le Chef de Guerre que je parle, sachez-le bien. *Artorius Rex*, il ne l'était pas. Durant toute cette longue saison de luttes, il ne fut pas reconnu par les petits rois. Les petits chiens, devrais-je plutôt dire. S'ils lui avaient concédé à contrecœur le titre de *Dux* — et c'était un travestissement — il portait celui-ci avec fierté, et il menait leurs guerres pour eux.

Les guerres... chacune glorieuse et hideuse, chacune différente de toutes les autres, et pourtant toutes exactement semblables, en fin de compte.

Il y en eut douze en tout. La première débuta l'été qui suivit celui où Arthur avait vaincu Cerdic en combat singulier, mettant fin à la rébellion. Arthur avait passé l'hiver à Ynys Avallach pour revenir au printemps, porteur de sa nouvelle épée et brûlant de sa vision du Royaume de l'Été.

Je m'étais rendu dans les pâturages d'hiver — les vallons abrités à l'est de Caer Melyn où nous faisions hiverner nos chevaux pour leur reproduction — afin de voir sur combien de montures nous pourrions compter pour l'année à venir. C'était la saison des naissances, de sorte que j'étais resté pour aider à faire venir au monde quelques poulains.

L'hiver avait été long et j'étais heureux de me trouver à l'extérieur du caer pour quelques jours. Je n'ai jamais aimé les lieux clos, préférant les vastes collines et le ciel dégagé aux murs et au toit pointu d'un palais. Bien que les nuits fussent froides, j'appréciais la compagnie des gardiens de chevaux sous leur hutte et je chevauchais avec eux dans la journée quand ils allaient s'occuper des animaux.

Par un matin venteux, je menai quatre juments pleines au fond de la vallée vers l'enclos aménagé près de la hutte, où elles pourraient être délivrées plus facilement. De sentir le vent frais sur mon visage, mon âme s'exalta et je me mis à chanter — haut et fort — sinon j'aurais pu entendre le cavalier m'appeler.

En fait, je ne l'entendis pas avant qu'il fût pratiquement sur moi. « Bedwyr ! Salut, Bedwyr ! Attends ! »

Je me retournai pour voir un jeune guerrier de Caer Melyn qui arrivait au galop. Je le saluai tandis qu'il arrêtait sa monture auprès de moi. « Salutations, Drusus, que viens-tu faire ?

— Le seigneur Cai m'envoie te chercher. Arthur est revenu et il te réclame près de lui. Nous partons dans trois jours.

— Pour où ? » Je n'avais entendu parler de troubles nulle part.

« Je l'ignore, Cai ne me l'a pas dit. Viendras-tu ?

— Je vais d'abord m'occuper de ces juments. Repose-toi en attendant et nous rentrerons ensemble. »

Je poursuivis mon chemin et confiai les juments aux bons soins d'un des gardiens. J'allai chercher mes armes et mon manteau dans la hutte et nous repartîmes aussitôt pour le caer. Tout le trajet, je réfléchis à ce qu'il pouvait bien être arrivé. Je ne pouvais rien tirer de plus de Drusus, aussi me contentais-je de filer à travers les collines venteuses aussi vite que le pouvait mon cheval. Dieu Tout-puissant, je serais de toute façon rentré en hâte, tant j'étais impatient de revoir Arthur.

Il se tenait au centre d'un bouillonnement d'activité, en train de parler avec Cai, quand j'arrivai. Je sautai de selle et courus à sa rencontre. « Jesu soit loué ! Le vagabond est de retour ! m'exclamai-je.

— Salut, Bedwyr ! cria-t-il, un large sourire illuminant son visage. Avons-nous un troupeau ?

— Nous avons un troupeau. Déjà quinze poulains, et peut-être vingt de plus quand la saison sera terminée. C'est le sang et le souffle de te revoir, Artos. »

Je m'approchai et nous nous étreignîmes par les épaules comme des frères, puis il me serra contre sa poitrine à m'en briser les côtes. « Tu te portes bien, à ce que je vois. » Il me donna une grande claque dans le dos. « L'hiver a-t-il été à ton goût ?

— Un peu long, reconnus-je, mais pas trop froid.

— Cai m'a dit que tu avais rendu Rhys presque fou par tes plaintes. Ce n'est qu'un barde, Bedwyr. Voudrais-tu qu'il commande aux éléments par son chant ?

— Un nouveau conte pour passer le temps me suffirait. Mais regarde-toi, Ours... tu as l'air d'avoir bien profité de ton séjour chez les Fées. »

Il eut un sourire énigmatique et dégaina son épée pour me la faire admirer. « C'est Caledvwlch, me dit-il. Elle m'a été donnée par la Dame du Lac. »

Je n'avais jamais vu une telle arme et je le lui dis. « Un homme pourrait se conquérir un royaume, avec elle », fis-je remarquer en la prenant en main. La lame parut instantanément devenir une partie de moi-même, plus une étincelante extension de mon bras qu'une longueur d'acier glacé.

« Bien dit, répondit Arthur, et ce royaume a un nom. »

Ce fut tout ce qu'il dit, et il refusa d'en parler davantage. « Viens me retrouver dans ma chambre. Je vais faire appeler Myrddin. » Il partit de l'autre côté de la cour.

Je jetai un coup d'œil à Cai qui haussa les épaules, aussi surpris que moi par le changement survenu chez Arthur. Car notre ami *avait* changé.

Ou peut-être, à cause de sa longue absence, ne voyais-je qu'un côté d'Arthur différent de tous ceux que j'avais vus jusque-là. Mais non, nous étions frères ! Je le connaissais suffisamment bien pour savoir qu'il lui était arrivé quelque chose à Ynys Avallach. Je résolus d'interroger Myrddin.

« J'ai entendu dire que nous partions dans trois jours, dis-je en me dirigeant avec Cai vers la grande salle. As-tu une idée de l'endroit où nous allons ?

— Sur la Côte des Saecsens. »

Je m'arrêtai net et le saisis par le bras, le faisant pivoter vers moi. « Est-ce une de tes mauvaises plaisanteries ?

— Ce n'est pas une plaisanterie. » Pour une fois, ses yeux verts étaient sérieux. « C'est ce qu'il m'a dit... mais il n'a rien dit de plus. Et maintenant tu en sais autant que moi.

— As-tu remarqué la façon dont il m'a souri ? dis-je en me remettant en marche. Je n'ai vu pareil sourire que deux fois dans ma vie : la première fois sur le visage d'un simple d'esprit qui avait volé un cochon à mon père et s'était fait prendre alors qu'il essayait de le vendre au marché, et la seconde quand le vieux Gerontius est mort pendant ses prières. »

Cai éclata de rire. « Je ne pense pas qu'Arthur ait volé des cochons, mais c'est toujours une possibilité.

— Sans mentir, Caius, je n'aime pas cela. Souviens-toi bien de ce que je dis, il n'en sortira rien de bon.

— De quoi donc ?

— De cela... cela ! Tu sais de quoi je parle. »

Il rit de nouveau et me donna une claque dans le

dos. « Tu penses trop, Bedwyr. Tu aurais dû être druide. Allez, tout ira bien. »

Nous traversâmes la grande salle jusqu'à la chambre d'Arthur et attendîmes. Quelques instants plus tard, Pelléas entra et nous salua chaleureusement... à sa façon particulière.

Les Fées me surprennent toujours. Ils ne nous ressemblent en rien. C'est une race altière, qui se tient toujours à part de la vie qui les entoure. Merveilleusement beaux à contempler, ils n'en sont pas moins timides, et par nature ne montrent pas leurs émotions. Je crois que c'est de l'orgueil.

Myrddin est un peu différent. Mais aussi, il n'est qu'à moitié Fée... même si personne ne sait d'où vient l'autre moitié.

« Des nouvelles d'Ynys Avallach, Pelléas ? » demandai-je. Je n'étais jamais allé au palais du Roi Pêcheur, mais j'avais entendu Myrddin en parler assez souvent pour connaître l'endroit.

« Nous avons passé un hiver très agréable, prince Bedwyr », répondit-il. C'était censé être, je suppose, un récit très détaillé de leurs activités. Je connaissais Pelléas depuis que j'étais tout petit et c'était toujours ainsi qu'il s'exprimait.

« Est-il vrai qu'il ne neige jamais sur l'Île de Verre ? » Cai lui avait posé la question avec le plus grand sérieux, mais je voyais les coins de sa bouche tressauter malicieusement.

« Bien sûr qu'il y neige, petit malin ! » C'était la voix de l'Emrys, qui venait d'entrer avec Arthur sur les talons. « Salutations, Cai et Bedwyr.

— Myrddin ! » Je me retournai et il me serra dans ses bras.

« Affamé par l'hiver, hein ? » dit-il en me tenant par les bras et me regardant dans les yeux comme pour chercher la réponse au fond de mon âme. Il faisait toujours ainsi. Certains trouvent cela fort déconcertant, m'a-t-on dit.

« Dieu sait si je le suis ! déclarai-je. Mais toi, on dirait que tu as vécu tout l'hiver de canard rôti et de gâteaux au miel. Jesu soit bon pour toi, voyez-moi cela ! »

Effectivement, il avait l'air aussi en forme que jamais — non qu'il changeât jamais beaucoup.

« Asseyez-vous tous, dit Arthur en montrant les bancs de sa table du conseil. Nous avons à parler. » Il tira sa chaise — c'était la vieille chaise de campagne d'Uther. Je n'ai jamais pu savoir où ni comment il l'avait dénichée, à moins qu'il ne la tînt de Tewdrig.

Posant les mains à plat sur la table, Arthur examina ses doigts, comme pour essayer de décider lequel des dix lui plaisait le plus. « J'ai l'intention de partir dans trois jours pour la Côte des Saecsens. »

Je jetai un coup d'œil aux autres. Personne ne manifestait la moindre surprise. *J'ai peut-être mal entendu, me dis-je. Il a peut-être dit : « J'ai l'intention de manger du mouton au souper. »*

Mais, comme nul ne réagissait, je dis : « Pardonne-moi, mon frère, ai-je bien compris que tu as dit que nous allions attaquer la Côte des Saecsens dans trois jours ? »

Arthur sourit à nouveau de son sourire équivoque et secoua la tête. « Non, nous n'attaquerons personne. Je vais leur proposer de faire la paix.

— La paix ? » Je le regardai, stupéfait. « Maintenant je sais que tu as de la paille à la place du cerveau, Artos. En dehors du fait que tu n'en as pas l'autorité, qu'est-ce qui te fait penser qu'ils respecteront un traité de paix conclu avec toi ?

— Je suis le Duc de Bretagne, chef de guerre de l'Île des Forts. Qui d'autre a le droit de faire la paix, si je ne l'ai pas ?

— Mais les *Saecsens* ! As-tu oublié les massacres d'il y a quatre ans ?

— Je n'ai pas oublié, Bedwyr. Mais je suis prêt à leur pardonner s'ils sont disposés à faire la paix avec nous.

— Et sinon ?

— Alors nous ferons ce que nous avons à faire, dit-il d'un ton qui ressemblait un peu plus à l'Arthur que je connaissais. Mais nous serions de bien piètres chrétiens si nous ne proposions pas de faire la paix avant de tirer l'épée.

— Je vois. Et qu'est-ce qui les empêchera de te séparer la tête des épaules avant que ta langue n'ait fini de s'agiter ? Ce sont des Saecsens !

— Et ce sont des hommes, tout comme nous. Plus jamais je ne ferai la guerre à un homme — qu'il soit Saecsen ou Breton — sans lui avoir d'abord offert la paix. » La conviction avec laquelle il parlait était absolue.

« C'est ton dernier mot ?

— C'est mon dernier mot. » Arthur aurait pu être une pierre dressée qu'il n'aurait pas davantage été possible de l'ébranler. Une fois qu'il avait une idée en tête, il était impossible de l'en faire démordre. Arthur n'était pas pour rien l'Ours de Bretagne.

« J'envoie des messagers pour inviter tous les rois à nous accompagner, poursuivit Arthur. J'espère que quelques-uns accepteront. Mais qu'ils chevauchent ou non à mon côté, nous quittons Caer Melyn dans trois jours.

— Et que Dieu soit avec nous », dis-je.

Nous nous entretînmes ensuite des préparatifs de l'expédition — le déplacement d'un si grand nombre d'hommes est toujours une rude corvée. Il ne fut plus question du projet farfelu d'offre de paix. Quand nous eûmes terminé, Arthur fit apporter de la bière et nous bûmes. Puis nous partîmes vaquer à nos diverses tâches.

Ce ne fut donc pas avant de retourner dans la grande salle pour le souper que je trouvai l'occasion de parler à Myrddin.

« Dis-moi, sage Emrys, dis-je en me glissant près de lui, qu'est-il arrivé à notre Duc bien-aimé ? »

Il me dévisagea de ses yeux dorés. « Il fait l'apprentissage de son pouvoir.

— Ce n'est pas une réponse. Quel pouvoir ? Qui le lui a conféré ? D'où lui vient-il ? Et pourquoi cela lui a-t-il ramolli la cervelle à ce point ?

— Ce n'est pas sa tête qui a changé, Bedwyr, mais son cœur.

— La tête, le cœur... je ne le reconnais plus ! »

Myrddin sourit d'un air entendu. « Laisse-lui le temps. Il redeviendra lui-même.

— Je te sais gré de me rassurer. Malheureusement, nous serons tous morts. Les Saecsens ne veulent pas de la paix, ils veulent nos terres et nos troupeaux.

— Arthur a appris une plus grande vérité. Son royaume sera fondé sur la justice et la pitié envers tous ceux qui vivent dans cette île.

— Même les Saecsens ?

— Oui, Bedwyr, même les Saecsens. Il doit en être ainsi.

— Ce n'est pas une vérité, c'est de la folie.

— Si quelqu'un a une raison de haïr les Saecsens, c'est bien moi, répondit doucement Myrddin. Sais-tu ce qu'avait l'habitude de me dire mon ami Hafgan ? »

Hafgan, je le savais, était le druide qui avait instruit Myrddin. On s'en souvenait désormais comme du dernier des Trois Vrais Bardes de l'Île des Forts. « Non, sage Emrys, éclaire-moi. Que te disait Hafgan ?

— Il disait qu'un jour des hommes, en creusant un puits, étaient tombés sur une grande pierre plate. Ils découvrirent que c'était la pierre de fondation de ce monde, aussi décidèrent-ils de la soulever pour voir ce qu'il y avait dessous. Et sais-tu ce qu'ils trouvèrent ?

— Je l'ignore. Qu'ont-ils trouvé ?

— L'amour, répondit simplement Myrddin.

— L'amour ? C'est tout ? » Je m'en voulais de m'être laissé prendre à son conte pour enfants.

« Rien d'autre, Bedwyr. L'amour est à la base de tout ce qui existe. Arthur l'a compris. Son royaume sera bâti sur la seule fondation durable. »

Je m'écartai en secouant la tête. Ce n'était pas que je ne le croyais pas. Pour l'amour de Dieu, si la seule foi avait accordé un rang aux hommes, j'aurais été pape ! Mais je savais une chose ou deux sur les Saecsens, dirais-je. Et il est difficile de prêcher l'amour du Christ avec une hache plantée dans le crâne !

Aussi merveilleusement charitable le projet d'Arthur fût-il, il n'en était pas moins insensé.

Et pourtant, si Myrddin l'approuvait, il n'y avait

rien à faire. On aurait pu compter sur Bors pour s'élever contre le projet d'Arthur, mais il avait regagné Benowyc et ne reviendrait pas avant que les tempêtes hivernales se fussent calmées. Il ne servait à rien d'essayer de se rallier l'aide de Cai. Ce dernier ne voudrait jamais rien entendre contre Arthur, Dieu l'en garde. Son dévouement ne connaissait aucune borne, sa loyauté aucune réserve. Il donnait tout à Arthur sans restriction. Qu'Arthur ait tort ou raison... c'était du pareil au même pour Cai.

C'était dû, je crois, à un événement survenu entre eux des années plus tôt. J'avais entendu l'histoire de la bouche de Pelléas — comment ils avaient escaladé ensemble une montagne. Avec la mauvaise jambe de Cai, ce n'avait pas dû être facile. Quoi qu'il en soit, après cet exploit, Arthur avait inspiré à Cai le genre de dévouement que peu d'hommes connaissent : profond, désintéressé, plus fort et plus solide que la mort.

Alors, puisqu'il n'y avait rien d'autre à faire, je décidai de dire mes prières et d'affiler mon épée.

II

Un campement saecsen n'a rien d'un spectacle agréable. Ce sont des barbares, après tout.

Mais, après treize jours en selle, j'aurais pris un terrier pour un palais, pourvu qu'il me garde au sec durant la nuit. Treize jours de pluie ! C'est suffisant pour faire du désespoir une sensation agréable. Nous avions largement dépassé le stade du désespoir.

Je pense que les Saecsens étaient démoralisés, eux aussi, et qu'ils étaient à l'affût d'une diversion. Ou bien la pluie les avait amollis. Quoi qu'il en soit, nous les trouvâmes dans une fort rare disposition : conciliants.

C'est-à-dire qu'ils ne nous tuèrent pas dès qu'ils nous aperçurent.

Nous avions quitté Caer Melyn trois jours après le retour d'Arthur et avions lentement fait route vers l'est, jusqu'au cours de l'Ouse, sur l'ancienne frontière du royaume des Iceni, où nous avions dressé le camp. Nous savions qu'Aelle, le chef de guerre des hordes saecsennes, aurait déjà repéré nos mouvements. Nous voulions lui faire savoir que nous n'essayions pas de l'attaquer d'emblée. Nous nous étions donc installés dans la boue pour attendre.

Et effectivement, deux jours plus tard, nous fûmes réveillés par les trompes de guerre et les tambours des Saecsens, de l'autre côté de la rivière. Arthur se leva et ordonna de seller trois chevaux : le sien, celui de Cai et le mien. Myrddin protesta qu'il devait nous accompagner, mais le Duc ne voulut rien entendre. Il dit : « S'il m'arrive quoi que ce soit, du moins l'Âme de la Bretagne sera-t-elle toujours vivante. »

À Cai et moi, il dit : « Laissez vos armes. Si tout va bien, nous n'en aurons pas besoin.

— Et si cela tourne mal ? demandai-je.

— Elles ne nous seront alors d'aucun secours. »

À contrecœur, nous obéîmes... bien que ce fût beaucoup exiger, même de la loyauté de Cai.

« D'aucun secours ou non, je me sentirais mieux avec mon épée à la main, marmonna-t-il tandis que nous montions en selle pour quitter le camp.

— Cela pourrait être pire, lui dis-je. Au moins il ne pleut pas. Je n'aimerais pas être tué sous la pluie. »

L'Ouse est profonde et les gués y sont rares. Nous avions établi notre camp assez près de l'un des meilleurs — site de nombreuses batailles dans le passé — et nous nous dirigeâmes vers celui-ci, chacun de nous tenant une branche de saule à la main. Les Saecsens utilisaient eux aussi ce symbole : ils le reconnaissaient lorsque cela leur convenait. Je priais que ce soit le cas ce jour-là.

À notre approche, ils poussèrent leur hurlement assourdissant. Cela dura un bon moment, mais quand ils virent que nous n'étions que trois et portions des branches de saule, ils se turent et attendirent de voir ce que nous allions faire.

Arthur s'avança au milieu du gué où il fit halte, Cai d'un côté et moi de l'autre. « À présent, dit-il, nous allons voir quel genre d'hommes ils sont. »

J'aurais pu le lui dire, quel genre d'hommes ils étaient !

« Aelle, cria Arthur. Approche, Aelle ! Je désire te parler ! »

J'observai l'armée alignée face à nous — ils étaient un bon millier, et pas un avec un sourire de bienvenue aux lèvres. Ils gardèrent le silence et, quelques instants plus tard, un guerrier sortit du groupe qui se tenait sous un de leurs hideux étendards ornés de crânes et de queues de cheval. C'était une énorme brute, avec des cheveux couleur paille pendant en longues tresses, et il s'avançait avec une telle arrogance, une telle insolence dans sa démarche, que je sus qu'il s'agissait d'Aelle en chair et en os.

Il s'arrêta au bord de l'eau, sa grande hache de combat à la main. « Je suis Aelle, dit-il, sans prendre la peine de dissimuler son mépris. Que veux-tu ? »

Oh oui, il parlait notre langue. Ce n'est pas aussi surprenant que vous pouvez le penser, car beaucoup de Saecsens avaient vécu plus longtemps sur *nos* rivages que sur les leurs. La Bretagne était la seule patrie qu'ils connussent.

« La paix », répondit Arthur, tout simplement.

Je faillis en tomber de mon cheval. Il est déjà assez insensé d'essayer de conclure un traité avec les Saecsens, mais il faut se montrer rusé. Ils ne respectent que le tranchant d'une épée et la force du bras qui la brandit. Tout le reste est faiblesse à leurs yeux, et ils le méprisent. Nous étions perdus.

« Arthur ! Pense à ce que tu fais ! chuchotai-je d'un ton âpre.

— Je sais ce que je fais ! » répliqua-t-il.

Aelle se tenait sur la berge, clignant des yeux. Puis il se mit à pleuvoir.

Le chef de guerre saecsen regarda d'un œil le ciel menaçant, Arthur de l'autre, et décida que ni l'un ni l'autre n'allait repartir de si tôt. En la circonstance, il pouvait au moins échapper à l'un en discutant avec l'autre.

« Viens, cria-t-il en direction de la rivière, nous allons parler. »

Sur ce, Arthur fit claquer ses rênes et son cheval s'avança. Cai et moi le suivîmes et, ensemble, nous prîmes pied sur les terres tenues par les Saecsens.

En atteignant la berge, nous fûmes aussitôt entourés par la garde personnelle d'Aelle — vingt énormes sauvages, choisis pour leur taille et leur courage, chargés de protéger leur chef jusqu'à la mort. Je ne pus rien déchiffrer d'autre que du mépris dans leurs yeux d'un bleu glacial.

« Qui es-tu... *Wealas* ? » cracha Aelle. Il avait failli proférer une grossièreté, et je jure qu'il se serait pris une botte dans la figure pour son insolence. Mais il eut au moins le bon sens de s'en abstenir.

« Je suis Arthur, Chef de Guerre de Bretagne. Je suis venu vous offrir la paix, à toi et à ton peuple. »

Aelle réfléchit en contemplant notre camp de l'autre côté de la rivière. Nous étions moins de deux cents, car, en dehors de Meurig, aucun des rois bretons n'avait daigné chevaucher à nos côtés. Aelle n'avait pas manqué de le remarquer, et cela ne présageait rien de bon.

« Es-tu si puissant ? » C'était une question étrange. Et il me vint à l'idée qu'Aelle était sincèrement déconcerté. Il ne savait que penser d'Arthur.

Je commençais à voir la situation de son point de vue. Il se retrouvait devant un seigneur breton qui venait sans armes à la rencontre d'une armée beaucoup plus nombreuse que la sienne et qui proposait de faire la paix — c'était de la démence, manifestement. À moins que ce seigneur ne fût très, très puissant, en vérité... un homme si puissant qu'il n'avait pas besoin d'une force plus importante, pas besoin de l'aide des autres seigneurs bretons. Mais qui possédait un tel pouvoir ?

« Je suis tel que tu me vois », répondit Arthur. Cela décontenança encore davantage le Saecsen. Qu'est-ce que cela voulait dire ?

La pluie tombait, ruisselant sur nos visages. Les barbares paraissaient ne pas s'en rendre compte.

« Viens, allons au sec, nous y serons mieux pour discuter. »

Aelle dévisagea Arthur un long moment, tentant de se faire une opinion. Puis, avec un bref hochement de tête, il se tourna vers ses hommes et aboya un ordre dans leur langue répugnante. Ses gardes firent demi-tour comme un seul homme et déguerpirent. Un instant plus tard, l'armée entière faisait mouvement pour s'éloigner de la rivière.

« Nous allons à mon camp », dit Aelle, et il ouvrit le chemin.

Le campement était dressé non loin de là — juste une vallée et une colline à l'est de l'Ouse. Nous traversâmes en chemin les ruines d'un petit village incendié, et ce spectacle nous éprouva. Cai ne regarda pas les restes noircis, non plus qu'Arthur. Mais je vis ses mains se crisper sur ses rênes.

Comme je l'ai dit, un camp saecsen est un lieu immonde. Ils souillent tout ce qu'ils touchent — jusqu'à la terre sur laquelle ils posent leurs fesses. Quelques grossières tentes de peau et huttes de branchages formaient un vague cercle au centre duquel brûlait un feu. Les carcasses grossièrement découpées de vaches et de moutons gisaient près du feu, parmi les reliefs des précédentes ripailles. Il régnait une puanteur d'ordures et d'excréments.

La première tente était celle d'Aelle et il y entra. Nous mîmes pied à terre et le suivîmes à l'intérieur. C'était une tanière obscure, humide, crasseuse, fétide, mais on y était à l'abri de la pluie. Nous nous assîmes sur la terre nue — Aelle prit place sur une peau de vache — et attendîmes qu'un esclave ait fixé des torches aux poteaux à droite et à gauche d'Aelle. Ce malheureux, remarquai-je, était Gaulois, mais je ne doutais pas qu'il y eût de nombreux Bretons parmi les esclaves du campement.

« Qu'as-tu à me dire ? » demanda Aelle.

Et la discussion s'engagea sans plus de formalités. Le chef saecsen ne jugeait pas utile d'y associer le moindre conseiller. En dehors de leurs augures, qu'ils entretenaient en grandes quantités, les chefs saecsens consultaient rarement leurs acolytes.

« J'ai ceci à te dire, Aelle, répondit Arthur avec une tranquille autorité. Ces terres sur lesquelles tu es installé ne t'appartiennent pas. Ce sont des terres bretonnes. Tu as tué les nôtres et brûlé leurs villages pour t'en emparer. »

Aelle fronça les sourcils d'un air de défi et ouvrit la bouche pour répondre. Mais Arthur leva la main et poursuivit :

« Je pourrais exiger ta vie et celle de tous les tiens en réparation des torts que tu nous as causés. Je pourrais lever toutes les armées de Bretagne et t'attaquer, et nous gagnerions. Tu serais tué. »

Le froncement de sourcils d'Aelle se transforma en une grimace menaçante. « D'autres ont essayé. Je ne suis pas si facile à tuer. Peut-être est-ce moi qui te tuerais.

— Peut-être. Peut-être nous ferions-nous tuer tous les deux, et tous nos guerriers avec nous. Et ensuite ? D'autres seigneurs et d'autres chefs de guerre se lèveraient contre vous. La guerre continuerait jusqu'à ce qu'il n'y ait plus personne pour se battre.

— Nous sommes prêts à nous battre, grogna Aelle d'un air buté.

— Mais nous n'y sommes pas obligés, dit Arthur. La paix peut régner entre nous et entre nos peuples. Le sang peut cesser de couler dès maintenant et tu peux garder les terres que tu nous as prises.

— Comment cela ? demanda le Saecsen, méfiant.

— Je te les octroie, répondit Arthur. Je te donne ces terres en échange de ta promesse.

— Quelle promesse ?

— Celle de ne plus jamais faire la guerre à mon peuple. C'est la première chose, dit Arthur en traçant du doigt un trait sur le sol. Ensuite tu dois t'engager à rester de ce côté de l'Ouse. » Il traça une deuxième marque et Aelle le regarda.

« Et ensuite ? »

Arthur fit un troisième trait, disant : « Et ensuite,

tu dois libérer ceux des miens que tu as réduits en esclavage. »

Aelle regarda d'un air soupçonneux les trois marques sur le sol — comme si c'était une ruse grâce à laquelle Arthur avait l'intention de le berner.

« Et si je refuse ? dit-il enfin.

— Alors tu seras mort avant Beltane. »

Le Saecsen se hérissa à ces mots. « Je n'ai pas peur.

— Je suis le Chef de Guerre de Bretagne, lui rappela Arthur, et j'ai vaincu tous ceux qui se sont dressés contre moi. Je veux voir la paix régner sur ce pays, Aelle. Je te l'offre aujourd'hui de ma main... demain je la gagnerai par mon épée. »

C'était dit avec une telle assurance qu'Aelle accepta la chose sans discuter. Il détourna la tête et regarda pendant un moment tomber la pluie, puis il se leva et sortit.

« Nous aurons bientôt notre réponse », dit Arthur. Nous nous regardâmes d'un air indécis, Cai et moi, ne sachant que dire. Dehors, la pluie crépitait, emplissant d'eau les empreintes de pas creusées dans la boue. Nos chevaux attendaient, pitoyables et trempés, la tête basse, la crinière ruisselante.

« Patience, mon frère », dit Arthur. Je me retournai et vis qu'il me regardait. « Aie confiance. C'est l'œuvre de Dieu que nous accomplissons ici, il veillera à ce que nous n'échouions pas. »

Je hochai la tête, tentai d'ébaucher un sourire et y renonçai avec un haussement d'épaules.

« Je me demande s'il va pleuvoir toute la journée ? murmura Cai.

— Pourquoi ce jour devrait-il être différent des autres ? dis-je.

— Reprenez courage, dit Arthur. La pluie sert admirablement nos desseins. Personne n'aime se battre sous la pluie, les Saecsens moins que quiconque.

— C'est vrai », accorda Cai, dubitatif.

Nous étions assis dans la tente depuis un bon moment et je commençais à croire qu'Aelle nous avait oublié. Mais à l'instant où j'étais sur le point de me lever pour me dégourdir les jambes, un tumulte s'éleva à l'extérieur. Quelqu'un poussa un cri et un attroupement se forma. À ce cri répondit une menace rauque dans leur langue barbare. Puis le fracas de l'acier contre l'acier.

J'allais pour me lever, mais Arthur me fit rasseoir. « Reste. Ce n'est pas à nous de nous en mêler. »

Non, mais nous tordîmes le cou pour regarder par l'étroite ouverture de la tente. Je ne voyais rien que les dos des barbares attroupés autour du feu. Mais aux grognements des adversaires et au bruit de l'acier, il était évident qu'un affrontement avait lieu.

Il prit fin aussi vite qu'il avait commencé. Et, avec force murmures et marmonnements — d'approbation ou de protestation, je l'ignore — la foule se dispersa.

Un instant plus tard, Aelle rentra dans la tente. Il était trempé, couvert de boue et haletant. Le sang coulait d'une vilaine entaille à sa poitrine, mais il sourit en reprenant place sur sa peau de vache. Il regarda Arthur et l'ombre d'une émotion passa sur ses larges traits. Ce qu'elle était, je ne saurais le dire. De l'orgueil ? Du remords ? De la gratitude ?

« Il en sera comme tu dis, déclara enfin Aelle.

— Tu ne le regretteras pas, Aelle, dit Arthur. Aie confiance en moi et je veillerai à ce que ton peuple ne subisse aucun tort. »

À cet instant, le rabat de la tente s'écarta et un Saecsen entra avec un bouclier rond dans les mains. En équilibre sur celui-ci étaient posées deux grandes cornes à boire du genre qu'affectionnent les barbares. Le serviteur déposa le bouclier entre Arthur et Aelle avant de ressortir... pour revenir un instant plus tard avec un quartier de viande rôtie qu'il posa près des cornes.

Aelle prit une corne et la tendit à Arthur. « Was Hael ! » dit-il. Et, prenant sa propre corne, il la vida d'un seul trait. Arthur but, puis me tendit la coupe. Je goûtai à l'amer breuvage et passai la corne à Cai, qui se força à vider le reste.

Aelle nous regarda faire et poussa un grognement. Puis il sortit son couteau et attaqua la viande avec vigueur, en détachant un gros morceau qu'il donna à Arthur. Il s'en tailla un autre et se mit à manger, déchirant la chair à pleines dents.

Arthur mangea quelques bouchées et me tendit le reste de son morceau. Je fis comme lui, puis je passai la viande à Cai.

Comme auparavant, Aelle nous observa attentivement et poussa un grognement d'approbation quand nous eûmes terminé. Je compris qu'il s'agissait d'une sorte de rituel. Et, maintenant que celui-ci était accompli, Aelle parut s'adoucir à notre égard. Il montra les cornes sur le bouclier et le serviteur les emporta hors de la tente.

« Nous avons partagé la viande et la boisson, dit Aelle. Je vais prêter le serment que tu as réclamé. »

Arthur secoua la tête. « Je ne te demande pas de serment... dis-moi simplement que tu respecteras la paix que nous avons conclue.

— Je la respecterai, répondit Aelle, et tout mon peuple avec moi.

— Bien, dit Arthur en souriant. La paix est conclue. Que soit damné celui qui la rompt. »

Le chef de guerre saecsen eut l'air déconcerté. Il secoua lentement la tête. « Quel gage veux-tu que je te donne ?

— Je ne réclame aucun gage. Mais je t'accorde ma confiance pour tout faire afin de respecter la paix que nous avons conclue ce jour. »

Aelle réfléchit un moment, puis il secoua la tête. Il se leva et nous fit signe de le suivre. Nous sortîmes et vîmes une jeune femme debout sous la pluie, une peau de bête détrempée drapée sur ses frêles épaules. C'était, nous fut-il donné à savoir, la fille de la sœur d'Aelle. Sa plus proche parente et, selon les coutumes des Saecsens, la personne à laquelle il était le plus tenu d'apporter sa protection.

« Voici Behrta, dit Aelle en faisant signe d'approcher à la jeune fille. Je te la donne. Si je romps la paix que j'ai conclue ce jour, tu pourras la tuer. »

Arthur secoua lentement la tête. « Je vois à cela quelle valeur tu accordes à ta parole. Il n'est pas besoin de me laisser un otage. »

Mais le chef saecsen demeura inflexible. « Ce n'est pas pour moi, *Wealas,* c'est pour mon peuple. » Il montra son armée qui assistait à la scène. « *Eux* doivent savoir la valeur que j'accorde à cette paix. »

Je compris alors ce qu'il voulait dire. La jeune fille était de noble lignée saecsenne, elle deviendrait sans doute un jour reine parmi les siens. En la donnant à Arthur, le rusé chef de guerre faisait tout ce qu'il pouvait pour sceller la promesse qu'il avait faite à Arthur.

Ce dernier se tourna vers Cai. « Emmenons-la avec nous. Fais-la monter sur mon cheval. » Cai s'avança et prit la jeune fille par le bras, mais doucement, et la conduisit jusqu'à la monture d'Arthur.

« Viendras-tu avec moi voir Octa ? demanda Arthur en se tournant vers Aelle. Je désire aussi faire la paix avec lui, dans les mêmes termes qu'avec toi. »

Aelle donna son accord. « Je viendrai demain avec toi. »

Nous remontâmes sur nos chevaux et reprîmes le chemin de la rivière. En sortant du camp, je vis le corps nu de l'homme qu'Aelle avait tué au cours du bref combat devant sa tente. Le bracelet qu'il portait au bras droit le désignait comme chef. Le sang coulait encore de la plaie béante à sa poitrine.

Myrddin attendait notre retour sur l'autre berge de la rivière. Quand il nous vit franchir la colline, il se rua dans l'eau et courut à notre rencontre.

Arthur sauta de selle avec un cri de joie et serra Myrddin dans une puissante étreinte.

« Je n'ai cessé de prier pour toi », lui dit Myrddin. Regardant la jeune fille, il ajouta : « Je n'ai pas besoin de demander comment cela s'est passé... je vois que tu as réussi.

— C'était l'idée d'Aelle, dit Arthur. Je ne voulais pas d'otage, mais il n'a rien voulu entendre. Il a dit que c'était pour que son peuple sache la valeur de cette paix. »

Myrddin fit la moue. « Très habile. Oui, je vois. Et s'il lui arrive malheur pendant qu'elle est sous ta garde, il aura un prétexte pour revenir sur sa parole. C'est une épée à double tranchant. »

Ils tournèrent les talons et traversèrent le gué. À mi-chemin, ils se mirent à rire et l'écho de leurs voix résonna dans toute la vallée. Oh, ils avaient soigneusement préparé tout cela, tous les deux.

Je regardai Arthur et Myrddin, se tenant par les épaules, en train de patauger au milieu de la rivière, et je sentis le même grisant soulagement déferler sur moi. J'éclatai de rire. Cai me lança un coup d'œil, puis il se mit lui aussi à rire !

Nous avions réussi ! Nous étions entrés dans l'antre du lion et en étions revenus avec sa crinière dans nos mains. Une telle chose était-elle jamais arrivée ?

Qui plus est, cela pouvait-il se reproduire ?

III

Aelle et ses gardes du corps arrivèrent à notre camp le lendemain à l'aube et nous partîmes vers le sud en suivant l'Ouse. Nous voyagions lentement, car les Saecsens étaient à pied. Ils n'aiment pas les chevaux et en ont peur. Le trajet fut donc fastidieux, et la décision d'Arthur de passer bien à l'écart de Londinium ne fit qu'aggraver la chose.

Mais le ciel s'était dégagé et le temps resta clément. Comme auparavant, nous nous postâmes près d'un gué — sur la Stur, cette fois — et attendîmes qu'Octa vienne à nous, ce qu'il fit, exactement comme Aelle l'avait fait.

Octa était avec Colgrim, son cousin, et il nous vit au bord du gué... en compagnie d'Aelle. Cela causa un certain émoi de l'autre côté de la Stur où étaient massées les armées de Colgrim et d'Octa. Je pouvais les voir réfléchir : qu'est-ce que cela voulait dire ? Aelle était-il passé à l'ennemi ? Avait-il été fait prisonnier ? Mais où était l'armée bretonne ?

Arthur les laissa s'interroger, puis, comme auparavant, il s'avança au milieu de la rivière et leur cria : « Octa ! Colgrim ! Je désire vous parler ! »

Octa s'entretint avec Colgrim et répondit : « Pourquoi es-tu venu nous trouver ainsi ? » Il ne quittait pas des yeux Aelle, qui se tenait en armes aux côtés d'Arthur.

« Je suis venu faire la paix avec vous. »

Colgrim et Octa échangèrent un regard intrigué. De nouveau, ce fut Octa qui répondit, montrant Aelle : « Laisse partir Aelle, et nous te parlerons.

— Aelle est libre d'aller et de venir à sa guise. » Arthur fit signe au Saecsen qui traversa la rivière pour rejoindre ses cousins sur l'autre berge. Tous trois se concertèrent un moment — avec force gestes dans notre direction.

Puis Aelle se retourna et nous fit signe d'avancer. Arthur descendit de cheval dès qu'il eût posé le pied sur la rive opposée, tendant ses rênes à Cai. Les Saecsens le surveillaient d'un air soupçonneux... comme si cette impressionnante mise en scène pouvait soudain se transformer en embuscade fatale. Pourtant, la vue d'un chef de guerre breton avançant vers eux d'un pas décidé, seul et sans armes, les intriguait. Que faisait ce fou ?

« Je suis Arthur, leur dit-il — tout comme il l'avait dit à Aelle. Je suis Chef de Guerre de Bretagne et je suis venu vous proposer de faire la paix. »

Colgrim et Octa le dévisagèrent, puis ils regardèrent Aelle. Ils murmurèrent quelque chose dans leur langue à ce dernier, qui leur répondit et posa en souriant une main sur l'épaule d'Arthur.

Puis, avant qu'aucun de nous ne puisse réagir, la main d'Aelle se porta à sa ceinture et la lame d'un poignard étincela. Le couteau se retrouva aussitôt sous la gorge d'Arthur.

Un piège ! Arthur était réduit à l'impuissance. La main de Colgrim se posa sur le couteau qu'il portait à la ceinture. Octa brandit sa hache et s'apprêta à faire signe à son armée.

Mais avant qu'Octa n'ait pu crier un ordre — et avant même que Cai ou moi n'ayons pu lever la main pour fouetter nos chevaux afin de voler au secours d'Arthur — Aelle retira son couteau et, le retournant, le mit dans la main d'Arthur. Puis il leva l'arme que tenait maintenant ce dernier et plaça la lame sur son propre cœur.

Une intense stupéfaction fit grimacer les Saecsens. Colgrim et Octa avaient le regard fixe, comme s'ils venaient d'être témoins d'un miracle du plus grand ordre. Peut-être était-ce le cas.

Puis les Saecsens se mirent soudain à parler tous en même temps, montrant du doigt Arthur et lui assenant des claques dans le dos. Apparemment, Aelle avait accompli davantage par ce simple geste — aussi éprouvant fût-il pour nos nerfs — que ne l'auraient pu des journées entières de négociations.

« Je le voyais déjà mort », murmurai-je à Cai en m'épongeant le front. Cai se contenta de pousser un grognement en roulant des yeux.

Nous nous assîmes alors avec eux pour discuter. Comme Aelle, Colgrim et Octa acceptèrent la paix que leur proposait Arthur, puis ils firent apporter à boire et à manger, après quoi nous bûmes et mangeâmes avec eux... acte par lequel les Saecsens aiment montrer leurs intentions pacifiques.

Cela fait, Colgrim se leva et déclara — principalement par le truchement d'Octa, qui maniait notre langue avec une certaine aisance — qu'il désirait inviter les Bretons à un festin en l'honneur du nouveau traité de paix. Je ne pouvais rien imaginer qui me répugnât davantage. Festoyer avec un Saecsen ! Ce n'était pas possible.

Nous acceptâmes néanmoins. Arthur insista, et Myrddin abonda dans son sens. « Nous devons faire honneur à leurs bonnes intentions, dit-il. Vous asseoir à table avec un Saecsen ne vous fera pas si mal.

— Tout de même, grogna Cai d'un air menaçant, j'apporte mon épée. »

Arthur nous autorisa à prendre nos couteaux, mais ni lances, ni épées, ni boucliers.

Eh bien, je dirais que ce ne fut pas aussi épouvantable que je l'avais redouté... Ce fut bien pire.

Pensez donc! Tout d'abord, l'idée que se font les Saecsens d'un festin consiste à entasser sur la table des monceaux de viande mal cuite et à se goberger à en éclater, après quoi vous êtes censés engloutir des barriques entières de leur bière amère. Et, quand tout le monde est ivre à rouler par terre, ils organisent un tournoi de lutte. Les deux plus forts se prennent à bras le corps et tous les autres se rassemblent autour d'eux en poussant des cris pour les encourager. Le but du jeu semble être d'estropier à vie son adversaire. Ils grognent, transpirent et hurlent... tout cela pour le privilège de se précipiter l'un l'autre dans le feu.

Quand ils sont lassés de cette distraction, tous s'écroulent épuisés sur le sol et un de leurs bardes — ou *scops,* comme ils les appellent — s'avance et se met à faire le plus horrible des vacarmes. Les Saecsens frappent du poing sur le sol, en extase devant les maigres talents de leur scop. Les braillements qui accueillent chacun de ses mots suffirait à rendre sourd un tronc d'arbre.

Bref, un festin chez les Saecsens est une chose qui défie toute imagination. Mais ce sont des barbares, après tout.

Je croyais que nous retournerions à Caer Melyn. Nous étant assurés un été de répit — la paix que nous venions de conclure ne durerait pas davantage, à mon sens — je m'attendais à ce qu'Arthur en informe les petits rois et attende leur réponse. Devant Dieu, je pensais que l'enfer allait se déchaîner sur nos têtes quand les seigneurs bretons apprendraient ce qu'il avait fait.

Faire la paix avec les Saecsens? S'il a été nommé Duc de Guerre, c'est pour qu'il nous en débarrasse. Et que fait-il? Il les serre contre son cœur à la première occasion et leur *donne* les terres qu'ils nous ont volées.

Je pensais donc que nous rentrerions à Caer Melyn pour y attendre qu'éclate la tempête. Mais je me trompais. Au lieu de cela, nous nous rendîmes à Londinium et embarquâmes à bord d'un navire en partance pour les Orcades, dans le nord. Nous, c'est-à-dire Arthur, Myrddin et moi. Pelléas et Cai raccompagnèrent l'armée à Caer Melyn pour y attendre le retour de Bors.

Comme nous avions des jours à passer à bord, et guère autre chose à faire, je réussis à tirer d'Arthur ce qu'il pensait faire exactement en offrant la paix aux ennemis de la Bretagne.

« Nous sommes en guerre contre les Saecsens, les Pictes, les Scots et les Irlandais depuis plus de trois cents ans. Réfléchis, Bedwyr ! Aucune génération n'a connu la paix dans cette île, dit Arthur tandis que, debout sur le pont, nous regardions au loin se balancer la côte au rythme des vagues.

— Dieu sait qu'il n'y a jamais eu une génération qui n'ait connu la guerre où que ce soit sur cette terre !

— Peut-être, admit-il, mais cela ne veut pas dire que ce ne soit pas possible. Je crois que ce l'est. Mais quelqu'un doit commencer.

— Tu as commencé, Ours. Mais n'espère pas que les petits rois fassent pleuvoir l'or sur ta tête. L'acier, peut-être.

— Ces tueries doivent cesser. Si je dois en subir les inconvénients, soit. Je subirais bien pire avec joie... mais les combats doivent s'arrêter. » Il sourit d'un air songeur. « Notre Seigneur le Christ n'a pas fait moins pour les hommes. »

Je secouai la tête et regardai les étendues grises de la mer, écoutant les cris des mouettes dans notre sillage. Il y avait du vrai dans ce qu'avait dit Arthur. Mais je le connaissais — je le *connaissais,* Bienheureux Sauveur ! — et je ne pouvais croire qu'il fût si innocent, si candide et si confiant dans cette affaire.

« Tu ne me crois pas ? » demanda Arthur au bout d'un moment.

Je pris mon temps pour répondre. « Je te crois, Ours. Et je prie Dieu que tu aies raison, je le jure. Mais cela ne te ressemble pas. » Je me retournai pour voir ses yeux bleu pâle qui me regardaient, l'amusement relevant les coins de sa bouche. « Tu trouves cela drôle ? Pas moi. Je te le dis, cela me glace jusqu'à la moelle.

» Oh oui ! Nous avons donné des terres à nos plus mortels ennemis... chose que même Vortigern au sommet de sa gloire n'a jamais envisagé. Et pourtant nous l'avons fait, et nous n'avons demandé que des promesses en échange. Des promesses de Saecsens ! » m'exclamai-je, et je me tus.

« Tu me crois fou. » La voix d'Arthur était tranquille.

« Dieu te garde, Arthur, je sais que tu n'es pas fou. C'est pourquoi cela me trouble tant. Tu n'es plus toi-même depuis ton retour d'Ynys Avallach. »

Arthur ne répondit pas tout de suite, mais il se tourna pour contempler l'horizon, le visage aussi dur que le roc des falaises, au loin.

« Que t'est-il arrivé à Ynys Avallach ? » demandai-je. Je ne savais pas s'il me le dirait, et je crus tout d'abord qu'il n'allait rien en faire.

Mais il finit par tendre les mains vers le lointain rivage, et dit : « J'ai eu une vision, Bedwyr. J'ai vu un pays baigné de lumière. J'ai vu un pays béni par le Dieu Vivant, où tous les hommes vivaient en frères. J'ai vu un pays — *ce* pays, la Bretagne — en paix sous le règne de la Justice et de l'Équité.

» J'ai vu cela, et bien d'autres choses. Et j'ai juré de donner corps à cette vision. J'ai décidé d'y consacrer mon existence, Bedwyr. Ma vie est un sacrifice au Royaume de l'Été, car je suis le Seigneur de l'Été. »

Que pouvais-je répondre à cela ? S'il avait eu une vision, il avait eu une vision. Mais était-ce la meilleure façon de s'y prendre ?

Arthur éclata soudain de rire. « Je suis donc peut-être fou, après tout, hein ?

— Dieu me garde, Ours, je ne sais que penser.

— Je vais te dire autre chose, si tu veux bien. » Il haussa les sourcils et montra les falaises du menton. « Le Nord est très loin du Sud, tu le sais.

— Je le sais fort bien. Sans cela, nous ne serions pas à bord de cette maudite coquille de noix. »

Il acquiesça, l'air soudain facétieux. « Personne n'a encore trouvé le moyen de se battre dans le Nord contre les Pictes et les Angles pendant que les Saecsens pillaient le Sud. Jesu sait que je ne puis me trouver en deux endroits à la fois.

— Ce qui signifie ?

— Le sort de la guerre se jouera au Nord. Ce sera dans le Nord que nous gagnerons notre liberté, ou que nous la perdrons. »

Il vit à mon expression que je trouvais la chose peu vraisemblable. « Tu en doutes ? demanda-t-il. Pense donc à ceci : les invasions sont toujours venues du Nord. C'est la voie la plus rapide vers le cœur de la Bretagne. Les Romains l'avaient compris... tout comme ils se sont aperçus qu'il était impossible de le défendre. » Il agita une main en direction de la côte. « Il y a là dix mille anses et baies qui constituent chacune une cachette pour les Loups de Mer. Ils n'ont qu'à débarquer et les Pictes, ou ceux de leur propre race, les y accueillent.

— Aelle et Colgrim ont attaqué du sud, lui fis-je remarquer.

— Vraiment ?

— Tu le sais bien.

— Es-tu comme les autres ? Réfléchis, Bedwyr ! Comment ont-ils pu frapper si vite ? Comment ont-ils réussi à lancer ainsi leur attaque ? »

Je le regardai sans comprendre, car je l'ignorais.

« C'est trop loin de leur pays. La traversée est trop difficile... et pour ensuite se battre à l'arrivée ? Ce n'est pas possible. Alors qu'ont-ils fait ? Réfléchis, Bedwyr !

— Je réfléchis, Artos ! Qu'ont-ils fait ?

— C'est tout simple ! Ils ont débarqué dans le Nord et y ont passé l'hiver. Et ils ont pu le faire parce qu'ils y avaient des amis pour les attendre. Ils ont levé leur armée parmi ceux qui étaient arrivés avant eux, ils ont amassé des navires, des armes et des hommes pendant tout l'été. Puis, quand ils ont été prêts, ils sont descendus du Nord pour attaquer les fragiles défenses du Sud. » Arthur sourit tristement. « Comme je l'ai dit, la route la plus sûre et la plus rapide vers le Sud passe par le Nord. »

Oui, il disait vrai. Je n'avais jamais envisagé les choses sous cet angle, mais maintenant qu'il me l'expliquait, j'en voyais la vérité. Qui plus est, c'était l'Arthur que je connaissais. Je le lui dis.

« Tu penses que, parce que je veux la paix, j'ai oublié l'art de la guerre ? » Il secoua lentement la tête. « Je n'ai pas changé, mon ami... pas assez, en tout cas.

— Que faisons-nous donc, en ce moment ? Que pouvons-nous accomplir dans le Nord, seuls tous les trois ?

— Nous allons tenir conseil avec le roi Lot d'Orcadie. C'est un puissant seigneur, qui possède beaucoup de navires et une vaillante armée. Je veux voir s'il est prêt à m'aider.

— Des navires ? Tu as des chevaux, et maintenant tu veux des navires ?

— Je veux autant de navires que je pourrai en obtenir... autant que Lot m'en donnera. Ensuite, j'ai l'intention d'en construire d'autres. Je veux une flotte comparable à celle du grand César quand il est arrivé dans l'Île des Forts.

— Mais nous ne pouvons pas nous battre sur mer.

— Oh si, nous le pouvons. Et ce que nous ignorons en la matière, nous l'apprendrons. Même si nous ne nous battons pas sur mer, il nous faut un moyen pour transporter hommes et chevaux plus rapidement que par terre. C'est trop lent et...

— Je sais : le Nord est très loin du Sud et tu ne peux te trouver en deux endroits à la fois. »

Arthur sourit de toutes ses dents et m'asséna une claque dans le dos. « Bien parlé ! Je commençais à te croire lent d'esprit. » Il s'écarta du bastingage et s'étira. « Mais cette discussion m'a donné soif. Allons boire une coupe de bière. »

Je le regardai s'éloigner sur le pont en me disant : *Est-ce que je connais cet homme, tout compte fait ?* Il se retourna et cria : « Tu n'as pas soif ? » Et, comme je n'ai jamais été homme à refuser une coupe, je le rejoignis en courant.

Les Orcades sont un enchevêtrement de rocs dénudés qui surgissent de la mer, telles les têtes et les épaules de géants noyés. L'herbe qui y pousse sur une mince couche de terre fournit de quoi subsister à quelques moutons efflanqués. C'est un endroit où l'on ne s'attend guère à trouver un seigneur de la réputation de Lot. Plus un regroupement de petits villages qu'un royaume. Et pourtant les seigneurs d'Ynysoedd Erch avaient toujours tenu leur domaine avec une fierté farouche et justifiée.

Je me demandais comment nous serions reçus. Lot accueillerait certainement avec joie une alliance avec le Sud. Sa situation ne devait guère être confortable, avec les Picti et les Angli entre les seigneurs du Sud et lui. Mais certains disaient qu'il subsistait grâce au commerce et à l'amitié des Angli et des Saecsens. Même si jamais personne n'eût osé proférer une telle accusation devant Lot.

Alors que notre navire approchait de Llyscait, où la citadelle de Lot surplombait la profonde baie entourée de rochers, le soleil pâlit en passant derrière les nuages. Le vent frais de la mer me fit frissonner. Mais je pense que ce n'était pas uniquement de froid.

Un petit bateau se détacha du rivage pour venir à notre rencontre. Ceux qui le manœuvraient nous saluèrent et demandèrent quelles étaient les nouvelles. Les marins de notre navire les leur donnèrent, puis Myrddin leur demanda de nous emmener auprès du seigneur Lot.

Ils furent heureux de nous obliger. Nous dûmes enjamber le bastingage pour choir disgracieusement dans leur barque, puis ils firent rame vers le rivage. Comme nous nous échouions sur la plage de galets, un groupe d'hommes arriva pour nous accueillir.

« Salutations, et que la bénédiction de Dieu soit sur vous, mes seigneurs, si vous venez en paix », dit le premier. Ses paroles étaient aimables, mais je vis que ceux qui l'accompagnaient portaient des épées et avaient de longues dagues à la ceinture.

« Dieu soit bon pour vous, répondit Myrddin, la paix est notre seule préoccupation.

— Dans ce cas, puisse votre séjour être agréable. Désirez-vous saluer notre roi ?

— Rien ne nous ferait plus plaisir. Et tu peux dire au seigneur Lot que le Duc de Bretagne est venu tenir conseil avec lui. »

Le conseiller de Lot pencha la tête de côté. « Es-tu cet Arthur dont nous avons entendu parler ? »

Myrddin secoua lentement la tête et montra le jeune homme qui se tenait près de lui. « Voici Arthur. »

L'expression de l'homme passa de l'indifférence polie à la stupéfaction incrédule. « Toi ? Tu es Arthur ?

— Je le suis, répondit le Duc.

— Nous venons de loin et nous sommes fatigués », dit Myrddin.

Le conseiller se retourna aussitôt vers Myrddin. « Je suis désolé, Emrys. Pardonne-moi, je... » commença-t-il, car il venait de comprendre qui était Myrddin.

« Cela n'a pas d'importance. Conduis-nous devant Lot, je te prie.

— Tout de suite, Emrys. » L'homme pivota sur ses talons et nous fûmes escortés par un passage sinueux creusé à même le roc vers un caer aux murailles de pierre entourées de genêts. La porte s'ouvrit et nous entrâmes dans une petite cour bien ordonnée.

Lot se tenait au milieu de celle-ci, les bras croisés sur la poitrine, en train d'examiner d'un air maussade trois chevaux à l'attache devant lui. Il tourna la tête à notre entrée et, comme son homme sur la plage, son expression se transforma aussitôt... mais pas vraiment en bien.

Bien qu'il ouvrît les bras pour serrer Myrddin contre sa poitrine, je ne pus m'empêcher de penser que son accueil était forcé. « Myrddin, tu as l'air de bien te porter. Cela fait fort longtemps que nous ne nous sommes vus. Tu es le bienvenu dans cette demeure. » Lot sourit, mais sans qu'en soit affecté son regard froid et distant.

« Merci, seigneur, répondit Myrddin. Le temps t'a été favorable. Je vois que tu as prospéré. »

Lot hocha la tête, mais il ne répondit pas. Au lieu de cela, il se tourna brusquement vers Arthur. « Ce ne peut être que le Duc Arthur dont on parle tant. » Il accorda le même accueil glacial à Arthur, puis il me regarda.

« Je suis Bedwyr, lui dis-je. Dieu soit bon pour toi, seigneur.

— Ah, Bedwyr ap Bleddyn de Rheged. Nous avons aussi entendu parler de toi, dit Lot, puis il eut un rire gêné. N'aie pas l'air surpris. Nous ne sommes pas aussi isolés qu'il y paraît. Le commerce de ces petites îles rivalise avec celui de Londinium lui-même, je crois. Nous entendons beaucoup de choses, et nous en voyons encore davantage qui, ailleurs, passent inaperçues.

— Très certainement, dis-je, si tu as entendu parler de moi. »

Ces formalités accomplies, Lot reporta son attention sur ses chevaux, expliquant : « Ces bêtes m'ont été envoyées par un négociant de Monoth. Je ne parviens à leur trouver aucune tare. Pourtant, je n'aime pas ce que j'ai sous les yeux. » Le roi sollicita Arthur, disant : « Peut-être pourras-tu me faire voir ce qui m'échappe.

— Je t'aiderai si je le peux », répondit Arthur. Il s'approcha et tourna un moment autour des chevaux, s'arrêtant pour caresser chacun et le palper. Je les examinai moi aussi, car je connaissais bien les chevaux.

« Les deux des côtés sont assez bons, quoique un peu légers de l'arrière-train. Ils doivent être rapides, mais je pense qu'ils se fatiguent vite en terrain accidenté. C'est cependant celui du milieu que tu devrais choisir.

— Ah ? À mon sens, c'est le moins bon des trois.

— Il est encore jeune, répondit Arthur, mais il se musclera, avec le temps.

— Vois comme il se tient... comme si ses pattes le faisaient souffrir », protesta mollement Lot, faisant preuve, me dis-je, de bien plus de discernement qu'il ne voulait l'avouer.

« Ce sont ses fers, expliqua Arthur. Je le soupçonne d'avoir été ferré juste avant d'être amené ici, mais le travail a été bâclé. »

Lot s'approcha du cheval, se pencha et souleva un des antérieurs pour examiner le sabot. « C'est vrai, dit-il en le laissant retomber. Le fer est trop grand et les clous sont mal placés. C'est un prodige qu'il arrive à tenir debout.

— Fais-le ferrer correctement et tu verras un tout autre animal.

— Je te félicite, Duc Arthur, tu connais les chevaux, dit Lot en examinant attentivement Arthur. Connais-tu aussi bien les navires ?

— Je sais que les navires sont plus rapides que les chevaux pour atteindre les lieux éloignés où se cache l'ennemi. Je sais que les Angli et les Irlandais doivent arriver ici à bord de navires, et que l'on peut les arrêter grâce à des navires. Je sais que les charpentiers d'Orcadie construisent les meilleurs navires de l'Île des Forts. » Arthur fit une pause, puis il ajouta en haussant les épaules : « En dehors de cela, je l'avoue, j'ignore tout des navires. C'est pourquoi je suis venu. »

Lot évalua Arthur à travers ses yeux mi-clos, comme pour prendre sa mesure. Finalement, satisfait, le roi tendit la main en direction de la grande salle. « Viens, Duc Arthur, je pense que nous devons parler. »

IV

« Depuis les Romains, aucun navire n'a été construit à Muir Guidan, dit Arthur. Mais les chantiers navals sont toujours là... je les ai vus sur le Fiorth près de Caer Edyn. Les pêcheurs les utilisent comme mouillage en hiver, et de temps en temps ils y construisent une barque. »

Lot acquiesça, plongé dans ses pensées. « Si ce que tu dis est vrai, la chose est faisable. » Il garda le silence un long moment. « Y a-t-il du bon bois à proximité ?

— Plus que nous ne pourrions en utiliser si nous devions construire dix mille navires.

— Mes charpentiers devront être de retour pour l'hiver, afin de réparer mes propres navires.

— J'y veillerai, et avec joie. Qu'en dis-tu ?

— Je dis que tu ferais bien de te préoccuper de trouver des pilotes pour tes navires, car la Bretagne aura bientôt de nouveau une flotte. »

Rayonnant, Arthur poussa un sauvage hurlement de joie, et l'expression normalement glaciale de Lot fondit sous le soleil de l'enthousiasme d'Arthur. Le roi tendit les mains vers Myrddin, comme pour solliciter la bénédiction de l'Emrys sur l'accord qu'il venait de conclure. Myrddin lui prodigua ses encouragements en lui assénant une claque dans le dos et en disant : « L'alliance de deux puissants seigneurs scelle la défaite de l'ennemi. Le Dieu Généreux en soit loué ! »

Lot cria alors à ses serviteurs d'apporter à boire et de servir le repas, même si au-dehors le ciel était encore clair. Car, en vérité, il fait longtemps jour dans les îles du nord... parfois toute la nuit. Au cœur de l'été, le soleil ne s'y couche jamais !

Nous bûmes et nous nous lançâmes dans une discussion pour savoir de quelle façon nous pourrions utiliser les navires avec le plus d'efficacité. Je vis Myrddin repousser sa coupe, se lever et se retirer. J'attendis qu'il ait quitté la salle et sortis le rejoindre.

Je le trouvai debout au milieu de la cour, en train de contempler les vastes cieux nordiques. « Qu'est-ce qui ne va pas, Myrddin ? » demandai-je, une fois parvenu à son côté.

Il répondit, mais sans détourner les yeux du ciel d'ambre sans nuages. « Arthur a ses navires... ou il les aura bientôt, et Lot est devenu un allié. Qu'est-ce qui pourrait aller mal ?

— Tu n'as pas confiance en Lot. Pourquoi ? » C'était une simple hypothèse, décochée au hasard. Mais elle frappa plus près de la cible que je ne pensais.

Myrddin cessa de scruter les cieux et m'examina avec la même intensité. « Je ne connais pas Lot. Il m'est difficile de faire entièrement confiance à quelqu'un que je ne connais pas. »

C'était une réponse raisonnable, et vraie... dans l'absolu. Mais je connaissais Myrddin. Il y avait autre chose. « Il t'a causé des ennuis, dans le passé », dis-je. Une autre hypothèse.

« À moi, des ennuis ? » Myrddin se mit en route vers les portes de la forteresse, qui étaient restées ouvertes. Je lui emboîtai le pas. « Non, ce n'est pas cela. Mais il m'a souvent déconcerté. Tu as entendu dire, je suppose, que quelques seigneurs m'avaient reconnu pour Grand Roi. C'est vrai : un tout petit nombre. Mais Lot était l'un d'eux. Et avec moins de raisons que quiconque... J'en ai été intrigué... tout comme je le suis aujourd'hui.

— Tu soupçonnes quelque félonie ?

— Je soupçonne... » Il se tut tandis que nous franchissions les portes et descendions le sentier menant à la mer. En atteignant la plage de galets, il contempla les flots enténébrés. Les vagues léchaient les rochers et une odeur de sel et d'algues en décomposition planait dans l'air. Nous restâmes un long moment debout côte à côte, puis Myrddin tourna vers moi ses yeux dorés. « Tu as de la cervelle, me dit-il. Que penses-tu de Lot ? *Toi,* lui fais-tu confiance ? »

Ce fut mon tour de garder longtemps le silence.

Avais-je confiance en Lot ? Que pensais-je de lui ? Je pesai dans mon esprit les rares éléments dont je disposais. J'essayai d'être équitable.

« Alors ?

— Il me semble, commençai-je lentement, que le seigneur Lot n'a pas l'habitude que les gens apprécient sa compagnie. On le tolère, peut-être, et on lui obéit, certainement — il est roi, après tout. Mais il n'est pas aimé. Vraisemblablement, il n'a pas d'amis. »

Myrddin acquiesça. « Pourquoi donc, à ton avis ? »

Le fait de vivre en Orcadie y avait sa part. À l'écart, isolé du reste du monde, séparé par la mer et les vastes étendues nordiques, il lui était difficile d'entretenir des amitiés et des alliances avec les nobles maisons du Sud. Pour cette raison, et d'autres, les seigneurs du Sud demeuraient méfiants. Les hommes du Nord ne jouissaient pas d'une grande considération dans le Sud, on les jugeait frustres et grossiers. À peine mieux que des Pictes, sinon pires.

D'après ce que j'avais vu de Lot et de ses hommes, ils n'étaient rien de tout cela : ils étaient simplement différents. Et pourtant, malgré leurs différences, tout aussi civilisés et raffinés que n'importe quel seigneur du Sud et son clan. Mais vivre sur leurs rocs dénudés battus par les flots les rendait austères, de la même façon que leurs contacts limités avec le Sud les rendaient brusques et méfiants... toujours à l'affût d'une insulte voilée, qu'ils finissaient fatalement par déceler, qu'elle fût intentionnelle ou non.

Je le dis à Myrddin. « Le roi Lot n'a pas d'amis, conclus-je, parce qu'il soupçonne tout le monde de chercher à lui nuire. Non, ce n'est pas la félonie qui est à l'œuvre chez lui, c'est la suspicion.

— La suspicion, oui. Et autre chose : l'orgueil.

— La suspicion et l'orgueil, dis-je, deux chiens qui cohabitent difficilement.

— Assurément, dit Myrddin, et qu'il vaut mieux ne contrarier ni l'un ni l'autre. »

Je me dis que j'avais finalement découvert ce qui

tourmentait Myrddin. « Mais ce n'est pas pour cela que je suis inquiet, dit-il.

— Non ? » Myrddin agit toujours ainsi. Juste quand vous pensez avoir à grand-peine ouvert une noix, il en sort une autre de sa poche, encore plus dure que la précédente. « Pourquoi, alors ?

— En vérité, Bedwyr, cela n'a pas grand-chose à voir avec Lot, et pourtant cela a tout à voir avec lui. »

C'est une autre de ses manies : marmonner d'obscures devinettes. Myrddin adore les énigmes et les paradoxes.

« Rien et tout, fis-je aigrement remarquer. Cela peut nous prendre toute la nuit.

— C'est le père de Lot... ou plutôt l'épouse de son père.

— La mère de Lot, veux-tu dire ?

— Ai-je dit cela ? Non. J'ai dit l'épouse du père de Lot. Le roi Loth a eu deux épouses. La première, la mère de Lot, est morte. La seconde était une dénommée Morgian.

— Parle clairement, Myrddin. Qui est cette Morgian ? » De fait, depuis le temps que je le connaissais, je n'avais jamais entendu ce nom franchir ses lèvres. Mais il faut dire qu'il y avait chez lui beaucoup de choses que tout le monde ignorait.

Myrddin ne répondit pas. Au lieu de cela, il demanda : « Sais-tu pourquoi ces îles sont appelées Ynysoedd Erch... les Îles de la Peur ? »

Je regardai les rocs inhospitaliers et la sombre forteresse dressée au-dessus de la mer. Les Orcades étaient un endroit solitaire et désolé. C'était certainement une raison suffisante pour leur donner un tel nom, et je le lui dis.

« Non. C'est à cause d'elle, Morgian, la Reine de l'Air et de l'Ombre. »

Je ne suis pas homme à me laisser facilement effrayer. Mais j'ai toujours éprouvé un malaise à entendre invoquer le mal, même en manière de plaisanterie. Aussi, quand Myrddin prononça ce nom, je sentis un frisson glacé passer dans l'air, comme brusquement surgi de la mer. Mais ce n'était pas la brise marine qui me fit dresser les cheveux sur la tête.

« Tu la connais ?

— Oui... et je souhaiterais de tout mon cœur ne l'avoir jamais rencontrée ! » La véhémence avec laquelle il avait parlé me prit au dépourvu. Il y avait aussi dans sa voix quelque chose que je n'y avais jamais entendu : la peur. Le Grand Emrys avait peur de Morgian... qui qu'elle pût être.

« Myrddin, dis-je doucement, qu'est-elle pour toi ? »

Il tourna brusquement la tête et me foudroya du regard. Sa bouche se tordit en une grimace de révulsion et ses yeux s'emplirent d'une intense douleur. « Elle est ma mort ! »

Les jours suivants furent consacrés à organiser la construction navale sur le Fiorth. On pouvait voir Arthur et Lot en tête à tête dans la chambre de ce dernier, ou bien en train de se promener dans le caer, plongés dans leur conversation, oublieux du reste du monde. S'il était clair que Lot et Arthur devenaient rapidement amis, il était tout aussi évident que Myrddin appréciait de moins en moins notre séjour.

Il m'inquiétait. Je le voyais arpenter les collines battues par les vents, ou bien assis sombrement sur les rochers surplombant la mer. Il parlait rarement en notre compagnie, et quand il le faisait ce n'était que pour décocher une brusque réplique.

Arthur ne semblait pas le remarquer. Mais moi si.

Les jours passaient sans grand-chose à faire. L'attente me pesait et je commençais à me sentir impatient de retourner à Caer Melyn. Beaucoup de travail nous y attendait : il y avait des hommes à entraîner, des chevaux à dresser, des provisions à rentrer... sans oublier les rois récalcitrants à pacifier. Il ne faisait aucun doute que Cai et Pelléas ne manquaient pas d'occupation pendant que je restais oisif.

De plus en plus, je souhaitais que quelque chose vienne mettre un terme à mon inactivité. Mon vœu finit par être exaucé. Je le regrettai immédiatement.

Il n'y eut pas d'avertissement. Un matin à l'aube, un navire apparut et se dirigea vers le port. Cela causa une certaine agitation à la cour de Lot et quelques hommes descendirent à sa rencontre sur la plage au pied du caer. Le navire avait à peine jeté l'ancre que la nouvelle nous parvint : les Irlandais avaient débarqué et s'enfonçaient dans les terres pour opérer leur jonction avec les Picti.

Entendant cela, je courus vers le palais, où je savais trouver Lot et Arthur. J'entrai sur les talons du principal conseiller de Lot, qui s'écria : « Seigneur Lot, Gwalcmai est de retour avec des nouvelles alarmantes : les Loups de Mer ont débarqué en grand nombre et pillent les terres. Les Picti les ont reçus à bras ouverts.

— Où cela s'est-il passé ? demanda Arthur.

— Dans la baie d'Yrewyn. »

Cette réponse me laissa interdit, car cette baie n'est pas très loin de ma demeure en Rheged. « Ont-ils attaqué Caer Tryfan ? demandai-je, mais personne n'entendit ma question.

— Où est Gwalchavad ? » demanda Lot.

À cet instant, la porte de la grande salle s'ouvrit à la volée et un jeune homme entra en courant, son manteau vert et bleu flottant dans son dos. Un simple coup d'œil à sa chevelure noire et à son air farouche m'apprit que c'était un parent de Lot. Le torque d'argent qui brillait à son cou montrait qu'il était de noble naissance.

« Gwalcmai ! s'écria Lot. Où est Gwalchavad ?

— Il a pris nos guerriers pour suivre les Loups de Mer... afin de garder l'œil sur eux. Ne crains rien, il a promis de rester hors de vue jusqu'à ce que nous le rejoignions. »

Le soulagement qui se peignit sur le visage de Lot ne pouvait être que celui d'un père pour son fils bien-aimé. Cette supposition se vérifia un instant plus tard, quand Lot se tourna et dit : « Duc Arthur, je te présente mon fils, Gwalcmai, qui revient de Manau, où nous commerçons. »

Le jeune homme — guère plus âgé qu'Arthur ou

que moi-même — inclina la tête en manière de salut. « Duc de Bretagne, dit-il. Cela fait longtemps que je désire te rencontrer... mais je ne m'attendais pas à te trouver ici.

— Je te présente toutes mes salutations, prince Gwalcmai. Que peux-tu nous dire d'autre sur cette invasion ?

— Les Irlandais sont entrés dans la baie d'Yrewyn et ont remonté la rivière — nous avons compté trente navires. Ils paraissent rassembler leurs forces. Je pense qu'ils attendent quelque chose.

— Le *cran tara* est lancé, dit Myrddin en émergeant des ombres de la cheminée. Ils attendent que les autres tribus les rejoignent.

— Alors ils ne frapperont pas avant les premiers jours de l'été. Nous avons encore le temps, répondit Arthur.

— Pas tant que ça », fis-je remarquer. C'était dans moins d'un mois.

Arthur se tourna vers le roi. « Seigneur Lot, j'aurai besoin de tes navires plus tôt que prévu.

— Ils sont à toi, répondit Lot. Et mon armée avec eux.

— Je suis à tes ordres, Duc Arthur, dit Gwalcmai, se plaçant de lui-même sous l'autorité d'Arthur. Mon navire est prêt et attend au port.

— Alors nous partirons à l'aube. »

Nous avions espéré fondre sur l'ennemi avant qu'il n'ait fini de rassembler ses forces. Il ne devait pas en être ainsi. En arrivant à Caer Melyn, Arthur envoya des messagers aux rois bretons pour requérir leurs armées. Ses propres Cymbrogi étaient déjà prêts, bien entendu, et Arthur les envoya en avant avec Cai, Pelléas et Meurig, par voie de terre, avec la plus grande partie des chevaux. Les armées des autres rois furent lentes à arriver.

Dieu leur pardonne, ils en voulaient à Arthur d'avoir fait la paix avec Aelle, Colgrim et Octa, et ils désiraient punir le Duc en lui refusant leur aide. Ils étaient aussi réticents à envoyer des guerriers à la défense du Nord. Après tout, il n'y a là que des landes à bruyères et des tourbières nauséabondes... que les Picti et les Irlandais s'en emparent. Voilà ce qu'ils pensaient.

Ils furent néanmoins bien obligés de respecter leurs engagements envers Arthur. Donc, quatre jours avant le solstice d'été, nous nous rassemblâmes à l'aube sur la plage d'Abertaff, près de Caer Dydd, avec hommes, chevaux, armes et provisions. Trois rois marchaient avec nous : Idris, Bedegran et Maglos.

Le vieil évêque Gwynthelyn et son disciple Teilo dirent une messe pour les guerriers. De son abbaye voisine, le révérend Illtyd vint aussi donner sa bénédiction. Les saints hommes nous enhardirent avec des paroles tirées des textes sacrés et nous recommandèrent au Seigneur Jesu. Puis nous nous agenouillâmes parmi les dunes balayées par les vents, dans le grondement des vagues et le cri des mouettes. Nous nous agenouillâmes, tous jusqu'au dernier, et priâmes le Dieu Tout-puissant de nous accorder une rapide traversée suivie d'une prompte victoire.

Nos prières terminées, nous nous relevâmes et chantâmes un hymne de louanges au Dieu Sauveur. Ah, rien n'est plus beau que les voix des Cymry qui s'élèvent dans une chanson, je vous le dis. Nous étions trois mille. C'est là une voix puissante devant le Trône de Lumière.

Puis, alors que le soleil se levait au-dessus des collines de l'autre côté de Mor Hafren et que ses premiers rayons rouges s'étiraient sur l'eau, nous montâmes à bord des navires et fîmes voile vers le nord. Quarante-cinq navires en tout — pour la plupart offerts par Lot, mais Arthur en avait trouvé quelques autres. On n'avait pas vu une telle flotte dans l'Île des Forts depuis l'époque des Romains. Et le premier des navires d'Arthur n'avait pas encore été construit !

Quarante-cinq navires ! Doux Jesu, c'était un spectacle digne d'être contemplé.

V

Nous entrâmes dans la baie d'Yrewyn au crépuscule et descendîmes à terre pour dresser le camp. Nous gardâmes les feux bas et postâmes des guetteurs dans les collines qui dominaient la baie, de crainte que les Irlandais n'eussent laissé une arrière-garde. Mais la nuit fut tranquille.

Le lendemain à l'aube, nous nous enfonçâmes à l'intérieur des terres à la rencontre de Cai et des Cymbrogi. Nous étions convenus de nous retrouver en un lieu que je connaissais : un gué dans le val d'Yrewyn où la Glein rejoint l'Yrewyn à sa descente des montagnes.

Il n'y a pas de villages dans cette région — les gens en ont depuis longtemps été chassés par les incessantes incursions barbares. Nous marchions sur deux longues colonnes, à la façon des Romains. L'*ala* d'Arthur — les guerriers à cheval — ouvrant la marche, la piétaille des vélites venant ensuite, suivie des chariots d'approvisionnement. Comme nous étions arrivés par mer, nous n'avions que quatre chariots avec nous, et seulement cent chevaux — moins que nous ne l'aurions aimé, assurément. Mais, puisque nous devions retrouver Cai dans un jour ou deux, nous nous étions dit que nous pourrions subsister jusque-là.

Ce ne fut pas avant d'atteindre la Glein que nous comprîmes notre erreur.

« Ils doivent être au moins dix mille », murmurai-je. Nous avions arrêté nos chevaux, Arthur et moi, sur la crête et nous regardions dans le val d'Yrewyn que gagnait l'obscurité. Nous étions passés par les collines pour reconnaître le terrain... et nous avions bien fait ! Les ennemis installés autour du gué nous apparaissaient comme une tache sombre qui s'étalait le long des deux berges de la rivière. La fumée de leurs feux de camp obscurcissait le ciel. « Je n'ai jamais vu un si grand rassemblement d'Irlandais. Je ne pensais pas qu'il pouvait y en avoir autant. » Le *cran tara* avait effectivement été lancé, et il y avait été répondu en force.

« Ce ne sont pas tous des Irlandais, dit Arthur en plissant les yeux. Regarde... tu vois comme ils forment deux camps, là et là ? » Il montra la masse sombre sur la gauche. « Ici, les feux sont plus grands et disposés en un vaste cercle. Et là... » — il montra l'autre masse sombre — « ... les feux sont petits et épars : ceux-là sont les Irlandais.

— Alors qui sont les autres ? Des Saecsens ? » Les Saecsens dressent souvent des campement circulaires autour d'un feu central.

« Des Angli, répondit Arthur.

— Angli... Saecsens ? Quelle différence ? Ce sont des barbares, non ?

— Oh oui, acquiesça Arthur avec un rire sinistre, ce sont des barbares. Mais si c'étaient des Saecsens, je saurais qu'Aelle et Colgrim ont failli à leur parole.

— Piètre réconfort, déclarai-je. Qu'allons-nous faire, maintenant, Ours ? Ils ont établi leur camp à l'endroit où nous devions retrouver Cai demain.

— Nous allons redescendre vers le sud à sa rencontre.

— Que font-ils là ?

— Ils attendent.

— Je le vois bien. Pourquoi supposes-tu qu'ils attendent, ô mon Duc ? »

Arthur répondit par un léger haussement d'épaules. « Je l'ignore, et cela me tracasse.

— Vas-tu leur offrir de faire la paix ?

— Oui. Pourquoi se battre pour la paix si on peut l'obtenir sans effusion de sang ?

— C'est possible, Artos, lui accordai-je, et je prie sincèrement qu'il en soit ainsi. Mais je ne pense pas qu'ils vont déposer les armes et repartir paisiblement. Ils sont venus se battre, et je crois qu'ils ne se laisseront pas détourner de leur but.

— Je crains que tu n'aies raison. » Arthur tourna bride. « Viens, nous allons dire à Myrddin ce que nous avons vu. »

Notre camp n'était qu'à deux vallées à l'est du campement ennemi. Le soir était tombé et la vallée s'obscurcissait, mais le ciel était encore lumineux à l'ouest. En entrant, Arthur cria que les rois viennent le retrouver sous sa tente et que l'on éteigne aussitôt les feux.

Myrddin nous attendait devant la tente d'Arthur et il tint nos chevaux pendant que nous mettions pied à terre. « Alors, les choses étaient-elles à ton goût ?

— Tu ne nous avais pas dit qu'ils seraient autant », dit tranquillement Arthur. Il aurait aussi bien pu parler d'un troupeau de moutons croisé en chemin.

« Combien ? demanda Myrddin en penchant la tête sur le côté.

— Dix mille, répondit Arthur.

— Tant que cela ? s'étonna l'Emrys.

— Je les ai comptés moi-même », lui assurai-je.

Myrddin secoua lentement la tête. « Cela ne devait pas commencer de cette façon. Ce n'est pas ainsi que je l'avais vu.

— Aucune importance, dit Arthur. Cela tournera à notre avantage. » À cet instant, Idris arriva, suivi de Maglos. « Nous allons tenir conseil dans ma tente quand Bedegran nous aura rejoints », leur dit Arthur.

Tous deux entrèrent dans la tente et Arthur se tourna vers Rhys, son harpiste et valet. « Fais-nous apporter à boire et à manger. »

À l'intérieur de la tente, les lampes étaient déjà allumées, jetant une lueur rougeâtre sur la planche de bois grossier qui avait été dressée pour servir de table du conseil. Nos coupes y attendaient, mais elles étaient encore vides. Idris et Maglos étaient accoudés l'un en face de l'autre.

« Tu as vu quelque chose ? demanda Idris alors que je prenais place à côté de lui sur le banc.

— J'ai vu le val d'Yrewyn, répondis-je. Le spectacle en vaut la peine. »

Il me regarda un moment d'un air sceptique, puis il haussa les épaules. « Autant interroger une pierre. » Il se tourna et se mit à bavarder avec Maglos.

J'en étais venu à apprécier Idris — du moins il ne me déplaisait plus autant qu'avant. Il avait une bonne attitude avec ses hommes, qu'il traitait avec respect. Il était regrettable qu'il se fût rangé au début du côté de Morcant et Cerdic. Mais je sentais qu'il s'en repentait profondément — ce pour quoi il avait décidé de chevaucher à nos côtés. Il essayait de se racheter en se battant pour Arthur avec autant d'ardeur qu'il avait lutté contre lui.

C'était un homme solide, quoique mince, qui portait longs ses cheveux et sa moustache, comme les Celtes d'antan. Et, bien qu'il n'eût jamais mis le pied dans une église de sa vie, il avait appris à lire et à écrire avec les frères du monastère d'Eboracum.

Maglos, en revanche, était presque aussi massif que Cai, quoique pas tout à fait aussi grand. Il se tenait en selle comme un tronc d'arbre. Mais, comme un arbre, ses racines étaient profondes. Maglos ap Morganwg, des antiques Dumnonii, possédait la tranquille assurance de son peuple — issue d'une longue association avec la fortune et le pouvoir — mais étonnamment peu de son orgueil rigide. Il était également rare de le trouver de mauvaise humeur.

Nous n'avions jamais combattu aux côtés de ces hommes et je me demandais s'ils seraient capables de se placer sous l'autorité d'Arthur aussi facilement qu'ils avaient placé leurs armées sous son commandement. Nous le saurions bientôt.

Le rabat de la tente s'ouvrit et Arthur entra avec Gwalcmai, Bedegran et Myrddin. Le Duc portait une cruche de bière à la main et servit à boire en personne, puis il s'assit et passa les coupes. Myrddin ne se joignit pas à nous à la table du conseil mais resta debout derrière Arthur. Gwalcmai s'assit à la gauche d'Arthur, en face de moi. Bedegran prit place à mon côté.

Arthur leva sa coupe et but longuement. Il la remplit de nouveau et la posa devant lui. « Nous ne pouvons pas retrouver Cai et Meurig au gué sur la Glein, dit-il. Le val d'Yrewyn est plein d'Irlandais et d'Angli.

— Des Angli ? » De surprise, Gwalcmai reposa sa coupe.

« Ils sont là, lui dis-je. En nombre.

— Combien ? demanda Idris.

— Dix mille. »

Un silence pesant suivit ces mots tandis que tous essayaient de se représenter un tel nombre. Arthur les laissa réfléchir un moment avant de dire : « Je vais leur faire une offre de paix. Prions pour qu'ils l'acceptent.

— Et s'ils ne l'acceptent pas ? demanda Idris.

— S'ils n'entendent pas les paroles de paix, peut-être prêteront-ils plus d'attention à l'acier breton. »

La tablée se tut, calculant nos chances de survivre face à une telle horde.

« Bien sûr, poursuivit Arthur, Cai serait navré de rater une si glorieuse bataille. »

Maglos rit. « J'en connais quelques autres qui en seraient tout aussi désolés.

— Par conséquent, demain vous allez descendre vers le sud pour attendre Cai et les Cymbrogi. Bedwyr et moi, nous allons porter la branche de saule au camp des Angli et des Irlandais. »

Je le remerciai silencieusement de ce singulier honneur.

« Et si l'ennemi quitte le vallon ? demanda Bedegran.

— Nous les arrêterons.

— Nous ne pouvons pas les attaquer, insista Bedegran. Nous sommes trop peu nombreux.

— Et pourtant je te dis qu'on les arrêtera », répondit Arthur d'une voix unie.

Bedegran ouvrit la bouche pour répondre, mais il se ravisa et, à la place, il but une gorgée.

Arthur regarda chacun tour à tour pour voir si quelqu'un d'autre désirait élever une objection. Comme personne ne s'y risquait, il poursuivit : « Cai doit arriver d'ici quelques jours. Il suit la voie romaine qui franchit le Mur à Caer Ligal. Nous irons à sa rencontre.

— Sauf ton respect, Duc Arthur, dit Idris en

s'éclaircissant la gorge. Ne devrions-nous pas attendre que d'autres nous rejoignent ? Avec dix mille guerriers, ils sont trois fois plus nombreux que nous. Je sais que je me battrai d'un cœur plus léger si j'avais quelques guerriers de plus à mon côté.

— Mon père et mon frère arriveront bientôt avec l'armée d'Orcadie, déclara Gwalcmai.

— Combien de guerriers ? Trois cents ? demanda Idris, plein d'espoir.

— Cinquante...

— Cinquante ! C'est tout ? » balbutia Idris. Il se tourna vers Arthur. « Cinquante...

— Du calme, Idris, dit Maglos. Tu devrais être le premier à te réjouir de ta chance. Moins nous serons de rois pour nous partager le butin, plus nous en obtiendrons. »

Idris le foudroya du regard. « Dis-moi si c'est une chance de sentir dix ennemis accrochés à ton bras à chaque coup d'épée. Ils vont nous tailler en pièces.

— Où est passé ton courage ? » dit Maglos. Il leva sa coupe et dit : « La bataille est devant nous, la gloire nous attend. Haut les cœurs ! » Sur ce, il vida sa bière et s'essuya la moustache avec sa manche.

« Prions Dieu que cette bataille puisse être évitée, dit Arthur en se levant pour les congédier. Priez tous pour que la paix triomphe. »

Le lendemain, pendant que les autres levaient le camp, nous enfourchâmes nos chevaux, Arthur et moi, pour nous rendre au campement ennemi. Nous fîmes halte au bord de la rivière pour couper des branches de saule. Je choisis les plus grandes que je pus trouver, afin qu'il n'y ait aucune méprise sur nos intentions. Mais je ne nourrissais pas grand espoir.

Puis, traversant la rivière, nous avançâmes à la rencontre des ennemis. Ils nous avaient vu arriver, bien sûr, et nous fûmes accueillis par un groupe de chefs angli et irlandais. Ils nous regardèrent d'un air menaçant et nous couvrirent de sarcasmes, mais ils ne nous tuèrent pas sur-le-champ, ce dont je leur sus gré.

« Je suis Arthur, Chef des armées de Bretagne, leur dit Arthur. Je désire parler à votre *Bretwalda*. »

À l'énoncé du mot barbare pour désigner un chef de guerre, les Angli s'entreregardèrent. Puis un des barbares prit la parole : « Je suis Baldulf », dit-il. Il ne maîtrisait pas très bien notre langue. « Que cherches-tu ?

— Je cherche la paix, répondit Arthur, et je vous l'accorderai volontiers. »

Baldulf marmonna quelque chose à l'un de ses conseillers, qui lui répondit de même. L'Irlandais, de la tribu des Scoti, fronça les sourcils mais ne dit rien.

« Quelles sont tes conditions ? demanda Baldulf.

— Vous devez quitter ce pays. Comme vous n'y avez pas fait de mal, je veillerai à ce qu'il ne vous en soit pas fait. Mais vous devez repartir d'ici sur-le-champ. »

Baldulf s'entretint de nouveau avec ses chefs. Puis, se retournant avec une grimace hautaine, il dit : « Et si nous restons ?

— Alors vous serez tous tués. Car j'ai promis devant Dieu que la paix régnerait en ce pays.

— Tue-nous, si tu le peux, répondit bravement Baldulf. Peut-être est-ce toi et ton dieu qui mourrez.

— Je t'ai fait part de la promesse que je me suis faite. La paix régnera sur la Bretagne, qu'elle soit acquise par la parole ou par les actes. Aujourd'hui, je t'accorde la vie, demain je la prendrai. À toi de choisir. » Sur ce, nous tournâmes bride et regagnâmes notre camp.

Tout le monde était prêt à partir, n'attendant que notre retour. Arthur envoya des sentinelles surveiller le camp ennemi et nous quittâmes la vallée pour nous diriger vers l'est à la rencontre de Cai.

Le soleil était déjà haut dans le ciel, mais des nuages chargés de pluie étaient venus de la mer et, à midi, le sol n'était plus que boue sous nos pieds. Les chariots ne cessaient de s'enliser et il fallait à chaque fois les dégager. Notre progression était désespérément lente.

Cela aurait dû nous être un avertissement.

Mais le premier signe de difficulté se présenta

quand une des sentinelles arriva au galop, sa monture écumante. Il vint nous trouver directement, Arthur et moi, en tête de la colonne. « Ils font mouvement », haleta-t-il, essoufflé par sa folle chevauchée.

Arthur fit halte. « Dans quelle direction ?

— Ils remontent la vallée... vers l'est... »

L'espace d'un battement de cœur, Arthur se figea, se représentant mentalement l'image de la vallée. L'instant d'après, il passait à l'action.

« Bedwyr ! cria-t-il en tournant bride. Suis-moi !

— Arthur ! Où vas-tu ?

— S'ils quittent la vallée, nous sommes perdus ! »

Je le rappelai, mais il n'entendit pas. Un moment plus tard, je remontais les rangs au galop pour arrêter la colonne et lui faire faire demi-tour. Arrivé en queue, je criai aux hommes qui conduisaient les chariots : « Laissez les chariots sur place ! Prenez vos armes ! »

Idris et Bedegran apparurent. « Que se passe-t-il ? » demanda le premier. « Pourquoi faisons-nous demi-tour ? demanda l'autre.

— Les barbares font mouvement. Armez vos hommes.

— Nous n'allons quand même pas les attaquer ! » Bedegran me regardait bouche bée, comme si j'avais perdu l'esprit.

« Je ne vois pas pourquoi... commença Idris.

— Armez vos hommes et suivez-moi ! » criai-je, et j'allai prévenir Maglos et Gwalcmai avant de m'élancer sur les traces d'Arthur, qui disparaissait au galop derrière la crête de la colline. Myrddin était avec lui.

Quand je les rattrapai, ils étaient en train de contempler le val d'Yrewyn — beaucoup plus à l'est que nous l'avions fait la veille. Il n'y avait pas d'Angli ni d'Irlandais en vue.

« C'est ce que j'espérais, disait Arthur. À pied, ils se déplacent plus lentement que nous. Nous sommes arrivés à temps. »

À cet endroit, la vallée se rétrécissait en une gorge étroite et je compris immédiatement le plan d'Arthur. Si l'ennemi suivait la rivière, il serait forcé de passer par cet étranglement où nous l'attendrions. Sa supériorité numérique ne lui servirait à rien, car il lui serait impossible de nous encercler.

« Nous établissons-nous le long de la rivière... ou bien attendons-nous dans les collines ?

— Les deux, dit Arthur. Les vélites prendront position en bas. Nous disposerons nos chevaux là et là... » — il désigna les versants abrupts de part et d'autre de la rivière — « ... puis nous fondrons sur eux quand ils tenteront de nous encercler. »

Le Duc se tourna vers Myrddin. « Nous soutiendras-tu ? »

Myrddin acquiesça, le regard sombre. « Tu n'as pas besoin de me le demander. Je vous soutiendrai par le pouvoir des Trois. » Il tourna les yeux vers le ciel, à l'est, puis regarda au sud par-delà les collines. « Le temps va nous venir en aide, fit-il observer. Après la pluie, la brume va arriver. S'ils tardent encore un peu, nous serons bien cachés près de la rivière. »

C'était vrai. La pluie venue de l'ouest était sur le point de cesser, mais, derrière nous à l'est, un épais brouillard humide remontait déjà le long de la rivière, de sombres nuages bas arrivaient rapidement du sud et le vent fraîchissait.

Les premiers cavaliers arrivèrent et je disposai Maglos et Idris de l'autre côté de la vallée. Gwalcmai et moi tenions l'autre rive... cinquante chevaux de chaque côté. Arthur et Bedegran menèrent les vélites au fond de la gorge et entreprirent de les dissimuler.

Avec ou sans brume, quand je regardai quelques instants plus tard, je parvins à peine à les distinguer. Neuf cents hommes avaient disparu en un clin d'œil au fond de la vallée. Et un silence surnaturel s'était abattu sur l'étroite gorge avec l'arrivée de la brume.

Bien caché derrière la crête de la colline, je fermai les yeux et priai le Dieu Sauveur — comme je le fais toujours avant la bataille. Cela m'aide à me calmer et insuffle du courage en mon cœur.

Au bout d'un moment, je sentis qu'on me touchait

le bras et Gwalcmai me chuchota à l'oreille : « Les voilà. »

À plat ventre, le visage si près de la terre que je pouvais sentir l'odeur de l'herbe, je rampai en avant pour regarder par-dessus la crête. Les premiers ennemis entraient dans le défilé, venant de l'ouest. Ils arrivaient en une masse confuse, s'avançant sans la moindre précaution en groupes désordonnés autour de leurs seigneurs. Les Irlandais marchaient en tête, les Angli derrière, et lentement. Je ne vis pas les Picti, et cela m'étonna.

« Ils sont si imprudents, fit remarquer Gwalcmai d'une voix pleine de mépris pour leur stupidité.

— Mais ils sont si nombreux », lui rappelai-je.

Il sourit, ses dents blanches tranchant sur l'obscurité. « Il n'y en aura que plus de gloire pour nous, ami Bedwyr.

— Écoute ! »

Le son d'une corne résonna dans la vallée. C'était Rhys, avec la corne de chasse d'Arthur — le signal de l'attaque. Et soudain il apparut, surgissant des brumes, et s'élança sur les barbares déconcertés. Tout le long de la rivière, les hommes se levèrent d'un seul mouvement. Leur cri se répercuta jusqu'au sommet des collines et éveilla des échos dans toute la vallée.

La horde barbare se trouva aussitôt plongée en pleine confusion. Les premiers rangs furent repoussés contre ceux qui les suivaient. Les Bretons chargèrent, suivant Arthur au pas de course. Il avait pris un cheval blanc, afin qu'on le voie mieux dans la pénombre, et il fondit sur l'ennemi, tel un faucon.

Le voir s'élancer impétueusement contre la muraille mouvante des ennemis coupa le souffle à Gwalcmai. « Est-il toujours aussi hardi ? demanda-t-il, stupéfait.

— Il est ainsi.

— Je n'ai jamais rien vu de tel. Qui peut rivaliser avec lui ? »

Je ris. « Personne. C'est un ours au combat... un grand ours furieux. Il n'a pas son égal pour la force ou la vaillance. »

Gwalcmai secoua la tête. « Nous avons entendu dire que c'était un valeureux chef de guerre, mais là... » Il se tut, faute de mots.

« Prends garde, l'avertis-je, il n'en attend pas moins de ceux qui le suivent.

— Je le suivrai s'il veut bien de moi », jura solennellement Gwalcmai.

De ma main gantée, je donnai une claque sur l'épaule du prince. « En vérité, tu es un homme fortuné, Gwalcmai ap Lot. Car tu vas avoir aujourd'hui la chance de prouver ta valeur. »

Ce disant, je me levai et coiffai mon casque. Je rejoignis ma monture, l'enfourchai et pris ma longue lance, puis je donnai le signal aux autres, qui étaient déjà à cheval et attendaient. Nous avançâmes jusqu'à la crête et fîmes halte, prêts à plonger dans la mêlée.

Nous n'eûmes pas longtemps à attendre, car les premiers rangs des Angli avaient compris ce qui se passait et se déployaient sur le versant de la colline pour échapper au chaos qui régnait au fond de la vallée, dans l'espoir d'encercler les Cymry. Pour le moment, personne n'avait traversé la rivière pour prendre Arthur à revers.

Je brandis ma lance vers le ciel. « Pour Dieu et pour la Bretagne ! » criai-je, et mon cri fut repris par tous. Puis je dévalai la colline, mon manteau flottant derrière moi, le vent chantant sur la sombre pointe luisante de ma lance.

Les Angli étaient si imprudents qu'ils ne nous virent pas avant que nous arrivions sur eux. Leurs premiers rangs tombèrent devant nous comme le blé sous la faux. La force et la vitesse de notre charge nous porta loin au sein de leur nuée qui s'éparpillait.

Nous nous remîmes en ligne pour remonter au galop sur la crête où nous tournâmes bride avant de fondre à nouveau sur eux. Les Angli comprirent notre intention et s'enfuirent devant nous, courant, trébuchant, roulant à terre, se relevant. Nous les poussions devant nous comme autant de moutons à égorger.

Ils n'essayaient même pas de se battre.

Je fis halte et rassemblai les cavaliers autour de moi. « Laissons-les fuir! Nous allons porter notre aide à Arthur! » Je pointai ma lance vers le fond de la vallée où le gros de nos troupes avait fort à faire. Les Irlandais, par leur seul nombre, avaient réussi à arrêter la charge d'Arthur. En les attaquant par le flanc, nous pouvions scinder leurs forces et garder les Angli parqués derrière eux, où ils ne pouvaient rien faire.

Oh, Arthur avait bien choisi son champ de bataille. Le terrain travaillait contre l'ennemi. Sa supériorité numérique ne lui était d'aucun secours.

Pointant ma lance, je fis tourner mon cheval et chargeai. J'entendis près de moi un sauvage cri de guerre et Gwalcmai me dépassa au grand galop, le visage illuminé du feu de la bataille. Je fouettai mon cheval pour rester à sa hauteur et le sol trembla sous notre course. Le martèlement des sabots de nos montures produisait un puissant roulement de tambour.

Nous dévalions la colline, piquant tels des aigles, plus rapides que le vent. Les Irlandais terrifiés entendirent le terrible vacarme de notre chevauchée et s'abritèrent derrière leurs boucliers ronds... comme si cela pouvait empêcher l'orage d'éclater sur leurs têtes.

Le fracas de notre heurt retentit comme un millier d'enclumes frappées simultanément. L'acier étincelait. Les hommes hurlaient. L'air vibrait sous le choc. Je cognais à coups redoublés de ma lance, ouvrant devant moi un large chemin.

Gwalcmai chevauchait à ma droite, frappant au même rythme que moi. Ensemble, nous plongeâmes droit au cœur de la bataille, où le cheval blanc d'Arthur ruait et se cabrait. Quiconque se dressait devant nous tombait, transpercé par nos lances ou écrasé sous les sabots mortels de nos chevaux dressés au combat.

Je vais vous dire ce qu'est se battre à cheval, voulez-vous ?

Vous vous sentez porté par une formidable puissance, entraîné par le balancement régulier des flancs de votre monture au galop. La force de la grande créature devient vôtre et, à travers votre corps, se propage le long de votre lance. Avec derrière elle le poids énorme de l'animal, cette longueur de frêne durci devient indestructible, sa pointe de fer pénètre tout : bois, cuir, os.

Quand vous lancez votre charge, l'ennemi vous semble aussi massif et indifférencié qu'un mur. Lorsque vous vous rapprochez, ce mur commence à voler en éclats et à s'écrouler sur lui-même. Vous voyez alors chacun des rondins — les hommes — dont il est constitué s'abattre devant vous. Vient ensuite un instant terrible où vous voyez leurs yeux exorbités et leurs bouches béantes dans la mort. Puis ils disparaissent et vous êtes libre.

Le choc de l'affrontement déferle avec vous telle une vague monstrueuse sur le rivage. Le bruit de la bataille est un rugissement à vos oreilles et un brouillard devant vos yeux. Vous voyez l'éclat du métal. Vous voyez la pointe de votre lance comme une langue de lumière, comme un feu de Beltane, qui frappe et frappe encore.

Vous sentez la douceur épaisse et salée du sang.

Vous êtes à la fois plus grand et plus puissant que vous ne l'auriez jamais imaginé. Vous vous dilatez pour emplir le monde entier. Vous êtes formidable. Vous êtes invincible. Vous êtes l'idée même que se fait Dieu d'un guerrier et sa main vous soutient. Sa paix ruisselle comme une source dans votre cœur.

Je ressentais tout cela, et davantage encore, en volant telle une étoile filante au côté d'Arthur. Les Irlandais tombaient devant moi pour ne plus se relever.

« Arthur ! criai-je en dispersant devant moi les derniers ennemis qui nous séparaient.

— Beau travail ! » cria-t-il. Ici, la mêlée était plus dense et la lance ne servait à rien. Arthur avait son épée à la main et je voyais son bras se lever et retomber avec une mortelle régularité. Je rangeai ma lance sur son support et dégainai mon épée, attrapant mon bouclier du même mouvement. Puis je m'attelai à ma sinistre tâche.

Tout autour de nous, les Cymry taillaient en pièces l'ennemi qui reculait. Il cédait du terrain et c'était une bonne chose. Oh, mais que c'était lent. Nous avancions, et c'était comme marcher dans la mer à contre-courant.

Puis, d'un seul coup, le courant s'inversa et nous fûmes entraînés avec lui. Je regardai de l'autre côté de la vallée pour voir quelle pouvait en être la cause et aperçus Idris et Maglos qui dévalaient la colline à la rencontre d'une contre-attaque des Angli sur l'autre rive. L'assaut des barbares fut écrasé avant d'avoir pu commencer.

Voyant leurs espoirs si promptement anéantis, les Irlandais abandonnèrent le combat.

« Ils battent en retraite ! s'écria Arthur. Suivez-moi ! » Il brandit son épée et son cri de guerre se perdit dans les hurlements des Irlandais en déroute. Je vis bondir son cheval blanc et nous nous élançâmes derrière lui.

Nous les poursuivîmes jusqu'au gué sur la Glein. La vallée s'y élargissait et les Angli choisirent de cesser leur retraite pour reprendre le combat.

Nous fîmes halte à quelque distance pour étudier l'ordre de bataille et reprendre notre souffle avant d'attaquer. Les rois se rassemblèrent autour de nous pour tenir conseil. « Ils pensent nous vaincre ici, fit remarquer Arthur.

— Et ils pourraient bien réussir, répondit Idris. Regarde la longueur de leur front. Nous ne pouvons pas nous étirer autant... nous serions trop dispersés. Ils peuvent nous encercler sans difficulté. »

Pour ma part, j'en avais assez de ce pénible manque de confiance. « Si c'est là du courage, Idris, lui dis-je, tu en fais montre d'une bien curieuse manière. »

Gwalcmai éclata de rire et Idris se tut, les lèvres serrées en une ligne blafarde.

« Nous allons frapper là, au centre », dit Arthur après avoir soigneusement étudié l'ennemi. « Les

Angli se battent à la manière des Saecsens, mais ils ont encore plus peur des chevaux. L'*ala* va donc les repousser de l'autre côté du gué et couper en deux la ligne de front. Voyant cela, leurs deux ailes vont se rabattre pour combler le vide.

— Mais ils vont nous encercler, Duc Arthur. » C'était Maglos qui avait parlé, cette fois.

« Oui, répondit froidement Arthur, et à ce moment nos vélites les prendront à revers.

— Mais nous serons pris au piège, insista Bedegran.

— Il faut un appât dans un piège, lui dit Gwalcmai, m'en épargnant la peine, sinon le rat ne vient pas y mettre son nez.

— Je n'aime pas cela, renâcla Idris. C'est inutilement risqué. »

Je me tournai vers lui. « Ils ont peur des chevaux ! N'as-tu pas constaté comme ils s'enfuient à leur simple vue ? Le temps qu'ils se referment sur nous, nos propres guerriers fondront dans leur dos et c'est eux qui seront encerclés ! »

Je me retournai pour voir Arthur qui me regardait fixement. « Et alors ? Tu penses être le seul à savoir distinguer la pointe d'une lance de sa hampe ? » demandai-je.

Arthur se tourna vers les autres. « Alors ? Vous avez entendu Bedwyr. Il conduira la charge au centre. Bedegran et moi, nous prendrons la tête de la piétaille, comme tout à l'heure. Puisse Dieu être avec nous. » Puis il partit rejoindre les guerriers qui attendaient près de la rivière.

Idris avait raison : le plan d'Arthur était risqué. Mais il faisait le meilleur usage possible de nos quelques chevaux. En nous en servant pour prendre l'ennemi à contre-pied, notre infériorité numérique n'était plus un tel désavantage.

Les Angli pensaient passer à l'attaque tandis que nous étions encore indécis. Avec un terrible rugissement, ils s'élancèrent sur nous. « Préparez vos lances ! » criai-je en rengainant mon épée. Je fis claquer mes rênes et mon cheval partit au trot. L'*ala* se déploya autour de moi.

Prenant de la vitesse, nous passâmes du trot au galop. La voix de Gwalcmai s'éleva au-dessus du tonnerre des sabots et, un instant plus tard, nous mugissions tous son étrange et strident chant de guerre. Je sentis le sang bouillir dans mes veines et le calme glacé de la frénésie du combat descendre sur moi.

Je n'étais plus Bedwyr en train de galoper sus à l'ennemi. J'étais une flamme, un tison embrasé jeté dans le vent. Mon cœur gonflait dans ma poitrine avec le péan guerrier. Mes mouvements étaient immaculés, mes idées d'une clarté de cristal.

Mes yeux regardaient et voyaient l'ennemi déployé devant moi. Nous nous rapprochions... plus près... plus près...

Puis ce fut le choc.

J'avais enfoncé leur front et frappais de toutes mes forces. Une douzaine d'Angli étaient étendus à terre autour de moi : certains morts sur le coup, d'autres s'efforçant de se relever.

Je vis un barbare qui fixait d'un œil stupéfait son bouclier qui semblait s'être collé à sa poitrine. Il tira dessus et le bouclier tomba, révélant le mince fût d'une lance brisée plantée entre ses côtes. Ma propre lance avait mystérieusement perdu la moitié de sa longueur. Je la jetai.

Tirant mon épée, je fis volte-face pour constater le carnage. La force de notre charge avait effectivement enfoncé les lignes ennemies : les dommages que peuvent causer cinquante chevaux sont considérables. Qui plus est, nous n'avions pas perdu un seul cavalier.

Mais notre assaut nous avait entraînés plus loin que je ne l'aurais cru possible : nous étions au bord du gué, presque dans l'eau. Les Angli ne perdirent pas de temps pour réagir. Ils se ruèrent sur nous et nous nous retrouvâmes encerclés. Mais, alors même qu'ils remplissaient les brèches que nous avions faites dans leurs rangs, j'entendis la corne de chasse d'Arthur sonner haut et clair.

Je rassemblai l'*ala* autour de moi et nous nous élançâmes à la rencontre d'Arthur. La mêlée était confuse. Nous étions pressés de toutes parts, mais les Cymry gardaient la tête froide et nous progressions, quoique laborieusement, car les Angli, dans leur désespoir, cédaient du terrain à contrecœur.

Puis, alors que tout marchait suivant le plan d'Arthur, il arriva la pire chose possible : les Picti, si longtemps absents du combat, firent soudain leur apparition, dévalant la colline dans le dos d'Arthur. Dès qu'ils furent à portée, ils lâchèrent leurs haïssables petites flèches.

Déjà inférieurs en nombre, nous nous retrouvions deux fois encerclés. De toutes les situations possibles pour une armée, il n'en est guère de pires.

Arthur fit ce qu'il pouvait, envoyant les troupes d'Idris s'occuper des Picti. Naturellement, cela affaiblit ses propres forces. Voyant Idris rompre l'engagement, les Angli et les Irlandais réagirent avec une fureur presque hystérique.

Poussant un hurlement terrifiant, les barbares se levèrent telle une puissante lame de fond et Arthur fut submergé. Je le vis qui se dressait au-dessus d'eux à la tête de ses troupes sur son cheval blanc, puis il disparut.

« Arthur ! » criai-je, mais ma voix se perdit dans le fracas de la bataille. Les flots tumultueux de l'armée ennemie se refermèrent sur l'endroit où il s'était trouvé.

VI

L'*ala* plongea au cœur de la mêlée. À la seule force de l'acier, nous nous ouvrîmes un chemin — sur les corps écrasés de nos ennemis. Dieu me pardonne, les sabots de ma monture touchaient à peine le sol !

Nous atteignîmes le gué. L'eau coulait rouge : la rivière était couverte d'une écume écarlate. Des cadavres y flottaient, les membres désarticulés.

Coincés par les rochers, les morts contemplaient d'un regard aveugle les cieux qui s'obscurcissaient.

Une fois dans l'eau, la progression fut plus facile... mais à peine. Les Angli se jetaient sur nous avec la férocité de bêtes sauvages. Ils faisaient tournoyer leurs haches, frappaient de leurs longs poignards, hurlaient, plongeaient, s'accrochaient à nous.

Nous les cognions comme des troncs d'arbres et ils tombaient. Mais il y en avait toujours davantage.

Je scrutai la cohue du regard pour tenter d'apercevoir Arthur. Ce n'était qu'un chaos de membres tournoyants et d'armes étincelantes. Je ne le vis pas.

Nous étions maintenant à portée des flèches pictes. Même si Idris avait réussi à les repousser un peu, leurs sournois projectiles frappaient avec une mortelle précision. Le guerrier qui se trouvait à ma gauche fut touché à l'épaule et une flèche rebondit sur l'ombon de mon bouclier.

Nous avancions avec acharnement. Les cieux plombés prenaient peu à peu une couleur de fer noirci au feu. Le vent soufflait par rafales, poussant les brumes le long de la rivière. La pluie se mit à tomber à verse. Sous nos pieds, le sol devenait glissant. L'eau et le sang se mélangeaient, ruisselaient. La bataille se poursuivait.

Encore et encore, je criais : « Arthur! Arthur! »

En réponse je n'entendais que le fracas assourdissant du combat, percé de violents jurons et de hurlements de douleur. Et en arrière-fond, le sourd grondement du piétinement des hommes et des sabots des chevaux...

Les sabots des chevaux. Ce ne pouvait être ce que j'entendais, et pourtant je connaissais ce bruit aussi bien que le battement de mon cœur.

Je levai les yeux. Hors de la brume, je vis un troupeau de chevaux surgir dans la vallée, fantomatiques sous la pluie. Rapides comme des aigles en chute libre, ils se précipitaient au cœur de la bataille.

Était-ce possible? Je regardai encore et vis la raison de ce prodige. À la tête de la cavalcade, j'aperçus deux silhouettes... la première était indistincte dans la brume et la pluie, mais je reconnus l'autre : personne ne se tient en selle comme Cai.

Les ennemis virent les chevaux au même instant que moi. Un battement de cœur plus tard, ils s'enfuyaient de l'autre côté de la rivière. Par centaines et par milliers, ils refluaient, se bousculant, se marchant les uns sur les autres pour franchir le gué.

Nous les taillions en pièces, mais ils ne résistaient plus. Aveuglés par la panique, ils s'abandonnaient à nos épées sans réagir.

Les chevaux se rapprochaient. Je vis Gwalcmai qui menait une phalange de guerriers pour les canaliser. Et, par-dessus le tumulte, j'entendais des voix fortes et braves s'élever en un chant de guerre cymry. C'étaient les Cymbrogi, qui poussaient les chevaux devant eux en chantant.

La bataille était terminée. Je m'arrêtai pour reprendre mon souffle et regardai l'immense flot des barbares battre en retraite de l'autre côté de la Glein pour s'enfoncer dans les collines. Certains des Cymbrogi continuaient la poursuite, mais les ennemis s'échappaient par dizaines. Cela, je le regrettais, mais je n'avais pas le cœur de leur donner la chasse. J'étais épuisé.

Comme mon aide n'était pas nécessaire, je m'attelai à la tâche de retrouver Arthur. La pluie cessa aussi brusquement qu'elle avait commencé. La brume se dissipa et il fut devant moi.

Son cheval s'était fait tuer sous lui et il avait été contraint de mener ses hommes à pied. En me voyant, l'Ours de Bretagne me salua, brandissant son épée maculée de sang.

« Salut, Bedwyr ! » cria-t-il, et il s'assit sur un rocher.

J'essayai de lui rendre son salut, mais avec mon épée à la main, je n'avais plus la force de lever le bras. Je me laissai glisser de selle et m'appuyai à mon cheval. « Dieu t'aime, Arthur, dis-je en essuyant la sueur de mon front avec le dos de mon gant. Je te croyais mort. Si Cai n'était pas arrivé, nous ne serions plus que pitance pour les corbeaux. »

Arthur s'appuya sur son épée, haletant. « Oui, et maintenant nous allons devoir partager le butin avec lui, je suppose.

— Partageons-le ! Il peut tout avoir. Ma vie vaut bien cela. »

À cet instant, Myrddin apparut. « Vous voilà. » Il nous examina attentivement et, content de nous voir sains et saufs, il se laissa glisser à terre. « Qu'avez-vous pensé de la brume ?

— Une excellente brume, répondit Arthur. Pardonne-moi de ne pas m'en émerveiller davantage. » Il essaya de se lever, mais c'était un trop gros effort, alors il se rassit sur son rocher, les coudes sur les genoux.

Je secouai la tête d'incrédulité devant l'indifférence de Myrddin. « Sais-tu que nous avons échappé de justesse au massacre ? Ces maudits Picti avec leurs flèches ont bien failli exterminer l'armée de Bretagne.

— C'est pourquoi j'ai pensé aux chevaux, expliqua placidement Myrddin. Les Picti croient que les chevaux abritent les esprits des morts et ils répugnent à les tuer, de crainte qu'ils ne viennent les hanter.

— Écoute-toi donc, nos frères d'armes gisent morts et tu viens nous parler de brume et de chevaux ! »

Myrddin se tourna vers moi. « Regarde autour de toi, Bedwyr le Hardi. Nous n'avons pas perdu un seul homme. »

Je fus pris d'un accès de colère. Je le foudroyai du regard. « Quoi ! Es-tu fou ?

— Tu n'as qu'à regarder », dit Myrddin avec un large geste de la main.

Je tournai les yeux vers les corps qui nous entouraient et... c'était vrai. Seigneur et Sauveur, le Bienheureux Jesu soit loué ! C'était vrai !

Partout où je regardais — la rivière, la vallée, le flanc des collines, les rochers dans l'eau — les morts étaient angli et irlandais. On ne pouvait trouver un seul Breton parmi eux.

C'était un miracle.

La nuit tomba sur nous. À la lueur des torches, nous fouillâmes les cadavres pour récupérer l'or et l'argent, et le trésor particulier que nous avions vite appris à apprécier : la cotte de guerre des Angli.

Ces derniers avaient appris à fabriquer un très singulier vêtement de combat. Forgé de milliers de petites mailles d'acier, celui-ci protégeait celui qui le portait tout en lui laissant sa liberté de mouvement. En général, seuls les rois et les nobles en étaient revêtus, car c'est un habit fort coûteux.

Je parcourais le champ de bataille, retournant les cadavres pour inspecter leurs membres et leurs vêtements. Les barbares portent parfois dans leur bouche des pièces d'or ou des pierres précieuses et il faut leur briser la mâchoire pour les prendre. Ou bien ils les cachent dans de petits goussets de cuir qu'il faut leur arracher. Les morts ne se formalisent pas, me répétais-je en coupant les doigts enflés pour en ôter les bagues et en dévêtant les torses raidis.

Fouiller des cadavres est une besogne macabre, mais nécessaire. Nous avions cruellement besoin du butin et des cottes de mailles. Le premier pour payer l'entretien de l'armée, et pour remercier nos alliés. Les secondes pour nous protéger des flèches et des coups d'épées.

Les Cymbrogi revenaient de leur poursuite de l'ennemi. Pelléas et Meurig nous saluèrent en annonçant que les barbares semblaient se regrouper et remonter vers le nord.

« Qu'allons-nous faire des morts ? demanda Maglos. Nous nous épuiserions à creuser des tombes pour eux tous. »

À la lueur vacillante des torches, Arthur jeta un coup d'œil vers le ciel. Les nuages se dissipaient et la lune se levait à l'est. « Nous y verrons bientôt assez clair, dit-il. Des tombes peu profondes ne nous fatigueront pas excessivement. »

Bedegran grogna, Maglos soupira et Idris renifla. Pour une fois, j'étais d'accord avec eux. « Tu es peut-être capable de t'activer jour et nuit comme la Forge de Weland. Mais nous nous sommes battus presque toute la journée et demain nous devons poursuivre l'ennemi. Nous mourons de faim. Nous avons besoin de manger et de nous reposer. »

Il lui répugnait de laisser les morts, même ennemis, sans sépulture. Mais nous ne voulûmes rien entendre. « Allons, Ours, lui dis-je. Il n'y a pas de déshonneur à cela. »

Il hésitait pourtant. Myrddin s'approcha et posa une main sur l'épaule du Duc. « Ils ont raison, dit-il. Viens, laissons cet endroit à Dieu et à ses serviteurs. Que les Cymbrogi partent en avant pour dresser le camp, de façon qu'il soit prêt quand nous arriverons. »

Arthur y consentit. « Je cède à ton avis, dit-il. Va donner les ordres, Meurig. » Puis il tourna le dos et s'éloigna dans l'obscurité.

Il était tard quand nous arrivâmes au camp, un peu plus loin à l'est, au bord de la rivière. Mais un repas chaud nous attendait, ainsi qu'un endroit sec où poser notre tête. Nous dormîmes cette nuit-là du sommeil de Bran le Béni. Le lendemain matin, nous partîmes vers le nord à la poursuite de l'ennemi.

Cette région m'est bien connue, car elle est frontalière du Rheged, le royaume de mes pères. Maintenant que Cai et les Cymbrogi nous avaient rejoints, nous avions des chevaux pour quatre cents cavaliers et nous nous déplacions plus rapidement, suivant le cours de l'Yrewyn par où nous étions venus. Arrivés à la baie d'Yrewyn, nous retrouvâmes le roi Lot et Gwalchavad, qui étaient arrivés à temps pour voir les Angli battre en retraite vers le nord et étaient restés pour garder les navires, de crainte qu'ils ne soient tentés de les voler ou de les détruire dans leur fuite.

« Ils n'ont pas prêté attention aux navires, dit Lot en nous rejoignant sur la grève, tant ils étaient pressés.

— C'était bien ce que nous pensions, déclara Cai. Mais dans le noir nous ne pouvions pas en être sûrs.

— Ils suivent le val de Garnoch, dit Gwalchavad. Nous pouvons encore les rattraper si nous faisons vite. »

Je dus le regarder à deux fois pour m'assurer que ce n'était pas Gwalcmai vêtu autrement. Les fils de Lot étaient jumeaux, ne différant pas davantage l'un de l'autre qu'un homme de son reflet. Gwalchavad — son nom signifie Épervier d'Été — avait l'air plus prudent, ou plus réfléchi que son frère. Mais c'était la seule différence que je remarquai jamais entre eux.

« J'aimerais que vous restiez près des navires, dit Arthur à Lot. Ils vont essayer de rejoindre la côte.

— Déplaçons les vaisseaux, dans ce cas.

— Pouvez-vous en manœuvrer autant ? » s'étonna Arthur. Car il y avait maintenant plus de cinquante navires en tout, sans compter les embarcations irlandaises dont nous nous étions emparés.

Lot rit. « Tu as beaucoup à apprendre sur les navires, Duc Arthur. Oui, nous pouvons les manœuvrer sans plus d'hommes que je n'en ai ici.

— Alors emmène-les au chantier naval de Caer Edyn, ordonna Arthur. Nous vous y retrouverons quand nous en aurons terminé. »

Sans discuter plus longtemps, nous nous engageâmes dans le val de Garnoch sur les traces des barbares. La piste était facile. Un aveugle aurait pu la suivre. Je ne cessais de me demander pourquoi ils étaient partis vers le nord. Pourquoi n'avoir pas volé les navires pour s'enfuir ?

La seule raison que je pouvais voir était qu'ils ne se jugeaient pas vaincus. Nous les avions simplement surpris. Ils attendaient quelque chose... je me rappelais en avoir parlé avec Arthur, et il avait avoué que cela le tracassait. À présent c'était mon tour. Que pouvaient-ils bien attendre ?

Deux jours plus tard, en atteignant le large cours de la Clyd, je regardai la plaine en direction de Caer Alclyd et j'eus la réponse à ma question.

La vallée de la Clyd constitue un passage qui coupe les étendues nordiques d'est en ouest, de Caer Alclyd, sur l'estuaire de la Clyd, jusqu'à Caer Edyn. Cette vallée sépare aussi les collines du Sud des montagnes du Nord à l'endroit où l'île est la plus étroite. Quiconque désire passer rapidement d'une partie de la Bretagne à l'autre doit franchir la vallée de la Clyd.

Autrement dit, si vous contrôlez celle-ci, tout le Nord vous appartient. C'est aussi simple que cela. Les barbares le savaient et ils avaient attendu la fin des crues de printemps sur l'Aberclydd pour établir le siège devant Caer Alclyd, l'antique forteresse qui garde le passage à l'est... comme Caer Edyn le garde à l'ouest.

Nous les avions obligés à agir plus tôt que prévu, c'était tout. Ils n'y avaient pas renoncé et n'avaient aucune intention de s'en aller. Notre apparition ne les avait en rien fait abandonner leur projet. Qui plus est, à les voir déployés autour du caer, il était évident que d'autres armées les avaient rejoints. Peut-être des Angli dissimulés dans les vaux et les vallées de toute la région en attendant de se rassembler en cet endroit.

Eh bien, nos rangs s'étaient eux aussi renforcés. Avec Lot et ses cinquante guerriers, les Cymbrogi et... je fus soudain frappé d'une idée. « Arthur... dis-je en me tournant vers lui, sur ma gauche, qui se trouve dans Caer Alclyd ?

— Ne reconnais-tu pas l'étendard qui flotte sur le rempart ? »

Je plissai les paupières pour scruter le lointain rocher au sommet duquel se dressait la forteresse. Il y avait effectivement un long étendard pendu à la hampe d'une lance accrochée à la muraille. Il ondulait au vent et j'entrevis de l'or et du bleu. « Bors ?

— Personne d'autre.

— Bors ! Que fait-il ici ? »

Arthur haussa simplement les épaules. « Cela, il faudra le lui demander quand nous le rencontrerons face à face. Mais nous allons devoir d'abord chasser ces barbares de devant sa porte. »

Il présentait cela comme la tâche de quelques instants. Dieu me garde, ce n'était que le début d'un travail qui devait durer le reste de l'été.

Nous rencontrâmes l'ennemi trois fois, et trois fois

nous le vainquîmes. Mais il était déterminé, car il connaissait l'importance de la forteresse : qui la tenait contrôlait la moitié ouest de la vallée.

La première bataille délivra Bors dans Caer Alclyd. Il était arrivé de Benowyc à peine un jour ou deux après notre départ de Caer Melyn. Il nous avait donc suivi avec ses navires, pensant nous retrouver dans l'estuaire de la Clyd. Mais en atteignant la rivière, il était tombé sur l'armée des Angli et avait promptement cherché refuge dans la vieille forteresse. Les ennemis l'avaient alors assiégé et les choses en étaient restées là.

C'est donc ainsi que nous les trouvâmes : déployés sur la plaine, leurs camps encerclant le vaste caer, ou *dun,* comme disent les habitants de la région. Arthur donna l'ordre de bloquer la vallée et envoya des messagers à Custennin, en Celyddon, et aux seigneurs de Rheged pour réclamer leur aide. Nous nous installâmes pour attendre l'arrivée des seigneurs bretons.

Les seigneurs de Rheged, dont mon père, nous rejoignirent dès qu'ils apprirent qu'Arthur guerroyait dans la région. Le seigneur Ectorius, père de Cai, accourut de Caer Edyn. Custennin de Celyddon arriva avec une armée de deux cents guerriers.

Sitôt que tous furent arrivés, Arthur rassembla les Cymbrogi et nous fit prier pour la victoire. Myrddin étendit les mains sur nous pour donner sa bénédiction, sur quoi nous revêtîmes notre tenue de combat et montâmes sur nos chevaux. Puis nous quittâmes la vallée pour nous engager dans la plaine.

La charge fut magistralement organisée. Arthur avait longuement étudié le campement ennemi depuis notre poste d'observation du vallon. Il savait comment se constitueraient les lignes de bataille, il savait — avant même que les barbares eux-mêmes ne le sachent — comment ils réagiraient à notre attaque. Il le savait dans son sang et dans ses os.

Le premier affrontement fut donc bref et violent. Baldulf se retrouva battu avant d'avoir pu organiser sa défense. Notre *ala* n'eut qu'à fondre sur lui au galop, et pas une seule fois : à maintes reprises, charge après charge. Grand fut le carnage, grand fut le massacre.

La plaine dégagée fut sa perte. Il ne pouvait nous tenir tête. Le siège levé, Bors jaillit de la forteresse avec son armée, repoussant les barbares dans la Clyd, où beaucoup se noyèrent.

Voyant que ses guerriers ne pouvaient pas nous résister, Baldulf donna l'ordre de la retraite, pensant fuir vers le sud pour rejoindre ses navires. Mais Arthur avait prévu la manœuvre et nos propres vélites fermaient la vallée. En désespoir de cause, les Angli et leurs acolytes s'enfuirent vers le nord.

Les barbares se retranchèrent dans les forêts de la région des lacs au nord de la Clyd, où ils se dispersèrent sur les sentiers cachés de ces sombres collines. Arthur nous rappela à lui alors que nous étions encore sur le champ de bataille.

« Cai, Bedwyr, Pelléas, Bors... rassemblez les armées et divisez-les entre vous. Nous allons leur donner la chasse. »

Idris et les autres rois nous rejoignirent et élevèrent la voix. « Ces forêts sont dangereuses. L'ennemi peut y monter des embuscades », protesta Idris.

Bedegran nourrissait la même inquiétude. « Les chevaux ne peuvent pas manœuvrer dans des forêts aussi denses. Nous ne ferions que nous mettre en danger. »

Arthur ne put entièrement dissimuler son mépris. « Puisque vous avez peur, je ne vous demanderai pas d'entreprendre une tâche si dangereuse. J'ai quelque chose d'autre en tête pour vous. »

Ils n'aimèrent pas la façon dont il leur parlait, mais ils en étaient seuls responsables. « De quoi désires-tu nous charger? demanda Maglos.

— Vous allez raccompagner le seigneur Ectorius et Myrddin à Caer Edyn. Je veux que l'on protège le chantier naval et qu'on le remette en état.

— Nous allons devenir des marins ? » ricana Idris, comme s'il trouvait cela indigne de lui.

« Avant que ce pays ne soit libéré, tous mes chefs

seront des marins. Nous allons tous nous battre aussi volontiers sur le pont d'un navire que sur le dos d'un cheval. » Sur ce, Arthur les congédia et nous entreprîmes la longue et difficile tâche de débusquer les barbares.

Idris et Bedegran n'en avaient pas surestimé le danger, mais ils en avaient sous-estimé la nécessité. Il fallait le faire : chaque barbare qui réussirait à nous échapper reviendrait pour tuer et pour brûler. Ils avaient repoussé l'offre de paix d'Arthur et préféré l'acier. Nous les harcelâmes donc sans merci, ne leur laissant ni trêve ni repos. Nous nous enfonçâmes dans les collines sauvages, repoussant les barbares devant nous.

Au nord de la vallée de la Clyd, les collines sont abruptes et serrées les unes contre les autres. Les lacs sont étroits, longs, profonds et froids : des royaumes d'eaux ténébreuses sur lesquels règnent des aigles au regard perçant. Dans ces collines désolées nous poursuivions l'ennemi, le chassant chaque jour un peu plus loin. Et bien des jours s'écoulèrent.

Nous finîmes par parvenir en un endroit où une vaste langue de terre se dresse entre deux grands lacs. Le premier s'ouvre sur la mer et n'a pas de nom, le deuxième s'appelle Lomond. Ils sont reliés par une rivière — la Dubglas — qui coule au fond d'un profond défilé. Et c'était au bord de celle-ci que les barbares avaient choisi de se regrouper.

En cela, Baldulf s'était montré avisé. La vallée était étroite, rendant impossible une charge à cheval. Et elle était en forte pente, ce qui donnait aux barbares l'avantage du terrain — faute de gué, une colline était ce qui leur convenait le mieux. Et c'était là qu'ils attendaient.

Nous les attaquâmes en venant de l'aval et les barbares se ruèrent sur nous. Nous battîmes en retraite — comme incapables de leur résister. Baldulf, impatient de prendre sa revanche, nous poursuivit. Je me souviens encore de l'éclat de leurs armes sous la lumière crue du soleil tandis qu'ils fondaient sur nous dans le défilé caillouteux, hurlant de fureur triomphante. Ces cris inhumains déchiraient le silence de la forêt et la faisaient trembler. Les barbares accouraient avec une seule idée en tête : nous exterminer.

Ce fut leur erreur.

Arthur avait tenu la seconde division en réserve en attendant que Baldulf ait engagé le combat. Lorsque les barbares passèrent à l'attaque, la corne de chasse sonna et Pelléas, Cai et Bors apparurent en amont dans le défilé, dans le dos de Baldulf. Ils avaient contourné la colline pour prendre les barbares à revers.

Baldulf était maintenant pris entre deux forces, et la plus importante avait l'avantage du terrain. Oh, la vitesse avec laquelle les cris des barbares se transformèrent en gémissements de désespoir quand ils comprirent ce qui s'était passé !

S'ils avaient d'abord livré combat pour se venger, ils se battaient à présent pour leurs vies. La bataille fut farouche, la lutte amère et violente. Je frappais de ma lance dans la mêlée. Mon bouclier crépitait des coups qui pleuvaient sur lui. Mon bras était endolori. Mais je frappais sans relâche, chacun de mes coups était mortel. L'ennemi tombait devant moi.

Partout à la ronde, les vallées retentissaient du fracas de l'acier contre l'acier et des cris des blessés et des mourants. Avec le plus gros de nos forces fondant en amont sur les barbares, nous cédâmes du terrain en aval, pour nous retrouver enfin sur les rives du lac.

Cela dégagea le chemin pour Baldulf, mais il n'avait aucune issue par où s'enfuir. Derrière lui et de chaque côté se trouvait l'armée d'Arthur, et devant lui les eaux profondes du lac Lomond, scintillant comme de l'acier poli. Je ne sais pas ce que j'aurais fait à sa place, mais Baldulf se précipita dans le lac. Le lac !

Ce n'était pas aussi stupide qu'il peut sembler. Car les eaux du lac Lomond sont parsemées d'une vingtaine ou plus de petites îles. Certaines sont de simples rochers, juste bons pour les mouettes, sur d'autres poussent d'énormes bouquets d'arbres où il est possible de se cacher. Et, en fuyant d'île en île, on peut traverser les eaux profondes pour passer sur l'autre rive, qui en certains endroits est toute proche.

Cai arriva en courant, écarlate. « Ils s'échappent. Veux-tu que nous les poursuivions ? »

Nous nous tenions sur la berge et regardions l'ennemi barboter dans l'eau. Arthur ne répondit pas.

« Je t'en prie, Artos, finissons-en, ou bien nous allons nous battre tout l'été. »

Cai avait raison, bien sûr. Mais dans son excitation, il n'avait pas tout bien pesé.

« Que voudrais-tu faire ? lui demandai-je. Les poursuivre à la nage ?

— Ils se sauvent ! » protesta-t-il en agitant son épée vers le lac.

Arthur se tourna vers Cai. « Prends les Cymbrogi et gagne l'autre rive en contournant le lac par le sud. Tue tous ceux qui refuseront de se rendre. »

Cai salua et partit en hâte faire ce qui lui avait été ordonné. Se tournant vers moi, le Duc dit : « Rassemble le reste des cavaliers et suis-moi.

— Arthur, non ! » m'écriai-je. Car j'avais deviné ce qu'il avait en tête. « Ce n'est pas réalisable. »

Il fit halte et se retourna. « Quelqu'un a-t-il jamais essayé ?

— Euh, non... je ne pense pas. Mais...

— Alors comment le sais-tu ? Un ange te l'a dit, peut-être ?

— Ne me parle pas des anges, Arthur. Dieu Tout-Puissant, je suis sérieux.

— Moi aussi, je suis sérieux, Bedwyr. J'ai l'intention de mettre fin à cette guerre sans perdre une vie de plus. Je peux le faire et nul n'aura besoin ne serait-ce que de se mouiller. J'appelle cela une victoire. » Il tourna le dos et cria à Rhys de donner le signal du départ. Nous enfourchâmes nos chevaux et partîmes vers le sud, sur les traces de Cai.

À intervalles de cent pas, Arthur plaça un cavalier, et un vélite tous les cinquante pas. De cette façon, il encercla toute la moitié sud du lac Lomond. En atteignant la rive est, nous trouvâmes Cai qui revenait en longeant la berge.

« Quelqu'un a-t-il traversé ? demanda Arthur.

— Juste quelques-uns. La plupart se sont noyés. Ils ont refusé de se rendre, alors nous les avons passés au fil de l'épée. Les autres ont trouvé refuge dans les îles. Je vais continuer vers le sud, afin qu'ils ne puissent pas nous échapper.

— Ce n'est pas la peine, répondit Arthur.

— Mais ils peuvent traverser à la nage pendant que nous restons ici à bavarder. Une fois dans la forêt, nous ne les retrouverons jamais.

— Ce n'est pas la peine, expliquai-je, parce qu'Artos a fait encercler le lac.

— Encercler le lac ! s'exclama Cai aux cheveux de feu. T'ai-je bien entendu ?

— Parfaitement », lui assurai-je, amer. Je n'aimais pas beaucoup l'idée d'encercler de vastes étendues d'eau.

Cai bredouilla un moment, mais il ne put trouver de réponse satisfaisante. Pour finir, il soupira — produisant un bruit semblable à une corne de bière renversée sur un lit de charbons ardents. « Eh bien, qu'allons-nous faire, maintenant ?

— Attendre, dit Arthur. Simplement attendre.

— Nous pourrions attendre ici tout l'été ! » protesta Cai, toujours aussi prompt à s'enflammer. « Ces îles regorgent d'oiseaux et de gibier. Ils ont toute l'eau qu'ils veulent à boire. Ils ont de quoi se nourrir pendant des mois !

— Alors nous attendrons des mois, répondit fermement Arthur. Nous attendrons que la neige nous monte jusqu'au cou avant que je ne laisse un autre de mes hommes se faire tuer en tentant de chasser Baldulf de l'Île des Forts. »

Quand il était ainsi, il n'y avait rien à faire pour l'ébranler. Soit. Nous dressâmes le camp au bord du lac Lomond et plantâmes nos tentes entre les pins majestueux et les chênes robustes.

Attendre que quelqu'un meure de faim est une tâche fastidieuse. Je ne la recommande à personne. La dose de patience nécessaire est considérable, et le coût doit en être soigneusement pesé. Je n'ai jamais aimé les sièges, pour la même raison. Mieux vaut un combat bref et violent — une lance plantée entre les côtes, un prompt coup d'épée — qu'une mort à petit feu.

Deux fois par jour, des cavaliers portaient à manger aux groupes de guetteurs disposés autour du lac. Cette seule tâche se révéla des plus formidables : il fallait préparer la nourriture, la charger dans des chariots et aller la distribuer aux sentinelles. Tous les deux jours, celles-ci étaient relevées pour être remplacées par d'autres, car c'était un travail pénible.

Pour le reste, nous nous occupions de notre mieux. Nous chassions dans la forêt et pêchions dans le lac. Les guerriers s'affrontaient à la lutte et dans diverses joutes d'adresse et de hasard. Et, pardessus tout, nous montions la garde.

De temps à autre, nous apercevions des ennemis sur l'une des îles. Généralement au crépuscule ou tôt le matin. La plupart du temps, ils restaient invisibles — même si une fois, à la fin d'une longue journée pluvieuse, une clameur s'éleva dans les îles et les barbares descendirent au bord de l'eau pour nous conspuer et nous défier de venir nous battre.

Cai était prêt à relever le défi, mais Arthur refusa. Nous les regardâmes faire et, avec la nuit, leurs cris moururent. Jusque tard dans la soirée, de nouveaux cris s'élevèrent sporadiquement, et nous vîmes brûler sur les îles des feux et des torches. Mais ils finirent aussi par s'éteindre et la nuit recouvrit tout.

Un matin, je vis Pelléas assis sur un rocher au bord de l'eau, en train de regarder la plus grande île devant nous. « C'est une triste façon de mourir, dit-il quand je pris place à son côté.

— Ils ne sont pas obligés de mourir, fis-je remarquer. Ils peuvent se rendre. Tout ce qu'ils ont à faire, c'est de jurer de vivre en paix et Arthur les laissera partir librement.

— Il est difficile pour des hommes qui ne respectent pas leur propre parole de croire qu'un autre tiendra la sienne, dit Pelléas.

— Est-ce plus difficile que la mort ?

— Cela, nous le verrons, Bedwyr ap Bleddyn », dit-il, songeur.

Bien des jours s'écoulèrent. Je sus malgré tout que nous allions bientôt en voir le terme quand un soir, un peu après minuit, nous entendîmes des bruits d'éclaboussures et, le lendemain matin, nous trouvâmes des corps flottant près du rivage. S'ils s'étaient tués de leur propre main, s'ils étaient morts de celle de leurs compagnons ou s'ils s'étaient noyés en tentant de s'échapper, il était impossible de le savoir. Mais cela nous avertit que la fin était proche.

Arthur donna l'ordre de repêcher les corps pour les enterrer dans la forêt. Puis il monta dans une barque et s'éloigna un peu de la rive. Il se mit debout et appela Baldulf.

« *Bretwalda !* Écoute-moi ! Je sais que vous mourez de faim. Je sais que vous n'avez plus rien à manger. Écoute ! Vous n'êtes pas obligés de mourir. Jure-moi de faire la paix et tu pourras repartir librement de cet endroit. Paix, *Bretwalda !* »

Baldulf apparut sur la plus proche des îles. Il s'avança dans l'eau pour regarder Arthur d'un air lugubre, et d'autres se glissèrent derrière lui. « Tu as l'intention de nous tuer ! Nous te lançons un défi à mort ! » Ses paroles étaient hardies, mais ses épaules étaient voûtées et son attitude était celle d'un homme qui n'ose pas tenir la tête droite. C'était un homme vaincu.

« Pourquoi parler de mort, *Bretwalda,* alors que tu peux vivre ? Jure-moi de faire la paix et pars librement. »

Baldulf était toujours debout dans l'eau, hésitant, quand certains des hommes qui se tenaient derrière lui se jetèrent dans le lac et nagèrent vers la barque d'Arthur. D'autres se dirigèrent vers nous. Aucun ne portait d'armes.

Quand ils atteignirent le rivage, ils restèrent étendus sur les rochers, haletants, épuisés, incapables de se redresser même pour sortir de l'eau, encore moins pour lever une arme contre nous. Toute force les avait abandonnés.

Ceux qui se tenaient derrière Baldulf virent Arthur hisser leurs frères hors de l'eau et les installer dans sa barque. Ils nous virent sortir leurs compagnons du lac au lieu de leur briser le crâne avec le fût de nos lances. Ils virent que nous ne les tuions pas, et quand ils virent cela, toute hésitation disparut : ils se jetèrent à l'eau et vinrent rejoindre leurs cousins à la nage. Ainsi, que Baldulf le voulût ou non, le siège du lac Lomond se termina.

Nous passâmes la plus grande partie de la journée à les repêcher. Une fois le mouvement déclenché, il en arriva de toutes parts. De ceux qui avaient suivi Baldulf, il ne restait que trois cents, pour la plupart des Angli. Il y avait quelques Irlandais, et pas de Picti. Je crois que ces derniers avaient réussi à s'échapper dans les bois et n'étaient pas resté pour se battre comme les Angli.

Baldulf fut le dernier à rejoindre la berge, mais il arriva dans le bateau d'Arthur. Et il arriva en dressant fièrement la tête... comme si c'était *lui* le vainqueur. Arthur l'aida à descendre de la barque de sa propre main.

Oh, c'était là un étrange spectacle, je vous le dis. Voir deux ennemis jurés debout côte à côte comme s'il n'y avait jamais eu un mot entre eux, comme si les combats acharnés n'étaient que simples griefs, comme si des hommes bons et courageux ne dormaient pas dans des demeures souterraines creusées par leur propre sang... comme si la guerre n'était qu'un mot.

Mais Baldulf se tenait auprès d'Arthur comme s'il n'avait rien fait de mal. Et c'est là la mesure de la clémence d'Arthur : il offrit à son ennemi la vie que celui-ci lui aurait refusée. Baldulf n'aurait pas hésité un instant à plonger son épée dans la gorge d'Arthur, et tout le monde le savait.

Arthur montra sa vraie noblesse de cœur en faisant la paix avec Baldulf. Ses conditions étaient simples : quitter la Bretagne et ne plus jamais revenir s'y livrer au pillage. Quand l'accord fut scellé, Arthur ordonna que l'on donne à manger aux barbares et qu'on les laisse se reposer.

Nous restâmes encore deux jours au bord du lac Lomond, puis nous repartîmes vers le sud jusqu'à la Clyd, et de là à Caer Edyn et au chantier naval sur le Fiorth où les navires angli avaient été rassemblés.

Ce fut une longue et pénible marche, mais nous arrivâmes à Caer Edyn en temps et en heure et nous fîmes rembarquer les Angli à bord de leurs navires, leur enjoignant une fois de plus de ne jamais revenir dans l'Île des Forts sous peine de mort. Nous restâmes sur la plage pour regarder leurs voiles s'éloigner et se fondre parmi les vagues.

« C'est terminé », dis-je à Arthur. Grand était mon soulagement de voir disparaître les navires barbares.

« Prions Dieu que dure la paix », répondit Arthur, puis il se tourna vers les guerriers rassemblés autour de nous. Il s'apprêtait à leur dire un mot, mais les Cymbrogi se mirent à l'acclamer et leurs cris couvrirent sa voix. Les acclamations se transformèrent vite en chant et Arthur fut hissé sur les épaules de ses hommes.

Ce fut ainsi que nous entrâmes dans la forteresse d'Ectorius : nos voix mêlées dans une chanson hardie, Arthur porté au-dessus de nos têtes, sa blonde chevelure luisant au soleil, l'or de son torque embrasé à son cou et son épée, Caledvwlch, brandie vers les cieux.

VII

Myrddin n'était pas à Caer Edyn quand nous y parvînmes. « Il est parti il y a sept jours, nous dit Ectorius. Je pense qu'il est retourné à Caer Melyn, mais je n'en suis pas sûr. Il n'a dit à personne où il se rendait. J'ai proposé de lui fournir une escorte, mais il a refusé. »

Arthur s'en étonna, mais Myrddin est son propre maître et nul ne peut jamais savoir ce qu'il pense, encore moins ce qu'il va faire. Quoi qu'il arrive, une chose au moins est sûre : ce sera la dernière à laquelle s'attendre.

« C'est dommage, répondit Arthur, quelque peu déçu. J'aurais aimé qu'il partage notre festin de victoire. »

Le Duc était enclin à en rester là, mais pas Pelléas. « Seigneur Arthur, je dois aller le rejoindre.

— Pourquoi, Pelléas ?

— Il pourrait avoir besoin de mon aide. » En dehors de cela, Pelléas ne put donner d'autre réponse. Mais je me rappelais l'étrange comportement de Myrddin à la cour de Lot et j'éprouvais moi aussi un peu de son appréhension.

« Bien sûr, répondit lentement Arthur en fixant Pelléas d'un regard intense, si tu penses qu'il le faut. »

Pelléas n'insistait pas souvent. Cette fois, ce fut le cas. « Je le pense, seigneur.

— Alors va, et que Dieu soit avec toi. Mais choisis six hommes pour t'accompagner. Ces collines sont encore hostiles. Mieux encore, prends un des navires, tu iras plus vite. »

Tous les sept partirent dès que l'on eut pu trouver des chevaux frais et charger des provisions sur le navire. Je les regardai partir, désolé pour les guerriers qui ne prendraient pas part au festin si amplement mérité. Mais Arthur veilla à ce que les six accompagnateurs de Pelléas reçoivent des bracelets d'or et des couteaux pour les récompenser et tous partirent joyeux.

Le festin dura trois jours et la bataille fut relatée en récits de bravoure et en chansons par Rhys, le harpiste d'Arthur. Même si je pensais toujours que la corne de chasse — dont il avait si noblement sonné sur le champ de bataille — était mieux adaptée à son talent, je dus reconnaître qu'il s'était grandement amélioré. En fait, je fus surpris de m'apercevoir que je ne m'ennuyais plus à écouter ce garçon. Tout du moins pouvais-je l'écouter plus longtemps avant de me lasser.

Ah, mais ce n'était pas Myrddin Emrys.

Les autres rois étaient eux aussi accompagnés de leurs harpistes, de sorte que nous ne manquâmes pas d'éloges pour nous flatter les oreilles. La bonne bière brune d'Ectorius et le riche hydromel doré coulaient à flots. Je nous soupçonne d'avoir bu toutes ses réserves de l'hiver. Mais c'était pour une bonne cause.

J'aime les festins autant que quiconque, mais au bout de trois jours je commençai à m'ennuyer. C'est chose rare, je sais, mais je me retrouvais de plus en plus en train d'errer parmi les navires amarrés le long du rivage. Certains étaient à l'ancre un peu plus loin dans le Fiorth. D'autres étaient échoués de façon à pouvoir être réparés plus aisément.

Le quatrième jour, au crépuscule, je me sentis une fois de plus attiré vers le chantier naval. Le ciel dégagé brillait d'un éclat de bronze poli et la brise marine achevait de chasser la fumée de la grande salle d'Ectorius qui s'accrochait encore à mes cheveux et à mes vêtements. Seuls les cris perçants des oiseaux de mer qui pataugeaient pour s'y nourrir dans les flaques laissées par la marée descendante venaient troubler la quiétude du rivage.

Arthur me trouva sur le pont désert d'un navire dont la quille était prise dans la vase. « Salut, Bedwyr ! cria-t-il en venant me rejoindre. Que fais-tu ici, mon frère ?

— Je réfléchis à ce que cela doit être de manier la lance et l'épée sur le pont d'un navire qui roule au gré des vagues, répondis-je en lui tendant la main pour le hisser à bord. Et je me dis qu'il faudra du temps pour s'y accoutumer.

— Ce n'est pas pire que sur un cheval, fit-il remarquer, et il éclata soudain de rire. Te souviens-tu du tour pendable que nous avons joué à Cunomor ? »

Je m'en souvenais. Pas plus hauts que deux brindilles, nous commencions tout juste à nous entraîner au maniement des armes avec les plus grands — dont un insupportable vantard de treize étés du nom de Cunomor ap Cynyr, le fils d'un petit roi de Rheged. Après avoir subi cet âne pompeux et bouffi d'orgueil pendant un mois ou plus, Arthur et moi avions discrètement « arrangé » ses armes et sa selle, de sorte que toutes ses lances perdaient leur pointe et que sa selle avait glissé sur le flanc de son cheval alors qu'il galopait autour du terrain d'exercice. Il s'était couvert d'un tel ridicule qu'il n'avait pu redresser la tête de tout le reste de la saison.

« Pauvre vieux Cunomor, dis-je en revoyant le jeune garçon empourpré. Je me demande s'il aurait l'air aussi ridicule à essayer de se battre sur un de ces navires qu'il l'était à essayer de conserver sa dignité sur cette selle instable ?

— Encore plus ! » s'esclaffa Arthur. Il était bon de le voir heureux. Arthur semblait redevenu lui-même... comme Myrddin l'avait prédit. Même si la gravité inhabituelle de son caractère persistait, celle-ci était quelque peu enfouie sous la surface. Il se reconstruisait, je suppose, et la sainte vision du Royaume de l'Été était sa solide fondation.

Comme pour confirmer mon observation, il dit : « Mais nous vaincrons, Bedwyr. Il le faut. Ou la Bretagne est perdue... et bien d'autres choses avec elle.

— Je n'en doute pas, Ours. » Je tournai les yeux vers les vastes étendues miroitantes de Muir Guidan. Tout était paisible sous la douce lumière qui déclinait lentement dans le ciel.

« Nous allons bientôt repartir, dit Arthur en scrutant l'horizon avec moi. Après Lugnasadh. »

Ce n'était que dans quelques jours. « Vraiment ? Mais je croyais que tu voulais remettre le chantier naval en état.

— Ector a tout bien en main. Lot a accepté de rester pour superviser la construction des premiers navires. On a besoin de moi ailleurs. Nous avons un tribut à collecter et des chevaux à dresser avant l'hiver.

— Le tribut ! » Je l'avais complètement oublié. « Je préfère combattre les Picti que de collecter un tribut !

— Nous ne pouvons faire l'un sans l'autre, dit Arthur.

— Tu ne crois donc pas que la paix conclue avec Baldulf durera ? »

Le Duc secoua légèrement la tête. « Non, nous reverrons Baldulf. Quant aux Picti et aux Scoti... quand ont-ils jamais tenu compte d'un traité ?

— Nous aurions dû les tuer et en finir une bonne fois.

— Ils seraient revenus de toute manière. De cette façon, ils apprendront peut-être quelque chose. Quoi qu'il en soit, si nous devons nous battre de nouveau, je préfère un ennemi que je connais. Mais réjouis-toi, Bedwyr, les combats sont terminés pour cette année.

— Tu en es sûr ?

— Oui. » Il sourit et m'asséna une claque dans le dos. « Et nous avons récolté gloire et honneur... sans parler d'une grande quantité d'or. Nous avons bien travaillé. »

Quelques jours après la fête de Lugnasadh, nous levâmes l'ancre pour Caer Melyn avec la marée du matin. Arthur ordonna à chaque chef de guerre de prendre trois ou quatre navires sous son commandement, de façon à ce que nous puissions commencer à apprendre l'art subtil de la navigation. Anges et saints, ces embarcations étaient aussi peu maniables que des baleines ! C'était comme mener une armée montée sur des cochons.

Arthur s'était dit que cela servirait aussi à montrer que les côtes de Bretagne étaient de nouveau protégées, si bien que nous prîmes notre temps, faisant escale dans divers ports le long de notre route et ne manquant aucune occasion de faire sentir notre présence. Nous apprenions à commander des navires et collections le tribut des royaumes côtiers, de sorte que ce n'était pas du temps perdu.

Néanmoins, quand nous atteignîmes Abertaff, je ne fus pas fâché de dire adieu à cet instable moyen de transport pour remettre les pieds sur la terre ferme. Nous débarquâmes les chevaux et gagnâmes le caer, épuisés, heureux d'être de retour, impatients de nous installer devant la cheminée avec un pichet et du bon pain chaud.

En entrant dans la cour — oh, l'accueil que nous firent ceux qui étaient restés en arrière ! — Arthur eut l'air mal à l'aise. « Qu'est-ce qui ne va pas, Artos ? » demandai-je. Les bruyantes salutations des guerriers qui retrouvaient parents et amis résonnaient à nos oreilles.

Il regarda rapidement autour de lui, comme s'il s'attendait à voir son palais en ruine ou son toit en flammes. « Myrddin n'est pas ici.

— Il est sans doute à l'intérieur en train de verser la bière, avançai-je.

— Il serait venu nous accueillir à la porte, s'il était ici. » Arthur sauta de selle et se rua dans la grande salle. « Où est Myrddin ? demanda-t-il à son intendant, un homme émacié du nom d'Ulfin.

— L'Emrys est parti, Duc Arthur, répondit Ulfin.

— Où ?

— Il ne me l'a pas confié, seigneur.

— A-t-il dit quand il reviendrait ?

— Non, répondit Ulfin avec raideur. Tu sais comment il peut être.

— Dans ce cas, où est Pelléas ? » Arthur commençait à élever la voix.

« Le seigneur Pelléas est passé, mais il est aussitôt reparti. Il est à la recherche de l'Emrys, je suppose. »

Un frisson d'inquiétude me passa dans le dos. « Quand est-il parti ? » demandai-je, me disant que, où qu'ils fussent allés, l'un ou l'autre aurait dû être rentré.

Ulfin réfléchit, la tête penchée de côté. « Quelques jours après Lugnasadh, seigneur. Et il est parti seul. »

Arthur congédia son intendant et se tourna vers moi. « Je n'aime pas cela, Bedwyr. Quelque chose ne va pas. Je pars à leur recherche.

— Je vais y aller, Artos, dis-je. On a besoin de toi ici. Les rois voudront entendre le récit des batailles dans le Nord. »

Le Duc hésita, essayant de trouver une faille à cette logique. « Par où commenceras-tu ?

— Par Ynys Avallach, répondis-je. Ne t'inquiète pas, Ours, je les ramènerai avant que tu ne te sois aperçu de mon absence.

— Prends Gwalcmai avec toi, répondit Arthur, acceptant enfin. Ou Bors... les deux, si tu préfères.

— Gwalcmai me suffira. »

Une nuit de sommeil avec un vrai toit au-dessus de ma tête, et je me retrouvai une fois de plus en selle et sur la route. Nous partîmes par une aube grise, à l'heure où le soleil n'était encore qu'une vague promesse à l'est, et prîmes la direction d'Ynys Avallach. Pour abréger notre voyage, je pilotai un de nos navires à travers Mor Hafren. Même si un voyage en mer était la dernière chose dont j'avais envie, cela nous épargna de nombreux jours en selle. Et je me révélai un assez bon marin.

Une fois à terre, nous chevauchâmes en toute hâte, ne nous arrêtant que pour boire et manger avant de repartir sans prendre de repos. Nous arrivâmes ainsi au Tor le soir du deuxième jour. Une brume vespérale montait du lac et des marais environnants, encerclant le pic qui surgissait du vaporeux brouillard blanc telle une île aérienne flottant sur une mer de nuages. La verdoyante colline escarpée surmontée de son gracieux palais semblait un royaume enchanté... une de ces buttes de l'Autre Monde qui apparaissent et disparaissent à volonté aux yeux ébahis des hommes.

Comme je l'ai dit, je ne m'étais jamais rendu dans l'Île de Verre — même si j'en avais entendu parler par Myrddin et Pelléas depuis mon plus jeune âge. J'avais l'impression de connaître cet endroit. Et j'éprouvais l'étrange sensation de revenir après une longue absence vers cette demeure que je n'avais encore jamais vue. Les druides ont un mot pour cela, je crois. Je ne le connais pas.

Car, tandis que nous gravissions dans un flamboyant crépuscule le sentier tortueux montant vers le palais du Roi Pêcheur, je me pris à me souvenir de petits détails comme si j'y avais grandi... même le chant de l'alouette tombant des cieux embrasés. Gwalcmai, fasciné, ouvrait des yeux comme des ombons de bouclier en contemplant les murailles et les tours élancées. Les portes de bois poli — de bonnes vieilles portes familières que j'avais franchies un millier de fois, sans les avoir jamais vues — étaient ouvertes et nous entrâmes pour être accueillis par les serviteurs du roi Avallach.

« Ils ressemblent tous à Pelléas ! s'exclama Gwalcmai à voix basse. Tous les Faery sont-ils ainsi faits ?

— Pourquoi penses-tu qu'on les appelle le Peuple des Fées ? » lui demandai-je. Ce n'en était pas moins une merveille pour moi. Même si nous étions habitués à Pelléas et savions la vérité, en voir d'autres de sa race me donnait envie de croire tous les contes sans fondement que colportent sur eux les ignorants.

« Regarde celui-là ! » hurla presque Gwalcmai en entrant dans la grande salle. Il était hors de lui d'excitation. Mais il faut dire qu'il venait des Orcades.

« Cesse de montrer du doigt ! C'est le Roi Pêcheur, chuchotai-je. Ce sont les écuries que tu veux pour lit ? »

Le roi Avallach s'avança, tout vêtu de satin écarlate avec une large ceinture de plaques d'argent évoquant des écailles de poisson, les boucles noires de sa barbe et de sa chevelure luisantes d'huile. Il avait un sourire de bienvenue aux lèvres, les bras ouverts pour nous accueillir. Bien qu'il ne pût savoir qui nous étions, je sentais la vive chaleur de sa joie.

« Dieu soit bon pour vous, dit Avallach d'une voix qui venait du fond de sa large poitrine comme de l'intérieur d'une colline caverneuse. Reposez-vous et soyez les bienvenus, mes amis.

— Salut, roi Avallach, je te présente mes respects ! dis-je en me touchant le front du dos de la main.

— Tu me connais ? demanda le Roi Pêcheur.

— Nous ne nous sommes jamais rencontrés, seigneur Avallach. Je ne te connais que de nom et d'apparence. Myrddin Emrys m'a parlé de toi. » Au nom de Myrddin, le roi hocha la tête. « Je viens te trouver au nom d'Arthur, Duc de Bretagne.

— Oui, oui, répondit Avallach. Vous êtes des amis d'Arthur ?

— Je suis Bedwyr ap Bleddyn de Rheged et...

— Ainsi donc, je rencontre enfin l'illustre Bedwyr ! rugit de plaisir le grand roi. La bénédiction de Dieu soit sur toi, Bedwyr ap Bleddyn. Arthur m'a beaucoup parlé de son frère d'armes.

— Et voici Gwalcmai ap Lot d'Orcadie », dis-je en montrant l'habitant du nord frappé de stupeur qui se tenait près de moi.

À ces mots, le Roi Pêcheur se raidit et plissa les paupières. Il regarda Gwalcmai comme s'il s'agissait d'une nouvelle race de serpent dont on ne savait pas encore si ses crochets étaient venimeux. J'en fus surpris, puis je me souvins de ce que m'avait raconté Myrddin : Morgian, la Reine de l'Air et de l'Ombre, était la grand-mère de Gwalcmai. Sa parente !

Quel idiot ! Je grognai intérieurement et me bottai les fesses d'avoir été si stupide. Pourquoi, oh pourquoi n'y avais-je pas pensé avant ? Je n'aurais pu choisir pire compagnon pour ce voyage !

« Bienvenue, Gwalcmai ap Lot », articula sèchement Avallach.

Je ne pense pas que Gwalcmai se formalisa de la fraîcheur de cette réception. Je ne pense pas qu'il remarqua quoi que ce fût... sinon l'ensorcelante beauté de la femme qui approchait de l'autre côté de la salle. Elle était entrée dans le dos d'Avallach et se dirigeait vers nous d'un pas assuré.

Je sais que je n'ai jamais vu femme plus belle de visage et de corps. Je sais que jamais je ne verrai l'égale de la Dame du Lac... car c'était elle. Je la reconnus, comme j'avais reconnu Avallach, d'après les descriptions de Myrddin. Oh, mais ses mots n'avaient pas exprimé le dixième de son élégance et de sa grâce.

Ses cheveux étaient longs et dorés, tel le soleil sur une prairie de fleurs printanières. Sa peau était blanche comme le liseré de neige sur une branche, ou comme l'albâtre le plus rare. Et ses lèvres étaient rouges comme les pétales des roses d'hiver contre la blancheur de lait de sa peau. Elle posait sur nous des yeux de la couleur des lacs forestiers, et tout aussi calmes. L'arche délicate de ses sourcils dénotait la noblesse et la fierté.

Elle portait une longue tunique de soie vert d'eau entrelacée de merveilleux motifs en fil d'or rouge et, par-dessus, un manteau sans manches de drap brodé d'argent miroitant. Autour du cou, elle portait un mince torque d'or tressé, telle une reine des Cymry. Mais c'était une reine, bien sûr, ou du moins l'avait-elle été.

« En vérité, c'est une déesse ! murmura Gwalcmai d'une voix croassante.

— C'est la mère de Myrddin, souviens t'en », lui dis-je, trouvant moi-même cette vérité difficile à croire.

Charis vint à moi et m'embrassa sur la joue pour me saluer. « La paix du Christ soit avec toi, Bedwyr, dit-elle d'une voix douce et grave.

— Tu me connais, gente dame ? » hoquetai-je, stupéfait qu'elle sût mon nom.

Mes traits durent proclamer mon étonnement, car la dame rit joliment et dit : « Comment en serait-il autrement ?

— Mais je n'ai jamais mis les pieds dans cette demeure avant cet instant, balbutiai-je.

— Pas en chair et en os, non. Mais tu étais l'esprit invisible qui se tenait auprès d'Arthur quand il a séjourné ici l'hiver dernier.

— Il a parlé de moi ?

— Oh, il a parlé de toi, assurément, répondit Avallach. S'il a jamais parlé de quelque chose, il était intarissable à propos de son frère Bedwyr.

— C'est comme cela que je t'ai reconnu, dit Charis. Et c'est de la même façon que tu m'as reconnue... par mon fils, sans nul doute. » Elle tourna les yeux vers Gwalcmai, qui se tenait, ensorcelé, près de moi.

« Je te présente Gwalcmai ap Lot d'Orcadie », dis-je en enfonçant un coude dans les côtes de celui-ci. Mais cela ne fut d'aucun secours, il continuait de la regarder bouche bée, comme s'il était muet et simple d'esprit.

À la mention de son nom, un changement s'opéra en Charis — même si je ne remarquai aucune altération de son expression ou de son attitude. Et pourtant je sentis émaner d'elle comme un soudain jaillissement de chaleur dirigé vers Gwalcmai. Le regardant droit dans les yeux, elle posa une main fine sur chacune de ses épaules, approcha son visage et l'embrassa sur les deux joues.

« Que la paix du Christ soit avec toi, Gwalcmai, dit-elle.

— Et avec toi aussi, gente dame, murmura-t-il en s'empourprant, les joues aussi rouges que des coquelicots.

— Tu es le bienvenu dans cette demeure », lui dit-elle solennellement, puis elle se détendit et déclara : « Venez, c'est une agréable conclusion à une belle journée. Nous allons souper ensemble et vous me donnerez des nouvelles de mon fils que je n'ai pas vu depuis si longtemps. »

À cela je sus que ni Myrddin ni Pelléas n'étaient passés à l'Île de Verre et que notre quête devait vite reprendre.

Nous fûmes conduits dans une plus petite salle où une longue table avait été dressée, entourée de chaises. Il y avait du vin rouge dans une carafe de cristal et, auprès, des coupes d'argent. Le vin nous fut servi et nous bûmes, puis nous relatâmes tout ce qui était arrivé depuis le séjour de Myrddin et d'Arthur à Ynys Avallach. Et il y avait beaucoup à dire.

Gwalcmai piquait sa nourriture de la pointe de son couteau. Eût-il été un oiseau, il eût mangé avec plus d'appétit. Mais il était affalé sur sa chaise et regardait fixement la Dame du Lac, d'un air si niaisement extasié que je m'étonnais qu'elle ne s'enfuie pas hors de sa vue, ou qu'elle ne le couvre pas de honte par un rire méprisant.

J'étais profondément reconnaissant de ne pas être une jeune fille et de devoir subir ses œillades maladives. Mais aussi, dame Charis était deux fois la dame que j'aurais pu être !

Malgré les mauvaises manières de Gwalcmai, la soirée s'écoula agréablement — en fait, elle parut s'enfuir comme la trop brève mélodie d'un rossignol. Nous dormîmes sur des lits de joncs fraîchement coupés recouverts du drap le plus fin et je me réveillai le lendemain matin en me disant que nul homme n'avait jamais mieux dormi, ni plus confortablement.

Mais je me réveillai néanmoins et, après avoir déjeuné, j'exprimai mes regrets de devoir poursuivre notre voyage le jour même. Comme je ne voulais pas alarmer Charis — comment aurais-je pu continuer de vivre si j'avais causé la moindre peine à cette gente dame ! —, je ne lui dis rien de notre quête, mais affirmai simplement que nous étions en mission pour le Duc et devions agir en toute hâte.

Nous fîmes gauchement nos adieux, puis redescendîmes du Tor et franchîmes la chaussée à l'heure où la lueur de la nouvelle journée emperlait l'orient. « Myrddin n'est pas venu ici, dis-je à mon compagnon. C'est bien ce que je craignais. »

Gwalcmai sursauta, comme s'éveillant d'un rêve. Il regarda par-dessus son épaule les hauteurs du Tor. « As-tu une idée de l'endroit où il a pu aller ?

— Dans le Llyonesse », répondis-je, car l'appréhension croissait dans mon cœur et je me rappelai où et quand je l'avais ressentie pour la première fois : sur le rivage, le jour où Myrddin m'avait parlé de Morgian.

Je sentais que là où se trouvait Morgian, je trouverai Myrddin. Pelléas l'avait deviné, lui aussi, et c'était pourquoi il avait été si inquiet pour Myrddin, et si impatient de partir à sa recherche.

« Quel est cet endroit où est allé Myrddin... ce Llyonesse ? » s'enquit Gwalcmai.

Sa question me fit retourner brusquement pour le regarder en face. « Tu n'en as jamais entendu parler ? demandai-je.

— Si je le savais, je ne demanderais pas où cela se trouve, répondit-il avec une innocence que je jugeai authentique. Ne le sais-tu pas toi-même ? »

Je scrutai son visage et décidai qu'il disait la vérité. Je reportai donc mon attention sur la route. « C'est dans le sud, je n'en sais pas plus. »

Le Llyonesse. C'était la source de mes craintes, la pierre de touche de mes pires épouvantes. Je le savais maintenant : Myrddin était allé affronter Morgian. Eh bien, mon chemin était tracé. Je devais me rendre dans le Llyonesse pour le retrouver.

Nous nous arrêtâmes dans un petit village non loin du Tor pour demander notre route et le chef nous répondit sèchement, pendant que les villageois faisaient le signe contre le mauvais sort derrière leur dos : « Continuez vers le sud-ouest et vous le trouverez... si vous y tenez tellement. »

Je ne me rappelle pas grand-chose de notre voyage. Les jours et les nuits se ressemblaient tous pour moi. C'était comme si nous chevauchions à travers un monde qui se mourait à petit feu. Des landes dénudées s'étendaient devant nous à perte de vue et le vent gémissait, solitaire ; la nuit, il pleurait doucement. À chacun de nos pas laborieux, la sensation de futilité et d'oppression augmentait. Ce poids ! Le poids sur mon cœur faisait sombrer mon courage.

Nous parvînmes enfin à une citadelle du Peuple des Fées et j'entretins un moment l'espoir de trouver Myrddin, ou au moins d'apprendre qu'il était passé. À ma consternation, le palais et la forteresse étaient déserts. Je ne pris pas la peine de les explorer. Il n'y avait rien à y trouver... même les genêts étaient morts et desséchés.

En tout cas, Myrddin n'était pas là. Nous repartîmes donc vers le sud par la côte. Gwalcmai tenta de me remonter le moral, mais ses chansons moururent dans le vent. Nulle belle parole ne pouvait être prononcée en ce lieu.

Car nous traversions une terre dévastée : arbres rabougris et contournés, collines rocailleuses et vallons désertiques, marécages nauséabonds et tourbières suppurant comme des blessures infectées. En de nombreux endroits s'étaient ouvertes dans la terre des failles béantes d'où s'élevait une brume délétère qui se répandait, jaunâtre, le long des chemins, dissimulant la route au point que nous craignions de nous précipiter tête la première dans une des bouches de l'enfer.

On ne voyait pas la moindre verdure. Nul oiseau ne chantait. Aucune créature, grande ou petite, ne faisait plus ici sa demeure. Tout n'était que mort et désolation — un royaume ravagé sous l'empire d'un hideux sortilège. Ce qui avait pu causer une telle dévastation dépassait mon imagination. Qui ou quoi que fût Morgian, elle possédait manifestement un pouvoir maléfique supérieur à tout ce que je pouvais concevoir.

La peur rampait telle une vipère dans ma poitrine, mais j'allais de l'avant, ne me souciant plus de ce qui pouvait m'arriver. Je priais. J'implorais le Grand Dieu de Bonté de me protéger. En silence, je chantais les puissants psaumes de force et de louanges. J'appelais la grâce de Jesu sur ce pays flétri par le mal.

Gwalcmai chevauchait tout près de moi et nous nous soutenions l'un l'autre. À mi-voix, je lui parlai de Jesu, le Dieu Sauveur. Et ce fils de l'Orcadie crut. Quoi qu'il pût advenir de nos corps, nos âmes étaient en sécurité dans la Main Ferme et Sûre. Il y avait au moins un léger réconfort en cela.

Malgré tout, notre avance était de plus en plus lente, la route de plus en plus indistincte. Puis, au moment où je pensais à rebrousser chemin, je vis un promontoire se dresser juste devant nous, les eaux venant battre sans relâche ses racines déchiquetées. Des oiseaux de mer tournaient au-dessus de lui et, étrangement, beaucoup de corbeaux parmi eux.

Des charognards ! À cela, je sus où l'on trouverait Myrddin. Mort ou vivant, je l'ignorais, mais notre quête était terminée.

« Reste avec les chevaux », dis-je à Gwalcmai. Il ne répondit pas, mais mit pied à terre et attacha nos montures à un tronc foudroyé. Je le laissai assis là, son épée dégainée posée sur ses genoux.

Une prière aux lèvres, j'entamais la longue ascension du promontoire désolé, m'arrêtant de temps à autre pour appeler. Je n'attendais pas de réponse et n'en obtins aucune...

Je trouvai Myrddin perché au sommet de la plus haute falaise, accroupi sur un rocher, son manteau déchiré serré autour de lui bien que la journée fût suffocante. Des amas épars de pierres calcinées par une intense chaleur gisaient telles des ruines un peu partout autour de lui. Il était en vie, Dieu soit loué ! Et il tourna vers moi le visage.

Je regardai ce visage et faillis tomber à la mer. Ses yeux... doux Jesu ! Ce n'étaient plus que des braises froides, éteintes, le vif éclat de ces yeux dorés à nuls autres pareils décoloré en cendres blanches !

Ses sourcils étaient roussis, ses lèvres craquelées et couvertes de cloques, la peau de ses joues brûlées pelait. Sa chevelure était en lambeaux et poisseuse de sang.

« Myrddin ! » Je courus à lui, sanglotant, moitié de soulagement de le retrouver en vie, moitié de pitié pour ce qui lui avait été fait. « Que t'est-il arrivé ? Qu'est-ce qu'elle t'a fait ? » Je le pris dans mes bras, telle une mère qui berce son enfant mourant.

Quand il parla, sa voix était un murmure rauque qui ne sortait qu'au prix d'un grand effort. « Bedwyr, tu es enfin là. Je savais que quelqu'un viendrait. Je savais... je pensais que ce serait Pelléas... »

Pelléas ! Qu'était-il arrivé à Pelléas ? Je scrutai la falaise, mais ne vis aucun signe de quiconque.

« J'ai attendu... attendu... je savais qu'Arthur... enverrait... quelqu'un... Où est Pelléas ? »

Le son pitoyable de cette superbe voix désormais brisée m'amena les larmes aux yeux. « Ne parle pas, Emrys. Je t'en prie, repose-toi, maintenant. Je vais prendre soin de toi.

— Tout va bien... elle est partie...

— Morgian ? »

Il acquiesça et passa sa langue sur ses lèvres desséchées. Un filet de sang se mit à couler sur son menton. Il luttait pour former des mots.

« Emrys, s'il te plaît, implorai-je, pleurant sans retenue. Ne parle pas. Partons d'ici. »

Myrddin s'agrippa à ma manche et ses yeux morts roulèrent aveuglément dans leurs orbites. « Non... articula-t-il. Tout va bien... elle a fui... »

Je ne crus tout d'abord pas ce qu'il me disait. « Gwalcmai est avec moi, nous avons des chevaux. Laisse-moi t'emmener loin de cet endroit abominable. Elle pourrait revenir.

— Elle est partie... son pouvoir est anéanti. Je l'ai affrontée... Morgian est vaincue... partie... elle est partie... » Il frissonna et ferma les yeux, s'appuyant de tout son poids sur moi. « Je suis las... si las... »

Sommeil ou évanouissement, c'était pour lui un bienfaisant répit. Avec difficulté, je le descendis sur mes épaules parmi les rocs jusqu'à l'endroit où Gwalcmai attendait avec les chevaux.

Gwalcmai frémit en voyant Myrddin. « Que lui est-il arrivé ? demanda-t-il dans un chuchotement horrifié.

— Je ne sais pas », répondis-je, distordant la vérité autant que je le pouvais. Comment pouvais-je lui dire que c'était Morgian, sa parente par le sang, qui lui avait fait cela ? « Nous pourrons le lui demander quand il se réveillera.

— Où est donc Pelléas ? demanda-t-il en tendant le cou pour scruter une fois de plus le promontoire.

— Pelléas a peut-être été retenu ailleurs. Prions qu'il en soit ainsi. »

La nuit vint trop vite sur cette langue de terre dévastée projetée dans la mer. Nous dressâmes le camp dans un des vallons purulents et Gwalcmai rapporta assez de bois sec pour entretenir le feu jusqu'au matin. Je trouvai de l'eau et fis un bouillon avec des herbes que nous avions apportées. Je le fis réchauffer dans mon bol d'argile et réveillai Myrddin pour qu'il puisse le boire.

Dormir semblait lui avoir fait du bien et il but tout le bouillon avant de demander un peu de notre pain dur. Il mangea en silence, puis il se rallongea et se rendormit.

Je le veillai toute la nuit, mais il dormit d'une traite. Vers le matin, je somnolai quelques heures pendant que Gwalcmai montait la garde. Myrddin se réveilla alors que nous nous préparions à repartir.

« Il faut m'aider, Bedwyr, dit-il, et je remarquai que sa voix était un peu plus ferme.

— Je ferai tout ce que tu demanderas, seigneur.

— Prends de la boue et bande-moi les yeux. » J'hésitai et il me fit un signe impatient de la main. « Fais ce que je te dis ! »

Avec de l'eau et de l'argile, je confectionnai de la boue dont je lui enduisis les yeux selon ses instructions. Puis, déchirant un morceau de ma tunique, je les lui bandai. Myrddin tâta le pansement du bout des doigts et déclara que c'était du bon travail.

Ce fut ainsi que commença notre long voyage de retour vers le monde des vivants — Myrddin aveugle assis sur sa selle, bien droit et silencieux, Gwalcmai et moi guidant tour à tour son cheval.

VIII

Trois jours plus tard, après avoir épuisé nos maigres provisions, nous sortîmes du Llyonesse. Je ne regardai pas en arrière. Cette région mélancolique avait laissé sa sombre empreinte sur mon âme.

Myrddin ne desserrait pas les dents. Il était assis droit sur sa selle, silencieux, les yeux bandés d'un tissu maculé de boue, la bouche tordue de temps à autre en une grimace de souffrance... ou de dégoût.

Nous avions voyagé jour et nuit. Quand nous fîmes enfin halte pour nous reposer, nous avions mis une bonne distance entre nous et les frontières de cette lugubre contrée. Je dressai le camp près d'un ruisseau et Gwalcmai tua deux gros lièvres pour notre dîner. Nous les fîmes rôtir et mangeâmes en silence, trop épuisés pour parler. Il y avait de l'herbe pour les chevaux et de l'eau fraîche pour nous tous.

Bien que la soirée fût douce, je fis un petit feu — davantage pour sa lumière que pour nous réchauffer. Nous restâmes assis ensemble tandis que s'allumaient les étoiles dans le ciel d'automne. Lentement, la nuit étendit ses sombres ailes autour de nous et Myrddin se mit à parler. D'une voix aussi sèche qu'une toux d'hiver, il se mit à déclamer :

« Myrddin je fus, Myrddin je demeure. Désormais tous m'appelleront Taliesin.

» Je suis né sur Terre, mais ma vraie demeure est la Région des Étoiles d'Été.

» J'ai été révélé au pays de la Trinité, et avec mon père j'ai parcouru l'Univers entier. Je resterai jusqu'au Jour du Jugement sur la face de la Terre, jusqu'au retour triomphal de Jesu.

» Qui peut dire si mon corps est chair ou poisson ? Car je fus créé à partir de neuf éléments : du Fruit des Fruits, du premier fruit du Seigneur Dieu au commencement du monde.

» Le Magicien des magiciens m'a créé.

» De l'essence de tous les sols je suis fait, un sang illustre coule dans mes veines. Les peuples naissent, renaissent, et renaîtront encore. Premier des bardes, je puis mettre en chanson ce que la langue peut exprimer.

» Écoutez mes paroles :

» À mon cri, les âmes faibles se sont éparpillées comme les étincelles d'un brandon enflammé jeté du haut du mont Eryri.

» J'ai été un dragon enchanté sous une colline, j'ai été une vipère dans un lac, j'ai été une étoile au rayon d'argent, j'ai été une lance ensanglantée dans le poing d'un Champion.

» Quatre fois cinquante flambeaux me suivront, cinq fois cinquante jeunes esclaves me serviront.

» Mon cheval isabelle est plus rapide que les mouettes, plus vif que le faucon en chasse.

» J'ai été une langue de flamme embrasée, j'ai été le bois d'un bûcher de Beltane qui brûlait sans se consumer.

» J'ai été une chandelle, la lanterne dans la main d'un prêtre, une douce lueur qui brille dans la nuit.

» J'ai été l'épée et le bouclier de Puissants Rois, une lame invincible dans la main du Pendragon de Bretagne.

» Comme mon père, j'ai chanté depuis ma plus tendre enfance. La harpe est ma véritable voix.

» J'ai erré, je me suis égaré. J'ai imploré la Main Sûre et Rapide de me délivrer. J'ai attaqué.

» Le bon droit était ma seule arme, le courage du Sauveur brûlait en moi. La frénésie guerrière de Lleu n'était pas plus glorieuse que ma fureur ardente.

» J'ai blessé un monstre enchanté : il avait cent têtes, et une armée farouche à la base de sa langue... une langue noire et fourchue. Il dressait contre moi neuf cents griffes. J'ai tué un dragon crêté dans la peau duquel six fois cinquante âmes subissaient la torture.

» Je répandrai encore un champ de sang, et sur lui sept cents guerriers. Couverts d'une croûte sanglante ma lame et mon bouclier, mais d'or étincelant l'orle de mon écu.

» Un guerrier je fus, un guerrier je serai.

» J'ai dormi dans cent royaumes et résidé dans cent citadelles, cent fois cent rois encore me salueront.

» Sage Druide, prophétise pour Arthur !

» Narre les Jours du Brillant Champion : ce qui était, ce qui adviendra, ce qui fut et ce qui sera.

» L'Étincelante Lumière rassemblera son peuple, qui portera son nom : la Main Sûre. Tel l'éclair, elle animera l'Armée de l'Éternité ! »

Je le regardai, stupéfait. Je ne reconnaissais plus

Myrddin, lui que je croyais si bien connaître. L'*awen* du barde était sur lui et son visage rayonnait — à la lueur du feu ou de son propre éclat mystérieux, je ne saurais le dire. Assis, il hochait en cadence sa tête aux yeux bandés, écoutant l'écho de ses paroles dans l'immensité déserte de la nuit.

« Pourquoi êtes-vous surpris de ce que je vous dis ? demanda-t-il brusquement. Il vous faut savoir que je dis la vérité. Gardez-vous néanmoins des ruses de l'Ennemi, mes amis. Oh, mais n'ayez crainte. N'ayez jamais crainte ! Écoute-moi, Bedwyr ! Écoute-moi, Gwalcmai ! Écoutez l'Âme de Sagesse et sachez le pouvoir du Grand Roi que vous servez. »

Puis il nous raconta ce qui s'était passé dans le Llyonesse. Aveugle, les yeux bandés, il éleva sa voix rauque vers les cieux scintillants et se mit à parler, lentement, d'abord, d'un ton haché, puis plus vite à mesure que ses mots formaient un torrent puissant et régulier. Voici ce qu'il dit :

« J'ai assisté aux vêpres dans le Sanctuaire du Dieu Sauveur, chose que je désirais faire depuis longtemps. J'ai regretté de passer si près d'Ynys Avallach sans m'arrêter pour voir Charis et son père, mais je ne pouvais leur laisser savoir quelles étaient mes intentions.

» Une fois arrivé dans le Llyonesse, je me suis rendu au palais de Belyn et l'ai trouvé abandonné — comme le village des Fées dans la forêt de Brocéliande. Mais pourquoi ? C'était ce que je ne pouvais comprendre.

» Qu'était-il arrivé aux Fées ? Quel désastre les avait frappés ? Comment cela avait-il pu se faire ? Quel but servait leur meurtre ? Oh oui, c'est ainsi que j'en suis venu à le voir : un meurtre prémédité et gratuit. Et ce l'était. Mais pourquoi ? Grande Lumière, pourquoi ?

» Je ne pouvais trouver de repos. Plus j'y réfléchissais, plus j'en étais troublé. Qu'il y eût derrière cela quelque terrible dessein de Morgian, je n'en doutais pas...

— Morgian ! s'exclama Gwalcmai.

— Je suis désolé, Gwalcmai, dit doucement Myrddin. C'est la vérité. Mais tu n'as pas de honte à avoir... la faute est entièrement sienne. »

La contrition de Gwalcmai était sincère. Il se mit à genoux devant Myrddin, courba la tête et tendit les mains en signe de supplication. « Pardonne-moi, Emrys. Si j'avais su...

— Mais tu es innocent, mon garçon. Je ne te blâme de rien, pas plus que tu ne dois te blâmer. Tu ignorais tout.

— Quel était le dessein de Morgian ? » demandai-je, taraudé par la curiosité.

Myrddin secoua la tête. « J'étais incapable de déterminer ce que pouvait être ce dessein. Éveillé ou endormi, les questions m'assaillaient tels des frelons dérangés dans leur nid. Pourquoi ? Pourquoi ? Pourquoi ?

» J'ai prié l'Esprit Illuminateur de me le révéler. J'ai jeûné et prié pour le savoir. J'ai jeûné et prié comme un véritable évêque, tout en m'enfonçant dans le Llyonesse.

» Puis, un matin au réveil, il m'est venu à l'esprit que Morgian, Reine de l'Air et de l'Ombre, était poussée par la peur. C'était si simple ! Pourquoi passait-elle à l'action après toutes ces années ? Parce que quelque chose l'avait poussée à agir... et ce quelque chose était la peur. Morgian avait *peur*.

» Mais quelle pouvait bien être la cause d'une telle peur ? Réfléchis ! Que craignent les ténèbres davantage que la lumière qui révèle les secrets de leur cœur vide ? Que craint le mal davantage que la bonté ?

» Je te le demande, Bedwyr : qui donc se dresse entre Morgian et ses redoutables désirs ? Qui est le Seigneur de l'Été ? Le règne de qui l'avènement du Royaume de l'Été annoncera-t-il ?

— Arthur, répondis-je, car je le lui avais entendu dire.

— Oui... oh, oui. C'est d'Arthur qu'elle a peur. Son pouvoir se fait chaque jour plus grand en ce monde, et elle ne peut le supporter. Pour que le pouvoir d'Arthur s'accroisse, le sien doit diminuer. Et c'est la chose qui lui est le plus haïssable.

» Elle a peur d'Arthur, oui. Mais elle a encore plus peur de *moi.* Car je suis celui sur qui s'appuie le pouvoir d'Arthur. C'est ainsi : le pouvoir que possède Arthur vient de moi. Sans moi, il échouerait, car il n'est pas encore assez fort pour agir seul. Donc, si elle veut vaincre Arthur, il lui faut d'abord m'éliminer. Et elle est ivre de haine et d'effroi.

» J'ai compris que c'était à cause de cette peur qu'elle avait détruit le village des Fées. Pourquoi ? Parce que des derniers enfants de l'Atlantide engloutie viendra sa perte. Je l'ai vu... mais en essence seulement, je ne sais pas la forme que cela prendra.

» Elle doit donc tous les détruire si elle veut survivre. De la même façon, j'ai vu qu'elle doit bientôt agir contre Charis et Avallach sur le Tor... comme elle a agi contre les Fées de Brocéliande et contre Belyn dans le Llyonesse. Elle doit les exterminer si elle veut trouver le moindre répit à sa peur inexorable. Et, encore une fois, elle doit aussi me détruire.

» Une potion empoisonnée et un couteau... mais Pelléas l'en a empêchée. C'était une tentative maladroite, puérile. Il n'est pas à mon honneur qu'elle ait failli réussir... du seul fait que j'attendais mieux de la Déesse Suprême des Catins que ce tour enfantin.

» C'est en soi une énigme. Mais la réponse est parfaitement simple. Pelléas et moi nous trouvions dans le cercle même de son pouvoir, et pourtant nous n'avons pas été détruits. Pourquoi ? Je vais te le dire : elle n'en avait pas la force. C'était un mensonge ! Tout en elle est mensonge ! Elle peut ensorceler, elle peut charmer et envoûter, mais elle ne peut détruire franchement. Je te dis que cela lui est impossible, sinon elle l'aurait certainement déjà fait. »

Myrddin semblait avoir oublié qui était en sa compagnie et s'imaginer qu'il s'agissait de Pelléas. Cela n'avait pas d'importance. J'étais fasciné par tout ce qu'il disait. Car j'entendais dans ses paroles l'éclat voilé d'une vérité trop radieuse pour être répétée.

« Comme j'ai été stupide ! À l'instar de tant

d'autres choses chez Morgian, l'étendue du pouvoir dont elle se rengorgeait était un mensonge ! Et pourtant, il suffisait à ses desseins. Et il n'avait fait que se renforcer. Brocéliande était le signe avant-coureur de ce qui allait venir.

» Oh, Morgian n'était pas restée oisive. Rassembler les fils épars de ses forces, concentrer les brins dispersés de son énergie, mobiliser les vastes ressources perverties de son armement... cela avait constitué tout son travail depuis son attaque avortée contre moi. Et elle en avait tiré un surcroît de puissance.

» Ne te leurre pas, elle avait l'intention de finir ce qu'elle avait commencé. Et au plus tôt... avant qu'Arthur n'ait trop grandi en force dans la Lumière, avant que la floraison du Royaume de l'Été ne l'ait rendue faible et inoffensive.

» Il lui fallait donc me trouver et me détruire. Une fois cela fait, il n'y aurait plus rien eu pour lui faire obstacle. Elle serait devenue de plus en plus forte à mesure que ses graines auraient porté leur fruit. Et sa malignité aurait dépassé l'imagination.

» Je désespérais. En vérité, je te le dis. Je savais tout cela, je le voyais clairement, mais j'étais impuissant à l'empêcher. Il était probablement déjà trop tard. Mon esprit hurlait en moi. Je pleurais sur ma faiblesse.

» Néanmoins, grâce au courage de la Lumière Vivante, je plongeai le regard dans l'ombre même du désespoir, dans le hideux cœur noir de la chose que j'avais haïe et redoutée toute ma vie. Et je vis... je vis ceci : gloire au Dieu Sauveur, je vis que mon seul espoir consistait à porter le combat contre elle. Je devais être celui qui l'affronterait.

» Un bien mince espoir, te dis-tu peut-être. Mais c'était la seule arme dont je disposais et il ne m'en serait pas donné d'autre si je ne la prenais pas. Je la pris donc. Je la saisis. Je te le dis, je m'en fis gloire. Je priai le Dieu Omniscient qu'il m'accorde la sagesse d'en faire bon usage.

» Puis j'attendis. Je jeûnai et je priai, et quand je

sentis palpiter mon âme, je me rendis en ce lieu. » Par cela, je pense qu'il voulait dire le promontoire où je l'avais trouvé. « N'accordant aucune pensée à ma personne — que je vive ou que je meure, je te le dis, cela n'avait plus d'importance! J'aurais avec joie donné ma vie pour chasser définitivement les Ténèbres.

» Curieusement, une fois que mes pieds furent en chemin, le réconfort me fut accordé sous la forme de la compréhension. Car enfin je compris que Morgian était prisonnière de sa peur — sa peur d'Arthur et de moi, sa peur du Royaume de l'Été — et qu'elle était bien plus désespérée qu'elle ne pouvait le laisser savoir à quiconque.

» Seigneur et Sauveur, c'est la vérité! Ne vois-tu pas? C'était la peur... la peur insatiable qui est la compagne des plus grands maux. Elle qui devait à jamais paraître Souveraine de la Peur en était elle-même la servante.

» Et c'était là son échec. Grande Lumière! C'était là sa faiblesse! La Reine de l'Air et de l'Ombre ne pouvait avouer sa peur, son insoutenable faiblesse, même à elle-même. Elle devait sembler détenir le pouvoir même qui lui faisait défaut. Elle devait toujours paraître posséder la chose même qui restait à jamais hors de sa portée.

» Oh, mais j'ai eu peur. Grande Lumière, tu sais si j'ai ressenti l'angoisse de la mort et le désespoir de la faiblesse. J'ai connu l'échec et le chagrin. J'ai subi le pitoyable échec du péché, oui, et la répugnante impuissance de la chair.

» J'ai connu et subi tout cela. J'ai vidé la coupe qui m'avait été versée et je ne l'ai pas repoussée. J'ai compris que c'était ma force. Par cela, je vaincrais.

» Le vois-tu, maintenant? C'est magnifique, n'est-ce pas? Les desseins de Dieu sont très subtils, mais magnifiques dans leur subtilité... à jamais glorieux. Ainsi soit-il!

» Je te le dis, je me suis réjoui de cette révélation. J'en ai fait mon chant de guerre, j'en ai forgé mon épée et mon bouclier. Je l'ai revêtue comme un casque et une cotte de mailles. Et je suis parti à la rencontre de l'épreuve que j'avais si longtemps différée. »

Myrddin fit une pause et tendit la main pour qu'on lui passe sa coupe. Je la lui donnai et il but. L'obscurité était maintenant totale. Il commençait à faire froid. La rosée serait abondante cette nuit, mais le feu nous tiendrait secs.

Je ramenai le manteau de Myrddin autour de lui, lui pris la coupe des mains quand il eut terminé et y reversai de l'eau. Puis je me rassis, enroulai mon propre manteau autour de mes épaules et attendis que Myrddin reprenne la parole. Dans les branches d'un arbre proche, un rossignol se mit à chanter. La voix de la mélancolie, un doux chagrin fait mélodie.

Comme si c'était le signe qu'il avait attendu, Myrddin se remit à parler. Mais son ton avait changé. Il y avait de la tristesse dans sa voix, et de la douleur. Une douleur vaste et profonde comme le chagrin.

« Je ne savais pas où ni comment je la rencontrerais. Je me disais cependant qu'elle serait avertie de ma venue et viendrait vraisemblablement à ma rencontre avant que je ne sois allé très loin, car elle ne pourrait supporter la lumière qui était en moi. En ceci je ne me trompais pas.

» Je pensais que ce serait la nuit, dans les ténèbres. Je lui faisais confiance pour choisir son élément, et elle le fit.

» À l'heure entre les heures, quand s'amincit le voile entre ce monde et l'autre, elle vint à moi. Je m'étais arrêté pour la nuit dans ce qui restait d'un bosquet de chênes. J'avais un peu dormi, mais mon sommeil avait été troublé et je me réveillai. La lune était bas dans le ciel, mais assez brillante pour y voir.

» Elle montait un cheval noir et était vêtue à peu près comme le jour où nous nous étions rencontrés à la cour de Belyn : cape et manteau noirs, bottes noires montantes, longs gants, le visage dissimulé sous un capuchon. Elle était venue seule et cela me surprit. Car elle savait certainement pourquoi j'étais là.

» Elle le savait, mais son aveuglement la poussait à la témérité et, dans son orgueil démesuré, elle exultait de sa force supérieure. Elle était venue seule parce que sa vanité l'avait exigé.

» Mais bien qu'elle fût sur ses gardes, elle était calme. La force grouillante de sa haine ne se rassembla pas tout de suite. La curiosité, je pense, la contenait provisoirement. Elle ne comprenait pas plus mes intentions qu'elle n'y croyait. Telle est son intelligence, cependant, qu'elle ne voulait pas attaquer un ennemi avant de savoir quelles armes il allait utiliser.

» Bien sûr, mes armes lui étaient inconnues : le courage, l'espoir, la foi. Je les exposais pleinement et sans artifice, mais elle était incapable de les discerner.

» Je parlai le premier. “Te voici donc, Morgian, dis-je en me levant à son approche. Je savais que tu me trouverais : j'ai prié pour que cela ne tarde pas.”

» Elle me répondit. “Tu es loin de chez toi, Myrddin Wylt”, dit-elle en se laissant glisser de sa selle. Je ne pouvais rien déchiffrer au ton de sa voix.

» “Peut-être, accordai-je. Nous sommes tous deux étrangers en ces lieux, je pense.”

» Ma suggestion l'ulcéra. “Tu te flattes beaucoup trop si tu penses que nous nous rencontrons en égaux. Je suis aussi au-dessus de tes petits pouvoirs que l'est le soleil au-dessus de la terre stérile sur laquelle tu te traînes, aussi loin que le faucon au-dessus de la vermine qui tourmente ta misérable chair. Nous ne sommes pas des égaux.

» — Tu m'as jadis offert ton amitié”, répondis-je. Une chose étrange à dire, je ne sais pourquoi je le fis. Se pourrait-il que la miséricorde divine soit telle qu'elle puisse s'étendre même à Morgian ? Au nom de Jesu, donc, je lui fis une offre. “Il n'est pas trop tard, Morgian. Reviens en arrière, je t'aiderai. Tu peux te racheter.”

» Elle répondit à cela par le mépris, comme je savais qu'elle le ferait. “Penses-tu me prendre avec cela, cher Myrddin ? Penses-tu que ton dieu méprisable m'intéresse en quoi que ce soit ?

» — L'offre de paix a été faite, Morgian. Je ne la retire pas."

» Elle laissa tomber les rênes de sa main et s'approcha lentement de moi. "Est-ce pour cela que tu es venu ?" Je pouvais sentir la chaleur glaciale de sa haine qui commençait à brûler.

» "Pourquoi me hais-tu à ce point ?"

» Elle fit un geste de la main et mon feu de camp bondit vers le ciel. Après quoi elle releva le voile qui couvrait son visage pour que je puisse admirer sa redoutable beauté. Une telle splendeur dévoyée, une telle élégance corrompue. Oh, son charme est surprenant, éblouissant. Aussi puissant que sa méchanceté — et celle-ci est pratiquement sans bornes. Mais la voir est contempler la futilité moqueuse d'un sépulcre doré.

» Elle fit la moue, et même son froncement de sourcils était enjôleur. "Mais je ne te hais pas, Myrddin. Je n'éprouve pas le moindre sentiment à ton égard. Tu n'es rien pour moi... moins que rien."

» C'était un mensonge, bien sûr. Maîtresse des Mensonges, elle ne connaissait pas d'autre langage. "Alors pourquoi perdre ton temps à me le dire ? demandai-je. Pourquoi prendre la peine de m'affronter ?"

» Les yeux de Morgian étincelèrent. "Ce que je fais, je le fais pour mon propre plaisir. Si cela m'amuse de te parler, c'est une raison suffisante." Elle se mit à tourner autour de moi, les mains jointes, effleurant ses lèvres du bout de ses doigts gantés. "De plus, nous sommes cousins, toi et moi. Que dirait-on de moi si je refusais l'hospitalité à un parent ?" Elle était toujours méfiante. Incapable d'appréhender la réalité, elle soupçonnait quelque traîtrise.

» "Tu éludes ma question, mais je vais répondre à ta place, veux-tu ? Tu me hais parce que tu as peur de moi, Morgian. En cela, tu ne fais qu'un avec le reste de l'humanité ignorante : les insensés haïssent ce dont ils ont peur.

» — C'est toi l'insensé, cousin !" siffla-t-elle. Ses

paroles étaient comme des coups de couteau. "Je n'ai pas peur de toi! Je n'ai peur de personne!" Les flammes bondirent encore plus haut. Puis, comme si cet éclat de rage n'avait jamais eu lieu, elle sourit et se rapprocha d'un pas léger. "Je te l'ai dit, je n'éprouve rien pour toi.

» — Non? Alors pourquoi es-tu venue me tuer?

» — Te tuer?" Elle eut un rire affecté. Le son en était pathétique. "Cher Myrddin, imagines-tu que ta vie a une quelconque importance pour moi? Ton existence est la moindre de mes préoccupations.

» — Tu as déjà essayé de me détruire et tu as échoué, lui rappelai-je. C'était un tour d'enfant, et pourtant tu n'as pas réussi. Il est inutile de le nier, Nimue."

» Elle rit de nouveau et les flammes crépitèrent sinistrement. Je sentis qu'elle était sur le point de frapper, mais je ne savais pas d'où viendrait le coup. "Oh, bien joué, Myrddin! Je te félicite de ta grande sagacité. Tu as enfin deviné que c'était moi, n'est-ce pas? Eh bien, Sage Myrddin, cette fois tu ne t'en tireras pas à si bon compte. Cette fois ton précieux Pelléas ne viendra pas s'interposer."

» Je m'attendais à ce qu'elle frappe, et pourtant elle me prit au dépourvu. La force de sa haine me cingla comme une gifle. Mes poumons furent écrasés par une terrible pression et je me sentis comme accablé sous le poids du monde... comme si Yr Widdfa lui-même m'avait été lâché sur la poitrine. Je reculai en titubant, luttant pour rester debout et reprendre mon souffle. Ma vision s'obscurcit. La force écrasante me fit tomber à genoux.

» Morgian était ravie de son œuvre. "Tu vois?Je pourrais t'écraser sans un mot... Mais je ne le ferai pas."

» Aussitôt, je fus libéré du poids. Je tombai sur les coudes, les poumons en feu, le souffle court.

» Morgian se tenait au-dessus de moi. "La mort n'est que le début, mon amour, murmura-t-elle. J'ai souvent songé à ta destruction, et j'ai l'intention d'en jouir pleinement. J'ai attendu si longtemps."

» Elle se mit à tourner lentement autour de moi en ôtant ses gants. Puis, levant les mains à hauteur des épaules, elle commença à chanter dans la Langue Obscure. Je vis des yeux... des cicatrices de brûlures au creux de ses paumes peintes en noir et argent en forme d'yeux. Pendant qu'elle parlait, ceux-ci se mirent à briller comme s'ils étaient vivants.

» Et, s'enflant derrière elle, je vis la forme des ténèbres — une vaste obscurité qui l'enveloppait de toutes parts — partout où elle allait, elles se déplaçaient avec elle... elles étaient vivantes, je te le dis ! Cette chose, cette ombre vivante se mit à grouiller et à se tordre. Telle une masse de serpents, elle se rassemblait et se séparait.

» Je regardai et autour d'elle se tenaient maintenant six formes immenses — des démons, appelés de quelque enfer innommable pour assister à son triomphe. Ils se tenaient à ses côtés, attentifs, les vapeurs glaciales de leur effroyable malveillance se répandant dans l'air.

» Terribles, ils étaient, mais magnifiques à contempler. Douloureusement beaux. Comme Morgian, ils étaient exquis dans leur perfection. Mais c'était la perfection du vide, sans âme et insensible, mortel, immaculé dans sa vanité.

» Les voir... oh, le simple fait de les voir fit cesser de battre mon cœur dans ma poitrine. Je me sentais glacé, ma chair frissonnait de la terrible malignité de leur présence. Une puanteur de cadavre en décomposition planait dans l'air. Les larmes ruisselaient sur mes joues.

» Morgian se rapprocha. Elle était dans le plein épanouissement de sa gloire dévoyée. Elle exultait, le regard pétillant de malignité, suintant le venin par tous ses pores. Les yeux gravés dans ses paumes irradiaient la force de sa méchanceté telles des vagues engendrées par une pierre jetée dans l'eau profonde. C'était calculé pour me faire perdre mon courage.

» Mais je ne perdais pas courage, pas plus que je n'avais peur. En vérité, après avoir résisté au premier déferlement de sa haine, je sus qu'elle ne pouvait atteindre mon âme. Morgian pouvait me tuer — Ha ! N'importe quelle brute barbare peut en faire autant avec son épieu ! — mais elle ne pouvait me détruire. Elle ne pouvait me faire renoncer à la Lumière, ni mourir en maudissant mon Seigneur.

» Je retrouvai ma voix. "Fais tout ce que tu peux, Morgian. Je ne me laisserai pas ébranler. Au nom de Jesu, Fils du Dieu Vivant, je possède la force de te défier."

» Ces mots avaient à peine quitté mes lèvres que je sentis des ailes autour de moi. C'est étrange, je sais... mais il n'y a pas d'autre explication. Des ailes ! Qui m'enveloppaient, m'abritaient, me protégeaient. Étaient-ce les ailes des anges ou celles du bienheureux Christ en personne ? Je l'ignore. Mais j'en étais entouré. La paix rayonnait de moi. La paix en ce lieu d'horreur. Pense donc ! Je savais sans le moindre doute que mon Seigneur et Roi se tenait au-dessus de moi. Sa Main Ferme me soutenait.

» Morgian sentit le retournement de situation. Cela la mit en fureur, bien qu'elle ne pût voir la source de mon courage. "Des mots ! Des mots ! Prophète insensé ! Ton dieu insipide ne peut rien pour toi. Aucune puissance sur terre ne peut plus te sauver !" Elle leva les mains et les croisa au-dessus de sa tête, puis elle se mit à appeler les puissances de l'Air et de l'Ombre.

» Elle psalmodia ses sinistres incantations et j'entendis la clameur glacée du vide hurlant.

» C'est fort étrange, mais à cet instant... au moment même où son pouvoir avait atteint sa pleine force, elle avait perdu. Je ne lui avais pas cédé. Confronté à sa haine, je n'avais pas haï. Pas plus que je n'avais fui ou tremblé.

» Grande Lumière, le pouvoir de l'Ennemi est si fragile ! Les démons ne peuvent utiliser que ce que nous leur offrons. Ne vois-tu pas ? Ne leur offre rien et leur pouvoir échoue, il retombe comme une flèche perdue, comme une lame brisée.

» Morgian m'injuria, elle me maudit. Elle appela

les démons de l'enfer. Oh, tu aurais dû la voir. C'était terrible à contempler. Mais les ailes me protégeaient, je n'avais pas peur.

» Elle évoqua une tornade de feu. La fureur ! La fureur et la haine ruisselaient d'elle tel un infect torrent empoisonné. De sombres éclairs jaillirent et le bosquet flétri se mit à brûler. Les branches enflammées pleuvaient autour de moi, les arbres se transformaient en torches et s'effondraient les uns sur les autres. Mais je ne sentais pas la chaleur, aucune flamme ne m'atteignait !

» Enhardi, je lui criai : "Tu vois enfin la vérité, Morgian : par le pouvoir du Très Saint, le Vrai Dieu, je suis sauvé. Tu ne peux me faire de mal. Celui qui est en moi est plus grand que celui qui est en toi. Tout honneur, toute gloire et tout pouvoir lui appartiennent. Ainsi soit-il !"

» Elle ne put le supporter. Pas plus qu'elle ne put y tenir tête. Car elle avait si rapidement consumé ses forces qu'il ne lui restait rien : elle était épuisée. Elle ne pouvait même plus tenir les mains en l'air.

» Je la provoquai. "Viens, Morgian ! criai-je. Tes seigneurs nous observent. Montre-leur comment leur créature utilise les armes qui lui ont été données."

» Ses yeux hagards étaient fous de rage. Les flammes bondirent encore plus haut. Des arbres éclatèrent sous leur chaleur sauvage. Mais l'herbe sous mes pieds ne se racornit même pas. J'étais baigné d'une douce fraîcheur.

» Transporté d'exultation, j'ouvris la bouche et chantai. Je chantai des hymnes de louanges à mon Seigneur. J'entonnai un chant de victoire à mon Roi. Et je dansai devant lui. Les démons attroupés derrière Morgian miroitèrent dans la chaleur cinglante, puis ils s'effacèrent et disparurent.

» Le visage de Morgian devint noir du mal qui montait en elle, une rage meurtrière la tenait dans ses mâchoires et la secouait. Elle hurla et son cri aurait abattu une armée !

» Elle bondit vers moi, les doigts tendus telles des

griffes. Je levai les bras pour me protéger le visage, mais l'attaque ne vint pas.

» J'entendis une voix appeler son nom : “Morgian !” Ce cri l'arrêta net. Je baissai les bras et regardai : un homme était apparu sur un cheval, galopant vers elle à travers les flammes... »

Myrddin se tut. À la mention de l'homme, sa voix s'était chargée de chagrin. « Tu as reconnu cet homme, dis-je.

— Je l'ai reconnu, répondit Myrddin. Dieu ait pitié de lui, c'était Lot.

— Lot ! » nous écriâmes-nous en chœur, Gwalcmai et moi.

Myrddin hocha lentement la tête. « C'était lui. Même parmi la fumée et les flammes, je l'ai reconnu.

» Il l'a appelée. Morgian est restée figée dans sa malignité. Mais Lot a couru à elle, s'est penché et l'a attrapée. Il l'a hissée devant lui sur sa selle. Son cheval s'est cabré, faisant étinceler ses sabots, et ils ont fui.

» J'ai crié : “Reviens, Morgian ! Finissons ce que tu as commencé.” Mais ils ne se sont pas retournés. La colère s'est emparée de moi. Et, Dieu me vienne en aide, j'ai couru derrière elle. Je ne voulais pas qu'elle s'échappe.

» À l'orée du bosquet, ils se sont arrêtés et à demi tournés vers moi. Je pensais que Morgian m'affronterait. Mais il lui restait encore un charme. Elle a jeté les mains au-dessus de sa tête et hurlé une malédiction. Hideuse, c'était un dernier cri de désespoir et de défi.

» Je me suis figé sur place. Lot a éperonné son cheval. Au même instant un éclair a jailli des cieux et ouvert entre nous une crevasse dans la terre. Ils ont fui tous les deux. Et je suis resté longtemps étendu à terre, ébloui, meurtri, le crâne résonnant comme une cloche. J'ai ouvert les yeux et je n'y voyais plus. L'éclair m'avait brûlé et rendu aveugle. »

Il porta la main à ses yeux. « J'ai perdu la vue... la clairvoyance également. Je ne puis plus voir les sentiers enchevêtrés devant moi, mes pieds ne fouleront plus ces lieux de l'Autre Monde. Tout est obscur, l'avenir est vide et indistinct. Je suis deux fois aveugle. » Il se tut et secoua tristement la tête. « Je ne puis m'en prendre qu'à moi. J'ai abandonné la protection de mon Seigneur pour essayer de la tuer. Et je porte désormais la cicatrice de ma folie. Oh, mais je répugnais à la laisser partir. »

Gwalcmai, le visage cendreux — même à la lueur du feu — tourna vers moi des yeux emplis de larmes. « Je vengerai cela, jura-t-il doucement, ne sachant ce qu'il disait.

— Comment peux-tu t'accuser ? demandai-je à Myrddin. Assurément, Morgian est la responsable, c'est *elle* qui t'a fait cela. La faute lui en incombe. »

Un sourire moqueur effleura ses lèvres. « Ne vois-tu toujours pas ? Cela n'a jamais été mon combat ! C'était celui du Seigneur de Lumière contre le Prince des Ténèbres, de Jesu contre l'Ennemi. Je n'y avais aucune part.

— Aucune part ? Sans toi elle aurait triomphé depuis longtemps !

— Non. » Myrddin secoua lentement la tête. « C'est ce que je croyais, moi aussi. Pendant longtemps, j'ai porté ce fardeau dans mon cœur et dans mon âme, mais c'était un mensonge ! Oui, cela aussi était un mensonge.

— Je ne comprends pas, dis-je d'un ton ferme.

— Ça n'a jamais été mon combat, expliqua calmement l'Emrys. Mon orgueil, ma vanité, ma suffisance m'empêchaient de le voir. » Myrddin eut un rire amer et porta la main à ses yeux. « Avant, j'étais aveugle, mais maintenant j'y vois clair : mon Seigneur est Tout-puissant. Il n'avait pas besoin de mon aide pour se défendre. C'est lui qui sauve et qui protège, pas moi. Cela n'a jamais été moi. »

Il s'interrompit, comme pour réfléchir, puis ajouta : « Je te le dis, c'est le plaisir suprême de l'Ennemi de nous faire penser le contraire. Mais ce n'est que lorsque j'ai su ma propre faiblesse, lorsque je suis venu seul et sans protection en ce lieu, sans autre but ou projet que d'affronter Morgian... ce n'est qu'alors que mon Seigneur a été libre d'agir.

— Mais tu l'as fait. Tu l'as affrontée.
— Je n'ai *rien* fait ! »
Silence. Le crépitement du feu et le doux murmure du ruisseau semblaient emplir la nuit entière.
« Je n'ai rien fait, Pelléas, dit-il enfin doucement.
— Seigneur, dis-je en posant une main sur son bras. Pelléas n'est pas ici. c'est moi, Bedwyr... et Gwalcmai. »
Myrddin porta une main à sa tête. « Oh, dit-il, bien sûr. Mais où est Pelléas ?
— Je l'ignore, Emrys. Il est parti à ta recherche... c'était avant Lugnasadh. »
Myrddin se leva et fit quelques pas chancelants. « Pelléas ! » cria-t-il, le visage tourné vers les cieux. Avec un puissant grognement, il s'écroula à genoux. « Oh, Pelléas, ami fidèle, que t'a-t-elle fait ! »
Je me précipitai à son côté. « Myrddin ? »
La douleur dans sa voix était un couteau capable de vous arracher le cœur de la poitrine. « Pelléas est mort... »
Mon esprit se rétracta en moi et j'entendis le sinistre écho des paroles de Morgian : *Cette fois, ton précieux Pelléas ne viendra pas s'interposer.*
Seigneur Jesu, priai-je, fais que ce soit encore un mensonge.

IX

Charis rendit grâce au ciel de voir son fils revenir en vie. Elle s'affligea de sa cécité, mais se mit aussitôt au travail pour le soigner. La sérénité habituelle de la vie sur le Tor fut quelque peu affectée par la fébrilité avec laquelle la Dame du Lac explorait ses nombreux ouvrages de médecine et consultait les bons frères du Sanctuaire.
Mais, à la fin, elle fut bien obligée de conclure que si Myrddin recouvrait jamais la vue, ce serait le fait

du Dieu Généreux. Les efforts des hommes ne lui seraient pas d'un grand secours, aussi lui faudrait-il attendre que s'accomplisse la volonté divine. Jusque-là, Myrddin porterait le bandeau d'un aveugle.

Morgian n'était pas détruite, mais son pouvoir était brisé. Elle avait fui et ne nous créerait plus d'ennuis. Myrddin ne pensait pas qu'elle retrouverait jamais ses pouvoirs. Une fois épuisés, expliqua-t-il, ceux-ci reviennent rarement. En cela, il faisait peut-être preuve d'optimisme. Mais il connaît ces choses mieux que quiconque.

Et il y avait le problème de Lot. Il était possible qu'il se fût rendu dans le Llyonesse : il avait pu prendre la mer au moment où nous quittions Caer Edyn. Vu le temps que nous avait pris le voyage de Caer Edyn à Caer Melyn, il ne lui aurait pas été difficile de nous devancer.

Mais je trouvais cela peu probable. Gwalcmai était trop profondément honteux pour dire ce qu'il en pensait. Il avait le sentiment que son noble nom et son clan avaient été déshonorés. Misérable et humilié, c'était tout juste s'il pouvait tenir la tête droite. Il se traînait autour du Tor — la plus belle des demeures en ce monde ! — telle l'image même du désespoir. Je faisais de mon mieux pour le consoler, mais mes paroles lui étaient d'un piètre réconfort. La blessure infligée à sa fierté nordique était profonde.

J'en parlai à Myrddin. « Bien sûr, ce n'est pas la faute de Gwalcmai. Je ne le condamne pas. Mais j'ai vu ce que j'ai vu, Bedwyr. Je n'y puis rien changer, insista-t-il.

— Mais n'aurais-tu pas pu te tromper ? Aurait-il pu s'agir de quelqu'un d'autre ?

— Bien sûr, c'est possible, reconnut-il. Mais ce quelqu'un avait le visage de Lot et la voix de Lot... ce quelqu'un ressemblait tellement à Lot que ce ne pouvait être que son jumeau. »

Si Myrddin admettait avoir pu se tromper, cela ne nous avançait guère. Car Lot, pour ce que j'en savais, n'avait pas de frère.

Gwalcmai ne me fut pas d'un plus grand secours. « Mon père n'a pas de frère, confirma-t-il sombrement. Loth n'avait qu'un fils et je n'ai jamais entendu dire qu'il en aurait eu un autre. »

Ce problème n'avait pas de solution dans l'immédiat. Je le laissai donc à la charge de Dieu et retournai à mes propres affaires. Dans quelques jours, Myrddin serait suffisamment remis pour voyager et j'étais impatient de retourner au plus vite à Caer Melyn. Le temps s'était fait humide et venteux. Les journées étaient plus froides. Je ne désirais pas passer l'hiver sur l'Île de Verre, aussi plaisante fût-elle. Nous devions partir bientôt si nous ne voulions pas avoir à attendre le printemps.

Charis, craignant pour son fils, répugnait à nous laisser partir. Mais elle en comprit la nécessité et me montra comment changer le linge sur les yeux de Myrddin et préparer l'emplâtre de boue qui soulagerait les chairs brûlées de son fils. Dans les bois du versant ouest de la Colline du Sanctuaire, je coupai pour lui un long bâton de sorbier afin qu'il ne trébuche pas. Cela lui donnait l'allure d'un druide d'antan et beaucoup de ceux qui le virent ainsi le prirent pour tel.

Avallach nous donna ses meilleurs chevaux et nous partîmes le premier jour de beau temps. Le navire attendait où nous l'avions laissé. Je payai le pêcheur qui nous l'avait gardé, nous fîmes monter les chevaux à bord et levâmes l'ancre.

La journée était ensoleillée et la brise fraîche. Pourtant, quand je vis s'éloigner la terre derrière nous, un élancement de chagrin me transperça le cœur comme une flèche. Car nous laissions Pelléas en arrière, et je savais au plus profond de mon être que nous ne le reverrions jamais.

Si mon chagrin palpitait dans ma chair telle une blessure, quel ne devait pas être celui de Myrddin ?

« Il a disparu, se lamentait-il d'une voix si douce que j'en avais le cœur brisé. Une étincelante étoile est tombée des cieux et nous ne la reverrons plus.

— Comment peux-tu en être sûr ?

— Paix, Bedwyr, me calma-t-il. S'il était encore en vie, penses-tu que je connaîtrais un seul instant de repos ? Quand dans ma folie je me terrais dans la forêt, c'est Pelléas qui m'a retrouvé. Il a cherché pendant des années sans jamais renoncer. Comment pourrais-je faire moins ? »

Gwalcmai entendit cela et, en débarquant à Abertaff, il monta à cheval avec nous, mais obliqua bientôt sur un chemin partant vers le sud. Je lui criai : « Caer Melyn est de ce côté ! Où penses-tu aller ? »

Il s'arrêta et regarda en arrière. « Retrouver Pelléas ! répondit-il. Je ne prendrai pas place à table avec Arthur tant que je ne l'aurais pas retrouvé.

— Gwalcmai ! »

Le jeune guerrier entêté tourna le dos et leva sa lance en guise d'adieu. « Salue mon frère de ma part et dis-lui ce qui s'est passé.

— Dis-le-lui toi-même ! Gwalcmai, reviens !

— Laisse-le partir, dit Myrddin. Laisse-le faire ce qu'il doit.

— Mais tu as dit que Pelléas était mort.

— Il l'est.

— Alors sa quête n'a pas de sens.

— Non, répondit Myrddin. Sa quête est la rédemption elle-même. Il ne trouvera pas Pelléas, mais il retrouvera peut-être son honneur. En vérité, je te le dis, s'il reste, il sera malade de remords. Laisse-le aller et c'est en champion qu'il nous reviendra. »

Rares sont ceux qui peuvent tenir tête à l'insondable sagesse de l'Emrys. Je n'en suis pas. Je fis comme il me disait et laissai partir Gwalcmai.

Arthur accepta cette décision. Après tout ce qui était arrivé, il ne pouvait faire moins, même s'il répugnait à perdre un aussi bon guerrier que Gwalcmai. Il s'affligea de la cécité de Myrddin, mais fut heureux de le voir revenir en vie. Et Caer Melyn était si affairé par les préparatifs pour l'hiver que nous ne pouvions nous étendre trop longtemps sur le mystère de la félonie de Lot. Nous avions négligé la citadelle pendant tout l'été et il y avait beaucoup à faire avant que les vents glacés descendent en hurlant du nord.

Nous fûmes également fort occupés durant le long hiver : entretenir les armes et en fabriquer de nouvelles, réparer sellerie et chariots. Partout dans le caer résonnait le fracas des marteaux sur le métal. Avec toute cette activité, nous aurions pu être une cité de forgerons telle qu'en avait rencontrée Bran le Béni au cours de ses fabuleux voyages.

Mais Arthur savait que la prochaine campagne serait difficile. Il voulait que tout soit prêt. Quand Bors reviendrait de Benowyc en Armorique, le Duc avait l'intention de lever l'ancre pour Caer Edyn. Car il pensait que la prochaine attaque surviendrait près du nouveau chantier naval de Bretagne.

En cela il ne se trompait pas.

La neige s'accrochait encore au flanc des montagnes quand nous nous mîmes en route. Le vent qui gonflait nos voiles transperçait également nos manteaux et nous faisait claquer des dents. Les eaux le long des côtes n'étaient pas aussi agitées que nous l'avions redouté et, après seulement quelques contretemps lorsque l'un ou l'autre de nos marins inexpérimentés faisait une fausse manœuvre, notre flotte arriva rapidement à bon port.

Ectorius n'était pas resté oisif durant l'hiver, lui non plus. Il descendit sur les quais nouvellement construits pour nous accueillir et nous annoncer que cinq nouveaux navires attendaient notre inspection dans le Fiorth.

« Venez voir ces beautés à la coque effilée, se rengorgea Ector. Les charpentiers de Lot ont fait merveille. Tant que nous les avons approvisionnés en bois, ils ont travaillé. Nous avons abattu des arbres et ils ont travaillé tout au long de l'hiver sans jamais se plaindre du froid.

— Mais je leur avais donné la permission de rejoindre Lot pour l'hiver, dit Arthur.

— N'est-ce pas ce que j'ai dit ? répondit Ector. Lot a jugé qu'il valait mieux les garder ici. En chassant la horde barbare, tu as sauvé ses navires, si bien qu'il n'avait pas besoin d'eux en Orcadie.

— Quand Lot a-t-il quitté Caer Edyn? demandai-je dans l'espoir de résoudre le mystère de son apparition dans le Llyonesse.

— Eh bien... » — Ector tira sur sa barbe rousse — « C'était tard dans la saison.

— Quand cela? » demanda Arthur. Il avait compris ce que j'avais en tête.

« En fait, tout bien réfléchi, ce n'était pas si tard. Avant la Nativité du Christ, en tout cas.

— Combien de temps avant?

— Pas longtemps... à peine quelques jours.

— Et tout le reste du temps, il était ici?

— Où aurait-il été d'autre? » Ectorius commençait à devenir soupçonneux.

« Tu en es sûr? demandai-je. Lot ne se serait-il pas absenté quelque temps, par hasard?

— Il était ici, seigneur Bedwyr. Tu l'as vu toi-même. Il était ici, et il y est resté jusqu'à la Nativité du Christ... ou un peu avant, comme je l'ai dit.

— Tu en es certain? demanda Arthur.

— C'est la vérité de Dieu, jura Ector. Mais enfin, qu'est-ce que cela veut dire? »

Arthur hésitait à le dire, aussi répondis-je à sa place. « Lot a été vu dans le Sud... après Lugnasadh, mais bien avant la Nativité.

— Non. » Ector secoua péremptoirement la tête. « C'est impossible. Je sais qui est assis à ma table. Lot était ici avec moi. »

Donc, au lieu de résoudre le mystère, cela ne faisait que l'approfondir. Naturellement, nous ne dîmes pas un mot de cela à Gwalchavad, qui avait passé l'hiver avec Ector et était présent pour nous accueillir à notre retour du Sud. Nous lui dîmes que son frère était parti à la recherche de Pelléas, mais rien de plus. Nous nous interrogions néanmoins : qui était ce second Lot accouru au secours de Morgian?

L'ancien chantier naval romain se trouvait un peu plus loin à l'est sur le littoral. Nous entendîmes le fracas des marteaux et les cris des travailleurs avant même de voir les quais. Mais si j'étais brusquement tombé sur eux au détour du chemin, j'aurais juré que les Romains étaient revenus.

Une forêt entière avait été abattue et ébranchée, et les troncs étaient empilés le long du rivage où des dizaines d'hommes les écorçaient, les débitaient et les dégrossissaient. Cinquante huttes et hangars avaient été édifiées — les unes pour loger les travailleurs, les autres pour abriter les navires de façon à ce que le travail puisse se poursuivre par mauvais temps. De nouveaux appontements de bois avaient été érigés sur les vieilles piles de pierre, et les chenaux curés de leur vase de façon à pouvoir amener les navires à terre ou les lancer sans attendre la marée.

Partout où se portaient mes yeux je voyais des hommes maniant toutes sortes d'outils. Et le bruit ! Les scies, les haches, les cris — des hommes braillant des ordres et d'autres répondant par des hurlements. Les mouettes jacassaient dans les airs et les vagues poussées par le vent venaient gifler les piles des quais. L'air sentait la sueur et le bois fraîchement coupé, le sel et la sciure. C'était comme si le monde entier s'était soudain réveillé de son long sommeil hivernal pour s'atteler à la construction de navires.

Ectorius était fier de son œuvre. Et Arthur était à court d'éloges. « Tu as accompli ici des prodiges, Ector, dit-il. Je t'enverrai un quart du tribut. »

Ector leva les mains pour protester mollement. « Je t'en prie, Duc Arthur, garde ce que tu as pour tes hommes. Tu en auras besoin.

— Non. » Le Duc demeura inflexible. « Tu ne peux prendre seul à ta charge ce travail. Ce ne serait pas équitable. Dorénavant tu recevras une partie du tribut de l'année, et même ainsi je ne pense pas te rembourser du service que tu m'as rendu.

— Ce que j'ai fait, dit Ector, je l'ai fait pour toi, c'est vrai. Mais aussi pour le salut de la Bretagne. Tu es notre seul espoir, Arthur. »

L'Ours de Bretagne posa un bras sur l'épaule d'Ector et le seigneur de Caer Edyn embrassa son fils adoptif. « Qu'on me donne seulement douze hommes comme toi, dit Arthur, et je restaurerai l'empire.

— Je me soucie peu des empires, répondit Ector d'une voix grave et solennelle. Mais je vivrai pour te voir sur le trône suprême. C'est une promesse et un engagement.

— Allons donc voir ces navires dont tu es si fier, dit Arthur d'un ton léger. Peut-être hâteront-ils la venue de ce jour. »

Les navires flottaient dans les basses eaux. Cinq vaisseaux flambant neufs : entièrement gréés et prêts à hisser les voiles. Ils étaient pour l'essentiel copiés sur les navires des Saecsens, mais leur mât était plus robuste et leur proue plus pointue. Anges et saints, mais Ector avait renforcé de fer ces étraves effilées ! Je les voyais déjà fendre les flots telle la lame d'une épée.

« Ils sont faits pour le combat, expliqua Ector. Ils ne transporteront ni chevaux ni cargaisons, mais essaie de lutter de vitesse avec eux et tu auras plus vite fait de rattraper le vent. »

Arthur se hissa sur l'appontement, d'où il passa à bord du plus proche navire. Il se campa sur le pont, pieds largement écartés, poings sur les hanches. « Il me plaît ! cria-t-il. Tu as bien travaillé, Ector, Constructeur de Navires. Je suis impatient de manier la lance et l'épée depuis cette robuste forteresse marine ! »

Le vent dut porter les paroles du Duc par-delà les mers, car elles furent entendues comme un défi dans le pays des barbares qui se levèrent en masse pour y répondre.

À peine cinq jours plus tard, nos pieds résonnaient sur le bordage et nos mains faisaient glisser les amarres, détachant ces rapides vaisseaux tels des chiens impatients de s'élancer à la poursuite du sanglier.

Nous ne nous étions jamais battus sur mer. Et la vue des voiles bleues et des coques sombres des barbares fendant les flots vers nous ne fit pas grand-chose pour nous enhardir. Mais Arthur avait pris le commandement de la flotte et il fit disposer les autres navires — sous les ordres de Bors, Cai, Gwalchavad et moi-même — autour du sien comme les divisions de ses Cymbrogi. Nous étions une *ala* marine !

Les cinq nouveaux navires se disposèrent en pointe de lance au centre, volant telles des mouettes sur la crête des vagues. Les autres vaisseaux — trente en tout, transportant chacun trente hommes — les suivaient telle une solide muraille.

Les navires des Angli étaient au nombre de cinquante. À notre brusque apparition, ils virèrent vers le sud pour se diriger vers le plus proche rivage — un promontoire boisé à l'entrée du Fiorth, nommé Basas en raison des hauts-fonds qui l'entourent. Basas, un nom intéressant... il veut aussi dire mort.

Les cinq premiers vaisseaux bretons cinglèrent droit sur le flanc exposé de l'ennemi. Si les Angli avaient su comme les navires d'Arthur étaient rapides, je pense qu'ils auraient plutôt battu en retraite. Mais ils n'avaient aucun moyen de le savoir.

Chacun des cinq navires éperonna un vaisseau ennemi par le milieu. Une collision à vous ébranler les os, à vous déchausser les dents ! Les cris des hommes ! Le choc fracassant, la mortelle embardée ! Nos montures de guerre à l'étrave de fer disloquèrent les minces coques des Angli, les écrasèrent comme des coquilles d'œuf. Les cinq premiers que nous éperonnâmes coulèrent comme des pierres.

Nous nous dégageâmes des épaves avec nos lances tout en repoussant les barbares qui se débattaient dans l'eau. Leurs plus proches navires se retournèrent contre nous et nous plongeâmes derrière nos boucliers tandis que les cruelles haches des Angli rebondissaient contre les coques. Des grappins de fer sifflèrent dans les airs, s'accrochèrent, les cordes se tendirent et nous attirâmes ces mêmes navires à leur perte. Armés d'épieux, de lances et d'épées, nous nous jetâmes sur les Angli. Leurs étroits bordages furent bientôt inondés de sang.

Manier la lance et l'épée sur le pont mouvant d'un navire, comme l'avait suggéré Arthur, n'est pas très différent de se battre sur le dos d'un cheval au galop. Les Angli, aussi confondus par notre soudaine apparition que par notre impétueux défi — la mer leur appartenait, ils étaient habitués à cingler en toute liberté le long des côtes —, battirent en retraite.

Les navires ennemis les plus éloignés allèrent chercher l'abri d'un grand rocher qui se dressait face au promontoire, ou *law*. Din-y-bas, s'appelait-il : Forteresse de la Mort. Et nous vîmes aussitôt pourquoi il avait mérité ce nom.

Car les navires des Angli, inconscients du danger, coururent droit sur les hauts-fonds. Les écueils qui attendaient à fleur d'eau accomplirent leur impitoyable travail. Les coques éventrées se disloquèrent et les hommes furent jetés à la mer. Grand fut le désarroi, assourdissant le tumulte !

Les jurons au hideux destructeur borgne, Woden, se mêlaient aux cris d'angoisse. Les Angli abandonnèrent leurs vaisseaux fracassés et se mirent à nager vers le rivage. Plusieurs navires bretons rompirent la formation et se dirigèrent vers les plages de galets en vue de poursuivre les envahisseurs à terre. Les autres continuèrent leur route, cernant la flotte ennemie.

Les Angli de l'arrière-garde — pris entre les récifs de Din-y-bas et la fureur marine d'Arthur — affalèrent la voile et, à force de rames, entreprirent de s'éloigner des écueils. Ils virèrent de bord et se heurtèrent de front à Arthur. Hélas, nous n'avions que cinq navires, sinon nous aurions pu en terminer promptement.

Mais nous étions cinq contre vingt. Et si nous interceptâmes les cinq premiers qui se présentèrent — coulant d'emblée deux d'entre eux — les autres s'échappèrent. Ils n'essayèrent même pas d'aider les leurs, mais se dirigèrent vers la pleine mer. Peut-être la nasse des navires bretons qui se refermait derrière Arthur les avait-elle découragés, ou bien le désastre de leur attaque déjouée leur avait-il fait perdre leur sang-froid. Quoi qu'il en soit, les barbares s'enfuirent.

En tout, douze navires ennemis avaient été coulés et onze s'étaient fracassés sur les récifs. Nous tînmes cela pour une victoire, même si vingt-huit autres s'étaient échappés. Arthur ne leur donna pas la chasse, parce que les seuls vaisseaux bretons qui eussent un espoir de les rattraper étaient les plus récents et, en haute mer, les barbares auraient eu l'avantage du nombre. Prudent, le Duc se contenta d'une victoire défensive et laissa les Angli se traîner chez eux pour lécher leurs blessures.

Ector et Myrddin avaient assisté à la bataille depuis les remparts de Caer Edyn. Je dis assisté, car si Myrddin ne la vit pas vraiment, Ectorius lui avait décrit ce qu'il voyait avec tant de détails que Myrddin savait tout ce qui s'était passé.

Tous deux attendaient sur le quai quand nous revînmes au chantier naval. « Bien joué ! » s'écria Myrddin en martelant de son bâton de sorbier les planches de chêne de l'appontement. « Bien joué, Orgueil de Prydein ! Cela faisait longtemps que les guerriers de Bretagne n'étaient plus maîtres des frontières maritimes, mais à dater de ce jour, c'est terminé. Désormais et jusqu'au Jour du Jugement la Bretagne régnera sur le miroitant royaume de Manawyddan. Bienvenue, glorieux héros ! Louanges et bienvenue ! »

Le salut de Myrddin était réconfortant, mais ses louanges exagérées. Car, si nous avions porté un rude coup aux ennemis, ils n'étaient pas repartis vers leurs rivages. Nous apprîmes plus tard qu'une fois hors de vue ils avaient simplement viré vers le sud et vogué le long de la côte où ils savaient trouver des baies et des estuaires sans protection. Et où, également, de petites colonies barbares les attendaient pour leur venir en aide.

Ils débarquèrent donc dans l'embouchure de la Twide et s'enfoncèrent dans les denses futaies qui recouvrent les collines de Celyddon. Ils s'y terrèrent et envoyèrent des messagers dans leur lointaine contrée païenne pour réclamer des armes et des renforts.

Ils attendirent, pansant leurs blessures, plus forts de mois en mois. Au début de l'été, nous commençâmes à recevoir des rapports de Custennin, Seigneur de Celyddon, sur leur présence et leurs activités. Arthur écouta ces rapports et en conclut qu'ils s'étaient petit à petit enfoncés dans les terres en remontant le Val de Twide pour nous prendre à revers dans Caer Edyn.

Arthur renforça nos effectifs durant tout l'été. En plus des Hommes du Nord — Custennin de Goddeu, mon cousin Ennion de Rheged, Owain de Powys et Ectorius — nous reçûmes le renfort de plusieurs rois du Sud : Cador ap Owen Vinddu de Cerniw, Ogryvan de Dolgellau et Ceredig de Gwynedd accompagné de son fils Maelgwn, ainsi que Maglos, Meurig et Idris. D'autres nobles et chefs vinrent également nous rejoindre, de sorte que nos rangs grossissaient comme les épis dans les champs.

Quand tous furent arrivés, nous ceignîmes l'acier tranchant sur nos hanches et nous casquâmes pour la bataille. Cai, Ector, Bors, Gwalchavad et Cador montèrent à bord des navires. Tandis que leurs voiles s'amenuisaient sur Muir Guidan, nous enfourchâmes nos chevaux et nous tournâmes vers les monts Eildon et, au-delà, les sombres forêts de Celyddon. Puis nous nous mîmes en route, quinze mille Bretons, pour affronter un ennemi fort de soixante mille guerriers.

À écouter les bardes, la gloire n'attendait que d'être cueillie. Eh bien moi, Bedwyr, qui ai vécu chacun de ces sanglants combats, c'est une tout autre chanson que je vous chanterai.

X

Dans les profondeurs de la noire Celyddon, les barbares attendaient. Ils n'étaient pas restés oisifs. Jesu miséricordieux, ils étaient plus que prêts à nous affronter! Baldulf avait une fois de plus pris le commandement de la coalition ennemie, et il avait obligé sa horde à travailler dur et longtemps pour préparer la bataille.

Ils pensaient avoir les ténébreux pièges de la forêt de leur côté. Et ils les avaient. Mais nous avions Myrddin Emrys du nôtre.

Myrddin avait vécu de nombreuses années en Celyddon, avant même l'avènement d'Arthur. Et il connaissait les sentiers cachés de ces sombres bois. Chaque butte et chaque torrent, le moindre vallon et le moindre repli de terrain, chaque arbre, chaque rocher et chaque trou d'eau dissimulé sous la végétation lui étaient connus. Et, même aveugle, il pouvait décrire ces lieux familiers aussi précisément que les traits de son propre visage.

Non qu'Arthur ne connût pas la vaste forêt. Il y avait souvent chassé. Il connaissait les monts Eildon aussi bien que, dans le Sud, les collines du Dyfed. Il était chez lui dans les ruines de l'antique Trimontium, la forteresse romaine sur la Twide, et au monastère voisin de Mailros aussi bien qu'à Caer Edyn et Caer Melyn.

Donc, en suivant le cours du Megget, Arthur et l'Emrys chevauchant en tête de notre grande armée, nous entonnions les chants des Cymry — les antiques chants de bataille et de victoire, les chants d'honneur, de bravoure et de courage. Et nos cœurs s'élevaient dans nos poitrines, tels les aigles chevauchant les vents au-dessus des verdoyants vallons aux versants escarpés qui nous entouraient.

Nous marchâmes trois jours, donnant aux navires le temps d'arriver et au contingent de Cai celui de nettoyer la côte orientale avant de s'enfoncer dans les terres à notre rencontre. Le quatrième jour, la veille de la bataille, nous dressâmes le camp sur les berges d'un lac argenté.

Nous mangeâmes copieusement et dormîmes dans l'après-midi. Beaucoup se baignèrent dans l'eau fraîche et claire du lac. Certains pêchèrent et d'autres s'occupèrent de l'entretien de leurs armes.

Plus haut sur la colline, je baissai les yeux sur nos milliers de guerriers déployés le long du grand lac et la fierté monta en moi. Non loin de là, Myrddin et Arthur jouaient sur l'herbe au jeu de *gwyddbwyll*. « A-t-on jamais vu une telle armée de Bretons levée dans l'Île des Forts ? demandai-je à haute voix. Voyez-les ! Hommes du Nord et du Sud combattant côte à côte sous le commandement d'un unique chef de guerre. Anges et archanges, quel spectacle exaltant !

— Il fut un temps, autrefois, répondit Myrddin en tournant son regard aveugle vers le son de ma voix, où Aurelius avait uni les rois de Bretagne pour combattre le Saecsen Hengist et son engeance.

— Étaient-ils aussi nombreux ?

— Non, reconnut l'Emrys, mais il faut dire que les Saecsens aussi étaient moins nombreux. »

Arthur leva les yeux de son jeu et parcourut du regard le flanc de la colline. Partout des tentes parsemaient les pentes et, derrière, de longues rangées de chevaux à l'attache. Les chariots d'approvisionnement formaient le long de la berge un mur auprès duquel des bœufs entiers rôtissaient jour et nuit pour garder plein le ventre de nos guerriers. Oh, c'était un spectacle merveilleux, en vérité.

« Que ressens-tu, Artos, à contempler une telle chose ? demandai-je en m'asseyant sur l'herbe près de lui.

— Je me sens... » Il marqua un temps, buvant de ses yeux bleus le paysage qui s'offrait à lui. « Je me sens humble et effrayé.

— Effrayé ! m'exclamai-je. Pourquoi donc ? Il y a là dix mille hommes, et pas un seul qui ne donnerait avec joie sa vie pour toi. Tu es l'homme le mieux protégé de toute la Bretagne.

— Je n'ai pas peur de la mort, dit Arthur. J'ai peur de déplaire à Dieu. J'ai peur de perdre sa faveur.

— Comment cela, Ours ?

— Quand il est beaucoup donné à un homme, il lui est beaucoup demandé en retour. J'ai peur de donner moins qu'il ne m'a été accordé », expliqua-t-il, et je commençai à saisir ce qu'il voulait dire. Il leva la main et tendit le doigt vers l'autre côté du lac. « Et vois donc, Bedwyr, mon frère, il m'a été donné plus qu'à n'importe quel homme de Bretagne. Que sera-t-il exigé de moi, à ton avis ?

— Aucun homme aussi éperdument désireux de plaire à Dieu que tu l'es, Ours, ne peut faillir. »

L'Emrys chanta ce soir-là au bord du lac, sa voix éveillant des échos dans les collines désertes, la lune radieuse au-dessus de sa tête, les vagues argentées scintillant à ses pieds. La harpe nichée au creux de son épaule déversait sa mélodie sans pareille et nos cœurs prenaient leur essor vers les cieux constellés d'étoiles. Myrddin chanta des récits de farouches batailles, de courage, de bravoure et d'honneur. Il chanta pour nous la gloire et la victoire. Il chanta les vieilles chansons, et quelques-unes que nous n'avions jamais entendues.

Il évoqua le Royaume de l'Été et son excellent roi. Sa voix haute et claire éveillait des images dans nos esprits, et ces images étaient vivantes. Ses paroles prenaient vie et grandissaient jusqu'à devenir pour nous plus réelles que la pesante terre sous nos pieds. Écouter l'Emrys était voir, et voir était croire.

Le Royaume de l'Été vivait parmi nous, l'aspiration de nos cœurs lui donnait forme et substance. Nous goûtions la douceur de son parfum sur nos lèvres et entendions s'élever en nous la douce musique de ses brises. L'éclat de sa lumière baignait notre regard.

Nous sommes faits pour cela, me disais-je. Nous sommes faits pour le Royaume de l'Été, et il est fait pour nous. Seigneur Jesu, ainsi soit-il.

À notre réveil, l'aube ensanglantait le ciel et une brume blanche flottait sur le lac. Nous mangeâmes le repas qui nous avait été préparé durant la nuit : galettes d'orge fraîches, bouillie d'avoine et bonne viande rôtie. Une chère à emplir de chaleur l'estomac d'un guerrier et son esprit de courage.

Arthur passait parmi les hommes, bavardant, riant

avec eux, stimulant leur ardeur par des paroles hardies, louant leur bravoure, les encourageant, les exhortant.

Voyant comment il se comportait avec ses hommes — et comment les Cymbrogi lui rendaient son respect — les autres rois suivirent l'exemple du Duc. Quand vint l'heure de revêtir la tenue de combat et de monter sur nos chevaux, le feu de la bataille avait déjà commencé de brûler dans nos cœurs.

Je pense qu'on ne verra jamais plus vaillante armée dans l'Île des Forts que celle qui se mit en route par cette belle matinée ensoleillée. Nous nous déplacions dans un profond silence à travers les collines désertes. La forêt se trouvait droit devant nous à l'est. Nous avancions rapidement en suivant le cours de l'Yarow vers l'endroit où elle se jette dans l'Etric, en lisière de la forêt — une large plaine où les eaux s'étalent, entourée d'un côté de collines boisées et, de l'autre, de la forêt de Celyddon.

À la sortie de la vallée, nous aperçûmes une chose très étrange et rarement vue depuis : une petite armée du Peuple des Collines. Ils se tenaient audessus de nous, sur la crête, et à notre passage trois d'entre eux descendirent à notre rencontre sur leurs petits chevaux hirsutes aux jambes robustes. Nous sortîmes des rangs, Arthur, Myrddin et moi, pour les accueillir tandis que nos forces poursuivaient leur chemin.

Bien que je me sois trouvé là et que j'aie entendu chacune de leurs paroles, je ne prétendrai pas savoir ce qu'ils dirent. J'entendis simplement les mots *kentigern* et *tyrfa drwg gelyn ffyrnig*. Je n'en aurais discerné aucun s'ils ne les avaient répétés plusieurs fois avec une grande insistance. Mais l'aérien gazouillement qui passe pour un langage chez ces êtres bizarres était pour moi dépourvu de sens.

« Que veulent-ils? demandai-je à Arthur. Et qui sont-ils ? »

Arthur se tourna vers Myrddin, qui ne répondit pas mais conversa un moment avec le chef du Peuple des Collines. Cela me donna l'occasion de les observer soigneusement, ce que je fis avec une grande fascination. C'étaient des hommes de petite taille, mais agréables d'aspect : les membres droits, les traits fins et pleinement adultes — pourtant aucun d'entre eux ne dépassait la taille d'un garçon de douze étés. Ils étaient vêtus de peaux corroyées et portaient de l'or à profusion : boucles d'oreilles, colliers et bracelets. Chacun avait une marque bleue sur la joue droite : quatre petits traits.

Quand ils eurent fini de parler, Myrddin se tourna vers Arthur. « Ils sont du Clan du Loup, expliqua-t-il, et sont venus trouver le chef du *fhain* de l'Ours. C'est toi, Arthur. Ils veulent combattre les hommes-bêtes qui ont détruit leurs *crannogs* et tué leurs enfants.

— Mais comment me connaissent-ils ?

— Ils ont appris que le Ken-ti-gern, le Sage des Grands-Êtres — c'est moi — avait élevé un puissant fils qui repoussera les hommes-bêtes à la mer. Ils sont venus assister à ce miracle et apporter leur aide.

— Leur aide ? » m'étonnai-je, amusé, en regardant leurs minces arcs et leurs frêles flèches de roseau. « Que peuvent-ils faire ?

— Ne les juge pas si hâtivement, avertit Myrddin. La pointe de silex de leurs flèches est enduite d'un poison mortel à la moindre égratignure. Et leur adresse avec ces arcs est surprenante.

— Mais peuvent-ils se battre ? demanda Arthur.

— Oh, oui. À leur manière. Leurs méthodes sont différentes, mais très efficaces. Ils ont l'intention de se joindre à la bataille, que tu le veuilles ou non, si bien que tu n'as pas besoin de douter de leur courage. »

Arthur rit. « S'il en est ainsi, donne-leur donc pleine liberté de se joindre à nous. »

Myrddin inclina la tête, comme par déférence pour le jugement d'Arthur, et dévida une longue série de sons sifflants. Sur quoi ses interlocuteurs tournèrent bride et partirent au galop sans un battement de cils. Ils disparurent derrière la crête avec leur petite armée et nous ne les revîmes plus.

Quand nous regagnâmes la tête de l'armée, la sombre masse hérissée de Celyddon s'étendait devant nous. Et, de l'autre côté d'une vaste prairie et des eaux miroitantes de l'Etric, la horde barbare attendait, disposée dans son habituelle formation en coin. Baldulf, avec ses cousins Ebissa, Boerl et Oesc, ainsi que le roi irlandais Fergus, s'étaient alignés devant la forêt auprès d'un large gué.

Arthur contempla un long moment ce spectacle, puis il se tourna vers ses troupes. « L'ennemi est devant nous, mes frères ! s'écria-t-il. La gloire attend d'être cueillie ! Pour Jesu et pour la Bretagne ! »

Brandissant sa lance, Arthur fit signe à Rhys, qui porta la corne de chasse à ses lèvres et lança une éclatante sonnerie. Arthur se retourna et partit au trot vers le gué. Il n'avait pas besoin de donner des ordres à ses armées. Nous savions tous que faire. Les armées de Bretagne se déployèrent et nous volâmes à la rencontre de l'ennemi — l'*ala* marchant devant sur une double rangée, les vélites, sept mille en tout, s'avançant derrière.

La terre tremblait sous les sabots des chevaux et le martèlement des pieds. Le soleil flamboyait au centre d'un halo blanc dans le ciel bleu. Le gué s'étalait devant nous, gris fer, avec derrière lui les rangs innombrables des ennemis. Avant ce jour, je n'avais jamais vu autant de barbares à la fois.

Le tonnerre de notre charge n'était rien à côté de l'éclair fracassant de notre choc. Les anges et les saints me soient témoins ! L'ennemi se dispersa devant nous comme un troupeau de moutons... il battit en retraite à la première charge !

Nous poursuivîmes les barbares dans les bois, et comprîmes trop tard la raison de leur apparente couardise.

Des rangées et des rangées d'épieux avaient été plantées en lisière de la forêt. Leurs cruelles pointes déchirèrent les jambes et ouvrirent le ventre de nos chevaux. Nous perdîmes des dizaines de guerriers avant de pouvoir arrêter la charge. Ils ne cessaient d'arriver, leurs rangs fauchés par la brutale cruauté du piège. Tout autour de moi je voyais des hommes et des chevaux empalés sur ces détestables pieux.

Heureux furent ceux qui moururent sur le coup. Les hurlements d'agonie étaient terribles à entendre. Encore plus terrible la vision de ces courageux chevaux et guerriers en train de se débattre pour se libérer de ce piège mortel, leurs flancs et leurs poitrines transpercés par les pointes perfides, le sang et les entrailles des braves se répandant sur la terre.

Je ne fus sauvé que par le plus pur des hasards. Même maintenant, y repenser me glace la moelle des os. Je vis les cruels épieux devant moi et tirai sur les rênes de toutes mes forces, soulevant la tête et les antérieurs de ma monture en un bond insensé. Le premier épieu égratigna le ventre de l'animal, mais nous atterrîmes intacts dans le seul espace dégagé que je pusse voir à des dizaines de pas à la ronde.

La froide ruse des barbares nous avait pris par surprise. Ils avaient peur de nos chevaux, et cette peur leur avait inspiré de nouveaux abîmes de sauvagerie. À la vue de notre *ala* plongée dans la confusion, les ennemis rugirent de joie et se jetèrent sur nos guerriers sans défense. Ils taillèrent les malheureux en pièces avec leurs haches et nous jetèrent leurs têtes tranchées.

Avec la plus grande prudence, nous nous frayâmes un chemin à travers les épieux, avançant lentement sur les corps de nos compagnons. L'ennemi cédait du terrain, mais avec réticence. Chacune de nos avancées ne se faisait qu'au prix de pertes énormes.

Puis nous fûmes de l'autre côté du piège et entrâmes dans la forêt. Et là les barbares déclenchèrent le deuxième de leurs mortels stratagèmes. Car, à l'instant où nous en franchissions la lisière, l'ennemi tourna les talons et s'enfuit, disparaissant dans les bois.

Nous n'avions d'autre solution que de le suivre si nous voulions conserver notre avantage. Nous nous élançâmes donc aveuglément sur ses traces. Ce fut notre deuxième erreur.

Comme je l'ai dit, les barbares avaient travaillé dur

et, lorsque nous nous enfonçâmes dans la forêt, le fruit de ce labeur nous apparut. Tout l'été, ils avaient abattu des arbres et creusé le sol pour construire un véritable labyrinthe de terre et de bois. Ils avaient ménagé des fossés et élevé contre nous des murailles et des talus imbriqués.

Nous nous élançâmes dans la forêt, nous précipitant tête baissée contre ces murs et ces fossés. Les barbares se tenaient au sommet des talus et jetaient sur nous des pierres et des billots de bois. Notre élan fut brisé net. En un bref instant, nos chevaux nous étaient devenus inutiles et nous nous retrouvions écrasés sous le nombre.

Nous nous battîmes néanmoins avec acharnement. Nous chargions les fortifications contre lesquelles nous nous jetions comme pour les renverser par la seule force de notre volonté. Nous tuions et nous nous faisions tuer, mais sans reprendre le moindre avantage. Le sournois dédale barbare nous maintenait isolés les uns des autres, nous plongeant dans une extrême confusion. Nous tentâmes de contourner les fortifications pour ouvrir une brèche sur leurs flancs éloignés, mais la forêt nous en empêcha. Elle était trop dense, il était trop facile de s'y perdre. Alors nous chargeâmes les talus. À chaque fois nous nous faisions repousser. À chaque fois nous laissions davantage de morts dans les fossés. Nos efforts se firent erratiques, frénétiques, téméraires.

Arthur n'eut d'autre choix que d'ordonner la retraite. Rhys sonna une longue note vibrante et les cavaliers ressortirent des bois. Arthur fut le dernier.

« Nous ne pouvons rien faire contre cela, dit-il, la voix rauque de fatigue. Il faut trouver autre chose. »

Hors de la forêt, je vis nos guerriers retraverser le gué. C'était un spectacle désolant. Couverts de sang, ils se hissaient, épuisés, sur l'autre rive où ils s'effondraient. Les cuisiniers apportaient en hâte la nourriture et la boisson qu'ils avaient préparées au camp et les servaient aux hommes à l'endroit où ils s'étaient laissés tomber.

Rhys sonna le rassemblement du conseil et les chefs de guerre vinrent nous retrouver à l'endroit où Arthur avait planté sa lance au bord de la rivière. L'air sombre, ils se laissèrent glisser de leur selle, essuyant la sueur et le sang de leurs yeux. Les seigneurs se disposèrent en cercle autour d'Arthur.

Les jurons avec lesquels ils saluèrent le Duc disaient bien leur désespoir. Ils reprochèrent à Arthur d'avoir battu en retraite, ou plutôt d'y avoir été contraint, et ne perdirent pas de temps pour lui faire savoir ce qu'ils en pensaient. Arthur supporta leurs insultes, mais l'Emrys fronça les sourcils et leva son bâton.

« Vous pensiez-vous donc invincibles ? interrogea aigrement Myrddin. Non ? Alors pourquoi blâmer Arthur de votre propre faiblesse ?

— Notre faiblesse ! s'écria Idris. Espèce de pauvre aveugle ! Je n'ai aucune responsabilité dans cela. La moitié de mon armée a été fauchée par ces maudits épieux. »

Ceredig grommela son accord et Owain suggéra avec tact : « Notre Chef de Guerre aurait dû s'en douter.

— Et toi, tu t'en es douté ? m'emportai-je. Ou bien toi, Ceredig ? Ogryvan ? Je n'ai pas entendu vos protestations quand Arthur a exposé le plan de bataille.

— Ce serait donc de notre faute ? » geignit Maglos d'une petite voix pitoyable. Ils étaient mortifiés et ne savaient pas ce qu'ils disaient, c'est vrai, mais cela m'ulcérait de les entendre blâmer Arthur.

« Je ne vois pas à quoi sert de nous accuser les uns les autres... » commença Custennin, mais sa voix fut vite noyée sous les invectives.

Myrddin s'apprêtait à dire autre chose, mais Arthur posa la main sur le bras de l'Emrys. « Je suis d'accord avec vous, mes seigneurs, déclara-t-il d'une voix forte afin de se faire entendre. J'aurais dû voir plus tôt les pièges. J'aurais dû le deviner. Je suis le fautif. Mais maintenant nous devons décider de ce qu'il y a de mieux à faire. Nous sommes d'ores et déjà vaincus si nous commençons à nous battre entre nous.

— Écoutez-le ! » dirent Custennin et quelques autres. Meurig ajouta : « Gardons notre colère pour l'ennemi. »

Les esprits se calmèrent et un silence morose s'abattit sur les seigneurs. Les serviteurs arrivèrent avec des coupes et il nous fut servi de l'eau fraîche. « Et maintenant, dit Arthur en vidant sa coupe d'un trait, que voulais-tu nous dire, Sage Emrys ?

— La fosse qui prend le loup peut aussi capturer le chasseur. Et il y a bien des pièges dans Celyddon, dit Myrddin.

— Épargne-nous tes énigmes, barde, grogna Idris.

— Ce que veut dire l'Emrys, expliqua Arthur, c'est que nous pourrions peut-être retourner les pièges à notre avantage.

— Comment ? demandèrent les rois maussades. Nos chevaux ne nous servent à rien dans les bois. C'est tout juste s'il est possible de manier l'épée sans s'emmêler lame et bras dans les branches.

— Vous avez raison », dit Arthur, conciliant. Je le regardai et vis un éclat farouche s'allumer dans ses yeux. « Écoutez, Baldulf pense se servir de la forêt contre nous. Fort bien, nous allons tirer profit à notre tour des armes de la forêt : obscurité et dissimulation. »

Je ne sais comment faisait Arthur. Les idées attendaient-elles au fond de son esprit qu'il y fasse appel à l'heure du besoin ? Lui venaient-elles tout droit de l'Autre Monde... tel l'*awen* du barde ? Ou bien improvisait-il simplement au fur et à mesure ? J'ai beau l'avoir maintes fois vu faire, je ne saurais le dire. Mais quand il était besoin d'un plan de génie, il nous en était accordé un.

Lorsque Arthur commença à expliquer son projet, toute récrimination cessa. Les rois se rapprochèrent, serrés les uns contre les autres pour l'écouter et leur dépit eut tôt fait de se muer en enthousiasme.

Bien que nos ombres fussent longues sur la prairie, nous nous disposâmes en formation de bataille et avançâmes une fois de plus sur Celyddon — tous à l'exception des guerriers placés sous mon commandement. Car dès que les premiers rangs eurent atteint la forêt et que les combats eurent repris, ceux qui me suivaient sautèrent sur leurs chevaux, franchirent le gué et s'élancèrent au galop vers le sud-ouest dans la vallée de l'Etric.

Ils étaient mille avec moi sous les ordres des plus jeunes chefs de guerre : Idris, Maelgwn, Maglos. Nous suivîmes un bon moment la rivière avant de trouver l'endroit que nous avait décrit Myrddin... un petit vallon où un ruisseau, un des milliers de torrents qui sortaient de la forêt, se jetait dans l'Etric.

Abandonnant nos chevaux, nous prîmes nos lances pour nous enfoncer dans Celyddon le long du ruisseau. Nous courûmes dans les sous-bois, tantôt dans l'eau, tantôt hors de l'eau. Notre unique pensée était d'atteindre le lieu des combats le plus vite possible. Mais le ruisseau s'égarait dans la mauvaise direction ! Nous nous éloignions de la mêlée.

« Maudits soient ses yeux ! s'écria Idris. Ce barde bavard nous a envoyés dans la mauvaise direction ! »

Je m'arrêtai et fis volte-face. « Silence, Idris ! Nous irons jusqu'au bout. »

Les autres nous rattrapèrent. « Je dis qu'il faut revenir sur nos pas », insista Idris, buté.

Maglos demeurait indécis, quoique penchant plus en faveur d'Idris que de Myrddin. Mais Maelgwn prit la parole. « Il faut faire confiance à un barde aveugle plus qu'à quiconque. Qui d'autre voit si clairement le monde ? » Il planta la hampe de frêne de sa lance entre ses pieds et refusa de se laisser ébranler.

Je foudroyai Idris du regard, furieux contre lui d'avoir arrêté notre marche et semé le doute dans l'esprit des guerriers. J'aurais pu enfoncer ma lance dans le cœur de cet arrogant. « J'ai dit que nous irions jusqu'au bout, Idris. Suivez-moi. »

Je tournai le dos et me remis en marche. Maelgwn m'emboîta le pas sans hésiter. Maglos et Idris demeurèrent obstinément sur place, mais quand les guerriers commencèrent à les dépasser, ils suivirent le mouvement.

Le torrent continuait de s'éloigner du lieu de la

bataille. J'aurais confié ma vie à l'Emrys, mais à mesure que le bruit des combats diminuait, le doute commença à s'insinuer en moi. Idris a peut-être raison, ses souvenirs ont trahi Myrddin, me dis-je. Celyddon est si vaste, il y a tant de ruisseaux et de torrents que ce n'est peut-être pas celui auquel il pensait. Ou nous n'avons peut-être pas suivi le bon...

Non, nous devions continuer. Il n'y avait pas d'autre solution. La vie de nos compagnons et l'issue de la bataille en dépendaient. Si nous échouions, celle-ci était perdue. Je serrai les dents et continuai à courir.

Puis le bruit des combats disparut complètement. Je prêtai l'oreille mais n'entendis que le battement du sang à mes oreilles et ma respiration rauque. Mon Dieu, priai-je, fais que nous n'échouions pas. Je gardais mes yeux sur le sentier et courais, mes pieds martelant la terre meuble tout comme mon cœur me martelait la poitrine. J'avais la bouche sèche et les poumons en feu, mais je ravalai ma souffrance, baissai la tête et continuai de courir.

Puis, soudain, le terrain se mit à remonter et le lit du torrent s'élargit. Les arbres formaient une voûte au-dessus de nos têtes et le courant était rapide. Pardessus le bruit de l'eau nous parvint, assourdi, le tumulte des combats.

Il enfla petit à petit en un puissant rugissement. À cela, je sus que nous arrivions près du lieu de la bataille — mais nous arrivions maintenant par-derrière. Le Ciel bénisse notre Très Excellent Barde, sa mémoire était bonne !

Il y avait devant nous un étang, étendue sombre dans la lumière déclinante, qui servait aux barbares à s'approvisionner en eau. Derrière lui s'élevait l'ouvrage central du labyrinthe de terre et de bois que Baldulf avait édifié pour nous barrer la route. Je l'apercevais à travers les arbres et je voyais l'armée barbare qui s'y pressait.

Autour de ce monticule, tels de longs membres tortueux, s'étendaient les immenses murailles de bois du dispositif. C'était bien ce qu'avait deviné

Arthur... le labyrinthe avait un centre qui, parce qu'il servait à protéger l'ensemble, n'était lui-même pas protégé. L'ennemi s'était reposé sur la forêt pour prévenir une attaque de ce côté.

Devant moi la bataille faisait rage. Les guerriers bretons montaient à l'assaut des fortifications et se faisaient sans cesse repousser. Nos Cymbrogi combattaient avec courage. Le tumulte du combat produisait un grondement à ébranler le sol, le fracas des boucliers, des haches et des épées un battement régulier de tambour. Farouche était la lutte, terrible le carnage.

Je dus me retenir pour ne pas attaquer sur-le-champ l'ennemi sans méfiance. Mais ce n'était pas notre plan.

Au lieu de cela, nous nous agenouillâmes au bord de l'étang pour allumer les brandons que nous avions apportés avec nous. Cela nous prit de précieux moments. Père de Lumière, embrase ton courroux contre nos ennemis et qu'il brûle avec autant d'ardeur que les torches dans nos mains.

Enfin, quand chacun brandit une torche enflammée, je me relevai et donnai l'ordre de charger. Mon cri fut repris par un millier de gorges et mille paires de pieds bondirent d'un seul élan.

Les barbares stupéfaits se retournèrent pour voir une éclatante muraille de feu se précipiter sur eux. Nous incendiâmes leur camp au passage. Les flammes jaillirent vers les cieux et une épaisse fumée noire s'éleva en tourbillonnant.

À cette vue, les barbares se mirent à trembler. Notre soudaine apparition avait semé la terreur dans leurs rangs et l'éclat de nos torches multipliait notre nombre à leurs yeux. Car dans la pénombre de la forêt ils se croyaient cernés par un innombrable et ardent ennemi.

Mais ils reprirent rapidement courage. Certains abandonnèrent leurs fortifications et se ruèrent sur nous. Leur charge était inepte et mal organisée. Elle ne fit rien pour nous arrêter, ni même pour détourner notre assaut. Nous courûmes droit vers le monticule renforcé de troncs d'arbres au sommet duquel se tenait Baldulf pour diriger la bataille.

En atteignant le premier ouvrage de fortification, nous prîmes les pots de terre que nous portions à la ceinture et les fracassâmes contre les troncs, répandant partout de l'huile. Nous y plongeâmes nos torches. L'huile se mit à grésiller et le feu jaillit. Une fumée grasse s'éleva. Les rideaux de flammes ondulantes montaient haut dans les airs. La fumée tourbillonnait dans les cieux. Tout le long des fortifications, ce geste fut répété et le labyrinthe de bois se mit à brûler.

La horde barbare était maintenant prise au piège dans un dédale de sa propre confection. Les provocations au combat devinrent des hurlements de terreur. Des hommes sautaient à terre à travers les flammes et nous courions parmi eux pour les faucher avec nos lances et nos épées.

Nous avions prié pour avoir la confusion et il nous était accordé le chaos.

Anges et archanges, soyez-moi témoins, nous donnions aux barbares un avant-goût de l'enfer brûlant qui les attendait! Oh, c'était chose terrible à voir!

Les rangs désordonnés des Angli et des Irlandais se disloquaient. Les Irlandais couraient en hurlant trouver refuge dans la forêt. Les Angli, fous furieux, se frappaient entre eux dans leur complet désespoir et leur frustration. Les hordes ennemies se comportaient comme des insensés, car si seulement elles avaient tenu bon un moment, elles auraient vu combien nous étions peu nombreux, en réalité, et comme l'incendie était limité.

Mais, en dépit de toute leur ruse et de leur férocité, les barbares se découragent facilement. Ils manquent d'opiniâtreté. Pour peu que leurs plans soient déjoués, ils succombent au désespoir. Ils s'effondrent, ils meurent. Myrddin dit que c'est parce qu'ils ne savent pas espérer, et je le crois.

Nous n'eûmes qu'à nous précipiter sur eux en hurlant, à jeter sur eux nos torches, et ils chancelèrent. Ils cédèrent, non devant nos épées, mais devant la peur. Et ce fut leur perte.

Ils auraient pu se reprendre, mais Arthur ne leur en laissa pas le temps. Car à l'instant où ils se retournèrent pour voir qui les attaquait, les intrépides Cymbrogi submergèrent les fortifications. Le feu d'un côté, Arthur de l'autre... rien d'étonnant à ce que tant d'entre eux aient choisi les flammes.

À coups sûrs et précis, nous les abattions. S'ils avaient été une forêt, nous n'aurions pu les abattre si promptement. Tout autour de nous l'ennemi gémissait. Pour un ou deux courageux chefs de guerre qui tenaient bon et se battaient en hommes, douze autres désertaient roi et compagnons. Par milliers, ils fuyaient dans le sombre refuge de la forêt.

« *Bretwalda !* »

J'entendis la voix familière et scrutai la mêlée. À moins de cent pas devant moi, Arthur se tenait au pied du tertre central, Caledvwlch ruisselant de sang à la main. Je courus le rejoindre.

« *Bretwalda,* je te défie ! » cria hardiment le Duc.

Du sommet du monticule nous parvint un grand cri de rage. Nous levâmes les yeux à travers le voile étincelant de flammes et de fumée et vîmes une poignée de guerriers attroupés autour de l'étendard à tête de mort du *Bretwalda.* Au milieu des hommes de sa garde, Baldulf rugit comme un taureau, le casque luisant à la lueur du feu, sa hache teintée de rouge sombre. Son bras musculeux était trempé de sang jusqu'au coude. Piétinant sans remords les cadavres des siens, le chef de guerre dévala en courant le tertre pour donner plus de force à sa charge.

Arthur lui fit front sans crainte. Et quand le *Bretwalda* bondit à travers le rideau de flammes, brandissant haut sa hache abominable, le rusé Arthur fit un écart, ne laissant derrière lui que le tranchant de son épée.

La cotte d'acier de Baldulf le sauva du coup fatal, mais, dans sa frénésie, son assaut l'emporta au-delà d'Arthur. En essayant de s'arrêter, ses pieds dérapèrent sur la terre détrempée de sang et il tomba sur le dos. Arthur fut aussitôt sur lui.

Caledvwlch s'abattit en chantant. La lame assoiffée s'enfonça profondément et la tête de Baldulf sauta proprement de ses épaules.

Voyant leur *Bretwalda* mort, les barbares s'enfuirent dans la forêt, hurlant de douleur et de désespoir. Par centaines, par milliers, ils abandonnaient le champ de bataille tels des chiens fuyant la colère de leur maître.

Arthur s'approcha de la tête tranchée de son ennemi et ôta le casque qui lui dissimulait le visage. Les yeux exorbités qui nous contemplaient n'étaient pas ceux de Baldulf. Le visage appartenait à un autre homme : Boerl, le cousin du *Bretwalda*.

« Ils doivent avoir échangé leurs casques et leurs armes », fis-je remarquer.

Arthur hocha la tête. « Cela n'a pas d'importance. Baldulf a signé sa perte. »

Le Duc fit signe à Rhys, qui porta la corne de chasse à ses lèvres et sonna une longue note. Les Bretons poursuivirent les ennemis en déroute par les sentiers obscurs et les coulées de gibier de Celyddon. Les bois retentissaient des cris des infortunés. C'était le bruit d'une pitoyable défaite. Je ne connais aucun guerrier qui aime entendre cela.

Mais la nuit tombe vite dans la forêt et nous ne pûmes tous les rattraper. Beaucoup s'échappèrent à la faveur de l'obscurité.

XI

« Nous allons camper dans la plaine et reprendre la poursuite à l'aube, déclara Arthur. Je ne reposerai pas cette épée avant d'avoir vu Baldulf dans les chaînes ou bien son corps en terre. »

Il ordonna ensuite de s'occuper des blessés et de piller les morts, et nous travaillâmes jusque tard dans la nuit, dépouillant les cadavres à la lueur des torches. Les ennemis morts furent jetés dans les fossés de leurs fortifications. Les Bretons tombés au combat furent drapés dans leurs manteaux, portés sur le monticule et honorablement incinérés par les prêtres de Mailros. Tandis que le bûcher illuminait les cieux obscurs, les bons prêtres prièrent pour les âmes de nos frères d'armes. Ainsi les corps de nos parents et Cymbrogi n'eurent pas à subir l'ultime humiliation des charognards.

Quand nous retraversâmes enfin en titubant la rivière pour regagner la plaine, une lune blafarde brillait à travers des lambeaux de nuages. Les feux de camp brûlaient haut, boisson fraîche et nourriture chaude nous attendaient. L'armée de l'Île des Forts se laissa tomber avec soulagement sur l'herbe tendre, trop épuisée pour faire un geste. Le Duc veilla à ce que ses hommes aient tout ce dont ils avaient besoin avant de songer à se rafraîchir.

Les autres seigneurs firent de même, et je voyais la multitude de nos guerriers répandue sur la plaine tout le long de la rivière. Moins nombreux, Dieu Miséricordieux, que ceux qui s'étaient mis en marche ce matin... un siècle plus tôt, semblait-il. Je me sentais vieux et las.

Nous nous traînâmes, Arthur et moi, jusqu'à l'endroit où était plantée sa tente. Myrddin nous y attendait devant le feu et il se leva à notre approche. « Asseyez-vous, ordonna-t-il. Je vais vous chercher à manger. »

Sans un mot, Arthur s'effondra sur le siège de campagne d'Uther. Il y demeura assis, trop épuisé pour faire un geste. Nous nous étions lavés dans la rivière, mais les traînées de sang sur nos vêtements faisaient de luisantes taches noires à la lueur du feu et nous étions constellés de sombres éclaboussures séchées.

« C'est un sale travail », murmura Arthur en regardant ses mains.

J'acquiesçai. « Oui, Ours, un sale travail. »

Myrddin revint avec deux serviteurs qui portaient de la viande et du pain sur un plateau de bois et de la bière dans une énorme cruche. Il les renvoya vite à d'autres tâches et nous servit de sa propre main. Tout aveugle qu'il fût, l'Emrys se déplaçait sans hésitation. Quand je lui demandai comment il savait où nous trouver, il rit et répondit : « À votre fumet, Odorant Bedwyr ! Quoi d'autre ? »

C'était censé nous réconforter, et cela manqua de peu la cible. Mais j'étais trop fatigué pour rire et je ne réussis même pas à ébaucher un sourire digne de ce nom. Je bus ma bière en silence et mangeai un morceau de pain, forçant mes mâchoires à mastiquer. Je crois que je n'ai jamais mangé de pain si dur : même s'il se rompait facilement entre mes mains, c'était tout juste si je parvenais à l'avaler. La venaison ne valait pas mieux.

Pendant que nous mangions, certains des autres seigneurs vinrent nous rejoindre après avoir supervisé l'installation de leurs hommes. Maelgwn et Maglos arrivèrent les premiers, suivis d'Owain, Ogryvan, Idris et Ceredig. Ils étaient impatients de procéder au partage du butin, ne voyant aucune raison d'attendre plus longtemps.

Arthur ne désirait pas les décevoir, mais je voyais bien que son cœur n'y était pas. « Apportez-moi le butin, je vais le partager. »

C'était ce qu'ils désiraient entendre. En fait, ils n'attendaient que cela, car aussitôt des hommes portant des brassées de trésors apparurent. Ils s'arrêtèrent devant le Duc et déposèrent leur fardeau à ses pieds. D'autres arrivèrent avec des sacs pleins d'objets récupérés sur les cadavres ou dans le camp des barbares — or et argent, cuivre, bronze et poteries aux couleurs vives incrustées de pierreries : coupes, bols, plateaux, torques, bracelets, broches, cruches à hydromel, fibules, couteaux, épées, ceintures, bagues et boucles d'oreilles, colliers, chaudrons, jarres, fourrures, peignes, colliers pour chiens ou pour esclaves, pièces de monnaie, miroirs, statues et idoles à l'effigie de Woden, Thor et Freya, rasoirs, cuillers, diadèmes, lingots grands et petits en forme de lame de hache....

Au début, la foule rassemblée poussa des acclamations en voyant cette accumulation de richesses. Les sacs ne cessaient d'arriver et le tas s'élevait de plus en plus haut — la pile atteignait presque la taille d'Arthur en personne ! Mais à mesure que le trésor grossissait, les rires et les applaudissements se raréfièrent. Le dernier objet fut déposé sur le tas dans un silence total.

Stupéfaits, nous regardions les richesses que nous avions gagnées. Puis la honte s'insinua en nous et le doux goût de la victoire devint amer dans nos bouches.

Le trésor nous appartenait de plein droit, mais il était couvert de sang... principalement de sang breton, car les barbares l'avaient dérobé à ceux qu'ils avaient harcelés tout l'été. Nous ne faisions que reprendre notre bien, et il y avait peu de joie à le faire.

La progression était lente dans la forêt. Et si nous étions partis aux premières lueurs de l'aube — dès qu'il avait été possible de relever une piste dans les bois touffus — nous ne rattrapions aucun des ennemis en fuite, qui devaient s'être maintenant reformés en bandes. Mais nous persévérâmes et, vers midi, nous commençâmes à faire d'étranges découvertes : des cadavres de barbares saignés à blanc pendus aux branches.

Tout d'abord quelques-uns, puis davantage... des dizaines...

J'arrêtai la poursuite et donnai l'ordre aux Cymbrogi de regagner la vallée de la Twide. « Restons-en là, dis-je aux hommes, nous ne trouverons pas un survivant. Nous repartons pour Mailros. »

Il était tôt dans l'après-midi quand nous rejoignîmes le gros de nos forces. Arthur fut surpris de nous voir revenir si vite. « Qu'y a-t-il, Bedwyr ? Mauvaise chasse ?

— Oh, oui, répondis-je en sautant de mon cheval. Gâchée, plus exactement. Quelqu'un a braconné sur tes terres, seigneur. »

Le Duc me regarda d'un air intrigué. « Que s'est-il passé ?

— Le Petit Peuple s'est acquitté de sa dette de sang, probablement. Nous sommes tombés sur les corps le long du chemin... chacun transpercé par une flèche du Peuple des Collines et suspendu pour se vider de son sang comme une carcasse de bœuf. Les *bhean sidhe* les ont massacrés par centaines, Ours, mais nous ne les avons ni vus ni entendus.

— Tu as bien fait de revenir, acquiesça Arthur. Laissons le Peuple des Collines livrer sa bataille à sa façon. »

De Baldulf, nous ne vîmes pas la moindre trace. Car, malgré le sinistre verger de cadavres que j'avais découvert, je n'envisageai pas un instant qu'il pût être mort. Trop nombreux s'étaient échappés dans Celyddon... des milliers en tout. Au moins la moitié de la horde barbare était encore en vie pour reprendre le combat.

Un peu plus tard, les éclaireurs qu'avait envoyés le Duc revinrent nous annoncer que Baldulf avait fui vers la côte est où attendaient ses navires. En confirmation de ce fait, ils ramenaient avec eux le roi irlandais, Fergus, et les restes de son armée. Fergus et ses hommes avaient été capturés alors qu'ils se dirigeaient vers l'Abertwide.

Les seigneurs et guerriers bretons se hâtèrent vers la tente d'Arthur pour voir ce qu'allait faire le Duc. Ils s'attroupèrent en un cercle étroit autour de lui. Certains poussaient des cris et conspuaient les Irlandais, mais la plupart gardaient le silence.

Fergus, les mains liés par des lanières de cuir, fut traîné devant Arthur et contraint de s'agenouiller. Mais le Duc jeta un coup d'œil à ce spectacle pathétique et fit relever le roi. Il prit son couteau à sa ceinture et coupa ses liens. Puis, le regardant droit dans les yeux, Arthur dit : « Si j'étais à ta place, je sais que tu me tuerais. Le nies-tu ? »

Fergus connaissait la langue du Nord et répondit : « Je ne le nie pas, seigneur. Je te tuerais.

— Alors pourquoi t'es-tu laissé amener ainsi devant moi ? »

Le roi irlandais releva la tête, la défaite et l'humiliation dans les yeux, et répondit : « Parce que j'ai entendu dire que tu étais un homme juste et miséricordieux, Duc Arthur.

— Tu me nommes juste et miséricordieux, ô Roi, et pourtant tu m'as fait la guerre. Comment cela se fait-il ?

— Je ne mens pas quand je te dis que je suis loin d'être riche. Jadis le nom de Fergus mac Guillomar signifiait quelque chose dans le monde. Mais le tribut que nous devons verser au Bretwalda nous a saignés à blanc. À présent mes terres sont pauvres, mes récoltes dépérissent et mon bétail meurt, et les bêtes et les champs de mon peuple ne se portent pas mieux.

» Malgré cela, le tribut ne diminue pas d'un seul grain de froment. Nous mourons de faim, seigneur, par manque de blé et de viande. Baldulf a dit qu'il renoncerait au tribut si je me joignais à lui dans ses pillages. Il m'a promis un riche butin. » Fergus baissa la tête d'un air pitoyable. « Je t'en prie, seigneur, si tu ne veux m'accorder ta grâce, accorde-la au moins à mes guerriers, qui n'ont fait que suivre leur roi. »

Arthur se tripota un moment le menton, puis il me fit signe d'approcher. « Qu'en penses-tu, Bedwyr ?

— Un conte fort improbable, me semble-t-il.

— Mais ne pourrait-il pas s'y trouver une part de vérité ? »

Je réfléchis un moment. « Eh bien, dis-je lentement, les Irlandais n'ont guère besoin d'encouragements pour venir se livrer au pillage. Même aux meilleures époques, ils ne sont guère prospères.

— C'est exact. Quoi d'autre ?

— Cette histoire de tribut versé à Baldulf sonne vrai. Cela expliquerait beaucoup de choses.

— Je suis d'accord. Alors, que faisons-nous de lui ? » Le Duc montra du menton l'endroit où attendait Fergus.

« Demande à Myrddin. Il est ton Sage Conseiller.

— Je te le demande à toi. Que ferais-tu, Bedwyr ?

— Je ne sais pas, Artos. Je le tuerais, je suppose.

Ces païens cupides doivent apprendre qu'ils ne peuvent faire la guerre à la Bretagne et espérer s'en tirer sans un prompt et sévère châtiment. La seule chose qu'ils respectent est la force. »

Arthur posa une main sur mon épaule. « Ta réponse est l'Âme de la Sagesse, mon frère. Il faudrait être un insensé pour ne pas se ranger à ton avis. Et pourtant c'est ce que je vais faire.

— Tu as l'intention de le laisser repartir ?

— Oui.

— Dans ce cas, pourquoi me demander ce que j'en pense ? Quelle différence peut faire ce que je dis ?

— J'avais besoin de l'entendre, Bedwyr. C'est tout. Tu exprimes la dure loi de la guerre. Mais il y a une loi supérieure que nous pouvons invoquer.

— Laquelle ?

— Quand un homme implore la vie sauve, il faut la lui accorder... même s'il vaudrait mieux à tes yeux que meure cet homme. »

Il tourna le dos et fit signe à Fergus de s'agenouiller devant lui. Les Cymry rassemblés autour de nous murmurèrent entre eux, commentant la décision d'Arthur.

« Jures-tu, ô Roi, sous peine de mort, de ne plus livrer la guerre à la Bretagne ? Et, par tous les serments que tu estimes contraignants, me prêteras-tu allégeance, et promets-tu de me soutenir et de me verser tribut aussi longtemps que durera ta vie ? »

Fergus leva les yeux vers Arthur et je vis un rare spectacle — un spectacle auquel il n'est pas souvent donné d'assister. Je vis l'espoir s'allumer chez un homme qui se savait condamné, qui n'avait aucun droit à l'espoir. Cet espoir était né de la miséricorde. Et je pus voir en regardant le roi irlandais qu'Arthur s'était acquis un ami loyal pour la vie. Fergus prêta serment, voua sa vie à celle d'Arthur, et se releva en homme heureux.

Contre toute raison, Arthur nourrit les captifs et les renvoya chez eux... sans la moindre escorte. Il n'y avait rien pour les empêcher de rompre leur serment et de se remettre à piller sitôt qu'ils seraient hors de notre vue. Cela en incita bon nombre dans notre camp à grommeler contre Arthur, mais quand les récriminations ont-elles jamais fait fléchir l'Ours de Bretagne ?

Nous nous reposâmes sur la vaste berge herbeuse de la scintillante Twide, prenant le temps de nous délasser et de panser nos blessures. Le temps était chaud et ensoleillé, et la longue journée nordique s'étendait douce et dorée devant nous. Arthur la passa à manger, boire et chanter avec les Cymbrogi. Il leur offrit des bracelets d'or et des coupes d'argent pour leur bravoure. Il distribua généreusement sa part du butin, ne gardant rien pour lui.

Puis, après un souper d'anguilles braisées, de venaison rôtie, de pain et de fromage, Myrddin Emrys prit sa harpe. Tous les hommes se rassemblèrent au bord de la rivière, si bien serrés les uns contre les autres que personne ne pouvait bouger. Nul ne semblait se plaindre de l'inconfort, tant chacun écoutait avec attention chanter l'Emrys.

Myrddin monta sur un rocher plat, les eaux de la Twide tourbillonnant à ses pieds. Il se dressa de toute sa taille devant l'armée de Bretagne, caressant distraitement la harpe, ses yeux aveugles baissés, cherchant dans sa vaste mémoire le conte qu'il partagerait ce soir. C'était toujours pareil avec lui : Myrddin essayait d'accorder la chanson à ses auditeurs, afin que celle-ci leur parle d'un monde qu'ils puissent chérir dans leurs cœurs.

Ses longs doigts couraient sur les cordes, tirant une mélodie de l'âme chantante de la harpe aussi délicatement qu'une jeune fille sollicite un sourire de son amoureux. Puis, relevant la tête, il commença son récit. Et voici ce qu'il chanta :

Aux premiers jours de l'Humanité, quand la rosée de la création était encore fraîche sur la terre, Bran le Béni, fils de Llyr, était roi de Gwynedd, de Lloegres et de tout Ynys Prydein. Il était aussi juste et équitable que la lumière du soleil qui tombe des cieux, et on ne vit jamais meilleur roi depuis que la royauté existe dans l'Île des Forts. Or voici ce qu'il advint...

Un jour où Bran était assis sur le rocher de Harddlech qui surplombe la mer, accompagné de ses cousins et d'autant d'hommes de haut rang qu'il sied à un aussi grand roi, il aperçut treize navires irlandais qui approchaient, cinglant droit sur la côte, poussés par le vent avec la grâce et l'aisance des mouettes.

Voyant cela, Bran se leva et dit : « Amis et parents, je vois des navires qui approchent hardiment de nos terres. Descendez donc les accueillir pour apprendre quelles sont les intentions de ces visiteurs. »

Les hommes de la cour de Bran s'équipèrent et descendirent attendre les navires irlandais. « Que Lleu me foudroie, s'exclama l'un d'eux quand les navires se furent rapprochés, si j'ai jamais vu aussi beaux vaisseaux que ceux-ci. » Et tous furent d'accord que c'étaient en vérité de superbes navires.

Celui qui voguait en tête s'avança devant les autres et chacun pu voir un bouclier dressé sur le pont en signe de paix. Les navires mouillèrent au large et il s'en détacha des barques pleines d'étrangers qui vinrent à terre.

« Lleu soit bon pour vous, cria Bran du haut de son rocher en manière de salutation alors que le premier étranger sautait dans l'eau, si vous cherchez la paix, vous êtes les bienvenus. À qui sont ces navires et qui est votre chef?

— Le seigneur Seichlainn, roi d'Ierne, lui fut-il répondu. C'est à lui qu'appartiennent ces navires... et beaucoup d'autres avec eux, puisque tu le demandes.

— Que désire-t-il en venant ici? » demanda Bran. Il avait appris d'amère expérience à ne pas faire confiance aux étrangers de par-delà les mers. « Viendra-t-il à terre?

— Non, seigneur, répondit le messager. Mon roi a une requête à te présenter et il ne mettra pas le pied à terre à moins que n'y accèdes.

— Puis-je donc connaître cette requête?

— Noble seigneur, répondit courtoisement le messager, le roi Seichlainn souhaite sceller une alliance avec toi. En gage de ton amitié, il est venu demander que Bronwen, fille de Llyr, devienne son épouse, afin que vos maisons soient à jamais unies par les liens de l'honneur et du sang. De la sorte, l'île d'Ierne et l'Île des Forts seront encore plus puissantes.

— Dis à ton seigneur qu'il ferait bien de venir dans mon *dun* où nous pourrons délibérer de la question comme il sied. »

Le roi Seichlainn entendit cela et descendit aussitôt à terre, ses conseillers et hommes de haut rang avec lui. Et nombreux furent les convives dans la grande salle de Bran ce soir-là.

Le lendemain, à la première lueur, les hommes de l'Île des Forts tinrent conseil. Ils décidèrent que les guerres incessantes avec les Irlandais devaient prendre fin, et que le plus tôt serait le mieux. Si l'alliance avec Seichlainn permettait d'y parvenir, il fallait l'accepter. Ils étaient malgré tout fort marris de laisser partir Bronwen, car elle était l'une des Trois Grandes Reines de l'île, et largement réputée comme la plus belle femme du monde.

Il fut néanmoins décidé qu'elle deviendrait l'épouse de Seichlainn pour le bien de tous. Un festin fut donc organisé pour célébrer l'union des deux plus puissantes maisons de ce monde.

Pour sa part, le roi Seichlainn fit venir à la côte sept de ses navires et il commença à les décharger. « Quelles sont donc ces créatures qui nagent vers le rivage ? s'enquirent les Bretons. Dites-le-nous, je vous en prie, car nous n'avons jamais vu leurs pareilles.

— Ces nobles animaux sont appelées des chevaux, répondirent les Irlandais. Vous avez raison de vous émerveiller à leur vue, car ils sont un présent que nous fit Lugh à la Main Sûre en personne : ils viennent tout droit de l'Autre Monde. »

Les Bretons furent stupéfaits de voir de si belles créatures sortir des vagues écumantes, scintillant au soleil comme revêtues de l'or du ciel. Les chevaux et les valets chargés de s'en occuper furent accueillis avec tous les égards et aussitôt installés dans les plus beaux champs et vallons que possédât Bran.

Et sa sœur Bronwen fut mariée le même jour au roi irlandais Seichlainn. En preuve de son mariage, le couple dormit ensemble la nuit même et unit ainsi les nobles royaumes d'Ierne et d'Ynys Prydein.

Durant le festin de noce — qui dura tant de jours qu'on en perdit le compte — le seigneur Evnissyen, le belliqueux cousin de Bran, rentra d'un de ses voyages et vit les chevaux. « Quelles sont ces bêtes affreuses ? demanda-t-il. Et qui les a amenées sur nos terres qu'elles souillent à se nourrir ?

— C'est la dot payée pour Bronwen, qui est maintenant l'épouse du roi Seichlainn d'Ierne », répondit un des valets.

Evnissyen, le Tors, fronça les sourcils, ce dont il était coutumier, et gronda à l'intention du valet : « Comment ! Ils ont donné cette excellente femme en mariage sans mon consentement ? En vérité, mon cousin n'aurait pu trouver plus grande insulte à mon égard si telle avait été son unique ambition. Ce l'était d'ailleurs très probablement. »

Ce disant, l'irascible Evnissyen se mit à marteler les chevaux de ses poings, frappant d'abord leur mâchoire et leur tête, puis leur dos et leurs flancs, et enfin leurs jambes et leur croupe. Il fit cela avec un tel acharnement et une telle malignité qu'il rendit difformes les fières créatures, leur faisant perdre toute valeur.

La nouvelle de cet outrage parvint aux oreilles du roi Seichlainn, qui s'étonna d'une telle atrocité. « Cette insulte à mon présent n'en est pas moins un affront à mon égard. Bien plus, si c'est ainsi qu'ils respectent mon plus grand trésor, je crains qu'il ne me soit pas réservé meilleur traitement, dit-il en secouant la tête. Ma voie est tracée : il n'y a rien que je puisse faire d'autre que regagner les navires. »

Le roi Seichlainn prit son épouse et ses hommes et repartit en hâte dans son royaume. Les navires n'étaient plus que des points prêts à disparaître sur la mer quand Bran apprit son départ. Celui-ci dit alors : « Il n'est pas convenable qu'il reparte avec une telle hâte. Je ne le laisserai donc pas faire. »

Bran envoya des messagers sur ses navires les plus rapides pour prier Seichlainn de revenir et d'honorer la cour de Bran de sa présence.

« Je n'en ferai rien, répondit le roi Seichlainn du pont de son beau navire, tant que je ne saurais pas qui a jeté cet opprobre sur mon nom en détruisant mon présent. » Et il leur dit le préjudice causé aux chevaux.

Quand ses messagers lui rapportèrent cela, Bran se fit la réflexion : « Je sens là à l'œuvre la malveillance d'Evnissyen. Lleu sait qu'il a toujours été un fauteur de troubles. » Il renvoya donc les messagers — Manawyddan ap Llyr, Heveydd le Long et Unig aux Fortes Épaules — présenter ses excuses pour les mauvaises manières de son cousin, disant : « Dites au roi d'Ierne que s'il veut bien oublier l'affront d'Evnissyen, je lui offrirai une baguette d'argent aussi haute que lui et un plateau en or aussi large que son visage. Ou, si Seichlainn ne veut accepter cela, qu'il vienne me dire ce qu'il acceptera et nous ferons la paix aux conditions qu'il jugera les meilleures. »

Ces prompts messagers allèrent au plus vite trouver Seichlainn et lui répétèrent les paroles de Bran en termes amicaux. Le roi les écouta et sa belle épouse intercéda auprès de lui. « Mon frère est un homme d'honneur, mon époux. Permets-lui de t'en donner la preuve et tu ne seras pas déçu. »

Le roi irlandais se tripota le menton, gonfla les joues et regarda sa superbe épouse. Il se laissa fléchir et répondit ceci : « Comme tout ceci est fort étrange depuis le début, il me plaît d'y mettre un terme. Très bien, je vais retourner auprès de Bran et écouter ses explications. »

Les Irlandais revinrent donc dans l'Île des Forts, mais ils restaient sur leurs gardes de crainte de subir un nouvel affront. Bran vit qu'ils touchaient leur nourriture du bout des lèvres et ne prenaient guère part à la conversation. « Mes amis, vous n'êtes pas aussi enjoués qu'auparavant. Est-ce parce que vous trouvez trop maigre la réparation ? Si c'est cela, je vais y ajouter tout ce que vous voudrez pour vous satisfaire.

— Lugh te le rende, seigneur, je crois que tu penses ce que tu dis.

— Assurément. Et en gage de ma parole, je vais te donner mon plus précieux trésor, un grand chaudron en or qui possède cette singulière vertu : si on y jette un guerrier tué au combat dans la journée, il sera de nouveau prêt à se battre le lendemain. Mais il ne sera plus capable de dire un mot. »

Le roi Seichlainn remercia aimablement Bran et il fut si ravi de son nouveau trésor qu'il oublia l'affront qui lui avait été fait. Le festin dura autant de jours que le précédent, et ce fut un festin des plus joyeux. Mais vint le moment de prendre congé et le roi irlandais embrassa le roi breton comme un frère, disant : « Viens à ma cour quand tu le voudras, seigneur, et je te rendrai au décuple les faveurs que tu m'as accordées. En cela tu peux me mettre à l'épreuve, et j'espère que tu le feras. »

Puis, après de nombreux et cordiaux adieux, le roi Seichlainn et Bronwen partirent. Treize gracieux navires irlandais prirent la mer à Aber Menei et volèrent sur les eaux jusqu'à l'île d'Ierne où ils furent accueillis par tous dans la joie.

Le bruit se répandit bientôt dans tout le royaume que le roi Seichlainn avait pris une épouse d'une rare et incomparable beauté. Et que tous ceux qui venaient à sa cour recevaient des mains de Bronwen un anneau d'or, ou un joyau poli, ou une belle broche émaillée, ou tout présent de valeur qui leur plaisait. Et c'était un merveilleux spectacle que de voir emporter de tels présents !

La renommée de Bronwen en tant que reine noble et généreuse grandissait dans le pays, et il n'y a là rien d'étonnant. Le royaume du roi Seichlainn s'épanouissait comme jamais jusque-là dans la paix et la bonté. Grand en était l'honneur ! Et le roi chérissait tendrement sa dame.

En temps et en heure, le ventre de Bronwen

s'arrondit sur l'enfant qu'elle portait avec une royale prestance, et le moment venu elle donna naissance à un fils que l'on appela Gwern. Selon la coutume de l'époque, le garçon fut envoyé dans la meilleure maison de tout le royaume pour y être élevé ainsi qu'il sied à un noble.

Le cousin de Bronwen, Evnissyen, aussi mauvais que la nuit est longue, considéra la façon dont les choses avaient tourné et la manière dont Bran avait réparé l'affront qu'il avait commis. Et il devint jaloux du bonheur et de la bonne fortune de Seichlainn. « Que Govannon m'écrase avec son marteau si je ne règle pas ceci entre nous une fois pour toutes. » Et, prenant un petit coracle, il se mit aussitôt en route pour Ierne.

Il y a des fauteurs de troubles dans l'île d'Ierne, comme partout ailleurs. Evnissyen n'eut pas de grandes difficultés à les trouver et à les exciter au moyen de paroles haineuses et de fausses promesses.

Ce ne fut que trop facile à accomplir car, en raison de la bonté et de l'honneur de la reine Bronwen, et de l'héritier qu'elle avait donné à leur roi, ces créatures à l'âme mesquine étaient déjà à demi rongées par la jalousie. En moins de temps qu'il n'en faut pour le dire, les mécontents, menés par le fourbe Evnissyen, s'offusquèrent de l'affront subi par leur roi quand il était à la cour de Bran. Plus ils y pensaient — et ils ne pensaient guère à autre chose — plus ils encoléraient.

Gardèrent-ils pour eux leur colère ? Certes non.

Bien vite, ils agitèrent leur langue çà et là par tout le royaume, en incitant d'autres à faire de même. Ce poison se répandit comme il le devait et finit par atteindre les oreilles de Seichlainn. Il fut marri de l'entendre et refusa tout d'abord de revenir sur un affront qui avait été si noblement réparé par le don du chaudron enchanté.

Mais les paroles malveillantes ne cessèrent pas. Et comme les vagues qui viennent frapper un rocher le réduisent petit à petit à la taille d'un galet, à la longue Seichlainn ne put plus regarder sa belle épouse sans songer au tort qui lui avait été causé.

Mais les fauteurs de troubles n'en restèrent pas là. Ils harcelaient continuellement le pauvre roi pour exiger que soit vengé l'affront infligé à son royaume, afin de restaurer son honneur, et le leur.

Bref, ils suscitèrent une telle effervescence dans l'île d'Ierne que le malheureux Seichlainn finit par leur céder... davantage pour avoir la paix que pour toute autre raison. Et voici la forme que prit sa vengeance : Bronwen fut frappée sur la joue et chassée de sa chambre. Il lui fut donné une place parmi les servantes et elle fut contrainte de cuisiner pour la cour.

Pour cette raison, le coup porté à Bronwen est désormais connu comme une des Trois Gifles Iniques de Bretagne.

Mais, comme tout le monde le sait, cela n'en pouvait rester là. « À présent, seigneur, dirent les mécontents, la nouvelle ne doit pas en parvenir à Bran, sinon il viendra sûrement nous faire la guerre pour venger sa sœur.

— Que suggérez-vous ? » demanda tristement Seichlainn. Il ne se souciait plus de ce qui pouvait arriver, à lui ou à son royaume. La lumière de sa vie lui avait été dérobée.

« Tu dois interdire à tous les navires d'aller en Ynys Prydein, et tous les navires qui en viennent doivent être arraisonnés, afin que nul ne puisse rapporter la nouvelle à Bran. Fais cela et nous serons enfin heureux.

— Vous serez peut-être heureux, mais pas moi. Tant que vous y êtes, vous pouvez aussi bien m'appeler désormais Mallolwch, le Très Malheureux, car je ne puis demeurer Seichlainn en éprouvant ce que je ressens.

— C'était ta décision, répondirent les malveillants. Nous n'avons assurément jamais voulu qu'il en soit ainsi. » Mais, bien sûr, ils mentaient.

Evnissyen, ayant semé à tous vents son venin, partit aussitôt et nul ne sut où il était allé. La pauvre Bronwen, abandonnée de tous, en conçut une grande détresse. « Lleu sait que je n'ai rien fait pour mériter cela. Ma douceur n'a été récompensée que par la solitude, et ma générosité par un dur labeur. Ce n'est pas juste. »

Or il se trouve que Lleu, volant dans les airs sous sa forme habituelle — celle d'un énorme corbeau noir —, entendit la plainte de Bronwen. Il se rappelait bien son ancienne gloire, aussi descendit-il pour voir si cette affaire pourrait tirer profit de son intervention.

Se posant sur le pétrin où Bronwen préparait le pain, il la contempla de son œil semblable à un noir joyau. Elle vit le corbeau et lui offrit un morceau de viande, qu'il engloutit aussitôt et croassa de reconnaissance. Elle versa du lait et le servit au corbeau, qui le but derechef. « Au moins quelqu'un apprécie mes efforts, soupira tristement Bronwen. Je te souhaite une bonne journée, ami corbeau. »

Celui-ci prit alors la parole. « Ma fille, qui es-tu pour peiner ainsi sans relâche ? Tu étais sûrement née pour un meilleur sort ?

— Je suis Bronwen, fille de Llyr, et Bran le Béni est mon frère. Tu as dit vrai, bien que tu ne puisses le savoir. Car j'étais autrefois reine en mon pays, et reine également dans celui-ci... et tenue en haute estime, même si tu n'as que ma parole pour le croire.

— Que s'est-il passé pour que tu sois réduite à une si basse condition ?

— Tu te trompes si tu penses que c'est moi qui suis cause de ma déchéance. Je te le dis en vérité, je ne suis pas aimée en cette demeure. Je l'étais autrefois, mais plus maintenant... en raison d'hommes malveillants qui m'ont cruellement calomniée. » Elle regarda le corbeau d'un œil soupçonneux. « Mais cela ne te concerne en rien.

— Bien au contraire, ma sœur, je me sens fort concerné.

— Qui es-tu, oiseau, pour porter intérêt à mon triste sort ?

— Ne parlons pas de moi. Qu'allons-nous faire pour toi ?

— Question des plus embarrassantes. En vain j'y

ai cherché une réponse au cours de longues journées de méditation. Car non seulement je suis traitée ici en esclave, mais personne ne peut franchir la mer. Mes cousins pourraient aussi bien vivre dans l'Autre Monde, je ne parviendrais pas davantage à les atteindre.

— N'en dis pas plus, croassa le corbeau. On peut interdire aux navires de voguer, mais nul n'a encore trouvé le moyen d'empêcher un oiseau de voler où il le veut.

— Iras-tu porter un message à mon frère ?

— N'est-ce pas ce que je viens de dire ?

— Eh bien, j'espère que tu lui parleras plus clairement qu'à moi, rétorqua-t-elle.

— Donne-moi ce message, dit Lleu sous son apparence de corbeau. Puis attends de voir ce qui va se passer. »

Bronwen expliqua donc tout de sa triste condition au corbeau, puis elle lui décrivit à quoi ressemblait Bran et où il pourrait le trouver. Et le grand oiseau noir s'envola pour le beau pays de ce côté-ci de la mer.

L'avisé corbeau trouva Bran dans sa citadelle et lui parla en privé. Bran l'écouta, fort chagriné et outragé de l'infamie subie par sa sœur. Il remercia le corbeau et, dans le même souffle, cria à ses druides et conseillers, ainsi qu'à tous ceux qui se trouvaient à portée de sa voix, de se rassembler, puis il leur expliqua ce qui avait été infligé à Bronwen des mains de Seichlainn.

« Je ne comprends pas comment une telle chose a pu arriver. J'avais le plus grand respect pour ce roi irlandais, et voilà ce qu'il est advenu. Il n'est donc pas possible de se fier à ces chiens belliqueux. Parlez, Sages Conseillers ! Que dites-vous ? Prodiguez-moi donc vos conseils ! Que dois-je faire ? »

Ils s'entreregardèrent, consternés, puis répondirent d'une seule voix : « Ta voie est claire, seigneur et roi. Tu dois conduire ton armée de l'autre côté de la mer pour sauver ta sœur et la ramener si tu veux mettre fin à ce déshonneur. »

Bran acquiesça. Il réunit son armée — et il n'a pas été vu depuis meilleure armée dans l'Île des Forts — et ses navires quittèrent Aber Menei pour Ierne. Chacun de ses hommes armé et casqué, et chacun meilleur guerrier que le précédent.

Or les porchers de Mallolwch étaient au bord de la mer où ils gardaient les cochons quand ils virent arriver la flotte de Bran. Ils jetèrent leurs bâtons, laissant les cochons s'éparpiller où ils voulaient, et coururent trouver leur seigneur qui tenait sa cour avec ses conseillers.

« Lugh soit bon pour vous, les salua le roi irlandais. Quelles nouvelles m'apportez-vous ?

— Nous avons vu un spectacle prodigieux, seigneur. Il serait difficile d'en imaginer un plus extraordinaire, dirent les porchers.

— Dites-le-moi donc, car je désire l'entendre. »

Ils répondirent aussitôt : « Ne va pas croire que nous sommes ivres, seigneur, mais nous avons vu une forêt se dresser sur la mer, là où nul n'avait jamais vu un seul arbre. Qui plus est, cette forêt se dirigeait par ici. Imagines-tu pareille chose ?

— Étrange spectacle, en effet, répondit Mallolwch. Avez-vous vu autre chose ?

— Au centre de la forêt, nous avons vu une montagne. L'éclair fulgurait sur son front et le tonnerre grondait sur ses flancs.

— Une montagne grondante entourée d'une forêt, dit Mallolwch, songeur. Qui se dirigeait par ici, avez-vous dit ?

— Nous l'avons dit. Que penses-tu que cela signifie ?

— Sur ma vie, je ne puis l'imaginer. Mais la femme qui était mon épouse est fort intelligente. Demandons-le-lui. »

Le roi et ses conseillers la sollicitèrent donc, disant : « Noble dame, dis-nous la signification de cette merveille que nous avons vue.

— Bien que je ne sois plus une dame, répondit-elle, je sais bien ce dont il s'agit. Lleu sait que ce spectacle n'a pas été vu en ce monde depuis bien des années.

— Veux-tu bien nous le dire ?

— Je le veux bien. Ce n'est rien de plus ni de moins que les armées rassemblées de l'Île des Forts qui voguent vers la bataille. Je crois que mon frère Bran le Béni a eut vent de ma douloureuse condition et qu'il vient me chercher.

— Quelle est cette forêt que nous avons vue ?

— Ce sont les mâts, les rames et les vergues des navires et les guerriers à leur bord.

— Quelle est cette montagne ?

— Ce n'est autre que Bran en personne dans sa colère fulminante. »

Les Irlandais entendirent cela et prirent peur. « Seigneur, tu ne peux les laisser nous faire la guerre. Ils nous massacreront de terrible manière. »

Mallolwch leur répondit avec amertume : « Lugh sait que c'est tout ce que vous méritez pour les ennuis que vous avez causés.

— Ne nous fatigue pas avec cela, répondirent les malveillants. Fais plutôt ton devoir et protège-nous.

— À cause de vous, ce ne sera pas facile. Par Teutatès, vous êtes une vile engeance ! Je voudrais ne jamais vous avoir connus. Néanmoins, je vais faire ce qui me paraît le mieux. Voici : je vais céder la royauté à mon fils, Gwern, le propre parent de Bran. Il ne fera pas la guerre au fils de sa sœur. » Sur ce, Mallolwch chargea ses messagers de porter ces mots à Bran quand il descendrait à terre.

Les messagers obéirent et saluèrent courtoisement Bran alors qu'il sortait de l'eau, son épée dégainée à la main. « Quelle réponse devons-nous rapporter à notre seigneur ? demandèrent-ils quand ils eurent délivré leur message.

— Dites à votre seigneur qu'il n'aura de moi aucune réponse tant qu'il ne me fera pas une meilleure offre que celle que je viens d'entendre. »

Les Irlandais retournèrent voir leur seigneur, le fracas de l'acier aux oreilles. « Seigneur et protecteur, dirent-ils, Bran dit qu'il ne te donnera pas de réponse tant qu'il n'entendra pas de meilleure offre que celle que tu viens de lui faire. Notre conseil est que tu lui prépares une meilleure proposition, car nous ne mentons pas en te disant qu'il ne voudra pas écouter celle que tu nous as fait transmettre. »

Mallolwch hocha tristement la tête. « Allez donc dire à mon frère Bran que je lui construirai la plus grande citadelle que ce monde ait jamais vue... avec une grande salle assez vaste pour contenir tout son peuple d'un côté et tout le mien de l'autre. Ainsi il régnera sur Ierne et sur l'Île des Forts, avec moi pour sénéchal. »

Les conseillers allèrent trouver Bran avec cette proposition, qui lui plut quand il l'entendit. Le résultat fut qu'il accepta sur-le-champ. De cette façon, la paix fut conclue et la construction de la citadelle et de son immense palais commença.

Les hommes d'Ierne se mirent au labeur pour dresser les poutres, et ils se mirent à bavarder de choses et d'autres, ainsi que font les ouvriers. Evnissyen, déguisé comme l'un d'eux, commença à se plaindre de l'injustice de Bran et de la dureté de son règne. Inspirés par Evnissyen, tous se mirent bientôt à dire des choses telles que : « Il n'est pas convenable que notre seigneur et roi soit traité comme un serviteur dans son propre royaume. C'est un grand déshonneur pour lui, et pour nous aussi, si l'on veut aller par là. »

Les ouvriers préparèrent donc un piège. À chaque cheville de chaque rondin de la grande salle, ils attachèrent un sac de cuir, et dans chaque sac ils enfermèrent un de leurs plus féroces guerriers.

Les travaux achevés, Mallolwch fit prévenir Bran qu'il pouvait venir prendre possession de sa demeure. Evnissyen l'apprit et s'arrangea pour entrer dans le palais avant tout le monde. Il regarda le superbe édifice d'un air renfrogné comme s'il s'agissait de la plus méprisable cabane de berger. Puis, posant les yeux sur le plus proche sac de cuir, il demanda : « Qu'est-ce que cela ?

— De l'orge », répondit un des ouvriers.

Sous prétexte d'examiner le grain, Evnissyen plongea la main dans le sac, trouva la tête du guerrier et serra de toutes ses forces jusqu'à ce qu'il sente ses doigts briser l'os et s'enfoncer dans la cervelle.

Il fit de même à chacun des sacs tour à tour, jusqu'à ce que chacun des deux cents guerriers soit mort et qu'il n'en reste pas un seul dans le monde des vivants. « À présent, ricana-t-il, que les Irlandais s'aperçoive de cela et qu'ils hurlent de rage en pensant à ce que Bran a fait à leurs cousins. »

Pendant ce temps, tout le monde était arrivé. Les hommes de l'Île des Forts prirent place d'un côté de la vaste cheminée, les hommes d'Ierne de l'autre. La paix fut conclue et le roi irlandais ôta son torque qu'il tendit à Bran.

Quand Bran vit cela, il refusa et dit : « J'ai un torque, seigneur, ainsi que des terres et des hommes en suffisance. Rétablis simplement ma sœur à la place qui lui convient et je serai satisfait. »

Mallolwch entendit cela et pleura de joie. « En vérité, tu es un homme béni, s'écria-t-il. Tu me traites mieux que je ne le mérite.

— Comment pourrais-je mal traiter mon propre parent ? répondit Bran.

— En gage de l'honneur que tu me fais, dit le roi d'Ierne, que l'on fasse venir mon fils, ton neveu. Il sera couronné à ma place et je le servirai ainsi que je l'aurais fait pour toi. »

Le petit Gwern s'avança et Mallolwch plaça le torque autour du cou de son fils. Tous ceux qui posaient les yeux sur celui-ci le prenaient en affection, car jamais on ne vit garçon plus beau et plus honnête.

Evnissyen, dont l'esprit se tordait de jalousie à contempler cette amitié entre les deux peuples, prit alors la parole. « Pourquoi mon jeune cousin ne s'approche-t-il pas pour recevoir ma bénédiction ? » cria-t-il, et le garçon vint vers lui sans méfiance.

Ah ! se dit le perfide scélérat — soyez assurés qu'il n'y avait en lui pas la moindre miette de bonté —, Lleu lui-même ne pourrait prévoir le crime que je vais maintenant commettre. Sur ce, il attrapa le garçon et le jeta tête la première dans l'énorme cheminée avant que quiconque eût pu lever la main pour l'en empêcher.

Bronwen vit les flammes se refermer autour de son fils chéri et elle bondit en poussant un cri d'horreur, comme pour se jeter elle-même dans le feu afin de le sauver. Mais il n'y avait rien à faire. Les flammes eurent tôt fait de réduire l'enfant en cendres.

Les hommes d'Ynys Prydein se levèrent d'un bond en poussant un cri. À ce cri fit écho celui des Irlandais qui, avec l'aide d'Evnissyen, venaient de découvrir leurs frères d'armes assassinés. Et jamais il n'y eut plus grand tumulte en ce monde que celui qui suivit, chacun se précipitant sur ses armes.

Le combat, la bataille, le massacre qui eut lieu ce soir-là fut pire... oh, bien pire que tout ce qui avait été vu depuis la création du monde. Le vacarme retentissait comme le tonnerre, le fracas des armes comme la tempête. Le sang montait jusqu'aux cuisses des guerriers, et toujours ils s'entretuaient cruellement.

Pendant ce temps, Evnissyen ne demeurait pas oisif. Car, tandis que la bataille faisait rage, il se glissait dans l'ombre, frappant çà et là, prenant une vie à chaque coup de sa dague empoisonnée. Il vit Bran qui protégeait sa sœur Bronwen entre son épaule et son bouclier, et il les frappa tous deux par-derrière, riant de les voir tomber sous ses coups.

Bien des braves trouvèrent la mort, et plus de femmes qu'il n'y a d'étoiles dans les cieux devinrent veuves. Quand les hommes tombaient, les femmes reprenaient leurs armes, de sorte qu'hommes, femmes et enfants se battaient jusqu'à la mort.

Amère fut la bataille, et amères les larmes qui suivirent. Et long fut le deuil.

Le soleil se levait rouge vif et l'aube était une plaie sanglante à l'orient quand le dernier ennemi déposa les armes à jamais. Il ne restait plus que sept hommes, s'entreregardant avec du sang dans les yeux et sur les mains.

Puis le Tors vit les survivants placer le Chaudron

de Résurrection dans l'âtre et commencer à y entasser les morts. Craignant de s'être donné tout ce mal pour rien, Evnissyen rampa parmi les cadavres à demi nus, s'étendit et fut jeté dans le chaudron avec les autres.

Une fois à l'intérieur, il s'étira de tout son long, appuyant les pieds et les mains contre les parois. Il poussa si fort que le chaudron magique se rompit en quatre morceaux. Et en même temps le cœur du méchant homme se brisa et il mourut d'horrible façon.

Les survivants, tous bretons, s'approchèrent de Bran qui gisait, mourant, auprès de la belle Bronwen. Ils tombèrent à genoux et versèrent sur lui des larmes. « Seigneur et roi, gémirent-ils, le chaudron est brisé et nous ne pouvons te sauver.

— Écoutez-moi, mes frères, dit Bran, et faites ce que je vous dis. Quand je serai mort, coupez-moi la tête et emportez-la avec vous en Ynys Prydein. Une fois arrivés, enterrez-la sur la Colline Blanche qui surplombe Mor Hafren, où elle protégera la côte de toute intrusion.

» En vérité, je vous le dis, aussi longtemps que vous ne déterrerez pas ma tête, aucun ennemi ne vous fera de mal. Vous festoierez dans le pays de vos pères, les oiseaux de Rhiannon chanteront pour vous et quatre-vingts années ne seront qu'un seul jour. De cette façon, ma tête vous sera d'aussi bonne compagnie qu'elle le fut jamais, car votre joie et votre prospérité seront assurées.

» Mais si quiconque déterre ma tête, la guerre et la pestilence s'abattront de nouveau sur l'Île des Forts. Et, une fois exhumée, il faudra vous hâter de l'ensevelir à nouveau où nul ne songera à la chercher, de crainte qu'il ne vous advienne de bien pires fléaux.

» Maintenant, il est temps pour moi de mourir. Faites sur-le-champ ce que je vous ai ordonné. »

Tristement, les Bretons obéirent. Ils retournèrent dans leur pays et enterrèrent la tête où le leur avait dit Bran. Et ils ensevelirent Bronwen non loin de l'endroit où était inhumée la tête de son frère, afin qu'ils demeurent ensemble à jamais.

Alors ils virent surgir un grand palais aux murailles et aux sols de pierre polie qui brillaient comme joyaux au soleil. À l'intérieur, ils trouvèrent une salle immense et des nourritures de toutes sortes disposées sur une table qui ployait sous la charge. Il y avait à boire du vin, de l'hydromel et de la bière. Et nourriture et boisson étaient les meilleures qu'ils eussent jamais goûtées. Comme ils commençaient à festoyer, trois oiseaux apparurent sur des perchoirs d'or et les plus beaux chants qu'eussent jamais entendus les compagnons de Bran n'étaient que vain silence comparés au chant de ces merveilleux oiseaux.

Ils oublièrent alors leur chagrin pour leurs parents et leurs compagnons perdus, et ils ne se rappelèrent rien des souffrances qu'ils avaient vues et subies, ni d'aucune autre peine dans le monde.

Durant quatre-vingts ans, ils vécurent ainsi, leur fortune et leur lignée prospérant dans la joie. Ces quatre-vingts années furent appelées l'Assemblée de la Tête Merveilleuse. Pour cette raison, l'ensevelissement de la tête de Bran fut appelée une des Trois Inhumations de Bon Augure. Car aussi longtemps que la tête demeura enterrée, nul ennemi et nul fléau n'atteignit les rivages de Bretagne.

Ainsi se termine cette branche du Mabinogi.

Sa chanson achevée, Myrddin reposa sa harpe dans un silence total. Les rois et les guerriers rassemblés se savaient en présence d'un Vrai Barde et restaient muets comme des daims, le regard brillant comme sous l'effet d'un enchantement. Car ils avaient été transportés par ce conte et celui-ci avait instillé en eux son charme subtil.

Et également en moi. Je ressentais moi aussi le conte comme une vivante création, je savais qu'il l'était, à la manière des véritables contes. D'autant plus grande était ma frayeur ! Car je comprenais la signification profonde de la chanson, et je savais ce qu'avait chanté l'Emrys :

Le règne troublé d'Arthur, et la part qu'y prendrait la main de l'Ennemi.

XII

Pris entre Cai et Bors d'un côté et Arthur de l'autre, Baldulf n'avait guère le choix. Voyant coupée leur retraite vers la côte est et leurs navires, les barbares en déroute s'enfuirent vers le nord. Ils pensaient disparaître par une des nombreuses vallées qui sillonnaient les collines des basses terres.

Ils y parvinrent et se jugèrent plus que fortunés, car ils tombèrent sur une forteresse romaine en ruine. Il n'y a pas moins d'une demi-douzaine d'anciens camps dans les collines, qui dépendaient jadis de Trimontium, la plus grande citadelle de la région. Il ne reste rien de celle-ci, sinon une butte recouverte d'herbe au bord de la Twide, mais les petits forts, construits en pierre, avaient résisté au vent et aux intempéries. Ce fut l'un de ceux-ci que trouva Baldulf — Caer Gwynnion, le Fort Blanc. Bien que ses portes de bois eussent depuis longtemps disparu, ses solides murailles de pierre commandaient toujours la vallée.

Deux jours après la bataille, les forces de Cai nous rejoignirent. Nous levâmes le camp le lendemain matin et remontâmes le val d'Aloent vers le nord, en direction de Caer Gwynnion. Nous avions le cœur léger : nos troupes étaient reposées, l'ennemi battait en retraite et les perspectives d'une victoire décisive suivie d'un prompt retour dans le sud étaient bonnes. Nous marchions donc entre les eaux vives et les versants verdoyants et le chant éclatant de l'alouette emplissait nos oreilles. Comment aurions-nous pu aller mieux ?

Nous n'avions jamais attaqué un fort romain. Et si nous savions fort bien comment en défendre un, l'attaquer est une tout autre affaire. Rien d'étonnant à ce que les Celtes d'antan n'eussent jamais gagné une guerre. Même en ruines, ces forteresses sont diaboliquement difficiles à investir.

De fait, les barbares avaient appris une nouvelle tactique. Plus jamais nous ne les affrontâmes en terrain découvert... ils savaient ne pouvoir y remporter la victoire ! Après Celyddon, les combats devaient se dérouler derrière les murailles protectrices d'une forteresse.

Les Angli avaient été abandonnés par leurs alliés. Les Picti avaient depuis longtemps fui la bataille pour disparaître dans leurs hautes landes désertiques. Les Irlandais, ou ce qu'il en restait, étaient rentrés chez eux. Seuls Baldulf et ses cousins, Ebissa et Oesc, demeuraient avec leurs armées... à présent réduites à moins de trente mille hommes.

Les guerriers bretons était moins nombreux, eux aussi : à peine plus de dix mille — deux mille cavaliers, et les autres à pied. Mais bon nombre de ces derniers étaient des troupes fraîches, arrivées avec Cai et Bors. Ils n'avaient pas encore vu le combat et étaient impatients de gagner leur ration d'hydromel et leur part de butin.

Le siège de Caer Gwynnion commença par une froide journée venteuse comme il y en a si souvent et si soudain dans le nord. Une légère pluie nous fouettait le visage. Les sentiers étaient glissants de boue. Nous laissâmes les chariots et les chevaux dans la vallée où Arthur ordonna de dresser le camp. Une *ala* lancée au galop n'est pas d'une grande utilité contre les murailles d'une forteresse.

Nous n'étions pas assez insensés pour monter à l'assaut à mains nues. C'eût été une défaite assurée. Arthur, se remémorant les Romains qui avaient bâti la forteresse, adopta donc une tactique que les légionnaires utilisaient avec une grande efficacité contre les forts de rondins des Celtes. Nous établîmes le siège devant la butte, puis nous entreprîmes de construire des machines de guerre.

Les connaissances de Myrddin nous furent précieuses, car il savait comment assembler de telles machines et il dirigea notre travail. Nous édifiâmes une tour montée sur roues, légèrement plus haute que les murailles de la forteresse. Nous fabriquâmes aussi un *onagre* pour lancer des pierres sur les murs et dans la cour.

Nous dûmes pour construire ces machines aller chercher du bois dans la vallée. Ce fut une tâche longue et fastidieuse, mais en cinq jours nous eûmes terminé et la bataille put commencer.

Quand les barbares virent se dresser la tour, ils se mirent à brailler hideusement. Mais quand les premières pierres commencèrent à pleuvoir telles des comètes, ils hurlèrent de rage et de frustration. Ils se dénudèrent et coururent au sommet des remparts, s'exposant à nos coups dans l'espoir de nous attirer à portée de leurs haches, de leurs pierres et de leurs marteaux.

Mais Arthur conserva son sang-froid. Il ordonna que personne n'approche des murailles et nous restâmes tous à bonne distance pendant que les machines de guerre accomplissaient leur œuvre. Nous fîmes pleuvoir des pierres jour et nuit, déplaçant continuellement l'onagre, de façon à ce que l'ennemi ne puisse trouver aucun refuge dans ses murs.

Au bout de trois jours, les barbares étaient affamés et épuisés. Au bout de sept, ils étaient à bout de forces et la faim les rendait hagards. C'est alors qu'Arthur donna l'ordre d'avancer la tour vers le rempart. Les meilleurs guerriers s'étaient cachés à l'intérieur, menés par Cai, qui avait réclamé le privilège de diriger la bataille.

Dieu soit avec lui, il avait plaidé avec tant d'ardeur qu'Arthur lui avait confié Caledvwlch, signifiant ainsi qu'il lui déléguait le commandement.

Les guerriers formèrent la tortue — une manœuvre simple qui permet à ceux qui doivent approcher des murailles de s'abriter sous une carapace de boucliers juxtaposés — et s'avancèrent lentement, poussant devant eux la grande tour. Arthur et moi regardions la bataille du haut d'un éperon rocheux.

Je suis brave, premier au combat, pourtant je ne puis dire que j'aurais d'un cœur léger été le premier à sauter sur la muraille du haut de cette tour. Cai le fut, faisant preuve d'un courage magnifique, affrontant seul une douzaine d'adversaires pendant que ses hommes le rejoignaient un à un. Je ne sais comment il ne se fit pas tuer à l'instant où son pied se posa sur le rempart.

Gwalchavad, Cador et Owain s'engouffrèrent ensuite dans la tour avec leurs armées, suivis de Maelgwn, Bors et Ceredig. Une fois que les premiers furent parvenus au sommet de la muraille, il n'y eut pas moyen de retenir les autres. Les rois se bousculaient pour entrer dans la tour, à la tête d'une longue file de guerriers.

Les premiers combats eurent lieu sur la muraille même, comme je l'ai dit. Mais la bataille se porta rapidement dans la cour, et elle fut terrible. Il n'y avait pas la place de manier une épée sans frapper l'ami comme l'ennemi, de sorte que les Cymbrogi piquaient de leurs lances. Eussent-ils été des moissonneurs, ils n'auraient pu faucher si grande récolte ! Les barbares pensaient écraser notre assaut sous le poids de leur seul nombre, aussi jetaient-ils leurs corps nus sur les lances des Bretons. Ils se pressaient les uns contre les autres — véritable muraille de membres entremêlés — devant Cai et les Cymbrogi, et étaient obligés de se hisser sur les cadavres de leurs compagnons pour se battre.

Les Bretons submergeaient maintenant les murailles et propulsaient des lances dans le chaos bouillonnant. Tant d'Angli s'entassaient dans ce caer que nos guerriers tuaient à chaque coup.

« Il n'y a aucun honneur à cela, dis-je. Il y a là autant de gloire qu'à égorger des moutons.

— Baldulf est aussi orgueilleux qu'obstiné, dit Arthur. Mais cela sera bientôt terminé. »

Comme pour confirmer ses dires, la porte — qui avait été bloquée par des pierres et des rochers —

s'effondra soudain vers l'extérieur dans un nuage de poussière blanche et les ennemis en surgirent. Les rois bretons les attendaient. Custennin, Ennion, Ogryvan et Ceredig coururent sus aux barbares. Le fracas de leur heurt parvint jusqu'au rocher où nous nous tenions.

« Descendrons-nous ? » demandai-je en montrant la bataille à nos pieds.

Arthur secoua brièvement la tête. « C'est inutile. Nous allons laisser leur victoire à Cai et aux rois. » Il tourna bride. « Viens, nous allons les attendre dans la vallée. »

L'obstination de Baldulf lui coûta la bataille. Son orgueil lui coûta la vie.

Le barbare refusa de se rendre et, même quand la bataille fut bel et bien perdue, il ne voulut pas crier grâce. Cador tua le *Bretwalda* et planta sa tête au sommet de son propre étendard de guerre. Il ficha alors celui-ci au milieu des cadavres entassés devant Caer Gwynnion.

Arthur accueillit l'armée victorieuse dans la vallée. Cai, Cador, Bors et Gwalchavad marchaient en tête de la longue colonne de guerriers. Arthur avait installé sa chaise de campagne devant le gué et, quand ils traversaient, il les saluait en héros et en champions, distribuant à chacun des présents.

Cai et les autres en conçurent un grand plaisir, car le butin avait été maigre sur la colline. Ils n'y avaient pas même trouvé une boucle d'oreille en or ou une fibule de cuivre. Arthur leur accorda compensation sur la part de butin qu'il tenait en réserve. Il offrit ensuite un festin de victoire.

Mais nos cœurs n'y étaient pas. Las de nous battre, nous ne pouvions penser qu'au chemin du retour. Le temps des moissons approchait, les rois étaient impatients de regagner leurs terres. Ils avaient assez longtemps négligé les affaires de leur royaume. La guerre, du moins pour cette année, était gagnée. Il était temps de rentrer.

Nous reformâmes donc les rangs et suivîmes la longue vallée de la Twide vers l'endroit où nos navires attendaient à l'ancre. Puis nous fîmes voile vers le sud.

Célestes Puissances, soyez louées ! Notre retour à Caer Melyn fut un pur bonheur et une joie sans mélange. Les foules s'amassaient autour de la citadelle d'Arthur et le long du chemin menant du gué aux portes mêmes du caer. Elles nous acclamaient et chantaient sur notre passage. Beaucoup étaient des sujets de Meurig ou des habitants des cantrefs environnants. Mais leur accueil n'en était pas moins sincère et chaleureux.

Arthur, sublime de générosité, leur offrit un festin et finança la célébration de nos victoires de l'été sur son propre trésor. Les autres rois profitèrent de ses largesses, mais aucun ne proposa de l'aider en fournissant ne serait-ce qu'une chèvre ou un cochon.

Si c'est là toute la valeur qu'ils attachaient à leur renommée, soit. Pour ma part, je n'oserais risquer les moqueries d'un barde pour le prix de quelques cochons ou de quelques bœufs.

Après le festin, les rois repartirent pour leurs royaumes et nous entreprîmes de mettre de l'ordre dans les réserves... car le tribut envoyé par tous ceux qui avaient promis de soutenir le Chef de Guerre commençait à affluer vers Caer Melyn. La nouvelle des victoires d'Arthur avait éveillé chez les seigneurs de Bretagne un sentiment proche de la prodigalité.

Bien que l'hiver fût froid et sombre et la neige profonde — plus profonde que je ne l'ai jamais vue, me semble-t-il : elle drapait collines et montagnes d'un manteau immaculé et enfouissait les vallées sous une épaisse couverture duveteuse — nous n'eûmes pas à nous en soucier. Le feu brûlait haut et clair dans la grande salle d'Arthur et Myrddin chantait des récits de bravoure et de hauts faits. Nos cœurs prenaient leur essor.

Au solstice d'hiver, nous fêtâmes saintement la Nativité du Christ. L'évêque Teilo, nouvellement nommé, célébra la messe, assisté d'Illtyd et d'autres hommes d'Église de renom de la région. De fait, l'Église semblait particulièrement empressée à déverser ses bénédictions sur la tête dorée d'Arthur, car elle voyait en lui la préservation de son travail sacré contre les ravages des barbares et de leurs idoles exécrables. En effet, les bons frères étaient les premiers à subir la mort et la torture de la main des païens : sans cesse se voyaient le sang du prêtre répandu sur l'autel profané et le corps du moine livré aux flammes.

Les hommes d'Église avaient donc toutes les raisons de bénir Arthur, et ils priaient Dieu avec ferveur afin qu'il lui accorde santé et longue vie. La Nativité du Christ, cette année-là à Caer Melyn, nous donna un avant-goût du règne d'Arthur. Et je ne pouvais imaginer, ni espérer trouver ailleurs, royaume plus heureux et comblé de tous les bienfaits.

L'hiver se révéla bien trop court à ma convenance. La chaleur revint sur le pays, le soleil s'attarda plus longtemps dans le ciel. Les pluies gonflèrent les rivières, les vents s'adoucirent et les prairies reverdirent.

Dès que les chemins se dégagèrent, je me rendis dans les pâturages des collines pour voir comment se portaient les poulains de l'année. Les éleveurs avaient fait du bon travail : deux cents chevaux étaient prêts à rejoindre l'*ala*. L'armée d'Arthur n'aurait pas à se battre à pied cette année-là... ni, apparemment, pendant de nombreuses années.

Je ne me faisais pas d'illusions : la guerre n'était pas terminée. Même après la mort de leur *Bretwalda*, les Angli ne renonceraient pas. Ils se choisiraient simplement un nouveau chef et reprendraient le combat.

Eussé-je possédé la Clairvoyance de Myrddin, je n'aurais pu prévoir qui serait ce chef, ni combien il serait puissant.

Les navires reprirent la surveillance du littoral dès que cessèrent définitivement les tempêtes d'hiver. De Muir Guidan jusqu'au Wash, tout le long de la côte de Bernich, les vaisseaux montaient une garde incessante. Hélas, ce n'était pas ainsi que l'ennemi allait frapper cette fois-ci. Il n'y aurait plus de raids par mer, plus d'attaques massives en terrain découvert, plus de batailles rangées au bord des gués. Les barbares avaient, au moins à cet égard, appris à respecter le génie d'Arthur. La guerre allait désormais se mener d'une tout autre façon.

Un matin, juste après Beltane, un petit groupe arriva à Caer Melyn. Vêtus de leurs plus beaux atours, je ne les reconnus tout d'abord pas : une douzaine d'hommes en manteaux à carreaux rouges et noirs, tuniques et pantalons vivement colorés de bleu et d'orange. Leur chevelure tressée était huilée et leur barbe coupée court. L'or et l'argent scintillaient à leurs bras, leur cou et leurs oreilles. Ils se tenaient bien droits, fiers et hautains, hommes et femmes montés sur de robustes petits chevaux à longs poils — une trentaine en tout, y compris un druide en manteau gris qui marchait en tête.

« Voilà une compagnie bien colorée, déclarai-je, observant les étrangers de ma place aux côtés d'Arthur. Qui sont-ils ? »

Arthur plissa les yeux pour examiner le groupe rassemblé dans la cour. Soudain il les reconnut et son visage s'éclaira. « Fergus ! »

Le Duc s'avança pour accueillir son visiteur tandis que je demeurais bouche bée d'incrédulité. Fergus ? Ici ? Je croyais que nous ne le verrions plus jamais.

« Salut, Duc de Bretagne ! Je te présente tous mes compliments », cria Fergus mac Guillomar de sa voix à l'accent rocailleux. Il s'était exprimé avec la formalité requise, mais il sauta ensuite de selle et embrassa Arthur comme un frère.

« Que fais-tu ici, Irlandais ? » demanda aimablement Arthur. Pourtant sa question était directe.

« Je suis venu avec ma suite payer le tribut en or et en otages que je te dois. »

Arthur sourit, manifestement ravi. « Il est vrai que j'ai droit à un tribut. Mais je n'ai rien exigé de toi.

— Suis-je un barbare pour répondre à l'honneur par le déshonneur ? » demanda Fergus. Il se tourna vers sa suite, qui était en train de mettre pied à terre, et appela l'un d'eux.

Un grand jeune homme brun et maigre, à la longue figure sérieuse et aux yeux profondément enfoncés sous un front soucieux, s'avança. Il avait à la main une longue lance à la pointe d'argent étincelant. Sur les épaules, il portait un manteau fait de peaux de chat sauvage. Le torque d'argent tressé autour de son cou proclamait sa noblesse.

« Voici Llwch Llenlleawg, déclara fièrement Fergus. Il est le champion de notre peuple. C'est aussi le fils de ma sœur et mon fils adoptif. Je te le donne en otage. Puissent ses services t'apporter les plus grandes satisfactions. »

Arthur examina pensivement le jeune homme — il ne voulait pas offenser Fergus en rejetant d'emblée son offre. Mais, avant qu'il n'ait pu dire un mot, le roi d'Ierne fit signe d'approcher à quelqu'un d'autre : une mince jeune femme.

J'ai connu et admiré bien des jeunes filles, mais celle-là n'était comparable à aucune autre que j'eusse jamais vue. Sa chevelure, si noire qu'elle luisait de reflets bleutés au soleil, était tirée en arrière et retombait en tresses autour de son cou gracieux et de ses épaules : le jais le plus profond contre le pur albâtre de sa peau sans défaut. Elle eut une expression dédaigneuse, les lèvres serrées et le menton projeté en avant, en contemplant Arthur de son regard acéré couleur d'aile de colombe, ou de brume descendant des montagnes au matin. La noble courbe de son haut front et son nez droit lui conféraient l'air d'une reine.

Ses longs doigts minces étaient refermés sur la hampe d'une lance. Elle portait une dague d'or sur une hanche, une courte épée sur l'autre et un petit bouclier à ombon de bronze était accroché par un cordon tressé à une de ses épaules délicates. Son manteau de laine souple rouge sombre était fixé par une énorme broche d'or sur sa poitrine. Encore plus surprenant, elle portait une cotte comme les Angli, mais les mailles minuscules en étaient faites d'argent. Elles scintillaient à chacun de ses gestes, telles des eaux miroitantes jouant autour de son exquise silhouette.

Elle était éblouissante et, malgré sa tenue guerrière, c'était sans conteste la plus belle femme qu'il m'eût jamais été donné de voir. Elle s'avança lentement et vint se placer près de Fergus, mais sans jamais quitter des yeux Arthur. Le regard qu'elle lui lançait aurait tranché de l'acier, je pense, mais le Duc ne parut pas le remarquer.

« Voici ma fille, Gwenhwyvar, dit Fergus. »

Il fit signe au druide qui s'avança, portant sur ses mains étendues un paquet enveloppé de toile. Il le donna à Arthur, puis il écarta le tissu pour révéler quatre torques d'or de la plus remarquable facture — chacun plus beau que le précédent.

Il était évident que Fergus offrait à Arthur ses plus précieuses possessions : son champion, sa fille, les antiques trésors de son peuple.

Arthur, à juste titre, demeura sans voix. Il regarda l'or, puis la jeune fille et le guerrier, et son regard revint se poser sur Fergus. « Je suis honoré, dit-il enfin. Ton tribut me couvre de honte en regard d'un si petit service.

— Je te dois la vie, Duc Arthur, et je sais fort bien quel prix j'accorde à celle-ci, répondit fièrement Fergus.

— J'accepte ton tribut et ta féauté, ô roi. »

Que viens-tu de faire, Arthur ? me demandai-je. Nous n'en verrons désormais plus la fin !

Arthur prit Fergus par les épaules comme un membre du même clan. « Viens, mon ami, annonça-t-il d'une voix forte, nous allons partager la coupe des invités. »

Fergus rayonnait de plaisir, flatté d'être ainsi traité par Arthur. Je restai dans la cour, les regardant se diriger vers le palais. Je n'étais pas le seul à être troublé par la tournure des événements. Car, comme je m'apprêtais à suivre les autres, je vis Myrddin debout un peu plus loin.

« As-tu entendu ? demandai-je.

— J'ai entendu.

— Alors ?

— Tout cela ne me plaît guère.

— Oh, je pressens des ennuis, acquiesçai-je. Tous les saints me soient témoins, accepter les présents des Irlandais ne peut rien amener de bon. »

Myrddin fronça les sourcils, écartant ma remarque d'un revers négligent de la main. « Il y a plus que cela, ô Jaloux. »

Il s'éloigna et je le rattrapai en courant. « Jaloux ! Moi ? Pourquoi me traites-tu de jaloux ? »

Mais Myrddin refusa de répondre. Il entra dans la grande salle et alla prendre place près d'Arthur. Les coupes étaient remplies et passaient de main en main. Je me joignis à contrecœur à l'étrange célébration et bus quand la coupe me fut passée. Je remarquai que Myrddin ne buvait pas, cependant, mais restait debout derrière Arthur tel un ange gardien.

Ce ne fut pas avant la fin de l'après-midi que Myrddin trouva l'occasion de parler à Arthur en particulier. « Un mot, Arthur », dit-il en se dirigeant vers la chambre du Duc, au fond de la grande salle. Arthur se leva, et comme il ne m'avait pas ordonné de rester, je le suivis.

« C'est une erreur, dit d'emblée l'Emrys, la voix basse et grave. Tu ne peux accepter ce tribut. »

Arthur écarta les mains en un geste d'impuissance. « Mais c'est déjà fait.

— Défais-le.

— Je ne peux pas, même si je le voulais... ce qui n'est pas le cas.

— Tu le peux et tu le dois.

— Qu'y a-t-il, Myrddin ? Quelle est la cause de ton trouble ? »

Myrddin garda un long moment le silence. « C'est la femme, dit-il enfin.

— Comment cela ? demanda innocemment Arthur. Je n'ai rien vu en elle susceptible de causer une telle épouvante.

— C'est une reine...

— C'est la fille de Fergus...

— Pour eux, c'est la même chose. Ne le sais-tu pas ? En l'acceptant, tu acceptes de l'épouser. Sinon Fergus ne te l'aurait pas donnée. »

Arthur regarda son Sage Conseiller d'un air ahuri.

« Alors ? Tu n'as rien à dire, Puissant Duc ? Une telle idée ne t'est jamais venue à l'esprit ?

— Sur ma vie, j'avoue que non, répondit Arthur, indigné.

— C'est pourtant vrai. Ce champion, Llenlleawg... c'est le champion de Fergus, oui, mais c'est d'abord le protecteur de la reine. Et cet or... le trésor de son peuple, dit Myrddin d'une voix plus douce. Arthur, c'est sa dot, et il ne peut en être offert de plus riche. Fergus te fait un grand honneur... peut-être trop grand.

— Que veux-tu dire ? demanda Arthur, soupçonneux.

— Chez les Irlandais, la royauté se transmet de la femme à son époux.

— Ah ! m'exclamai-je. Tu vas être roi d'Ierne, Ours ! Tu te rends compte ?

— Il n'y a pas de quoi plaisanter ! » rétorqua Myrddin. À Arthur, il dit : « Réfléchis ! Le Grand Roi de Bretagne doit avoir une épouse bretonne. »

Arthur me foudroya du regard et se raidit. « C'est à moi de décider, me semble-t-il. Personne ne me dira qui je dois prendre pour épouse.

— Ton arrogance te coûtera ton trône. Les seigneurs de Bretagne ne te reconnaîtront jamais comme roi avec une reine irlandaise pour épouse. En acceptant la fille de Fergus, tu la déclares au-dessus de toutes les femmes nobles de Bretagne, et tu élèves ainsi Fergus au-dessus de tous les rois de Bretagne. »

Le Duc se croisa les bras sur la poitrine. « Eh bien, soit ! Quel roi breton m'a-t-il jamais traité avec moitié autant de respect que cet ennemi ?

— Réfléchis à ce que tu fais, Arthur. Rends-la à Fergus, le pressa Myrddin.

— Mon honneur me l'interdit !

— C'est d'orgueil et non d'honneur que tu parles, répliqua sèchement Myrddin Emrys. Si tu prends cette femme, ton précieux honneur sera ruiné au-delà de tout espoir. Cela te coûtera ton royaume et bien davantage. »

Le Duc nous dévisagea d'un air furieux, mais il ne dit rien.

« Je t'en prie, écoute la suggestion de ton Sage Conseiller et réfléchis-y, au moins, avant de faire une chose que nous regretterons tous », lui dis-je.

Nous le laissâmes seul, Myrddin et moi. « Penses-tu qu'il nous écoutera ? demandai-je.

— Tu veux la vérité ? Non, je ne m'y attends pas », répondit l'Emrys. Quelque chose dans sa voix me surprit : de la tristesse, du désespoir ? Qu'augurait-il de cela ? Pourquoi refusait-il d'en parler ?

Enfin, il est ainsi. Je n'ai pas la présomption de le comprendre.

Arthur ne changea pas d'avis, et il ne refusa pas le tribut de Fergus mac Guillomar, bien que cela lui eût épargné bien des ennuis. Mais aussi, s'il l'avait fait, ce n'aurait pas été Arthur.

Fergus avait également apporté un autre présent... non moins précieux à sa manière : des nouvelles, dont il nous fit part ce soir-là au souper.

Les Picti, dit-il, se massaient dans les landes du Nord et se préparaient à attaquer le sud avant la fin de l'été. On avait vu des navires se glisser le long des côtes et croiser parmi les îles. « Ils cherchent à se venger de la défaite que tu leur as infligée dans la forêt de Celyddon, dit Fergus. Je ne serais pas surpris si les Angli se joignaient à eux. Ils ont eu tout l'hiver pour ruminer leur défaite et en nourrir leur haine.

— Sais-tu de source sûre que les Angli vont attaquer ? » demanda Arthur.

Fergus secoua la tête. « Non. Pas plus que je ne sais de source sûre que le jour va se lever à l'est, mais je tiens pour déraisonnable de penser le contraire. »

Arthur remercia Fergus de ces nouvelles et nous n'en reparlâmes plus. Mais trois jours plus tard, alors que les Irlandais s'apprêtaient à repartir, Arthur appela Gwalchavad. « Fais préparer les navires, nous faisons voile pour le Nord avec la marée. »

Gwalchavad partit s'en occuper pendant que Cai et

Bors rassemblaient l'armée. Myrddin et moi tînmes conseil avec le Duc dans sa chambre. « Attends au moins que les rois puissent t'apporter leur appui, dis-je. Évitons de nous précipiter dans une embuscade.

— Tu doutes de Fergus ?

— Je ne doute pas de Fergus, mais je ne fais pas non plus confiance aux Picti. Il faut frapper vite, je te l'accorde... mais il faut surtout frapper fort.

— Chaque jour que nous perdons, l'ennemi se fait plus téméraire. Nous allons surveiller les côtes et le harceler en attendant que les autres rois nous rejoignent. »

Myrddin se pencha en avant sur son bâton. « Il n'est pas trop tard, Arthur. Renvoie la femme et son protecteur avec Fergus. Je m'en chargerai, si tu veux. Ainsi, Fergus n'aura pas à se sentir offensé. »

Le Duc répondit doucement : « J'ai donné ma parole. Je ne la reprendrai pas. » C'était manifestement son dernier mot. Mais Myrddin n'en avait pas fini.

« Si tu es déterminé, Arthur, fais au moins escorter la dame et son trésor à Ynys Avallach. Elle y sera en sécurité, et hors du chemin. Ma mère accueillera avec joie sa compagnie... peut-être pourra-t-elle même inculquer à cette farouche jouvencelle les rudiments des bonnes manières bretonnes. »

Arthur accueillit cette suggestion avec empressement. « Soit, Myrddin. Je vais suivre ton conseil. »

Je fus moins qu'enchanté, car dans le même souffle Arthur se tourna vers moi et dit : « Tu vas emmener Gwenhwyvar à l'Île de Verre, Bedwyr.

— Moi ? Arthur, sois raisonnable ! Ce n'est pas une tâche qui convient à un chef de guerre. Tu auras besoin de moi près de toi. Envoie quelqu'un d'autre. Cai, peut-être, ou encore mieux, Bors... il adore faire le joli cœur avec les dames. N'importe lequel de tes guerriers ferait aussi bien l'affaire. »

Arthur posa une de ses larges mains sur mon épaule. « Il faut que ce soit toi, mon frère. Je ne voudrais pas insulter Fergus ou sa fille en envoyant moins que mon propre champion.

— Il me semble que tu accordes une trop grande confiance à ce coquin d'Irlandais, grommelai-je. Tu te soucies plus d'offenses imaginaires à tes ennemis que de véritables affronts à tes amis. »

Plutôt ouvrir son cœur à une pierre : je protestais en vain. La décision d'Arthur était prise et il ne reviendrait pas dessus. Il ne me restait qu'à partir aussitôt pour Ynys Avallach.

Si j'étais contrarié, Gwenhwyvar fut furieuse. Elle avait vu les préparatifs de la bataille et comptait bien aller guerroyer. Se voir négligemment écartée comme un sac de grain enflamma son courroux. Je n'avais jamais vu une femme dans une telle colère.

Ses yeux flamboyèrent et ses joues s'empourprèrent. Un coup d'œil au cheval sellé qui l'attendait et elle planta les talons dans le sol. Ses doigts devinrent des griffes et sa langue un fouet cruel dont elle cingla les oreilles de tous ceux qui l'entouraient... en particulier Arthur, je pense, car son nom revenait régulièrement. Malheureusement, la majeure partie de sa diatribe était en langue irlandaise, de sorte que je n'en compris pas les nuances les plus subtiles, mais le sens général était clair.

Je la pris délicatement par le bras pour l'entraîner vers son cheval et je faillis perdre ma main. Vive comme l'éclair, elle avait dégainé son couteau. Elle se tourna vers moi, écumante et livide. La dague aurait trouvé le chemin de mon cœur si Llenlleawg ne s'était jeté à cet instant entre Gwenhwyvar et moi.

Il lui dit quelque chose d'un ton sec et elle se calma. La dague regagna son fourreau. Sans un regard en arrière, la reine sauta en selle et fit claquer les rênes.

L'Irlandais se tourna vers moi. « Ce n'était pas bienséant... je suis désolé. »

Ses excuses me prirent au dépourvu. « Ce n'est pas grave. Mais je ne veux pas d'autres ennuis.

— Je suis ton serviteur, seigneur Bedwyr.

— Tu me connais ?

— Qui n'a pas entendu parler de Bedwyr, le Brillant Vengeur, la Prompte Épée d'Arthur ? » Llenlleawg s'écarta et monta sur son cheval. Je restai à regarder le jeune Irlandais, me demandant jusqu'où je pouvais lui faire confiance. C'est une race connue pour sa duplicité et elle n'est pas amie de la vérité. Pourtant je m'interrogeais.

Nous quittâmes Caer Melyn sur-le-champ. Je voulais accompagner les otages à Ynys Avallach et revenir le plus vite possible pour rejoindre Arthur dans le Nord. Je ne pris donc que trois guerriers avec moi et nous gagnâmes en hâte Abertaff où nous embarquâmes à bord d'un des plus petits navires pour traverser Mor Hafren.

Une fois à bord, Gwenhwyvar se rendit à la proue et y demeura debout, raide, les bras croisés sur la poitrine, le visage fermé, regardant droit devant elle. Si elle avait été sculptée dans la pierre, elle n'aurait pu être plus inébranlable.

J'avais pris Barinthus, le meilleur pilote d'Arthur, parce que je voulais arriver au plus vite dans le Nord après avoir quitté Ynys Avallach. Barinthus navigua au plus court et remonta la Briw pour nous déposer non loin de l'Île de Verre. Nous campâmes ce soir-là au bord de la rivière et nous mîmes en route le lendemain pour le Tor. Gwenhwyvar garda tout le temps un silence hostile.

« Vous êtes les bienvenus, dit gracieusement Charis. La paix du Christ soit avec vous. » Revêtue de vert sombre, avec une cape d'or miroitant, elle semblait à mes yeux une reine de l'Autre Monde. Elle salua chacun de nous d'un baiser et nous entraîna dans la grande salle illuminée. Aussitôt, je sentis l'esprit apaisant des lieux investir mon âme.

Gwenhwyvar, elle aussi, fut subjuguée par l'élégance et la bonté de Charis. Je priais que la jeune Irlandaise le restât, et je supposais bien que ce serait le cas, car le charme mystérieux du Tor avait déjà commencé à opérer sur chacun de nous.

Bien que je fusse avec joie resté au palais d'Avallach, Barinthus m'attendait pour me ramener. Je laissai donc les otages aux soins du roi Avallach et de la Dame du Lac et regagnai le navire avec mon escorte le lendemain à l'aube.

Sitôt arrivé au mouillage, je hélai le pilote et les hommes firent monter les chevaux à bord. Mais, comme Barinthus s'apprêtait à larguer les amarres, il se redressa soudain et montra le chemin derrière moi. Je me tournai et vis Llenlleawg qui arrivait au galop.

« Tu dois rester à Ynys Avallach ! » criai-je en me précipitant pour lui barrer la route.

Il me regarda placidement du haut de sa selle. « Je suis le champion de la reine. Elle m'a ordonné de me mettre au service du Duc.

— Et moi je t'ai ordonné de rester ! »

Il haussa les épaules et descendit de cheval. « Ma vie est d'obéir à la reine », répliqua-t-il tranquillement et, m'évitant, il fit monter son cheval à bord.

J'aurais dû le renvoyer, mais j'étais impatient de partir et je n'étais pas d'humeur à me disputer avec lui devant les hommes. « Nous verrons cela avec Arthur », dis-je sombrement, et nous en restâmes là.

Je donnai l'ordre à Barinthus de larguer les amarres et nous partîmes sans tarder pour atteindre Mor Hafren avant la marée descendante. Puis nous mîmes le cap vers le soleil couchant, hissâmes la voile et nous dirigeâmes vers la haute mer.

XIII

Les Picti avaient attaqué Caer Alclyd et s'étaient emparés de la vieille citadelle dans l'intention d'établir une place forte contre nous. À l'instar des Angli, ils avaient renoncé à se battre à découvert. Ils avaient trouvé refuge dans le *dun* et s'étaient retranchés derrière ses murailles de pierre.

Quand je parvins dans la plaine au pied du rocher, Arthur avait établi le siège devant la forteresse. Il n'avait pas attaqué le caer, préférant laisser le siège suivre son cours. Ce plan présentait un double avantage — le Duc ne risquait pas inutilement la vie de ses guerriers et il pouvait attendre que les rois bretons l'aient rejoint pour compléter ses forces.

Des navires croisaient dans le Clyd et les armées encerclaient le grand roc gris lorsque nous entrâmes dans l'estuaire. Arthur avait dressé le camp au nord du dun, où il pouvait surveiller à la fois la mer et la citadelle, et j'allai le trouver dès que j'eus posé le pied sur la terre ferme. Le crépuscule était proche et la douce lumière nordique répandait son halo de miel et d'or tandis que je gravissais la pente menant à sa tente.

Arthur était assis sur sa chaise de campagne devant sa tente, en train de parler avec Cador, arrivé plus tôt dans la journée avec une armée de cinq cents guerriers. Il se leva alors que je me laissais glisser de selle. « Salut, Bedwyr, mon frère ! Toutes mes salutations !

— Salut, Ours de Bretagne ! Que fais-tu là, mon Duc ? Tu te prélasses pendant que les vils Picti te couvrent de sarcasmes ?

— Mieux vaut entendre leurs sarcasmes qu'être criblé de leurs flèches. » Il me serra dans une puissante étreinte en m'assénant une claque dans le dos. Puis il s'écarta brusquement et dit : « Je pensais te féliciter, Bedwyr, mais il semblerait que les louanges risquent d'être prématurées. »

Je regardai par-dessus mon épaule et suivis le regard d'Arthur pour voir la grande carcasse de Llenlleawg qui gravissait la colline au trot. Il m'avait suivi depuis le navire. « Oh, lui, dis-je. Je peux t'expliquer.

— C'est inutile, répondit Arthur. Je vois bien ce qui s'est passé. » Il s'éloigna de quelques pas et se carra sur ses jambes pour accueillir l'entêté Irlandais, le visage sévère.

Mais, arrivé près du Duc, Llenlleawg sauta de selle et dégaina vivement sa courte épée qu'il déposa aux pieds d'Arthur, puis il s'étendit face contre terre. Arthur se tourna vers moi, un étrange sourire aux lèvres. J'écartai les mains d'un air impuissant.

Arthur contempla la forme prosternée devant lui. « Relève-toi, Irlandais, dit-il. Je ne réclamerai pas ta tête... pas cette fois-ci, du moins. »

Llenlleawg se releva lentement, reprit son épée et la replaça sous son manteau, gardant baissés ses yeux sombres.

« Qu'as-tu à dire ? demanda Arthur, sans excessive sévérité.

— Sous peine de mort, il m'a été ordonné de te servir, seigneur Duc.

— Qui te l'a ordonné ? »

Llenlleawg pencha la tête sur le côté, comme si cela aurait dû être évident. « La reine Gwenhwyvar.

— Tu es *mon* otage, lui rappela Arthur.

— Le Duc détient ma liberté, mais la reine détient ma vie, répondit l'Irlandais. Je suis ici pour te servir, seigneur.

— Quel besoin ai-je d'un serviteur auquel je ne puis commander ?

— Si je t'ai déplu, seigneur Duc, je t'offre ma vie. » Llenlleawg fit le geste de tirer de nouveau son épée.

Arthur l'arrêta. « Range ton épée, Irlandais écervelé. Tu en émousses le fil à la dégainer ainsi à tout propos. »

Llenlleawg obéit et s'agenouilla devant le Duc. « Je suis ton homme, Duc Arthur. Je te jure loyauté par les serments les plus sacrés de ton peuple. Je te servirai fidèlement en toutes choses sauf une : je ne ferai pas de mal à la reine et veillerai à ce qu'il ne lui en soit pas fait.

— Alors relève-toi et sers-moi d'un cœur serein, Irlandais. Car il n'arrivera aucun mal à ta reine tant qu'elle sera sous ma garde. »

Cador regarda Arthur comme s'il avait perdu l'esprit. « Tu n'envisages pas de le croire sur parole ! m'exclamai-je. Ils pourraient comploter contre toi, pour ce que tu en sais.

— Tout comme toi, Bedwyr, répondit Arthur. Tout comme Cador. Idris et Maglos l'ont bien fait ! » Il tendit la main vers Llenlleawg. « Si tu veux me prêter serment, jure par ceci : ta foi sur la vie de ta reine. »

Toujours agenouillé, l'Irlandais dit : « Moi, Llenlleawg mac Dermaidh, je te jure fidélité sur ma vie et sur celle de ma reine, Gwenhwyvar ui Fergus. Tu peux prendre l'une et l'autre si je me parjure.

— Là, dit Arthur. Vous êtes satisfaits ? » À Llenlleawg, il dit : « Emmène les chevaux à l'attache et trouve-toi quelque chose à manger. Tu pourras revenir me voir quand tu auras terminé. »

Arthur et Cador reprirent leur conversation et je m'installai sur un tabouret pour les écouter. Cador avait suivi une route presque identique à la mienne et il avait les mêmes nouvelles à annoncer. « Nous n'avons vu aucun navire, Duc Arthur, dit-il. Mais l'ennemi pourrait croiser impunément parmi les îles sans que nous le voyions jamais.

— Quelles nouvelles de la côte est ?

— Encore aucune. Mais j'ai envoyé des messagers auprès d'Ectorius à Caer Edyn pour l'informer de mes projets. Ils reviendront dans un jour ou deux nous dire ce qu'il en est dans la région. » Arthur se tut, regardant ses serviteurs qui préparaient le feu pour la nuit. « Mais une chose me tourmente...

— Laquelle ? » demandai-je. Le Duc contempla longuement le ciel vespéral. Le chant d'une alouette nous parvenait des hauteurs azurées. À part la fumée qui s'élevait, menaçante, du grand roc, j'aurais pu croire le monde parfaitement paisible.

« Que veulent les Picti avec cette forteresse ? dit enfin Arthur. Elle ne signifie rien pour eux.

— S'ils tiennent Caer Alclyd, suggéra Cador, ils peuvent contrôler toute la vallée jusqu'au Fiorth.

— Pas sans Caer Edyn, fit remarquer Arthur.

— Ils espèrent peut-être aller prendre Caer Edyn une fois qu'ils auront remporté la victoire à Caer Alclyd.

— C'est bien ambitieux pour des Picti, non ? »

C'était vrai. Quoique brutaux, les Hommes Peints n'étaient pas réputés pour leur ruse. Un grognement sauvage et un coup de massue sur le crâne... telle était leur façon de faire. Investir une forteresse pour s'en emparer ne leur ressemblait pas, ils préféraient trancher des gorges et se glisser dans les forêts et les landes de bruyère.

« Qu'est-ce que cela signifie, Ours ? demandai-je.

— Je pense que cela signifie que quelqu'un les dirige.

— Qui ? »

Arthur haussa les épaules. « Cela, il va nous falloir le découvrir. »

Les jours suivants, les chefs de guerre bretons commencèrent à se rassembler sur le Clyd : Owain, Idris, Ceredig, Ennion, Maelgwn et Maglos. Les navires bretons emplissaient l'estuaire et les armées bretonnes cernaient le dun de toutes parts. Les Picti ne paraissaient nullement impressionnés par ce déploiement de forces. Ils restaient bien cachés derrière les murailles et attendaient. Quand le premier des messagers d'Arthur revint, nous commençâmes à comprendre leur comportement inhabituel.

« Caer Edyn est assiégé, Duc Arthur », annonça le messager. Les chefs bretons réunis dans la tente d'Arthur firent le silence. « Je n'ai pas pu parvenir jusqu'au seigneur Ectorius. »

Cai, assis près de moi, se leva d'un bond. « Ector assiégé ! Maudits soient ces païens ! Qui a fait cela ? »

Le messager tourna les yeux vers Cai. « Ce sont des Angli, à ce que j'ai pu voir. Et quelques Picti.

— Comment les choses se présentaient-elles ? demanda Arthur. Y avait-il des combats ?

— Rien que j'aie pu voir, seigneur. La citadelle ne semble pas en danger. J'ai aussitôt fait demi-tour, mais j'ai été retardé à deux reprises par des bandes armées qui venaient du sud. Je les ai suivies pour voir où elles allaient.

— Et qu'as-tu vu ?

— Elles se dirigent vers la vieille forteresse de Trath Gwryd.

— Vraiment ! s'exclama Arthur. Ils ont donc enfin appris le véritable art de la guerre. Je me demande qui le leur a enseigné.

— Ce n'est pas le calcul d'un esprit barbare, fit remarquer Myrddin. Quelqu'un qui s'est battu aux côtés des rois bretons dirige cette guerre. »

De qui pouvait-il s'agir? La plus grande partie de la noblesse de Bretagne se battait aux côtés d'Arthur ou lui apportait son appui. Un seul brillait par son absence : Lot. Pouvait-il s'agir de lui? Cela n'avait pas de sens : Lot nous avait donné des navires et prêté ses charpentiers. Ses propres fils servaient dans l'armée du Duc. Je jetai un coup d'œil à Gwalchavad, qui semblait tout aussi soucieux et ulcéré que le reste d'entre nous. Il n'y avait en lui nulle félonie, nulle traîtrise que je pusse voir. Doux Jesu, j'en aurais juré sur ma vie!

Le mystère demeurait donc entier : qui cela pouvait-il être?

« Ils auront pris Trath Gwryd, dit Arthur en envoyant le messager se nourrir et se reposer, puis ils auront établi le siège devant Caer Alclyd et Caer Edyn. Ils ont agi discrètement et en silence. Ils ont bien choisi leurs positions : des forteresses et non des gués... notre cavalerie est inutile. Et, sauf à Caer Edyn, ils ont pris l'avantage. » Arthur s'interrompit, parcourant l'assemblée du regard. « S'ils réussissent, reprit-il à voix basse, tout ce que nous avons fait jusqu'ici n'aura servi à rien. La Bretagne tombera. »

Il avait exprimé le cœur glacé de la peur. Ensuite il exprima le feu éclatant de l'espoir. « Mais ils n'ont pas encore gagné. La bataille n'a pas encore été livrée. Nous ne sommes pas battus parce que, pour une fois, ils ont été plus malins. Le Dieu à la Main Ferme et Sûre nous soutient, mes frères, parce que nous luttons pour la paix et la liberté, ce qu'il voit toujours avec bienveillance. »

Arthur leva les mains comme un prêtre qui donne sa bénédiction et dit : « Retournez maintenant à vos tentes, et à vos prières, car nous nous mettons demain au travail. Et une fois à l'œuvre, nous n'aurons de cesse que le Jour de Paix se soit levé sur toute la Bretagne. »

Les autres sortirent, mais Cai, Gwalchavad, Bors, Myrddin et moi restâmes, car le Duc voulait nous parler en particulier. « Voulez-vous boire avec moi, mes amis? demanda Arthur.

— Plutôt demander à un cochon s'il veut grogner, dit Bors, qu'à Cai s'il veut boire !

— Plutôt demander à ce cochon de s'envoler, répliqua Cai, qu'à Bors de passer la coupe ! »

Tout le monde rit, puis nous attirâmes nos chaises autour de la table. Un serviteur apporta des coupes et des cruches qu'il déposa à la droite du Duc.

Dès que nous eûmes bu une coupe ensemble, nous discutâmes de ce qui nous préoccupait tous : la bataille du lendemain.

« Quelques-unes de ces machines que Myrddin a construites l'année dernière nous seraient bien utiles aujourd'hui, dit Bors. Nous pourrions en fabriquer.

— Pas le temps », dit Cai. Il pensait à Caer Edyn et à son père qui y était assiégé. « Il faut prendre d'assaut les murailles.

— Tu braverais les flèches des Picti ?

— Je n'ai pas peur de leurs flèches.

— Alors, tu es le bienvenu, dit Gwalchavad. En Orcadie, nous avons coutume de dire que les Picti n'ont qu'à regarder un oiseau pour l'abattre en plein vol.

— Même les Picti ne peuvent abattre ce qu'ils ne peuvent voir, intervint Arthur.

— Alors nous devrions peut-être combattre de nuit ! » m'exclamai-je. Arthur sourit et s'asséna une claque sur le genou.

Tous les yeux se tournèrent vers Myrddin tandis qu'une même idée nous traversait l'esprit. « La lune se lèvera cette nuit, nous dit-il, mais pas avant la troisième veille.

— Nous attaquons *ce soir* ! »

Jamais je n'avais vu un ciel si étincelant d'étoiles, si ruisselant de lumière. Bien que la lune ne fût pas encore levée, la nuit sans nuages me semblait un éclatant midi. Nous portions tous des manteaux sombres et nos visages étaient noircis de boue. Nous rampions sur le roc glacial, nos épées dissimulées, la pointe de nos lances et l'ombon de nos boucliers recouverts de boue. La poitrine collée contre la roche déchiquetée, nous avancions sur les coudes et les genoux vers la muraille dressée devant nous.

Jesu nous protège, les sentinelles pictes regardaient régulièrement dans notre direction ! Mais leur attention était occupée par le spectacle qu'avait préparé Arthur pour nous dissimuler : partout dans nos campements, des hommes dansaient avec des torches en chantant à tue-tête. Leurs voix s'entendaient jusqu'au dun et nous encourageaient.

Arthur, malgré les objections de ses chefs, menait l'assaut en personne — du côté est, le plus escarpé, à bonne distance de l'étroite porte. Une fois que nous aurions atteint la muraille, l'un d'entre nous l'escaladerait pour aller ouvrir la porte.

C'était Llenlleawg qui avait été choisi pour cela. Il s'était porté volontaire pratiquement avant que les mots n'aient quitté les lèvres d'Arthur, et celui-ci avait dû le laisser faire pour ne pas l'insulter par un refus. Comme il n'y avait pas de raison de lui dénier ce droit — sinon le fait que nous n'avions pas en lui une entière confiance — Arthur avait accepté. Llenlleawg portait donc la corde tressée et le grappin de fer sous son manteau.

Après ce qui sembla une éternité, nous parvînmes au pied de la muraille. Pelotonnés dans l'ombre, nous attendîmes.

J'ignore comment cela se déclencha : un instant je contemplais la plaine constellée de torches, le suivant les flèches pictes sifflaient autour de moi, frappant les rochers sur lesquels se fracassaient leurs pointes de silex. Je me plaquai contre le rempart tandis que les autres se mettaient à couvert où ils le pouvaient.

Soudain j'entendis un cri. Du coin de l'œil, je vis quelqu'un se lever. Une corde jaillit, se tendit. La silhouette solitaire se mit à grimper...

Llenlleawg ! Cet insensé d'Irlandais continuait l'attaque. Parmi les volées de flèches, il avait lancé son grappin et escaladait la muraille... Jesu le protège, il allait se faire tuer à l'instant où il atteindrait le sommet !

Je m'attendais à voir son corps criblé de flèches précipité du haut du rempart pour s'écraser sur les rochers et, avec lui, nos espoirs de prendre rapidement la forteresse.

Mais Llenlleawg réussit à se hisser le long du mur de pierre abrupt et atteignit le sommet. Un corps tomba... mais ce n'était pas le sien. Même dans le noir, je savais que c'était un Picte.

Tout ceci se déroulait en silence... mais je voudrais ne plus jamais avoir à entendre un tel silence ! Il s'était écoulé une éternité en l'espace de quelques battements de cœur terrifiés.

Llenlleawg disparut par-dessus le parapet du rempart. Puis...

Rien.

Une silhouette surgit près de moi dans l'obscurité. La voix d'Arthur chuchota d'un ton pressant : « Dirige-toi vers la porte ! Va ! »

Je me glissai le long de la paroi rugueuse, me déplaçant le plus vite et le plus silencieusement possible. Je n'entendais aucun bruit en provenance du haut du rempart — uniquement l'écho des cris venus de notre campement. On accédait au *dun* par une simple porte orientée au nord. Arrivé au coin de la muraille est, je jetai un coup d'œil prudent et ne vis aucun signe de gardes sur le rempart. Je courus à la porte, l'atteignis et collai mon oreille à l'épais panneau de bois. Je n'entendais rien à l'intérieur.

Je m'accroupis devant la porte et attendis, faisant signe à ceux qui me suivaient de rester en arrière. Une éternité s'écoula... J'étais sur le point de retourner auprès d'Arthur, quand j'entendis un léger frottement de l'autre côté de la porte.

Je me collai au bois rugueux. Le frottement devint un coup sec, suivi d'un autre, et l'écho étouffé de quelqu'un qui jurait entre ses dents. C'était Llenlleawg... la porte était coincée !

Cherchant à l'aider, je poussai de toutes mes forces. Un des guerriers vint me rejoindre et, ensemble, nous pesâmes de tout notre poids contre le battant. Mais il refusait de bouger.

Un cri assourdi nous parvint de l'autre côté : « En arrière ! »

Il y eut un sifflement dans l'air, suivi du heurt sourd d'une flèche contre le bois de la porte. Puis d'une autre.

Les Picti avaient découvert l'Irlandais ! Notre plan était déjoué.

« En arrière ! cria plus fort Llenlleawg — le silence n'était plus nécessaire. Vous poussez dans le mauvais sens ! »

Je reculai en titubant et aussitôt la porte pivota. Le panneau s'ouvrait vers l'extérieur ! Comment aurais-je pu le savoir ?

Je plongeai par l'étroite ouverture, roulai sur le dallage de pierre et me relevai, l'épée à la main. Les guerriers suivaient sur mes talons. Les flèches bourdonnaient comme des abeilles autour de nos têtes et se plantaient dans le bois ou ricochaient contre la pierre en projetant des éclats tranchants.

Nous fîmes irruption dans la cour et courûmes vers les remparts. Les Picti, réveillés en sursaut, poussaient de perçants cris de guerre pour donner l'alerte tandis que nous les taillions en pièces.

Soudain, des torches allumées surgirent autour de nous. Les Picti se déversaient de plus en plus nombreux dans la cour. Leurs corps barbouillés de bleu se tordaient dans la lumière dansante, affreux comme des cauchemars. Ils se ruaient sur nous avec leurs longs couteaux et leurs haches de combat à double tranchant. Ils hurlaient de colère face à notre intrusion.

Avant d'avoir pu nous en rendre compte, nous fûmes repoussés vers l'extérieur par la pression de l'ennemi. « Ne cédez pas de terrain ! m'écriai-je. Tenez bon, Cymbrogi ! » Mais nous étions si nombreux que nous bloquions le passage et ceux qui venaient derrière ne pouvaient entrer. Nous étions pris au piège entre l'ennemi et nos propres guerriers. Et nous allions tous périr.

Une torche vola vers nous dans les airs. Je fis un écart tandis qu'elle tombait à mes pieds et plongeai pour la ramasser. Mais quelqu'un s'en empara avant moi. Je regardai et vis la torche se transformer en un sillage de flammes, virevoltant au milieu de la horde barbare.

Les étincelles pleuvaient et, à chaque fois que frappait la torche, un corps s'abattait. Le feu cabriolait comme s'il était vivant. Il tournoyait, plongeait, frappait et repartait avant que l'ennemi n'ait pu réagir. Les barbares hurlaient et reculaient devant cette épouvantable et meurtrière apparition.

Dans le brouillard ardent de la pénombre embrasée, je vis le visage de notre sauveur : Llenlleawg, l'Irlandais. C'est un visage que je n'oublierai jamais — résolu et terrible dans sa colère, flamboyant comme la torche dans sa main, les yeux exorbités de furie, la bouche tordue et les dents dénudées tels les crocs d'un chat sauvage ! C'était Llenlleawg, et la frénésie du combat était sur lui.

« Cymbrogi ! » criai-je, et je me ruai dans le bouillonnement tumultueux du sanglant sillage de l'Irlandais.

Je frappai de taille et d'estoc, visant dans les ténèbres confuses le moindre morceau de chair exposée. Je savais que mes coups avaient porté à la résistance qui retenait un moment mon épée. Le sol était glissant sous mes pieds. L'odeur de bile et de sang planait lourdement dans l'air.

Je ne voyais pas Arthur.

J'avançais sans me soucier de savoir si quiconque me suivait. Ma seule pensée était de rattraper ce fou d'Irlandais. Je me taillais un passage à grands coups, mais à chaque fois que je regardais, je le voyais plus loin devant moi — sa torche tourbillonnante dansait avec la légèreté d'un duvet de chardon emporté par le vent. J'entendis sa voix s'élever, vibrante, au-dessus du fracas de la bataille : il chantait.

« Cymbrogi ! À l'attaque ! » Je criai encore et encore, et à mon cri répondit la note haute et claire de la corne de Rhys. Les forces qui attendaient au pied du dun avaient vu s'engager le combat et s'étaient élancées à l'assaut du rocher. Maintenant elles se bousculaient à la porte et escaladaient les murailles au moyen des cordes et des échelles que nous avions préparées. Les Picti, en pleine panique, couraient en tous sens, frappant éperdument au hasard.

Je ne voyais plus rien que les membres entremêlés de l'ennemi devant moi. Je maniais mon épée comme pour me tailler un chemin à travers d'épais fourrés de ronces. Je m'acharnai longuement, ignorant la douleur qui m'engourdissait de l'épaule au poignet.

À coups d'épée, de bouclier, j'esquivais, plongeais tête baissé au milieu de l'ennemi hurlant...

Puis ce fut terminé.

Nous nous regardions dans la cour à la lueur rougeâtre des torches, les cadavres des Picti entassés autour de nous. La puanteur du sang et des entrailles dans l'air et sur nos mains. Le sang noir, miroitant à la lueur de la lune montante. Les ennemis étaient morts... tous morts. Un profond silence régnait sur le caer.

Je levai les yeux et vis trois hommes qui luttaient avec un quatrième et j'allai leur prêter mon aide, pensant qu'il s'agissait du chef des Picti prisonnier. Mais c'était Llenlleawg. Il était toujours plongé dans la frénésie du combat et, bien que la bataille fût terminée, il ne pouvait s'arrêter. Cai et Cador l'avaient trouvé en train de trancher la tête des cadavres qu'il lançait par-dessus la muraille.

« Irlandais ! lui criai-je au visage. C'est fini ! Arrête ! »

Il ne m'entendait pas. Je crois qu'il n'entendait plus rien. Il n'avait plus ses sens. J'allai au plus proche abreuvoir, pris un seau de cuir et revins lui en jeter le contenu à la figure. Il bredouilla, son regard devint fixe, puis il poussa un cri et s'affaissa mollement.

« Il doit être blessé, dit Cai en lui retirant son casque. Un coup sur la tête.

— Je ne vois pas de sang, répondit Cador en approchant la torche qu'il avait arrachée à la main de l'Irlandais.

— Pas de sang ? Il en est couvert !

— Reste avec lui en attendant qu'il se réveille, dis-je à Cador, puis fais-le ramener au camp. » À Cai, je dis : « Trouve d'autres torches et commence à venir en aide aux blessés. Je vais retrouver Arthur. »

J'aurais pu économiser ma salive, car déjà des vingtaines de guerriers commençaient à emporter les blessés. En raison de l'exiguïté de la forteresse, la totalité de nos forces n'avait pu pénétrer dans la cour. La plupart des guerriers étaient restés à l'extérieur et se trouvaient seulement maintenant en mesure d'entrer. Portant des torches, ils se hâtaient de porter secours à leurs frères d'armes tombés au combat. Debout sur le rempart au-dessus de la porte, Arthur les dirigeait.

Je gravis l'escalier abrupt pour le rejoindre. « Nous avons pris la forteresse, Duc de Bretagne.

— Bien joué, Bedwyr. » Il avait dit cela comme si je l'avais fait à moi seul. Il contemplait la cour illuminée de torches à ses pieds. Les ombres vacillantes donnaient l'impression que la bataille faisait encore rage en silence autour de nous. Le tas grossissant de cadavres ennemis racontait une tout autre histoire.

« Llenlleawg est-il encore en vie ? demanda le Duc.

— Oui », répondis-je. La fatigue commençait à s'insinuer dans mes bras et mes jambes. « Il vit, et il n'a pas une égratignure que j'aie pu voir. Comment ? Je n'en sais rien. Tu as vu ?

— J'ai vu.

— Il est fou, dis-je. Je vois pourquoi il était le champion de Fergus. Qui peut lutter contre une tornade ? »

Plus tard, quand tous les Bretons morts et blessés eurent été emmenés, et les Picti blessés tués — c'est une dure réalité de la guerre, mais nous passâmes par l'épée les ennemis blessés, car nous partions le lendemain et ils n'auraient reçu aucun soin. Mieux valait le prompt coup de grâce qui les enverrait vers les Îles Fortunées, par-delà la mer d'Occident, plutôt que la torture prolongée d'une mort lente. Nous brûlâmes les corps de nos compagnons dans la forteresse où ils étaient tombés et jetâmes les barbares sur la grève au pied du rempart sud. Govannon les emporterait pour nourrir ses poissons.

Debout sur les murailles de Caer Alclyd, nous regardions les flammes monter vers les cieux. Myrddin au regard aveugle se tint tout ce temps les bras étendus au-dessus du bûcher, chantant un psaume de victoire dans la mort. Les Cymry élevèrent leurs voix dans le chant de deuil, qui débute comme un soupir, s'enfle en un gémissement et s'achève en un cri triomphant. Ainsi, nous envoyâmes les âmes de nos morts dans les bras accueillants du Bienheureux Jesu.

Puis nous regagnâmes notre camp pour dormir. Le soleil se levait, emperlant à l'orient la voûte nocturne de lumineux albâtre. L'aube était belle et l'herbe tentante : je m'étendis sur le sol devant la tente d'Arthur. Malgré mon épuisement, je ne parvins pas à dormir, aussi restai-je allongé à regarder les étoiles s'éteindre lentement dans le ciel. Quelques instants plus tard, l'Irlandais, Llenlleawg, se glissa silencieusement dans la tente d'Arthur. Il ne savait pas que j'étais éveillé, je l'observai donc pour voir ce qu'il allait faire. Il tira son épée. Préparait-il quelque félonie ?

Ma main s'avança vers ma dague. Mais non, mes craintes étaient vaines. Llenlleawg déposa l'épée à sa tête et s'étendit en travers de l'entrée, comme pour protéger le Duc pendant son sommeil.

À midi, après avoir mangé, nous levâmes le camp et partîmes le long de la route envahie par la végétation qui suit le Petit Mur — appelé Guaul dans la région —, le second mur construit par les Romains, au nord du premier, puis abandonné. C'est pour la plus grande part une ruine, un monticule couvert d'herbe, et la vieille route est mauvaise. Mais à l'est elle en croise une bonne qui monte vers le nord. En atteignant celle-ci, nous obliquâmes en direction de la vieille forteresse de Trath Gwryd.

Et mes pensées se tournèrent une fois de plus vers ce mystère non résolu : qui nous faisait la guerre ?

XIV

Il y a une forteresse à Trath Gwryd depuis les temps les plus reculés. Comme Caer Alclyd à l'ouest et Caer Edyn à l'est, elle est construite au sommet d'un énorme piton rocheux qui surplombe une rivière et se dresse à mi-chemin des deux, sur la route des invasions. Et, comme à Caer Alclyd, les Picti s'étaient emparés de la vieille citadelle dans l'intention de la retourner contre nous.

Arrivés sur les sables de la Gwryd, au pied du rocher, nous dressâmes le camp et établîmes le siège. Presque aussitôt, les éclaireurs d'Arthur revinrent avec des nouvelles du siège de Caer Edyn : Ectorius tenait toujours la forteresse et ne paraissait pas en danger immédiat. La citadelle résistait victorieusement.

Le roi Custennin de Celyddon arriva avec des nouvelles plus inquiétantes : d'autres barbares venaient se joindre aux combats. Aux Picti barbouillés de bleu s'étaient joints, outre les Angli, les Jutes, les Merciens et les Frisons de par-delà la mer de Germanie, les Scoti et les Attacoti d'Ierne, ainsi que les Cruithne. Bref, tous les vieux ennemis de la Bretagne romaine. Le nouveau *Bretwalda,* qui qu'il fût, avait bien mélangé le brouet.

Dieu merci, il n'y avait pas de Saecsens. La paix régnait toujours dans le Sud, sans cela la bataille aurait été terminée avant même d'avoir commencé.

Impatient de voler au plus tôt au secours d'Ector dans Caer Edyn, Arthur régla promptement le sort de la forteresse, employant la même tactique d'assaut nocturne qui nous avait permis de reprendre Caer Alclyd. La bataille fut brève et violente, et nous la remportâmes. La citadelle dûment reconquise, nous nous mîmes en route pour Caer Edyn.

Nous traversâmes en chemin plusieurs villages et hameaux. Les barbares les avaient traversés avant nous, laissant derrière eux la marque noire de leur passage — une cicatrice fumante de terrible destruction, une blessure sanglante sur la terre. Récoltes incendiées, troupeaux dispersés, demeures pillées et saccagées.

Nous avions la bouche emplie de cendres et d'âcre fumée, les yeux mouillés de larmes. Car, dans chacun des villages, des corps d'hommes, de femmes et d'enfants gisaient parmi les décombres. Non contents d'incendier les bâtiments et de massacrer les habitants, chaque fois les barbares avaient laissé un macabre rappel de leur haine et de leur cruauté : un cadavre éventré jeté au milieu de la route, les poumons étalés sur la poitrine, le foie arraché et placé entre les poumons, le cœur déposé sur le tout, les organes génitaux tranchés et enfoncés dans la bouche.

C'était une vision destinée à démoraliser. En voyant cela, il n'en était pas un parmi nous qui ne s'imaginât, lui, ou bien ne se représentât un frère d'armes ou un parent étendu là sans vie — démembré et déshonoré. La peur et l'humiliation attisées par ce lugubre spectacle se répandaient telle une puanteur délétère dans nos rangs.

Mais, partout où avait été commise cette atrocité, Arthur agit sans délai. Il ordonna d'envelopper le corps dans un manteau propre et le fit inhumer décemment avec une prière.

Cela aida à apaiser notre épouvante, mais ne la fit pas disparaître. Abattus et malades d'appréhension, nous approchâmes de Caer Edyn. Custennin nous avait avertis et nous étions préparés. Pourtant le premier aperçu de l'armée campée sur les collines basses au pied du caer déroba la lumière de nos regards et la chaleur de nos cœurs.

« On ne t'a pas menti en te disant que tous les royaumes barbares s'étaient rassemblés autour de Caer Edyn, dit Cai. Comment a-t-il pu en échapper autant à nos navires ? »

Le visage d'Arthur devint dur comme le silex. Ses yeux prirent la couleur d'Yr Widdfa dans la tempête. « Respirez cet air, mes amis », dit-il. Nous inspirâmes profondément la brise chargée de sel. « C'est le goût du triomphe, non ? »

À voir la fumée noire qui s'élevait en tourbillonnant dans le bleu du ciel et les masses immondes grouillant au pied de la solide forteresse d'Ector, une bile amère me vint aux lèvres. « C'est le goût de la mort, Artos, répondis-je.

— Mort ou triomphe, j'étreindrai l'une ou l'autre avant la fin de ce jour. »

À cet instant, la horde barbare poussa une clameur assourdissante. « Ce bruit, si détestable à nos oreilles, ne s'entendra plus jamais en Bretagne », déclara Myrddin, assis sur son cheval, les mains calmement croisées devant lui. Ses yeux dorés étaient, comme toujours, recouverts d'un bandeau de linge blanc. « J'ai vu le visage du *Bretwalda* : c'est un visage breton et ses traits sont bien connus de tous. »

Ceci, l'Emrys le dit comme une banale réflexion à propos de galettes d'orge. « Est-ce tout ? Un nom ! Dis-nous de qui il s'agit, Sage Conseiller, demandai-je.

— Ce nom, tu le connais déjà. Je ne me souillerai pas la langue à le prononcer.

— Sage Emrys, implora Cai, j'aimerais entendre le nom du chien qui a infligé cet affront à mes cousins. »

Ce fut inutile, Myrddin refusa d'en dire davantage.

Arthur dressa aussitôt son plan de bataille. Dans l'étroite plaine, l'ennemi se disposait déjà en ordre de combat. Il avait bien choisi son terrain. Même s'il n'était pas maître de la forteresse, la muraille de pierre dans son dos lui offrait une bonne protection et les berges escarpées de la rivière rendraient la manœuvre difficile pour nos chevaux.

L'*ala* se mit néanmoins en position, formant trois divisions de quatre rangs chacune. Je menais la première, Cai la deuxième et Bors la troisième — chacun avec deux rois sous nos ordres. Arthur, avec Llenlleawg près de lui, conduirait les vélites — nous savions tous qu'une fois que les chevaux auraient joué leur rôle, la bataille se livrerait à pied.

Au signal de Rhys, nous nous élançâmes au galop, lances à l'horizontale, boucliers parés. Le tonnerre des sabots résonnait comme un tambour dans nos cerveaux et dans nos veines. Calé dans ma selle, je volais au rythme régulier de l'animal intrépide. Ma main, mon bras, mes yeux... tout mon être ne faisait qu'un avec la pointe acérée scintillant à l'extrémité de la hampe de frêne qui fendait l'air devant moi.

Fondant avec une vitesse inexorable, j'enfonçai le premier rang des barbares aux bouches béantes de stupéfaction, aux yeux écarquillés de terreur. Comme lors de toutes les autres batailles, je fauchais dans la confusion de corps massés, le fracas âpre et fort à mes oreilles, une brume rouge devant les yeux. Je massacrais l'ennemi devant moi, l'emportant à la pointe de ma lance. Et lorsque celle-ci se brisa, je pris mon épée.

Je cognais de toutes mes forces. Je travaillais tel le fermier quand le tonnerre et la foudre menacent son champ mûr pour la récolte. Mais nul cultivateur n'a jamais fauché si lugubre moisson, ni rentré si sinistre récolte.

Nous étions des lions! Nous chargions tels des sangliers! Notre premier assaut, furieux et farouche, avait enfoncé les lignes ennemies en quatre endroits. Elles s'incurvaient comme pour nous attirer à l'intérieur et nous écraser contre le roc de Caer Edyn — et la manœuvre aurait bien pu réussir, car les barbares étaient plus qu'assez nombreux! — mais Arthur, vif et sûr, fondit sur eux par-derrière.

La résistance ennemie sombra dans le chaos et les barbares s'éparpillèrent. Je ramenai ma division vers la position d'Arthur, repoussant tout devant moi. Puis je le vis, surgissant droit sur mon chemin — l'étendard à tête de mort du *Bretwalda*. Et, sous celui-ci, entouré de ses acolytes, le *Bretwalda* en personne. Et, Dieu le prenne en pitié, je reconnus son visage sous le casque de fer : Cerdic ap Morcant.

C'était Cerdic!

Un flot de bile me remonta dans la gorge et dans la bouche. La fureur, noir et brûlante, m'obscurcit la vue. J'éperonnai ma monture dans l'espoir de fondre sur lui avant qu'il ne m'ait vu. Mais les valets de ce corbeau se refermèrent autour de lui et battirent en retraite avant que je n'aie pu l'atteindre. Les barbares se dispersaient, fuyant vers le sud-ouest. La panique devait s'être emparée d'eux, car il s'éloignaient de la côte où se trouvaient leurs navires !

J'allai droit à Arthur. « Je l'ai vu, Ours, criai-je. J'ai vu le *Bretwalda.* »

Sa tête se tourna vers moi. « Qui est-ce ?

— Cerdic ap Morcant, lui dis-je. Je l'ai vu avec les Angli. »

Arthur se hérissa. « Ce lâche maudira le jour de sa naissance », murmura-t-il. Puis il ajouta : « Très bien. S'il ne veut pas me soutenir vivant, qu'il me soit fidèle dans la mort. D'une façon ou de l'autre, j'obtiendrai sa loyauté !

— Fais sonner la poursuite ! Nous pouvons le rattraper », criai-je, me préparant à la chasse.

À ma grande surprise, Arthur se contenta de secouer la tête. « Non, dit-il. Je ne veux pas me précipiter dans une embuscade. Reforme l'*ala* et occupe-toi des blessés, puis rassemble les chefs et viens me retrouver au caer. Je vais tenir conseil dans le palais d'Ector. » Il s'éloigna, me laissant bafouiller dans son dos.

Un instant plus tard, Rhys sonna le signal de reformer les rangs et la poursuite cessa. Les cavaliers revinrent vers le champ de bataille. Une fois que les blessés eurent reçu des soins — par bonheur, il y en avait peu : la bataille avait été brève — je rassemblai les seigneurs et nous montâmes vers le caer. Les portes étaient ouvertes et Ector se trouvait dans la cour, en train de parler avec Arthur.

À notre approche, ils mirent fin à leur conversation et Ector rentra en hâte dans son palais. Le Duc se retourna brusquement et dit un mot à Llenlleawg qui courut à son cheval, sauta en selle et partit au galop.

Je mis pied à terre et jetai les rênes à un des hommes d'Ector. « Qu'y a-t-il ? demandai-je après avoir rejoint Arthur en courant.

— Il y a des Saecsens dans la région.

— Des Saecsens !

— C'est ce que pense Ector. Il va nous en dire plus. » Il jeta un coup d'œil vers la porte par laquelle arrivaient les premiers seigneurs. « Fais-les entrer. Nous allons tenir conseil dans la grande salle. »

Une fois installés, nous prîmes nos coupes et écoutâmes Ector prononcer les paroles les plus terribles à nos oreilles. « Avant le siège, la nouvelle m'est parvenue que l'on avait aperçu des navires saecsens au sud de Traprain Law. J'ai pris dix navires et nous avons fait voile vers la côte, mais nous n'avons pas vu signe d'eux.

— Les rapports que tu avais reçus étaient exacts ? demanda Owain.

— Cela ne fait pas de doute.

— Pourtant nous n'avons pas vu de Saecsens au cours de la bataille d'aujourd'hui. Ils doivent avoir fait demi-tour. Tes navires les ont effrayés, suggéra Ceredig.

— Nous n'avons pas vu de Saecsens parce que nous n'étions pas *censés* les voir, déclara Myrddin Emrys. Il n'y a pas eu de bataille aujourd'hui.

— Pas de bataille ? demanda Maelgwn. Cela m'en a semblé une ! » Tout le monde rit. « Contre quoi nous sommes-nous donc battus ?

— Vous vous êtes battus contre des ombres », répondit Myrddin.

Les étranges paroles de l'Emrys firent leur chemin en moi, et soudain je vis le piège subtil qui nous avait été tendu. Oh, Cerdic avait tout bien manigancé. Longtemps il avait médité sa ruse et ruminé sa perfidie. Je le vis d'un seul coup : le siège de Caer Edyn, comme la prise de Trath Gwryd et de Caer Alclyd, n'étaient destinés qu'à détourner notre attention et à nous fatiguer pendant qu'il nous amenait en position. Il avait gardé la vraie bataille pour la fin.

Subtil Cerdic, adroit en fourberie. Pour n'avoir à prêter allégeance à personne, il avait trahi Arthur et son propre peuple. Le diable l'emporte, il avait toujours été une mauvaise graine.

« Des ombres ? » Les seigneurs de Bretagne le regardèrent, incrédules, puis rirent avec mépris.

« Écoutez l'Âme de la Sagesse, ordonna Arthur. Ne vous est-il pas apparu que nous avions vaincu trop facilement ? Ces premiers combats n'étaient que des diversions — des leurres pour nous détourner de la vraie bataille. Si nous leur avions donné la chasse, nous serions maintenant de la nourriture pour les loups et les corbeaux. »

Les seigneurs élevèrent des murmures de protestation, des accusations de faiblesse et d'indécision. Certains se plaignirent à haute voix qu'Arthur avait trop d'imagination. S'il y avait eu des Saecsens, disaient-ils, pourquoi ne s'étaient-ils pas montrés ? Pourquoi avions-nous tourné bride alors que la bataille était gagnée ?

Ils eurent beau murmurer et accuser tant qu'ils purent, l'Ours de Bretagne demeura inflexible. Il croisa les bras sur sa poitrine et les força à baisser les yeux l'un après l'autre. Quand l'ordre fut rétabli, il se tourna vers moi. « Bedwyr, dis-leur qui est le *Bretwalda* des barbares. Dis-leur qui tu as vu sous l'étendard à tête de mort.

— J'ai vu Cerdic ap Morcant », dis-je d'une voix forte.

Certains, tels Idris et Maglos qui avaient été amis de Cerdic et avaient chevauché à ses côtés avant de se joindre à Arthur, refusèrent de le croire. « Impossible ! Tu t'es certainement trompé.

— Je sais qui j'ai vu. C'est un visage que j'ai rencontré plus d'une fois en face de moi sur le champ de bataille.

— Il ne massacrerait pas son propre peuple, soutint Idris, quoique faiblement.

— Il s'est battu contre *nous* au début ! L'aurais-tu oublié ? » m'exclamai-je. La colère bouillonnait en moi. « Comme il n'a pas pu vaincre de cette façon, il est passé à l'ennemi. Je ne trouve pas cela si difficile à croire. »

Cela leur donna à réfléchir. Dieu Tout-puissant, qu'ils pouvaient être obtus ! Mais ils ne chicanaient pour rien d'autre que leur propre déshonneur, car cela montrait combien ils avaient peu d'estime pour Arthur. Et pourtant ! Après tout ce qu'il avait fait.

Bors, Gwalchavad et Cador, qui avaient soigné les Cymbrogi, nous rejoignirent alors. Custennin profita de l'interruption pour relancer le conseil. « Que ce soit Cerdic ou un autre n'a aucune importance pour le moment, déclara-t-il. Si les Saecsens nous ont tendu une embuscade, nous devons vite décider de ce qu'il faut faire. Arthur est notre Chef de Guerre, nous devons l'écouter. » Se tournant vers lui, il demanda : « Dis-nous, Duc Arthur, que veux-tu que nous fassions ? »

Arthur se leva, nous dominant de toute sa taille. « Nous allons envoyer des éclaireurs pour découvrir où est passé l'ennemi. Une fois que nous le saurons...

— Nous *savons* où ils sont passés ! dit Owain. Chaque instant perdu ne fait que les renforcer. »

Arthur frappa la table du plat de la main. Le coup fit s'entrechoquer les coupes. « Silence ! »

Les seigneurs se turent enfin. Arthur les dévisagea l'un après l'autre et poursuivit : « Je n'irai pas à la bataille avant de connaître le terrain et de savoir qui se dresse contre nous. Vous avez entendu de vos propres oreilles que l'on nous tend un piège. Puisque nous ne savons pas de quoi il s'agit, j'ai l'intention de rester sur mes gardes. » Il se redressa et croisa les bras sur sa poitrine. « Je vous remercie de votre confiance, mes seigneurs, et je vous ferai appeler quand je serai prêt. »

Ce n'est pas une façon d'aller à la bataille. L'amertume et la dissension à sa tête minent les forces d'une armée plus vite que la peur. Nous n'y pouvions pas grand-chose. Il était déjà trop tard.

Les éclaireurs que nous avions envoyés revinrent juste avant la tombée de la nuit avec des nouvelles de la position de l'ennemi. Et ces nouvelles n'étaient pas bonnes à entendre. Arthur rassembla les seigneurs, et les éclaireurs dirent ce qu'ils avaient vu : la horde barbare avaient longé le Fiorth vers l'ouest jusqu'à l'endroit où le Guaul rejoint l'embouchure de la rivière, puis elle s'était enfoncée vers le sud dans les collines boisées.

« Cela ne semble pas une retraite éperdue », fit observer Arthur quand les éclaireurs eurent parlé. Les seigneurs furent obligés de concéder que l'ennemi s'était conduit avec une prévoyance inhabituelle. « Avez-vous vu où ils ont fait halte ?

— Ils se sont regroupés dans une région de lacs, répondit le premier éclaireur. J'ai vu deux collines avec d'antiques forteresses au sommet. Il semblerait qu'ils y aient été accueillis par quelqu'un qui les attendait.

— As-tu vu de qui il s'agissait ?

— On aurait dit des Saecsens, Duc Arthur. »

Le piège ! Oui ! L'instinct d'Arthur nous avait sauvé d'une erreur fatale. J'aurais plongé droit dedans.

« Combien ? » demanda Arthur.

L'éclaireur hésita. « Je ne saurais le dire, seigneur.

— Plus de dix mille ?

— Oui, seigneur, plus de dix mille.

— Plus de vingt ? »

De nouveau, l'éclaireur se tut. Je comprenais parfaitement sa réticence. « Oui, seigneur Arthur, plus de vingt mille. Je crois qu'il s'agissait de Colgrim et d'Octa. »

Arthur congédia les éclaireurs et se tourna vers les seigneurs. « Ils étaient attendus par des Saecsens, au moins vingt mille. Probablement davantage.

— Je connais l'endroit, dit Ector. Il y a deux collines... ou plutôt une colline à deux sommets sur laquelle se dressent les ruines d'une ancienne forteresse. Elle s'appelle le mont Baedun.

— Vingt mille ! se gaussa Maelgwn. Nous serions depuis longtemps au courant si autant de barbares rôdaient dans le pays.

— Pas si nos yeux et nos oreilles étaient distraits ailleurs », rappelai-je au conseil. Du moins le danger leur apparaissait-il, maintenant qu'ils comprenaient la gravité de notre situation.

« Qu'allons-nous faire ? demanda Maglos.

— Il faut rassembler davantage d'hommes, dit

Owain, et certains l'approuvèrent. Demandons au Sud d'envoyer des renforts. » D'autres avaient aussi leur idée et ils en firent part.

Arthur les laissa s'exprimer, puis il leur dit ce qu'il fallait faire. « Nous ne pouvons attendre des renforts. L'ennemi ne doit pas penser qu'il nous a effrayés. Nous devons frapper vite et fort. Prévenez vos hommes, demain nous livrons combat à Cerdic et à ses barbares. »

Le mont Baedun se dresse au-dessus des forêts, grand pic rocailleux à double sommet. Ses flancs sont abrupts et sa cime aplatie. Son principal avantage pour les ennemis résidait dans sa taille et dans les solides murailles de ses deux vieilles forteresses : elles étaient énormes, assez vastes pour contenir les trente mille guerriers qui s'y étaient rassemblés. Et leurs murailles, bien que peu élevées, étaient à double rempart de pierre.

Je vis tout de suite pourquoi ils avaient choisi cet endroit. Les profonds fossés qui ceignaient le mont rendaient l'ascension périlleuse et les éboulis recouvrant les pentes étaient traîtres pour les chevaux. Des hauteurs, l'ennemi pouvait fondre rapidement sur nous pendant que nous grimpions péniblement.

Oui, le site de la bataille était bien choisi. Cerdic avait tout manigancé avec soin. Savoir que cette félonie venait de l'un des nôtres m'enflammait les entrailles. Le plus grave était qu'il ait incité les Saecsens à rompre leur serment envers Arthur.

« Une double forteresse », dis-je. Arthur et moi étions partis en avant pour inspecter le campement ennemi. « Elle n'a pas sa pareille dans toute la Bretagne. Si nous attaquons d'un côté, ils nous tomberont dessus de l'autre. Nous sommes obligés de diviser nos forces avant le début de la bataille. Que vas-tu faire ?

— Je vais leur faire appeler la paix de tous leurs vœux. Ils regretteront longtemps de s'être dressés contre moi. » Le son caverneux de sa voix me fit passer un frisson le long de l'échine. Cela ne ressemblait pas à Arthur. Mais l'expression de son visage demeurait inchangée, les sourcils froncés, la mâchoire serrée. Il tira sur ses rênes et fit demi-tour. Il avait pris sa décision. « Viens, Bedwyr, nous retournons au camp.

— Que vas-tu faire ?

— Tu verras ! » cria-t-il par-dessus son épaule.

Je le rattrapai et nous regagnâmes l'endroit où les armées de Bretagne attendaient à l'abri d'un bois en contrebas du lac, légèrement au nord du mont Baedun.

Les seigneurs s'étaient réunis pour attendre le retour d'Arthur. L'attente les avait rendus inquiets et nerveux. Ils se précipitèrent sur lui alors qu'il descendait de selle et voulurent savoir son plan de bataille. « Qu'as-tu l'intention de faire ? demandèrent-ils. Vas-tu attaquer sur-le-champ ? Qu'as-tu vu ? Que devons-nous faire ? »

Mais Arthur refusa de leur répondre. « Nobles seigneurs, dit-il, laissons cela pour demain. Ce soir nous allons souper et chanter, et enhardir nos cœurs de récits héroïques. »

Cette réponse ne leur plut pas, mais ce fut la seule qu'ils obtinrent. Arthur ne prêta pas attention à leurs murmures et se retira sous sa tente pour se reposer. Un peu plus tard, Llenlleawg revint, sa monture couverte d'écume. Il alla directement trouver Arthur et Myrddin se joignit à lui. Tous trois restèrent longtemps ensemble à discuter.

Vers le crépuscule, Arthur ressortit de sa tente. Il s'était baigné et avait noué ses cheveux. Et il avait endossé de nouveaux vêtements : un pantalon rouge et une tunique blanche. Autour de la taille, il portait une large ceinture de cuir doré, et sur ses épaules était attaché un manteau du rouge le plus profond. Il avait son épée, Caledvwlch, au côté.

Les feux brûlaient haut et clair près des chariots où les cuisiniers s'activaient à préparer un plat de gibier et d'oignons. L'air était lourd d'une fumée bleutée qui planait au-dessus du camp comme un toit parcouru de lentes ondulations. La bruyante animation qui régnait peu avant s'était envolée. Partout les hommes étaient rassemblés par petits groupes : certains bavardaient, d'autres entretenaient leurs armes, d'autres encore chantaient doucement — pas des chansons guerrières, mais les douces mélodies familiales que l'on chante au coin de l'âtre. Leurs pensées se tournaient vers ceux qu'ils ne reverraient peut-être jamais. L'ombre de sa mort pèse sur chaque guerrier avant la bataille. C'est naturel, et en un sens nécessaire.

Arthur circulait parmi les hommes, bavardait avec eux, leur prodiguait des paroles de réconfort, les apaisait, partageant son courage comme si c'était un trésor qu'il pouvait diviser entre eux. Le voir était contempler la véritable noblesse, et quiconque posait sur lui les yeux reprenait espoir et sentait son cœur prendre son essor.

Nous prîmes notre simple repas sur le rivage. Le lac s'étalait, lisse comme un miroir, couleur de fer. Les bois tout proches étaient sombres, mais au bord du lac la lumière s'attardait, se reflétant dans l'eau. Quand nous eûmes mangé, Myrddin arriva avec sa harpe et nous chantâmes avec lui sous les étoiles, et ce chant était doux à entendre.

Puis Arthur se leva et rassembla les Cymbrogi devant lui. « Mes compagnons ! cria-t-il. Mes frères, écoutez-moi. Demain nous rencontrerons l'ennemi — ceux qui se donnent le nom d'Enfants de Woden — et nous nous battrons.

» Dans mille ans les bardes chanteront cette bataille. Nos noms résonneront dans les palais de puissants rois et nos exploits vivront dans le cœur des hommes encore à naître. Je vous le demande donc, mes frères, quel souvenir voulez-vous qu'ils aient de vous ? »

Les hommes tournèrent les uns vers les autres des visages intrigués.

Arthur se mit à marcher de long en large sur la berge. Les vagues, parsemées d'argent à la lueur des étoiles, clapotaient doucement à ses pieds. « Autant qu'aucun guerrier parmi vous, j'ai soif de gloire.

Mais quelle gloire ? Je vous demande d'y réfléchir maintenant. »

Un murmure étouffé parcourut les rangs. Nous n'avions jamais entendu le Duc Arthur nous parler ainsi, se disaient-ils. Qu'essaie de dire l'Ours de Bretagne ?

« Un millier d'années est une longue période, poursuivit Arthur. En mille ans, beaucoup peut s'oublier : qui a gagné la bataille, ou comment elle a été perdue, l'endroit où nous nous sommes battus et qui nous avons affronté. Tout ce qui restera — si jamais il reste quelque chose — sera quel genre d'hommes nous avons été. »

À ces mots, certains se claquèrent les cuisses du plat de la main en signe d'approbation. Le moment était venu des paroles de courage et de valeur, d'honneur et de bravoure. Mais Arthur avait autre chose en tête.

« Je vous demande d'y réfléchir maintenant, mes frères, quel genre d'hommes sommes-nous ? » Arthur se tut longuement pour les laisser trouver une réponse. Puis il cessa de marcher et écarta largement les bras. « Mes cousins, mes frères, quel genre d'hommes sommes-nous ?

— Nous sommes des Bretons ! » cria quelqu'un. « Des Cymry ! cria un autre.

— Les Cymbrogi ! répondirent d'autres. Les compagnons du Cœur !

— Oui ! Oui ! leur firent écho des voix approbatrices. Nous sommes les Cymbrogi ! »

Arthur leva les mains pour avoir le silence, et quand il l'eut obtenu, il dit : « Oh, nous sommes enfants d'un même pays, oui. Mais ce n'est pas notre pays d'origine. Notre véritable patrie est le céleste royaume où le Dieu Sauveur attend d'accueillir tous ceux qui le reconnaissent pour Seigneur.

» Écoutez-moi ! Demain nous livrerons bataille aux barbares. Ils en appelleront à leur idole répugnante, Woden. Mais je vous le demande, mes frères, à qui en appellerez-vous ? » Il baissa les bras et montra la foule rassemblée d'un large mouvement. « Qui entendra vos cris au jour de la lutte ?

» Réfléchissez bien. Car je vous le dis, en vérité, la gloire que nous pourrons récolter s'éteindra avec nous à moins que Jesu le Christ ne marche devant nous. Mais si nous en appelons à son saint nom, sa gloire nous revêtira d'un manteau d'or — et si nous mourons, on se souviendra de nos exploits dans mille ans et plus. »

Llenlleawg s'avança, portant le bouclier du Duc. Arthur le prit, se tourna vers nous et le brandit au-dessus de sa tête. La surface en avait été repeinte en blanc et barré d'une grande croix rouge, le symbole du Christ. « À dater de ce jour, je porte la croix de Jesu. Par ceci, il marche devant moi à la bataille. Si le Grand Roi des Cieux se bat pour nous, qui pourra nous vaincre ? »

Les Cymbrogi gardèrent le silence. Derrière eux se pressaient les guerriers de toute la Bretagne qui avaient entendu la voix d'Arthur et, attirés vers elle comme par un fanal, s'étaient rapprochés pour entendre ce qu'il disait.

Arthur planta le bouclier devant lui sur le rivage. Il leva une main, montrant au-dessus de nos têtes le ciel où scintillaient les étoiles. « Regardez ! Les pieds du Très Saint sont déjà en chemin. Il nous guidera si nous le suivons. Je vous le demande, mes frères, qui veut le suivre ? »

Comme un seul homme, ils se levèrent. Les Cymbrogi se portèrent en avant et, du simple fait de leur nombre, firent reculer Arthur dans le lac. Il avait de l'eau jusqu'aux mollets, mais il n'y prêtait pas attention. « À genoux, Cymbrogi, et jurez une éternelle allégeance au Grand Roi des Cieux qui a promis de sauver tous ceux qui le reconnaissent pour seigneur ! Il sera votre bras armé et votre sage conseiller, il sera le bouclier qui vous protège et l'épée qui vous défend ! »

Ils s'agenouillèrent par centaines dans l'eau claire. Les prêtres de Mailros venus avec nous — ils avaient trouvé refuge auprès d'Ector quand étaient arrivés les barbares — se mirent à circuler parmi eux, prenant de l'eau dans leurs mains en coupe pour baptiser les nouveaux croyants dans la Communion de la Foi. Je regardais, le cœur battant, frappé de respect, car les paroles d'Arthur avaient éveillé en moi la soif de la gloire divine qu'il avait décrite.

J'avais déjà rejoint le Christianogi, je n'avais donc pas besoin d'un nouveau baptême, mais j'entrai dans l'eau, moi aussi, pour demander le pardon de mes péchés afin de pouvoir aller à la bataille avec une âme immaculée. Beaucoup d'autres chrétiens parmi nous faisaient de même, tandis que d'autres chantaient un hymne de louanges au Dieu Généreux, et les collines enténébrées retentissaient des plus saints échos.

XV

Nous nous levâmes avant l'aube et déjeunâmes. Nous endossâmes nos cuirasses et nos cottes de mailles, nous nous casquâmes de fer et ceignîmes l'acier à notre hanche. Nous accrochâmes nos lourds boucliers de bois à notre épaule et laçâmes nos bras et nos jambes de cuir épais. Nous sellâmes nos chevaux et formâmes les rangs, puis nous partîmes en silence à travers bois vers le mont Baedun.

Avant le lever du jour, nous nous assemblâmes au pied de la colline et contemplâmes longuement les deux noires forteresses qui se dressaient au-dessus de nous. Les sentinelles ennemies nous aperçurent et sonnèrent l'alarme. Quelques instants plus tard, les hurlements des hordes barbares — Picti, Angli, Irlandais, Saecsens et autres — qui poussaient leurs hideux cris de guerre assaillirent nos oreilles.

Rhys sur sa gauche, Llenlleawg sur sa droite, Arthur gravit lentement la colline. À mi-chemin, la pente se fait brusquement abrupte, et là Arthur fit arrêter l'armée, descendit de cheval et poursuivit seul à pied. Il s'avança hardiment jusqu'au bord du premier fossé et y fit halte. « Cerdic ! appela-t-il. Montre-toi ! Je désire te parler !

— Parle, Bâtard de Bretagne ! lui fut-il répondu d'un ton cinglant. Je t'entends.

— Je tends la main vers toi en paix, Cerdic, dit le Duc. Je suis prêt à te pardonner, à toi et à tous ceux qui te suivent, si tu me prêtes serment de loyauté.

— Fils de chienne ! s'écria Cerdic. Je n'ai nul besoin de ta mansuétude ou de ton pardon. Je ne prêterai serment que sur ta mort. Viens ici, si tu n'as pas peur, et nous verrons qui plie le genou.

— J'ai offert la paix et ne reçois qu'insultes en retour, dit Arthur. Mais je finirai par l'obtenir. » Sur ce, il tourna les talons et revint vers son cheval.

Une fois remonté en selle, il fit signe à Rhys qui porta le cor à ses lèvres pour sonner le long et vibrant appel à la bataille. Arthur dégaina Caledvwlch et la brandit au-dessus de sa tête. Les premiers rayons du soleil embrasèrent la lame bien affilée. « Pour Dieu et pour la Bretagne ! » cria-t-il, et son cri fut repris de toutes parts, éveillant les échos de la muraille de pierre.

Le signal du combat retentit de nouveau et le cheval du Duc partit au trot. L'*ala* se mit en marche derrière lui, suivie des vélites. Puis les chevaux passèrent progressivement au galop.

Les armées réunies de Bretagne gravirent le versant rocailleux et atteignirent le premier fossé. Nous nous y engouffrâmes et montâmes à l'assaut de la pente opposée. Nous prîmes pied de l'autre côté et poursuivîmes notre ascension. Les puissantes trompes de guerre des Saecsens — terribles mugissements à faire frémir les morts dans leurs tombes ! — ébranlaient la fraîcheur de l'aube. Je sentais dans mon ventre le martèlement régulier des tambours de guerre et l'air glacé me fouettait le visage.

Mais mes mains étaient fermes sur ma lance, mon bouclier solide à mon côté. Je laissai à ma monture la bride sur le cou pour qu'elle choisisse elle-même son chemin. Le terrain était si rocailleux que je ne pouvais la guider et combattre en même temps.

Devant moi je voyais le talus du deuxième fossé. Je jetai un coup d'œil à droite et à gauche pour voir si mes hommes étaient avec moi, puis nous plongeâmes ensemble dans la tranchée.

Comme lors des batailles précédentes, l'*ala* était formée en divisions menées chacune par un des chefs de guerre d'Arthur : Cai, Bors, Gwalchavad et moi-même, avec chacun deux rois sous nos ordres. Arthur, Cador et le reste des seigneurs menaient les guerriers à pied qui nous suivaient de près. Même au milieu du tonnerre des sabots, j'entendais le tambourinement de leurs pieds sur la terre.

Le second fossé était plus profond que le premier, ses parois plus escarpées. Plusieurs chevaux trébuchèrent, jetant leurs cavaliers à terre, d'autres se dérobèrent devant l'obstacle. Mais le reste franchit la tranchée et poursuivit la charge.

Voyant que le fossé n'avait guère retardé notre approche, les barbares sautèrent par-dessus la muraille et dévalèrent la colline à notre rencontre. La forte pente conférait de la force à leurs coups et leur permettait d'infliger plus facilement des blessures. Ce dont ils ne se privèrent pas.

Beaucoup tombèrent au cours du premier assaut. Le terrain difficile et la férocité de l'ennemi conspirèrent à précipiter bien des braves dans la mort. Ainsi notre première attaque fut repoussée.

Je reformai ma division sur le bord du second fossé. Parcourant rapidement la pente du regard, je vis que les autres divisions n'avaient pas mieux réussi. Sur tout le versant de la colline, nous étions contraints de reculer.

À mon cri, l'*ala* remonta à la charge.

Cette fois, nous laissâmes les ennemis se jeter sur nous. Nous nous immobilisâmes au dernier moment et ils s'empalèrent sur nos lances. C'était une ruse enfantine, mais elle marcha risiblement bien. Les barbares comprirent vite et ils refluèrent... laissant des centaines de morts et de blessés sur le terrain.

Nous tentâmes de les pourchasser, mais nos chevaux ne purent les suivre sur les dernières pentes.

Nous redescendîmes et l'ennemi nous poursuivit, nous frappant sauvagement dans le dos. En arrivant au bord du deuxième fossé, nous fûmes rejoints par les vélites qui montaient à la charge.

Je confiai le commandement de la division à Owain et allai en hâte trouver Arthur. « Cela ne va pas, lui dis-je. Nous ne pouvons pas donner l'assaut... la pente est trop raide et ils sont trop nombreux. »

Arthur vit que je disais la pure vérité. « C'est ce que je craignais. Très bien, mettez les chevaux à l'abri. Nous pouvons en avoir besoin plus tard. Nous allons attaquer à pied. » Il examina la muraille et tendit le doigt. « Cet endroit... tu le vois ?

— Là où le rempart est plus bas ? Je le vois.

— Nous allons y concentrer notre attaque. Suis-moi ! »

Je retournai en hâte auprès de ma division et transmis les ordres d'Arthur. Rhys donna le signal de mettre pied à terre et un instant plus tard nous montions à l'assaut de la colline, franchissant les rochers à quatre pattes, tombant, nous relevant, repartant au pas de course.

Les barbares virent que nous avions abandonné les chevaux et prirent cela pour un bon présage. Ils poussèrent leurs hurlements maléfiques avec une vigueur renouvelée et se lancèrent dans de frénétiques danses guerrières au sommet du rempart. Ils bavaient de fureur, assoiffés de sang.

Dès que nous fûmes à portée, l'ennemi lança sur nous ses haches de combat. Nous brandîmes nos boucliers devant nous et continuâmes à monter. Certains d'entre nous ramassaient les haches haïssables qu'ils renvoyaient sur l'ennemi. Plus d'un barbare fut tué par sa propre arme.

Le soleil s'était levé et je sentais sa chaleur sur mon dos. Mon sang battait, brûlant, dans mes veines et j'aspirais dans mes poumons la fraîcheur du petit matin. C'était une belle journée pour une bataille, me dis-je, puis je me souvins que Cerdic avait l'avantage du nombre et de la position.

L'endroit qu'Arthur avait trouvé s'avéra le seul point faible de ce côté de la forteresse. Il avait choisi le versant est pour donner l'assaut parce que la pente était moins raide, mais l'ennemi s'en était rendu compte, lui aussi, et il avait rehaussé la muraille. L'endroit qu'avait repéré Arthur était une section réparée à la hâte d'où la pierre s'était éboulée lorsque les premiers ennemis avaient bondi par-dessus le rempart.

Nous convergeâmes tous vers cet endroit, nos forces transformées en fer de lance projeté sous les défenses de l'ennemi, droit vers son cœur.

Cela faillit réussir.

Mais il y avait tout simplement trop de barbares, et la pente était trop abrupte. Bien que tailladant avec obstination comme bûcherons dans la forêt, nous ne parvenions pas à avancer. Picti, Cruithne, Angli et Scoti, Saecsens, Frisons et Jutes... ils étaient trop, beaucoup trop. Nous ne pouvions approcher de la muraille.

Pour chaque pas que nous faisions, l'ennemi nous repoussait de deux. Pour chaque ennemi que nous tuions, trois autres surgissaient devant nous. Nos guerriers refluaient sous la pression des barbares. Ils se jetaient sur nous, frappant de leurs cruelles haches : les yeux hagards, la bouche tordue, les bras s'agitant comme des fléaux.

Mais nos guerriers avaient déjà affronté les barbares et ne se laissèrent pas effrayer. Rentrant la tête dans les épaules, nous poursuivîmes notre macabre labeur. Et la bataille s'installa dans son rythme chaotique.

La journée passa dans un brouillard de sang et de destruction. Alors que le soleil descendait sur l'occident, j'entendis Rhys sonner la retraite et je sus que nous étions battus. Je rassemblai ma division et nous nous retirâmes avec nos blessés. Partout nos guerriers dévalaient la pente vers le refuge de la forêt.

L'ennemi parut tout d'abord impatient de nous donner la chasse — plût au ciel qu'il l'eût fait ! Notre *ala* l'aurait massacré. Mais Cerdic eut le bon sens de faire arrêter la poursuite au premier fossé et les barbares retournèrent s'enfermer dans la citadelle.

Pendant que les guerriers, étendus sous les arbres, récupéraient leurs forces et faisaient panser leurs blessures, les serviteurs et les cuisiniers nous apportèrent de la viande, du pain et de la bière allongée d'eau. J'avais les membres endoloris et des élancements dans la tête. Mes vêtements étaient trempés de sueur et de sang. Je puais.

Un crépuscule sinistre s'abattit sur le pays. Autour de nous, les corbeaux attirés par le champ de bataille se rassemblaient dans les arbres, croassant hideusement devant leur macabre festin. Mais ce n'était rien auprès des sauvages cris de victoire qui nous parvenaient de la forteresse. Les feux s'élevaient haut dans le ciel tandis que les barbares s'apprêtaient à célébrer leur triomphe.

Nous eûmes cette nuit-là un sommeil troublé, l'écho des hideuses réjouissances retentissant à nos oreilles. À l'aube, nous nous éveillâmes, déjeunâmes, prîmes nos armes et remontâmes vers la colline. Les barbares nous laissèrent approcher, puis ils se ruèrent sur nous, dévalant des hauteurs en faisant tournoyer leurs haches.

Nous les reçûmes à la pointe de nos lances et de nos épées, et nous les frappâmes de nos boucliers. Mais plus d'un guerrier tomba, son casque, sa cotte de maille ou son bouclier transpercé. Le carnage était effroyable, le tumulte assourdissant.

Une nouvelle fois, les flancs du mont Baedun s'empourprèrent du sang des braves.

Et lorsque le soleil passa au zénith, Rhys sonna une fois de plus la retraite et nous nous retirâmes dans la forêt pour lécher nos blessures. Les guerriers s'écroulèrent sur l'herbe et dormirent. Les serviteurs passaient parmi eux avec des cruches d'eau et réveillaient les dormeurs pour leur donner à boire. Les bois étaient silencieux, troublés uniquement par le bourdonnement des mouches et les battements d'ailes des oiseaux dans les branches. Sur le mont Baedun, l'ennemi se taisait.

Quand ils eurent déposé leurs armes et se furent rafraîchis, les seigneurs de Bretagne tinrent conseil avec Arthur.

« Je dis qu'il faut assiéger la colline et demander au Sud d'envoyer des renforts. » La suggestion émanait de Maglos et, après les lourdes pertes de la matinée, plusieurs exprimèrent leur approbation.

« Si seulement nous pouvions prendre la forteresse, commença Ceredig, mais il fut interrompu par les railleries des autres.

— Prendre la forteresse ! s'écria Idris. Qu'avons-nous essayé de faire jusqu'ici ? C'est impossible... ils sont trop nombreux ! Je suis d'accord avec Maglos : il faut établir le siège et attendre des renforts.

— Non, dit Arthur. Nous ne pouvons faire cela.

— Pourquoi donc ? demanda Idris. Cela a réussi à Caer Alclyd, cela a réussi à Trath Gwryd...

— Cela ne réussira pas ici », rétorqua sèchement Arthur.

Mais Idris ne tint pas compte de l'acier dans la voix d'Arthur. Il insista, disant : « Pourquoi ? Parce que tu veux prouver que tu es supérieur à Cerdic ?

— Si c'est ce que tu penses... m'exclamai-je avec un mouvement de menton vers la colline, va le rejoindre ! »

Myrddin, appuyé non loin sur son bâton de sorbier, se redressa et s'approcha. « Ce mont est maudit », déclara-t-il doucement. Nous nous tûmes pour mieux l'entendre. « Il n'y a là que détresse et calamité. Sur ces pentes rôde la souffrance, et partout règne le désastre. »

Nous jetâmes un coup d'œil vers la colline par-dessus notre épaule. Les nuages jouant sur sa surface lui conféraient un aspect sombre et menaçant. Assurément, les cadavres éparpillés sur ses flancs rocailleux évoquaient éloquemment le désastre. Myrddin n'avait pas besoin d'y voir pour connaître notre détresse... mais que voyait-il d'autre ?

« En des temps anciens, des armées se sont affrontées sur cette infortunée colline. Une grande victoire y a été remportée par traîtrise, et la perfide défaite d'hommes de bien s'accroche à la terre et au roc. La montagne est tourmentée en raison de l'infamie qui y fut perpétrée. La félonie de Cerdic a réveillé l'esprit mauvais de ce lieu.

— Parle-nous, Emrys, dit Custennin. Accorde-nous le bénéfice de ta sagesse. Que faut-il faire ? »

C'était la requête officielle d'un roi à son barde. Myrddin ne manqua pas de l'obliger. « Cette bataille ne sera pas gagnée par la force ou par la ruse. Elle ne sera pas gagnée par le seul sang versé. L'esprit qui réside en ces lieux ne sera vaincu que par la puissance divine. »

Les seigneurs échangèrent des coups d'œil déconcertés. « Que devons-nous faire pour cela ? demandèrent-ils.

— Nous devons prier, seigneurs de Bretagne. Nous devons ériger une citadelle dont les murailles ne puissent être abattues. Un caer imprenable. Une forteresse de prière. »

Certains seigneurs se renfrognèrent à ces mots, embarrassés par leur manque de foi et de compréhension. Mais Arthur se leva et dit : « Il sera fait comme tu le dis, Sage Conseiller. »

Myrddin posa les mains sur les épaules d'Arthur. « Je ferai tout pour te soutenir... comme je l'ai toujours fait à ce jour. »

Les hommes peuvent faire la grimace, ce n'est pas chose négligeable que d'être soutenu par le Chef Barde et Emrys de Bretagne.

Le lendemain matin, alors que nous nous préparions à la bataille, je vis la silhouette solitaire de Myrddin qui gravissait la colline, cherchant à tâtons son chemin à l'aide de son bâton, son manteau drapé autour de lui. Car le jour s'était levé gris et brumeux, et un vent glacial soufflait du nord.

« Veux-tu que je le rattrape ? demandai-je, craignant pour la sécurité de Myrddin.

— Attends ici. J'y vais », répondit Arthur en se lançant sur les traces de l'Emrys chancelant.

Je regardai Arthur gravir la colline à grandes

enjambées. Cai et Bors l'aperçurent et ils accoururent vers l'endroit où je me tenais, en lisière de la forêt. « Que fait-il? demanda Bors. Se croit-il invisible?

— Je ne sais pas, répondis-je.

— Je vais le chercher, dit Cai.

— Il a dit d'attendre ici. Mais que Rhys se tienne prêt à donner le signal de l'attaque. Si les barbares sautent par-dessus le rempart, je veux que les Cymbrogi s'élancent aussitôt. »

Llenlleawg, qui passait non loin de là, vint auprès de moi. Il ne dit pas un mot et ne détourna pas un instant les yeux de la colline, mais il me donna à savoir que nos cœurs battaient à l'unisson pour Arthur.

« Que font-ils, maintenant? se demanda Bors à haute voix. On dirait qu'ils ramassent des pierres. »

C'était la vérité de Dieu. Après avoir échangé quelques brèves paroles avec Myrddin, Arthur s'était baissé et il empilait des rochers sur le sol. Myrddin déposa son bâton et, s'agenouillant, commença à hisser des pierres sur le tas.

« Ils construisent un cairn, dit Cai, ouvrant des yeux incrédules.

— Pas un cairn, dis-je. Un mur.

— Bah! s'exclama Bors, pour qui cela importait peu. Ils vont se faire tuer dès que l'ennemi fera un geste. »

Les cieux plombés s'éclaircirent légèrement avec le lever du soleil. Arthur et Myrddin travaillaient à découvert sur la pente. L'ennemi devait s'être maintenant aperçu de leur présence. Notre propre armée s'était rassemblée à l'orée de la forêt pour observer leurs étranges agissements.

« Nous ne pouvons laisser faire cela, s'emporta Bors. Il n'est pas convenable pour le Duc de Bretagne d'entasser des pierres sur le sol.

— Que proposes-tu? demandai-je.

— Tu dois l'arrêter!

— *Toi,* va l'arrêter. »

Bors se redressa. « Très bien, j'y vais. » Ce disant, il partit à grandes enjambées.

Gwalchavad arriva en courant. « Que se passe-t-il ? Que font-ils là-haut ?

— Ils construisent un mur », répondit Cai.

Gwalchavad ouvrit la bouche pour éclater de rire, puis il regarda, stupéfait. « Mais c'est vrai ! déclara-t-il. Ils vont se faire tuer !

— Peut-être, admis-je.

— Personne ne va-t-il les arrêter ?

— Bors est parti s'en charger », dit Cai.

Gwalchavad nous dévisagea, bouche bée, comme si nous avions perdu la raison. Sur la colline, Bors se frayait un chemin parmi les éboulis. « Eh bien, il va avoir besoin d'aide », dit Gwalchavad, et il s'élança derrière Bors qui avait atteint l'endroit où travaillaient Arthur et Myrddin.

Le seigneur de Benowyc agita la main vers le sommet de la colline, puis en direction de la forêt. Arthur releva la tête, dit un mot, et Bors cessa de gesticuler. Le Duc se remit au travail et Bors resta à le regarder.

« Voyez-moi cela, s'exclama Cai. Bors les a assurément arrêtés. »

Gwalchavad rejoignit les trois hommes sur la colline et se mit aussitôt au travail avec eux.

Comme en réponse à un signal, les vannes s'ouvrirent et d'autres se mirent à quitter le couvert de la forêt. D'abord par groupes de deux ou trois, puis par dizaines et par vingtaines, ils allaient voir ce qui se passait.

« Eh bien, il ne fait pas de doute que Gwalchavad les a convaincus, fit observer Cai. Qu'allons-nous faire, maintenant ? Notre armée avance sans nous. »

Llenlleawg se tourna vers moi. « C'est le déshonneur suprême pour un chef de se laisser devancer par ses guerriers.

— Cai, faut-il nous faire rappeler notre devoir par un Irlandais ?

— Jamais ! s'écria Cai. Que les Pictes m'emportent ! Je ne laisserai pas colporter que nous avons négligé notre devoir !

— Vaillant Cai, dis-je, premier à la guerre et à la construction de murs ! »

Ensemble, nous sortîmes du bois. Llenlleawg nous emboîta le pas. J'avoue que je commençais à éprouver une certaine sympathie pour cet homme. Il était irlandais, nul ne pouvait le nier, mais bien moins vil que d'autres de sa race. Son âme était noble, et son cœur sincère. La honte en était d'autant plus grande pour Cerdic et ses pareils : le barbare s'avérait d'une plus grande noblesse que les Bretons de naissance !

Nous atteignîmes l'endroit où Arthur et les autres déplaçaient les rochers. « Que fais-tu là, Ours ? » demandai-je.

Arthur se redressa. « Je construis un mur.

— C'est ce que nous avons constaté, dit Cai. Pouvons-nous savoir la raison de cette tâche malséante ? »

Le Duc prit une pierre et la souleva au-dessus de sa tête. Il monta sur le tas de rocs qu'il avait élevé. « Hommes de Bretagne ! cria-t-il. Écoutez-moi ! »

Les guerriers s'attroupèrent pour l'écouter. Le vent glacé faisait claquer son manteau rouge autour des épaules d'Arthur, la brume emperlait sa chevelure. « Regardez ma main et dites ce que vous y voyez.

— Une pierre ! crièrent-ils. Nous voyons une pierre ! »

Arthur brandit la pierre devant eux. « Non, je vous le dis, ceci n'est pas une pierre. C'est quelque chose de plus fort qu'une pierre, et plus durable : c'est une prière !

» Je vous le dis, poursuivit Arthur, c'est une prière pour la délivrance de la Bretagne. Regardez autour de vous, mes frères : cette colline en est couverte ! »

Nous parcourûmes du regard les pentes rocailleuses comme nous le disait Arthur. Le mont Baedun, comme je l'ai dit, était couvert d'éboulis... comme si nous ne le savions pas déjà !

« Vous demandez ce que je fais. Je vais vous le dire : je rassemble les prières et j'en fais un rempart. J'élève une forteresse pour encercler l'ennemi.

» Notre Sage Emrys a décrété que nous devions ériger une citadelle dont les murailles ne puissent être abattues... un caer qui ne puisse être conquis.

Mes amis, c'est ce que je fais. Quand j'aurais terminé, pas un barbare ne pourra s'échapper. »

Sur ce, Arthur redescendit et déposa sa pierre sur le tas. Les hommes le regardaient comme s'il était devenu fou. Le vent qui cinglait les visages bruissait de sinistres murmures contre le Duc. Le silence était lourd d'accusation : il est fou !

Puis, rejetant son manteau sur son épaule, Cai se pencha, tous les muscles tendus, souleva un énorme roc et, grimaçant sous l'effort, le hissa au-dessus de celui d'Arthur. Il retomba avec un craquement sonore et convaincant. « Voilà ! déclara Cai d'une voix forte. Si les pierres sont des prières, j'ai chanté un psaume ! »

Tout le monde éclata de rire et soudain d'autres pierres se déversèrent sur le tas tandis que, un à un, nous les ramassions à nos pieds pour les déposer au sommet de la fondation qu'avait faite Arthur. Ainsi le mur commença à s'édifier.

Les seigneurs de Bretagne se tenaient à l'écart de cette tâche, mais quand ils virent la ferveur de leurs hommes, et le zèle des Cymbrogi, ils ôtèrent leurs manteaux et dirigèrent le travail. C'était un triomphe de les voir... Ennion et Custennin, Maelgwn, Maglos et Owain, Ceredig et Idris, tous criant des ordres et encourageant leurs hommes.

Nous sommes un peuple friand de chansons et la tâche est longue sans une mélodie pour l'alléger. Une fois que le travail eut commencé pour de bon, les chants débutèrent. Des chants sacrés, d'abord, mais quand ceux-ci furent épuisés nous nous tournâmes vers les chansons simples et bien connues du foyer et du clan... et celles-ci, je crois, sont sacrées elles aussi. La muraille s'élevait pierre à pierre, chacune telle une prière venue du fond du cœur.

Dans la citadelle au sommet de la colline, les barbares assistaient à notre étrange labeur. Ils ne surent tout d'abord que penser, puis quand le tracé de la muraille apparut et s'étira sur le flanc de la colline, ils se mirent à pousser des cris et à nous railler. Quand le mur commença à s'élever, leurs railleries devinrent des insultes rageuses. Ils nous jetaient des pierres et nous décochaient des flèches, mais nous étions hors de portée de leurs projectiles qui retombaient bien avant de nous atteindre. Ils enrageaient, mais ils ne quittaient pas la protection de leur forteresse.

Deux hommes œuvrant avec diligence peuvent élever une section de vingt pas à hauteur de poitrine en une journée. Que ne peut donc accomplir trois mille fois ce nombre ? Anges et saints, je vous le dis, le mur montait tout seul, tant il s'édifiait vite !

Représentez-vous la scène : des mains, des milliers de mains qui se tendent, empoignent, soulèvent, hissent, déposent, mettent en forme la pierre brute. Les dos qui se courbent, les muscles qui se tendent, les poumons qui halètent, les joues qui se gonflent sous l'effort, la transpiration qui ruisselle. Les paumes et les articulations des doigts rougies, la peau égratignée. Le vent qui fait voler les manteaux, onduler l'herbe, tourbillonner la brume et la pluie.

Le soir tomba vite. Et si de sombres nuages tournoyaient au-dessus de la colline, la lumière, claire et dorée, brillait à l'ouest. À la lueur de ce dernier rayon, nous déposâmes une dernière pierre sur le mur et reculâmes pour voir le fruit de notre travail. C'était merveilleux à contempler : une longue barrière sinueuse montant à hauteur d'épaule ceignait la colline.

L'ennemi geignait de la voir. Les barbares glapissaient de frustration. Ils juraient, Ils hurlaient. Ils se voyaient entourés de pierre et en appelaient à Woden le borgne pour les sauver. Mais le vent s'emparait de leurs cris et les leur renvoyait au visage. Le mur, le Mur d'Arthur, se dressait devant eux comme un défi, encerclant Baedun avec son message implacable : vous ne quitterez pas ce champ de bataille. Ici vous mourrez, et vos ossements y blanchiront à jamais sans nul pour les pleurer.

J'avais les bras, les jambes, les pieds et le dos endoloris. Mes mains étaient à vif, mes bras entaillés. Mais je contemplais ce merveilleux rempart et mes petites souffrances n'étaient rien. C'était plus qu'un mur... c'était la foi concrétisée. Je regardais le travail de nos mains et je me sentais invincible.

Les barbares regardaient le mur et désespéraient. Car ils voyaient qu'Arthur s'était coupé la retraite... personne n'agit ainsi s'il doute de la victoire. Ainsi Arthur leur disait : votre destin est scellé, vous êtes perdus. Ils entonnaient leurs chants de mort dans les ténèbres grandissantes. Puis, bien que la journée fût terminée, ils attaquèrent.

Pourquoi avaient-ils attendu si longtemps, je ne le saurai jamais. Peut-être la main de Dieu les en avait-elle empêchés. Peut-être le Mur de Prières d'Arthur les avait-il intimidés. Mais d'un seul coup ils surgirent de leur forteresse et dévalèrent la colline. Rhys sonna l'alarme et nous saisîmes nos armes, formâmes les rangs et nous élançâmes à leur rencontre. Le choc de notre heurt ébranla la montagne jusqu'à ses racines.

Combattre de nuit est étrange et difficile. L'ennemi possède une silhouette, mais pas de visage... un corps et des membres, mais pas de traits ni de forme précise. C'est comme lutter contre des ombres. Comme une de ces batailles de l'Autre Monde que chantent les bardes, où des armées invisibles s'affrontent en un combat sans fin sur une plaine ténébreuse. C'est inquiétant et surnaturel.

Nous nous battîmes, bien que l'épuisement pesât sur nous comme un manteau trempé. Nous nous battîmes, sachant que tous nos efforts n'auraient servi à rien si nous ne pouvions maintenant rejeter notre fatigue et empêcher l'ennemi d'atteindre le mur. De fait, les barbares semblaient plus résolus à atteindre le mur qu'à se battre contre nous. Peut-être voulaient-ils s'échapper. Ou peut-être voyaient-ils dans le Mur d'Arthur une chose qu'ils ne pouvaient supporter... une chose qu'ils redoutaient plus que la mort ou la défaite.

L'obscurité enveloppait la colline. Le vent hurlait à nos oreilles et la pluie nous cinglait le visage. La foule des barbares nous repoussait de plus en plus bas. Insouciants du danger, insouciants de la mort, ils se ruaient sur nous dans la tempête et les ténèbres. Sans cesse ils arrivaient, brandissant des torches enflammées, nous acculant à la muraille que nos mains avaient élevée.

La corne de chasse d'Arthur sonna haut et clair, de courts appels transperçant le tumulte : le signal du rassemblement. Je regardai en direction du son et vis Arthur — son bouclier blanc qui luisait telle une lune dans les ténèbres, Caledvwlch, étincelante dans sa main, qui s'élevait et retombait en arcs gracieux et mortels, son manteau écarlate volant au vent, les muscles de ses épaules arc-boutés contre le maelström... Arthur.

Je ne voyais pas son visage, mais il ne pouvait y avoir de doute. Il se battait comme nul autre guerrier de ma connaissance. Une telle férocité contrôlée, une telle grâce mortelle... la terrible pureté de ses gestes, sobres et nets, coulés les uns dans les autres, devenait une éblouissante litanie de louanges à la Main redoutable qui l'avait façonné.

Il me vint à l'esprit que c'était pour cela qu'il était né, pour cela qu'une âme lui avait été accordé. Être ici, maintenant, pour diriger la bataille de cette manière précise. Arthur avait été créé pour cet instant. Il avait entendu l'appel et y avait répondu. Maintenant tout reposait entre ses mains.

J'aurais voulu être auprès de lui, lui faire vœu d'allégeance de ma lame et de ma vie. Mais quand je parvins où il se tenait, il n'y était plus.

Je vis aussi Llenlleawg. Il s'était emparé de la torche d'un Saecsen et était redevenu un tourbillon embrasé : la torche dans une main, une courte épée dans l'autre, il dansait dans sa folle extase guerrière. L'ennemi tombait devant lui, à sa gauche, à sa droite, se dispersant telles les étincelles qui volaient de la flamme dans sa main.

Des visages hideux surgissaient devant moi... Picti tatoués et Cruithne barbouillés de bleu, Saecsens blonds et Angli bruns, tous grimaçants de haine, livides et assoiffés de sang, ivres de mort.

Le sang courait, brûlant, dans mes veines, battait à mes oreilles, pulsait à mes tempes. Mes flancs étaient douloureux et mes poumons en feu. Mais je frappais, encore et encore, mon épée retombant à son rythme mortel : s'abattant comme le châtiment des cieux obscurs, comme le destin sur la tête des imprudents.

À chaque coup que je portais, je devenais plus fort... comme Gwyn, le héros des temps anciens, dont les forces s'accroissaient à mesure qu'avançait le jour. Je sentais la fatigue quitter mes muscles, se dissoudre dans la pluie qui ruisselait sur moi. Mes mains n'étaient plus crispées sur la poignée de mon arme et sur mon bouclier. Mon esprit s'éclaircissait. Ma vision se faisait de plus en plus acérée. Je sentais la chaleur de la vie monter en moi, l'ardeur du combat qui chassait tout le reste.

Mes hommes me suivaient de près, épaule contre épaule nous tailladions l'ennemi. Être entouré de compagnons courageux, fidèles en toutes circonstances, est profondément souhaitable, et mon cœur s'élevait dans ma poitrine. Nous travaillions au combat comme nous avions travaillé sur le mur, frappant à l'unisson. Je sentais leurs esprits prendre leur essor avec le mien. Nous ne nous faisions plus repousser. Nous avions réussi à bloquer l'avance de l'ennemi et à présent nous lui tenions tête.

Bien que les ténèbres autour de nous fussent emplies des hurlements des barbares et des sinistres mugissements des trompes de guerre saxonnes, nous ne cédions pas de terrain. L'ennemi était devenu la mer qui venait battre rageusement contre nous comme contre la Chaussée des Géants. Telle la mer, il s'acharnait sur le roc, le submergeait et l'engloutissait, mais lorsque les vagues se brisaient, le roc demeurait inentamé.

Sauvage la nuit, farouche le combat! Bousculés par le vent et le rugissement de la bataille, nous tenions tête à l'armée barbare et nos épées dégoulinaient de sang. Je tuais à chaque coup, chaque coup prenait une vie. Mon bras se levait et retombait avec une implacable précision et à chacun de mes gestes meurtriers une âme s'enfonçait dans le sombre royaume des morts.

Les ennemis tombaient autour de moi et je voyais tout avec une limpide clarté. J'étais impitoyable et froid comme la lame d'acier dans ma main. Jesu ait pitié ! Je massacrais l'ennemi comme du bétail !

Je tuais, mais sans haine. Je tuais, mais même quand les barbares tombaient devant moi, je ne les haïssais pas. Il n'y avait plus de place en moi pour cela.

L'aube écarta les voiles de la nuit et nous vîmes ce que nous avions fait. Je n'oublierai jamais ce spectacle : des cadavres blêmes dans la lumière grise du petit matin... des milliers, des dizaines de milliers... jonchant le sol tels les gravats d'une ruine... les membres sans vie, les corps immobiles et désarticulés, les yeux morts fixant le soleil blafard qui montait dans un ciel blanc et les sombres nuées des corbeaux qui tournaient, tournaient...

Dans le ciel, le cri perçant des éperviers. Dessous, la terre détrempée de sang. Tout autour, la puanteur de la mort.

Nous avions gagné. Nous avions remporté la victoire, mais il n'y avait guère plus que l'épaisseur d'un cheveu entre les vainqueurs et les vaincus par cette sinistre matinée. Nous étions affalés sur nos lances, écroulés sur nos boucliers. Hagards, trop épuisés pour faire un geste.

Quiconque nous aurait trouvé là aurait pensé que nous ne faisions qu'un avec les morts. Quoique nous fussions en vie, c'était tout juste si nous parvenions à respirer et à cligner de nos paupières rouges et gonflées.

Je m'assis adossé contre un rocher, mon épée serrée entre mes doigts crispés. Mon bouclier gisait près de moi sur le sol, éclaté et fendu en une centaine d'endroits. « Bedwyr ! » Une voix familière avait crié mon nom et je tournai la tête pour voir Arthur approcher à grands pas. Je pliai les genoux et essayai de me lever.

Le visage gris de fatigue, les bras lacérés, son fier manteau rouge réduit en haillons et gorgé de sang, le Duc de Bretagne me hissa sur mes pieds et m'écrasa dans son étreinte. « Je te cherchais, chuchota-t-il. Je craignais que tu ne sois mort.

— J'ai l'impression de l'être.

— Si tous les barbares du monde n'ont pas réussi à te tuer, rien ne le pourra, répondit Arthur.

— Et Cai ? Bors ? Cador ?

— Vivants. »

Je secouai la tête et mon regard se tourna une fois de plus vers la colline jonchée de cadavres et les corbeaux voraces qui se repaissaient des corps livides. Je sentis mon estomac se retourner. Je vomis de la bile sur mes pieds. Arthur attendis patiemment auprès de moi, la main sur mon dos. Quand j'eus terminé, il me releva et m'emmena avec lui.

« Combien en reste-t-il ? » demandai-je, redoutant la réponse. Mais je devais savoir.

« Plus que tu ne penses.

— Combien ?

— Deux divisions... presque.

— Les rois ?

— Maglos et Ceredig sont morts. Ennion est gravement blessé, il ne survivra pas. Custennin est mort.

— Myrddin ?

— Il va bien. Tu sais... quand la bataille s'est engagée, il est monté sur le mur et y est resté debout toute la nuit, son bâton brandi au-dessus de nos têtes. Il nous a soutenu pendant toute la bataille et a prié pour notre victoire.

— Et Gwalchavad ? Il était près de moi au début de la bataille, mais je l'ai perdu... Dans toute cette confusion.

— Gwalchavad est indemne. Avec Llenlleawg, il cherche les corps.

— Oh », dis-je, mais le sens de ses paroles m'échappa sur le moment.

Nous descendîmes un peu plus bas sur la colline et je vis des silhouettes qui se déplaçaient lentement, se frayant sombrement un chemin parmi les morts silencieux. Comme nous approchions du mur, un cri s'éleva derrière nous. Gwalchavad et Llenlleawg avaient trouvé ce qu'ils cherchaient.

Nous fîmes demi-tour et les rejoignîmes. Je vis l'étendard à tête de mort gisant près du corps et je sus ce qu'ils avaient trouvé.

Arthur fit rouler le cadavre de la pointe de sa botte. Cerdic contemplait le ciel vide de ses yeux vides. Sa gorge était une balafre noircie et son bras droit était pratiquement tranché au-dessus du coude. Ses traits étaient figés en une expression familière : la grimace insolente que je lui avais si souvent vue... comme si la mort était une insulte à sa dignité, une humiliation bien en dessous de lui.

Il était entouré de ses gardes saecsens. Tous étaient morts à quelques instants d'intervalle... au cours du premier ou du dernier assaut, personne ne pouvait le dire, nul ne l'avait vu périr. Mais Cerdic était mort, et sa félonie avec lui.

« Que faisons-nous de lui ? demanda Gwalchavad.

— Laissons-le, dit Arthur.

— C'est un Breton, insista Gwalchavad.

— Et il a choisi ce lieu pour tombe quand il a décidé de me faire la guerre. Personne ne l'y a obligé... c'est lui qui l'a voulu. Laissez-le ici avec son engeance barbare. »

Déjà les hommes emportaient les corps de nos camarades vers le bûcher. En témoignage et avertissement à tous nos ennemis futurs, les cadavres des barbares seraient abandonnés où ils étaient tombés. Ils ne seraient pas enterrés. Ainsi Arthur l'avait décrété, ainsi fut fait.

Le soleil déclinant étirait nos ombres sur le versant de Baedun lorsque les flammes léchèrent le bûcher funéraire sur lequel étaient placés les corps de nos compagnons. Les prêtres de l'abbaye de Mailros prièrent et chantèrent des psaumes en tournant lentement autour du bûcher, des branches de saule à la main.

Myrddin marchait avec eux, un rameau épineux de rosier tendu devant lui. La rose, surnommée

Enchanteresse des Bois, symbolisait l'honneur dans la tradition des druides, expliqua l'Emrys, et pour les chrétiens elle symbolisait la paix. La paix et l'honneur. Ces braves avaient mérité les deux.

Les cendres n'étaient plus que braises rougeoyantes et le crépuscule teintait doucement les cieux quand nous quittâmes enfin le mont Baedun. Nous n'allâmes pas loin, car nous étions rompus et épuisés, et les chariots transportant les blessés ne pouvaient parcourir une grande distance avant l'obscurité. Mais Arthur ne voulait pas rester une nuit de plus près de cette colline, aussi revînmes-nous à travers bois vers le lac où nous avions baptisé nos frères d'armes et nous étions nous-mêmes consacrés pour la bataille.

Là, près de ses eaux calmes, nous dressâmes le camp et dormîmes sous les cieux paisibles de la Région des Étoiles d'Été.

LIVRE TROISIÈME

ANEIRIN

I

Aux heures de troubles, les hordes païennes regardaient par-delà les vagues tumultueuses vers notre doux pays verdoyant et convoitaient les richesses de la Bretagne. Leurs rames faisaient bouillonner les flots argentés dans leur hâte de fuir leurs rivages désolés pour venir ravager les nôtres. Les effusions de sang et les combats, les vols et les pillages, les viols et les saccages, la mort et la destruction ne connaissaient pas de fin.

À leur grand déshonneur, les seigneurs de Bretagne ne valaient pas mieux. Nombreux étaient les petits rois à régner sur les royaumes de ce monde, et leurs guerres incessantes dévastaient le pays... jusqu'à la venue d'Arthur.

Gaussez-vous si vous le voulez ! Moquez-vous de moi, engeance de vipère ! Mais le Royaume de l'Été a été fondé sur le roc du saint nom de Jesu.

Ne connais-je pas la vérité ? Un barde oublie-t-il ses chansons ? Eh bien, j'ai été barde. J'ai aussi été guerrier. Je suis un homme instruit. Aneirin ap Caw est mon nom... bien que je sois désormais connu sous un autre nom que je me suis donné.

Je suis né l'année de Baedun. Je suis donc un homme fortuné, car j'ai commencé ma vie en cette heureuse époque où toutes guerres cessèrent et où la paix s'étendit en ce monde.

Baedun... un mot qui signifie triomphe dans toutes les langues.

Au sommet de ce mont, le Duc de Bretagne mit fin au carnage à l'occasion de ce que les bardes considèrent aujourd'hui comme la plus grande des Trois Grandes Batailles d'Ynys Prydein. Je vous le dis, la victoire n'était pas vieille d'une journée quand Arthur se retira dans la chapelle en ruine de Mailros pour prier et remercier le Père Tout-puissant.

Arthur, Grand Roi de toute la Bretagne, Pendragon de Rheged, de Celyddon, de Dyfed et des Sept Îles Fortunées, Empereur d'Alba et de Lloegres, Ours de Bretagne, Arthur à la Double Couronne, dont les chœurs chantent à jamais les louanges.

Peu de ceux qui vivent aujourd'hui comprennent la signification de ceci : Arthur fut couronné deux fois. La première sur une colline proche de sa capitale nordique de Caer Edyn, la seconde dans le sud, à Londinium. Les deux couronnements furent dûment célébrés devant Dieu en toute sainteté. Mais chacun fut aussi différent de l'autre que l'or du froment.

La raison de ces deux couronnements ? La simple nécessité. « Je serai roi de tous, ou roi d'aucun, avait déclaré Arthur. Le Nord et le Sud sont depuis trop longtemps séparés. En moi, ils seront réunis. » À l'appui de ses paroles, il s'était fait couronner solennellement dans les deux régions afin qu'aucune ne puisse prétendre à la primauté sur l'autre ainsi que cela s'était vu dans les temps anciens.

Son couronnement à Caer Edyn fut tout ce qu'un prince pouvait espérer. Mais celui de Londinium faillit susciter une émeute dans cette arrogante cité. Hélas, ce n'était que le premier des troubles à venir ! Arthur, Roi de l'Été, qui avait apporté la paix à la Bretagne par ses efforts, sa sueur et son sang, ne devait pas lui-même connaître un instant de tranquillité.

Écoutez bien, vous qui êtes durs d'oreille. Soyez attentifs, vous qui êtes lents à comprendre. Voici une histoire digne d'être narrée, un récit véridique, la Chanson du Seigneur de l'Été. Écoutez et souvenez-vous !

Remontant la vallée de la Twide, au retour de Baedun, Arthur et les Cymbrogi survivants chevauchèrent vers Caer Edyn. C'était le plein été, vert et doré, le ciel bleu était dégagé, la mer calme. Les sombres nuages de la guerre s'étaient dissipés et désormais seule la pure lumière de Dieu brillait sur la Bretagne.

Bien sûr, il allait leur falloir un certain temps pour s'en rendre compte. Ces guerriers usés par les batailles ne savaient qu'une chose : les combats étaient terminés pour l'année. Ils ignoraient encore qu'Arthur les avait menés à leur plus grande victoire, ils n'imaginaient pas que c'en était une pour le monde entier. Ils savaient seulement qu'il n'y aurait plus de batailles cet été-là.

Le seigneur Ectorius offrit un festin aux vainqueurs. Trois jours et trois nuits ils goûtèrent aux premiers fruits de la paix. Mais dès cet instant devait se révéler l'esprit d'Arthur. En présence des fidèles Cymbrogi, Notre Seigneur le Christ déversa ses faveurs sur lui et ceux qui l'entouraient s'en émerveillèrent grandement.

Sur les épaules de ses guerriers, Arthur fut transporté hors de la forteresse d'Ector et hissé au sommet du rocher qui porte désormais son nom. Là, on le fit asseoir sur un trône de pierre vive et les survivants de son armée défilèrent devant lui un à un pour lui vouer leur vie. Les rois de Bretagne qui avaient souffert avec lui tirèrent leur épée et la déposèrent à ses pieds. Ils s'allongèrent devant lui sur le sol, puis Arthur posa son pied sur leur cou et devint leur roi.

Les Cymbrogi, eux aussi, vinrent déposer leurs lances devant Arthur. Ils s'agenouillèrent, tendirent les mains pour lui toucher les pieds et lui jurèrent loyauté sur leur vie. Il les prit pour sujets et ils le prirent pour seigneur.

Myrddin Emrys brandit sa baguette de sorbier au-dessus de sa tête et proclama Arthur Grand Roi. Puis il prononça les saintes paroles de royauté, disant : « Louange et adoration au Roi Suprême des Cieux, qui a élevé un roi pour être notre Pendragon ! Tous les anges et les saints, soyez témoins : en ce jour Arthur ap Aurelius a été proclamé roi de tous les Bretons.

» À genoux devant lui, mes compatriotes ! Tendez vos mains et prêtez solennellement serment de fidélité à votre seigneur et roi sur terre... comme vous jurez vie et honneur à Dieu, Père de Toute Création. »

Cela fait, Myrddin demanda à Dyfrig, évêque de Mailros, de s'avancer. Celui-ci s'approcha d'Arthur, un torque d'or dans les mains, et cria d'une voix forte : « Déclare ce jour devant ton peuple le dieu que tu sers.

— Je sers le Christ, qui est appelé Jesu. Je sers Dieu, qui est appelé le Père. Je sers Celui qui n'a pas de Nom, qui est appelé l'Esprit Saint. Je sers la Sainte Trinité.

— Te conformeras-tu à la justice, feras-tu respecter le droit et chériras-tu la charité ?

— Avec le Bienheureux Jesu pour témoin, je me conformerai à la justice, je ferai respecter le droit, je chérirai la charité.

— Conduiras-tu ce royaume dans la vraie foi du Christ aussi longtemps que tu vivras ?

— Tant qu'il me restera des forces et jusqu'à mon dernier souffle, je conduirai ce royaume dans la vraie foi du Christ.

— Alors, par le pouvoir des Trois qui sont Un, je te proclame roi, Arthur ap Aurelius. Salut, Arthur, Protecteur de la Bretagne ! »

Et tous ceux qui étaient assemblés sur le mont Agned crièrent : « Salut Arthur ! Protecteur et Pendragon de Bretagne ! »

Myrddin plaça le torque royal autour du cou d'Arthur sous les acclamations de tous. Puis Arthur passa parmi eux, offrant des présents à ses Cymbrogi, ainsi qu'aux rois et aux guerriers qui l'avaient servi dans la bataille. Il leur donna des broches d'or et d'argent, des couteaux et des bagues serties de pierres précieuses. Ces choses, les autres princes les font lorsqu'ils montent sur le trône : Arthur fit davantage.

Il décréta que la chapelle brûlée par les Picti à Abercurnig serait reconstruite, de même que l'abbaye de Mailros. Il paya cela sur son butin de guerre, et il fit édifier une chapelle près de Mailros, face au mont Baedun, afin qu'y soient perpétuellement chantés des psaumes et dites de bonnes prières pour la Bretagne, de jour comme de nuit, jusqu'à ce que notre Seigneur Jesu revienne pour conduire son troupeau au paradis.

Arthur se rendit dans les petits villages des environs où vivaient des femmes dont les époux avaient été tués par les barbares. À celles-ci il offrit les présents qu'elles désiraient : or et argent pour certaines, vaches et moutons pour d'autres. Il prit toutes les dispositions auprès de ses seigneurs afin qu'il soit pourvu aux besoins des veuves et à l'éducation de leurs enfants.

De retour à Caer Edyn, Arthur et ses seigneurs s'assirent ensemble pour boire et pour manger. Ce fut là, au milieu des réjouissances, que Myrddin se leva devant tous et déclara : « Pendragon de Bretagne, puisse ta gloire survivre à ton nom, lequel durera à jamais ! Dieu sait s'il est légitime de jouir du fruit de ton labeur. Mais tu me jugerais un conseiller stupide et négligent si je ne t'avertissais pas que, là-bas dans le Sud, les hommes n'ont pas encore entendu parler du mont Baedun et ne savent rien de ton couronnement.

— Paix ! Je viens tout juste de recevoir aujourd'hui mon torque, dit en riant Arthur. La nouvelle leur en parviendra bien assez vite.

— Mais je suis persuadé que les hommes croient plus aisément leurs yeux que leurs oreilles », répondit Myrddin, et les seigneurs frappèrent de leurs mains sur la table en criant leur approbation.

« C'est ce que l'on dit, acquiesça Arthur. Quel est ton propos ?

— Fortunés sont les hommes du Nord, car ils ont chevauché à tes côtés dans la bataille et ils connaissent ta gloire. Ceux du Sud ne se laisseront pas convaincre par de telles nouvelles quand elles leur parviendront.

— Il n'y a pas grand-chose que j'y puisse faire, me semble-t-il. Un homme ne peut être fait roi qu'une fois.

— C'est là où tu te trompes, ô Roi. Tu es désormais Pendragon de Bretagne... tu peux ordonner ce qui doit être.

— Mais j'ai déjà pris la couronne ici, protesta Arthur avec bonhomie. Quel besoin ai-je d'un autre couronnement ?

— Quel besoin as-tu de deux yeux si un seul y voit assez clair ? Quel besoin as-tu de deux mains si une seule étreint assez fermement l'épée ? Quel besoin as-tu de deux jambes si une seule court assez vite ? Quel besoin as-tu de deux oreilles si...

— Il suffit ! J'ai compris.

— Mais ce n'est pas suffisant, répondit le Grand Emrys. C'est ce que j'essaie de te dire.

— Dis-moi donc ce que je dois faire pour que tu te taises, et tu peux être sûr que je le ferai sur-le-champ. »

À ces mots, les seigneurs éclatèrent d'un rire sonore, acclamant Arthur et son Sage Conseiller. Quand le silence fut revenu, Myrddin exposa son plan. « Convoque les seigneurs du Sud à Londinium pour y assister à ton couronnement. Alors ils seront convaincus et te suivront de bon cœur. »

Ce qui fut fait. Les seigneurs finirent de festoyer ce soir-là et, le lendemain à l'aube, se levèrent, sellèrent leurs chevaux et se rendirent au chantier naval de Muir Guidan. Ils hissèrent les voiles le jour même. Des navires rapides les précédaient, s'arrêtant dans toutes les villes du littoral pour transmettre la convocation du roi.

En temps et en heure, Arthur arriva dans le voisinage de Londinium, désormais appelé Caer Lundein, et donna l'ordre à sa flotte de mouiller l'ancre dans la Thamesis. Sitôt débarqué, il rassembla ses Cymbrogi, se mit en marche vers la cité et se présenta devant ses portes.

Comme l'avait prédit le Sage Emrys, les hommes de Caer Lundein et du Sud ne tenaient pas Arthur en haute estime. Ils ne savaient rien de la grande bataille du mont Baedun. Pas plus qu'ils ne se souciaient des troubles dans le Nord, tenant les fortunes de la vie dans ces contrées pour chose de peu d'importance. C'est aveuglement et folie, il est vrai, mais ils étaient hommes de faible intelligence et d'encore moindre compréhension.

Mais Aelle et les seigneurs de la Côte des Saecsens, qui ne s'étaient pas rebellés à Baedun, savaient fort bien qu'Arthur était leur roi légitime. Dès qu'ils avaient reçu sa convocation, ils avaient rassemblé leurs serviteurs, leurs épouses et leurs enfants et s'étaient mis en route pour y répondre... à la grande honte des Bretons.

Néanmoins, les foules de Caer Lundein, comme partout les foules, aimaient les spectacles. À l'approche d'Arthur, les citadins avaient afflué dans les étroites ruelles et s'étaient juchés sur les toits de l'antique cité pour tenter d'apercevoir le grand jeune homme qui paradait au milieu de ses seigneurs.

« Qui est-ce ? se demandaient-ils.

— Un Picte des régions nordiques, répondaient certains. Voyez ses vêtements !

— Non, c'est un Saecsen, disaient d'autres. Voyez sa tresse et ses cheveux blonds.

— Il monte un cheval ! disaient-ils. Il s'agit certainement de cet Arthur dont nous avons entendu parler. »

À quoi d'autres répliquaient : « Mais il est encore tout jeune. Ce doit être le fils ou le neveu de ce fameux guerrier. »

Et ainsi de suite. Nul ne parvenait à déterminer qui entrait dans leur cité avec sa suite et ses guerriers. La seule chose dont ils fussent certains, c'était qu'ils n'avaient jamais vu son pareil, et ne le reverraient jamais.

Mais tous ceux qui posèrent ce jour-là les yeux sur le blond étranger ne furent pas ravis de le voir. Loin de là ! Ils avaient depuis longtemps oublié le mince jeune homme qui avait retiré sept ans plus tôt l'épée de la pierre. Ils avaient oublié le Conseil des Rois, et les conflits qui s'étaient emparés des royaumes de Bretagne et les avaient rendus impuissants.

Ils avaient oublié, aussi dénigraient-ils ce qu'ils voyaient de leurs yeux. Se prend-il pour un Macsen Wledig faisant son entrée dans Rome ? demandaient-ils. Se croit-il empereur ?

Qui est-ce ? Arthur ? Quel genre de nom est-ce là ? On raconte qu'il a écrasé les barbares. Qui donc a-t-il vaincu ? Les Saecsens se pavanent autour de Caer Lundein, aussi hardis que jamais ! Voyez-le donc ! Il est trop fier, trop arrogant ! C'est un idiot prétentieux et nous ne nous laisserons pas abuser par les manigances des hommes du Nord.

Ils murmuraient ces choses et d'autres à l'encontre d'Arthur, et certaines bien pires encore. Arthur entendait leurs propos et, bien qu'il lui en cuise comme brûlures d'orties, il ne se laissa pas détourner de son but.

« Je vois qu'ils n'ont pas appris à m'aimer, dit-il à Bedwyr qui chevauchait à son côté.

— À dire vrai, Ours, je n'ai pas appris à les aimer, moi non plus. Prends la couronne et quittons cet endroit déplorable. »

Cai était indigné. « Combien de temps pensent-ils que tiendraient leurs murailles si tu n'étais là, Artos ? Que les Picti se chargent d'eux et qu'on n'en parle plus.

— Je suis venu recevoir la royauté sur les lieux où mon père a pris la couronne. Quand j'aurais fait ce qu'il convient, nous quitterons cet endroit. »

Arthur fut reçu par le gouverneur de Caer Lundein, un pourceau grassouillet du nom de Paulus qui considérait l'ensemble du monde au-delà du portique de son palais comme inimaginablement arriéré. Mais Paulus ne s'était pas hissé à sa position sans apprendre les usages de la dissimulation. Il souhaita donc la bienvenue à Arthur, son visage rond grimaçant des sourires, la main droite levée en un geste amical, la gauche étreignant une dague dans son dos.

Le gouverneur Paulus attendait simplement de

voir d'où soufflait le vent pour savoir comment traiter Arthur. Un chef de guerre venu du Nord était un spectacle inhabituel à Caer Lundein. *Dux Britanniarum,* disaient certains — très impressionnant, très romain. Grand Roi ? Eh bien, oui, il y avait des rois, certains étaient officiellement reconnus. Pendragon ? Comme c'était charmant, comme c'était cocasse. Très rustique, tout cela, fort rafraîchissant.

Bedwyr ne se laissa pas abuser par les flagorneries de cet obséquieux gouverneur. « C'est un lézard, Artos. Ne crois pas un mot de ce qu'il dit. Je ne boirais pas non plus une goutte de son vin, si j'étais toi.

— Nous ne faisons que nous conformer à la loi en venant ici, dit Arthur à sa suite. Rien de plus.

— Quelle loi ? s'enquit Cai.

— Celle qui a été édictée quand le grand César a pour la première fois mis le pied dans cette île.

— Et c'est ? demanda Bedwyr.

— Tout souverain doit conquérir Londinium s'il veut posséder la Bretagne.

— Je n'ai jamais entendu parler d'une telle loi, se gaussa Cador. Que peuvent avoir de si important ces ruines branlantes ?

— Cela sent l'urine et les eaux usées, ricana Gwalchavad. À ce que je vois, les citoyens de Caer Lundein sont parents des barbares. »

Arthur écouta leurs protestations et leur expliqua à nouveau patiemment : « Nous ne resterons pas ici un instant de plus que nécessaire. Une fois que j'aurais fait ce que je suis venu faire, nous repartirons pour Caer Melyn. »

Quand ils eurent soupé avec le gouverneur, Arthur et sa suite quittèrent l'enceinte du palais pour se rendre à l'église... celle-là même où Arthur avait à plusieurs reprises retiré l'épée de la pierre. La clef de voûte était à présent fermement en place au sommet de l'arche centrale. Des centaines de personnes passaient chaque jour sous cette pierre sans en avoir conscience. Pour elles, ce n'était qu'un bloc ordinaire dans une arche ordinaire.

C'était la même attitude que beaucoup adoptaient

à l'égard du Royaume de l'Été. Comme il n'exhibait pas ses vertus rehaussées d'or scintillant, ils ne le tenaient pas en haute estime. Ils passaient simplement sans une pensée ni un regard près de la chose même qui empêchait le toit de s'écraser sur leurs têtes stupides. Ils passaient et ils ne la reconnaissaient pas.

À son arrivée à l'église, autour de laquelle s'étaient massés les Cymbrogi, Arthur fut accueilli par l'évêque Uflwys et l'archevêque Urbanus. Tous deux étaient sincèrement contents de voir Arthur. Ils avaient entendu dire par les moines qui avaient servi avec les Cymbrogi avec quel honneur Arthur s'était conduit à la guerre, et combien il avait donné d'or pour la reconstruction des églises dévastées. Ils étaient heureux de le saluer et de le bénir comme il se devait.

Comme Aurelius avant lui, Arthur avait fui le palais du gouverneur pour l'église. Il y logerait jusqu'à son couronnement.

Le Grand Emrys prenait déjà les dispositions nécessaires. Il avait envoyé des messagers en Dyfed pour faire venir le bon évêque Teilo, le saint Dubricius et son jeune assistant Illtyd. Ce n'était pas pour faire affront à Urbanus. C'était simplement que, dans son ambition dévorante, l'archevêque s'était compromis en courant après le pouvoir terrestre et ne pouvait plus servir Dieu d'un cœur entier.

Myrddin Emrys écarta sagement Urbanus, disant : « Comme Arthur est un homme de l'ouest et du nord, et qu'il y retournera pour régner, ce n'est que justice que ceux qui doivent servir avec lui l'investissent de sa charge. »

Urbanus pouvait se sentir insulté par ces paroles, mais il ne pouvait les contredire. De plus, il éprouvait un certain soulagement à ne pas devoir investir Arthur. Qui savait ce qui pouvait advenir ? Si Arthur se révélait indigne, mieux valait ne rien avoir à faire avec lui. Le soulagement lutta avec l'orgueil blessé... et l'emporta. « Oui, je suis d'accord avec toi, Myrddin Emrys, dit poliment l'archevêque. Je laisse cela entre tes mains, et entre celles de Dieu. »

Je ne mens pas en vous disant que c'était la meilleure chose qu'eût pu faire Urbanus.

Pendant que se réglaient ces affaires, seigneurs, nobles et chefs commençaient à arriver en ville. Certains avaient chevauché aux côtés d'Arthur à la bataille et le tenaient pour roi, d'autres l'avaient soutenu par leur tribut et étaient prêts à le reconnaître, d'autres encore ne savaient rien de lui et la convocation les avait pris au dépourvu. Ils étaient néanmoins tous venus. Car un nouveau Grand Roi allait être couronné et, quoi qu'ils pussent penser d'Arthur, c'était une chose à ne pas manquer.

Ils venaient de Lloegres, de Berneich, de Rheged, de Gwynedd, de Dyfed, de Môn, de Derei, de Dal Riata. Ils étaient tous venus, oui, et de la Côte des Saecsens arriva Aelle, désormais Bretwalda de la race saecsenne, avec ses serviteurs et ses cousins : Cynric, Cissa et Cymen.

Il en était aussi venu d'autres : Ban et Bors de Benowyc, par-delà les mers, Samson, archevêque d'Eboracum, et son abbé, Caradoc de Carfan, accompagnés de bon nombre de moines et de prêtres, Meurig de Dyfed, seigneur des Silures, Ulfias, seigneur des Dobuni, Brastias, seigneur des Belgæ, Idris, seigneur des Brigantes, Cunomor de Celyddon, Fergus, roi d'Ierne, et bien d'autres... chacun avec une nombreuse suite.

Les présents se déversaient sans fin. Les seigneurs rivalisaient de générosité. L'or et l'argent scintillaient sous forme de bracelets, torques, broches, coupes et ornements de toutes sortes. Il y avait des pierreries de toutes couleurs et des perles de grande valeur, des fibules émaillées finement ciselées et des coffrets de bois odorant gravés des silhouettes entrelacées d'animaux fantastiques, des lances flambant neuves par vingtaines, des arcs et des carquois, des chiens dressés pour la chasse, des boucliers de cuir ouvragé à bosse de cuivre, des tonneaux d'hydromel doré et des barriques de bière, des offrandes de grain et de cuir, de beurre, de sel, de miel, ainsi que du bœuf, du porc, de l'agneau et du gibier à plumes. Bref, plus qu'il n'en peut être dit et cru.

Le Sage Emrys avait veillé à ce que le second couronnement d'Arthur soit en tout point semblable à celui de son père Aurelius. Il avait même instruit les hommes d'Église des paroles qu'ils devaient prononcer. La cérémonie eut lieu dans l'église, en présence des seigneurs, des Cymbrogi et d'autant des dignitaires autoproclamés de Caer Lundein qu'il put s'en glisser par les portes.

Ce qu'ils virent est bien connu. Cela a été répété d'un bout à l'autre de ce royaume... et même à Rome et à Jérusalem !

À l'aube, par une radieuse matinée d'été, Arthur entra dans l'église, accompagné de Bedwyr sur sa gauche et de Cai sur sa droite, Myrddin marchant à pas lents devant lui. Bien que le Glorieux Emrys fût aveugle, il avait appris à utiliser son bâton de sorbier de telle manière que celui-ci le servait mieux que la vue. Derrière Arthur venait Illtyd, portant un diadème d'or.

Tous les cinq remontèrent l'allée centrale de l'église, traversant la congrégation frappée de stupeur par la singulière apparence d'Arthur : grand, droit, royal dans tous ses traits, vêtu, sous son manteau rouge, d'une tunique d'un blanc de perle sur un pantalon vert, une ceinture faite de plaques de vermeil autour de la taille et un torque d'or au cou. Le regard calme de ses yeux bleus était fixé sur l'autel et empli de joie révérencieuse.

À l'entrée d'Arthur, les saints frères de l'ordre d'Urbanus entonnèrent le gloria. « Gloria ! Gloria ! Gloria in excelcis Deo ! »

Gloire ! Gloire ! Gloire à Dieu au plus haut des cieux !

Devant l'autel, Dubricius et Teilo attendaient, des chandelles à la main. L'église entière étincelait à la lueur des chandelles, telles des langues de feu apostolique embrasées d'une sainte flamme par l'esprit de tous ceux qui y étaient réunis.

La foule s'inclinait au passage d'Arthur, tombant à genoux sur la mosaïque du sol. Arrivé à l'autel, Arthur s'agenouilla et les prêtres posèrent la main droite sur ses épaules et prièrent en silence pour lui.

Puis Myrddin leva les mains en un geste d'invocation et sa voix — la voix d'un vrai barde — s'éleva pour emplir l'église d'un écho riche et sonore.

« Dieu Omnipotent, Roi Suprême des Cieux, Seigneur des Royaumes Célestes, Créateur, Rédempteur, Ami de l'Homme, nous t'adorons et t'honorons ! »

Puis, se tournant vers les quatre coins de l'église, il récita la prière prononcée pour la première fois par le Bienheureux Dafyd lors du couronnement d'Aurelius, Grand Roi de Bretagne et père d'Arthur. D'une voix forte, il dit :

« Lumière du soleil,
Rayonnement de la lune,
Splendeur du feu.
Vitesse de l'éclair,
Célérité du vent,
Profondeur de la mer,
Stabilité de la terre,
Fermeté du roc,
Soyez témoins :

Nous prions en ce jour pour Arthur, notre roi :
Puisse la force de Dieu l'affermir,
La puissance de Dieu le soutenir,
L'œil de Dieu se poser sur lui,
L'oreille de Dieu l'écouter,
La parole de Dieu parler pour lui,
La main de Dieu le garder,
Le bouclier de Dieu le protéger,
L'armée de Dieu le sauver
Des pièges du démon,
Des tentations du vice,
De quiconque lui voudra du mal.

Nous invoquons toutes ces puissances entre lui et
[ces maux :
Contre les puissances cruelles qui voudraient se
[dresser contre lui,
Contre les incantations des faux druides,

Contre la magie noire des barbares,
Contre les ruses des idolâtres,
Contre les enchantements grands ou petits,
Contre toute chose mauvaise qui corrompt le corps
[et l'âme.

Jesu avec lui, devant lui, derrière lui,
Jesu en lui, sous lui, au-dessus de lui,
Jesu à sa droite, Jesu à sa gauche,
Jesu quand il dort, Jesu quand il veille,
Jesu dans le cœur de quiconque pense à lui,
Jesu dans la bouche de quiconque parle de lui,
Jesu dans l'œil de quiconque le regarde.

Nous le soutenons aujourd'hui, par une force
[puissante,
L'invocation des Trois qui sont Un,
Par la croyance en Dieu,
Par la confession de l'Esprit Saint,
Par la foi dans le Christ,
Créateur de toute Création.

Ainsi soit-il. »

Puis, se tournant de nouveau vers Arthur, il dit : « Incline-toi devant le Seigneur de Tous et prête serment de fidélité au Grand Roi que tu serviras. »

Arthur se prosterna face contre terre devant l'autel, les bras écartés à la façon d'un chef de guerre vaincu devant son conquérant. Teilo et Dubricius vinrent se placer de chaque côté, Illtyd à sa tête.

Dubricius, sur la droite d'Arthur, demanda : « Avec cette main, tu porteras l'Épée de Bretagne. Quel est ton vœu ? »

Sans relever le visage, Arthur répondit : « Avec cette main je porterai l'Épée de Bretagne en toute justice et équité. Par le pouvoir de Dieu et selon sa volonté, je m'en servirai pour vaincre l'injustice et châtier ceux qui commettent le mal. Je garderai cette main dans l'obéissance à mon Seigneur Dieu et m'en servirai pour accomplir son œuvre en ce monde. »

Teilo, sur la gauche d'Arthur, dit : « Avec cette main tu porteras le Bouclier de Bretagne. Quel est ton vœu ?

— Avec cette main je porterai fermement le Bouclier de Bretagne dans l'espoir et la compassion. Par le pouvoir de Dieu et selon sa volonté, je protégerai le peuple qui place sa foi en moi et tient Jesu pour son seigneur. Je garderai cette main dans l'obéissance à mon Seigneur Dieu et m'en servirai pour accomplir son œuvre en ce monde. »

Illtyd, debout à la tête d'Arthur, dit : « Sur ton front tu porteras la Couronne de Bretagne. Quel est ton vœu ?

— Sur mon front je porterai la Couronne de Bretagne en tout honneur et humilité. Par le pouvoir de Dieu et selon sa volonté, je mènerai le royaume à travers tout ce qui pourra m'advenir, avec courage, avec dignité, dans la foi du Christ qui me guidera. »

À quoi les prêtres répondirent : « Relève-toi dans la foi, Arthur ap Aurelius, tiens le Christ pour ton Seigneur et Sauveur, et honore-le au-dessus de tous les seigneurs terrestres. »

Arthur se releva et Illtyd posa le mince diadème d'or sur sa tête. Dubricius se tourna vers l'autel et prit Caliburnus — c'est-à-dire Caledvwlch, ou Taillefer, la grande épée de guerre d'Arthur — qu'il lui plaça dans la main droite. Teilo prit Prydwen, le grand bouclier circulaire d'Arthur, qui avait été repeint de blanc et orné de la croix de Jesu.

Myrddin présenta à Arthur une croix de bois. « Arthur ap Aurelius ap Constantin, qui régnera sur nous en Grand Roi, reconnais-tu le Seigneur Jesu pour ton Grand Roi et lui jures-tu fidélité ?

— Oui, répondit Arthur. Je ne jure fidélité à aucun autre seigneur.

— Fais-tu serment de le servir en toutes choses, ainsi que tu seras servi, jusqu'à ton tout dernier souffle ?

— Je fais serment de le servir en toutes choses, ainsi que je serai servi, jusqu'à mon tout dernier souffle. »

Myrddin hocha solennellement la tête et poursuivit : « Adoreras-tu le Christ en toute liberté, l'honoreras-tu avec joie, le révéreras-tu en toute noblesse, lui témoigneras-tu la foi la plus sincère et l'amour le plus profond tous les jours que tu vivras en ce monde ?

— J'adorerai mon seigneur le Christ en toute liberté, je l'honorerai avec joie, je le révérerai en toute noblesse et je lui témoignerai la foi la plus sincère et l'amour le plus profond tous les jours que je vivrai en ce monde, déclara Arthur.

— Promets-tu de faire observer la justice, d'accorder le pardon, de chercher la vérité en toutes choses et de traiter ton peuple avec amour et compassion ?

— Je promets de faire observer la justice, d'accorder le pardon, de chercher la vérité en toutes choses et de traiter mon peuple avec amour et compassion, ainsi que je suis traité par Dieu. »

Après avoir reçu les vœux d'Arthur, Myrddin s'approcha et lui ôta son manteau. Teilo et Dubricius apportèrent un splendide manteau de pourpre impériale à liseré d'or. Ils l'attachèrent sur l'épaule d'Arthur à l'aide d'une grande broche d'argent à tête de cerf. Myrddin leva les mains et dit : « Va, Arthur, avec droiture, règne dans la justice et vis dans l'honneur, sois pour ton peuple une lumière éclatante et un guide assuré dans tout ce qui pourra advenir en ce monde. »

Arthur se retourna, portant l'épée et le bouclier, son nouveau manteau pourpre drapé sur ses épaules et balayant le sol.

« Peuple de Bretagne, voici ton Grand Roi ! Je t'enjoins de l'aimer, de l'honorer, de le servir, de le suivre et de lui vouer ta vie, tout comme il a voué sa vie au Grand Roi des Cieux. »

L'assistance se leva et ouvrit la bouche pour l'acclamer. Mais avant que quiconque eût pu élever la voix, les lourdes portes de l'église s'ouvrirent brusquement et douze farouches guerriers armés de lances firent irruption. Cai et Bedwyr s'élancèrent, l'épée à la main, et ils se seraient jetés sur les étrangers, mais Dubricius leva une main pour les retenir, disant : « Paix, mes seigneurs. Il n'y aura pas de sang versé par cette sainte journée. Déposez vos armes, nous allons voir ce qu'ils cherchent en entrant de cette façon. »

Les guerriers étrangers s'avancèrent sans crainte jusqu'à l'endroit où se tenait Arthur. Sans un mot, ils se rangèrent autour de l'autel, lances haut levées. Puis un spectacle fort inhabituel s'offrit à nos yeux : seize belles jeunes filles à la noire chevelure, tout de blanc vêtues, tenant chacune une blanche colombe dans les mains, s'avancèrent nu-pieds vers l'autel.

Arrivées à la hauteur d'Arthur, les jeunes filles firent halte et se tournèrent face à face. Elles n'avaient pas plus tôt fait cela qu'approchèrent trois grands chefs de guerre entièrement vêtus de vert et de noir. Chacun brandissait à bout de bras une épée dénudée, et chacun marchait à reculons.

Sans tourner la tête ni à droite ni à gauche, ces hommes prirent place auprès des jeunes filles aux colombes. Sur quoi les douze guerriers firent sonner leurs lances contre le sol de pierre. Soudain apparut une autre jeune fille, plus belle et plus gracieuse que toutes les autres, tenant dans une main une lance bien affilée et dans l'autre une colombe.

Cette surprenante jeune fille portait une tunique couleur d'émeraude bordée de pourpre et un long manteau d'un jaune éclatant comme le soleil. Sa longue chevelure aile de corbeau était détachée, parsemée de fleurs des champs blanches et dorées, ses joues délicates couleur d'œillet sur la lande, son noble front au port altier était haut, lisse et blanc, et ses yeux luisaient d'un éclat joyeux. Ses pieds étaient nus, mais elle n'en marchait pas moins d'un pas décidé, quoique avec grande élégance et dignité, vers l'autel.

Tous tournaient les yeux vers cette étrange demoiselle, murmurant entre eux : « Qui est-elle ? De qui peut-il s'agir ? Pourquoi porte-t-elle une lance ? Que désire-t-elle ? »

Mais Arthur savait qui elle était, et même si son

apparition l'avait surpris, il savait également pourquoi elle était venue.

« Qu'y a-t-il ? demanda Myrddin à Bedwyr dans un chuchotement rauque. Que se passe-t-il ? Dis-le-moi !

— C'est Gwenhwyvar, répondit Bedwyr d'un ton hésitant. Elle est venue honorer Arthur, je pense.

— L'honorer ! ricana Myrddin. Elle est venue le revendiquer pour sien ! »

Gwenhwyvar fit halte devant Arthur et s'inclina, déposant la lance à ses pieds. Elle se redressa et plaça la blanche colombe dans les mains d'Arthur. Elle tendit alors hardiment le bras et lui prit l'Épée de Bretagne, qu'elle attrapa par la lame, enroulant ses longs doigts autour de l'acier étincelant. Puis, portant Caliburnus à ses lèvres, elle en baisa la garde avant de nicher la lame dénudée contre sa poitrine.

Ce fut si vite fait que nul ne comprit ce qui s'était passé... excepté Myrddin, qui savait bien ce que signifiaient les colombes et les épées. Et Arthur, qui savait au fond de son cœur avoir trouvé la seule femme au monde qui fût son égale en courage, et plus que nulle autre digne de son amour.

Ainsi Arthur fut sacré Grand Roi de toute la Bretagne. Et ainsi, également, il prit épouse.

II

Gwenhwyvar avait apporté avec elle un présent de mariage : une rotonde sur entablement — une construction d'un type jusqu'alors inconnu en Bretagne. Plus exactement, elle avait apporté les plans d'un tel édifice : cinq antiques rouleaux de vélin soigneusement enveloppés de tissu. Ces plans appartenaient au trésor des rois d'Ierne depuis d'innombrables générations. Pour autant que l'on sache, il n'existe qu'une seule autre rotonde de la sorte dans le monde entier, et c'est dans la Cité de Constantin, en Orient.

Un étrange présent, assurément, pour un mariage. Mais fort approprié pour une reine guerrière telle que Gwenhwyvar. L'idée lui en était venue au cours de son séjour chez les Fées, à Ynys Avallach, où elle avait fait la connaissance de Charis, mère de Myrddin et fille d'Avallach, le Roi Pêcheur.

Myrddin se vit confier la tâche de superviser la construction de la rotonde. Le Grand Emrys était le seul homme du royaume disposant des connaissances et de la subtilité nécessaires pour édifier ce monument. Ce travail devint la pierre angulaire du règne d'Arthur, et à juste titre.

Des travaux commencèrent aussi à Caer Melyn, la capitale d'Arthur dans le Sud, et à Caer Lial, lieu qu'il avait choisi pour résidence dans le Nord. Le Grand Roi avait décidé qu'il tiendrait deux cours, afin que la Bretagne demeure unie. Caer Lial, l'ancienne Caer Ligualid, Cité des Légions du Nord, était un choix avisé. Elle se trouvait sur le Mur, mais néanmoins proche d'une baie abritée qui pouvait servir à la flotte. Sept routes y convergeaient, permettant de rejoindre rapidement n'importe quelle région de l'Île des Forts.

Caer Lial, longtemps abandonnée, gisait en ruine : rues silencieuses, demeures éventrées, cours de garnison envahies par les mauvaises herbes, vaste forum déserté. Les habitants de la région avaient abattu des sections de ses murailles pour se procurer des pierres de construction, mais pour l'essentiel la fière cité de jadis avait été abandonnée à sa lente désagrégation.

Ce fut à Caer Lial que je vins avec mon père, Caw, seigneur de Trath Gwryd, qui tenait son royaume du Grand Roi. Il m'avait amené pour servir avec les Cymbrogi, ainsi qu'il y était tenu.

Élevé pour être barde depuis que je savais parler — bien que je fusse aussi instruit en latin — je sentais mon cœur battre à tout rompre à l'idée de pouvoir m'asseoir aux pieds du Glorieux Emrys, Chef Barde de Bretagne. Je n'oublierai jamais le jour de mon arrivée dans la cité du Pendragon.

Mon père et moi étions venus de Trath Gwryd avec deux de mes frères aînés, qui devaient aussi rejoindre les Cymbrogi. Caw avait neuf fils et tous, sauf un, servaient fidèlement le Pendragon. Avec mes treize ans, j'étais le plus jeune.

Caer Melyn était une citadelle de bois, mais Caer Lial était une cité de pierre. Un chef-d'œuvre de l'art du maçon, le joyau du Nord. Partout où je tournais les yeux resplendissait la gloire d'Arthur. Même les rues étincelaient !

Sitôt passé les portes, nous mîmes pied à terre par respect et menâmes nos chevaux à travers la ville jusqu'au palais du Grand Roi — l'ancienne résidence régionale d'un Légat impérial, à présent restaurée. Nous y fûmes reçus par Cai, le sénéchal du roi Arthur, qui nous informa que le Pendragon était absent, mais que son retour était attendu d'un instant à l'autre.

« Je te salue au nom du Pendragon, dit-il, et j'accepte le tribut de tes fils, seigneur Caw. » Il étreignit mes deux frères par les épaules, mais il m'ignora totalement. « Nous sommes toujours heureux de voir de courageux combattants venir se joindre aux Cymbrogi. »

Caius ap Ectorius de la puissante Caer Edyn était plusieurs fois un champion. Avec sa chevelure rousse comme les flammes et ses yeux verts au regard vif, c'était un homme colossal à l'expression ouverte et généreuse. Mais je devinais qu'il devait être un adversaire redoutable au combat. Un homme à faire maudire à ses ennemis le jour de leur naissance. Je me sentais faible et indigne, debout près de lui. Et cela bien que j'eusse été élevé dans la demeure d'un seigneur avec pour frères des guerriers !

Cai appela ses intendants et, après avoir dit adieu à mon père, mes frères furent conduits dans l'enceinte des guerriers, de l'autre côté de l'immense terrain d'exercice, derrière le palais. Cai et mon père bavardèrent quelques instants, et leur conversation finit par porter sur moi.

« Et le Grand Emrys ? demanda mon père. Aneirin

ici présent est lui aussi promis au service d'Arthur, mais comme il est mabinog et deviendra bientôt barde, nous avons pensé que le Chef Druide pourrait lui trouver un emploi. »

Avec un large sourire, Cai m'asséna sur l'épaule une claque qui m'ébranla de la tête aux pieds. « Un *filidh* pour Myrddin, hein ? Splendide ! Je ne cesse de lui dire qu'il a besoin d'aide. Il y a tout simplement trop à faire et, malheureusement, Rhys n'a pas encore maîtrisé l'art de se trouver en trois endroits à la fois. Il sera bon de t'avoir avec nous. »

Je le remerciai et rassemblai tout mon courage. « Si tu me dis où il est, j'irai le trouver et me recommanderai de ta bénédiction. »

Cai rit de ma présomption. « Oh, tu le verras, mon garçon. Mais l'Emrys n'est pas ici. Il est au travail à la rotonde. Il a repris la construction au printemps, dès que la neige a dégagé les vallées, et jure qu'il ne reviendra pas tant qu'elle ne sera pas terminée.

— Si tu me dis où le trouver, j'irai me mettre à son service. »

Le sourire de Cai se fit mystérieux. « Oui, c'est bien le problème, n'est-ce pas... où se trouve la Table Ronde ? »

L'emplacement du temple d'Arthur était tenu secret. Lieu sacré, il devait demeurer caché aux yeux des hommes. Comme il était, entre autres, destiné à servir de caveau funéraire pour les grands guerriers, le roi ne voulait pas que son sol soit profané par des voyageurs curieux ou des païens jaloux. Il ne souhaitait pas qu'il devienne un lieu de pèlerinage car, bien que site sacré, ce devait être d'abord et avant tout un temple dédié aux preux qui avaient donné leur vie pour la Bretagne et ainsi gagné un repos bien mérité. Étant donné qu'il avait aussi projeté de s'y faire inhumer le moment venu, le Pendragon désirait que la paix n'en soit pas troublée.

« Il ne serait pas bienséant d'y laisser venir n'importe qui, poursuivit Cai en me considérant d'un air soupçonneux. Mais si tu dois être l'aide de Myrddin...

— Seigneur Cai, l'interrompis-je, ne serait-il pas préférable de désigner le Glorieux Emrys par son titre légitime ? » Mon impertinence était sans bornes !

« Tu me trouves insolent, *moi.* » Cai croisa les bras sur sa vaste poitrine. « Eh bien, je vais te dire une chose, mon garçon. Si j'ai la hardiesse de prononcer son nom, c'est que j'en ai gagné le droit. Prions que, lorsque que tu auras atteint ma taille et mes années, tu puisses en faire autant vis-à-vis de moi ! »

Mes oreilles étaient en feu, comme il se devait. Mon père m'adressa un regard lourd de reproche. « Pardonne-moi, seigneur sénéchal », répondis-je humblement, les joues cramoisies d'embarras.

Cai se radoucit aussitôt. « Néanmoins, si tu dois aider Myrddin, il vaut sans doute mieux pour toi te trouver où il se trouve. Puisqu'il n'est pas ici, tu dois aller là-bas. Cela peut s'arranger. »

Mon père et moi le remerciâmes de tout cœur, après quoi Cai dit : « Au nom d'Arthur, je vous offre l'hospitalité du palais du Grand Roi. Vous souperez ce soir avec nous. Il sera bien assez tôt demain pour vous mettre en chemin. »

Je ne me rappelle presque rien de cette première soirée dans la grande salle d'Arthur... sinon d'avoir bu trop de vin avant le souper et d'être tombé endormi le visage dans mon bol. Je me réveillai le lendemain matin dans une partie inconnue du palais, près des cuisines, et retrouvai mon chemin vers la grande salle. Celle-ci était vide, mais j'entendis des voix venant du dehors et sortis sous un portique pour trouver mon père et Cai qui se faisaient leurs adieux.

Des élancements dans la tête, je souhaitai moi aussi adieu à mon père et présentai à Cai mes excuses pour ma conduite embarrassante de la veille... quoi que j'eusse pu faire. « Tu dois me trouver rustre et sans éducation, dis-je, et je ne t'en blâme pas. Mais je t'assure que j'ai l'intention de me montrer digne de l'honneur de mon service, seigneur sénéchal. »

Le grand chef de guerre posa les mains sur mes épaules et me regarda dans les yeux. « Alors sois digne, mon garçon. Personne ne se dresse entre toi et ton honneur. Prends-le, saisis-le ! Il est tien si tu le veux. »

Je déjeunai de pain et d'eau — je n'aurais rien pu avaler d'autre — et fus confié aux soins d'un des intendants du sénéchal. Mon cheval attendait sellé dans la cour et nous quittâmes aussitôt la ville pour suivre vers le nord la vieille voie romaine qui s'enfonçait dans les contrées désertes du Rheged. Tout en chevauchant, j'appris que le nom de mon compagnon était Tegyr. Il avait autrefois été guerrier, mais il avait perdu la main droite à la bataille du mont Baedun. Il était maintenant intendant en chef de Cai, et il en était fier, comme il le dit : « J'aurais de toute façon donné ma main droite pour servir le Pendragon. Ce n'est qu'une petite perte à supporter. »

Je l'aimai aussitôt et l'interrogeai au sujet de Caer Lial et du Pendragon. Il me répondit sans détours et me parla de l'organisation de la maison du Pendragon et de tout ce que je devais savoir pour en faire partie.

Il m'apprit aussi une chose ou deux sur le Grand Emrys, bien que j'eusse entendu parler de lui depuis ma plus tendre enfance. Plus il parlait, plus mon cœur battait vite à l'idée que j'allais bientôt rencontrer ce haut personnage en chair et en os. Cette pensée me confondait presque. Moi, Aneirin, au service du Chef Barde de l'Île des Forts !

À midi, nous quittâmes la vieille route pour nous enfoncer vers l'ouest dans les collines. Mais, un peu plus tard, nous obliquâmes dans le val de Nith pour suivre la rivière vers le sud, en direction d'une péninsule sablonneuse. Là, sur les fondations d'une ancienne forteresse, se dressait la rotonde d'Arthur. En approchant, je pus voir son élégante silhouette se découper sur le ciel. La colline sur laquelle elle était édifiée surplombait la mer, et je me demandai tout d'abord s'il était bien judicieux de construire ce monument secret au sommet d'un promontoire où n'importe quel navire pouvait le voir. Mais, arrivé sur place, je m'aperçus que, si la colline dominait les étendues marines, la rotonde elle-même demeurait sous la crête du mont, bien hors de vue d'un observateur de passage.

Nous descendîmes de selle au pied de la colline où quelques tentes avaient été montées pour les ouvriers qui travaillaient au temple. Elles étaient vides pour le moment et il n'y avait personne à proximité. Pendant que Tegyr attachait les chevaux, je montai vers l'édifice pour le voir de plus près.

La rotonde sembla étrange à mes yeux. Assurément, je n'avais jamais vu une bâtisse de ce genre : entièrement ronde, construite sur une superposition d'entablements de pierre circulaires de tailles décroissantes, elle était plus étroite à la base pour s'évaser gracieusement avant de se rétrécir à mesure qu'elle montait vers le ciel. À première vue, elle ressemblait à une immense ruche du genre de celles que l'on voit souvent, faites de corde tressée... mais beaucoup plus gracieuse et imposante. De fait, la taille et la beauté de la rotonde, conjuguées à son emplacement en bord de mer, communiquaient une sensation de paix. L'œil se délectait de la courbe élancée de son dôme, la mer caressait l'oreille, et l'âme s'abreuvait de la tranquillité de ce saint lieu.

Je levai les yeux vers l'édifice sacré et sentis mon esprit aspirer à ne faire qu'un avec tout ce que symbolisait le temple : la paix, la beauté, l'honneur, la vaillance, le courage... C'était le Royaume de l'Été sublimé dans la pierre.

Et quelle pierre ! Les gris, les bleus et les blancs subtils étaient disposés pour donner au tout lumière, forme et couleur, de si ingénieuse façon que je ne m'étonnais pas que les passants ne la vissent pas. Les nuances du ciel, de la mer et des nuages étaient ses couleurs, et sous un certain éclairage ou à certains moments de la journée elle disparaissait complètement.

Si mon premier aperçu du temple éveilla en moi le

désir de m'approcher pour prier, ma première vision du Sage Emrys provoqua l'effet contraire. Il sortit à grandes enjambées de la rotonde, un marteau de carrier dans sa main dressée. « Halte ! » s'écria-t-il d'une voix qui aurait intimidé un taureau furieux. Je m'arrêtai et il se rua sur moi.

Il était grand, bien plus que je ne m'y attendais, et beaucoup plus jeune. Il était réputé être du Peuple des Fées, et pourtant j'avais imaginé un très vieil homme. Il avait connu Vortigern, il avait connu saint Dafyd, il avait rencontré Macsen Wledig ! Il était inimaginablement âgé !

Pourtant l'homme qui fondait sur moi ne paraissait pas plus vieux que mon père. Sa chevelure était sombre et abondante, avec à peine un reflet argenté ici ou là. Bien que son front fût plissé, son visage était encore lisse et il n'avait pas de rides autour des yeux. Ses yeux ! Ils étaient limpides et profonds, couleur d'or éclatant. Je pensai aussitôt à un faucon qui plane dans le ciel ou à un loup en chasse.

« Je croyais que tu étais aveugle ! » J'avais bafouillé la première chose qui m'était passée par la tête.

« Je l'étais, mais je ne le suis plus, répondit-il. Qui es-tu et que fais-tu ici ? »

Tegyr, qui était en train de s'occuper des chevaux, accourut à mon aide. L'Emrys se tourna vers lui. « Tegyr, c'est toi. Pourquoi viens-tu ici comme cela ?

— Pardonne-moi, Emrys. J'aurais dû avertir de notre arrivée. » Il regarda le temple qui s'élevait devant nous. « Le travail avance bien, Emrys. Il est magnifique. »

L'Emrys se tourna pour regarder par-dessus son épaule. « Il est presque terminé... enfin, dit-il. Il ne reste que quelques petits détails. » Puis il se tourna de nouveau vers moi. « Mais toi, mon garçon... tu ne m'as pas répondu, dit-il d'un ton brusque.

— Seigneur ?

— Ton nom... si tu en as un. Comment t'appelles-tu ? » Il plongea dans mes yeux un regard si farouche que j'en sentis la brûlure sur mon âme et oubliai totalement qui j'étais.

« An... Aneirin », balbutiai-je. Mon propre nom avait une consonance étrange à mes oreilles. « Je suis Aneirin ap Caw, Emrys. »

Le Grand Emrys hocha la tête. « Tu portes un beau nom, mon garçon. Un très beau nom. » À Tegyr, il demanda : « Que fait-il ici ?

— C'est Cai qui l'envoie, Emrys. Il est là pour t'aider. Si tu ne désires pas qu'il reste, je vais le ramener. »

L'Emrys m'examina attentivement. Je me voyais déjà en selle, sur le chemin du retour vers Caer Lial. Mon cœur sombra dans ma poitrine. Au comble du désespoir, je me sentais rejeté.

Mais l'Emrys avait besoin de l'aide de deux mains empressées. Je ne chercherai pas à prétendre qu'il s'agissait d'autre chose que cela. Mais c'était suffisant pour moi. « Puisqu'il est ici, qu'il reste, dit l'Emrys, et je fus sauvé.

— Emrys, dit Tegyr, je dois retourner à Caer Lial. Y a-t-il quelque chose dont tu aies besoin ? Je te le ferai apporter.

— Juste ceci : fais-moi savoir quand Gwenhwyvar sera de retour. J'aurai alors un message pour elle.

— Ce sera fait, seigneur Emrys. » Tegyr tourna les talons et repartit en hâte. Je vis qu'il emmenait mon cheval avec lui.

Je me retournai pour voir l'Emrys qui remontait déjà la colline à grands pas. Je courus derrière lui. « Que veux-tu que je fasse, seigneur ? »

Sans s'arrêter ni tourner la tête, il répondit : « Sais-tu fabriquer un balai ? »

Je n'en avais jamais confectionné, mais j'avais assez souvent vu faire les femmes de Trath Gwryd. « Je crois, répondis-je.

— Alors, fais-en un ! » dit l'Emrys, et il poursuivit son chemin. Je passai le restant de la journée à ramasser les rameaux et brindilles dont j'aurais besoin, puis je me mis à l'œuvre pour essayer de confectionner la chose. Je n'eus pas la présomption d'entrer dans la rotonde, ni même de m'en approcher. Je me concentrai sur ma tâche et me tins coi.

Au crépuscule, l'Emrys sortit et m'appela. « As-tu faim, Aneirin ap Caw ? » me demanda-t-il lorsque je fus arrivé au sommet de la colline. Il montra quelque chose à ses pieds et je vis un paquet posé sur les marches du temple. L'Emrys s'assit et écarta les chiffons faits d'herbe séchée et tissée. À l'intérieur, il y avait du fromage, du gros pain noir et un petit rôti de mouton froid. « Ceci m'est apporté par les gens des environs.

— Il y a des gens, par ici ? » Il était permis de se le demander. Je n'avais vu aucune trace de village ou d'habitation depuis que j'avais quitté la cité royale. Et, à l'exception des tentes des ouvriers, je ne voyais aucun endroit où pussent demeurer des hommes.

« Le Peuple des Collines, répondit-il en effleurant du bout du doigt la marque de *fhain* à demi effacée tatouée sur sa joue. J'ai été l'un d'entre eux, autrefois. »

L'Emrys de Bretagne rompit le pain entre ses mains et m'en tendit la moitié. « Allons, prends-le, mange. Tu ne trouveras rien de meilleur. »

De la nourriture du Peuple des Collines ! J'avais entendu tout ce qui se disait sur les *bhean sidhe,* bien entendu... qui n'en aurait entendu parler, élevé dans les collines du nord ? Mais je n'avais jamais vu une de ces mystérieuses créatures, et n'avais jamais rencontré quelqu'un qui en eût aperçu. Il aurait aussi bien pu s'agir d'êtres de l'Autre Monde, pour ce que je savais d'eux. Bien des hommes raisonnables doutaient même de leur existence.

Je regardai le pain noir et dense dans ma main. C'était du pain, bien sûr, mais il sentait le fenouil et d'autres herbes que je n'aurais su nommer. « Mange, mon garçon, me dit l'Emrys. Tu ne peux pas travailler si tu ne manges pas... et je compte bien te faire travailler. »

Portant un morceau de pain à ma bouche, je mordis une bouchée et mâchai. L'Emrys avait dit vrai : il était bon, je n'en avais jamais goûté de meilleur et je le lui dis.

L'Emrys était assis sur les marches mais, comme il

ne m'avait pas invité à le faire, je restai debout pour manger. Je me tournai pour regarder à l'ouest, vers la mer, et au sud, vers les collines vert pâle de l'autre côté de la baie. La brise marine était fraîche. Le chant des alouettes me parvint des cieux azurés et je penchai la tête en arrière, m'abritant les yeux d'une main, pour scruter les airs. Je pouvais tout juste les apercevoir, tant elles volaient haut.

« Le Fort des Alouettes, dit l'Emrys. C'est ainsi que s'appelle cet endroit. Longtemps elles en ont été les seuls occupants. Maintenant il appartient à Arthur. »

C'était sa voix qui me fascinait. Infiniment expressive, il en faisait ce qu'il voulait. Quand elle cinglait, elle aurait laissé des balafres dans la pierre. Quand elle se faisait caressante, elle aurait, de honte, imposé silence aux rossignols. Et quand elle ordonnait, montagnes et vallées auraient échangé leur places.

Notre repas terminé, il m'emmena à l'intérieur de la rotonde, qui était encore plus remarquable que l'extérieur. Car, au lieu de l'aspect de caverne froide et sombre auquel je m'attendais, elle était lumineuse et aérée. Le plafond voûté demeurait ouvert sur le ciel, laissant la lumière se déverser abondamment le long de ses parois de pierre blanche.

Le Grand Emrys écarta les bras pour montrer la parfaite rotondité du temple. « Ceci, dit-il en tournant sur lui-même, ceci est l'Omphalos de Bretagne. »

Comme je demeurais silencieux, il demanda : « As-tu déjà entendu ce mot ?

— Non, seigneur Emrys, jamais.

— C'est le centre sacré. Toute chose a un centre — pour le Royaume de l'Été, le centre se trouve ici. »

Je réfléchis à cela un long moment. « Je pensais... commençai-je... c'est-à-dire que, j'avais entendu dire que c'était Ynys Avallach qui détenait ce privilège.

— L'Île de Verre ? Non. » Il secoua la tête. « Je sais ce que l'on dit du Tor, mais il appartient à un autre... »

Un autre *quoi,* il ne le dit pas. « De plus, poursuivit-il vivement, le Roi Pêcheur ne s'y trouve plus. Il y a trop de gens aux alentours... le Sud est devenu trop peuplé. J'ai convaincu Avallach et ma mère de s'installer dans le Nord. »

J'avais entendu parler du Roi Pêcheur et de Charis, la Dame du Lac, réputée être la plus belle femme de Bretagne avec Gwenhwyvar. « Ils vont venir ici ?

— Pas ici, mais à proximité. Il y a une île où Arthur leur a donné des terres », me dit-il.

Je dormis cette nuit-là dans une des tentes d'ouvriers. L'Emrys dormit dans la rotonde. Au matin, je me réveillai, pris mon balai et allai le trouver. Il me salua et me fit signe d'entrer.

En hésitant, je m'approchai de l'entrée et jetai un coup d'œil dans le temple. Au centre, sous l'œil grand ouvert de la coupole, se trouvait un énorme fauteuil, un trône, taillé dans un seul bloc de pierre vive et posé sur un socle de pierre. Sur les parois de la coupole s'étageaient des rangées de pierres disposées en quinconce, constituant des centaines de petits alvéoles. Cela ressemblait à mes yeux aux ossuaires des anciens temps avec leurs reposoirs — des niches creusées dans le roc pour accueillir les têtes tranchées des ancêtres vénérés.

Tout paraissait achevé, la pierre blanche étincelait. « Que veux-tu que je fasse, seigneur Emrys ?

— Balaie », me dit-il. L'Emrys se dirigea vers un établi, ouvrit une sacoche de cuir qui y était posée et en sortit des outils : un marteau de fer, un ciseau et un poinçon pour marquer la pierre. Il prit le marteau, se tourna vers la plus proche pierre en saillie et se mit à graver des lettres sur sa surface lisse.

« Un nom, seigneur Emrys ?

— Les noms de ceux qui ont atteint la Table Ronde seront inscrits ici, expliqua-t-il. Ceux qui se sont distingués au service du Royaume de l'Été auront leurs noms gravés dans la pierre. Quand la mort les trouvera, ce sera également inscrit et leurs corps seront inhumés dans l'enceinte sacrée, afin que leur renommée ne s'efface pas en ce monde. »

Je compris enfin. La rotonde devait être un refuge

spirituel, un havre de tranquillité consacré au Prince de la Paix, un reliquaire de grande sainteté et d'honneur où les noms et les armes des grands hommes pourraient être vénérés, un mémorial des hauts faits de courage et de vaillance.

J'entrai ainsi dans ma servitude. Je balayais, portais de l'eau, ramassais du bois pour le feu, m'occupais du camp et, lorsque je n'avais pas d'autre occupation, je lavais la pierre... encore et encore, je la lavais. Quand j'avais terminé, je balayais l'intérieur de la rotonde et je la lavais à nouveau. Je frottais jusqu'à ce que la pierre étincelle.

Quotidiennement, là nourriture arrivait. Parfois, le matin, quand je me levais, je descendais au ruisseau qui coulait au pied de la colline et je la trouvais dans le tronc creux d'un saule. D'autres fois nous émergions du temple, affamés par une journée de travail, et nous trouvions le paquet enveloppé d'herbe tissée sur la plus haute marche. Jamais je ne voyais ceux qui l'apportaient, pas plus que je n'arrivais à deviner d'où ils venaient.

Jour après jour, les noms étaient gravés dans la pierre. J'en connaissais certains, la plupart non. Parfois l'Emrys me parlait de l'homme dont il inscrivait le nom. Le plus souvent, nous travaillions en silence. Mais ce n'était jamais un silence pesant. Je savais que l'Emrys était plongé dans ses pensées, tout comme moi. Le simple fait de me trouver près de lui était instructif et édifiant. Mais ce que je préférais, c'était quand il chantait.

Au bout de quelque temps, je remarquais à peine le passage des jours. Mes mains devenaient fortes et calleuses. Mon existence était une alternance régulière de travail et de repos. Je ne désirais rien de plus. Quand un jour j'entendis un appel à l'extérieur, je maudis l'importun, bien que je n'eusse pas vu un être humain en dehors de l'Emrys depuis le jour de mon arrivée.

L'Emrys posa son équerre et son poinçon. « C'est Tegyr. Allons voir quel message il nous apporte. »

Cela semblait une intrusion, mais je lâchai mon

balai, à contrecœur, et le suivis dehors. Tegyr était là, au pied de la colline, et quelqu'un d'autre avec lui : un guerrier, je pouvais le voir à sa taille. Un des capitaines d'Arthur, supposai-je. Il était brun, avec des yeux profondément enfoncés et un front haut et lisse. Il avait des cicatrices sur les mains, les bras, et sur la joue gauche.

Le chef de guerre me regarda d'un œil placide avant de reporter son attention sur le temple au sommet de la colline, pour l'instant blanc bleuté dans la lumière du soleil couchant. « Salut, Myrddin Emrys ! cria-t-il en nous voyant. Qu'est-ce que j'entends dire ? Il paraît que tu t'es enfermé dans ton invisible forteresse et que tu n'en ressortiras jamais.

— Salut, Bedwyr ! s'écria l'Emrys. Cela te ressemble bien de croire tous les vains commérages que tu peux entendre. »

Tous deux s'embrassèrent comme des frères et gravirent la colline bras dessus bras dessous. Tegyr, souriant en silence, les suivit et je lui emboîtai le pas.

« C'est superbe, s'exclama Bedwyr. Vraiment superbe. Arthur sera honoré. Et la reine fondera un chœur pour chanter perpétuellement tes louanges !

— Gwenhwyvar est-elle revenue ?

— Oui. Tegyr m'a dit que tu avais demandé qu'on te prévienne dès son retour, alors j'ai eu l'idée de venir avec lui. Je voulais voir où tu en étais depuis ma dernière visite. Y vois-tu une objection ?

— Jamais... de plus, nous avons presque fini, comme tu peux le constater. Je rentre avec vous demain à Caer Lial. »

J'écoutai leur conversation et appris que la reine s'était rendue dans le Sud pour aider les Fées dans leur migration d'Ynys Avallach vers leur nouvelle demeure. Pendant ce temps, Arthur avait tenu conseil à Caer Melyn et à Caer Lundein. Son retour n'était pas attendu avant Lugnasadh. Cela donnerait à la reine le temps de procéder à une dernière inspection du monument et de préparer la cérémonie pour son inauguration.

Bedwyr et Tegyr passèrent avec nous la nuit et

tout le lendemain en attendant que l'Emrys ait achevé son travail. Tous trois partirent le surlendemain, mais je restai à la rotonde pour balayer les derniers éclats de pierre et pour laver le sol et les niches. L'Emrys devait revenir dans deux ou trois jours avec la reine.

Dès qu'ils furent partis, je travaillai toute la journée sans trêve. C'était le soir quand je m'assis enfin pour manger et prendre un peu de repos. Bien que le soleil fût depuis longtemps couché, à cette époque de l'année le ciel n'est jamais complètement sombre. Je profitais donc de cette agréable soirée... assis seul au sommet de ma colline, monarque de tout ce que j'apercevais, regardant planer les mouettes dans l'air du soir.

Je n'avais pas fait de feu. Il faisait encore assez clair et la fraîcheur nocturne ne s'était pas encore installée sur la colline. Je mangeai mon pain et mon mouton froid, puis je me levai pour aller boire. J'avais laissé ma cruche d'eau à l'intérieur du temple, si bien que j'entrai la chercher.

L'intérieur de la rotonde était maintenant obscur, mais je n'eus pas trop de mal à trouver le récipient. Je bus mon content, puis me tournai pour ressortir. Mais, à cet instant, une silhouette se découpa dans l'encadrement de la porte voûtée... noire contre le ciel encore clair.

Je me figeai, serrant la cruche dans ma main de crainte de la laisser tomber.

L'étranger resta sur le pas de la porte, immobile, scrutant l'intérieur du temple. Je ne crois pas qu'il pouvait me voir dans l'obscurité, mais j'imaginais ses yeux écartant les ombres pour me démasquer. Non, c'était plus que de l'imagination, je pense : je sentais vraiment quelque chose... la force de sa présence, peut-être, fouillant, perçant les ténèbres, et finalement m'effleurant. Cet impalpable contact me glaça et mon cœur fit une embardée dans ma poitrine.

Bienheureux Jesu, Brillant Protecteur, sauve-moi ! priai-je... sans savoir pourquoi.

Soudain, la silhouette tourna le dos et disparut. Je n'entendis que le froissement d'un manteau, puis plus rien. J'attendis un moment — mais pas plus — puis je me glissai lentement vers l'entrée. Jetant un coup d'œil prudent à l'extérieur, je regardai à droite et à gauche avant de sortir. Je fis rapidement le tour du temple. L'étranger était parti, décidai-je, il n'y avait personne sur la colline ni à son pied.

Où était-il passé ? Je n'avais pas entendu de cheval, et il semblait impossible que quiconque pût arriver et repartir aussi vite. Peut-être avais-je simplement imaginé voir quelqu'un.

Je dormis néanmoins cette nuit-là dans la rotonde, et sans feu, de crainte d'attirer d'autres intrus avec ma lumière. Au matin, je trouvai le paquet sur les marches et me sentis brusquement idiot.

Mon intrus était simplement un de ceux du Peuple des Collines qui apportaient tous les jours à manger. Il avait déposé ce paquet et, ne voyant personne, avait jeté un coup d'œil à l'intérieur. J'avais enfin eu l'occasion de voir l'un d'entre eux et je m'étais conduit comme un enfant. J'étais heureux que nul n'eût été présent pour être témoin de ma honte.

Deux jours plus tard, le groupe de Caer Lial arriva pour inspecter le monument. Dans mon excitation, j'oubliai tout de mon mystérieux visiteur.

III

La reine Gwenhwyvar me parut à la fois plus ravissante et plus farouche que je n'aurais jamais pu l'imaginer. C'était un sombre feu qui couve revêtu d'un corps de femme aux formes exquises, une âme ardente, passionnée, attentive à tout ce qui l'entourait. À cause de toutes les histoires que j'avais entendues, je m'attendais à une haute silhouette majestueuse, telles les illustres matriarches romaines d'antan.

Elle était élégante, et gracieuse comme un cygne en vol, sans rien d'une rébarbative matriarche. Sa noire chevelure était luisante, ses yeux brillaient de joie en contemplant la merveille que le Glorieux Emrys avait édifiée sur le Fort des Alouettes.

Elle s'arrêta au pied des marches et regarda le magnifique temple, rayonnant de plaisir. Les autres, y compris l'Emrys et moi-même, attendaient un peu plus loin, guettant ses réactions. Gwenhwyvar demeura là un bon moment, suivant simplement du regard les courbes harmonieuses du monument. Puis, levant son pied botté de cuir souple, elle gravit lentement les marches et entra.

Gwenhwyvar avait longuement travaillé à son présent de mariage pour Arthur. Et supporté beaucoup de mépris et de dérision. Les ignorants disaient qu'Arthur avait épousé une fille des *bhean sidhe* et le bruit courait qu'elle avait eu recours à des druides enchanteurs pour appeler des êtres de l'Autre Monde afin qu'ils apportent d'Ierne la pierre sacrée, puis qu'elle avait, au moyen de charmes et d'incantations, dressé celle-ci et rendu le site invisible afin que nul ne tombe dessus par hasard.

Pure superstition, bien entendu. La fougueuse Gwenhwyvar n'était pas du Peuple des Collines, pas plus qu'elle n'était picte. Elle était irlandaise, et aussi fière qu'aucune fille du Peuple des Fées. Elle était également capable de commander à une armée aussi bien que les meilleurs capitaines d'Arthur.

Certaines pierres provenaient d'Ierne, il est vrai... mais elles avaient été fournies par le père de Gwenhwyvar, Fergus mac Guillomar. La magnifique pierre bleue avait été extraite des montagnes d'Ierne et expédiée à bord de navires, puis amenée sur des traîneaux tirés par des bœufs jusqu'au site qui, quoique caché, n'était pas invisible. Elle avait employé les meilleurs carriers, maçons et charpentiers pour travailler la pierre et la dresser... pas des druides enchanteurs.

En toutes choses, la reine n'avait fait que suivre la pratique de sa race : les femmes de son rang veillaient à la survie de leur *fhain,* leur clan familial, dans la vie et dans la mort, et au-delà. Gwenhwyvar, première de toutes les reines de l'Île des Forts, souhaitait offrir à Arthur un monument qui durerait à jamais.

Treize ans est une longue attente pour un présent de noces. C'est aussi une longue attente pour un héritier. Plus d'un des seigneurs d'Arthur avaient commencé à murmurer contre Gwenhwyvar parce que la reine n'avait pas donné de fils à Arthur. C'était, pensaient-ils, plus important que n'importe quel monument.

Une fois terminée son inspection du temple, elle ressortit, l'air triomphant. « Myrddin Emrys, dit la reine en prenant ses mains dans les siennes, je te suis à jamais redevable. Personne d'autre au monde n'aurait pu accomplir un travail aussi superbe. » Elle se retourna et montra le monument d'un ample geste de la main. « Il est tout ce que j'espérais.

— Merci, répondit Myrddin avec simplicité. Je suis honoré. »

Avec la reine étaient venus Bedwyr, Tegyr et quelques membres de sa suite. Ils se mirent à parler avec excitation, louant l'Emrys de sa magnifique réalisation. « Arthur sera ravi, dit Gwenhwyvar. Il aimera cet endroit autant que moi. Ce sera son refuge. Ici règne la paix, rien ne l'y troublera jamais. »

La reine faisait allusion aux incessantes querelles d'Arthur avec les seigneurs et les petits rois du Sud qui lui créaient continuellement des problèmes. Avec eux, si ce n'était pas une chose, c'en était une autre. Rien ne leur faisait jamais plaisir... sinon harceler l'Ours de Bretagne, ce qu'ils considéraient comme un divertissement. Honte à eux !

Les rois du Nord avaient plus de jugement. Le souvenir des guerres, une simple contrariété dans le Sud, et depuis longtemps oubliée, était encore vivace dans la mémoire de ceux dont les terres avaient été envahies et les familles massacrées par les barbares. Les tribus du Nord révéraient le Pendragon, tandis que les hommes du Sud ne faisaient que le tolérer.

De plus en plus, Arthur considérait le Nord comme son foyer et il y séjournait chaque fois qu'il le pouvait... mais toujours à Pâques et à la Nativité.

Petit à petit, à mesure qu'avaient évolué les sentiments du Grand Roi, le cœur de son royaume s'était aussi éloigné du Sud. Ce que lui reprochaient d'autant plus les seigneurs qui y régnaient. Méprisables chiens, tous autant qu'ils étaient ! Ils ne connaissaient pas leur bonheur !

La reine ne resta pas à la rotonde. Son inspection terminée, elle était impatiente de rentrer au palais pour s'occuper des préparatifs de la fête. Avant de repartir, l'Emrys vint me trouver. « Je vais aider ma mère et Avallach à s'installer dans leur nouvelle demeure. Je voudrais que tu viennes avec moi. »

J'avais supposé que je resterais au temple. En fait, je considérais cela comme mon devoir. Mais je fis ce qui m'étais demandé et allai avec lui. Nous atteignîmes Caer Lial au crépuscule, dormîmes au palais et repartîmes tôt le lendemain matin. Un bateau attendait au port pour nous emmener dans l'île du Roi Pêcheur, que les hommes du Nord appelaient désormais Avallon, ou parfois *Ynys Sheaynt,* l'Île de la Félicité.

Je ne savais pas où pouvait se trouver cette île, ni combien durerait notre voyage. Je ne m'en souciais pas. Car, avec le soleil levant sur les flots scintillants, toute appréhension m'avait abandonné et je ne pouvais penser qu'à une chose : j'étais en route pour rencontrer le mystérieux Roi Pêcheur et son illustre fille. Je n'avais jamais vu de Fées — en dehors de l'Emrys, s'il était de leur race — et je mourais d'impatience. Le navire ne pouvait voguer assez vite.

L'île est au large de la côte ouest, entre Ierne et la Bretagne, à une bonne journée de navigation. Une des singularités de cette terre cernée par la mer est qu'elle disparaît de temps à autre. Les Cymry disent que c'est parce que Manannan ap Llyr, le Seigneur de la Mer, se prend de jalousie pour cette île bienheureuse et qu'il la recouvre du *Lengel,* le Voile de Dissimulation, afin de la dérober à la convoitise des hommes.

Entourée d'eaux d'un bleu profond, Avallon s'étend sous un lumineux ciel d'azur, caressée par de douces brises. Les poissons de toutes sortes abondent dans ses mers chaudes, vaches et moutons prospèrent au flanc de ses collines et sur ses vastes plaines le grain pousse en quantités sans égales. En vérité, c'est une Île Fortunée, belle sous tous les aspects. Arthur s'était réservé cette île et avait décidé d'y construire une église et un monastère pour en couronner la gloire. Ceux-ci devaient être confiés à la garde d'Avallach.

Notre pilote guida le navire dans la baie ceinte de falaises où nous débarquâmes sur un quai de pierre avant de faire gravir à nos chevaux un sentier à flanc de roc. Nous coupâmes ensuite à travers l'île vers la côte ouest, par des bois lumineux, de sombres forêts et de vastes prairies verdoyantes parsemées de fleurs et sillonnées de torrents, pour parvenir à la colonie du Peuple des Fées à l'heure où les derniers rayons embrasés du soleil s'enfonçaient dans la mer.

Je vis pour la première fois les deux grandes tours blanches baignées de vermeil par le couchant qui se dressaient, encloses d'une muraille, au sommet d'un tertre surplombant la mer. Derrière la muraille, les ardoises du haut toit d'une imposante grande salle scintillaient au soleil telles des écailles d'argent, ou du verre. Hors les murs, des moutons broutaient sur le flanc de la colline, leur laine blanche teintée d'or et de rose par les derniers rayons du soleil, l'herbe miroitant telle une émeraude. Un clair ruisseau chantant faisait le tour de la citadelle avant de se jeter dans la mer du haut de la falaise. Des chevaux paissaient en liberté, les naseaux plongés dans l'herbe odorante.

Le Sage Emrys hurla de joie en contemplant la citadelle étincelante. Il ouvrit la bouche et, entonnant un hymne de louanges, il lança son cheval au galop pour franchir les portes au plus tôt. Je le suivis le plus vite que je le pus, m'émerveillant du spectacle qui s'offrait à mes yeux.

L'endroit me semblait un paradis de l'Autre

Monde, un royaume de dieux sur la terre. Cette opinion me fut confirmée quand nous franchîmes la haute et étroite porte voûtée et que j'aperçus les Fées qui vaquaient à leurs tâches — il restait beaucoup à faire pour aménager complètement la forteresse.

De haute taille et bien faite, c'est une race magnifique. D'aspect harmonieux, les gestes gracieux, les membres droits, les traits nobles, l'antique peuple est admirable. En lui la gloire du Créateur est manifeste. Pourtant, malgré leur grâce et leur beauté, ce sont des gens mélancoliques : leurs jours sont comptés en ce monde et ils le regrettent amèrement.

Nous fûmes accueillis par des Fées qui reconnurent l'Emrys et l'appelèrent par son nom en accourant tenir nos chevaux. « Merlin ! Allez prévenir le roi ! Merlin est ici ! »

Avallach sortit nous saluer tandis que nous mettions pied à terre. Une noire chevelure ondulée, des yeux sombres au regard vif et une barbe noire bouclée à la manière des rois d'Orient lui conféraient un aspect menaçant que sa profonde voix tonnante ne faisait rien pour dissiper. L'Ours de Bretagne est de belle stature, et Myrddin n'est pas petit, mais le Roi Pêcheur les dépassait tous deux de la tête et des épaules. Malgré cela, il n'était pas gauche ni lent dans ses gestes comme le sont souvent les hommes de cette taille. Il possédait la grâce innée de sa race. Mais, quand il s'avança vers nous à grandes enjambées, je m'émerveillai que la terre ne tremblât point sous ses pas.

Les yeux sombres du roi brillèrent et ses dents étincelèrent en un sourire dans sa barbe noire. « Merlin ! Quelle joie de te voir ! Sois le bienvenu chez toi. »

L'Emrys embrassa le roi, puis il s'écarta pour regarder la citadelle. « Ce n'est pas le palais sur le Tor », dit-il. Je crus percevoir une note de tristesse dans sa voix.

« Non, acquiesça Avallach, ce ne l'est pas. Ah, mais je commençais à me lasser de l'Île de Verre. Les bons frères étaient heureux de prendre possession du palais et ils en feront un excellent usage... un scriptorium, je crois, ou un plus grand hospice. Les malades se rendent en pèlerinage sur la Colline du Sanctuaire en nombre toujours croissant. Ils trouveront là un endroit paisible. » Il se tut et montra de la main le palais étincelant. « Mais viens, Merlin. Ma grande salle n'a pas encore reçu le baptême d'une chanson... et maintenant que tu es là, cet oubli pourra être réparé. Viens, nous allons partager la coupe des invités.

— Rien ne me ferait plus plaisir, dit l'Emrys, mais je dois d'abord saluer ma mère.

— Bien sûr! s'écria Avallach. Elle est au verger pour superviser les plantations. Va la chercher et reviens avec elle. Je vous attends dans la grande salle. Va! » Le Roi Pêcheur nous indiqua la direction.

Nous sortîmes de la cour, franchîmes les portes et longeâmes le rempart vers l'ouest, où il faisait face à la mer. Là, sur les pentes ensoleillées au sommet des falaises abruptes, la Dame du Lac avait décidé d'établir sa pommeraie. Les arbres étaient de jeunes plants apportés du Tor et elle était agenouillée près de l'un d'eux, tassant la terre de ses mains autour des racines.

À notre approche, elle releva la tête, vit son fils et sourit. Mon cœur prit son essor. Elle ressemblait à une déesse de la terre telle que la Fraternité des Initiés la révère dans ses antiques chansons. Mais les *derwydd* parlent par ignorance, car la réalité en chair et en os dépasse de loin leur idéal immatériel.

Elle se mit debout et, secouant la terre de son manteau et de ses mains, s'avança vivement vers nous. Je ne pouvais faire un geste, ni détourner le regard. Toute ma vie j'avais entendu parler de la Dame du Lac et, à la voir, je sus la totale impuissance des mots à décrire avec justesse ce qui se trouve au-delà de leur champ. Une chevelure semblable à du miel dans les rayons du soleil, des yeux semblables à des étangs forestiers, une peau aussi douce et blanche que... c'était sans espoir.

« Ma mère, Charis », disait l'Emrys. Je revins à moi en sursaut, m'apercevant que j'étais resté pétrifié par l'éblouissante beauté de la Dame du Lac.

« Je... je suis ton serviteur », balbutiai-je, et je blêmis de ma stupidité.

Charis m'accorda l'honneur d'un sourire. Elle passa son bras sous celui de son fils et ils repartirent ensemble vers la cour. J'étais miséricordieusement oublié dans la joie de leurs retrouvailles. Je fus plus qu'heureux de les suivre de loin. Des fragments de leur conversation me parvenaient et je tendais l'oreille.

« ... regretté de quitter le Tor, disait Charis, mais il valait mieux...

— ... difficile, je sais... plus près... ensemble plus souvent, désormais...

— ... un endroit superbe. Nous y serons heureux... le Tor... trop... Avallach ne pouvait le supporter... tant de choses avaient changé... »

Nous avions atteint les portes. Charis fit halte et embrassa son fils, le serrant un long moment contre son cœur. « Je suis contente que tu sois venu, je ne pourrais être plus heureuse. Arthur a été si bon pour nous. Nous ferons tout pour payer de retour sa confiance et sa générosité.

— Ce n'est pas nécessaire. Je te l'ai dit, le Grand Roi voit dans Avallach un allié et il a besoin de quelqu'un pour tenir cette île. C'est un lieu antique et sacré... il devrait y avoir ici une église. Avec toi et grand-père, il y en aura une, et plus que cela : un monastère, une *llyfrwy* pour tes livres, un hospice pour les malades. Ton travail s'y épanouira. »

La Dame du Lac embrassa son fils, puis ils franchirent les portes. Nous traversâmes la cour et entrâmes dans le palais du roi où nous fûmes accueillis avec de riches coupes en argent et des cornes remplies de doux hydromel doré. Il me fut aussi offert à boire, et j'acceptai, mais ma coupe aurait aussi bien pu être pleine d'eau boueuse, pour ce que j'y prêtai attention. Le palais du Roi Pêcheur m'avait coupé la soif.

Avec son haut plafond voûté et ses colonnes innombrables, la salle aurait pu accueillir à table trois cents guerriers avec leur suite, et il serait resté suffisamment de place pour les bardes, les prêtres, les intendants, les serviteurs et les chiens. À un bout de la vaste pièce se trouvait une énorme cheminée, à l'autre une courtine de cuir doré pour isoler la chambre du roi. Le sol était de pierre blanche recouverte de joncs fraîchement coupés, les piliers étaient des troncs d'arbres écorcés, liés ensemble et gravés de spirales ascendantes.

Le roi avait fait disposer des sièges, mais nous ne nous assîmes pas. Au lieu de cela, nous restâmes debout à boire notre hydromel tout en parlant... ou plutôt, *ils* parlaient, tandis que je me contentais de regarder autour de moi, les yeux écarquillés. La cheminée et les piliers, le sol dallé de pierre et le plafond voûté... cela ne ressemblait à rien de ce que j'avais jamais vu. Ce que je contemplais, bien sûr, était la technique des Fées, mêlée à l'art plein de vie des Celtes.

Plus tard, après le repas du soir, le Grand Emrys chanta dans le palais du Roi Pêcheur pour sa mère et pour tous ceux qui s'y trouvaient rassemblés. Il chanta *Le Songe de Rhonabwy,* un conte que je n'avais encore jamais entendu. À la fois magnifique et troublant, je crois que c'était une histoire vraie mais sa vérité n'avait pas encore trouvé sa place dans le monde des hommes : l'essentiel de sa signification concernait des événements encore à venir. Bien que le Grand Roi ne fût pas directement mentionné, il était plusieurs fois fait allusion à Arthur.

Voici ce que chanta Myrddin...

Aux premiers jours d'Ynys Prydein, quand la rosée de la création était encore fraîche sur la terre, Manawyddan ap Llyr régnait sur l'Île des Forts, et voici ce qu'il advint.

Manawyddan, premier-né du puissant Llyr, vécut longtemps et acquit une grande renommée par ses hauts faits de courage et de vaillance. Il avait un cousin, homme de moindre valeur et de moindre rang, et celui-ci, Medyr, finit par s'irriter de la gloire dont jouissait son parent. Si bien que, par une claire matinée, il se leva et appela les membres de sa tribu. « Lleu sait si je suis las de cela, dit-il. Tout le long du jour, je suis malheureux, mais Manawyddan se préoccupe-t-il de mon affliction ? Non, absolument pas. Que faut-il faire face à un tel état de choses ? »

Les hommes de sa tribu se regardèrent, mais ne purent trouver de réponse. Medyr brandit le poing dans leur direction. « Alors ? J'écoute, mais je n'entends rien d'autre que les quatre vents qui soufflent à travers vos crânes ainsi qu'à travers des coquilles vides. »

Un des anciens prit la parole et dit : « Seigneur Medyr, si c'est un conseil que tu désires, nous serions de bien méchants hommes si nous ne te disions de chercher la Sorcière Noire d'Annwfn, qui sait tout ce qui se passe en tous lieux et détient le pouvoir de prodiguer des conseils capables de faire un roi de quiconque l'écoute.

— Enfin ! s'écria Medyr. Lleu sait que vous y avez mis le temps. Mais votre conseil me semble bon. Je vais le suivre. » Aussitôt, il monta à cheval et se mit en quête de la Sorcière Noire.

Cette créature vivait sous un tertre dans un bois de bouleaux au bord d'une rivière. Quand Medyr l'eut trouvée, il l'appela hors de son antre humide. Repoussant était son aspect, encore plus infecte l'odeur qui frappa les narines du pauvre Medyr. Mais il était déterminé à en finir et il écouta son conseil... qui ne consistait en rien d'autre qu'à aller trouver Manawyddan pour lui demander d'entrer à son service.

Ce que fit Medyr. Manawyddan, sans y voir malice, reçut Medyr de bonne grâce et l'honora bien au-dessus de son rang en lui offrant de le faire chef de guerre et de le mettre à la tête de sa belle armée. Medyr accepta et en fut satisfait pendant quelque temps. Mais il finit par se lasser de sa charge et se dit qu'il pourrait améliorer sa condition plus rapidement en se livrant au pillage. Il partit donc et commença une vie de rapines, brûlant les villages, volant le bétail, tuant quiconque était assez hardi pour lui résister.

Manawyddan, n'étant pas roi à regarder son peuple se faire ainsi maltraiter sans réagir, fit appeler ses meilleurs hommes et leur demanda de choisir parmi eux les plus nobles et les plus braves, afin qu'ils pourchassent Medyr et mettent un terme à ses méfaits. Et voici ceux qui furent choisis : Rhonabwy, Kynrig le Roux et Cadwgan le Vaillant. Chacun s'accordait pour dire que si ces hommes échouaient, ce ne serait pas faute de bravoure, de courage, d'astuce ou d'habileté dans le maniement de l'épée, ni en raison de quelque autre défaut — car à eux trois ils n'en possédaient aucun — mais uniquement parce qu'ils auraient été victimes de quelque sombre félonie.

« Très bien, dit Manawyddan quand ils se présentèrent devant lui, vous savez ce que vous avez à faire. Vous pouvez partir avec ma bénédiction. Allez en paix et revenez victorieux. »

Tous trois se mirent en route sur-le-champ et la piste ne fut pas difficile à relever, car ils n'eurent qu'à suivre la terre brûlée où était passé Medyr. Pendant des jours et des jours, ils chevauchèrent, et ils finirent par parvenir devant la demeure de Heidyn aux Longues Jambes. Comme le soir tombait, ils décidèrent d'y passer la nuit et s'approchèrent de la maison.

En entrant dans la cour, ils virent une vieille salle noire comme une caverne d'où sortait une épaisse fumée. À l'intérieur, ils virent un sol tout en creux et en bosses, recouvert d'une telle couche d'excréments et d'urine de bétail que l'on pouvait difficilement tenir debout sans glisser et tomber, ou bien sans s'enfoncer dans le bourbier puant. Par-dessus tout cela étaient éparpillées des branches de houx et des orties qu'avaient broutées les vaches.

Nullement intimidés, ils s'avancèrent et parvinrent à une chambre, au fond de la salle, où ils trouvèrent une vieille femme rabougrie devant un feu grésillant. Quand les flammes baissaient, la vieille y jetait une poignée de paille, et le vomissement de fumée qui s'en dégageait faisait venir les larmes aux yeux. La seule autre chose dans cette chambre rustique était une peau de veau jaune grossièrement tannée. Bienheureux, en vérité, l'homme qui dormait sur cette peau !

Les voyageurs s'assirent et demandèrent à la vieille où l'on pouvait trouver les habitants de cette demeure, mais elle les injuria, exhibant des dents répugnantes. À cet instant, un homme maigre, complètement chauve et racorni, entra dans la salle. Il était suivi par une femme aux cheveux gris qui portait un fagot de bois sur son dos voûté. La femme jeta son fardeau devant la vieille qui ajouta des branches dans le feu. La femme aux cheveux gris se mit alors à préparer un repas dont elle servit une portion aux trois étrangers : pain noir, gruau d'avoine et lait étendu d'eau.

Tandis que tous trois mangeaient cette pauvre chère, une violente tempête se leva : le vent soufflait si fort qu'il courbait les arbres presque jusqu'à terre et que la pluie tombait à l'horizontale. Puisqu'il était inutile de songer à reprendre la route, et comme ils étaient fatigués de leur long voyage, ils décidèrent de s'installer dans la salle. « Après tout, ce n'est que pour une nuit. Nous serons bien heureux, en vérité, si c'est là ce qu'il nous arrive de pire. »

Ils se préparèrent donc à dormir. Or leur lit n'était qu'un tas de paille grouillant de puces sur lequel était jeté un vieux manteau graisseux en haillons. Se bouchant le nez, ils s'allongèrent. Les compagnons de Rhonabwy tombèrent endormis, aussitôt dévorés par les puces. Mais, après s'être tourné et retourné sur la paille crasseuse, Rhonabwy décida qu'il ne lui viendrait ni sommeil ni repos s'il ne trouvait pas un endroit plus confortable. Il aperçut la peau de veau jaune et se dit qu'il pourrait au moins y échapper aux puces, faute de mieux, de sorte qu'il se leva et alla s'y étendre.

Sa tête n'avait pas plus tôt touché la vieille peau rasée qu'il tomba endormi. Aussitôt lui vint une vision. Et voici ce qu'il vit :

Ses amis et lui chevauchaient en lisière d'un bois de chênes, quand s'éleva un tumulte tel qu'ils n'en avaient jamais entendu de semblable. Ils firent halte et, regardant craintivement par-dessus leur épaule, virent un jeune homme aux cheveux bouclés et à la barbe fraîchement taillée montant un cheval doré. Le jeune homme était vert des hanches jusqu'aux orteils, et il portait un superbe manteau jaune qui miroitait au soleil. À son côté, il avait une épée à poignée d'or dans un fourreau de cuir fin, accrochée à une ceinture fermée par une énorme boucle en or. Et la taille de cet homme était au moins deux fois celle de n'importe lequel d'entre eux !

Les trois compagnons se savaient en présence d'un homme de pouvoir et d'autorité, aussi attendirent-ils qu'il se soit rapproché. « Paix, l'ami ! » cria Rhonabwy quand l'homme fut près d'eux et, parce qu'il était si grand, il ajouta : « Et grâce, également. »

Le jeune homme en vert et or s'arrêta devant eux. « Vous implorez de moi paix et grâce, et je vous les accorderai volontiers. N'ayez nulle crainte.

— Merci à toi, et le merci de notre seigneur aussi. Puisque tu nous accordes grâce, seigneur, dis-nous donc quel est ton nom. »

À ces mots, le jeune homme sourit et dit : « Je m'appelle Gwyn Ysgawd, et mon père est le seigneur de ce royaume.

— Qui peut-il être ? demanda Rhonabwy.

— Son nom ne peut être prononcé, sinon pour chanter ses louanges, répondit Gwyn. Il est chef Dragon de l'Île des Forts et des Sept Îles Voisines, ainsi que de bien d'autres terres, car il est Empereur d'Occident. »

Les trois amis se dévisagèrent anxieusement. « Nous n'avons jamais entendu parler de cet homme, aussi grand puisse-t-il indubitablement être.

— C'est assurément un prodige, dit Gwyn. Mais je vous laisserai en décider par vous-mêmes, car je vais vous emmener devant lui et vous pourrez lui rendre l'hommage dont vous le jugerez digne.

— Fort bien », dit Rhonabwy, et le géant reprit sa route. Tous trois le suivirent en s'efforçant de ne pas se laisser distancer. Mais peu importait à quelle vitesse ils chevauchaient, le cheval doré devant eux galopait plus vite. Quand ils inspiraient, ils semblaient le rattraper un peu, mais quand ils expiraient, le cheval doré les distançait encore davantage.

Ils traversèrent ainsi une grande plaine — plus large et plus vaste qu'Argyngrog. Et ils franchirent de nombreuses rivières, chacune plus large et plus vaste que Mor Hafren. Ils chevauchèrent à travers de nombreuses forêts, chacune plus grande, plus sombre et plus vaste que Celyddon, puis ils parvinrent enfin sur un immense rivage à l'extrême bord de l'Île des Forts. Et là, tout le long de la côte aussi loin que portait le regard, étaient dressées des tentes vivement colorées de toutes tailles... en assez grand nombre pour abriter la plus vaste armée que le monde eût jamais vue.

Ils descendirent sur la grève et arrivèrent devant un petit îlot tout proche du rivage. Un homme d'une taille colossale y était assis sur un trône de pierre, avec près de lui l'évêque Bedwini sur sa droite et le Chef Barde Hafgan sur sa gauche. Devant eux se tenait un guerrier tout de noir vêtu. Du sommet de la tête à la plante des pieds. Ses mains disparaissaient sous des gants noirs, sa tunique, sa cape et son mantelet étaient noirs. Tout ce que l'on pouvait voir de ce guerrier était un bout de poignet entre la manche et le gant... et cette peau était plus blanche que le blanc des yeux d'une jeune fille, plus blanche que le lys. Et ce poignet était plus gros que la cheville de Cadwgan. Le guerrier étranger tenait à la main une épée dans son fourreau.

Gwyn conduisit Rhonabwy et ses compagnons dans l'îlot et se présenta devant le puissant roi sur son trône. « Dieu soit bon pour toi, Père ! » le salua-t-il.

L'homme sur le trône leva la main en signe de bienvenue. « Dieu soit bon pour toi, mon fils! » répondit-il d'une voix qui fit trembler les collines. Il regarda les trois voyageurs avec curiosité et dit : « Où as-tu trouvé ces petits hommes ?

— Seigneur, je les ai trouvés qui chevauchaient aux frontières de ton royaume », répondit Gwyn au Blanc Bouclier.

À ces mots, le grand roi secoua la tête et éclata d'un rire moqueur.

« Chef Dragon, dit Gwyn, de quoi ris-tu ?

— Je ris de la tristesse que j'éprouve à voir ce royaume aux mains d'hommes aussi chétifs, après ceux qui le tenaient jadis ! »

Gwyn se tourna alors vers Rhonabwy et demanda : « Vois-tu l'anneau à la main de l'empereur ? »

Rhonabwy regarda et vit une bague en or sertie d'une pierre rouge. « Je le vois, répondit-il.

— Une des vertus de cet anneau, c'est qu'après l'avoir vu, tu garderas en mémoire tout ce qui surviendra durant ton séjour parmi nous. Si tu ne l'avais pas vu, tu ne te souviendrais de rien. »

Ils étaient encore en train de parler quand un grand tumulte s'éleva sur le rivage. Rhonabwy tourna la tête et vit une terrible armée qui chevauchait dans leur direction. « Quelle est cette armée ? demanda-t-il.

— Le Vol des Dragons ! C'est leur fierté et leur devoir de chevaucher devant et derrière l'empereur dans tous les dangers. Pour cela, il leur est accordé le privilège de courtiser les plus nobles filles de Bretagne. »

Rhonabwy regarda défiler l'armée et vit qu'il n'y avait pas un guerrier parmi eux qui fût vêtu d'autre chose que du rouge le plus vif, tel le sang le plus rouge du monde. Ensemble, ils semblaient une colonne de feu jaillie de la terre pour s'élever vers les cieux. Ces nobles guerriers saluèrent l'empereur au passage et gagnèrent leurs tentes au bord de l'eau.

De doux hydromel doré et de savoureux porc rôti, le Pendragon rassasia son Vol de Dragons. Rhonabwy et ses amis festoyèrent avec eux, ne cessant de se faire la réflexion, entre eux et à l'intention de Gwyn, qu'ils n'avaient jamais goûté à un tel festin que celui disposé devant eux.

Au matin, les guerriers se levèrent, revêtirent leur tenue de combat et sellèrent leurs beaux chevaux. « Que se passe-t-il ? demanda Rhonabwy en frottant ses yeux ensommeillés.

— L'armée est rassemblée, expliqua Gwyn. Il est temps de se rendre à la bataille de Caer Baddon. »

Ce disant, tous montèrent sur leurs chevaux et partirent vers le lieu du combat. Or l'armée de l'empereur galopait si vite qu'elle en était invisible... seul se sentait le vent de son passage. Mais Gwyn guida les trois amis et ils parvinrent enfin dans une grande vallée où ils virent l'armée rassemblée au pied de Caer Baddon.

Un guerrier dépassa au grand galop l'endroit où ils se tenaient et s'enfonça aussitôt dans la vallée sans s'arrêter. À l'approche de ce cavalier, l'armée entière se dispersa. « Qu'est-ce que cela ? s'étonna Rhonabwy à l'intention de Kynrig le Roux. L'armée de l'empereur s'enfuirait-elle ? »

Gwyn l'entendit et répliqua : « L'armée de l'empereur n'a jamais fui, et elle a toujours été victorieuse. Tu as de la chance, car si l'on avait entendu cette remarque au fond de la vallée, tu serais déjà mort.

— Qui est donc ce cavalier, demanda Rhonabwy, pour causer un tel émoi parmi les guerriers ?

— Le cavalier que tu as vu gagner au grand galop le champ de bataille n'est autre que le plus grand champion de l'armée du Pendragon. L'agitation dont tu as été témoin à son arrivée était celle des hommes qui se bousculaient pour être près de lui dans la mêlée. »

La bousculade devenait telle que l'empereur fit signe à son porte-épée, le jeune homme en noir, qui brandit l'arme du Pendragon — une grande épée avec une garde d'or en forme de deux serpents entrelacés. Il dégaina l'épée et l'éclat de sa lame était semblable à celui du soleil, de sorte qu'on ne pouvait la regarder sans détourner les yeux. L'agitation cessa aussitôt.

Gwyn, Rhonabwy, Kynrig et Cadwgan firent claquer leurs rênes et descendirent dans la vallée où ils trouvèrent la tente de l'empereur. Un homme immense au cheveux blonds s'approcha avec un énorme ballot sur le dos. Il posa celui-ci et en sortit un merveilleux manteau de laine d'un blanc immaculé avec une pomme d'or à chaque coin. Le géant étala le superbe manteau sur le sol devant la tente. Ensuite il sortit un siège de campagne si grand que trois rois auraient pu y prendre place côte à côte et le plaça au centre du manteau. Puis il sortit un plateau de *gwyddbwyll* en argent et des pièces en or pur qu'il posa au centre de la chaise.

Rhonabwy et ses compagnons mirent pied à terre et attendirent de voir ce qui allait se passer. L'empereur sortit alors de sa tente pour prendre place sur le siège à côté du plateau de *gwyddbwyll.* Il leva la tête, regarda autour de lui et s'écria : « Qui veut se mesurer à moi au jeu de Poursuite et de Capture ? »

Immédiatement, une foule se rassembla autour du manteau. Et quelle foule ! Car nul n'y était d'un rang moindre que celui de roi, et certains étaient des rois qui avaient d'autres rois dans leur suite.

Alors prit la parole un roi aux cheveux bruns et à la longue moustache tombante, qui dit : « Je vais m'y essayer, Seigneur et Pendragon.

– Je te salue, Vortiporix, répondit le Pendragon. Fort bien, je te laisse le premier mouvement. Fais en sorte qu'il soit bon. » Et ils se mirent à jouer.

Ils étaient absorbés par leur jeu, quand retentit un grand vacarme. Les hurlements, les croassements et le fracas des armes étaient tels qu'il ne pouvait s'agir que d'une bataille d'une ampleur et d'une violence inaccoutumées. Le tumulte allait croissant, quand un guerrier sortit d'une tente dressée à proximité. La tente était entièrement blanche, et devant elle flottait un étendard portant l'image d'un serpent de jais au regard venimeux qui crachait des flammes. Le guerrier était tout de jaune vêtu du cou jusqu'aux genoux, et la moitié de son visage était aussi peinte de cette couleur.

« Empereur et Pendragon, dit le guerrier, est-ce avec ta permission que les Corbeaux de l'Annwfn s'acharnent sur tes vaillants guerriers ?

— Non, répondit l'empereur. Je ne permettrais pas cela.

— Alors dis-moi ce qu'il faut faire et je le ferai, dit le guerrier.

— Prends mon étendard et porte-le là où les combats sont les plus acharnés, dit l'empereur. Puis reviens et laisse s'accomplir la volonté de Dieu. »

Le guerrier se rendit droit à l'endroit où la bataille tournait au désavantage du Vol des Dragons et il y planta l'étendard de l'empereur — un grand dragon de vermeil, toutes dents et griffes dehors. Quand les guerriers du Vol des Dragons virent se dresser l'étendard en leur milieu, ils reprirent courage, se battirent avec une vigueur renouvelée et commencèrent à repousser les Corbeaux qu'ils taillèrent en pièces.

Vortiporix concéda la victoire à l'empereur et la partie se termina. « Qui veut jouer ensuite ? demanda le Pendragon d'une voix forte et provocante.

— Je vais tenter ma chance, dit un homme en sortant de la foule qui s'était rassemblée autour du jeu.

— Alors assieds-toi, dit l'empereur. Je te salue, Urien Reget, et je t'accorde le premier mouvement. Fais de ton mieux. »

Ils commencèrent la partie, penchés sur le plateau pour étudier leurs mouvements. Ils jouaient depuis un petit moment, quand ils entendirent un grand tumulte d'hommes et d'animaux qui se battaient et se taillaient en pièces. À ce bruit, ils levèrent la tête et virent un cavalier qui galopait vers eux sur un cheval blanc. Ce cavalier portait un manteau blanc sur les épaules et une tunique blanche, mais ses jambes et ses pieds étaient revêtus de lin gris, couleur de fumée ou de brume matinale. À la main, il tenait une longue épée à trois rainures. Sur la tête, il portait un casque serti d'un énorme saphir sur le front et surmonté de l'effigie d'un lion blanc aux yeux rouge sang.

Le guerrier se dirigea droit vers l'endroit où se déroulait la partie et, sans mettre pied à terre, dit : « Seigneur et Pendragon, Empereur de l'Île des Forts et de toutes autres terres de conséquence, je te cherchais.

— Pourquoi me cherchais-tu ?

— Je voudrais te faire savoir que les meilleurs guerriers du monde, les nobles et les rois de Bretagne, ainsi que leurs glorieuses suites, se font tuer par des bêtes féroces — si nombreuses, en vérité, qu'il ne sera désormais pas facile de défendre ce royaume.

— Cela n'est pas tolérable, répondit l'empereur en entendant cette triste nouvelle.

— Dis-moi ce qu'il faut faire et je veillerai à ce que ce soit accompli, dit le guerrier.

— Prends mon épée dans ta main et porte-la devant toi en la tenant par la lame, à l'image de la croix du Christ. »

Le guerrier se rendit aussitôt à l'endroit où la bataille tournait au désavantage du Vol des Dragons et il y brandit l'épée de l'empereur, la tenant devant lui par sa lame dénudée. Lorsque les bêtes féroces virent l'épée étincelante former le signe de la croix du Christ, elles reculèrent en tremblant de peur, se couchèrent et devinrent douces comme des agneaux nouveau-nés.

Urien de Reget reconnut son écrasante défaite. Mais l'empereur désirait toujours un adversaire à sa mesure, aussi s'écria-t-il : « Qui d'autre désire m'affronter ?

— Je vais essayer mon astuce et mon talent contre toi, ô Puissant Pendragon, dit un roi en sortant de la foule.

— Je te salue, Maglocunus, répondit le Pendragon. Fort bien, joue le premier et veille à faire de ton mieux. »

Ils se penchèrent sur le plateau, déplaçant les pièces d'or çà et là comme le voulait le jeu. Ils ne jouaient pas depuis très longtemps quand s'éleva le plus grand tumulte jamais entendu dans le monde. Bien que le vacarme fût terrible, encore pire fut le silence qui suivit. Chacun tremblait et regardait craintivement autour de lui.

De l'est arriva un guerrier sur un cheval gris pommelé aux pattes rouges, comme si l'animal avait traversé un fleuve de sang, même si ses sabots étaient verts. Cheval et cavalier étaient revêtus d'une lourde armure étrangère qui brillait comme de l'argent, avec des rivets et des attaches de drap roux. Le guerrier portait une longue lance de frêne cannelée colorée pour moitié au blanc de chaux et pour moitié au bleu de guède, sa pointe hastée couverte de sang frais. Sur la tête, il portait un casque serti de cristaux étincelants et surmonté de l'effigie d'un griffon tenant dans sa gueule un énorme joyau.

Le guerrier s'approcha de l'empereur et s'écria : « Seigneur et Pendragon ! Tes guerriers se font massacrer, ton peuple se fait tuer, tous ceux qui te suivaient se font disperser et opprimer ! »

Entendant cela, le noble Pendragon saisit une poignée de pièces sur le plateau de *gwyddbwyll* et les serra dans sa main jusqu'à ce qu'elles fussent réduites en fine poudre d'or. Puis, regardant autour de lui avec colère, il demanda à la foule des rois : « Que va-t-il advenir de nous ? Pourquoi demeurez-vous là les bras ballants ? Pourquoi restez-vous oisifs à regarder un jeu stupide pendant que l'ennemi dévaste nos terres et massacre notre peuple ? Êtes-vous même des hommes ? »

L'empereur se leva et jeta au loin le plateau de *gwyddbwyll*. Il cria qu'on amène son cheval et son épée. Il prit sa lance et son bouclier et coiffa son casque surmonté d'un dragon. « Qui veut me suivre prenne son épée ! » s'écria-t-il.

À ces mots, la foule s'évanouit — elle disparut simplement aux regards et se dissipa comme la brume. Les tentes disparurent aussi, de même que les chevaux, les guerriers et tous ceux qui s'étaient rassemblés dans la vallée au pied de Caer Baddon. Finalement, l'empereur et son fils disparurent, dérobés aux regards par une nuée étincelante qui les recouvrit et les emporta.

De la vaste armée, il ne resta pas même une trace de pas. Tout disparut, ne laissant que Rhonabwy et ses deux amis. « Nous sommes les plus malheureux des hommes, s'écria lamentablement Rhonabwy, car nous avons assisté à un prodige, mais il n'y a personne pour nous dire ce qu'il signifie ! Par-dessus tout, nous sommes perdus et il nous faut maintenant retrouver le chemin de nos foyers. »

Ces mots n'avaient pas plus tôt franchi ses lèvres que le vent se mit à souffler en hurlant, tandis qu'une pluie mêlée de grêle se mettait à tomber. Le tonnerre grondait et la foudre frappait, et dans le chaos de la tempête Rhonabwy se réveilla pour se retrouver sur la peau de veau jaune dans l'infecte salle noire. Ses amis se penchaient sur lui, le front plissé d'inquiétude, car il avait dormi trois jours et trois nuits.

Ainsi se termine le *Songe de Rhonabwy.*

L'Emrys avait chanté dans l'*awen* du barde et il refusa de parler de sa chanson ou de ce qu'elle signifiait. Le lendemain, je perçus la même réticence dans sa conversation avec Avallach. Manifestement, quelque chose tourmentait son esprit. Je résolus de découvrir ce dont il s'agissait. Les jours et les soirs suivants, je restai à l'affût du moindre mot qui pourrait m'éclairer.

Notre séjour se déroula sans incident. Je passai plusieurs jours à me promener sur les falaises qui surplombaient la mer, regardant les phoques gris plonger pour attraper des poissons et se chauffer au soleil sur les rochers. Je parlais avec les Fées, quand j'arrivais à engager la conversation avec l'un ou l'autre, et nouais une amitié maladroite avec un valet des écuries d'Avallach. De cette manière, j'appris certaines choses surprenantes sur les Fées, mais rien au sujet de ce que je cherchais.

Le soir, je restais auprès de l'Emrys afin de pouvoir entendre tout ce qui se disait. Ma vigilance ne m'apprit cependant rien, jusqu'au dernier soir. Nous devions repartir le lendemain pour nous trouver à Caer Lial quand arriverait le Pendragon.

L'Emrys était assis entre sa mère et le Roi Pêcheur, et je les servais pour rester près d'eux. Ils parlaient de récoltes et de bétail, de pêche et du temps qu'il faisait sur l'île en hiver...

Soudain, l'Emrys devint grave. Il laissa tomber son couteau sur la table, comme si sa main n'avait plus la force de le tenir. Il se tourna vers sa mère et dit : « Où est Morgian ? »

La main de Charis se porta à sa bouche. « Que veux-tu dire ?

— Dois-je reposer la question ?

— Oh, Faucon, tu ne penses pas qu'elle... » — elle laissa sa phrase en suspens — « Pourquoi poses-tu la question ?

— Depuis mon arrivée, je sens sa présence. Si elle n'est pas venue ici, elle le fera sûrement. »

Je remarquai qu'Avallach avait cessé de manger et semblait avoir du mal à avaler, comme s'il s'étranglait avec sa nourriture. Il posa son couteau et agrippa le bord de la table à deux mains.

Il sait quelque chose ! me dis-je, et je me demandai si l'Emrys le remarquerait. Mais il ne se tourna pas vers le Roi Pêcheur et continua à ne parler qu'avec sa mère. « Penses-tu qu'elle ferait cela ? demanda Charis. Pourquoi ? »

L'Emrys secoua lentement la tête. « Je n'en sais rien. Il n'est pas possible de deviner ce qu'elle va faire. » Puis il tendit la main et étreignit celle de sa mère. « Sois prudente, prévint-il. Il y a là une chose que je ne comprends pas, et une fin que je ne puis voir. Je t'en prie, fais attention. »

Il ne dit rien de plus et, une fois que ce fut terminé, la conversation se reporta sur des sujets plus agréables. Néanmoins, je m'interrogeais. Les paroles du Sage Emrys tournaient dans ma tête en résonnant comme les cordes d'une harpe : *si elle n'est pas venue ici, elle le fera sûrement.*

Je ne trouvai pas l'occasion de parler à l'Emrys de ce que j'avais vu à la table du Roi Pêcheur avant que nous fussions à bord du navire et bien au large de l'île. L'Emrys s'était éloigné des marins pour contempler les vagues qui se dispersaient devant l'étrave effilée du navire. J'allai le rejoindre et dit : « Seigneur Emrys, un mot, je te prie. »

Il répondit d'un air absent, sans se retourner. « Oui ? Qu'y a-t-il, Aneirin ? »

Bizarrement, je ne lui dis pas ce que j'avais eu l'intention de lui demander, mais parlai d'une chose qui me tenait peut-être plus à cœur. « Pourquoi as-tu voulu que je vienne avec toi à Ynys Avallach ? »

Il réfléchit un bon moment, puis répondit : « Je ne sais pas, mon garçon. » Il ne détourna pas les yeux de la mer. « Pourquoi cette question ? »

Ce fut à mon tour d'avouer mon ignorance.

« Eh bien, fit remarquer l'Emrys avec sagesse, tu vois ce qu'il en est. » Il sourit et se tourna pour me regarder. Je devais avoir la mine grave, car il demanda : « Ah, il y a une question plus importante que tu n'as pas posée. C'est cela ?

— Oui, Emrys.

— Alors pose-la, mon garçon. »

Je lui parlai du comportement du Roi Pêcheur dont j'avais été témoin. À ces mots, l'Emrys plissa les paupières. « Je n'ai pas pensé à lui demander, murmura-t-il.

— Qui est cette Morgian ? » m'enquis-je, sans savoir ce que je demandais. Quelle ne fut pas ma confusion ! Je voudrais n'avoir jamais entendu ce nom, ni l'avoir laissé franchir mes lèvres.

Les traits de l'Emrys se crispèrent d'une pénible douleur. « Elle est... », commença-t-il, et il marqua un temps. Puis, secouant la tête, il dit : « N'as-tu jamais entendu parler de la Reine de l'Air et de l'Ombre ?

— Non, lui répondis-je avec un haussement d'épaules. Ce nom ne me dit rien.

— Est-ce possible ? s'étonna l'Emrys. La mémoire des hommes est courte, mais le mal subsiste longtemps. » Il se replongea dans sa contemplation de la mer, mais je savais qu'il ne la voyait pas. Car son regard était tourné vers l'intérieur et il ne voyageait plus sur la brillante route marine qui s'étendait devant nous.

IV

Le Pendragon rentra à Caer Lial quatre jours avant Lugnasadh. Trois cents Cymbrogi constituaient sa suite. Il chevauchait à leur tête sur un étalon d'un blanc immaculé, coiffé d'un haut casque d'acier poli incrusté d'or, sa célèbre épée Caliburnus au côté. Sur l'épaule, il portait Prydwen, le bouclier décoré d'une croix du Christ écarlate sur fond blanc. Caval, son énorme chien, trottait près de lui, la tête fièrement levée. Devant lui marchait le Dragon Rouge, l'étendard du Grand Roi tissé de l'or rouge le plus fin et porté par Rhys, dont l'honneur était d'aller devant tous.

Je me tenais sur le rempart quand arriva le Grand Roi. À mes pieds, les habitants de la cité jaillissaient des portes de la forteresse et couraient sur la route en agitant des carrés d'étoffe multicolores et en poussant des cris de bienvenue. Toute ma vie j'avais entendu parler d'Arthur, Merveilleux Pendragon, Grand Roi de l'Île des Forts, monarque le plus juste qui fût au monde — mais rien de tout cela ne m'avait préparé à la gloire de l'homme que je voyais chevaucher vers moi sur la route.

L'Ours de Bretagne était un homme puissant, grand et vigoureux, l'œil et l'esprit vifs, ferme et déterminé, aussi acéré que l'épée à son côté et aussi radieux que le soleil qui déversait sur lui ses rayons. Seigneur de l'Été, l'appelait-on, et, Dieu soit loué, cela n'avait rien d'exagéré.

Gwalchavad et Bors chevauchaient sur la gauche

du roi, et le noble Llenlleawg sur sa droite. J'aurais reconnu n'importe où ces champions, bien que je n'eusse encore jamais posé sur eux les yeux. Ils montaient de fougueux destriers et avaient à la main des lances à l'étincelante pointe d'argent. Hommes preux et hardis, ils portaient leur vaillance avec autorité, à la façon des manteaux aux couleurs vives rejetés sur leurs épaules.

Le Grand Roi et les Cymbrogi — dont la phalange était désormais appelée le Vol des Dragons, en raison de l'étendard au Dragon Rouge — franchirent les hautes portes de bois et entrèrent dans la cité. Caer Lial avait été apprêté pour le retour du Pendragon : la reine y avait veillé. Les rues avaient été lavées à grande eau, et partout étaient accrochées des guirlandes de fleurs cueillies dans les collines. Les gens acclamaient leur roi, chantant ses louanges et poussant des cris d'allégresse. À tous, le Pendragon accordait l'inestimable honneur de ses joyeuses salutations. Manifestement, Caer Lial était devenu la résidence la plus chère à son cœur. Ici il était aimé et révéré, ici il était honoré par-dessus tout.

Quittant le rempart, je courus au palais, me hâtant à travers la foule dont les vigoureuses acclamations résonnaient à mes oreilles. Dans la cour, une foule s'était rassemblée, si dense que je ne parvins plus à avancer. Le Grand Roi descendit de cheval et gravit l'escalier en haut duquel il s'arrêta pour adresser un message de salutation à la population. Mais j'étais si loin, et la foule si bruyante, que je ne pus en entendre un mot.

Ce ne fut que quand le Pendragon fut entré, et une fois la foule dispersée, que je réussis à me frayer un chemin vers l'arrière du palais, par où j'entrai. Tout le monde était réuni dans la grande salle où la reine Gwenhwyvar avait fait préparer des cuves d'hydromel et remplir les coupes. Chacun buvait au succès du voyage du Grand Roi dans le Sud, où il était intervenu pour mettre fin à une longue querelle entre Saecsens et Bretons pour la possession de terres le long de la frontière entre ces deux peuples.

En conséquence de quoi, le *Bretwalda* Aelle était venu à Caer Lial avec sa maisonnée pour montrer sa loyauté au Grand Roi et assister à la cérémonie de la Table Ronde. D'autres seigneurs du Sud étaient aussi venus, notamment Idris et Cador, avec leurs hommes et leurs armées.

Les coupes de doux hydromel doré faisaient le tour de la salle. La reine Gwenhwyvar était fièrement debout au côté du roi, qui la tenait par la taille et parcourait du regard la joyeuse compagnie. L'Emrys se tenait non loin de lui, en compagnie de Cai et de Bedwyr. Afin de pouvoir rester avec eux, je pris une cruche que j'emplis à une cuve d'hydromel et me mis à servir. Cai me fit signe et tendit sa coupe.

« Aneirin, apporte ta cruche! » cria-t-il, et je ne fus pas long à obéir. J'emplis sa coupe à ras bord, et aussi celle de Bedwyr, sur quoi le sénéchal dit : « La coupe d'Arthur est vide, mon garçon. Va la remplir! »

Je me retournai pour voir les yeux bleu clair du Pendragon posés sur moi. Il sourit et tendit sa corne cerclée d'or. Tremblant, je levai la cruche, n'osant redresser la tête devant lui. Je sentis un contact sur ma main. Le Grand Roi avait placé sa main sous la mienne pour stabiliser la cruche, disant : « Détends-toi, mon jeune ami. » Il me regarda attentivement. « Quel est ton nom?

— Aneirin ap Caw, répondis-je. Je suis à tes ordres, Pendragon.

— Audacieux garçon! s'esclaffa Cai.

— Je me souviens de toi, répondit Bedwyr, bien que j'avoue ne t'avoir pas reconnu... tout couvert de poussière que tu étais la dernière fois que je t'ai vu!

— Effectivement, Bedwyr! dit la reine. Je me rappelle l'avoir vu avec Myrddin. Pardonne-moi, Aneirin, je ne savais pas que tu étais le fils de Caw.

— Il m'a servi au temple et à Ynys Avallach, dit l'Emrys en s'approchant. Déjà il s'est avéré un ami fidèle. »

Cela me fit tant plaisir de m'entendre loué de cette façon que j'en devins écarlate.

« Reste près de nous, Aneirin ap Caw, dit aimablement le Grand Roi. Ce me semble une compagnie bien assoiffée. Nous aurons besoin de ta cruche avant longtemps.

— Oh, oui ! s'écria Cai. Ne t'éloigne pas trop, mon garçon, et garde ta cruche bien pleine. »

Avec un tel encouragement à mes oreilles, je besognai toute la soirée tel un esclave, ne m'interrompant qu'une fois, quand l'Emrys prit sa harpe pour chanter. Le silence s'abattit sur la vaste salle, comme dans une clairière au milieu de la forêt — en vérité, le monde entier semblait retenir son souffle pour l'écouter ! — et, avec la musique du Vrai Barde emplissant mes oreilles, je me promis de suivre à jamais la noble voie, priant qu'il me soit permis de rester pour toujours au service d'Arthur !

Le lendemain, le roi et la reine quittèrent Caer Lial pour se rendre à la Table Ronde. Seuls ceux dont les noms étaient inscrits à l'intérieur du monument furent autorisés à chevaucher avec eux. Je vins, parce que l'Emrys appréciait mes services. Quelqu'un devait s'occuper des chevaux. Et, comme je connaissais déjà l'emplacement du temple, mieux valait me choisir qu'un autre.

Arrivé en vue de la rotonde, le Roi Arthur descendit de selle et fit le reste du chemin à pied, disant que, par respect pour le sacrifice de ceux qui avaient donné son sens au monument, il ne s'en approcherait qu'humblement. Il gravit la colline et s'agenouilla devant le temple avec une grande révérence.

Gwenhwyvar regardait intensément son époux, ses yeux noirs emplis d'un profond sentiment pour lui, croisant et décroisant continuellement les mains.

Le Grand Roi se releva et, déposant son épée à terre, entra dans la Table Ronde. Ses capitaines le suivirent alors en une procession solennelle : Cai, Bedwyr, Bors, Gwalchavad, Llenlleawg... chacun déposant son épée avant d'entrer. Nous restâmes, Gwenhwyvar, Myrddin et moi, un moment dehors. Puis la reine entra, suivie de l'Emrys.

Je me rendis près du torrent où les chevaux étaient

à l'attache et m'installai pour attendre. Les autres n'étaient que depuis un bref moment dans le temple quand j'entendis un cavalier qui approchait au galop. Je courus regarder au pied de la colline et vis un guerrier solitaire qui chevauchait sur le sable léché par les vagues.

Je me dissimulai derrière un buisson, de crainte qu'il ne vienne vers le temple si j'attirais son attention. Mais j'aurais pu m'en épargner la peine. Car, bien qu'il ne regardât ni à droite ni à gauche, parvenu à hauteur du monument, il fit tourner son cheval et le mena droit sur le sentier qui montait vers la rotonde.

Je pensai tout d'abord à courir chercher l'Emrys ou prévenir ceux qui se trouvaient à l'intérieur, mais quelque chose me retint, une certaine familiarité du cavalier. Car, s'il semblait étranger à mes yeux — vêtu d'une tunique et d'un pantalon rouge vif, avec un beau manteau bleu bordé de fourrure et un torque d'argent autour du cou — j'avais plus ou moins le sentiment de le connaître.

Il fit halte et sauta de selle. J'avais vu quelqu'un d'autre faire exactement la même chose pas plus tard que ce matin. Gwalchavad était descendu de cheval de la même manière.

Mais *c'était* Gwalchavad ! Impossible ! Je l'avais vu entrer dans la rotonde à peine quelques instants plus tôt. C'était donc un autre, mais qui lui ressemblait tellement...

Il devait m'avoir aperçu du coin de l'œil en train de l'épier derrière mon buisson, car il se retourna brusquement, pointant sur moi sa lance. « Je t'en prie, seigneur, dis-je. Dépose ta lance, ceci est un sol sacré. »

Il sourit aimablement. « Ne sais-tu pas ce que tu risques à surprendre ainsi un guerrier, mon garçon ? répondit-il. Je ne te veux pas de mal. Sont-ils déjà entrés ? »

J'acquiesçai. Il laissa tomber ses rênes à terre et tourna les yeux vers le temple. Puis, sans un mot, il gravit les marches pour entrer. Je m'élançai derrière lui pour essayer de l'en empêcher, mais il atteignit la porte avant moi. Je me hâtai de le suivre et entrai juste à temps pour voir le Grand Roi se relever d'un bond, l'air stupéfait.

Les autres semblaient aussi étonnés, mais nul ne paraissait s'offenser de l'intrusion. Gwalchavad retrouva le premier la parole. « Gwalcmai ! s'écria-t-il. Mon frère, où étais-tu ? »

L'ignorant, Gwalcmai se dirigea droit vers le Grand Roi et tomba face contre terre devant lui, les bras étendus. Arthur se pencha et le prit par les épaules pour le relever, disant : « Debout, Gwalcmai, tu es le bienvenue en ma compagnie. Relève-toi donc et laisse-nous te regarder ! »

Gwalcmai se remit debout et embrassa son roi, des larmes de joie ruisselant sur ses joues. Gwalchavad lui tapa gaiement dans le dos et les deux frères tombèrent dans les bras l'un de l'autre. C'étaient de bien heureuses retrouvailles. Cai et Bedwyr s'approchèrent et lui tapèrent eux aussi dans le dos.

Je vis l'Emrys qui se tenait près de là et me glissai vers lui. « J'ai tenté de l'arrêter, expliquai-je dans un souffle.

— Ce n'était pas la peine, dit-il. C'est l'un des nôtres qui rentre d'un long voyage.

— Très long ?

— Dix-sept ans. »

Un fort lointain voyage pour durer aussi longtemps, me dis-je. « Où est-il allé ?

— Oh, répondit le Sage Emrys, il était parti à la recherche de lui-même et il a trouvé Dieu à la place. »

Cela n'avait pour moi aucun sens, mais je n'insistai pas. Je les laissai à leur cérémonie et retournai à ma place près des chevaux. La soudaine apparition du cavalier m'avait fait repenser à une autre intrusion... celle de l'homme qui était venu à la rotonde ce soir-là. Ce souvenir me mit mal à l'aise, sans raison apparente.

« J'ai passé plusieurs années avec l'évêque Sepulcius pour recevoir l'enseignement de ce saint homme, dit Gwalcmai. Et avant cela j'ai longtemps erré dans le Llyonesse, dans le royaume de Gorre et en Armorique. »

Nous étions attablés à Caer Lial, après être rentrés de la Table Ronde au crépuscule. Partout Gwalcmai était salué et fêté par chacun. Il était resté si longtemps absent que personne ne s'attendait à le revoir, le pensant mort et enterré.

Sur le chemin du retour vers la cité, l'Emrys m'avait expliqué ce qu'il en était. « Il était parti à la recherche de Pelléas.

— Tu as dit qu'il était parti à la recherche de lui-même, lui rappelai-je.

— Exactement. Il pensait chercher Pelléas, mais c'était sa propre âme qui aspirait au salut.

— Qui était Pelléas ? »

Le Grand Emrys soupira. « Pelléas était mon serviteur, et mon ami le plus cher.

— Que lui est-il arrivé ? »

L'Emrys me lança un regard sévère de ses yeux dorés. « Tu poses trop de questions, mon garçon. » Il se détourna et nous poursuivîmes le trajet en silence.

Assis dans la grande salle d'Arthur, j'écoutais avec attention, dans l'espoir d'entendre un mot qui pourrait m'expliquer le mystère de Pelléas. Gwalcmai parla longuement de ses années passées loin de ses compagnons. J'appris que Gwalchavad et lui étaient les fils du seigneur rebelle Lot, qui avait autrefois été un des principaux partisans du Pendragon.

C'était une nouvelle ! Chacun savait que Lot d'Orcadie et Arthur avaient été, au mieux, des alliés difficiles. La rumeur, jamais démentie, disait que Lot avait failli à apporter son aide contre les barbares à l'époque de la rébellion de Cerdic. Pour cela, Lot avait été à jamais banni de la cour d'Arthur.

Mais voilà que les fils de Lot, l'ennemi d'Arthur, étaient assis à sa table, jouissant de la faveur de sa présence, honorés de torques d'argent et d'anneaux en or de la propre main du Grand Roi — et non en train de croupir ne serait-ce qu'un seul jour au fond d'un cachot. Cela n'avait pas de sens. En vérité, cela ne faisait qu'épaissir le mystère.

« J'ai passé six ans en Gaule à la cour du roi des Ffreincs, Clovis, dit Gwalcmai. Quand il est mort, j'ai regagné Ynys Prydein et y ai repris ma quête de Morgian. »

Au nom de Morgian, je dressai l'oreille. Je me rapprochai de la table, agrippant ma cruche. Qu'allais-je apprendre sur elle ?

Gwalcmai tourna les yeux vers l'Emrys et dit : « Sa piste menait vers le nord. » Cai et Bedwyr échangèrent des regards inquiets et les convives firent silence. Manifestement, cette Morgian possédait un certain pouvoir — la simple mention de son nom jetait une ombre sur les réjouissances.

Le Roi Arthur frappa la table du plat de la main. « Dieu te garde, Gwalcmai, il est bon de t'avoir à nouveau près de moi ! Nous aurons beaucoup à nous dire dans les jours à venir. » Le Grand Roi repoussa sa chaise et se leva. « Je vous en prie, prenez vos aises et profitez de cette soirée, mes amis. Je vous retrouverai demain. »

La conversation se poursuivit autour de la table, mais je suivis Arthur du regard et vit que Gwenhwyvar avait fait son apparition dans la salle. Le Grand Roi alla à elle et l'embrassa. Ensemble, ils passèrent de la grande salle dans les chambres royales.

Il ne fut dit rien de plus sur la longue absence de Gwalcmai. Ce dernier voulait entendre parler des guerres et les autres étaient impatients de tout lui raconter. Bedwyr, qui se rappelait bien chacune des manœuvres et des dispositions de bataille depuis le Glein jusqu'à Baedun, et même avant, parla longuement et avec une grande éloquence. Les autres lui cédèrent petit à petit le terrain, l'encourageant de leurs propres souvenirs.

Gwalcmai écoutait tout d'un air captivé, tantôt les yeux à demi clos pour imaginer le lieu des combats, tantôt avec des exclamations de surprise et de louanges pour le courage des combattants. À un moment de cette longue narration, l'Emrys sortit. Je ne sais quand cela se passa, car j'étais moi-même absorbé par ce qui se disait. Mais lorsque je levai les yeux, il avait disparu.

Comme l'Emrys préférait garder le silence au sujet de Morgian, je me dis que Gwalcmai montrerait peut-être moins de réticence à en parler, si bien que je résolus de le questionner à la première occasion. Donc, quand il entra le lendemain matin dans la grande salle pour déjeuner, je m'approchai hardiment de lui et lui dis ce que j'avais en tête.

« Je t'en prie, seigneur Gwalcmai, je voudrais avoir une conversation avec toi. »

Je crois qu'il fut interloqué par ma présomption — un jeune serviteur demandant à s'entretenir avec un chef de guerre de la suite du Grand Roi. Mais ma hardiesse lui plut, je pense, ou du moins le prit-elle de court. Car il s'immobilisa et me regarda. « Je te connais, mon garçon ? N'étais-tu pas à table hier soir ?

— Oui, lui dis-je, et avant cela je t'ai interpellé au temple de la Table Ronde. »

Le chef de guerre rit doucement. « Oui ! Oui, je me souviens de toi. Courageux garçon, tu as les manières d'un guerrier. Dis-moi ton nom, car j'imagine que tu es né pour de plus grandes choses que porter des cruches de bière.

— Je suis le *filidh* de l'Emrys, lui dis-je fièrement. Il est vrai que j'étais né pour de plus grandes choses. Mais je suis heureux de servir le Grand Roi dans la mesure de mes moyens — que ce soit en versant de la bière ou en balayant les planchers. Je suis Aneirin ap Caw, et mon père est seigneur de Trath Gwryd.

— Je te salue, Aneirin ap Caw. De quoi veux-tu me parler ? » Le chef de guerre me fixa d'un regard curieux et amusé.

« Je voudrais en savoir plus sur cette Morgian », dis-je, sans savoir ce que je demandais.

Gwalcmai devint soupçonneux. « Qu'as-tu à voir avec elle, mon garçon ?

— Rien du tout, seigneur. Mais je pense qu'il y a là

un mystère, car nul ne veut ne serait-ce que prononcer son nom à haute voix.

— Ce n'est pas difficile à croire », répondit Gwalcmai. Il se tripota le menton et m'examina attentivement. Puis, tournant brusquement les talons, il dit : « Viens, je vais te dire ce que tu veux savoir. Mais pas entre ces murs. »

Nous sortîmes de la grande salle pour passer dans la cour d'exercice, derrière le palais. Gwalcmai garda un moment le silence tandis que nous marchions, les yeux baissés.

« Puisse le Seigneur Jesu me pardonner, commença-t-il brusquement. Peut-être vaudrait-il mieux que ces choses demeurent celées. Il ne m'appartient pas de le dire. Dieu seul le sait. Mais je pense qu'il est temps que prenne fin le règne de Morgian, et j'ai juré d'y mettre un terme. Si je n'y parviens pas, ce sera à un autre de le faire. C'est pourquoi je vais tout te dire. » Il s'arrêta et me saisit par l'épaule. « Comprends-tu bien, Aneirin ap Caw ? »

Je hochai solennellement la tête. Je sentais, moi aussi, le terrible poids de ses paroles tomber comme du plomb dans l'étang limpide de mon cœur. Manifestement, ce mystère était plus profond que je n'avais pensé.

« Cela a commencé il y a dix-sept ans. Nous avions combattu dans le Nord et étions revenus à Caer Melyn pour constater que Myrddin n'y était pas. Pelléas était parti à sa recherche et, comme ni l'un ni l'autre ne revenait, Arthur nous a envoyés, Bedwyr et moi, pour les retrouver. »

Il s'interrompit et secoua la tête. « Pelléas... ah, il y avait longtemps que son nom n'avait pas franchi mes lèvres.

— Qui était-ce, seigneur ?

— Pelléas était un guerrier sans égal. C'était un prince du Peuple des Fées qui servait l'Emrys, et c'était aussi un des chefs de guerre d'Arthur. Que tous deux eussent disparu préoccupait fort le roi. Nous sommes partis à leur recherche, Bedwyr et moi. » Il s'interrompit, se remémorant cette lointaine époque. Quand il reprit la parole, sa voix était lourde de chagrin. « Nous avons trouvé Myrddin assis sur un rocher dans le Llyonesse, aveugle, couvert de cloques et délirant... du moins est-ce ce que je crus.

— Et Pelléas ?

— Il n'y avait pas signe de lui. Nous avons ramené Myrddin au Tor d'Ynys Avallach, puis je suis reparti continuer ma quête... je n'ai jamais trouvé trace de Pelléas.

» Et pourtant, j'ai cherché. Du Llyonesse, je suis passé dans le royaume de Gorre, ce groupe d'îles désolées dans le sud. Je n'y ai rien trouvé, mais j'ai entendu parler d'une colonie de Fées en Armorique. J'ai navigué jusqu'en Petite Bretagne et ai séjourné chez Ban. Le village que je cherchais était proche de son royaume, m'avait-on dit, mais si c'était vrai, il n'existait plus. J'ai voyagé en Gaule et suis allé à la cour de Clovis, où j'ai rencontré l'évêque Sepulcius et ai reçu le baptême chrétien.

» Ma quête a été vaine, conclut tristement Gwalcmai.

— Je ne dirais pas cela, répondis-je. L'Emrys dit que tu étais parti chercher Pelléas et avais trouvé Dieu à la place. »

Gwalcmai rit. « Oh, il est sage, en vérité. Oui, c'est ce qui a fini par arriver, je suppose. C'est pourquoi je suis resté si longtemps avec Sepulcius... quand j'étais près de lui, je sentais que ma vie avait un but. Et comme le roi Clovis s'en remettait à ce saint homme, je suis resté pour le servir. Les Ffreincs sont encore plus querelleurs que les Bretons... crois-moi si tu le peux.

— Tu as parlé de Pelléas, dis-je. Mais Morgian ?

— J'y arrivais. » Gwalcmai s'assombrit. « C'est elle qui a rendu Myrddin aveugle et l'a laissé pour mort dans le Llyonesse.

— Quoi !

— C'est la vérité de Dieu, je te l'assure.

— Mais comment ? » Je ne pouvais imaginer quelqu'un l'emporter sur le Glorieux Emrys, Chef des Bardes de l'Île des Forts.

« C'est une enchanteresse du Peuple des Fées, une sorcière très puissante et malfaisante. Elle est la méchanceté même, et aussi forte que la mort. » Il parlait avec une telle véhémence que je me tournai vers lui d'étonnement.

« Tu la connais ?

— Oui, dit-il tristement. Je la connais assez bien pour souhaiter ne l'avoir jamais rencontrée.

— Tu as dit qu'elle était venue ici. Nous n'en avons pas entendu parlé.

— J'ai dit que sa piste menait vers le nord, me reprit-il. Je ne pense pas qu'elle viendrait ici... du moins pas encore. Je pense qu'elle est plus au nord, en Ynysoedd Erch, peut-être.

— Le royaume de Lot... chez ton père.

— Peut-être, acquiesça-t-il d'un ton las. Mais il y a d'autres endroits où elle serait la bienvenue. Partout où Arthur a un ennemi, ou bien où quelqu'un veut du mal à Myrddin... elle y trouvera un ami.

— Elle veut du mal à Arthur ?

— Elle veut du mal à *tous* les hommes, mon garçon. Ne l'oublie jamais. Et ne laisse jamais personne te dire le contraire. Écoute-moi bien, je sais de quoi je parle : Morgian est un poison, c'est une vipère, un démon sous une forme humaine. Et elle ne pense qu'à nuire. »

Nous retournâmes alors au palais. Je m'acquittai de mes tâches sans pouvoir m'empêcher de penser à tout ce que m'avait dit Gwalcmai. Ses paroles hantaient sans cesse mon esprit, et de jour en jour croissait en moi un funeste pressentiment. Je sentais le désastre dans l'atmosphère ensoleillée de Caer Lial, et il m'était impossible d'accomplir mes tâches de façon satisfaisante. Je n'avais personne avec qui partager mon fardeau pour le rendre plus léger. Mon existence était un supplice.

Mais nous ne sommes pas faits pour souffrir longtemps. Nous oublions. Au bout de quelques jours, la suffocante sensation de malheur imminent m'abandonna et je me remis à penser à d'autres choses. Le ciel ne m'était pas tombé sur la tête, la terre ne m'avait pas englouti, la mer ne s'était pas dressée pour submerger la Bretagne. Je perdis mon intérêt pour Morgian et ses manigances pour me tourner vers d'autres préoccupations. En tout premier, le fait que l'Emrys me choisit pour aller au temple avec lui.

Arthur désirait réunir le premier Conseil de la Table Ronde — ces fidèles compagnons dont les noms étaient gravés sur les parois de la rotonde — et nous devions partir en avant pour tout préparer.

La perspective de retourner là-bas, juste l'Emrys et moi, m'emplit de joie. Aussi beau que fût le palais, j'aimais plus encore la rotonde. Sa solitude plaisait à mon cœur. Mon esprit y était en paix. La paix, ai-je appris, est rare en ce monde et il convient de la chérir comme un précieux trésor.

V

Je ne sais pas grand-chose de ce qui se passa au Conseil de la Table Ronde. Ceux qui y assistaient — Cai et Bedwyr, bien sûr, Bors, Gwalchavad, Cador, Llenlleawg, Idris et l'Emrys — étaient les plus fidèles compagnons d'Arthur. Ils le suivaient depuis le début. D'autres devaient venir se joindre à eux à mesure que les hommes de bien seraient attirés par la cour d'Arthur.

Chaque jour pendant trois jours, les seigneurs tinrent conseil avec le Grand Roi. Chaque soir, ils soupèrent ensemble et l'Emrys chanta. Un des récits qu'il conta fut *La Vision de Taliesin*, également nommé *La Chanson du Royaume de l'Été*.

Je me considère comme à jamais fortuné de l'avoir entendu.

Le troisième jour du conseil, Gwalcmai arriva. S'il avait été convoqué ou s'il était venu de son propre chef, je l'ignore encore. Mais il apparut à midi, me salua et se dirigea vers le temple. Il s'agenouilla devant la porte, dit une prière, puis il fut autorisé à entrer. Je mis son cheval à l'attache avec les autres et attendis de voir ce qui allait se passer.

Quelques instants plus tard, il ressortit, seul, et redescendit la colline. Il marchait vite, comme un homme chargé d'une importante mission. J'appris plus tard que Gwalcmai avait été invité à devenir membre de la Table Ronde et à avoir son nom gravé auprès des autres. Mais comme il n'avait pas pris part aux guerres contre les barbares, il lui fallait accomplir quelque haut fait au service de Dieu, du Pendragon et de la Bretagne.

Ce devait être un exploit de son propre choix. Celui-ci accompli, il pourrait revenir se présenter devant le Pendragon avec une preuve de ce qu'il avait accompli. Puis, s'il en était jugé digne, il serait admis parmi eux.

C'est pourquoi, quand il s'éloigna ce jour-là, je vis dans ses yeux la lueur d'acier de la détermination. Je pense qu'il savait déjà ce qu'il allait faire pour gagner sa place dans le Temple de la Table Ronde.

Au matin du quatrième jour, le Grand Roi et ses compagnons repartirent. L'Emrys et moi restâmes cependant au temple, car il voulait être seul pour réfléchir.

Ce soir-là, nous nous assîmes devant le feu pour prendre notre repas. Je dis : « Je me demande comment le Peuple des Collines sait quand nous sommes ici. » Car la nourriture avait commencé à refaire son apparition dès qu'Arthur et les autres étaient partis.

« Peu de choses peuvent se passer dans le pays sans qu'ils le sachent.

— Pourquoi l'apportent-ils ?

— C'est leur façon de m'honorer. Ils me nomment Ken-ti-gern. Connais-tu ce mot ? »

Je secouai la tête. « Non... le devrais-je ? »

L'Emrys me regarda avec tristesse pendant un moment. « Tant de choses disparaissent, dit-il avec un profond soupir. Le Royaume de l'Été s'épanouit et les anciennes coutumes doivent lui céder la place. »

Il garda un moment le silence. Je regardai son visage à la lueur dansante du feu. Il était vieux, bien qu'il n'en eût pas l'air. Longtemps il avait engrangé la sagesse et son poids devenait pour lui un fardeau.

Pour détendre l'atmosphère, je dis : « J'ai vu un Être des Collines, la dernière fois.

— La dernière fois ? » L'Emrys me regarda, ses yeux dorés scintillant à la lueur des flammes.

« Quand j'étais ici... après que tu fus parti avec Tegyr et Bedwyr. J'étais seul et j'ai vu l'un d'eux quand il apportait la nourriture. Il s'est approché du temple et s'est tenu un moment dans l'encadrement de la porte, puis il s'en est allé. Il s'est probablement dit que nous étions tous partis et il a eu envie de voir le sanctuaire. Il n'y est pas entré, malgré tout, et il faisait noir. Il ne m'a pas vu. »

Myrddin me dévisagea longuement d'un œil dur. « Tu ne m'en avais pas parlé jusqu'ici... pourquoi ? » demanda-t-il enfin.

Stupéfait, je dis : « Cela n'avait pas d'importance. Il ne s'est rien passé. Il a laissé la nourriture et il est parti. Je ne l'ai pas revu. Pourquoi ? Ai-je mal fait ?

— Ce n'est pas de ta faute... tu ne pouvais pas savoir.

— Savoir quoi ? demandai-je d'un ton indigné. Qu'ai-je fait ?

— Ne t'est-il jamais venu à l'esprit que les Êtres des Collines n'auraient pas apporté de nourriture s'ils avaient pensé que tu étais parti ? »

Sa question me plongea dans l'embarras. Je sentis le sang me monter au visage et je remerciai le ciel que le rougeoiement du feu dissimulât ma honte.

« Alors ?

— Je suppose que non », répondis-je d'un ton maussade. Il disait la vérité et je le savais bien.

« Non, ils ne seraient pas venus. S'ils ont apporté à manger, ils savaient que tu étais toujours là. Sachant cela, ils ne se seraient pas laissé voir. » L'Emrys marqua un temps, puis il se radoucit. « Enfin, ce n'était probablement rien, comme tu l'as dit. »

Mon cœur cognait dans ma poitrine, démentant

ses paroles. Il y avait là un mystère plus profond qu'il ne m'avait encore été dit. « Si ce n'était pas un Être des Collines, demandai-je, qui était-ce ?

— Je l'ignore. » L'Emrys détourna soudain la tête.

« Morgian ? » dis-je, sans savoir de quoi je parlais.

L'Emrys pivota brusquement vers moi. « Pourquoi prononces-tu ce nom ? »

Je le regardai, horrifié. « Pardonne-moi ! Je ne sais pas ce qui m'a poussé à dire cela. » C'était la vérité de Dieu... ce nom était venu de lui-même sur ma langue.

Les yeux dorés de l'Emrys se rétrécirent. « Peut-être, dit-il lentement. Ou il pourrait y avoir une autre raison. » Son ton était lourd de menace.

« Que veux-tu dire, Sage Emrys ? » demandai-je, redoutant la réponse.

Il regarda dans le feu, contemplant les braises qui rougeoyaient au cœur des flammes. Ce qu'il vit ne le réjouit pas. « Je veux dire, répondit-il enfin, que je crains que tu n'aies deviné juste... si tu n'as fait que deviner. »

Il ne dit rien de plus ce soir-là. Nous dormîmes et nous réveillâmes le lendemain sous une pluie fine. Le temps resta pluvieux presque toute la journée, ne finissant par s'éclaircir que vers le crépuscule. Nous vaquâmes à nos occupations, l'Emrys et moi, pour ne ressortir qu'au coucher du soleil. Les nuages se dissipaient tandis que la mer et les collines se teintaient d'or.

« Aneirin ! » cria Myrddin Emrys du haut du tertre. J'étais au bord du torrent où je remplissais d'eau les cruches pour la soirée. « Tu veux voir les *bhean sidhe* ? Viens ici. »

Je me hâtai de remonter au sommet de la colline avec les cruches. « Entre dans le temple et attends que je t'appelle. »

Je fis ce que m'ordonnait l'Emrys pendant qu'il mettait ses mains en conque pour lancer un long ululement évoquant les vagues qui font rouler les galets sur une plage. Il recommença une seconde fois et attendit, parfaitement immobile. Au bout d'un moment, j'entendis une réponse, identique à l'appel qu'il avait lancé. Myrddin Emrys y répondit de même et des buissons au bord du torrent sortirent deux jeunes garçons, minces et bruns comme des baguettes de saule, portant entre eux le ballot de nourriture.

Tous deux gravirent en courant la colline, vifs comme des ombres, et se dirigèrent vers le temple. Le premier des deux s'approcha et déposa le paquet de nourriture sur le sol, puis il prit la main droite de l'Emrys dans les siennes et la baisa. L'autre l'imita et ils se mirent à parler. Je ne comprenais rien à leur langage... il semblait à mes oreilles plus éloigné d'une langue humaine que tout ce que j'avais jamais entendu. Il était tout en bourrasques de vent et en bruissements de feuilles, sifflements de serpents, bourdonnements d'abeilles et ruissellements d'eau vive.

Après avoir un moment bavardé, l'Emrys se tourna vers le temple et tendit la main dans sa direction. Les deux êtres des Collines se regardèrent, puis ils hochèrent la tête. « Tu peux sortir, Aneirin, appela l'Emrys. Ils t'autorisent à venir les voir. »

Je franchis lentement le seuil de la rotonde et descendit les marches. Ce ne fut qu'en arrivant auprès de l'Emrys que je pris conscience que nos visiteurs n'étaient pas des enfants, mais des adultes. Des hommes faits, et pourtant ils étaient plus petits que moi !

Ils me regardaient avec une vive curiosité, tout comme je le faisais. Ils portaient de courtes tuniques sans manches faites de cuir et de plumes d'oiseaux. Leurs pantalons étaient de peau de mouton souple, ainsi que leurs bottes. Ils étaient munis de petits arcs de bois et chacun avait à la ceinture un carquois de courtes flèches. Ils portaient des colliers de petits coquillages jaunes et chacun avait un épais anneau d'or autour du bras. De petits traits bleus, trois sur chaque joues — leurs marques de *fhain* — les identifiaient comme faisant partie du Fhain du Saumon. Leurs yeux et leurs cheveux étaient noirs comme du jais poli, leur peau était brune et aussi plissée que leurs tuniques.

L'Emrys leur dit un mot et j'entendis mon nom, sur quoi tous deux sourirent. Le premier se frappa le poitrine et dit : « Rei. » Il répéta cela jusqu'à ce que je l'ai prononcé à mon tour, puis le deuxième se présenta, disant : « Vranat. »

Je leur dis mon nom et ils le répétèrent, seulement ils prononcèrent : « Nii-rin », et éclatèrent de rire comme s'il s'agissait d'une bonne plaisanterie. Puis ils redevinrent soudain graves et se remirent à parler à l'Emrys, avec le plus grand sérieux, l'un après l'autre et d'un ton pressant. Cela ne dura que quelques instants. Myrddin leur répondit quelque chose et ils partirent, baisant tour à tour la main de l'Emrys avant de tourner le dos et de s'éloigner en courant. Ils eurent disparu en un instant.

« Là, dit Myrddin Emrys, maintenant tu as vu les êtres des Collines. Y a-t-il le moindre doute ? »

Je savais de quoi il voulait parler. « Aucun, répondis-je. Même dans le noir, j'aurais vu la différence... celui que j'ai aperçu ne leur ressemblait en rien. »

L'Emrys tourna le dos et descendit vers la mer. Je le suivis et nous nous promenâmes un bon moment. Il faisait plus frais au bord de l'eau et l'odeur d'algues et de sel m'emplissait les narines. Le bruit du ressac sur le sable apaisait mon esprit troublé. « Qu'allons-nous faire ? demandai-je.

— Nous ferons ce qui sera requis de nous.

— Saurons-nous ce dont il s'agit ?

— Tout est donné à son heure. Tout ce dont nous avons besoin nous est accordé. Nous n'avons qu'à demander et, si notre prière vient du fond de notre cœur, elle est exaucée.

— Toujours ?

— Tu n'es jamais à court de questions, mon garçon, dit en riant le Sage Emrys. Non, pas toujours. Nous servons selon le bon plaisir du Dieu Généreux. Par lui nous recevons le souffle et l'existence, par lui nous vivons à la fois ici et dans le monde à venir. Si une chose nous est retirée, c'est en raison d'un plus grand bien à venir.

— Toujours ? »

Cette fois, l'Emrys fut catégorique. « Oh oui ! Toujours. La bonté est toujours bonne, et le Dieu de Sagesse est un dieu bon. Car c'est de lui que procède toute bonté.

— Donc, même si le mal s'empare de nous, c'est encore pour le plus grand bien », dis-je, essayant de comprendre cette philosophie.

L'Emrys accepta ma réponse stupide, mais il la corrigea avec gentillesse. « C'est une façon de l'exprimer, mais peut-être pas la meilleure. Voir le mal et le nommer bien est se moquer de Dieu. Pire, c'est enlever toute signification à la bonté. Un mot sans signification est une abomination, car quand ce mot échappe à la compréhension, la chose même qu'il désigne disparaît du monde et ne peut être rappelée.

» C'est là une grande et subtile vérité, Aneirin. Réfléchis-y. »

Je le fis, mais cela ne me mena nulle part. « Mais, dis-je, revenant au début de notre discussion, si le Dieu Saint est bon et que le mal s'empare tout de même de moi, que dois-je dire ?

— Dis simplement : "Le mal s'est emparé de moi." Dieu ne l'a pas voulu, mais, étant Dieu, il peut se servir même de ce qui est intentionnellement mauvais pour le retourner à une bonne fin. C'est son œuvre en ce monde, comme la nôtre est de relever ceux qui ont chuté et de changer le mal en bien. » Il porta une main à son visage. « Même ma cécité a fini par se changer en une bonne chose. »

Cela me surprit. « Parce que la vue t'a été rendue ?

— Non, répondit-il. Parce qu'elle ne l'a pas été. »

Cette fois, j'étais *vraiment* déconcerté. L'Emrys me vit me débattre avec ce qu'il venait de dire et ajouta : « C'est parce que tu ne crois pas que tu ne comprends pas.

— Mais je veux comprendre.

— Alors écoute-moi : Dieu est bon. Ses dons sont accordés chacun en son temps, et selon son dessein. J'ai souffert de ma cécité afin de pouvoir discerner les voies subtiles des ténèbres et n'en chérir que davantage la lumière. Quand j'ai compris cette vérité, il a plu à Dieu de me rendre la vue... ce qu'il a fait à son heure. »

Je savais que tout cela avait un rapport avec Morgian, mais je ne discernais pas en quoi. L'Emrys parlait comme un prêtre enseignant à son troupeau. Je savais que ses paroles étaient vraies, mais les vérités qu'elles révélaient étaient alors pour moi trop profondes. Ou bien je n'étais pas prêt à comprendre. Je ne saurais dire lequel des deux.

Ce soir-là, tandis que nous mangions devant le feu, Myrddin Emrys me parla de son séjour chez le Peuple des Collines — comment il s'était retrouvé séparé des siens et avait été trouvé par les *bhean sidhe* du Fhain du Faucon, comment il avait failli être offert en sacrifice, comment il avait appris leurs façons, et l'art de leur Gern-y-fhain, la guérisseuse de leur clan.

Tandis qu'il me parlait de sa vie, je commençais à comprendre le sens de ces mots : *Tant de choses disparaissent.* Il était évident que le monde que je connaissais était fort différent de celui qu'il décrivait... et qu'il continuait à se transformer rapidement.

Vois ! Le Royaume de l'Été s'épanouit et les anciennes coutumes doivent lui céder la place. Paix ! Ainsi soit-il !

Nous quittâmes le temple quelques jours plus tard pour rentrer à Caer Lial. La cour du Pendragon était toute bruissante des affaires de la Bretagne maintenant que le roi y séjournait. Un flot continu de seigneurs et de propriétaires défilait dans la grande salle et les appartements du Pendragon.

Prêtres et saints hommes se présentaient devant lui avec leurs requêtes. Le Grand Roi établissait des églises, fondait de saints ordres et accordait des terres pour édifier des monastères. La reine Gwenhwyvar prêtait la main avec zèle à ce travail. Sur ses propres ressources et sa propre fortune, elle semait des graines de justice et entretenait des bonnes œuvres de toutes sortes. Elle était formidable de vertu et ardente de piété. Elle était intrépide dans l'amour. Non moindre guerrier qu'Arthur, elle combattait la méchanceté et l'ignorance, ne leur accordant aucun quartier.

J'observais tout, j'écoutais tout, et me souvenais de tout... le conservant comme un trésor dans ma mémoire, ainsi qu'il semblait légitime de le faire. Je parlais longuement avec Bedwyr, qui devint mon ami. Bedwyr avait l'âme d'un barde et la mémoire d'un druide. Souvent nous commencions à parler le soir et ne nous relevions que pour voir les rayons embrasés de l'aube se glisser dans la salle.

Cai aussi devint mon ami, et il m'aidait autant qu'il lui était possible. Mais son indéfectible loyauté rendait difficile de découvrir ce qui s'était réellement passé au cours des batailles. « Eh bien, disait-il, Arthur est Arthur, non ? Il est l'Ours. Il n'a pas son égal au combat... qui peut se dresser contre lui ? » Et cela lui suffisait à résumer toute une campagne !

Il se tint deux autres conseils à la Table Ronde cette année-là : un à l'équinoxe d'automne et l'autre au solstice d'hiver, juste avant la Nativité du Christ. Je n'assistai pas au premier de ceux-ci, mais pour le second je remplis ma fonction habituelle en m'occupant des chevaux.

Je passai trois froides et humides journées devant un feu crachotant au pied de la colline de la rotonde tandis qu'un vent violent apportait la neige de la mer. Quand les autres émergèrent enfin du conseil, j'étais presque gelé. Ils sortirent en chantant d'une voix forte et joyeuse dans les rafales d'hiver. Je compris qu'il s'était passé quelque chose d'important. Je ne perdis pas un instant pour m'enquérir de ce dont il s'agissait.

« Quelle est la cause de ces chants, Sage Emrys ? » demandai-je en courant à lui.

Le Roi Arthur entendit ma question et répondit : « C'est un jour de réjouissance ! s'écria-t-il. Une grande œuvre va être accomplie. Plus grande que tout ce qui s'est vu dans l'Île des Forts depuis que

Bran le Béni a établi son trône d'or. » Il voulait parler du légendaire Siège du Jugement — le fauteuil en or sur lequel Bran prenait place pour rendre la justice à son peuple. Les sentences de Bran, ingénieuses d'équité, étaient devenues lois pour un millier d'années. Dans les temps anciens, la loi de Bran était la seule loi dans le pays, et elle était juste.

« Que va-t-il se passer, Pendragon? demandai-je.

— La Table Ronde va abriter le plus saint objet qui soit au monde. » Il sourit et m'asséna une claque sur l'épaule, manquant me jeter à terre. L'Emrys et lui s'éloignèrent vers le feu, ne me laissant pas plus avancé pour autant.

Bedwyr vint à mon secours. « Que veulent-ils dire? demandai-je. Quel est ce saint objet?

— N'as-tu jamais entendu parler de la Coupe du Seigneur? » demanda-t-il sans s'arrêter. Je lui emboîtai le pas. « Le Graal de Jesu lors du dernier souper de sa vie terrestre, celle qu'il a prise et bénie pour la consécration du vin... quand il a dit : "Ceci est mon sang, versé pour vous, mes frères bien-aimés. Buvez-y souvent en souvenir de moi.

— Cette *coupe-là*, répondis-je. Bien sûr que je la connais. Mais qu'a-t-elle à voir avec nous?

— Cette coupe-là, comme tu l'appelles, est ici, en Bretagne. L'Emrys l'a vue, ainsi que, m'a-t-on dit, Avallach et d'autres encore.

— Où se trouve-t-elle? »

Bedwyr éclata de rire. « Cela, c'est à nous de le découvrir.

— Comment?

— Comment, en effet! » Il rit de moi et de ma curiosité — cela a toujours été ma malédiction — puis il expliqua : « Pas par la force des armes, tu peux en être sûr. Ni par la ruse ou par la traîtrise. Mais, dit-il pensivement, peut-être par la constance dans la foi et la force dans le bien, par la véritable dévotion du cœur... voilà qui pourrait y parvenir, je pense.

— Il faudrait être un ange », fis-je remarquer.

Bedwyr me contempla de ses yeux sombres au

regard acéré et hocha la tête, l'ombre d'un sourire jouant sur ses lèvres. « Désormais les hommes sont appelés à être des anges en ce monde, Aneirin, et à accomplir l'œuvre des anges. »

Ce qu'il voulait dire par là, je ne l'ai découvert que plus tard... trop tard. J'étais si près et je ne voyais pas. Puissé-je être pardonné, j'étais jeune et il y avait dans le monde beaucoup de choses que je ne comprenais pas.

La Nativité du Christ à Caer Lial... c'est la chose la plus proche du paradis que je connaisse. Cette messe, plus que toute autre, était célébrée dans la maison de mon père, mais elle n'avait jamais approché de la fête à laquelle j'assistai à la cour d'Arthur. Évêques et archevêques, prêtres et moines, rois et seigneurs avec leurs suites, tous se rendaient dans la cité d'Arthur en nombre suffisant pour livrer une bataille. Ce qui était peut-être le cas, en un sens.

Je ne cessais de courir des premières lueurs de l'aube jusque fort tard dans la nuit, faisant office de valet et de porteur, d'échanson et de serveur. Tantôt aux écuries, tantôt à la cuisine, tantôt dans la chambre... partout où une paire de mains supplémentaire était nécessaire. Je travaillais dur et allais me coucher épuisé. Mais je n'ai jamais été plus heureux.

Car le palais d'Arthur, toujours joyeux, s'emplissait d'une atmosphère de gaieté extatique, d'une ivresse aussi douce que l'hydromel doré, d'une bienveillante harmonie. Oh, c'était un baume enivrant qui me faisait tourner la tête ! J'entends encore les rires retentir dans les plus lointains recoins et se répercuter dans la cour. Les voix se joindre dans des chansons tandis que les coupes se levaient en toute amitié.

Après la messe, il y eut un festin, et encore des chants, et la distribution de présents. Moi-même, je reçus une dague à manche d'or des mains du Grand Roi, et un étincelant joyau bleu de celles de Bedwyr. Cai me versa une coupe de vin épicé et m'invita à la vider avec sa bénédiction.

Au faîte de ces réjouissances apparurent ceux qui étaient venus rendre hommage à Arthur. Certains étaient des seigneurs, et d'autres des fils de seigneurs désireux de se joindre aux Cymbrogi. Plusieurs jeunes nobles pictes étaient aussi venus chercher la paix d'Arthur et lui prêter allégeance. L'un de ceux-ci était un garçon du nom de Medraut.

Les solliciteurs entraient dans la salle du conseil du Grand Roi, où il siégeait pour entendre leurs requêtes. L'un après l'autre, il leur était donné permission de plaider leur cause et, cette journée étant un jour de saintes réjouissances, il était accordé à chacun ce qu'il désirait.

Puis arriva Medraut.

Il s'approcha hardiment du trône du Grand Roi et se mit à genoux. Les yeux humblement baissés, il présenta sa requête. « Merveilleux Pendragon, je souhaite être élevé dans ta noble maisonnée. » Il s'exprimait fort bien, sans la moindre trace de rudesse de la langue picte.

Certains, dans la salle, retinrent leur souffle en entendant cela, car c'était un affront à la générosité du Grand Roi. Ils trouvaient le garçon impudent de profiter de cette sainte fête pour demander une telle chose. Mais Medraut était avisé, il savait qu'il ne lui serait rien refusé en ce jour entre tous. Et, une fois sa parole donnée devant tous ses seigneurs, Arthur ne la reprendrait jamais.

En cela, Medraut avait raison, mais cela ne lui gagna aucun ami. Nul n'aimait voir la générosité du Grand Roi abusée de cette façon. Beaucoup murmurèrent contre lui dès cet instant.

« La charge d'éduquer quelqu'un n'est pas une mince affaire, répondit prudemment Arthur, et ne doit pas être décidée à la légère. Quel est ton nom ?

— Je suis Medraut ap Urien, seigneur de Monoth. » Où pouvait se trouver ce royaume, je n'en avais aucune idée, et j'avais pourtant vécu toute ma vie dans le Nord.

« Viens me trouver quand la fête sera terminée, Medraut. Mieux encore, amène ton père et nous discuterons de cela entre nous. »

Le jeune garçon ne se laissa pas éconduire. « Au nom de ta fête, noble seigneur, je te supplie de ne pas me refuser. »

L'Emrys avait assisté à ce qui venait de se passer. « Oh, c'était bien manœuvré. Ne joue jamais au *gwyddbwyll* avec celui-là », m'avertit-il jovialement, puis il ajouta : « Et ne lui prête pas ton couteau. » Il donna une pichenette à ma dague toute neuve et s'éloigna.

J'examinai plus attentivement le garçon. Son teint était blafard, comme s'il n'avait jamais vu la lumière du soleil, sa chevelure noire tombait devant ses yeux sombres et pendait en longues boucles sur ses épaules comme celle d'une femme. Il était mince et gracieux dans ses gestes et ses manières. Quand il marchait, il prenait appui sur la pointe du pied et non sur le talon. Il avait les traits fins et était délicat comme une jouvencelle, mais dans l'ensemble pas déplaisant à regarder. Certaines des plus jeunes femmes de la cour d'Arthur le trouvaient assez beau, je crois.

Le Grand Roi examina lui aussi le jeune homme devant lui et, sans y voir malice, accéda à son désir. « Je ne t'ai pas refusé, jeune homme. En échange de ta loyauté, je me charge de t'éduquer jusqu'à ce que je t'estime prêt à prendre ta place dans le monde. »

En entendant cela, Medraut tomba face contre terre devant le Grand Roi. « Seigneur et Pendragon, dit-il, je te promets loyauté, honneur et fidélité. Tant qu'il me restera un souffle, je serai ton serviteur. »

Arthur accepta l'hommage de Medraut et lui fit signe de se joindre à la fête. « On va te trouver un lit et t'installer confortablement. À présent, viens festoyer avec nous et profite de cette sainte et joyeuse journée. » Puis il se leva et déclara le conseil terminé, sur quoi tous se dirigèrent vers la grande salle pour le festin. Il m'échut de trouver un endroit où dormir pour Medraut... ce qui n'était pas tâche facile, car chaque chambre et chaque lit étaient déjà occupés.

Finalement, et après des difficultés considérables,

je lui trouvai à dormir dans les écuries avec certains des valets. Quand je le lui expliquai, il s'indigna. « Tu me penses au-dessous de toi, esclave ! s'exclama-t-il avec fureur.

— Je n'ai pas dit ce que je pensais de toi », lui répliquai-je, tout hérissé. J'avoue que je ne savais pas grand-chose de lui, mais ce peu ne me plaisait guère. Je le trouvais arrogant et mesquin d'avoir pris Arthur au piège de sa parole et d'avoir manipulé la générosité du Grand Roi. « Je suis un fils adoptif du roi, comme toi. »

Il me lança un regard furibond. « Je suis de noble lignage !

— Je te crois sur parole. » En vérité, nous n'avions que sa parole en la matière.

« Surveille ta langue, valet ! Je suis maintenant de la suite d'Arthur, je pourrais te faire renvoyer. »

Il se vantait inutilement, je n'avais pas peur de lui. « Tu es le fils adoptif du Pendragon, le repris-je fraîchement.

— Sachant cela, tu penses m'humilier... c'est cela ?

— Je ne pense qu'à obéir à mon seigneur en accomplissant la tâche qu'il m'a confiée.

— Il t'a été ordonné de m'insulter et de m'humilier. » Il renifla d'un air soupçonneux.

« Il m'a été ordonné de te trouver un endroit où dormir, rétorquai-je. Si cela t'humilie, tu aurais peut-être dû choisir une autre maison à honorer de ta présence. »

Il était si prétentieux qu'il ne remarqua même pas mon mépris. « Je veux ton lit, dit-il d'un air madré.

— Mon lit, mais...

— Là ! » Son rire était sec comme un glapissement de belette. « Je vais prendre ton lit, et *toi*, tu dormiras dans l'écurie. » Ses yeux brillèrent comme s'il venait de remporter une grande victoire.

« Si c'est ce que tu désires... commençai-je.

— Ce l'est.

— Alors, soit. » Je m'en allai, laissant le jeune tyran glousser et se réjouir de sa malice.

Un tyran, oui. D'une effronterie à couper le

souffle. Je ne pouvais croire à une telle impudence — ni à la promptitude avec laquelle il s'était insinué dans l'intimité d'Arthur. Ce n'était pas la vanité qui lui faisait défaut.

Je ne le revis pas avant la fin de la soirée, quand il vint me demander de le conduire à sa chambre — il présumait que je disposais d'un tel logement. Deux nobles pictes étaient avec lui. « Mais ceci, seigneur Medraut, est ma chambre », lui dis-je en écartant les bras pour montrer la grande salle, à présent pleine de fumée et des voix sonores de ceux qui y poursuivaient leurs réjouissances. « Et voici mon lit. » Je désignai un coin poussiéreux de la vaste cheminée.

Deux guerriers étaient déjà profondément endormis, drapés dans leurs manteaux, et ronflaient joyeusement. « Vois, dis-je, tes compagnons sont déjà au lit. Prends garde à ne pas les réveiller en te couchant. »

Le visage de Medraut se crispa de rage. « Menteur !

— C'est la vérité, répondis-je calmement. Mon propre lit a été donné à un invité il y a plusieurs jours. Depuis, je dors dans la grande salle. »

C'était un fait. L'endroit où je dormais était occupé par un seigneur depuis que les nobles avaient commencé à arriver pour la Nativité du Christ. J'avais dormi dans la grande salle sur un des bancs, ou bien dans un coin, enroulé dans mon manteau.

J'ignore ce que comprirent de cela les deux Picti qui accompagnaient Medraut, mais l'un d'eux sourit et lui asséna une claque dans le dos. « Viens, allons dormir dans nos coupes ! » dit-il à son compagnon, et tous deux s'éloignèrent, se désintéressant de la situation.

« Si tu n'as besoin de rien d'autre, je vais aller à l'écurie, dis-je quand ils furent partis.

— Tu m'as leurré, esclave ! » Il était livide.

« C'est toi qui m'y as invité, rétorquai-je. Si tu m'as pris pour un esclave, pourquoi supposer que je disposais de meilleurs appartements que les écuries ? » Il me regarda de travers, mais il ne trouva rien à répondre.

Je le laissai planté là et sortis dans la froide nuit d'hiver pour me rendre aux écuries. Le ciel était clair, la lune haute et brillante. Arrivé à la porte, je me retournai brusquement et crus voir quelqu'un se glisser le long du mur du palais, de l'autre côté de la cour. Mais il était tard et j'avais la vue brouillée par la fumée et le manque de sommeil.

VI

Le printemps venu, l'Emrys et moi nous rendîmes de nouveau à Avallon, dans la mer d'Occident. Cette fois, nous étions accompagnés de la reine et de plusieurs de ses suivantes. L'église et le monastère qui s'y construisaient étaient chers au cœur de Gwenhwyvar et elle voulait voir par elle-même l'avancement des travaux.

Nous quittâmes le port par une belle matinée, une fraîche brise de nord-ouest gonflant les voiles et nous poussant à vive allure sur les vagues frangées d'écume. La reine et l'Emrys passèrent tout le voyage plongés dans une grave conversation en tête à tête. Je ne sais de quoi ils parlèrent, mais à la fin Gwenhwyvar prit l'Emrys dans ses bras et posa un long moment la tête sur son épaule, puis elle lui donna un baiser sur la joue.

Il me sembla qu'ils avaient conclu quelque chose entre eux. Ou bien qu'ils s'étaient réconciliés d'une manière ou d'une autre. Rien ne me fut jamais confié à ce sujet, de sorte que je ne saurais le dire. Mais je remarquai que les rapports entre l'épouse du Pendragon et son Sage Conseiller furent dès lors plus chaleureux.

Le reste du voyage se déroula sans incident et nous arrivâmes à Avallon alors que le couchant passait du lapis-lazuli au vert mordoré. Un groupe de moines descendit nous accueillir au bord de l'eau. Ils avaient amené des chevaux et nous nous mîmes en route sans tarder. Il faisait malgré tout nuit noire quand nous parvînmes à la demeure du Roi Pêcheur.

Nous étions attendus et fûmes joyeusement salués. Les premiers navires à aborder les îles au printemps apportent avec eux le rappel que le monde n'a pas oublié les insulaires et ils en sont d'autant plus chaudement accueillis.

Une fois de plus, je fus émerveillé par la majestueuse présence du roi Avallach, et encore davantage par la beauté de sa fille, Charis. Contempler côte à côte la reine Gwenhwyvar et la Dame du Lac était regarder trop longtemps l'éblouissant éclat du soleil, sentir son cœur bondir d'un ardent désir dans sa poitrine, se voir dérober les mots sur la langue avant que les lèvres n'eussent pu les prononcer.

Charis et Gwenhwyvar s'embrassèrent dès qu'elles se virent et finirent le chemin ensemble tout en parlant d'autres rencontres et séparations. Manifestement, c'étaient des amies de cœur.

Ce soir-là, la harpe résonna dans le palais du Roi Pêcheur tandis que le Glorieux Emrys chantait des histoires d'un temps plus ancien. C'étaient des chansons que je n'avais jamais entendues, dont les mélodies étaient plus vieilles que quiconque en vie, évoquant des événements survenus il y a si longtemps que les hommes ne s'en rappellent plus, sinon en chansons. J'écoutais et brûlais de posséder une miette du talent dont jouissait l'Emrys.

Jesu me garde, il semblait que le temps s'arrêtait dans le palais du Roi Pêcheur quand il chantait. Comme à la cour de Bran le Béni, quand les oiseaux de Rhiannon avaient chanté et que quatre-vingts ans avaient paru ne durer qu'une seule journée, la fuite du temps s'était ralentie et nous étions pris dans un instant éternel.

D'un seul coup, tout chagrin, tout souci, toute souffrance et toute fausseté avaient disparu, dispersés comme des ombres au soleil. Nous apprenions alors à être meilleurs et plus nobles que nous ne le fûmes jamais, plus vifs et plus zélés, plus vivants que la vie elle-même.

Ces moments sont assez rares, mais ils existent bel et bien. Heureux l'homme qui en a connu au moins un dans sa vie, car il a goûté au Paradis.

Je m'endormis avec le son ensorcelant de la harpe à mes oreilles et me réveillai pour me retrouver seul dans le palais. La matinée était bien avancée. Je me levai et traversai la cour vers le rempart, gravis l'escalier et me promenai en regardant le paysage.

Un peu plus loin au sud, les murs de pierre blanche du monastère étincelaient au soleil. Il me vint à l'esprit qu'il ne pouvait y avoir plus belle chose que de vivre dans cette sainte enceinte et consacrer sa vie entière à la quête du Dieu Très Saint et de son Fils Sauveur. Je décidai de me rendre sur place pour voir par moi-même quel genre de vie on pouvait y mener.

En cela, je fus déçu, car si les murs du monastère étaient debout, pas grand-chose d'autre n'était terminé. Des tas de pierres gisaient éparpillés dans la vaste cour parmi des piles de bois équarri. Les fondations de plusieurs bâtiments étaient creusées et la construction avait repris avec la belle saison. Il y avait partout des hommes au travail, qui coupaient, façonnaient et creusaient. Les frères travaillaient avec zèle, mais il restait encore beaucoup à faire.

Je regardai un moment sans que personne, ou presque, ne prête attention à moi, avant de revenir sur mes pas dans l'herbe tendre, la brise marine faisant claquer mon manteau sur mes épaules. À mi-chemin du monastère inachevé et du palais du Roi Pêcheur, je m'arrêtai, incapable d'aller plus loin.

C'est étrange à dire — encore plus étrange à ressentir — mais il me semblait soudain que cette île était devenue ma vie, le palais et le monastère les pôles jumeaux de mon âme. Et j'étais pris entre les deux. Il me fallait, pensai-je, choisir l'un ou l'autre, et ce choix ne devait pas tarder.

J'ignore pourquoi je me dis cela, ou pourquoi cela me parut aussi urgent sur le moment. Dieu seul le sait.

Je demeurai quelque temps immobile, le cœur

lourd d'émotions contradictoires qui m'attiraient tantôt d'un côté, tantôt de l'autre. Puis, aussi vite qu'il était venu, ce sentiment me quitta et je pus reprendre mon chemin. Mais rien n'était tout à fait comme avant. Je ne le savais alors pas, mais ma vie ne serait plus jamais ce qu'elle avait été. Déjà se précipitaient les événements qui nous emporteraient tous.

Quelques jours plus tard, nous retournâmes à Caer Lial et rapportâmes à Arthur que la construction de l'église et celle du monastère avançaient à bonne allure. Gwenhwyvar paraissait particulièrement heureuse que tant eût été accompli en si peu de temps. « L'an prochain à cette époque, déclara-t-elle, l'église sera achevée et l'hospice sera prêt. »

Le Pendragon fut content de nous voir revenir, car Pâques approchait, époque à laquelle devait se tenir le prochain conseil de la Table Ronde. Il demanda à l'Emrys de partir en avant à la rotonde afin de tout préparer pour le conseil. J'allai avec lui, bien sûr, et nous apprêtâmes le temple — balayer, laver le sol et les marches, ramasser du bois en quantité pour le feu et entreposer la nourriture qu'Arthur désirait voir servie.

À la veille de l'équinoxe de printemps, l'Emrys et moi nous retrouvâmes une fois de plus devant le feu pour prendre notre repas sous les étoiles vespérales. « Demain commencera le conseil », dit-il en rompant le pain pour m'en offrir la moitié. Je le savais, bien entendu, mais quelque chose dans sa voix retint mon attention.

« Cela doit-il être un conseil spécial, Emrys ? » demandai-je.

Il regardait au cœur du feu, le regard indéchiffrable sous ses paupières mi-closes. Sa réponse ne fut pas celle que j'espérais. « De puissantes forces sont à l'œuvre en ce monde, mon garçon. Des forces d'où surgiront de profonds événements. Là où règne un grand bien, un grand mal se rassemble. »

Puis, comme pour me rassurer, il dit : « Mais je ne vois pas la fin, je ne vois que le début. »

Je sais qu'il n'avait pas l'intention de me faire peur, mais la vérité est parfois effrayante. Mon cœur sombra dans ma poitrine et je me fis l'effet d'un être faible et chétif. Je sentais s'approcher la ténébreuse armée du Grand Ennemi et je voyais la lumière comme une petite chose insignifiante et pitoyable. Cette nuit-là, je vis en rêve un vaste gouffre obscur béant devant moi dans lequel s'enfonçait un sentier cahoteux, comme dans la gueule fétide d'un monstre vorace. Dans mon rêve, je voyais mes pieds fouler ce lugubre sentier tandis que je sombrais dans les ténèbres.

Mais le matin se leva, clair et frais. Les horreurs imaginaires de la nuit avaient été vaincues par les forces de la lumière. La loyauté du Grand Dieu se manifestait une fois de plus à la face du monde. J'y puisai un réconfort.

À midi, Bedwyr, Bors et Cai arrivèrent, menant des chevaux qui transportaient tentes et provisions. À ma grande consternation, Medraut était avec eux. Depuis le premier soir où je l'avais berné dans l'histoire des lits, j'avais réussi à l'éviter. Cela n'avait pas été difficile, car on lui avait donné un logement à l'extérieur du palais avec les autres guerriers du Pendragon.

Qu'il se présentât à la Table Ronde m'atterra et me mit en rage. C'était la dernière personne que je désirais y voir. À mes yeux, sa présence profanait ce sol sacré. Comment il avait réussi à se glisser dans la compagnie d'hommes tels que Bedwyr, Bors et Cai, champions de Bretagne, je ne le saurai jamais. À moins, me dis-je, qu'il ne leur eût celé sa vraie nature. En cela, je ne me trompais pas de beaucoup.

« Salut, Myrddin Emrys ! cria Cai. Quel remède as-tu à une gorge desséchée par la route ?

— Caius, Dieu te garde, j'arrive avec la cruche. » L'Emrys se pencha pour prendre le récipient à ses pieds et s'avança vers les trois guerriers, la coupe à la main. Il donna celle-ci à Cai et la remplit.

« De l'eau ! s'exclama Cai.

— Puisée fraîche et limpide à la source du pied de

la colline, répondit l'Emrys. Bienfaisante pour le corps aussi bien que pour l'âme. »

Bedwyr s'amusa de la détresse de Cai. « Vide la coupe, frère. Nous avons soif, nous aussi.

— Vas-y, plaisanta Bors, cela ne te rouillera pas le ventre. »

Medraut rit d'un air suffisant. Il donna une claque dans le dos de Cai comme un vrai frère d'armes. « Se pourrait-il que le puissant Cai se laisse effrayer par un peu d'eau pure ? » ricana-t-il.

Cai se raidit légèrement et jeta un coup d'œil sinistre à Medraut. Le jeune tyran rit de plus belle et s'accrocha au bras de Cai. « Je plaisante, frère ! Je plaisante ! Comme Bedwyr, je ne voulais rien dire par là. »

Cai marmonna et regarda fixement la coupe. Puis il la porta à ses lèvres et la vida d'un trait, la flanqua dans les mains de Medraut et s'éloigna à grands pas. « Tu es allé trop loin, lui dit sèchement Bors.

— Ha ! Mais ce n'est qu'une petite plaisanterie, répondit joyeusement Medraut, il l'aura bientôt oubliée.

— Peut-être, dit sévèrement l'Emrys, mais elle n'est pas la bienvenue en ces lieux. Cette colline est consacrée à un dieu différent. Souviens-t'en. » Il me tendit la cruche et suivit Cai.

Le sourire de Medraut ne quitta pas ses lèvres, mais lorsque je remplis la coupe et qu'il la vida à son tour, son regard était aussi défiant que celui d'un loup en maraude. Ses doigts m'effleurèrent la main quand je le servis et son contact me fit frissonner.

Plus tard dans la journée, le Grand Roi et sa suite arrivèrent, précédés de Gwalchavad et de Llenlleawg. Je fus surpris de voir que Gwenhwyvar était avec eux et qu'elle allait aussi assister au conseil. « Je vois que Gwalcmai n'est pas là, dit Arthur. Bien, nous allons ouvrir le conseil et peut-être fera-t-il son apparition. »

Ils se rassemblèrent aussitôt dans la rotonde et j'allai attacher les chevaux. Medraut avait reçu pour instructions d'attendre au pied de la colline et de m'aider avec les tentes et les bêtes, mais c'était là une chose qui lui répugnait. Je fis tout le travail pendant qu'il rôdait sur la colline et au bord du ruisseau. Il paraissait chercher quelque chose mais, comme j'étais heureux de ne pas avoir à lui parler, je le laissai faire.

Le soir enténébrait les vallées et le flanc des collines flamboyait comme si un feu doré les avait embrasées. Des nuages sombres se rassemblaient à l'est sur les ailes de la nuit et je sentis l'odeur de la pluie portée par le vent tandis que je finissais d'abreuver les chevaux. Le conseil venait de ressortir de la rotonde et redescendait la colline quand j'entendis un tambourinement de sabots sur le sable. Je courus jusqu'au surplomb et vis deux chevaux qui approchaient rapidement sur la plage. Je fis demi-tour et remontait en hâte prévenir les autres.

« Gwalcmai ! criai-je. Gwalcmai arrive ! »

Bors et Gwalchavad se retournèrent vivement pour regarder dans la direction que j'indiquais. « C'est Gwalcmai, confirma Gwalchavad. Mais qui est avec lui ?

— Je ne saurais le dire à cette distance, répondit Bors. Mais il se tient légèrement en selle.

— C'est une femme, fit remarquer Gwenhwyvar.

— On peut compter sur Gwalcmai pour être en galante compagnie, se gaussa Cai.

— Et quel mal y a-t-il à cela ? demanda la reine.

— Qui cela peut-il être ? » s'interrogea Bedwyr. Il jeta par-dessus son épaule un coup d'œil à Myrddin qui venait de sortir de la rotonde. L'Emrys s'immobilisa. Ses membres devinrent raides comme des troncs d'arbre.

Le flanc de la colline déroba brièvement les cavaliers à notre vue. Un instant plus tard, ils gravissaient la pente et je pus les voir distinctement. Le cavalier qui accompagnait Gwalcmai était effectivement une femme : tout de noir vêtue, le visage dissimulé sous un voile.

Gwalcmai tenait les rênes de son cheval serrées dans sa main. Quelque chose dans la façon dont il la guidait me dit que la femme était sa prisonnière.

Un sentiment de profonde terreur s'empara de moi. Un frisson me rampa sur la nuque. Je savais que le danger et la mort étaient très proches. Jetant un coup d'œil à Medraut, je vis un étroit sourire retrousser ses lèvres pleines et cette vision me glaça jusqu'à la moelle.

L'Emrys regarda Arthur et lui fit signe de se tenir en arrière. Les yeux braqués sur les deux cavaliers, le Pendragon ne vit pas l'avertissement et s'avança. Les autres s'attroupèrent devant les chevaux tandis que Gwalcmai faisait halte et mettait pied à terre.

« Salutations, mon frère ! » cria Gwalchavad. Ses paroles de bienvenue moururent dans l'air immobile.

Gwalcmai se dirigea vers sa prisonnière, l'arracha rudement à sa selle et la fit descendre. L'agrippant fermement par le bras, il traîna sa captive devant le Grand Roi.

« Qui est cette femme et qu'a-t-elle fait pour être ainsi traitée ? demanda le Pendragon.

— C'est une ennemie, seigneur Arthur, répondit Gwalcmai. Je l'ai amenée pour qu'elle affronte la justice à laquelle elle a si longtemps échappé. » Sur ces mots, il leva la main, souleva le voile et lui ôta sa capuche. C'était...

La Dame du Lac !

Mais non... Alors que je regardais, frappé de stupeur, la femme qui se tenait devant moi, je vis que ce n'était pas Charis, mais quelqu'un qui lui ressemblait beaucoup. Elle était très belle, indéniablement belle, mais dure comme la pierre taillée. La haine bouillonnait en elle et en suintait comme le venin d'une morsure de serpent.

Je regardai l'Emrys, cherchant à me rassurer. Mais je le vis sombre et distant. Tel un animal pris au piège, il avait l'air terrifié et indécis, ne sachant s'il devait fuir ou se battre. Cette attitude lui était si peu naturelle que je détournai aussitôt la tête et ne regardai plus vers lui.

« Une ennemie ? demanda Arthur.

— Même à un ennemi il est accordé quelque

dignité, dit sèchement Gwenhwyvar. Relâche-la, Gwalcmai. Nous ne sommes pas des barbares. »

Le guerrier fit ce qui lui était ordonné. La femme se redressa de toute sa taille et regarda effrontément dans les yeux le roi qui demanda : « Qui es-tu, femme ?

— Ô Grand Roi, répondit-elle d'une voix aussi dure et froide que l'acier inanimé, cet *homme* » — elle avait craché ce mot — « me calomnie. Il m'accuse de trahison. Quelle est ma trahison ? J'exige de savoir pourquoi j'ai été amenée ici.

— Tu as été amenée ici pour répondre des accusations portées contre toi, lui dit Gwalcmai, et pour faire face à la justice du Grand Roi.

— Les accusations ? ironisa la femme. Je n'ai entendu aucune accusation. Tu ne sais rien de moi.

— Mais moi, je te connais, Morgian », répondit Myrddin d'une voix basse et âpre.

L'Emrys s'avança. Bedwyr lui saisit le bras en s'écriant : « Non ! Myrddin, pour l'amour de Jesu, ne fais pas cela !

— C'est à moi qu'incombe cette tâche », lui dit l'Emrys en repoussant sa main. Le Grand Roi tenta de l'arrêter. « Paix, Arthur. Mon heure est arrivée. Aies confiance en Dieu. »

J'entendis sa voix, étrangement tendue. Je me tournai et restai bouche bée devant ce que je vis, car l'Emrys avait visiblement changé. La peur que j'avais vue en lui avait entièrement disparu et il semblait avoir grandi. Il se dressait maintenant au-dessus de nous avec une grande et terrible force, ses yeux dorés flamboyant d'un terrible éclat.

Il s'avança jusqu'à Morgian et lui fit face. Elle baissa la tête et ses lèvres s'entrouvrirent sur un sourire à la fois horrible et enjôleur. Je sentis mes genoux faiblir en le voyant.

« Oh, je te connais bien, Morgian. Tu as toujours été une séductrice par tes mensonges. Depuis longtemps tu luttes contre le Vrai Dieu et ses serviteurs, mais je te dis aujourd'hui que c'est terminé.

— Est-ce là le crime dont tu m'accuses ? ricana-t-elle. Où est le mal ? À qui ai-je fait tort, sinon à ton dieu faible et faillible ? S'il se laisse si facilement blesser par les insignifiantes actions d'un mortel, qu'il se présente devant moi pour le dire ! »

Oh, elle était vive et subtile. Elle affectait un air si injustement traitée que je la crus. Les autres chancelèrent dans leur conviction. Seul l'Emrys demeura inébranlable.

« Il suffit, Morgian. Tes artifices ne peuvent plus te servir à rien. » Il se tourna vers le Grand Roi et dit : « Le mal que m'a fait cette femme, je le lui pardonne volontiers. C'est pour les torts qu'elle a causés aux autres qu'il faut la juger.

— Tu n'es pas mon juge, siffla la femme.

— Le Roi Suprême des Cieux est ton juge, répliqua l'Emrys. Et le Pendragon de Bretagne est l'auxiliaire de sa justice en ce monde.

— Bien parlé, dit Arthur. Entendons les accusations portées contre elle. »

L'Emrys se retourna vers Morgian et leva le bras, l'index tendu. « Je t'accuse d'innombrables félonies, grandes ou petites, à l'encontre de l'humanité et de la Bretagne. Je t'accuse de sédition, perfidie, abomination et blasphème. Je t'accuse des crimes les plus infâmes et méprisables. Je t'accuse du meurtre de Pelléas, mon ami et loyal serviteur du Roi Arthur. Je t'accuse de la mort de Taliesin, mon père. »

Le Pendragon écoutait cela avec gravité. « Que réponds-tu à ces accusations ? »

La Reine de l'Air et de l'Ombre rejeta la tête en arrière et éclata de rire. J'espère ne plus jamais entendre un bruit aussi épouvantable. « Penses-tu que je me soucie de ces vétilles ?

— Le meurtre n'est pas une vétille, femme, dit Arthur.

— Non ? Combien d'hommes as-tu tués, Grand Roi ? Combien en as-tu massacrés sans raison ? Combien en as-tu taillés en pièces que tu aurais pu épargner ? Combien sont morts parce que dans ta fureur guerrière tu n'as pas voulu les entendre implorer grâce ? »

Le Grand Roi ouvrit la bouche pour parler, mais il ne put trouver de réponse.

« Ne l'écoute pas, Ours ! s'écria Bedwyr. C'est une ruse !

— Ne me parle pas de ruses, Vaillant Bedwyr ! » Morgian pivota vers lui. « Toi qui as guetté en embuscade ta proie sans méfiance, qui as attaqué et tué par surprise ! Comment était-ce, en Celyddon, quand tu te glissais furtivement à travers bois ? Ton cœur ne battait-il pas d'excitation en songeant à ta ruse ? Ne bondissait-il pas de joie en voyant le feu jaillir dans le dos de tes ennemis ? Tu es un maître en tromperie, me semble-t-il. »

Bedwyr la foudroya du regard et détourna la tête. Cai bondit à sa défense. « C'était la guerre ! Nous n'avons fait que notre devoir. »

Tel un chat toutes griffes dehors, Morgian se jeta sur lui. « La guerre ! Cela absout-il ta culpabilité ? Tu as tué des hommes dont le seul crime était de vouloir nourrir leurs enfants et les voir grandir. Tu as fait des orphelins de ces mêmes enfants et les as livrés à la lente torture de la mort par inanition. Tu as fait des veuves d'épouses qui ne savaient rien des royaumes et de leurs dirigeants. Tu as arraché à jamais le souffle de leurs poumons et la lumière de leurs yeux. Mais comment le saurais-tu... toi qui n'as jamais partagé ton lit avec une épouse ? »

Cai, rouge de honte, se tut. Mais Morgian était loin d'en avoir fini. « N'as-tu rien d'autre à dire, valeureux Cai ? Allez, parle moi encore des cruelles nécessités de la guerre.

— Tiens ta langue, avertit Gwalcmai d'un ton menaçant.

— Es-tu fâché, mon fils ? » Morgian se tourna vers lui. « Ton frère et toi devriez être les derniers hommes au monde à vouloir ma mort. Nous sommes parents par le sang, non ? Que dirait votre père s'il apprenait que ses fils ont causé la mort de sa mère ?

— Tu n'es pas notre parente par le sang ! cracha Gwalchavad.

— Demande à Lot d'Orcadie, répondit-elle d'un ton doucereux. Ou bien ne t'es-tu jamais demandé comment il a pu avoir des jumeaux alors que son épouse était stérile ? »

C'était une effroyable démonstration. Elle savait exactement que dire pour réduire chacun au silence. Je commençais à me demander s'il existait un homme capable de lui tenir tête. Assurément, elle était la Reine de l'Air et de l'Ombre !

Gwenhwyvar s'avança hardiment, le menton en avant. « Tu es adroite, femme, dit-elle. Je te l'accorde. Mais les fils ne sont pas responsables des actes de leur père.

— Oh, oui, répliqua malicieusement Morgian, parle-moi de pères et de fils. La Reine Stérile... n'est-ce pas ainsi que l'on te nomme ? Manifestement, tu es au courant... toi dont la matrice est scellée comme une tombe. Et pourquoi donc ? Se pourrait-il que tu redoutes l'antique prophétie de ton peuple, laquelle dit que ton époux se fera tuer par son fils ? »

Gwenhwyvar en resta confondue. « Comment sais-tu cela !

— J'ai parlé avec les druides d'Ierne, où la chose est bien connue... et où est aussi bien connu ce que tu fais pour empêcher cette prophétie de s'accomplir. »

Arthur regarda son épouse, comme frappé par la foudre. « Elle ment ! s'écria Gwenhwyvar. Arthur, mon âme, crois-moi ! C'est un mensonge !

— Nous répondrons tous de nos péchés devant Dieu, dit lentement l'Emrys. Tu vas répondre des tiens devant le Grand Roi maintenant.

— Comment pouvez-vous même songer à me condamner alors que vous avez tous commis des crimes bien pires que les miens ? Où est cette justice dont vous êtes si fiers ? Répondez-moi ! »

Morgian leva le bras pour nous renvoyer nos accusations. Je me fis tout petit devant son courroux. « Vous vous condamnez vous-mêmes ! Vos propos sont dépourvus de sens. Vos accusations sont le bêlement de moutons agonisants. Race méprisable, vous courez tête baissée à votre propre perte! »

Elle s'avança vers Arthur. Son sourire exultant me rendait malade. « Pensais-tu me vaincre? Ta justice pue la pisse et le vomi! Tu me répugnes, hurla Morgian. Insensé! » Elle se dressa de toute sa taille et cracha à la figure du Grand Roi.

« Non! » Gwalcmai bondit en avant. Il saisit Morgian par les bras et la fit pivoter. Elle cracha sur lui aussi et, avec un sifflement de chat sauvage, elle lui laboura les yeux de ses ongles. Il poussa un cri et recula, mais elle bondit sur lui, griffant et donnant des coups de pied. Une longue dague apparut dans sa main et je vis, horrifié, la lame siffler à un cheveu de la gorge de Gwalcmai.

Mais Gwalcmai était plus vif qu'elle ne pensait. À l'instant même où il roulait à terre, sa main trouva son épée, la tira et la brandit alors qu'elle se jetait sur lui. La lame transperça le flanc de Morgian juste sous les côtes, s'enfonçant dans son cœur noir.

Elle poussa un unique cri, se raidit et se redressa, étreignant l'épée. La dague tomba de sa main et rebondit avec fracas sur les pierres. Morgian recula en titubant et s'effondra aux pieds d'Arthur. Le sang jaillit de sa blessure, noircissant la terre sous son corps. Ses yeux se révulsèrent et ses membres se convulsèrent.

Tout s'était passé si vite que nous étions restés figés sur place, abasourdis, comme sous l'effet d'un enchantement. L'Emrys réagit le premier, s'agenouillant au-dessus du corps toujours tremblant.

Gwalcmai se releva en clignant des yeux incrédules devant ce qu'il avait fait. Il se mit à genoux et leva les mains vers Arthur. « Grâce, seigneur! Pardonne-moi, mon roi, je n'ai pu supporter de la voir te déshonorer! »

Arthur le dévisagea, et je crus tout d'abord qu'il allait blâmer Gwalcmai. Mais l'Emrys se redressa et dit : « Morgian est morte. Dans sa soif de sang, elle est tombée sur l'épée que brandissait Gwalcmai pour se défendre. Je ne vois là aucune faute. »

Arthur se tourna vers Gwalcmai, toujours agenouillé devant lui. « Relève-toi, Gwalcmai, tu es pardonné. Nul doute que Dieu l'a rappelée pour répondre de ses crimes comme nous répondrons des nôtres. »

J'entendis un son étranglé et je me retournai. Medraut regardait fixement le corps étendu à terre, le visage tordu en une expression étrange et peu naturelle : ses yeux sombres écarquillés de terreur, les lèvres retroussées sur une affreuse grimace haineuse, sa peau blême noire de fureur. Ses doigts étaient repliés comme des griffes et creusaient de longs sillons sur son visage. Des gouttes de sang rubis sourdaient de ses blessures et ruisselaient sur ses joues.

Bedwyr, qui se trouvait le plus près de lui, tendit une main pour le calmer. Medraut fit un écart. « Arrière ! s'écria-t-il d'une voix tremblante. Ne me touche pas ! »

Nous nous regardâmes, stupéfaits.

« Paix, Medraut. C'est terminé, dit le Pendragon d'un ton apaisant.

— Meurtrier ! hurla Medraut en reculant. Meurtrier ! »

Cai s'avança et essaya de se saisir de lui. La main de Medraut jaillit. L'éclat d'une dague étincela à la lumière du soleil couchant et le sang gicla du bras de Cai qui laissa échapper un cri, plus de surprise que de souffrance, et fit un bond en arrière.

Medraut tourna les talons et s'enfuit vers les chevaux. Llenlleawg dégaina son épée et courut après lui. Medraut trancha les rênes d'un coup de dague et sauta en selle du même mouvement. Il éperonna le cheval et s'éloigna au galop avant que l'Irlandais n'ait pu le rattraper.

« Veux-tu que je le ramène ? cria Llenlleawg.

— Non, répondit le Grand Roi, laisse-le aller. Il fera bientôt nuit. Il n'ira pas loin. »

Oh, Arthur, puisses-tu avoir dit n'importe quoi sauf cela !

Je regardai diminuer rapidement cheval et cavalier, abasourdi par ce dont je venais d'être témoin. Quand je me retournai, l'Emrys avait déjà tiré son voile et son capuchon sur le visage de Morgian.

Il se mit lentement debout et posa une main sur l'épaule de Gwalcmai. « Tu n'as rien à te reprocher, dit-il. Sache que Morgian a cherché la mort qu'elle a reçue. Tu lui as simplement accordé ce qu'elle avait mille fois mérité.

— Les choses qu'elle a dites, murmura Gwalcmai. Elles étaient toutes vraies...

— Ne crois pas cela », répondit sévèrement le Sage Emrys, et il se tourna vers nous, rassemblés autour du cadavre. « Écoutez-moi maintenant, vous tous ! Morgian n'a proféré devant vous que des mensonges. Des mensonges mêlés à juste ce qu'il fallait de vérité pour agir à la façon d'un poison. Elle était perdue et se savait condamnée : elle espérait nous corrompre par son venin. Mes amis, faites en sorte qu'elle n'y soit pas parvenue. »

Je savais qu'il disait la vérité, mais c'était difficile... encore plus difficile pour les autres, qui avaient été blessés par les propos de Morgian.

Nous l'inhumâmes dans une tombe anonyme creusée dans le sable du rivage au-dessus des laisses de haute mer. Quand nous eûmes terminé, la lune était levée et nous étions affamés. Autour du feu, la conversation fut éparse et décousue. Un à un, chacun se retira sous sa tente : Arthur et Gwenhwyvar les premiers, les autres ensuite, jusqu'à ce qu'il ne restât plus que l'Emrys et moi.

« Ne te tourmente pas à propos de ce qui s'est passé aujourd'hui, mon garçon », dit-il au bout d'un moment. Je levai les yeux pour le voir qui m'observait par-dessus les flammes vacillantes. « Ce ne peut être défait. Nous le laissons à Dieu.

— J'en serais heureux si je le pouvais, répondis-je. Mais j'entends encore sa voix hurler ces... ces mensonges.

— Tu l'as crue », commenta-t-il, et je dus admettre à ma grande honte que c'était vrai. « Eh bien, c'était là tout son talent. Il n'y a pas de faute à tomber dans un piège quand il est tendu par un si habile adversaire. Mais il ne faut pas t'y complaire quand tu as découvert que c'était un piège.

» Morgian était une maîtresse des mensonges, poursuivit-il. Ne te fais pas reproche de l'avoir crue. Seulement tu dois cesser de la croire. Comprends-tu ce que je te dis ? »

J'acquiesçai, bien que je n'eusse pas pleinement compris. Le Sage Emrys le savait, si bien qu'il ajouta : « Tu connais Avallach, le Roi Pêcheur, et tu sais qu'il souffre encore d'une blessure reçue il y a bien des années. Sais-tu comment lui a été infligée cette blessure ?

— Non, répondis-je. Mais quel rapport entre la blessure d'Avallach et tout ceci ?

— Je vais te le dire. Avallach était roi de Sarras, un pays fort éloigné de l'Île des Forts. Il y eut une guerre et il combattit bravement ses ennemis. Mais un soir, alors qu'il accourait à l'aide d'un de ses fils, son armée est tombée dans une embuscade et s'est fait tailler en pièces.

» Il faisait noir et il ne portait pas son armure royale, de sorte qu'il passa inaperçu sur le champ de bataille. Ses ennemis imaginèrent un supplice pour ceux qu'ils avaient capturés... ils attachèrent chaque survivant à un des morts. Il se trouve qu'Avallach fut lié poignet contre poignet, cheville contre cheville et bouche contre bouche au cadavre de son fils.

» L'ennemi les abandonna à cette perverse torture et Avallach fut livré à la mort dans l'étreinte délétère de son fils bien-aimé. »

Je n'avais jamais rien entendu de si hideux, et je le dis à Myrddin.

« Oui, acquiesça-t-il, c'est épouvantable... Avallach en a porté la cicatrice jusqu'à ce jour. » Il me regarda sans ciller, afin que je comprenne bien. « Et c'est ce qu'espérait faire Morgian : nous lier à l'aide de demi-vérités à ses mensonges corrupteurs. Puis, à l'instar d'Avallach et de ses malheureux soldats, nous devions nous débattre dans leur mortelle étreinte jusqu'à en périr.

— N'y a-t-il pas d'échappatoire ?

— Aie confiance en Dieu, Aneirin. Aie foi dans le Dieu de Bonté. Nous avons péché, oui, c'est vrai. Mais le pardon du Christ nous est assuré. Il suffit de demander et il nous sera accordé. Par cela, nous serons délivrés de la malédiction de Morgian. »

Je l'écoutai et commençai enfin à comprendre ce qu'il voulait dire. « Et Medraut ? »

L'Emrys secoua lentement la tête et baissa les yeux sur les braises comme pour y entrevoir l'avenir. « Medraut me demeure obscur, ses voies serpentent dans l'ombre et l'incertitude. Une chose est sûre, néanmoins : nous n'avons pas fini d'entendre parler de lui. »

VII

Sept étés radieux s'écoulèrent, et sept hivers cléments. Le Royaume de l'Été vivait sa plus belle saison. Tout ce que le Grand Roi bénissait prospérait et la paix régnait dans l'Île des Forts et ses Sept Îles Fortunées. Les invasions barbares avaient cessé et les Saecsens restaient fidèles à leur parole envers Arthur. Les gens commençaient à parler de la bataille du mont Baedun comme de la plus grande victoire jamais remportée en Bretagne et tenaient Arthur Pendragon pour le plus grand roi qui eût jamais régné au monde.

De par-delà toutes les mers — d'Ierne, de Danelande, de Saecsenie, de Jutlande, de Norweigi, de Gotlande, de Hoilande, de Gaule, de Ffreincie, d'Armorique et de Rutenie — rois et seigneurs venaient rendre hommage à Arthur et apprendre de lui la justice. On n'avait rien vu de tel depuis l'époque où Bran le Béni avait banni la guerre d'Ynys Prydein. La sainte Église de Jesu implantait profondément ses racines dans le sol de Bretagne et étendait ses branches protectrices sur le pays.

Les navires sillonnaient les vastes étendues marines, rapportant de coûteuses marchandises de tous les ports étrangers : vins fins dans des amphores scellées, somptueuses étoffes aux reflets d'arc-en-ciel nommées samits, chevaux de race, cuir ouvragé, coupes, bols et plateaux d'or, d'argent et de précieux verre. De Bretagne partaient d'autres marchandises : acier robuste, plomb, argent, laine, bœufs et chiens de chasse.

Pendant toute cette époque, la Plus Belle Île qui fût au monde florissait, répandant sur le monde un céleste parfum.

De toutes les épreuves, la Bretagne triomphait, et de tous les bienfaits elle abondait. L'Île des Forts s'était hissée à une apogée dépassant même celle qu'elle avait autrefois atteinte sous les empereurs romains. La Bretagne était alors au faîte de la gloire.

Pour cette raison, il fut décidé qu'Arthur devait accéder au plus grand honneur. À la Pentecôte de la vingt et unième année de son règne, le Grand Roi recevrait une autre couronne : la couronne de laurier de l'Empire romain. *Yr Amherawdyr Arthyr* serait son titre : *Imperator Artorius,* le Grand Arthur, Empereur d'Occident et Chef Dragon de l'Île des Forts. Ce qui restait de l'empire serait remis entre ses mains.

Si largement renommé et révéré était notre Pendragon que, dès que fut annoncée la nouvelle de cette prochaine distinction, les quatre vents la répandirent au loin vers toutes les nations de la terre. Et les plus grands princes de ce temps se mirent en route vers la Bretagne pour saluer le nouvel empereur. Rois, seigneurs, nobles, évêques et archevêques de l'Église — tous hommes dont la valeur était incommensurable dans leur propre pays. Ils venaient rendre honneur à Arthur, et le voir couronner dans toute sa gloire.

Ils étaient si nombreux qu'Arthur fut forcé de quitter son cher Caer Lial pour Caer Legionis dans le Sud. Car si ce n'était pas une aussi belle cité que Caer Lial, elle était plus vaste et pouvait abriter tous ceux qui affluaient en Bretagne. De plus, le lit profond de l'Uisc offrait un mouillage sûr aux innombrables navires qui arrivèrent par dizaines dès que le temps le permit.

Ainsi, la vieille Cité des Légions repassa sous l'autorité d'un empereur et retrouva quelque chose de son ancienne grandeur. Caerleon, comme elle était désormais parfois appelée, possédait un autre avantage — les églises jumelles de Julius et d'Aaron, présidées par Illtyd, l'ami d'Arthur récemment promu archevêque.

Les préparatifs du couronnement débutèrent sitôt après la Nativité du Christ. Bravant les mers hivernales, je voguai vers le sud avec l'Emrys, Bedwyr et une centaine de Cymbrogi pour apporter mon aide. L'essentiel de mon travail consistait à refaire les toits des entrepôts depuis longtemps abandonnés afin d'y recevoir le tribut de grain, lard, vin, bière et fourrage qui avait commencé à converger vers la cité dès que les routes et les passes de montagne s'étaient dégagées.

Chacun des autres dirigeait de tout aussi ambitieux travaux de restauration des palais, maisons, rues et remparts. En vérité, la ville entière retentissait d'un tel vacarme de charpentiers et de maçons qu'elle fut surnommée Caer Terfsyg... la Forteresse du Tumulte. Je travaillais de l'aube jusque bien après le coucher du soleil, vaquant infatigablement à mes nombreuses tâches. Mes mains devenaient calleuses et mes muscles noueux. Je menais les hommes et veillais à ce que le travail soit bien fait. Quand l'Emrys vit tout ce que je pouvais accomplir, il me confia davantage à faire. Ainsi devins-je un des capitaines d'Arthur, bien que je n'eusse jamais commandé à la bataille.

Du solstice d'hiver à la fin du printemps, nous travaillâmes, et l'antique *vicus* fut transformé. Les murailles furent relevées, les rues repavées, les fondations étayées, les toits refaits, les portes réparées, les tuiles des aqueducs remplacées. Au sud de la cité, les marécages furent asséchés pour accueillir des myriades de tentes et de huttes... de sorte que même les terres incultes se recouvrirent de fleurs des champs. Les habitants de Caerleon avaient pris à cœur la réhabilitation de leur cité, et nulle part un travailleur ne manquait de viande ou de boisson, ni d'une main pour l'aider quand il en avait besoin.

L'Emrys supervisait le travail principal : la restauration du palais du gouverneur. À dire vrai, il n'y avait jamais eu de gouverneur à Caer Legionis. La ville avait jadis été administrée par un *vicarius* du nom de Matinus, qui vivait bien et jouissait d'une réputation d'homme juste et honnête. Sa vaste demeure avait par la suite été occupée par une succession de légats et de tribuns qui l'avaient agrandie et embellie, de sorte qu'elle en était venue à rivaliser avec les résidences des gouverneurs de Londinium et d'Eboracum.

Ce palais, avait décidé l'Emrys, accueillerait la réception triomphale d'Arthur. Le couronnement lui-même aurait lieu dans les églises jumelles : l'Église d'Aaron pour Arthur et celle de Julius pour Gwenhwyvar. Le palais était depuis longtemps abandonné et considéré comme une excellente source de matériaux de construction par les habitants de la région, qui avaient emporté une grande partie des murs de pierre taillée et pillé le mobilier. Seules leur avaient échappé les mosaïques des sols.

Pourtant l'Emrys avait maintenu que nulle autre demeure ne conviendrait. Et quand les citoyens apprirent le grand honneur qui leur était fait d'accueillir le couronnement d'Arthur, et que le travail eut débuté pour de bon, le mobilier volé commença à faire sa réapparition. Même les pierres taillées revinrent, libérées de l'usage auquel elles servaient depuis que le dernier tribun était reparti pour Rome, des générations plus tôt.

Une fois terminé, le palais était une merveille. Tous ceux qui levaient sur lui les yeux repartaient inspirés et se réjouissaient de voir revivre la splendeur impériale. Car non seulement l'empire revivait, mais la noblesse celte se réveillait aussi de son sommeil. Sous la conduite de Myrddin Emrys, la fusion inspirée des deux était accomplie : romaine de forme et de fondation, celtique d'exécution et d'expression. Nul de ceux qui contemplaient l'œuvre achevée ne manquait de reconnaître que dans le palais du Pendragon un nouvel art était né.

« C'est superbe ! s'écria Arthur en le voyant enfin. Myrddin, tu es en vérité le plus grand des enchanteurs.

— Ne parle pas d'enchantements ! déclara l'Emrys. Si ceci avait pu être accompli par enchantement, j'aurais gaspillé en vain la sueur et les nuits sans sommeil d'hommes de valeur !

— Pas en vain, l'apaisa Gwenhwyvar, ses yeux noirs éblouis par tout ce qui l'entourait. Ne dis pas une telle chose. Ton présent est pour nous d'autant plus précieux qu'il est imprégné de ton amour dans ses moindres détails.

— C'est vrai, Glorieux Emrys », renchérit Gwalcmai qui, avec son frère et leurs compagnons de la Table Ronde, avait accompagné le Grand Roi pour inspecter le travail et diriger les derniers préparatifs. « Nul roi n'a jamais eu un palais si richement orné. En ceci... » — il étendit les bras pour embrasser les murs dorés qui nous entouraient — « ... le Royaume de l'Été trouve sa plus belle fleur. »

L'Emrys sourit, mais il secoua légèrement la tête. « La première, peut-être. Mais pas la plus belle. De plus grandes et plus nobles tâches seront accomplies. Ce que tu vois n'est que le début, il y a de plus grandes choses à faire.

— Et elles *seront* faites, affirma Arthur. Mais honorons celle-ci avec le respect qui lui est dû. Merci, Myrddin. Ton présent me laisse sans voix. »

L'Emrys appréciait le plaisir que son présent donnait au Pendragon, mais il n'eut guère le temps de le savourer. Car, le surlendemain, les premiers invités du Grand Roi commencèrent à se présenter. Certains avaient hiverné à Caer Lial, d'autres dans le Sud, à Caer Cam et Caer Melyn. À bord de navires et à dos de cheval ils arrivaient, et leur flot ne se tarit pas avant bien des jours.

Ainsi, le jour du couronnement, un jour de gloire sans égale dans l'Île des Forts depuis le début des temps, étaient assemblés des seigneurs, rois, princes, nobles et dignitaires de grand renom : Fergus et Aedd d'Ierne, Cador des Cerniui, Meurig Hen de Dyfed, Ectorius de Caer Edyn, Caw d'Alclyd, Maelgwn de Gwynedd, Maluasius d'Hislandi, Doldaf de Gotlande, Gonval de Llychllyn, Acel de Druim, Cadwallo des Venedoti, Holdin de Rutenie, Leodegarius de Hoilande, Gwilenhin de Ffreincie en Gaule, Ban d'Armorique et beaucoup d'autres de tous rangs et de toutes races étaient entrés dans la cité pour rendre hommage au Pendragon.

Tôt dans la matinée du dimanche de Pentecôte, nous nous réunîmes dans l'Église d'Aaron et pliâmes le genou devant l'autel du Christ. Quand tout le monde fut assemblé, Arthur fit son entrée. Il portait une robe d'un blanc immaculé avec une ceinture d'or tressé. Devant lui s'avançaient quatre rois : Cador, Meurig Hen, Fergus et Ban, chacun vêtu d'un manteau d'apparat rouge et tenant une épée en or à la main. L'église résonnait de la musique exquise d'un chœur de moines qui chantaient des louanges et des psaumes d'honneur et de gloire, accompagnés par les évêques et archevêques de Bretagne, leur crosse pastorale à la main.

Une autre procession semblable à la première, mais composée de femmes, quitta le palais et se dirigea séparément vers l'Église de Julius. Elle était menée par l'archevêque Dubricius, qui conduisait la reine Gwenhwyvar à son propre couronnement. Devant elle marchaient les reines de Cador, Meurig Hen, Fergus et Ban, chacune revêtue d'un manteau rouge et portant une colombe blanche. Derrière la reine venaient les dames de Bretagne que Gwenhwyvar avait jugées dignes de la servir, ainsi que les épouses, les filles et les parentes des vassaux du Pendragon.

Ensemble, cette belle compagnie sortit du palais, l'éclat de leur mise et la splendeur de leur joie si radieux, si magnifiques à contempler, que les foules massées le long des rues faillirent les empêcher d'arriver jusqu'à l'église. La presse était si grande, et les acclamations si fortes, que Gwenhwyvar parvint tout juste à se frayer un chemin à travers la cité.

Quand tout le monde fut arrivé, la Grand Messe fut dite dans les deux églises. Jamais plus joyeuse ni plus fervente cérémonie ne fut célébrée dans cette ville, ni avant ni depuis. À la fin de celle-ci, l'archevêque Illtyd posa la couronne de laurier sur le front d'Arthur et le proclama Empereur d'Occident.

Afin de ne pas être éclipsée par la gloire de son époux, Gwenhwyvar reçut elle aussi une couronne et devint Impératrice d'Occident. Puis s'ensuivirent de telles réjouissances dans les deux églises que les fidèles couraient de l'une à l'autre, au comble de l'allégresse, pour s'emplir les oreilles des merveilleux chants des hommes d'Église et les yeux de la beauté de l'Empereur et de son Impératrice.

Toute la Bretagne, en ce dimanche de Pentecôte, vécut la plus harmonieuse et la plus glorieuse des fêtes, car la Lumière des Cieux brillait ce jour-là de tout son éclat sur le Seigneur de l'Été.

Après avoir reçu leurs couronnes, Arthur et Gwenhwyvar offrirent un festin à leurs invités. Pour fournir la nourriture, les entrepôts que j'avais travaillé si dur et si longtemps à préparer furent pillés. Il n'y eut pas pénurie de viande et d'hydromel, de pain et de bière, de vins et de fruits sucrés. Quand les tables furent toutes occupées dans la grande salle, les participants se répandirent dans la cour, puis dans les rues, et de là à l'extérieur des murailles dans les champs entourant la cité.

Au plus fort de la fête, les invités sortirent de la ville pour se rendre dans les prairies plantées de tentes et formèrent des groupes pour les jeux : chevaucher et faire la course, jeter des lances et des pierres, lutter et s'affronter à l'épée, et toutes sortes de joutes d'adresse et d'audace. La journée s'écoula pour chacun dans une profusion de joie et, à dater de ce jour, les hommes comprirent le sens du mot bonheur.

Le festin dura encore trois jours, puis, le matin du quatrième, apparut un petit groupe d'hommes de l'Orient, à la barbe blanche et aux épaules voûtées, douze en tout, portant chacun un anneau d'or au doigt et un rameau d'olivier à la main. Ces vénérables princes se présentèrent devant le trône du Grand Roi et le saluèrent avec une grande courtoisie.

« Salut, Grand Roi ! Et salut à tout ton peuple ! dit le premier des visiteurs. Nous venons de la cour de Lucius, Empereur d'Orient, t'implorer en son nom et remettre sa requête entre tes mains. »

Sur ce, l'homme tira de sous sa robe un parchemin scellé qu'il passa au Pendragon. Le parchemin fut ouvert et Arthur ordonna de le lire à haute voix devant toute l'assemblée. L'Emrys vint se placer près du roi, et voici ce qu'il lut d'une voix haute et claire :

« Lucius, Procurateur de la République, à Arthur, Grand Roi et Pendragon des Bretons, selon ses mérites. Je m'émerveille grandement de l'impensable orgueil qui s'est emparé de toi. Tu tiens tous les royaumes dans ta main et tu t'estimes le plus fortuné, le plus estimé parmi les hommes. Et pourtant tu n'as pas une pensée pour Rome qui t'a enseigné la loi et la justice que tu honores si sagement.

» Ai-je besoin de te rappeler que tu es sujet romain ? Considères-tu Rome avec une telle légèreté ? Tu penses mettre l'Empire d'Occident dans ta main, et qui y a-t-il pour t'en empêcher ?

» Pourtant moi, Lucius, je te dis que si un seul ennemi respire sous le ciel bleu de Rome, tu n'es pas un vrai souverain ! Les barbares assiègent les Sept Collines et rôdent à loisir sur le Forum déserté. Les ennemis massacrent nos citoyens et ravagent le pays. De libres et loyaux Romains sont emmenés dans les chaînes pour servir des maîtres étrangers. Les pleurs des sans-logis et des mourants résonnent dans le Sénat, et les chacals mutilent les cadavres des enfants.

» Nous entendons parler du Puissant Pendragon, Haut Prince de Bretagne, Roi des Champions. Tout au long du jour, les louanges à Arthur emplissent nos oreilles. Ta renommée s'est répandue jusqu'aux confins de la terre, Digne et Juste Prince. Mais voyons-nous tes armées se lever pour défendre ton héritage ? Te voyons-nous tendre la main pour secourir ceux qui t'ont accordé les faveurs dont tu fais maintenant étalage ?

» As-tu oublié ta dette ? Si ton courage est moitié aussi grand que le disent les chanteurs de dithyrambes, qu'attends-tu ? Le chien barbare déchire la gorge de la Mère des Nations. Où est le Merveilleux Pendragon ?

» Tu te fais appeler Empereur ! Tu te prends pour un dieu ! Tu ne sais pas qui tu es, ni de quelle poussière tu es issu, si tu n'offres pas ta protection à la Mère de ta jeunesse. Tu n'es qu'un couard sans aveu si tu ne te mets pas en marche sur-le-champ pour restaurer la *Pax Romana.* »

Un long silence régna dans la salle quand Myrddin Emrys eut fini de lire. Qu'un si acrimonieux et si insultant message fût délivré au Grand Roi à l'heure de son triomphe choqua les seigneurs assemblés. Arthur se retira aussitôt dans sa salle du conseil pour conférer avec ses seigneurs, soixante en tout, et décider quelle réponse faire à l'empereur Lucius.

Une fois qu'ils furent réunis autour de la table, Arthur parla d'une voix sévère et solennelle. « Vous avez été mes plus proches compagnons, mes Cymbrogi, vous m'avez soutenu dans les bonnes et les mauvaises heures. Venez une nouvelle fois à mon aide. Accordez-moi le bénéfice de votre pénétrante sagesse et dites-moi que faire devant un tel message. »

Cador fut le premier à parler. « Jusqu'à maintenant, je craignais que la vie de quiétude que nous avons gagnée ne fasse de nous des couards, que nous ne nous amollissions durant ces années de paix. Pis encore, que notre renommée de champions des combats ne soit oubliée et que le Vol des Dragons s'efface de la mémoire de nos jeunes gens. » Il sourit en regardant ses frères d'armes. « Peut-être est-ce pour nous sauver de cette indignité que Dieu a permis à ce reproche de nous parvenir. Pouvons-nous vraiment jouir de la paix quand le Siège de l'Empire est souillé par les barbares ? »

Certains marquèrent leur accord avec Cador, mais Gwalcmai fut prompt à prendre la parole. « Seigneur roi, dit-il en se dressant d'un bond, nous ne devons pas redouter la folie de nos jeunes gens. S'ils oubliaient les sacrifices que nous avons consentis pour instaurer ce très saint royaume, la perte serait pour eux, pas pour nous. En tout état de cause, la paix est infiniment préférable à la guerre. »

Les paroles de Gwalcmai apaisèrent grandement les plus fougueux d'entre eux, et beaucoup furent d'accord avec lui. Mais le conseil restait divisé, et il se mit à débattre chaudement de la question, Arthur écoutait tout ce qui se disait, les sourcils de plus en plus froncés.

Au bout d'un certain temps, Ban de Benowyc en Armorique se leva et imposa silence à l'assemblée en levant les mains, « Seigneur roi, dit-il d'une voix forte, longtemps je t'ai approvisionné en marchandises, en or et en hommes. Je ne pense pas que ce soit me vanter de dire qu'aucun seigneur ne t'a soutenu plus loyalement ni avec plus de constance.

» Or donc, peu m'importe que nous allions ou non à Rome. Qu'ai-je à faire de l'opinion de jeunes gens indolents ? La renommée que je me suis acquise me suffit, je n'éprouve nul besoin de hisser mon nom encore plus haut pour ma seule satisfaction.

» Pourtant je me demande s'il n'y aurait pas un grand bénéfice à gagner en volant au secours de Rome. Si, ce faisant, nous pouvions étendre la paix dont nous jouissons au reste du monde, qui subit en ce moment même la furie des barbares, ne serait-ce pas un acte de vertu ? Plus encore, cela ne nous serait-il pas compté pour un péché d'ignorer cette supplique, quand nous pouvons si facilement y accéder ?

» Je suis un vieil homme et n'ai plus besoin des acclamations d'autrui pour avoir une bonne opinion de moi-même. Mais je ne suis pas non plus homme à jouir tranquillement de la paix dans mon royaume quand d'autres souffrent d'une injustice que je pourrais redresser. »

À ces mots, le conseil rugit son approbation. Qui pourrait être en désaccord avec une si saine logique, s'écrièrent les seigneurs. Assurément, c'est ce qu'il faut faire. Ce n'est pas pour nous que nous sauvons Rome, mais pour ceux qui subissent l'oppression barbare.

Quand tout fut dit et que l'ordre fut revenu, le Grand Roi se leva lentement. « Merci, mes frères, dit-il, de m'avoir donné votre conseil avisé. Je vais maintenant me retirer pour réfléchir à la voie que je vais suivre. »

Arthur quitta la salle et les seigneurs retournèrent festoyer — tous exceptés Cai, Bedwyr, l'Emrys et moi, qui le suivîmes dans sa chambre.

« Je ne puis croire que tu envisages ne serait-ce qu'un instant d'aller à Rome, dit Bedwyr sans perdre de temps. Tu es ivre de pouvoir si tu songes honorer d'une réaction la lettre de Lucius.

— Parle sans crainte, Bedwyr, répondit Arthur avec un large sourire. Délie ta langue et ne garde rien par-devers toi.

— Je suis sérieux, Ours, dit Bedwyr d'un ton glacial, il ne peut en résulter rien de bon. Nul Breton ayant marché sur Rome n'en est jamais revenu. Macsen Wledig est allé à Rome et on l'a décapité. Constantin est devenu empereur et on l'a empoisonné. C'est un nid de vipères. Tiens-t'en le plus loin possible. »

Cai n'était pas de cet avis. « Comment peut-il s'appeler empereur s'il abandonne aux barbares le Siège de l'Empire ? Allons à Rome, dis-je, libérons-la et rapportons le trône en Bretagne. Alors il sera préservé pour tous les temps à venir. »

Je ne savais que penser. Les deux arguments me séduisaient. Il était vrai que les Bretons qui caressaient des rêves d'empire avaient tendance à mourir sitôt arrivés à Rome. Il était également vrai, me semblait-il, que permettre aux païens de défier la justice ternissait la paix à laquelle nous avions si longtemps œuvré.

Si bien que nous finîmes, avec Arthur, par nous tourner vers le Sage Emrys. « Pourquoi me regardes-tu ainsi ? lui dit l'Emrys. Tu as déjà pris ta décision. Va et fais ce que tu as décidé.

— Mais je n'ai rien décidé, protesta Arthur. Dieu sait si je suis indécis. »

L'Emrys secoua la tête. « Rien de ce que je dirai ne pourra changer ce que tu as dans le cœur. Je m'émerveille que tu n'aies pas déjà donné l'ordre de hisser les voiles.

— Qu'ai-je fait pour mériter ces sarcasmes ? demanda Arthur d'un ton blessé. Dis-le-moi et je réparerai.

— Je vais te dire ceci : si tu suis les conseils d'hommes comme Ban et Cador, alors tu mérites les sarcasmes qui te sont adressés !

— Mais je ne suis pas leurs conseils. Je te demande le tien.

— Alors écoute-moi bien, car lorsque j'en aurai fini je ne reviendrai pas dessus.

— Comme tu voudras, répondit Arthur en se rasseyant.

— Écoute donc, ô Roi, l'Âme de la Sagesse ! » L'Emrys, à la façon des druides bardes d'antan, se drapa dans son manteau et vint se placer devant le roi, la tête bien droite, les yeux clos, et haussa la voix en déclamation. « En toutes choses, j'ai œuvré à une seule fin : que le Royaume de l'Été puisse voir le jour en ce monde. En toi, Arthur Wledig, cela s'est accompli. Tu es le Champion de la Lumière prédit de longue date, tu es la Brillante Promesse de la Bretagne, tu es le Chef Dragon de l'Île des Forts, tu es le Favori de Dieu, qui t'a si richement béni.

» Écoute-moi, Arthur : Rome est mourante... peut-être même est-elle déjà morte. Nous ne pouvons la ressusciter, et ce n'est pas non plus souhaitable. L'ancien doit disparaître pour faire place au nouveau. C'est dans l'ordre des choses. Avec le Royaume de l'Été un nouvel ordre a été instauré. Il ne doit pas s'allier à l'ordre ancien, sinon il périra à coup sûr.

» Ne laisse pas la gloire fanée de l'empire t'éblouir, ni les paroles des hommes enflammer ton sens de l'honneur. Sois l'Empereur d'Occident, si tu le désires, mais fonde un nouvel empire ici, en Bretagne. Que le reste du monde regarde vers l'Île des Forts comme autrefois il regardait vers Rome.

» Sois le premier en compassion ! Sois le premier en liberté ! Mais que cette liberté et cette compassion commencent ici. Que la Bretagne brille comme un phare qui éclaire les recoins obscurs du monde, Rome est un cadavre, Arthur, laisse les hordes barbares l'incendier. Que la justice de Rome s'éteigne, que prévale la justice divine. Que la Bretagne devienne première dans l'accomplissement de l'œuvre de Dieu en ce monde. Que la Bretagne devienne le Siège du Nouvel Empire de Lumière ! »

Ce disant, l'Emrys releva son manteau et s'en couvrit la tête. Et il refusa de parler davantage.

Trois jours passèrent. Arthur se tut et veilla dans sa chambre jusqu'à ce que soit résolue la question qui l'obsédait tant. À la fin, il convoqua de nouveau ses seigneurs en conseil et annonça sa décision.

« Longuement j'ai réfléchi à ceci et ai pesé les différents arguments dans mon esprit. J'ai décidé que ce ne serait pas une mauvaise chose d'aller à Rome, de faire ce qui nous est possible pour soulager les souffrances de ses habitants et de recevoir de leurs mains la couronne de laurier. Quand j'aurai conquis Rome, je reviendrai en Bretagne et gouvernerai le Nouvel Empire depuis l'Île des Forts.

» J'ordonne donc de rassembler les navires de ma flotte, de façon à pouvoir rejoindre Rome au plus vite pour y mettre fin à l'oppression barbare. Car je suis persuadé que quand il est permis à l'injustice de régner sans que nul ne s'y oppose, aucun homme n'est vraiment libre. »

Le projet du Grand Roi fut accueilli avec enthousiasme par l'assemblée, surtout parmi les plus jeunes gens. Mais je remarquai qu'Arthur gardait tout le temps les yeux fixés sur ses partisans. Pas une seule fois il ne les tourna vers l'Emrys.

Aussitôt après, dans sa chambre, Bedwyr prit la liberté de critiquer en face le Pendragon. Parce qu'ils étaient plus proches que des frères, Arthur l'écouta. « C'est insensé, Artos. Tu n'aurais pas pu avoir une idée plus délirante. Défie-moi si tu le veux. Mais ne défie pas l'Emrys.

— Je ne défie personne, protesta Arthur. De plus, quel mal y a-t-il à vouloir délivrer notre Mère l'Église de la persécution des païens ?

— Ne me parle pas d'églises, Ours. Nous savons tous deux pourquoi tu pars. Et si tu te fais tuer là-bas, comme Macsen Wledig ?

— Ce n'est qu'une campagne.

— Vraiment ? De toute façon, si le Siège de l'Empire a besoin d'être sauvé, que l'empereur Lucius s'en charge ! A-t-il proposé son aide ? Nous aurons tous les cheveux gris si nous devons l'attendre ! Il compte sur toi pour faire tout le travail. Tu pourras t'estimer heureux si tu reçois de lui un repas chaud quand tu auras fini. Je ne sais pourquoi, je ne le vois pas te tendre les mains en toute amitié.

— Tu es si soupçonneux, mon frère, s'esclaffa Arthur.

— Et toi, tu es si buté.

— Nous faisons une belle paire, non ? »

Bedwyr refusa de se laisser amadouer par des plaisanteries. « Écoute-moi, Artorius ! Ne va pas à Rome. » Il croisa les bras sur sa poitrine. « Je ne saurais le dire plus clairement. »

Le Pendragon garda un moment le silence. « Cela signifie-t-il que tu ne viendras pas avec moi ?

— Anges et saints ! soupira Bedwyr. Bien sûr que je viens avec toi. Sans cela, comment t'empêcherais-je de te faire bêtement trancher la tête par une hache de combat barbare ? » Bedwyr fit une pause, puis il ajouta : « Mais cela me fait penser à autre chose : qui gouvernera le royaume en ton absence ?

— J'y ai déjà pensé, répondit joyeusement Arthur. Gwenhwyvar est reine de plein droit. Elle régnera à ma place pendant que je serai au loin.

— Fort bien, approuva Bedwyr. C'est la première

décision sensée que tu aies prise aujourd'hui. Du moins ne sera-t-elle pas tentée de se précipiter au secours des empires chancelants. »

Pour finir, l'Emrys et moi restâmes en arrière avec Gwenhwyvar et une petite garde de guerriers pour veiller sur le royaume en l'absence d'Arthur. Gwenhwyvar était furieuse de voir partir Arthur... principalement parce qu'elle avait pensé aller combattre à son côté plutôt que de languir seule en Bretagne. Elle protesta véhémentement mais, quand se leva le jour du départ, elle remplit sa charge de bonne grâce.

Une fois engagés, les préparatifs d'Arthur allèrent bon train. Au début de l'été tout était prêt et les guerriers de Bretagne se rassemblèrent — à l'instar des légionnaires trois siècles plus tôt — sur les berges de l'Uisc pour embarquer à bord des navires en partance pour Rome.

Nous demeurâmes quelques jours à Caer Legionis après que les navires eurent levé l'ancre, puis nous fîmes voile vers Caer Lial. Je n'étais pas trop déçu de rester avec la reine et l'Emrys. Bien que j'eusse aimé aller à Rome, juste pour voir cette grande cité, j'étais le moindre des guerriers d'Arthur et je le servirais mieux en restant en Bretagne pour veiller sur ses intérêts.

Le voyage vers Caer Lial s'avéra agréable. Nous fîmes escale à Avallon et passâmes quelques jours auprès de Charis et d'Avallach avant de poursuivre notre route vers la cité. Un dernier jour de navigation nous amena au port sans incidents et nous fûmes enfin de retour dans le Nord.

Je fus surpris de m'apercevoir combien il m'avait manqué. Après la cité surpeuplée du Sud, Caer Lial semblait spacieux, l'air plus pur, les journées plus lumineuses. J'étais heureux de me retrouver chez moi et je passai les jours suivants à m'occuper des affaires restées en suspens depuis l'hiver précédent. Je conçus aussi le projet d'aller à Caer Alclyd rendre visite à ma mère, que je n'avais pas vue depuis le couronnement de l'empereur Arthur... et pour un bien court instant.

Le jour où j'avais prévu de partir, je me rendis aux écuries pour choisir une monture. Pendant que l'on sellait mon cheval, je regagnai le palais pour ramasser les présents que je destinais à ma famille. Puis j'allai trouver l'Emrys afin de lui faire mes adieux et lui demander s'il désirait me confier un message.

Ce fut alors que je me hâtais le long du couloir menant de ma chambre à la grande salle que j'entendis un cri d'alerte. Il venait de l'extérieur du palais.

Je courus à la grande salle, fis irruption dans la pièce et me trouvai face à face avec Medraut, répandant, de surprise, tous mes paquets à terre.

VIII

Quatre guerriers morts gisaient dans une mare de sang. La pièce grouillait de Picti brandissant des massues, des lances et des épées. J'étais le seul Breton en vie pour protéger la reine et j'étais désarmé. L'épée de Medraut mordit dans ma gorge.

« Quelle félonie est-ce là ? m'exclamai-je.

— Nous sommes venus rendre hommage à l'Empereur, répondit Medraut avec une grimace de mépris. Imagine notre déception quand nous nous sommes aperçus qu'il n'était pas là pour nous recevoir. »

Deux Pictes pointèrent sur moi leurs lances. Je sais qu'ils m'auraient tué sur place si Medraut ne les en avait empêchés. « Cadw ! Ymat ! » cria-t-il dans leur langue gutturale. Puis, à un autre Picte basané qui devait être un roi, il dit : « Celui-ci nous sera plus utile en vie. Attache-le et enferme-le avec les autres. »

Les chevilles et les poignets entravés par d'épais liens de cuir, je fus traîné à travers le palais et poussé dans la cour. On y voyait les traces de brefs et vains combats : des cadavres entassés çà et là, certains armés, la plupart sans armes... abattus là où ils s'étaient laissé surprendre.

Aucune résistance organisée n'avait été possible. Nous avions été écrasés avant de brandir la lance ou l'épée. Et ceux d'entre nous qui étaient encore en vie étaient devenus les otages de Medraut. L'humiliation était pire que la mort.

La stupeur et l'indignation enroulaient leurs anneaux en mon sein, serpents jumeaux de la répugnance. Quelle vilenie ! Quel infâme déshonneur ! Pervers et vicieux, Medraut avait perpétré l'impensable.

Plus de trente guerriers de la reine avaient été fait prisonniers — attestant de leur totale surprise quand la ville avait été attaquée. Aucun homme, du plus grand guerrier au plus humble des valets d'écurie, ne se serait jamais laissé prendre vivant s'il avait eu une arme à la main ou, à défaut, la moindre occasion de se servir de ses poings.

Les guerriers attendaient debout, la tête baissée de honte, les mains liées, entourés de gardes pictes. Une épaisse fumée roulait dans la cour et s'élevait en tourbillonnant de nombreux points de la ville. Des cris et des hurlements retentissaient au loin. Je fus placé avec les autres Bretons et, quelques instants plus tard, je vis l'Emrys et la reine brutalement traînés hors du palais. La vue de Myrddin et de Gwenhwyvar, ligotés et la tête recouverte d'une cagoule, livrés aux mains de l'ennemi, me donna la nausée. J'eus un haut-le-cœur et la bile me monta à la gorge. Les larmes me vinrent aux yeux.

Medraut, l'air hagard et grotesque, sortit dans la cour, encadré de deux solides chefs de guerre pictes. N'étant pas lui-même un guerrier, il ne se déplaçait qu'en compagnie d'hommes d'armes. En vérité, ce n'était rien de plus qu'un poltron madré.

En atteignant l'endroit où attendaient les captifs, il aboya un ordre bref dans sa langue barbare. Aussitôt, les Pictes levèrent leurs armes et se mirent à frapper les otages. Les preux tombaient tout autour de moi. Je vis plus d'une épée plonger dans le ventre d'un homme sans défense et celui-ci tomber mort sans un son, courageux jusqu'au bout. Un vétéran couturé de cicatrices saisit même l'épée qui sifflait vers lui et, avec un hurlement de défi, se l'enfonça lui-même dans le cœur plutôt que de se laisser si honteusement occire par l'ennemi.

Je fus jeté à terre et cloué au sol à la pointe d'une lance. Quand le carnage fut terminé, nous n'étions plus que onze. Medraut avait gardé ses prisonniers les plus importants pour le cachot des otages : la reine, l'Emrys, moi-même et huit autres dont il espérait marchander les vies.

Qu'il fasse donc ce qu'il voudra ! J'avais vu ce jour-là mourir des preux et juré sur ma vie de voir le cadavre décapité de Medraut mis en pièces par les chiens du Grand Roi.

Je fus jeté au fond d'un infect cachot dans les entrailles de la forteresse en compagnie de quelques-uns des autres otages. Je ne pouvais voir si c'était le jour ou la nuit. Je n'aurais su dire où était détenue la reine ni ce qu'il était advenu de l'Emrys.

De temps à autre, on venait nous tirer de notre cachot et nous étions contraints de parader couverts de chaînes devant nos geôliers qui désiraient se vanter de notre capture auprès de leurs congénères. Lors de l'une de ces exhibitions, j'appris que nous jouissions de l'hospitalité de Keldrych, un puissant roi picte qui avait accueilli Medraut quand celui-ci avait fui la cour d'Arthur.

Keldrych avait convoqué les farouches tribus du nord à Caer Lial afin qu'elles voient par elles-mêmes comment il s'était emparé de la cité du Pendragon en compagnie de Medraut. La nouvelle de la rébellion s'était répandue comme une épidémie chez les Picti, qui n'avaient jamais aimé Arthur et n'avaient guère besoin d'encouragements pour violer leur parole envers lui.

Un aveugle aurait pu voir ce qui se passait ! Ayant capturé la reine, le traître négociait leur soutien avec les seigneurs et chefs de guerre des autres tribus pictes. Et il l'obtenait.

Bizarrement, les Picti, à l'instar d'autres peuplades primitives, considèrent que la royauté d'un seigneur réside dans sa reine. L'épouse du roi est le vivant symbole de son autorité. C'est une croyance immémoriale, et plus durable que la pierre.

Pour cette raison, les Picti étaient fort impressionnés par le rapt de Gwenhwyvar : elle était la royauté d'Arthur. En s'en emparant, Medraut s'était aussi emparé du trône de Bretagne. Pour les Picti, c'était l'évidence même. En faisant prisonnière la reine, Medraut s'était fait roi, et à leurs yeux la fière Gwenhwyvar était devenue son épouse. Cette félonie enflammait les Picti comme rien d'autre ne l'aurait pu. En perfidie, Medraut était le maître.

Bien sûr, le retour d'Arthur était attendu et il se battrait pour son trône. Medraut comptait bien être prêt. Avec d'extravagantes promesses et de subtiles duperies, il courtisa les rois rebelles. À mesure qu'avançait l'été, les Picti se rassemblaient pour la guerre. Chaque jour qui passait voyait se renforcer l'ennemi tandis que de plus en plus de bandes guerrières arrivaient à Caer Lial, appelées par Keldrych et Medraut, et enhardies par la perspective de la défaite d'Arthur.

Des sauvages collines du nord, elles arrivaient... de Sci, de Druim et de Gododdin, d'Athfotla et de Cait. Elles affluaient par centaines, s'assemblant en une puissante armée, tribus rivales unies par leur seule haine d'Arthur, et par la promesse d'énormes richesses à piller.

Lors des bruyantes célébrations de Lugnasadh, les otages furent une nouvelle fois tirés de leur cul-de-basse-fosse pour être exhibés devant les chefs de guerre rassemblés. Leur vue me coupa le souffle. Dans la grande salle d'Arthur était réunie une foule immense de seigneurs pictes peints en bleu, chacun commandant à plusieurs centaines de guerriers. Jamais une telle armée n'a été rassemblée en Bretagne, me dis-je. Certainement, le Pendragon ne peut aligner de si grandes forces.

Pour notre honte, nous fûmes obligés de servir à

nos ravisseurs la viande et la boisson, et de supporter leurs grossiers divertissements, qui consistaient à nous bousculer et à nous étrangler avec nos chaînes. Quand le vacarme fut à son comble, Medraut se leva et, avec force gesticulations, s'adressa à l'assemblée. J'ignore ce qu'il dit, mais ce soir-là on ne nous ramena pas à notre cachot. Nous dormîmes, toujours enchaînés, dans un entrepôt et, le lendemain matin, on nous fit sortir dans la cour.

Les otages furent tous rassemblés et, à mon grand soulagement, je constatai que l'Emrys et la reine étaient indemnes. Je ne les avais pas vus depuis la chute de Caer Lial et j'avais craint pour leur sécurité. Bien que la reine fût tenue un peu à l'écart du reste d'entre nous, je repris courage en voyant qu'elle semblait indomptée et pleine de fougue. Furtivement, je me glissai près de l'Emrys.

« Emrys, vas-tu bien ? demandai-je.

— Assez bien, Aneirin, répondit-il d'une voix basse et âpre. Et toi ?

— Il ne m'a pas été fait de mal... non plus qu'aux autres. Sais-tu ce qui se passe ?

— Arthur est de retour, me dit l'Emrys. La nouvelle est parvenue il y a quelques jours à Medraut que la flotte du Grand Roi avait été aperçue. La bataille est pour demain. »

Ces paroles me réconfortèrent, mais je remarquai qu'elles ne réjouissaient en rien le Sage Emrys. « Mais c'est sans nul doute une bonne nouvelle, dis-je. Qu'est-ce qui ne va pas ?

— Nous avons tant souffert et œuvré si longtemps pour être ainsi vaincus, et tu demandes ce qui ne va pas ?

— Arthur ne sera pas vaincu. »

L'Emrys me regarda longuement, ses yeux dorés profondément empreints de tristesse. « Garde foi en Dieu, Aneirin. Et prie que le ciel ne nous tombe pas sur la tête. »

Je m'éloignai, atterré et confus. Tout ce que j'avais enduré jusque-là n'était rien à côté du désespoir que j'avais senti dans les quelques mots de l'Emrys. Pour la première fois, je commençai à percevoir l'étendue de la félonie de Medraut. Mon cœur se brisa et mon âme implora qu'on la délivre. J'étais si malheureux.

Au bout d'un moment, nous fûmes conduits à travers la ville jusqu'au port où des navires arrivaient d'Orcadie. Je ne m'étais guère douté que Lot était de connivence avec Medraut, mais, à son éternelle honte, il ne fit rien pour venir en aide à la reine. Au contraire, en pleine vue de tous, il descendit à terre avec ses chefs et embrassa le tyran comme un frère.

« Comment peut-il agir ainsi ? m'étonnai-je à haute voix devant l'Emrys alors que nous attendions sur la grève. Je croyais que Lot était l'allié d'Arthur.

— N'as-tu pas encore compris ? »

Une fois de plus, je fus obligé d'avouer que non. Je n'avais aucune idée de ce à quoi Myrddin faisait allusion. « Tu veux dire que Lot s'est joint à la rébellion ?

— Ne sais-tu toujours pas qui est Medraut ?

— Il a dit qu'il était le fils d'un seigneur picte... Urien de Monoth. C'est ce qu'il a prétendu quand il s'est présenté devant Arthur, répondis-je.

— Il n'est pas picte, s'exclama l'Emrys. Réfléchis ! N'as-tu pas vu comment ils négociaient avec lui, ni comment il cherchait à les cajoler et à les amadouer ?

— J'étais au fond d'un cachot ! lui rappelai-je. Je n'ai rien vu.

— Medraut est le fils de Morgian ! » L'Emrys répondit à mon incrédulité par une autre révélation. « Et l'homme qu'il salue sur le rivage n'est pas Lot, c'est son demi-frère, Urien.

— Mais Medraut a dit qu'Urien était son père, protestai-je. Pourquoi aurait-il menti à ce propos ? »

L'Emrys secoua lentement la tête. « C'est la seule vérité qui ait jamais franchi les lèvres de Medraut... celle-là même qui a fini par tuer Lot. »

Lentement, la sinistre signification des étranges déclarations de l'Emrys m'apparut. Mon estomac se noua d'horreur. « Morgian a partagé sa couche avec Urien, son propre fils », dis-je, comprenant enfin. L'inceste avait engendré un enfant, et cet enfant était Medraut.

« Mes années de cécité n'y étaient pour rien, murmura amèrement l'Emrys. Seul entre les hommes, j'aurais dû savoir contre quoi nous nous battions. J'avais perdu plus que la vue, j'imagine. Mais tout se résume à ceci : Morgian a placé son rejeton démoniaque à la cour d'Arthur, sachant que d'une manière ou d'une autre elle aurait sa revanche. »

Revanche. Ce mot avait la puanteur de la mort. J'entendais en lui le cri des corbeaux arrivant à tire d'ailes sur les champs de bataille éclaboussés de sang. Oh, l'Ennemi est inlassable dans sa haine et ses ressources sont infinies. Je me sentais soudain très petit et ignorant. Je ne savais rien de la vraie nature du monde. Je ne savais rien des forces déployées contre nous. Je ne savais rien...

« Que peut-on faire ? » demandai-je, espérant un mot d'espoir de la part du Toujours Sage Emrys.

« Nous ferons ce qu'il nous sera donné de faire, dit-il, et il détourna le visage. Nous sommes des hommes et non des anges, après tout. »

Je ne tirai pas plus d'espoir que de réconfort de ces mots et me sentis rejeté dans l'angoisse du désespoir comme je l'avais été dans l'infect cachot des otages. Je me frappai la cuisse de mes poings impuissants. Si j'avais pu tuer sur place le traître, je l'aurais fait, fût-ce au prix de mon âme ! Mais je ne pouvais rien faire... sinon regarder, bouillonnant de rage.

Les navires d'Urien furent halés et disposés de façon à bloquer le port. Quand Arthur arriverait, il ne pourrait descendre à terre sans se battre auparavant. Le rusé Medraut se donnait tous les avantages.

Mais là je me trompais, car après avoir établi le blocus, Medraut ordonna à l'armée des Picti de se retirer dans les collines. Gwenhwyvar, l'Emrys et le reste des otages furent hissé sur des chevaux et emmenés avec l'armée de Keldrych.

Medraut se tourna alors vers moi. « Ton Merveilleux Pendragon approche. Quand il arrivera, dis-lui ceci : je l'attends dans les collines. L'Emrys et Gwenhwyvar sont avec moi. Il viendra à moi, seul, et je le recevrai.

— Il ne le fera jamais ! » déclarai-je.

Medraut me frappa violemment sur la bouche. « Dis-lui ! S'il vient avec son armée, je tuerai la reine avant qu'il n'ait posé le pied dans le Vallon Sinueux. Nous réglerons cette affaire entre nous. Lorsque j'aurai acquitté ma dette de sang, je libérerai mes otages... pas avant. »

Je regardai le tyran entre mes paupières mi-closes. « Dis ce que tu veux et sache que je le lui répéterai. Mais tu es fou si tu crois que le Pendragon de Bretagne te rencontrera seul dans un endroit de ton choix. »

Medraut se crispa. Ses mains se mirent à trembler, comme s'il luttait intérieurement pour contrôler ses mouvements. Son visage se tordit en un rictus sauvage. « Alors qu'il vienne avec ses plus proches conseillers. Oui, qu'il amène les meilleurs ! Mais si je vois ne serait-ce qu'une lame avec eux, la reine mourra et l'Emrys avec elle. »

Ma chaîne fut alors fixée à un anneau de fer qui servait à amarrer les navires et je fus laissé seul sur le rivage. J'attendis toute la journée et passai une nuit glaciale sur la grève sans boire ni manger.

Je m'éveillai alors que l'aurore teintait l'orient d'acier et vis trente vaisseaux qui entraient au port. Les premiers portaient le dragon rouge sur leurs voiles. Derrière voguaient quinze autres navires, et vingt encore venaient de franchir le promontoire.

Le Pendragon accosta après s'être frayé un passage entre les navires qui bloquaient le port. Je me tenais dans l'eau jusqu'aux chevilles, attendant qu'arrive à moi le groupe qui venait de débarquer. Arthur fut parmi les premiers à descendre à terre et il me salua avec inquiétude. « Où sont-ils ? Que se passe-t-il ici ? » Bedwyr, Cai, Cador et Gwalcmai se rassemblèrent promptement autour de nous.

« Nous avons été pris en otages, seigneur », répondis-je en montrant ma chaîne — sur quoi le Grand Roi dégaina Taillefer et, d'un coup puissant, me libéra de l'anneau de fer serti dans la pierre. « Merci, Pendragon. Je savais que tu viendrais. Je savais que tu ne nous laisserais pas souffrir de la félonie de Medraut.

— Où est ce rat ? demanda Cai. Je le verrai pendu au-dessus des portes de Caer Lial. »

Bedwyr m'ôta ma chaîne. « Où sont la reine et l'Emrys ? Sont-ils en vie ?

— Ils sont vivants, répondis-je. Mais, en dehors des otages, tous les autres ont été tués.

— Il paiera cela de sa vie ! » s'exclama Cador. Il se frappa la poitrine du poing.

Arthur tourna les yeux vers sa cité dévastée, puis de nouveau vers moi. « Où sont-ils allés ? demanda-t-il doucement.

— Seigneur, il m'a été enjoint de te transmettre ce message, dis-je. Mais je t'en prie, souviens-toi que ce sont les paroles de Medraut et non les miennes.

— Pour l'amour de Jesu, s'écria Cai, parle ! »

Je déglutis et commençai : « Je dois te dire qu'il t'attend dans les collines. L'Emrys et Gwenhwyvar sont avec lui. Tu dois aller le trouver seul, ou bien avec les conseillers que tu choisiras, et il te recevra. »

Cai grogna et Bedwyr jura entre ses dents. Cador ouvrit la bouche pour parler, mais Arthur lui intima le silence et me fit signe de continuer.

« Medraut dit que si tu viens avec ton armée, il tuera la reine et l'Emrys avant même que tu n'aies posé le pied dans le Vallon Sinueux. Il dit que quand il aura acquitté sa dette de sang, il libérera ses prisonniers... pas avant.

— Sa dette de sang ? s'étonna Bedwyr. Quelle dette de sang peut-il y avoir entre vous ? demanda-t-il à Arthur.

— Pour la mort de sa mère », expliquai-je.

Ils se regardèrent d'un air perplexe. « Qui est sa mère ? demanda Cai.

— Morgian, répondis-je. C'est ce qu'a dit l'Emrys. » Et je leur répétai ce que j'avais appris de Myrddin concernant la naissance contre nature de Medraut. Gwalcmai écoutait dans un silence consterné.

« Cela explique beaucoup de choses », commenta

Arthur. Il se tourna vers Gwalcmai. « Tu n'as rien à te reprocher.

— Je n'ai jamais fait confiance à cet intrigant, marmonna Cai.

— Que peux-tu nous dire d'autre ? demanda Bedwyr.

— Uniquement ceci : vous devez aller le trouver sans armes. S'il voit ne serait-ce qu'une lame sur vous, la reine mourra et l'Emrys avec elle. C'est ce qu'a dit Medraut.

— Combien d'hommes a-t-il avec lui ?

— Des milliers... au moins cinquante mille. Je n'en suis pas sûr, mais il y en a plus que je n'en ai jamais vus. Toutes les tribus pictes sont là. »

Je crus un instant voir la défaite dans son intrépide regard bleu. Mais je me trompais. « Le Vallon Sinueux... fit-il, songeur, en contemplant les galets à ses pieds. Camboglanna... Camlan ? » Il releva la tête avec un large sourire.

« Medraut est retors, déclara Bedwyr. Si c'est là qu'il les a emmenés... une étroite vallée dominée par une forteresse. Cet endroit est un coupe-gorge. »

Effectivement, je ne trouvai l'appréciation de Bedwyr que trop juste tandis que, plus tard dans la journée, Arthur, Bedwyr et Cai observaient l'endroit du sommet d'une colline voisine. Je les avais accompagnés et désespérais de contempler notre désastreuse position.

Car Medraut avait emmené son armée dans une vallée encaissée au pied du Mur. Au nord se dressait un abrupt éperon rocheux, et au sud une grande colline surmontée d'une vieille garnison romaine, la forteresse de Camboglanna, désormais nommée Camlan. Cette vieille appellation signifie Vallon Sinueux, et l'endroit portait bien son nom. Longue et étroite, avec un coude à angle aigu formé par l'avancée de l'éperon, cette petite vallée rocailleuse et désolée paraissait idéale pour tendre un piège.

La forteresse, malgré son état de décrépitude, commandait encore toute la région grâce à sa situation privilégiée. Les forces de Medraut pouvaient tenir leurs positions sans grande difficulté, alors que le Pendragon serait contraint de se battre sur deux fronts.

Cai examina le terrain et dit : « Tu ne peux songer à descendre là pour le rencontrer sans armes.

— Je ne crois pas avoir le choix, répondit Arthur.

— On a toujours le choix. » Bedwyr scruta le versant opposé et la forteresse. « Ils nous attendent là-haut en embuscade... je peux sentir la félonie.

— Cela, je n'en doute pas, mon frère », répondit le Pendragon d'un ton égal.

Cai éclata de rire — une bruyante explosion d'hilarité. Bedwyr se retourna sur sa selle pour le regarder. « Cinquante mille Picti nous attendent... tous assoiffés de notre sang. Tu trouves cela drôle ?

— Non, non, répondit Cai. C'est une chose à laquelle je viens de penser. Tu te rappelles quand Cerdic a fait Bors prisonnier ? »

Arthur sourit. « Bien sûr.

— Tu as bien vite fait voler ses espoirs en éclats quand tu as dit : "Tue-le, si c'est là ton intention..." Cerdic ne s'attendait pas à cela. » Cai montra la vallée devant lui. « Medraut en avalerait sa langue si tu lui disais cela ! »

Il éclata à nouveau de rire et Arthur rit avec lui. Je pris conscience que je n'avais jusque-là jamais entendu le Pendragon rire aux éclats. « C'est une chose que j'aimerais voir ! »

Bedwyr les regarda tous deux avec mépris. « Tu ne peux prendre au sérieux ce phraseur rouquin, Artos. C'est la vie de Gwenhwyvar qui est en jeu.

— Ne crains rien, mon frère, répondit Arthur d'un ton badin. Je connais mon épouse... elle appréciera la plaisanterie. » Il jeta un coup d'œil sur les collines environnantes. « Nous allons prendre position sur les hauteurs... ici et ici... » dit-il en montrant les collines jumelles qui surplombaient la vallée. Il était redevenu le Duc de Guerre.

« Cador prendra la tête du flanc droit, et Ban celle du flanc gauche... » Le Pendragon tourna bride et redescendit la colline vers la vallée où attendait, cachée, son armée. Cai et Bedwyr lui emboîtèrent le pas et je les suivis tandis qu'ils faisaient leurs plans de bataille.

Quand nous eûmes rejoint l'armée, les ordres du Pendragon furent transmis à ses capitaines et les guerriers se mirent aussitôt en position. Arthur revêtit sa cotte de combat et son casque à haut cimier, ceignit Caliburnus sur sa hanche et accrocha Prydwen, son bouclier blanc barré de la croix de Jesu, à son épaule. Puis il prit Rhon, sa lance, solide vétéran de maints âpres et farouches combats.

Chacun de ses grands capitaines se vêtit aussi pour la bataille : Bedwyr, Cai, Gwalcmai, Gwalchavad, Bors, Llenlleawg et Rhys. Tous des champions, armés et casqués pour le combat. Je sentis mon cœur prendre son essor à les voir relever le défi de Medraut.

Quand le Grand Roi fut prêt, il monta en selle et tous l'imitèrent. Ils s'engagèrent ensemble dans le Vallon Sinueux... Camlan, vallée de la mort.

Je me tenais au sommet de la colline auprès de Cador et regardais, le cœur battant. Je ne savais pas ce qui allait arriver... je craignais le pire, mais je priais que tout se passe pour le mieux.

Tout d'abord, il sembla que mes prières allaient être exaucées.

Tandis que le Pendragon et ses hommes entraient dans la vallée, Medraut sortit de sa cachette dans la forteresse en ruine. Avec lui s'avançaient Keldrych et les otages, ainsi qu'au moins trente guerriers pictes... nus et barbouillés au bleu de guède, leur longue chevelure empesée de chaux et dressée en blanches crêtes hérissées. Ils avaient aussi passé à la chaux leurs boucliers et la pointe de leurs lances.

À mi-chemin du torrent qui coulait au fond du vallon, Medraut fit halte. Il avait vu que le Pendragon était venu armé, au mépris de ses ordres. Medraut pivota sur sa selle, leva le bras et montra les otages.

Mais Keldrych s'approcha et, après un bref entretien, ils se remirent en marche. Keldrych avait sans nul doute expliqué à l'impulsif Medraut que tuer les prisonniers leur ôterait tout avantage sur Arthur. Quoi qu'il en soit, l'intrépide détermination du Pendragon lui avait une fois de plus réussi.

Les deux groupes firent halte de part et d'autre du torrent. Arthur mit pied à terre mais les autres restèrent en selle. Arthur et Medraut avancèrent à la rencontre l'un de l'autre. J'aurais donné ma main droite pour entendre ce qu'ils se disaient, mais de ma position élevée, j'en voyais assez bien le résultat.

Ils parlèrent un moment, puis Medraut regagna l'endroit où attendaient les otages, entourés des guerriers pictes. Gwenhwyvar fut séparée des autres : le tyran la saisit par le bras et l'entraîna en direction d'Arthur. La main de Cai se porta vers son épée. Bedwyr l'arrêta.

Arrivé au torrent près duquel attendait Arthur, Medraut empoigna la reine. Il cria quelque chose... j'en entendis l'écho, mais ne pus rien discerner. Il frappa violemment au visage la reine qui tomba à genoux.

Arthur demeura immobile comme une statue. Pas un de ses muscles ne frémit.

Medraut se pencha sur la reine et saisit à pleine main sa noire chevelure. Il lui releva brutalement la tête, exposant sa gorge. L'acier étincela dans sa main. Un couteau !

Medraut cria de nouveau. Arthur répondit.

Le couteau s'éleva et retomba en un éclair.

Mon cœur cessa de battre.

J'ouvris la bouche pour pousser un cri. La lance d'Arthur volait dans les airs avant que je n'eusse pu articuler un son.

Net et droit, tel le châtiment divin, elle franchit la distance qui le séparait de Medraut. Je n'avais jamais vu une lance projetée si vivement, ni avec tant de force. Elle atteignit Medraut en pleine poitrine.

Arthur fut aussitôt sur lui, enfonçant plus profondément la lance. Mais Medraut, sans se soucier de sa blessure, s'accrocha d'une main au fût de l'arme le long duquel il se hissa. Son autre main décrivit un vaste arc de cercle et il frappa sauvagement Arthur de sa dague.

Arthur lâcha la lance et le traître retomba en se tordant sur le sol. Le Pendragon dégaina Caliburnus et fit sauter la tête de Medraut.

Je vis tout cela distinctement... tout aussi distinctement que je vis Keldrych brandir sa lance pour donner le signal de l'attaque. Instantanément le vallon se mit à grouiller de Picti ! Ils semblaient issus de la terre elle-même... surgissant de derrière les rochers et les buissons, jaillissant des trous où ils s'étaient dissimulés.

« Une embuscade ! » s'écria Cador et, il jura, frappant le sol de son épée.

Keldrych avait caché la moitié de ses guerriers dans le vallon et à présent ils bondissaient à l'attaque... au moins soixante en tout. Le Pendragon était cerné.

Gwenhwyvar alla jusqu'à Medraut, arracha la lance de sa poitrine et courut rejoindre son époux. Côte à côte, ils firent face à l'assaut.

Au même instant, de l'autre côté de la vallée, un hurlement effroyable jaillit de cinquante mille gorges tandis que se dressaient les Picti qui s'y étaient cachés. Debout sur la crête, lances à la main, ils se tenaient prêts à l'attaque, poussant leur hideux cri de guerre. Ma chair se hérissa de l'entendre.

« Vite ! criai-je à Cador. Fais sonner l'attaque ! »

Cador, le visage sombre et les mâchoires serrées, secoua la tête. « Je ne peux pas. J'ai l'ordre de ne pas bouger à moins que les Picti n'attaquent.

— Regarde ! » Je montrai de la main le champ de bataille à nos pieds. « Ils attaquent !

— Je ne peux pas, s'écria Cador. J'ai des ordres !

— Ils vont se faire tuer !

— Dieu sait ! hurla Cador. Mais tant que les barbares n'engagent pas le combat, je ne peux rien faire ! »

Je compris alors. Quelle que soit la façon dont les choses tourneraient entre Medraut et le Grand Roi, Arthur avait fait jurer à Ban et à Cador de ne pas intervenir. Tant que le gros des forces pictes se tenaient à l'écart, les Bretons ne les provoqueraient pas. S'il devait y avoir la guerre, ce ne serait pas du fait de l'armée du Pendragon. Puisque les barbares ne s'étaient pas encore joints à la bataille, Cador ne pouvait rien faire.

Frémissant d'horreur et de rage, je me retournai vers le Vallon Sinueux. Arthur avait détaché Prydwen de son épaule pour le donner à Gwenhwyvar. Les Picti étaient presque sur eux, mais les guerriers de la Table Ronde, le Vol des Dragons, chargeaient dans la mêlée.

Les illustres Dragons fondirent sur les Picti à l'instant même où ceux-ci atteignaient Arthur. Je regardai, stupéfait, avec quelle maîtrise les Bretons engageaient le combat contre leurs adversaires, les divisaient et repoussaient leur assaut.

Cai et Bedwyr, chevauchant côte à côte, s'enfoncèrent au cœur de l'armée de Keldrych, foudroyant l'ennemi de leurs lances. Gwalcmai et Gwalchavad attaquèrent le flanc droit, dispersant les barbares au passage. Bors, Llenlleawg et Rhys fondirent sur le flanc gauche, fauchant dans les rangs pictes une sanglante moisson.

Dans la masse grouillante de corps, de membres et d'armes, je vis la puissante épée du Pendragon, Caliburnus, s'abattre et se relever sans relâche, portant à chaque fois un coup mortel. Le torrent charriait une écume écarlate.

Je m'attendais à voir à tout moment le gros de l'armée picte rejoindre Keldrych dans le vallon. Mais à chaque fois que je jetais un coup d'œil vers la colline, les Picti qui s'y tenaient n'avaient pas bougé. Qu'attendaient-ils ?

Violent était le fracas du combat emplissant les airs, assourdissant le vacarme : cris, hurlements, glapissements, tous terribles à entendre. La première frénésie passée, les guerriers s'étaient installés dans le rythme inexorable de la bataille. Partout où je regardais, les ennemis affluaient, cherchant à reformer leurs rangs. Keldrych se tenait au milieu du champ de bataille, tentant de calmer ses troupes affolées.

Mais les Picti couraient çà et là, un peu au hasard, frappant sauvagement avant de repartir en courant. Les Bretons exploitaient cette faiblesse et je m'émerveillai de leur terrible efficacité. Une bonne moitié de la bande de Keldrych gisait à terre, morte, avant qu'il n'eût réussi à unir ses forces.

Mais une fois qu'il y fut parvenu, la déroute se ralentit. Le massacre commença à changer de camp. Les Picti avançaient, trébuchant sur les corps de leurs compagnons, forçant le Vol des Dragons à battre en retraite de l'autre côté du torrent aux eaux cramoisies.

Dieu du ciel! Gwenhwyvar était tombée! Quatre gigantesques barbares se ruaient sur elle avec leurs lances... je ne pouvais pas regarder.

Mais la chute de la reine n'était pas passée inaperçue. Surgissant de nulle part apparut le fidèle Llenlleawg. Il plongea sa lance dans le ventre du plus grand des Picti. Les autres reculèrent et l'intrépide Irlandais sauta de selle, releva Gwenhwyvar et la hissa sur son cheval.

La reine, le fût ensanglanté d'une lance brisée à la main, rejeta l'arme devenue inutile et son champion lui donna son épée. Les barbares revinrent à l'attaque. Llenlleawg leur fit face. Il bondit sur le dos du plus proche, le lacérant de sa dague, et fut entraîné dans sa chute. Ce fut la dernière fois que je le vis.

Gwenhwyvar, sauvée d'une mort, se retrouva confrontée à une autre. Trois Picti se jetèrent sur elle à l'instant même où elle volait au secours de Llenlleawg. Deux la visaient de leur lance tandis que le troisième essayait de trancher les jarrets de sa monture. D'un revers de son épée, elle sépara la pointe de la lance de sa hampe, tout en tirant sur les rênes pour faire cabrer son cheval. Vif comme l'éclair, un sabot vint frapper son attaquant derrière l'oreille. Son crâne éclata comme une coquille d'œuf et il tomba raide mort.

Les deux Picti restants poursuivirent désespérément leur attaque. La reine repoussa leurs lances avec le bord du bouclier d'Arthur et, du même mouvement, leur trancha la gorge avec son épée. Ils laissèrent tomber leurs armes pour étreindre leurs blessures gargouillantes.

Gwenhwyvar leur passa sur le corps et vola au côté d'Arthur. Bors et Rhys les rejoignirent et tous quatre s'enfoncèrent dans la mêlée où Gwalcmai et Gwalchavad étaient cernés de toutes parts. Ces deux-là se battaient comme des géants ! Mais les lances frappaient et les mains se tendaient vers eux : je vis Gwalcmai jeté à bas de sa selle et submergé par les barbares.

Gwalchavad poursuivit seul le combat. Personne ne pouvait-il le sauver ?

Je scrutai le champ de bataille et vis soudain l'Emrys menant le reste des otages pour prendre Keldrych à revers. Les Picti, dans leur impatience d'attaquer Arthur, les avaient laissés seuls au pied de la colline. Ils avaient promptement réussi à se libérer de leurs liens et se jetaient maintenant dans la bataille dans le dos de l'ennemi, se servant d'armes récupérés sur les cadavres étendus à terre.

Maintenant, me dis-je, la horde des Picti allait certainement attaquer. Mais ils restaient au sommet de la colline sans avancer d'un pas.

Les otages entrèrent dans la bataille en poussant un hurlement. Keldrych se retourna pour les affronter et ce fut sa perte. Il y avait moins de dix otages, et ils étaient à pied. Bien plus dangereux était le Vol des Dragons qui continuait à tailler dans les rangs pictes. Mais les barbares en plein désarroi se bousculaient dans la plus totale confusion en agitant inutilement leurs armes.

Peut-être se disait-il qu'écraser les Bretons à pied redonnerait du courage au reste de ses guerriers — maintenant au nombre de moins de vingt. Ou peut-être espérait-il reprendre l'Emrys en otage pour obliger Arthur à lui accorder grâce. Je ne saurais le dire, mais tourner le dos au Pendragon s'avéra une erreur fatale. Keldrych ne vécut pas pour en commettre une autre.

Car le Pendragon vit se retourner le chef picte et frappa au même instant. Caliburnus faucha une terrible moisson. Nul ne pouvait se dresser face à la lame invincible que brandissait Arthur. Keldrych entendit trop tard arriver le roi. Il fit volte-face, décrivant un arc mortel de son épée. Arthur détourna le coup avec son bouclier et plongea sa lame dans la poitrine de Keldrych.

Le chef des Picti resta bouche bée de stupéfaction tandis que Caliburnus lui transperçait le cœur. Keldrych bascula en arrière : ses deux talons rebondirent sur le sol.

« La bataille est gagnée ! m'écriai-je. As-tu vu ? Arthur a gagné ! »

Mon cri de joie mourut sur mes lèvres en voyant Cador tirer son épée et montrer la crête de l'autre côté du vallon : la grande armée des Picti se disposait en formation de combat au sommet de la colline et les premiers rangs descendaient déjà lentement vers Camlan.

« Cymbrogi ! » cria Cador en brandissant son épée. Son appel fut repris et j'entendis le tintement de l'acier tout le long des rangs bretons qui se préparaient à fondre sur l'ennemi. Sur notre gauche, les forces de Bors se dressaient en ordre de bataille, le soleil étincelant sur leurs casques polis, leurs lances serrées comme une forêt de jeunes arbres.

Quinze mille Bretons se levaient pour affronter l'ennemi. Quelque part dans les rangs, quelqu'un se mit à frapper sur son bouclier avec le fût de sa lance — l'antique provocation au combat. Un autre se joignit à son frère d'armes, et un autre, puis de plus en plus, jusqu'à ce que l'armée bretonne tout entière frappât rythmiquement sur ses boucliers. Le bruit résonnait tel le tonnerre dans l'étroit vallon et se répercutait tout autour dans les collines.

Je sentais ce martèlement rythmique dans mon ventre et dans mon cerveau, transmis par le sol à travers la plante de mes pieds. Mon cœur battait à tout rompre dans ma poitrine. J'ouvris la bouche et joignis mon ululement de jubilation au vacarme.

J'avais l'impression que le son jaillissait de ma gorge pour se répandre à travers les collines telle la grande et terrible voix du destin.

Bien que les hordes pictes fussent largement supérieures en nombre aux forces du Pendragon, nous avions six mille chevaux avec nous. Je pense que c'est cela, et non notre cri de guerre — aussi terrifiant fût-il — qui décida finalement les Picti. Non que je les en blâme. À vrai dire, cela aurait été le comble de l'inconscience de ne faire aucun cas des cavaliers de l'*ala* du Pendragon. On dit qu'un guerrier à cheval en vaut dix à pied, et il y a de la sagesse dans ce dicton.

De plus, la rébellion avait été le fait de Keldrych et de Medraut, or les deux traîtres étaient morts. Toute allégeance qui leur était due avait péri avec eux. Même pour les Picti, il fallait plus que l'appât du pillage pour rendre la mort attrayante.

Par conséquent, alors que la bataille de Camlan touchait à sa fin sanglante, l'armée entière des rebelles pictes tourna simplement les talons et se débanda, se dispersant dans les collines du nord. Quand Arthur fut enfin en mesure de lever les yeux du carnage devant lui, l'ennemi avait disparu. La rébellion était écrasée.

IX

Rhys fit retentir la sonnerie de victoire et nous y répondîmes par un cri de triomphe qui ébranla les collines. Frappant de la lance ou de l'épée sur le bord de nos boucliers, et jetant nos armes en l'air, nous hurlâmes d'allégresse. Puis, d'un seul coup, nous dévalâmes la pente abrupte pour rejoindre le Pendragon au fond de la vallée. Courant, galopant, l'armée entière s'élança pour embrasser les vainqueurs.

Tout en courant, je hurlais à m'en écorcher la gorge, transporté de joie et de soulagement. Je criais mon allégresse aux cieux éblouissants, au Grand Dispensateur, au Rédempteur Omniscient qui ne nous avait pas abandonnés à nos ennemis. Je dévalai le versant rocailleux, les yeux ruisselant de larmes.

Tout autour de moi, les Bretons au comble du bonheur poussaient des cris de victoire. La rébellion avait été écrasée. Medraut était mort. Les Picti avaient fui et ne nous causeraient plus d'ennuis.

Hors d'haleine, j'atteignis le fond de la vallée et traversai le torrent dans une gerbe d'écume, droit vers un groupe de Bretons qui se pressaient autour d'un homme étendu à terre. Tout près se trouvait un cheval, la selle vide. Je me glissai dans la foule devenue soudain silencieuse et entendis protester une voix familière.

« Ce n'est rien... une égratignure ! Laissez-moi me relever, pour l'amour de Dieu. Je peux tenir debout... »

Je me rapprochai et entrevis une touffe de cheveux roux. Cai.

Le Sanglier de Bretagne gisait adossé à un rocher. Il semblait s'efforcer de se relever, mais personne ne voulait l'aider. Je m'en étonnai, puis je vis la vilaine entaille sur la cuisse du chef de guerre.

« Repose-toi un moment, dit un des hommes. L'Emrys va s'occuper de toi.

— Alors, aide-moi à me relever ! dit Cai. Je ne veux pas qu'il me trouve allongé sur le dos. Je peux tenir debout.

— Ta jambe...

— Trouve quelque chose pour faire un bandage. Vite ! Je dois rejoindre Arthur. »

Un des hommes s'occupait déjà de bander la blessure avec un morceau de tissu. Je me dégageai de la foule et courus en trébuchant sur le champ de bataille jonché de cadavres à la recherche de l'Emrys que je finis par trouver en train de soigner le bras cassé d'un guerrier. « Sage Emrys ! criai-je. Vite ! Cai est blessé ! S'il te plaît ! »

Il se tourna aussitôt vers moi. « Emmène-moi auprès de lui ! »

Je le conduisis au bord du torrent où le groupe attendait autour de Cai. À son approche, la foule s'ouvrit pour laisser passer l'Emrys, puis elle se referma derrière lui. Je me frayai un passage à sa suite et arrivai au premier rang à temps pour voir Myrddin penché sur Cai, dont le visage était maintenant pâle comme une lune d'hiver.

« Je peux tenir debout, pour l'amour de Dieu !

— Cai, dit l'Emrys d'un ton apaisant, c'est une vilaine blessure.

— Ce n'est qu'une égratignure, protesta-t-il, mais sa voix était maintenant plus faible. Ce païen frappait à tort et à travers. Il m'a à peine touché. » Le grand guerrier parvint à se redresser, il s'accrocha à l'Emrys qui le soutint. Le sol était couvert d'une mare de sang.

« Doucement, mon ami », dit l'Emrys d'une voix basse et autoritaire. Il resserra le bandage autour de la jambe de Cai, juste au-dessus du genou.

« Essaies-tu de me dire que je suis blessé ?

— La plaie est plus profonde que tu ne crois, Cai.

— Eh bien, panse-la. Je dois rejoindre Arthur. »

L'Emrys jeta un bref coup d'œil, me vit et dit : « Va vite chercher Arthur. » Affolé par le changement d'aspect de Cai, j'hésitai, mais juste un instant. « Va ! me pressa Myrddin. Pour l'amour de Dieu, fais vite ! »

Je tournai le dos et courus sans réfléchir, aperçus l'éclat de l'étendard au dragon de vermeil et m'élançai dans sa direction, zigzaguant parmi la foule exaltante des guerriers qui emplissait la vallée. « S'il te plaît, seigneur, haletai-je en me frayant un passage à travers ceux qui se pressaient autour d'Arthur. Cai est blessé. L'Emrys te demande de venir tout de suite. »

Arthur se retourna. « Où est-il ? »

Je montrai l'autre côté du vallon. « Là-bas, près du torrent. L'Emrys est avec lui. »

Le roi sauta sur le plus proche cheval, fit claquer

les rênes et partit au galop. Le temps que je retourne auprès d'eux, Cai n'avait plus la force de soulever la tête. Il gisait au creux du bras d'Arthur et le Pendragon de Bretagne lui épongeait le front. « Je suis trop vieux pour cela, Ours.

— Ne dis pas une telle chose, mon frère, répondit Arthur d'une voix étranglée.

— Non, ne t'afflige pas ainsi. Nous avons parcouru la terre tels des rois, n'est-ce pas ?

— Oui, Cai.

— Que peut désirer de plus un homme ? »

Des larmes luisaient dans les yeux du Grand Roi. « Adieu, Caius ap Ectorius, dit-il doucement.

— Adieu », murmura Cai. Il leva une main tremblante qu'Arthur serra contre sa poitrine. « Dieu te garde, Ours. » Sa voix n'était guère plus qu'un souffle dans le vent.

Arthur Pendragon demeura longuement agenouillé auprès du corps de son ami, leurs mains jointes en un ultime témoignage de loyauté. Cai regardait le visage de son roi, la couleur s'estompant déjà de ses yeux verts. Un petit sourire satisfait s'attardait encore sur ses lèvres.

« Adieu, mon frère, murmura Arthur. Puisse tout bien se passer pour toi au cours de ton voyage dans l'au-delà. »

Puis le Grand Roi déposa doucement le corps à terre et se releva. « Faites venir un chariot. Nous l'emmenons au temple. Je ne veux pas qu'il soit enterré ici. »

Le Pendragon ordonna que le corps de Cai soit cousu dans des peaux de daim et placé sur le chariot. Pendant que l'on s'en occupait, Bedwyr apparut, le visage cendreux, menant son cheval par la bride. Un corps gisait en travers de la selle. Je lui jetai un coup d'œil et m'effondrai à genoux.

Arthur alla à sa rencontre et, sans un mot, prit dans ses bras le corps disloqué de Gwalcmai qu'il déposa à terre. Le fût ensanglanté d'une flèche brisée saillait de sa poitrine juste au-dessus de la cotte de maille. Son visage était maculé de sang, tout comme l'étaient ses mains qui avaient en vain tenté d'arracher la flèche, ne parvenant qu'à la rompre.

« Où est Gwalchavad? demanda Bedwyr à voix basse. Je vais lui annoncer la nouvelle. » Puis il vit le chariot et les hommes qui y disposaient le corps. « Doux Jesu! Cai! »

Bedwyr se dirigea d'un pas raide vers le chariot et s'arrêta devant, les yeux clos. Puis il prit la main glacée de Cai dans la sienne et la serra contre son cœur. Au bout d'un long moment, il tourna les talons et s'éloigna.

Je restai aider à préparer le chariot et quelques instants plus tard Bedwyr revint avec le corps de Gwalchavad en travers de sa selle. Doucement, Bedwyr prit dans ses bras le corps de son frère d'armes et le déposa auprès de celui de Gwalcmai. Amères étaient les morts de ces champions dont le haineux Medraut avait pris les vies pour acquitter sa dette de sang.

Arthur nous regarda avec un profond chagrin enrouler les corps dans des peaux de daim. Myrddin revint, remarqua le sang sur la cotte du Pendragon et lui dit : « Assieds-toi, Arthur. Tu es blessé. Fais-moi voir.

— Laisse, répondit Arthur, ce n'est rien. Occupe-toi des autres. » Il tourna les yeux vers le champ de bataille. « Où est Gwenhwyvar? »

Arthur trouva la reine accrochée au cadavre de son cousin Llenlleawg. Elle leva des yeux noyés de larmes à l'approche de son époux. « Il est mort en me protégeant », dit-elle doucement.

Arthur s'agenouilla près d'elle et lui passa un bras sur l'épaule. « Cai est mort, lui dit-il. Ainsi que Gwalcmai et Gwalchavad. » Il regarda le champion de la reine avec tristesse. « Et Llenlleawg. »

En entendant ces affligeantes nouvelles, Gwenhwyvar enfouit son visage dans ses mains et pleura. Au bout d'un moment, elle se reprit et dit : « Aussi sombre ce jour soit-il pour moi, il le serait mille fois plus si tu avais été tué. » Elle s'interrompit, caressa de la main le visage d'Arthur et l'embrassa. « Je savais que tu viendrais à mon secours, mon âme.

— Je n'aurais jamais dû partir, dit le Grand Roi d'une voix pleine de regret. Mon orgueil et ma vanité ont causé la mort de mes plus nobles amis. Je porterai à jamais leur deuil tel un poids sur mon cœur.

— Il ne faut pas parler ainsi, le réprimanda calmement Gwenhwyvar. C'est Medraut qui est à blâmer et il répondra de ses crimes devant Dieu. »

Arthur acquiesça. « Comme je répondrai des miens.

— Où est Cai ? Et les autres... où sont-ils ?

— J'ai ordonné que l'on apprête un chariot. Nous allons les emporter à la rotonde pour les enterrer comme il sied.

— Bien », approuva Gwenhwyvar, puis elle remarqua alors seulement la blessure d'Arthur. « Artos... mon amour, tu saignes !

— Une simple égratignure. Viens, il faut nous occuper de nos morts. »

Sur les otages de Medraut, seuls restaient l'Emrys, Gwenhwyvar et moi : les autres étaient morts au combat quand ils avaient attaqué Keldrych. Ils furent transportés à flanc de colline au pied de la forteresse. Nous creusâmes une vaste tombe collective et y disposâmes soigneusement nos frères d'armes. L'Emrys pria et chanta des psaumes sacrés pendant que nous élevions au-dessus d'eux le *gorsedd,* le cairn funéraire.

Les cadavres des ennemis furent abandonnés aux loups et aux corbeaux. Leurs os seraient éparpillés par les bêtes sauvages, sans jamais la moindre pierre pour marquer l'endroit où ils étaient tombés.

Un peu après midi, le Pendragon rassembla son armée. Rhys donna le signal du départ et nous prîmes lentement le chemin du retour vers Caer Lial, progressant le long du Mur, chacun de nos pas lourd de chagrin.

Les corps des illustres chefs de guerre furent transportés à Caer Lial et déposés sur des civières éclairées par des torches dans ce qu'il restait de la grande salle du palais du Pendragon. La majeure partie de la chère cité d'Arthur était en ruine : les Picti s'étaient laissé aller sans la moindre retenue, détruisant tout ce qu'ils touchaient.

Le lendemain matin, nous partîmes pour la Table Ronde. Par respect pour la sainteté du lieu, et afin de garder secret son emplacement, seuls les seigneurs de Bretagne et les rois vassaux d'Arthur — les Neuf Preux — furent autorisés à assister aux funérailles dans le temple. L'Emrys m'avait demandé de l'accompagner, sans que mon mérite y fût pour rien. Il avait besoin de quelqu'un pour le servir et, puisque je connaissais l'emplacement de la rotonde, cela lui épargnerait d'en dévoiler le secret à un autre.

La matinée était belle et l'étincelant disque blanc du soleil brillait dans le ciel lorsque nous franchîmes les portes pour nous engager sur la route. Les seigneurs chevauchaient deux par deux, les quatre chariots suivaient, chacun recouvert d'un manteau pourpre pour linceul et tiré par un cheval noir avec une unique plume de corbeau sur un casque d'or.

Je ne suivis pas la procession funéraire, mais, une fois passées les portes, je partis en avant, conduisant une des grandes charrettes de provisions. Sitôt parvenu au temple, je déchargeai les tentes et entrepris de les dresser, afin que le campement soit prêt lorsque les autres arriveraient. Je m'acquittai promptement de ma tâche avec le sentiment d'offrir un présent à mes amis.

Quand j'eus terminé, les tentes entouraient le temple et le camp était dressé. Comme je commençais à décharger les provisions, la procession apparut. Je me mis aussitôt à préparer le repas. Certains des seigneurs m'aidèrent dans cette tâche, pendant que les autres se chargeaient d'apprêter la rotonde où les corps de nos frères d'armes bien-aimés seraient exposés en attendant d'être inhumés le lendemain.

Dès que le repas fut prêt, j'en portai deux parts dans la tente du Pendragon où le roi et la reine s'étaient retirés pour se reposer. Puis je m'installai pour manger. Mais en jetant un coup d'œil autour de moi, je remarquai que Myrddin n'était pas parmi nous et je me souvins que je ne l'avais pas vu ressortir du temple. Je posai mon bol et me rendis rapidement à la rotonde.

J'entrai à l'intérieur de l'édifice frais et obscur. Un petit feu brûlait au centre de la rotonde et une torche à la tête de chaque catafalque. Les corps avaient été placés chacun devant la pierre portant son nom, et ses armes — épée, lance et bouclier — disposées sur celle-ci. L'Emrys, à genoux près du corps de Cai recouvert de son manteau, déballait la sacoche de cuir qui renfermait ses outils à graver la pierre.

« J'ai préparé le repas, Emrys, dis-je.

— Je n'ai pas faim, Aneirin. » Il prit le poinçon, se tourna vers la paroi et se mit à inciser, à coups précis, la date de sa mort sous le nom de Cai. Cela me brisa le cœur de voir le fer mordre dans la pierre, car une fois qu'une chose y est gravée, c'est pour toujours.

« Dois-je t'apporter quelque chose ?

— Je ne mangerai pas tant que je n'aurai pas terminé ce travail, répondit-il. Laisse-moi, maintenant. »

Tout le reste de la journée, il veilla en prière. Lorsque les premières étoiles apparurent dans le ciel, l'Emrys ressortit de la rotonde. Arthur et Gwenhwyvar nous rejoignirent et je constatai que la mort de ses amis avait visiblement affaibli le Pendragon. Il avait l'air hagard et épuisé, bien qu'il se fût reposé sous sa tente.

Je ne fus pas le seul à le remarquer, car je vis Bedwyr entraîner l'Emrys à l'écart pour s'entretenir avec lui. Et pas un instant il ne quitta Arthur du regard.

Nous mangeâmes un repas simple devant le feu en écoutant le chant des alouettes dans le crépuscule. La nuit s'étendit sur le camp et Arthur ordonna de rajouter du bois au feu, puis il réclama une chanson. « Une chanson, Myrddin, dit-il. Évoque à nos oreilles la vaillance des guerriers... en mémoire des amis que nous enterrons demain. »

L'Emrys y consentit et prit sa harpe pour jouer

une élégie à ceux qui nous avaient quitté. Il chanta *Le Preux de Bretagne,* qu'il nous avait fait entendre pour la première fois après la victoire du mont Baedun et auquel il ajouta le chant des vies de Cai, Gwalcmai, Gwalchavad et Llenlleawg. S'il y eut jamais plus belle ou plus sincère complainte, il ne m'a pas été donné de l'entendre.

Cette nuit-là, je dormis devant la tente du Pendragon sur une peau de veau rouge — je désirais m'atteler à mes tâches avant que quiconque fût réveillé. Je me levai donc avant l'aube et descendis au ruisseau pour boire et me laver. Passant du côté de la colline qui surplombait la mer, j'aperçus un navire qui glissait sur l'eau hors de la brume et se dirigeait vers le rivage.

Je m'arrêtai net. Qui cela pouvait-il être ? Peu de ceux que nous avions laissés à Caer Lial connaissaient l'emplacement de la Table Ronde.

Je regardai s'approcher le navire — oui, il faisait bien voile vers le temple — puis tournai les talons et regagnai en hâte le campement. Ne voulant pas déranger le Pendragon, je courus trouver l'Emrys. « Emrys », chuchotai-je devant le rabat de sa tente. Il se réveilla aussitôt et sortit me rejoindre.

« Qu'y a-t-il, Aneirin ?

— Un navire approche. Viens, je vais te le montrer. »

Ensemble, nous retournâmes à l'endroit d'où j'avais aperçu le navire... juste à temps pour en voir six autres émerger de la brume. Le premier était déjà sur le point d'accoster. « C'est la flotte du Pendragon, dis-je en voyant le dragon rouge peint sur les voiles.

— C'est bien ce que je craignais, déclara l'Emrys.

— Que font-ils ?

— Ils sont venus assister à l'enterrement. »

C'était vrai. Ne songeant qu'à honorer leurs compagnons morts, les Cymbrogi et toutes les armées de Bretagne avaient embarqué sur les navires du Pendragon pour chercher le temple. Et ils l'avaient trouvé. Nous regardâmes, l'Emrys et moi, les navires entrer dans la baie et les guerriers descendre à terre.

Ils arrivaient vêtus comme pour la bataille, chacun avec son casque poli et son bouclier fraîchement repeint. Leurs épées avaient été affilées et la pointe de leurs lances étincelait. Ils se rassemblèrent sur la plage, avant de se mettre à gravir silencieusement la colline.

« Qu'allons-nous faire, Sage Emrys ?

— Rien, répondit-il. Il n'y a rien que nous puissions faire. Ces hommes ont risqué le courroux du Pendragon pour venir ici. Ils ne se laisseront pas renvoyer, et ils ne doivent pas l'être.

— Mais le temple...

— Eh bien, déclara Myrddin Emrys, la Table Ronde ne demeurera plus un secret. À dater de ce jour, le monde entier sera au courant. Il serait plus facile de repousser les flots de la mer avec un de tes balais, Aneirin, que de rattraper un mot une fois qu'il a été prononcé. »

Pendant qu'ils se rassemblaient sur le rivage, l'Emrys m'envoya chercher le Pendragon. J'obéis et revins avec Arthur, Gwenhwyvar et Bedwyr pour voir dix mille guerriers... tous les Cymbrogi, bien sûr, et beaucoup d'autres qui étaient venus assister aux funérailles de leurs chefs de guerre.

« Dieu les bénisse », dit Arthur en contemplant la grève, à présent couverte de guerriers alignés en rangs et en divisions, revêtus de leur étincelante tenue de combat. « Leur désobéissance est le plus grand tribut dont nous puissions nous enorgueillir. Qu'ils viennent donc nous rejoindre.

— Très bien, répondit Bedwyr, et il s'engagea sur le sentier qui descendait à flanc de colline vers le rivage.

— Comment ont-ils trouvé cet endroit ? se demanda Gwenhwyvar.

— Par Tegyr, je suppose, dit Myrddin, et je me souvins de l'intendant.

— Ou Barinthus, avança Arthur.

— Ton pilote ? Il n'aurait jamais fait pareille chose », protesta la reine. Elle contempla les rangs ordonnés des guerriers et sourit. « J'espère recevoir un tel hommage quand je descendrai dans ma tombe.

— Pour moi, dit le Pendragon, qu'un chœur perpétuel soit institué dans une église édifiée sur mon tombeau. J'aurai besoin de telles prières, je pense. »

À ces mots, l'Emrys tourna la tête et examina attentivement le Grand Roi. « Es-tu malade, Arthur ?

— Je suis fatigué, ce matin, reconnut-il. La bataille m'a éprouvé. Cela passera.

— Laisse-moi soigner ta blessure.

— Une simple égratignure, dit Arthur en l'écartant d'un geste négligent. Il n'y a rien à voir. »

Mais le Sage Emrys n'était pas homme à se laisser faire. « Alors, il n'y a aucune raison de ne pas me laisser regarder. Ouvre ton manteau, qu'on en finisse. »

Le Pendragon hésita, mais nul n'est capable de résister longtemps à l'Emrys. Arthur finit par céder. Il ôta son manteau et écarta sa tunique. La blessure n'était effectivement qu'une longue estafilade qui courait à la base de son cou, où Medraut l'avait touché d'un coup de dague rageur.

Mais elle s'était infectée en une boursouflure écarlate et, j'imagine, fort douloureuse. Les bords de la plaie étaient verdâtres et un pus aqueux suintait de plusieurs endroits où les mouvements du Pendragon avaient rouvert la cicatrice.

Gwenhwyvar hoqueta. « Pas étonnant que tu aies hurlé quand je t'ai touché... c'est une vilaine blessure.

— Elle est longue à guérir, accorda Arthur en remettant son manteau sur ses épaules. Mais j'ai connu pire. »

L'Emrys secoua la tête. « Nous allons retourner au camp et je vais la panser proprement.

— L'enterrement, dit Arthur en montrant de la main les guerriers assemblés sur le rivage. Nous ne devons pas faire attendre les Cymbrogi.

— Après la cérémonie, alors, lui dit sèchement Myrddin. Je l'ai déjà négligée trop longtemps. »

Quatre tombes furent creusées au flanc de la colline, face à l'ouest. Elles étaient profondes et auprès d'elles s'élevaient des tas de pierre blanche que les Cymbrogi étaient allés chercher dans les collines environnantes. Quand les tombes furent prêtes, les Neuf Preux, sous la conduite de l'Emrys, gravirent la colline et entrèrent dans la rotonde. Au bout de quelques instants, ils ressortirent avec le corps de Cai qu'ils entreprirent de porter sur sa civière vers le site de l'inhumation.

Mais les Cymbrogi, voyant cela, se précipitèrent en foule, les empêchant d'avancer. Puis, formant une longue colonne double — un peu comme la formation de bataille — les Compagnons se passèrent la civière de main en main tout le long de la distance séparant le temple des sépultures. Les corps de Gwalcmai, Gwalchavad et Llenlleawg suivirent le même chemin, portés au tombeau par leurs amis et doucement déposés pour leur dernier repos au flanc de la colline.

Arthur et Gwenhwyvar se tenaient au pied des tombes et, au moment où chaque corps était descendu en terre, la reine posait sur sa poitrine une petite croix de pierre noire et lisse sur laquelle étaient inscrits en latin le nom du défunt ainsi que ses dates de naissance et de décès. Près de chaque croix, Arthur plaçait un coupe d'or... afin, dit-il, qu'ils puissent boire à la santé les uns des autres dans le palais céleste du Roi des Rois.

Lorsque chaque corps eut ainsi été mis en terre, l'Emrys entonna un chant funèbre auquel nous joignîmes petit à petit nos voix, faisant résonner tout autour de nous les collines et les vallées, de plus en plus fort jusqu'à ce qu'il s'interrompe brusquement. Cela symbolisait la croissance tout au long de la vie et la mort cruelle et brutale de ceux que nous pleurions.

Après le thrène, l'Emrys chanta un psaume et pria Jesu, Fils du Dieu Vivant, d'accueillir les âmes de ces braves en sa sainte compagnie. Nous prîmes ensuite chacun des pierres que nous déposâmes sur les tombes, élevant au-dessus d'elles le *gorsedd*. Tout cela fut accompli sous le regard d'Arthur et, quand les cairns funéraires furent enfin terminés, le Pendragon se tourna vers son Sage Emrys et dit : « Emrys et Wledig, je voudrais réentendre la prière que tu nous as si souvent chantée. »

Myrddin acquiesça, élevant les mains à la façon des bardes d'antan quand ils déclamaient devant leurs rois. Mais au lieu d'un panégyrique, il chanta cette prière :

« Grande Lumière, Force motrice de toutes choses mobiles et immobiles, sois mon Voyage et ma lointaine Destination, sois mon Désir et mon Assouvissement, sois mes Semailles et ma Moisson, sois ma joyeuse Chanson et mon Silence inexorable. Sois mon Épée et mon puissant Bouclier, sois mon Flambeau et ma sombre Nuit, sois ma Force éternelle et ma pitoyable Faiblesse. Sois ma Salutation et ma Prière d'adieu, sois mon éclatante Vision et ma Cécité, sois ma Joie et mon poignant Chagrin, sois ma triste Mort et ma Résurrection assurée !

— Ainsi soit-il ! nous écriâmes-nous tous. Ainsi soit-il ! »

X

Ce soir-là, nous fîmes de grands feux et élevâmes nos voix dans des chansons et dans l'évocation de souvenirs. Bien que ni vin, ni hydromel, ni même bière n'eussent été servis, les Cymbrogi rassemblés autour des feux emplissaient de leurs rires la nuit étoilée. Si les esprits des morts gardent conscience du monde qu'ils ont quitté, je crois que les champions de Bretagne auront été contents de voir combien ils étaient aimés et honorés par leurs amis. J'allai me coucher en souhaitant de tout cœur que le jour de ma propre mort soit célébré de pareille façon.

Comme la veille, je passai cette nuit-là sous les étoiles, enroulé dans une peau de veau rouge devant la tente du Pendragon. Je ne dormis pas bien : quelque chose éloignait de moi le sommeil. Au cours de la nuit, j'entendis bouger et je me réveillai pour voir l'Emrys devant les cendres du feu le plus proche, en train de regarder en fronçant les sourcils dans les braises mourantes. Je me levai et allai à lui. « Tu es troublé, Sage Emrys. Quelle en est la cause ? »

Il me dévisagea un long moment, le visage plongé dans l'ombre. Je voyais étinceler ses yeux à la lueur du feu, comme s'il pesait la valeur de ses mots. Finalement, il dit : « Oserais-je te faire confiance, Aneirin ?

— Je t'en prie, Emrys, si je me suis jamais montré indigne de ta confiance, que je sois foudroyé sur-le-champ.

— Bien répondu, dit l'Emrys en tournant de nouveau les yeux vers les braises rougeoyantes. Tu as mérité la confiance que je vais placer en toi... même si tu le regretteras peut-être bientôt.

— Si le partager peut alléger ton fardeau, je le supporterai avec joie, seigneur. »

L'Emrys prit une profonde inspiration. « Je n'aime pas l'aspect de la blessure d'Arthur. Elle devrait guérir, mais elle ne fait qu'empirer. Je crains le poison. »

Les Picti enduisaient parfois leurs armes de poison avant d'aller à la bataille. L'idée avait dû être au goût de Medraut, bien sûr.

« Que faut-il faire, Emrys ? »

À cet instant, le rabat de la tente du Pendragon s'ouvrit et Gwenhwyvar en sortit. Elle vint rapidement trouver l'Emrys. Debout là, drapée dans son grand manteau, le regard brillant, sa noire chevelure scintillante, les traits estompés à la lueur du feu, je me dis que je n'avais jamais vu une femme aussi fière, aussi belle. Ni aussi inquiète.

« Il a la fièvre, dit-elle. Il dort, mais ce n'est pas un sommeil réparateur. Myrddin, j'ai peur. Tu dois faire quelque chose. »

L'Emrys fronça les sourcils. « Je vais rouvrir la

blessure et la panser avec des herbes pour combattre le poison.

— Et ensuite ?

— Ensuite, nous verrons. »

Gwenhwyvar retourna sous la tente pendant que l'Emrys et moi nous drapions dans nos manteaux et descendions vers le ruisseau. À la lueur du brillant clair de lune, nous ramassâmes certaines plantes qu'il savait posséder des vertus curatives. Puis nous suivîmes le torrent jusqu'au rivage où la marée descendante avait abandonné des algues sur le sable. Nous ramassâmes aussi certaines de celles-ci, puis nous retournâmes au camp où l'Emrys ranima le feu.

Je remplis d'eau fraîche une marmite de fer et la posai sur les flammes. Lorsque l'eau bouillit, l'Emrys y ajouta une partie des feuilles que nous avions rapportées et confectionna de cette façon une potion. Nous surveillâmes le chaudron toute la nuit et, aux premières lueurs de l'aube, nous versâmes le bienfaisant liquide dans un bol que nous portâmes dans la tente du Pendragon.

J'avoue que je fus ébranlé par le spectacle qui m'apparut. Le Grand Roi avait tant changé que je ne l'aurais pas reconnu : la peau grise et moite, les cheveux collés sur le crâne, les lèvres sèches et gercées, les tendons de son cou saillants, il tremblait et gémissait... Même à la lumière incertaine de la lampe à mèche de jonc, j'aurais juré que ce n'était pas l'homme que je connaissais.

Gwenhwyvar était assise au chevet de son époux, étreignant ses mains. Elle se retourna à notre entrée et je vis que ses yeux étaient rouges d'avoir pleuré. Mais je n'y vis pas de larmes.

« Arthur, dit doucement l'Emrys en s'agenouillant près du lit. Écoute-moi, Arthur, je t'ai apporté une potion. »

À ces mots, le Pendragon ouvrit les yeux. Et quels yeux ! Durs et brillants de fièvre, emplis de souffrance. Je ne pus supporter cette vision et dus détourner la tête.

L'Emrys se pencha vers Arthur et l'aida à se redresser. Il porta le bol à ses lèvres craquelées et le fit boire. Gloire des gloires, l'effet du puissant élixir fut remarquable et immédiat. Les couleurs revinrent au visage du Grand Roi, son tremblement cessa et il se détendit alors que les forces lui revenaient.

« Myrddin, dit-il, le voyant enfin. J'ai fait un rêve.

— Cela ne m'étonne pas, répondit Myrddin. Tu es malade, Arthur, ta blessure est empoisonnée, il faut la rouvrir tout de suite pour en drainer le poison.

— C'était un rêve étrange et merveilleux.

— Raconte-le-moi, Arthur, pendant que je panse ta blessure. » Ce disant, l'Emrys sortit son couteau qu'il avait poli à l'aide de grès et d'eau de mer. Il ouvrit la tunique du Pendragon et l'écarta de la plaie.

Une bile amère me monta à la gorge. La cicatrice était enflée, ses bords noirâtres et suppurants. Elle ressemblait à un hideux serpent enroulé autour du cou du Grand Roi, mortel et venimeux. « Prends le bol, Aneirin », dit l'Emrys d'un ton sévère.

Mais, comme je tendais la main pour prendre le récipient vide, Gwenhwyvar intercéda gentiment. « Laisse-moi faire. Je vais tenir le bol.

— Très bien, répondit l'Emrys. Aneirin, va chercher des joncs frais pour la lampe. Je dois voir ce que je fais. »

Je courus au chariot de provisions et y pris des mèches pour la lampe. Bedwyr apparut devant la tente au moment où je revenais. « Comment va-t-il ? » Sa voix était basse et étouffée.

« Mal, répondis-je. L'Emrys s'apprête à rouvrir la blessure pour drainer le poison. »

Bedwyr hocha la tête et me suivit dans la tente. Quand la nouvelle lampe brilla haut et clair, l'Emrys se mit au travail. À petits coups rapides de son couteau, Myrddin entailla la blessure infectée. Du sang mêlé de pus jaillit de la chair enflée et coula dans le bol.

Arthur ne cilla ni ne poussa un cri, supportant en silence la douleur. Gwenhwyvar se mordait la lèvre et la sueur perlait sur son front, mais elle tenait fermement le bol entre ses mains. Tandis que Myrddin incisait la longue cicatrice, Bedwyr s'agenouilla en face de l'Emrys, soutenant l'épaule droite d'Arthur pour permettre à l'infecte sanie de s'écouler plus facilement. Je tenais la lampe au-dessus de la tête du Pendragon, de façon que l'Emrys puisse y voir. La puanteur du fluide purulent qui montait du bol me rendait malade.

« Voilà, dit enfin l'Emrys. Tu peux retirer le bol. » Gwenhwyvar écarta le bol et le déposa à terre. Myrddin prit le reste des feuilles que nous avions cueillies et commença à les appliquer, une à une, le long de la coupure. « Cela va boire le poison, expliqua-t-il. Je les remplacerai un peu plus tard. Nous allons laisser la blessure découverte jusque-là.

— Je me sens mieux, dit Arthur. J'ai faim. »

Le soulagement de Bedwyr se répandit sur son visage en un large sourire. « Tu es toujours affamé, Ours. C'est là ta plus inaltérable vertu. »

Gwenhwyvar posa une main sur le front d'Arthur qu'elle caressa doucement... un geste d'une telle délicatesse et d'une telle intimité qu'il m'emplit d'un ardent désir. « Je vais t'apporter de la nourriture et du vin.

— Un peu de pain, mais pas de viande, dit l'Emrys. Et de l'hydromel... cela l'aidera à dormir.

— J'y vais », dis-je, et je sortis en hâte.

Le soleil était déjà haut sur l'horizon, teintant de pourpre impériale les nuages bas et gris. Une brise fraîche soufflait de l'est et le camp commençait à s'éveiller. Sur la colline, de l'autre côté du torrent, où dormaient les Cymbrogi, les feux avaient été ranimés et les guerriers s'y réchauffaient. Comme je passais devant les tentes des rois, Cador sortit, me vit et m'appela. « Je te souhaite le bonjour, Aneirin, dit-il. Le Pendragon va-t-il bien ? »

Sa question me prit au dépourvu. Je ne pouvais deviner combien il en savait, et je ne savais que lui révéler. « Il a passé une mauvaise nuit, seigneur », répondis-je. Cador hocha la tête. « Je vais lui chercher à manger.

— Fais vite, alors. Je ne voudrais pas te retarder. » Il bâilla et retourna sous sa tente.

Dans le chariot de provisions, je pris deux bonnes miches de pain et emplis une petite cruche à l'outre d'hydromel. Puis je retournai en hâte à la tente du Pendragon.

Gwenhwyvar et l'Emrys se tenaient devant celle-ci, parlant à voix basse. Ils se turent à mon approche et la reine prit la nourriture de mes mains avant de retourner aux côtés d'Arthur. « Emrys, dis-je, Cador a demandé des nouvelles du Pendragon...

— Que lui as-tu dit ?

— Je ne savais que lui dévoiler, avouai-je. J'ai seulement dit que le Pendragon avait passé une mauvaise nuit. J'ai pensé qu'il valait mieux ne pas trop parler. » L'Emrys fit la moue. « Ai-je bien fait ?

— Oui, dit-il enfin. Mais ne dit rien de plus à quiconque te posera des questions... au moins tant que nous ne saurons pas comment les choses évoluent. »

Je traînai tout le jour près de la tente du Pendragon. Les rois et les Cymbrogi se divertirent dans la vallée tout au long de la journée ensoleillée. À un moment, je descendis un peu en contrebas pour avoir une meilleure vue. Je m'assis sur un rocher et observai leurs joutes animées.

Le bruit de leurs rires et de leurs exclamations parvint jusqu'au Pendragon, qui se réveilla et appela. Je courus à la tente pour voir si l'on avait besoin de moi. Il n'y avait personne à proximité, si bien que j'ouvris le rabat et regardai à l'intérieur.

Le Pendragon était debout au milieu de la tente, agrippé au poteau central. « Pardonne-moi, Pendragon, dis-je. Je ne voudrais pas être importun. »

Il lâcha aussitôt le poteau. « Ah, Aneirin, dit-il d'une voix basse et enrouée. J'ai soif.

— Je vais chercher l'Emrys.

— Laisse-le se reposer. Bedwyr, Gwenhwyvar... laisse-les se reposer. Apporte-moi simplement de l'eau.

— Oui, seigneur », dis-je, et je ressortis. Une cruche était posée près de l'entrée : je la ramassai et courus au ruisseau pour la remplir d'eau fraîche. Je plongeai le récipient dans le courant, puis je fis demi-tour et remontai en hâte.

Debout devant la tente, Arthur scrutait le campement en s'abritant les yeux du soleil éclatant. Je lui apportai la cruche que je lui tendis. Il la porta à ses lèvres et but sans attendre une coupe. « Merci, Aneirin, dit-il, cela m'a bien rafraîchi. » Il rajusta son manteau sur ses épaules et, prenant Rhon, sa lance qui était plantée en terre devant la tente, il descendit vers la vallée où étaient réunis les Cymbrogi.

Je le rattrapai et marchai à son côté. Nous arrivâmes au ruisseau et commençâmes à le traverser. En bordure du champ, un des guerriers nous vit approcher et cria : « Le Pendragon ! Le Pendragon arrive ! Salut, Pendragon ! »

Aussitôt, une foule se rassembla et se pressa autour de lui. « Nous avons appris que tu étais blessé, Pendragon ! » cria quelqu'un, et une douzaine d'autres voix exprimèrent en chœur leur inquiétude.

« Ai-je l'air blessé ? demanda le Grand Roi. Un accès de fièvre a troublé mon sommeil. Je vais mieux, maintenant. »

Arthur passa alors parmi ses chers Cymbrogi, leur parlant, les appelant par leurs noms, demandant des nouvelles de leurs épouses et de leurs familles. Il savait que celui-ci venait d'avoir un fils, que tel autre s'était récemment marié avec une femme du sud, qu'un autre dressait des chiens pour la chasse, que d'autres encore étaient les fils d'anciens soldats... Arthur les connaissait tous. Il était remarquable, me dis-je, qu'il fût au courant des petits problèmes de chacun. Mais cela semblait bien être le cas. Et j'entendais dans leurs réponses, et au ton de leur discours, un immense soulagement. Manifestement, ils avaient été inquiets pour le roi et étaient maintenant rassurés.

Le Pendragon s'éloigna en compagnie de ses hommes et bientôt les divertissements reprirent. Je regardai un moment, puis je retournai à mes tâches. Je ramassai du bois pour le feu et remplis toutes les cruches d'eau, puis je pris un cheval et me rendis sur une colline voisine afin de couper de la bruyère fraîche pour le lit du Pendragon. Alors que le soleil descendait à l'ouest derrière les crêtes, je revins vers le camp avec mon chargement de bruyère.

L'Emrys m'attendait devant la tente du Pendragon. Il avait à la main sa sacoche d'outils pour graver la pierre, car il était allé travailler à la Table Ronde. « Où est-il ? »

Je montrai du doigt la vallée. « Avec les Cymbrogi. Il s'est réveillé et est allé les rejoindre. »

L'Emrys se retourna, traversa le camp et partit vers la vallée. Soudain inquiet, je sautai de selle et courus derrière lui.

Une lumière couleur de doux hydromel doré emplissait la vallée. Le ciel brillait d'une lueur de cuivre en fusion, le champ telle une émeraude. Nous trouvâmes Arthur assis sur une pierre comme sur un trône, sa lance en travers des genoux, les yeux mi-clos, un sourire aux lèvres. Gwenhwyvar se tenait près de lui, la main sur son épaule droite, regardant la joute en cours devant eux : deux cavaliers lancés au grand galop essayaient de ramasser à la pointe de leur lance un bracelet posé dans l'herbe. Elle tourna la tête vers nous et sourit, mais son sourire était crispé.

« Arthur », dit doucement l'Emrys.

Le Pendragon ouvrit les yeux et se tourna pour saluer son Sage Conseiller. « C'est une belle journée, n'est-ce pas ?

— Oui. Comment te sens-tu ?

— Je vais bien.

— Une fois que le soleil sera couché, il fera vite froid. Tu devrais retourner au camp, maintenant.

— Mais le soleil n'est pas encore couché, dit Arthur. Assieds-toi un moment près de moi.

— Avec plaisir », répondit l'Emrys en s'installant à son côté.

Tous trois regardèrent quelque temps les cavaliers. Le soleil descendit et les ombres s'allongèrent. Le ciel pâlissait, les vives couleurs s'estompaient. Les oiseaux de mer tournaient au-dessus de nos têtes, chantant leur lugubre adieu au jour finissant. J'entendais les vagues déferler sur le rivage. L'ombre envahissait la vallée.

L'Emrys se leva et toucha le bras d'Arthur. Le Pendragon sursauta... il s'était endormi. Mais il se réveilla au contact de la main de Myrddin, se redressa et appela à lui les vainqueurs de la joute. Il vanta leurs prouesses en termes élogieux pendant que Gwenhwyvar leur faisait présent de joyaux. Après s'être acquitté de cette coutume, Arthur dit adieu à ses hommes et retourna au camp.

Au souper, nous mangeâmes du gibier rôti que des guerriers avaient chassé plus tôt dans la journée dans les bois et bûmes de la bière provenant des réserves des navires. La nuit s'installa, froide et humide comme l'avait prédit l'Emrys, si bien que nous entassâmes du bois sur les feux. Gwenhwyvar et Bedwyr tentèrent à plusieurs reprises de persuader Arthur de se retirer sous sa tente pour se reposer, mais le Pendragon ne voulut rien entendre.

Il insista au contraire pour rester avec ses seigneurs et ses chefs de guerre, et il réclama une chanson. Myrddin Emrys résista d'abord à sa requête, mais il finit par y accéder et demanda qu'on lui apporte sa harpe. « Lequel des contes de Bretagne désires-tu entendre, Pendragon ? »

Arthur réfléchit en plissant le front, puis il répondit : « Ce n'est pas de la Bretagne que je désire entendre parler ce soir, mais de l'Autre Monde. La nuit est froide et il souffle un vent glacé... par des nuits de tempête comme celle-ci, ce sont de tels contes qu'il faut chanter.

— Très bien, acquiesça Myrddin Wledig, écoute donc, si tu le veux, la chanson de Bladdyd, le Roi Déchu. »

Je m'étonnai de ce choix, car c'est un conte obscur et fort étrange... il parle d'un prince doté d'un insatiable appétit de sagesse qui, à la suite d'une querelle avec un roi de l'Autre Monde, finit par être détruit par la connaissance même qu'il cherchait. Mais l'assemblée des seigneurs et chefs de guerre aimait beaucoup ce conte et, de fait, le Grand Emrys, dernier des Vrais Bardes de l'Île des Forts, le chantait merveilleusement.

Le récit était fort long et, quand il fut terminé, Arthur souhaita bonne nuit à ses compagnons avant de regagner sa tente au bras de Gwenhwyvar. Je m'étendis auprès du feu sur ma peau de veau rouge, emmitouflé dans mon manteau, et m'endormis.

Au cours de la nuit, j'entendis des voix inquiètes. Je me levai et vis le tremblotement de torches dans la tente du Pendragon. Mon cœur se serra d'inquiétude.

Le camp était plongé dans l'obscurité et il n'y avait personne aux alentours. Je me glissai jusqu'à la tente et jetai un coup d'œil à l'intérieur.

Bedwyr et l'Emrys étaient avec le roi. Gwenhwyvar se tenait un peu à l'écart, tordant sa tunique de soie entre ses mains. Son visage et le devant de son vêtement étaient maculés de sang.

« Reste allongé, Ours, disait Bedwyr. Laisse l'Emrys te soigner.

— Rassure-toi, mon frère, répondit Arthur d'une voix éraillée. Je vais me lever. Je ne peux pas laisser les Cymbrogi me voir ainsi. »

L'Emrys pansait la blessure : ses mains ruisselaient du sang d'Arthur.

« Les Cymbrogi t'ont déjà vu couché, lui dit Bedwyr. Ils sont habitués à ce spectacle. Reste calme.

— Je ne veux pas ! Aide-moi à me lever ! » Il s'agrippa au manteau de Bedwyr et tenta de se hisser. Le pansement glissa d'autour de son cou. Je vis la plaie et sursautai.

Elle était d'un horrible gris-vert, prolongée de marbrures violacées qui s'étiraient sur toute l'épaule du Pendragon. Le long de l'entaille, la chair était flétrie, noire et purulente. Le cou d'Arthur était enflammé de la gorge jusqu'à l'aisselle. La plaie avait apparemment éclaté durant la nuit — la douleur devait avoir été insupportable ! — et on avait appelé l'Emrys pour qu'il arrête le saignement.

« J'ai terminé, dit enfin Myrddin. Je ne peux rien faire de plus pour le moment. » Bedwyr et l'Emrys passèrent le bras sous les larges épaules d'Arthur et le redressèrent.

« Nous avons enfin mis un terme aux méfaits de Medraut, dit négligemment Arthur. L'enfer gèlera avant que quiconque s'avise de défier à nouveau l'Empereur de Bretagne. Où est Gwenhwyvar ?

— Elle attend là-bas, dit Myrddin Emrys.

— J'espère qu'elle n'est pas blessée...

— Non, elle va bien, Arthur, dit l'Emrys d'une voix tendue, ta blessure est enflée et elle s'est rouverte. J'ai atteint la limite de mes compétences... comprends-tu ? Je ne peux rien faire de plus pour toi, mais je sais où trouver de l'aide. »

Bedwyr leva les yeux et me vit. Il me fit signe d'approcher et m'agrippa l'épaule. « Vite ! dit-il d'une voix étranglée par l'angoisse. Va trouver Barinthus et dis-lui de préparer un bateau. » Je me dirigeai vers le rabat de la tente et Bedwyr ajouta : « Aneirin... prends garde. Personne d'autre ne doit savoir. »

Plein d'appréhension, je courus avertir le pilote d'Arthur pour le charger de cette mission secrète. Barinthus ne fut pas difficile à trouver, car il restait toujours près des navires. Je descendis en hâte le sentier, une forte brise faisant claquer mon manteau contre mes jambes. Des nuages effilochés défilaient devant la lune et la crête des vagues frangées d'écume scintillait obscurément dans la lumière mouvante et incertaine.

Je me dirigeai droit vers le feu de camp solitaire qui brasillait sur le rivage devant la masse sombre d'une petite tente couverte de peau, juste au-dessus de la laisse de haute mer. « Barinthus ! » appelai-je à voix basse parmi le gémissement du vent et le murmure des vagues.

Il se réveilla et passa la tête à travers l'ouverture de la tente, et je lui transmis l'ordre de Bedwyr. Il replongea dans son abri pour prendre sa lampe et ressortit vêtu de sa peau d'ours. Il s'avança dans les vagues vers l'endroit où était amarrée sa barque.

Je retraversai la plage et vis la lueur vacillante d'une torche un peu plus haut sur le sentier. Bedwyr et Myrddin, soutenant entre eux Arthur, me rejoignirent au pied de la colline. Gwenhwyvar, une torche dans une main et l'épée du Grand Roi dans l'autre, marchait devant eux.

« On est en train de préparer le bateau, dis-je à Bedwyr.

— Y avait-il quelqu'un avec Barinthus ?

— Il était seul. Personne d'autre n'est au courant.

— Bien. » L'Emrys regarda la mer. Bien que le vent soufflât encore et que la mer fût agitée, les vagues n'étaient pas trop fortes. « Nous allons être secoués, mais la traversée sera rapide. Tant mieux. Nous n'avons pas beaucoup de temps.

— Je vais te faire asseoir, maintenant, Arthur. » Bedwyr passa les bras sous les aisselles du Grand Roi.

« Non... je vais rester debout. S'il te plaît, Bedwyr. Juste un peu plus longtemps.

— Très bien.

— Bedwyr, mon frère...

— Qu'y a-t-il, Ours ?

— Veille sur Gwenhwyvar. Qu'elle ne manque de rien. »

Bedwyr déglutit avec difficulté. « Fais-le toi-même, Ours.

— Au cas où il m'arriverait quelque chose.

— Très bien... si tu le désires », répondit Bedwyr en rajustant le manteau sur les épaules d'Arthur.

Le Pendragon arrivait tout juste à tenir la tête droite. Sa voix n'était plus qu'un chuchotement. « Myrddin, dit-il doucement, je suis désolé de ne pas avoir été le roi que tu voulais... le Roi de l'Été.

— Tu as été le roi que voulait Dieu. Rien d'autre ne compte.

— J'ai fait tout ce que tu m'as jamais demandé, n'est-ce pas, Père ?

— Nul homme n'aurait pu faire davantage.

— C'était suffisant, n'est-ce pas ?

— Arthur, mon âme, *c'était* suffisant, lui dit doucement Myrddin. Repose-toi, maintenant. »

La reine s'approcha et me tendit la torche. Elle embrassa son époux et le serra sur son cœur. « Pose ta tête sur mon épaule », dit-elle, et elle plaça sa joue contre la sienne. Ils restèrent ainsi un long moment, Gwenhwyvar lui murmurant des paroles apaisantes à l'oreille. Je ne saisis pas ce qu'elle disait.

Au bout de quelques instants, nous entendîmes quelqu'un siffler. Bedwyr se retourna. « C'est Barinthus. Le bateau est prêt. »

Je m'avançai, tenant la torche à bout de bras pour éclairer le chemin le long de la plage parsemée de rochers jusqu'au bord de l'eau où Barinthus avait amené le navire. Il avait choisi un petit vaisseau robuste, avec un seul mât et un lourd gouvernail. Un abri était aménagé au centre de l'embarcation où Arthur pourrait se reposer.

J'entrai dans l'eau et me tins près du bateau, brandissant ma torche le plus haut possible. Le clapot venait lécher la coque et faisait balancer le navire. J'empoignai le bastingage de ma main libre pour essayer de le stabiliser. Bedwyr et Myrddin s'apprêtaient à porter Arthur au bateau, mais il refusa. Le Pendragon de Bretagne entra dans l'eau par ses propres moyens et monta à bord de l'embarcation instable.

Pendant que Barinthus s'occupait de la voile, la reine s'activait pour installer confortablement Arthur sous l'abri. Finalement l'Emrys dit : « Il faut y aller. L'aube sera bientôt là et nous devons être loin avant que l'on ne constate notre absence.

— Laissez-moi venir avec vous, supplia Gwenhwyvar.

— On a besoin de toi ici, Gwenhwyvar. Bedwyr et toi, vous devez gagner du temps en attendant qu'Arthur guérisse, expliqua Myrddin. En vérité, je te le dis, je crains pour le monde si la nouvelle de sa faiblesse parvenait aux oreilles des ennemis de la Bretagne. Personne ne doit savoir, dit l'Emrys avec le plus grand sérieux. Veille à bien garder le secret.

» Demain, renvoie les seigneurs dans leurs royaumes et ordonne aux Cymbrogi de rentrer à

Caer Lial. Je reviendrai dans trois jours et je ramènerai Arthur, ou bien je t'emmènerai auprès de lui. »

Gwenhwyvar étreignit la main du Pendragon. « Ne crains rien, chuchota Arthur. Je vais à Avallon pour me soigner. Je reviendrai quand j'aurai repris des forces. Tu n'auras pas longtemps à attendre. »

Gwenhwyvar hocha la tête et ne dit plus rien. Elle s'agenouilla et embrassa longuement Arthur. « Adieu, mon âme, murmura-t-elle, et elle mit Caliburnus dans la main de son époux.

— Bedwyr... il doit l'avoir, protesta faiblement Arthur.

— Garde-la, répondit Bedwyr. Tu en auras besoin à ton retour. »

Gwenhwyvar donna un baiser à Arthur et posa la tête contre sa poitrine. Elle chuchota quelque chose et il sourit... j'ignore ce qu'elle lui avait dit. Elle descendit du bateau et nous regarda, Bedwyr et moi, pousser celui-ci en eau plus profonde. Une fois qu'il fut dégagé du sable, son pilote tourna la proue vers la haute mer et hissa la voile.

L'Emrys se leva et nous cria : « Ne craignez rien ! Arthur reviendra. Gardez confiance, mes amis. L'épreuve finale n'est pas encore là. Veillez pour nous ! »

Debout sur la plage, nous regardâmes s'éloigner le navire jusqu'à ce que le brillant petit point de lumière de la lampe de Barinthus ait disparu dans l'obscurité de la mer. Le chagrin, violent comme un coup de lance, me transperça le cœur. Car, dans le lugubre soupir du vent et des vagues, j'entendais le chant funèbre pour les disparus.

Une mouette, dérangée dans son sommeil, s'envola au-dessus de nous et poussa son cri solitaire. Cherchant une parole de consolation, je dis : « Si quelque chose peut le guérir en ce monde, il le trouvera en Avallon. »

Gwenhwyvar, ses yeux sombres scintillants de larmes contenues, serra son manteau autour de ses épaules, puis elle se détourna, redressa le dos et entama l'ascension de la colline. Bedwyr resta un long moment à regarder dans le vide, les vagues déferlant inlassablement autour de ses pieds. Je restai avec lui, le cœur près de se briser. Finalement il tendit la main vers moi, me prit la torche et la jeta de toutes ses forces dans la mer. Je la regardai décrire un arc flamboyant avant de plonger telle une étoile filante vers la terre et l'entendis siffler quand elle tomba dans l'eau et s'éteignit.

XI

« Myrddin devrait être revenu depuis longtemps. Il a dû arriver quelque chose ! » Bedwyr repoussa brusquement son bol et se leva.

« Il a dit d'attendre. Que pouvons-nous faire d'autre ? demanda Gwenhwyvar d'une voix angoissée.

— Il a dit qu'il reviendrait au bout de trois jours. Eh bien, le troisième jour est écoulé et il n'est pas là ! »

En fait, depuis l'aube, quand je m'étais levé pour prendre mon tour de garde, nous avions guetté et attendu, surveillant la mer d'Occident d'où viendrait le navire de Myrddin. J'avais monté la garde toute la journée, en compagnie tantôt de Bedwyr, tantôt de Gwenhwyvar, parfois de tous les deux. Nous parlions de petites choses sans importance. La seule chose que nous évitions de mentionner était le bateau, bien que nous ne pussions penser à rien d'autre.

La journée s'achevait dans un morne crépuscule. Aucun de nous n'avait encore vu la moindre trace de voile ni le moindre bout de mât. Mais la veille, la baie avait fourmillé de navires. La reine avait fait savoir que le Pendragon et son Sage Conseiller se recueillaient ensemble et ne voulaient pas être dérangés. Elle avait demandé aux seigneurs et aux rois de Bretagne de rentrer dans leurs royaumes pour y attendre que le Pendragon leur fasse signe. Aux Cymbrogi, elle avait ordonné de retourner à Caer Lial.

Ban et Fergus, préoccupés, étaient venus la trouver en particulier. Mais, s'entourant de toutes les précautions, Gwenhwyvar avait protégé le secret sans rien en laisser transpirer, bien que son cœur fût à la torture.

Bors, Cador et Rhys avaient été les derniers à partir. Ils avaient insisté pour attendre afin de retourner à Caer Lial avec le roi, mais Gwenhwyvar les avait pressés de rentrer au plus vite préparer le palais pour le retour du Pendragon... les Picti avaient causé tant de destructions. Ils avaient fini par accepter de mauvaise grâce et s'étaient mis en route, de sorte que le soir du deuxième jour nous nous étions retrouvés seuls tous les trois sur la colline de la Table Ronde.

Puis nous avions attendu et guetté tandis que le soleil montait dans le ciel avant d'entreprendre sa lente descente vers l'ouest. Mais la mer était restée vide, nul navire n'était apparu. Pas plus que nous n'en avions vu le moindre signe après le coucher du soleil, quand Bedwyr avait allumé un feu sur la plage pour le guider.

Nous étions à présent assis en silence devant la tente du Pendragon. L'étendard au dragon de vermeil ondulait dans la brise nocturne. Comme en réponse à l'éclat de Bedwyr, une volée de mouettes qui tournaient dans le ciel s'étaient mises à crier. Leur plainte éveilla des échos dans la vallée. Bedwyr regarda le bol qu'il avait repoussé et l'écarta d'un coup de pied. « Nous n'aurions pas dû le laisser partir, marmonna-t-il d'une voix pleine de regret.

— Nous allons donc aller à lui », dit doucement Gwenhwyvar. Elle se tourna vers moi et posa une main sur mon bras. « Tu es allé dans l'île, Aneirin.

— Plusieurs fois, oui. Tout comme toi, noble dame.

— Tu vas nous piloter, dit Bedwyr.

— Mais nous n'avons pas de bateau ! fis-je remarquer.

— Arthur le Constructeur de navires est notre seigneur, fit Bedwyr avec dédain, et ce jouvenceau dit que nous n'avons pas de bateau. Je nous en procurerai un.

— Alors je serai votre pilote... puisse Dieu être avec nous », répondis-je.

Bedwyr sella un cheval et partit sur-le-champ. Gwenhwyvar et moi passâmes une interminable soirée devant le feu, ne parlant pas plus l'un que l'autre. Elle se retira sous sa tente quand la lune se leva et je m'étendis devant l'entrée sur ma peau de veau rouge, une lance à portée de main... pas de feu pour me réchauffer ou me réconforter, pas d'autre toit au-dessus de ma tête que les étoiles des cieux, étincelantes d'un feu sacré.

Je m'allongeai, mais je ne dormis pas. Toute la nuit, je me tournai et me retournai sur ma peau de veau, observant la lente progression de la lune dans le ciel et priant le seigneur Jesu qu'il nous protège... ce qu'il fit. Finalement, juste avant l'aube, je sombrai dans un étrange sommeil : profond, mais léger. Je me savais endormi, et pourtant j'entendais le gémissement de la mer sur le rivage et le soupir du vent dans l'herbe autour de moi.

C'était l'heure entre les heures, ni jour ni nuit, ni lumière ni obscurité, quand s'ouvrent les portes qui séparent l'Autre Monde de celui-ci. Le ressac de la mer au pied des falaises était à mes oreilles comme le murmure inquiet de foules lointaines. Le soupir du vent était devenu le chuchotement de créatures de l'Autre Monde m'invitant à me lever pour les suivre.

Je gisais dans ce lieu de l'Autre Monde et fis un rêve.

Dans mon rêve, j'ouvris les yeux et vis la verte Avallon, l'Île des Pommes, la plus belle île qui fût au monde après l'Île des Forts. J'entendis la musique étrange et enchanteresse des oiseaux de Rhiannon et je sentis le doux parfum des pommiers en fleur. Sur mes lèvres, je goûtai la chaleur de l'hydromel doré et je me levai.

Je suivis le sentier tracé par d'innombrables pieds jusqu'au palais du Roi Pêcheur. Là où aurait dû se trouver le palais, je ne vis rien, sinon une croix taillée dans la pierre qui gisait à terre... et, près d'elle, la sacoche de cuir renfermant les outils à graver la pierre de Myrddin. Je me penchai pour déchiffrer les mots inscrits sur la croix, mais un nuage passa devant le soleil, plongeant tout dans l'ombre, et je ne pus lire ce qui était gravé.

Je regardai vers l'est et vis des étoiles scintiller dans les cieux, bien que le soleil brillât encore à l'ouest. Des nuées d'orage se rassemblaient au-dessus de moi. Un éclair fulgura et le tonnerre gronda. Son fracas ébranla la terre entière.

Sur la prairie verdoyante, le tonnerre devint un rugissement et le tremblement du sol le pas d'une terrible bête féroce. Je me tournai vers l'est, d'où venait la tempête, et vis un gigantesque lion doré qui bondissait vers moi par-dessus les forêts. Le lion me saisit dans sa gueule et me souleva de terre. Puis il se mit à courir. L'énorme fauve m'emmena jusqu'à la mer où il plongea dans les vagues écumantes et se mit à nager.

Les vagues se soulevaient autour de moi et le lion se changea en un poisson qui me porta sur son dos jusqu'à un rocher au milieu de la mer où il m'abandonna. La tempête qui m'avait poursuivi éclata avec fureur sur le récif. Les bourrasques hurlaient et déchaînaient la mer, les vagues déferlaient sur moi, mais je m'agrippais de toutes mes forces au rocher, de crainte de m'en faire arracher pour me noyer dans les flots en furie.

Je m'accrochais au roc, glacé et trempé, et malade de chagrin... car tous mes bons compagnons avaient disparu et ma mort était proche. Je me mis à trembler, au point que je crus que mes os allaient se rompre. Mon corps me brûlait comme s'il avait été plongé dans le feu.

Une brume étincelante descendit sur mon rocher et, sortie de cette brume, j'entendis une voix m'appeler par mon nom. « Aneirin, ordonna la voix, cesse de trembler et ne crains plus rien. J'ai vu ta détresse et je vais t'aider. Relève-toi ! Je vais te montrer ce que tu dois faire. »

Je me mis debout sur mon rocher et il devint une montagne, haute et puissante. Et, bien que la tempête fît toujours rage, les flots en colère ne pouvaient la submerger. Un antique chêne poussait à son sommet. Je pris une de ses branches et en frappai la terre : de l'eau apparut entre les racines et dévala le flanc de la montagne.

La source jaillissait, pure et fraîche. Et partout où coulait l'eau, des prairies et des forêts surgissaient pour recouvrir les pentes dénudées, offrant nourriture et abri aux bêtes des champs et aux aigles qui tournoyaient sur les hauteurs.

Le vieux chêne s'abattit, mais la source continua de couler et devint un ruisseau, et le ruisseau un puissant fleuve. Je ramassai ma branche et me mis en marche. L'herbe poussait aux endroits où mes pieds touchaient la terre, si bien que ma marche était aisée et mon chemin tracé. Je finis par parvenir dans une prairie verdoyante... la même prairie que j'avais déjà vue. Et je constatai que la montagne se trouvait en Avallon.

La croix de pierre était toujours là, ainsi que la sacoche de cuir. Mais à présent je voyais ce que je n'avais pu voir la première fois. Sur la pierre était gravée une inscription : ARTORIVS REX QVONDAM REXQVE FVTVRVS.

Arthur, roi un temps et roi à venir... Quoique largement entamé, le travail était inachevé.

La voix qui m'avait parlé un peu plus tôt m'interpella de nouveau. « Avance, Gildas. Termine ce qui se trouve devant toi.

— Mon nom est Aneirin, répliquai-je. Et je ne connais rien au travail de la pierre. »

La voix me répondit : « Aneirin tu étais, Gildas tu seras, Vrai Barde du Roi Suprême des Cieux. »

Le rêve prit alors fin et je me réveillai. C'était l'aube, l'heure entre les heures avait cédé la place à la lumière du jour et j'étais de retour dans le monde des hommes. Je me levai et me hâtai d'aller regarder la mer. Et voyez ! Dans le soleil qui montait à l'est au-dessus des collines, je vis un navire qui venait vers nous. Je courus le dire à la reine et nous descendîmes sur le rivage attendre son arrivée.

« Il doit avoir navigué de nuit », dis-je tandis que le navire mettait une barque à la mer. La reine hocha la tête, mais elle ne dit rien. Ses yeux étaient rouges, à cause du manque de sommeil ou bien d'avoir pleuré, je ne saurais le dire.

De plus près, je vis que c'était Bedwyr qui venait nous chercher. « Je suis désolé, dit-il en aidant la reine à monter dans le petit bateau. Je serais revenu plus tôt, mais mon cheval a fait une chute et j'ai dû finir le chemin à pied. »

Gwenhwyvar ouvrit la bouche pour répondre, mais son regard se porta sur ceux qui se tenaient derrière Bedwyr : Rhys, Bors et Cador, l'air tout à la fois contrit et buté, les bras croisés sur la poitrine.

« Je n'aurais pas pu prendre le navire sans les mettre au courant, expliqua Bedwyr, alors je les ai amenés avec moi.

— Avec tout le respect que l'on doit aux désirs de l'Emrys, dit Cador, il ne saurait être question de nous tenir à l'écart.

— Je vois, dit Gwenhwyvar. Puisque c'est ainsi, je vous accorde la permission de m'accompagner... contre la promesse de votre silence.

— Tu l'as, dit Bors, et avec joie.

— Jurez-le sur votre loyauté envers Arthur, dit la reine.

— Gente dame, protesta Cador, avons-nous vécu si longtemps au service d'Arthur que nous dussions être traités de la sorte ?

— Jurez-le ! exigea la reine. Ou je vous jette moi-même par-dessus bord. »

Tous trois jurèrent comme la reine l'avait demandé et elle donna l'ordre de lever l'ancre. Bors, qui avait passé presque autant de temps sur le pont mouvant d'un navire que sur le dos d'un cheval au galop, servait de pilote. Mais comme il n'était jamais allé à Ynys Avallon, je me tins près de lui pour le guider de mon mieux à l'aide des souvenirs de mes précédents voyages.

La journée était belle, la brise forte. Nous volions pratiquement sur les vagues telles les mouettes qui planaient au-dessus de notre mât. Et il semblait que les falaises brunes du Rheged venaient tout juste de s'abîmer derrière nous dans la mer quand j'aperçus le halo bleuté de l'île sur l'horizon. « La voilà ! m'écriai-je. C'est Ynys Avallon. »

Bors rectifia le cap. Je m'installai à la proue et tombai endormi en écoutant le clapot des vagues contre la coque. Je me réveillai un peu plus tard, pensant voir l'île droit devant. Au lieu de cela, je ne vis qu'un ciel gris et la mer grise tout autour de nous.

Mes compagnons de voyage étaient tous endormis, en dehors de Bors, de sorte que j'allai le rejoindre au gouvernail. « Où est-elle ? » demandai-je en me glissant sur le banc près de lui.

Il pointa le doigt vers l'avant. « La pluie est venue de l'est et a amené la brume. Mais l'île est juste devant nous, ne crains rien. »

C'était vrai. L'île était devant nous, bien que je ne pusse la voir. C'est la nature particulière de cette île... c'est pourquoi les hommes d'Ierne la considèrent comme une terre de l'Autre Monde : elle apparaît et disparaît, apparemment à volonté.

Mais Bors était un bon pilote et nous atteignîmes Avallon un peu après midi. « Quel est le meilleur endroit pour accoster ? demanda-t-il en scrutant ce que nous pouvions voir du littoral à travers la brume.

— Il faut contourner la pointe sud pour gagner la côte ouest, lui dis-je. Le mouillage n'y est pas aussi bon, mais c'est de ce côté que se trouve le palais d'Avallach. C'est là que Myrddin a emmené Arthur pour le faire soigner. »

Nous contournâmes donc l'île par le sud. Dans la brume, la chose était difficile, mais la reine nous aida, car elle avait déjà visité l'île et se rappelait l'emplacement des écueils à fleur d'eau et l'endroit où trouver un mouillage.

Néanmoins, il était tard quand nous entrâmes enfin dans le port et accostâmes près du bateau qu'avait utilisé Barinthus. Nous y amarrâmes notre navire et descendîmes sur la plage de galets rouges au pied de la citadelle d'Avallach. Nous levâmes les yeux vers les falaises qui se dressaient devant nous, leur sommet perdu dans les brumes. « Ils ne nous ont pas vus arriver, dit Bedwyr. Tu vas devoir nous guider, Aneirin. »

Je me tournai vers Gwenhwyvar, mais elle dit : « Va, Aneirin. Tu connais le chemin mieux qu'aucun d'entre nous. »

Je fis ce qui m'était demandé et trouvai l'escalier taillé à flanc de rocher qui menait au palais. Les marches étaient humides et glissantes, ce qui ralentissait notre ascension.

Arrivé au sommet, je parvins tout juste à distinguer le terrain qui s'élevait en pente douce devant moi avant de se fondre dans la grise obscurité des nuages mouvants. Je fis quelques pas sur l'herbe mouillée vers le sentier menant à la forteresse d'Avallach, en proie à la sensation d'avoir franchi une de ces frontières invisibles pour entrer dans l'Autre Monde. Car, à l'instant où mon pied se posa sur le chemin, la brume devint lumineuse, miroitante et dorée, étincelant de la lumière du couchant.

Ce soudain éclat m'éblouit momentanément, je l'avoue. Mais rien de plus. Même ainsi, avec ou sans brume, je sais que nous aurions vu le palais du Roi Pêcheur s'il avait été là.

Mais il avait disparu. Il ne subsistait pas une tour, m'un mur, ni une porte. Il n'en restait absolument rien.

XII

Un tombeau pour Constantin, un tombeau pour Aurelius, un tombeau pour Uther. Prodige des prodiges, pas de tombeau pour Arthur !

Je ne sais comment ni pourquoi. Je ne sais qu'une chose : le palais du Roi Pêcheur s'était évanoui, et Arthur avec lui. La brume se dissipa et nous ne vîmes que la vaste étendue d'herbe plane et les arbres au-delà. Les tours blanches effilées, la grande salle au toit incliné, la robuste muraille et la porte imposante... il ne restait plus une pierre ni un brin de chaume. J'avais dormi sous ce toit ! J'avais mangé à cette table ! Comme un rêve qui s'efface de la mémoire au réveil, tout avait disparu du monde des hommes.

Debout dans la plaine, nous regardâmes en clignant des yeux, éblouis par le soleil, se disperser la brume et sûmes que nous étions témoins d'un miracle. Hésitant à y croire, nous tînmes des propos extravagants.

« Une vague les a emportés ! » dit Cador. Pourtant il n'y avait pas de tempête et le bateau de Barinthus était toujours amarré dans la baie.

« Les Loups de Mer ! s'exclama Bors. Les barbares les ont attaqués ! » Mais même les barbares n'ont pas maîtrisé l'art de la destruction au point de ne laisser ni cendres ni fumée à l'endroit qu'ils ont pillé.

Nous dîmes d'autres choses et entreprîmes aussitôt de dresser des plans pour fouiller l'île et la mer environnante en quête de la moindre trace. Alors même que nous commencions nos recherches, nous sentions — chacun de nous, au plus profond de son cœur, *sentait* — l'âpre coup de lance du désespoir : tous nos efforts seraient vains.

Pourtant, nous cherchâmes. Un brasier n'est pas plus dévorant que notre battue d'Avallon. La pluie n'est pas plus pénétrante que notre exploration de la mer autour de l'île. Pendant des jours et des jours, nous sillonnâmes terre et mer. Gwenhwyvar envoya

Bors chercher les Cymbrogi pour qu'ils chevauchent d'un bout à l'autre de l'île, et elle rassembla la flotte d'Arthur pour qu'elle parcoure la mer de Caer Lial jusqu'à Ierne et de Môn jusqu'au Rheged.

Tout en cherchant, nous priions. Gwenhwyvar avait fait demander à l'illustre Illtyd et à un grand nombre de ses disciples de venir rejoindre les frères d'Avallon et de prier sans relâche. Et tant qu'il y eut un navire ou un cavalier pour chercher Arthur et l'Emrys, les saints hommes assiégèrent de leurs prières le trône du Dieu Très-Haut.

À la fin, nous trouvâmes ce que nous savions devoir trouver depuis le début.

Quand les tempêtes hivernales gonflèrent les flots, que les neiges et les pluies s'abattirent d'un ciel d'ardoise et que s'installa la froidure... la reine n'eut plus guère le choix. Avec tristesse, Gwenhwyvar se résigna à mettre fin aux recherches. Les larmes aux yeux, elle ordonna aux navires et aux Cymbrogi de rentrer à Caer Lial où elle commença son règne solitaire. Mais la nouvelle de la disparition d'Arthur s'était vite répandue dans toute la Bretagne, et les gens commençaient à trembler de crainte.

« Arthur a disparu ! gémissaient-ils. Que va-t-il advenir de nous ?

— Nous allons nous faire attaquer par nos ennemis ! Nous allons nous faire tuer ! s'écriaient-ils.

— Malheur ! Douleur et affliction ! Nous sommes perdus ! » disaient-ils, et ils élevaient de poignantes lamentations.

Et plus ils disaient ces choses, plus la peur gangrenait leurs âmes. Gwenhwyvar ne pouvait rien contre cela. Malgré tout son courage, ce n'était pas un ennemi qu'elle pouvait combattre. Et les petits rois, sans la main ferme d'Arthur pour les tenir à leur place, reprirent tous les vieux griefs à son encontre. « C'est une Irlandaise ! Elle n'est pas de notre race ! C'est une barbare ! »

En vérité, cela se ramenait à ceci : ils ne voulaient en aucune manière reconnaître une femme pour souveraine.

Oh, elle lutta avec vaillance. Elle était plus que jamais de taille à affronter n'importe quel adversaire. Mais un monarque ne peut gouverner là où il n'y a pas de confiance. Les petits rois et les seigneurs de Bretagne avaient endurci leurs cœurs contre Gwenhwyvar et rien n'aurait pu les fléchir. Des seigneurs vassaux d'Arthur, seuls Bors, Ector, Meurig, Cador et Bedwyr demeuraient loyaux envers elle.

À Pâques, le printemps suivant, Gwenhwyvar céda le commandement des Cymbrogi à Cador et retourna chez son père en Ierne, où elle fonda un monastère sur la côte, face à Avallon, pour y consacrer sa vie à la prière et aux bonnes œuvres.

Bors, Bedwyr et Rhys, qui avaient si longtemps servi le Pendragon, ne pouvaient être heureux sous l'autorité d'un moindre seigneur — même celle de l'honorable Cador. Ils résolurent tous les trois de relever le défi longtemps négligé du Graal. Ils partirent en quête de ce très saint vase, déterminés à le trouver pour l'installer dans la Table Ronde.

Ils espéraient en cela honorer le désir le plus cher d'Arthur et, je crois, restaurer la gloire de son règne éclatant qui déjà s'estompait. Car les ténèbres que Myrddin et Arthur avaient si longtemps tenues en échec se précipitaient déjà, telle l'eau qui emplit un fossé de terre, pour étouffer la faible lueur qui s'attardait sur la Bretagne. Les derniers survivants de l'illustre Vol des Dragons espéraient encore détourner de la peur le cœur des hommes et couronner d'un suprême honneur l'époque qui s'enfuyait.

Hélas, ils n'y réussirent pas. J'appris plus tard que, des trois, seul Bedwyr revint en vie. Bors et Rhys avaient fini leurs jours en Terre Sainte où, paraissait-il, la tête de Rhys ornait encore une lance au sommet des portes de Damas. Bors, disait-on, avait vécu longtemps et était mort dans son lit, entouré d'une épouse et de cinq enfants basanés. Seul Bedwyr revint en Bretagne. Il se fit ermite et s'installa dans la rotonde. Je ne le revis jamais, car il s'éteignit peu après dans cette enceinte sacrée.

Cador me demanda de me joindre à lui, mais

j'avais eu mon content de combats et n'aspirais qu'à me perdre dans l'étude et la prière. Je voyageai avec les Cymbrogi jusqu'en Dyfed et fus accueilli au monastère d'Abertaff, sous l'aile du révérend Teilo et de son supérieur, le vénérable Illtyd. J'y séjournai et m'instruisis dans les saintes matières pour mon plus grand profit.

Plus tard, un appel me parvint des Bretons d'Armorique. Désespérés par les querelles incessantes entre les petits rois, les hommes de bien abandonnaient l'Île des Forts en nombre sans cesse croissant. Les exilés me demandaient de venir auprès d'eux, je quittai donc ma cellule et pris mes fonctions à l'église de Rhuys. J'y restai longtemps : je me mariai, élevai mes enfants en paix et les vis grandir. Mais toujours je languissais de revoir les vertes collines de Bretagne. Je finis par rentrer et me joignis aux bons frères du Sanctuaire du Dieu Sauveur à Ynys Avallach, où je me trouve encore à ce jour.

Je suis un vieil homme, et mon cœur est lourd de chagrin. Je suis le plus malheureux des hommes, né au moment le plus inopportun : avoir été témoin à la fois de l'éblouissante clarté de la Vraie Lumière et des aveuglantes ténèbres du mal, noir et insidieux. De loin plus fortunés sont ceux qui ont vécu et sont morts avec Arthur, sans rien connaître d'autre que le monde illuminé par sa présence. Que ne suis-je monté avec lui à bord de ce navire pour Avallon !

Le servir en quelque cour qu'il puisse désormais se trouver est la seule aspiration de mon cœur. Ma voix ne demeurerait pas silencieuse en son palais, pas plus que ne lui ferait défaut le son agréable des louanges sincères à ses oreilles. Je voudrais faire de son nom une chanson, de sa vie un conte digne d'instruire les rois.

Je jette un regard en arrière sur ma vie du haut de mes ans et vois toujours étinceler l'époque dorée de ma jeunesse... avec d'autant plus d'éclat dans cette obscurité. Elle resplendit tel un joyau taillé qui capte le dernier rayon d'un soleil mourant et s'embrase d'un éclat merveilleux, si bien qu'alentour tout en est illuminé et chargé de splendeur.

Mais le soleil se couche, comme il se doit. Et le joyau, sans cesser d'être joyau, redevient sombre.

J'attendais — toute ma vie j'ai attendu — un mot ou un signe d'Arthur et de l'Emrys, qu'ils fussent morts ou encore en vie. Au cours de tous mes voyages je me suis renseigné et j'ai cherché, l'oreille aux aguets de ce que je languissais d'entendre. Je me suis fait vieux à force d'écouter!

D'Arthur et de son Sage Conseiller jamais le moindre mot ni le moindre signe ne sont parvenus aux hommes. D'Avallach et de sa fille Charis, la Dame du Lac, ainsi que de leur peuple, nul n'a plus jamais entendu parler. Des Fées et de leur race personne n'a plus jamais eu de nouvelles en ce monde, leur disparition est passée inaperçue et nul ne les a pleurés.

Je me suis longtemps interrogé à ce propos au long des nombreuses années qui se sont écoulées depuis ce jour funeste. Hélas, je ne suis pas plus sage en dépit de toute mon ardente contemplation!

Peut-être Dieu, dans son infinie sagesse et son infinie miséricorde, a-t-il simplement tendu la main pour rassembler cette brillante compagnie près de son cœur aimant. Peut-être le Seigneur Jesu, dans son inépuisable compassion, a-t-il baissé les yeux sur les souffrances d'Arthur et lui a-t-il épargné l'indignité de la mort, emportant notre roi, comme autrefois Elijah, corps et âme au paradis dans un chariot d'or aux roues de feu.

Ou peut-être le dernier Vrai Barde de Bretagne dissimule-t-il aux yeux des mortels le bien-aimé Pendragon par un puissant enchantement en attendant l'heure où le besoin le rappellera pour combattre une fois de plus les ennemis de la Bretagne.

C'est ce que l'on dit, et beaucoup le croient. Je ne dis pas qu'il en sera ainsi. Je dis simplement qu'en ce monde le cours de la vie d'Arthur a été changé. Car Myrddin Emrys était un prophète et, comme son père Taliesin, c'était un barde inspiré par la grâce divine. Dans son saint *awen,* il a dit bien des choses, mais il a toujours proféré la vérité. Et le Sage Emrys a promis qu'Arthur reviendrait pour guider les siens.

Épilogue

Faux rois ! Chiens ivres de pouvoir drapés dans des robes de pourpre ! Barbares sanguinaires ! Nous ne sommes pas tombés assez bas pour vénérer vos noms dans des chansons. Quand vous mourrez, comme cela ne saurait tarder, il n'y aura pas de lamentations, pas de chants funèbres, pas de pleurs ni de larmes. Les yeux de vos sujets resteront aussi secs que la poussière de vos tombes et vos noms pourriront plus rapidement que vos répugnants ossements !

Puissiez-vous n'avoir jamais vécu ! Des deux mains, tels des enfants ignorants qui répandent le bon grain d'un sac, vous avez jeté à tous vents la paix d'Arthur. Vous avez renoncé à la liberté durement conquise pour vous faire esclaves du vice et de toutes les corruptions. Dans votre cupidité, vous avez dévasté le pays entier. Et ce que vous n'avez pas détruit, vous l'avez abandonné aux ravages de l'ennemi !

Regardez-vous ! Entourés de vos armées bedonnantes, vous trônez dans vos palais fétides, écroulés sur vos coupes, ivres d'hydromel, méditant vos mesquines trahisons. Voleurs de bétail ! Vous attaquez les seigneurs voisins et les hommes de vos propres sang et race, vous vous harcelez les uns les autres en d'indignes conflits, vous faites la guerre à vos propres frères et cousins tandis que les païens pillent et brûlent !

Votre héritage est la mort ! Le dégoût des hommes de bien est votre renommée ! Les petites gens dépérissent, les humbles font de vos noms une malédiction ! Cela vous fait-il plaisir ? Cela gonfle-t-il vos cœurs de fierté ?

Ne me parlez plus jamais de grands seigneurs. Je ne veux plus rien entendre des rois et de leurs hautes affaires. Leurs préoccupations sont celles du ver dans un tas de fumier. Moi, qui ai pris mon essor avec les aigles, je refuse de me vautrer avec les porcs !

À votre honte éternelle, ces mêmes barbares qui partout nous supplantent se révèlent meilleurs chrétiens que les Bretons qui leur ont enseigné la Foi ! Leur zèle est aussi acéré que les lances qu'ils brandissaient autrefois contre nous, alors que celui de nos rois s'est terni, que leur cœur s'est refroidi. S'avéreront-ils supérieurs à nous ?

Il fut un temps, à présent bien oublié, où le monde se savait gouverné par un seigneur vertueux, où un homme de foi tenait tous les royaumes dans sa main ferme, où le Roi des Cieux bénissait son Roi sur Terre.

La Bretagne était alors au faîte de la gloire.

Il n'appartient pas à la voix des hommes de faire l'élégie du Pendragon. Ô, Arthur, seul ton Créateur Incomparable chante ton thrène funèbre dont l'écho résonnera dans l'âme des hommes jusqu'à la fin du monde. En attendant, le couteau du grand chagrin nous transperce le cœur. Le Roi des Cieux a laissé la nation démunie.

Malheur et affliction ! Ruine de la Bretagne ! Car la méchanceté des hommes se perpétue jusqu'à la fin des temps ! Jusqu'au jour du jugement les fléaux de l'injustice, de la cruauté et de la discorde nous accablent ! Le mal prospère, le bien est oublié. L'usurpateur s'assied sur le trône du seigneur légitime. L'inique se fait juge. Le menteur dispense la vérité. Le monde est ainsi fait. Ainsi soit-il !

Mon Livre Noir est achevé. Moi, Gildas, j'écris ceci, et n'écrirai rien d'autre.

Composition réalisée par EURONUMÉRIQUE

IMPRIMÉ EN ESPAGNE PAR LIBERDÚPLEX
Barcelone
Dépôt légal Éditeur : 55933 - 04/2005
Édition 07
LIBRAIRIE GÉNÉRALE FRANÇAISE - 31, rue de Fleurus - 75278 Paris Cedex 06
ISBN : 2 - 253 - 15270 - 6

31/5270/9